Feigenblatt

AF238552

Impressum

Bibliografische Informationen der Deutschen Nationalbibliothek
Die Deutsche Nationalbibliothek verzeichnet diese Publikation in der Deutschen Nationalbibliografie; detaillierte bibliografische Daten sind im Internet über
http://dnb.d-nb.de abrufbar.

ISBN: 978-3-95894-300-1 (Print) / 978-3-95894-303-2 (E-Book)

Karte vordere Umschlagklappe:
Karte Somaliland: Ikonact, CC BY-SA 4.0 <https://creativecommons.org/licenses/by-sa/4.0>,
via Wikimedia Commons
Afrikakarte: Master Uegly - derived from BlankMap-Africa.svg, Gemeinfrei, https://commons.
wikimedia.org/w/index.php?curid=40133250

Reinhard Löchner

Feigenblatt

Thriller

Für Gwendoline

Es erscheint immer unmöglich, bis es jemand getan hat.
Nelson Mandela

Was vorstellbar ist, ist auch machbar.
Albert Einstein

Prolog – Die Unabhängigkeit – 31. Mai 1988

Es war einer dieser sengend heißen Tage in Somalia, die das Land von der Hitze des Tages in die Kühle der Nacht führen. Die Sonne, gleißend und unbarmherzig, schien auf die Straßen von Hargeisa herab, als die Spannungen zwischen den Clans und der aufziehende Bürgerkrieg die Luft elektrisch machten.

„Welcher Clan?", rief der Soldat in der hellbeigen Uniform mit vorgehaltenem Gewehr und scharfem Tonfall einem jungen Mann zu.

„Darod, ich bin ein Darod", antwortete der Junge mit den kurzen schwarzen Haaren angespannt. Der ältere Soldat mit den drei Streifen auf der Schulter, der die Aktion seiner Männer aufmerksam beobachtet hatte, winkte ihn zu sich. Er sprach ein paar Worte zu ihm, und der Darod nickte.

„Welcher Clan?", brüllte der Soldat nun dem nächsten in der Reihe zu. Rund zwei Dutzend Männer standen mit den Rücken an einer hellen Sandsteinmauer aufgereiht, die Hände nach oben zur sengenden Sonne gerichtet.

„Isaaq, ich gehöre zum Clan der Isaaq", sprach er mit fester Stimme.

Der Soldat rammte ihm den Gewehrkolben in die Magengegend, wodurch der Mann einknickte. Noch ehe er den Kopf heben konnte, feuerte der Soldat einen gezielten Schuss ab. Der Mann fiel ihm vor die Füße. Der Nebenmann des Erschossenen blickte panisch ins Nichts.

„Welcher Clan?"

Nur ein weiterer Mann stand zwischen ihm und Ahmad Ali Tur. Aus dem Augenwinkel sah der zu dem Angesprochenen, dessen Hände zitterten und der mit zusammengekniffenen Augen den Kopf langsam zur Seite drehte.

„Welcher Clan?!", wiederholte der Soldat.

„I-is-saaq ..."

Der nächste Schuss fiel. Blut spritzte auf Ahmads Nebenmann, der noch aufschrie und sich auf die Knie warf und um Gnade zu flehen begann. Sein Appell fand mit einem weiteren schnellen Schuss ein jähes Ende.

Ahmad streckte den Rücken durch und straffte die Schultern. Er würde nicht um Gnade flehen. Wenn sie ihn schon zu Allah schicken würden, würde er diesen Weg mit Haltung antreten. Als der Soldat sich vor ihn stellte, hatte er sich schon in Gedanken zurechtgelegt, was er ihm ins Gesicht spucken würde: Richte dem Großmaul aus, dass wir uns nie ergeben. Uns gehört dieses Land, und wir lassen uns von keinem anderen Clan etwas wegnehmen.

Doch bevor der Schütze ihm „Welcher Clan?" zubrüllen konnte, kam ein Soldat auf ihren älteren Kameraden zugelaufen, der dem Schützen mit einer Handbewegung zu verstehen gab, zu warten. Nach einem kurzen Wortwechsel nickte er und rief dann: „Abzug! Wir verlassen die Stadt!"

Ahmad Ali Tur runzelte die Stirn. Warum zogen sie ab? Der Soldat grinste ihm hämisch zu. „Glück gehabt, du Hurensohn. Zumindest fürs Erste."

Etwa eine Stunde später waren alle Soldaten aus Hargeisa verschwunden. Ahmad Ali Tur versammelte seine Vertrauten in der Nähe der großen Moschee.

„Was sollen wir tun?", fragte einer seiner Männer. „Siad Barres Armee ist uns überlegen. Sie haben ihre Raketenwerfer rund um die Stadt in Stellung gebracht. Von Burao ist schon nichts mehr übrig, mit Hargeisa werden sie nicht anders verfahren."

„In Sicherheit bringen, wir müssen alle in Sicherheit bringen. Und uns auf das Schlimmste gefasst machen."

Noch während Ahmad die Worte aussprach, zischte die erste Katjuscha-Rakete über ihre Köpfe und explodierte im offenen Basar auf der anderen Straßenseite. Die Männer warfen sich zu Boden. Als Nächstes wurde die Bäckerei gleich daneben in Schutt und Asche gelegt. Lärm, Staub, Rauch, Feuer – die Stadt verwandelte sich in Windeseile in ein Schlachtfeld. Ahmad sah, wie ein kleines Mädchen über die Straße lief, und rannte sofort los. Er packte das Mädchen und trug es zu einem noch intakten Wohnhaus. Die Familie hatte sich wimmernd in einer Ecke unter dem Tisch versteckt. Dann wurde es still. Die Frau rief: „Es ist vorbei, sie sind weg!"

Doch Ahmad wusste, dass die russischen Raketenwerfer nur nachgeladen wurden. Sie hatten nicht genug Zeit, um die Bewohner in Sicherheit zu bringen. Manche waren schon vor Tagen in Richtung Äthiopien geflohen, nachdem Siad Barres Soldaten Burao dem Erdboden gleichgemacht hatten. Das Somali National Movement, dessen Kopf Ahmad Ali Tur war, hatte die Stadt eingenommen und gerade mal zwei Tage später wieder verloren. Die daraufhin in Hargeisa verhängte und sich täglich ausweitende Ausgangssperre erschwerte den Menschen die Flucht. Wer floh, wurde verhaftet. Nur kurze Zeit später fingen sie an, die Angehörigen des Isaaq-Clans gezielt zu exekutieren.

Schon folgten die nächsten Raketen. Ahmad und seine Männer brachten sich so gut es ging in Sicherheit, so wie alle anderen Menschen, die noch auf den Straßen waren. Dann gab es eine längere Feuerpause, und die ersten Einwohner liefen auf die Straßen zu ihren verletzten und toten Verwandten, die sich nicht mehr rechtzeitig vor dem Beschuss hatten retten können. Der Stille folgte ein Donnern: Die erste MiG-17 flog über die Stadt und warf ihre tödliche Fracht dort ab, wo die Raketen Häuser stehen gelassen hatten.

Während einer weiteren Feuerpause räumte sich Ahmad den Weg durch die Trümmer frei und suchte mit einigen seiner Weggefährten nach Verschütteten. Die Stadt war jetzt schon nicht mehr wiederzuerkennen. Ihm drehte sich vor Wut und Trauer der Magen um, und seine Augen brannten, als er die kleine Gestalt eines toten Mädchens unter einem Schutthaufen hervorzog. Da wurden sie erneut von den MiG-Flugzeugen überrascht. Die donnerten nun im Tiefflug über die Hauptstraßen hinweg und schossen mit Bordwaffen auf alles, was sich zwischen den Schuttbergen bewegte.

Mit einem Schrei fiel einer seiner Kameraden hinter Ahmad um. Er hatte eine Kugel, die Ahmad getroffen hätte, mit seiner Brust abgefangen. Kalte Gewissheit machte sich in Ahmad Ali Tur breit. Als die Flugzeuge über ihnen verschwunden waren, kniete er neben seinem Mann nieder. Glühender Hass stieg in ihm auf und er schwor sich: Siad Barre, du kannst Menschen nicht mit Bomben zur Zusammenarbeit bewegen. Ich werde diesem Morden ein Ende bereiten!

Drei unendlich lange Jahre später, am 18. Mai 1991, war Präsident Siad Barre endlich gestürzt worden und hatte Somalia verlassen. Nach einem bitteren Krieg versank das Land im Chaos. Jeder der mächtigen fünf Clans beanspruchte die Herrschaft für sich, und der Herrschaftsanspruch heizt den Bürgerkrieg im größeren Teil von Somalia bis heute an.

Die Menschen wollten endlich Frieden. Doch die Bildung einer neuen Regierung gestaltete sich als schwierig, dafür war zu viel Hass in den Herzen. Zu viele waren gestorben. Aber sie mussten etwas tun, ihr Land wieder aufbauen, in die Zukunft blicken. Unter Ahmad Ali Turs Leitung organisierte das Somali National Movement eine Versammlung von Clanältesten in den Trümmern der zerbombten Stadt Burao. Womit er nicht gerechnet hatte, war der immense Druck der Isaaq im Norden nach Unabhängigkeit. Doch der Ruf nach einem eigenen Staat war nachvollziehbar. Schon unter den Briten war die Region autonom vom damals italienisch besetzten Somalia. Nach dem Schrecken des Krieges und der Brutalität der südlichen Clans wollten die Menschen nichts mehr mit diesem Aggressor zu tun haben. So kam es, dass Ahmad Ali Tur an diesem Tag die Unabhängigkeit Somalilands vom restlichen Somalia ausrief. An diesem Tag war er neunundfünfzig Jahre alt.

„Zuerst die Engländer, dann die Russen und zum Schluss die südlichen Clans mit amerikanischer Unterstützung", rief er, „alle haben versucht, uns unser Land zu stehlen, uns ihre Lebensweise aufzudrängen. Wir leben hier schon seit Menschengedenken. Es sind unsere Bäume, unsere Weiden, unser Vieh. Alles, was wir wollen, ist, in Frieden zusammenzuleben. Wir haben es satt, von anderen vorgeschrieben zu bekommen, wie wir unsere Gesetze auslegen, unseren Glauben leben oder unsere Frauen behandeln. Sie sollen uns in Ruhe lassen. Mit der Bombardierung von Hargeisa und Burao ist Somalia als Land in Schutt und Asche versunken, es ist gestorben. Wir wollen mit den anderen Clans nichts mehr zu tun haben. Sie haben für Barre gekämpft, unsere Frauen vergewaltigt, unsere Kinder ermordet und unsere Häuser zerstört. Schluss jetzt! Wir sind die Isaaq, das war schon immer unser Land und es wird auch unser Land bleiben. Wir erklären uns unabhängig. Wir wollen ein freies Volk sein. Wir beenden die unheilvolle Vereinigung mit dem italienischen Somalia!"

Während seiner Ansprache nickten die Clanältesten und riefen zustimmende Worte. Ahmad Ali Tur erhob sich: „Wir rufen heute ein unabhängiges Somaliland aus – die islamische Republik Somaliland. Wir, die Mitglieder des Isaaq-Clans und aller befreundeten Clans auf dem Gebiet des ehemaligen englischen Somalilands!"

Eine junge Frau, gerade mal neunzehn Jahre alt, saß mit ihrer Mutter und ihren vier Geschwistern hinter dem Wortführer. Ihre Gedanken schweiften ab, in das sechstausend Kilometer entfernte Berlin, zu diesem jungen Deutschen, den sie letztes Semester kennengelernt hatte und der an diesem Tag auf den Stufen des Eingangsportals der Humboldt-Universität vergeblich auf sie wartete. Es war Fatima Ali Tur, Ahmad Ali Turs jüngste Tochter. Sie wurde in Äthiopien geboren und lebte mit ihren Eltern von 1978 bis 1981 in der DDR in der somalischen Botschaft, wo sie Deutsch gelernt und Erfahrungen mit dem Sozialismus gemacht hatte. An der Humboldt-Universität in Ostberlin hatte sie ihr Studium der Geschichte und Philosophie begonnen. Zu diesem besonderen Tag hatte ihr Vater sie überraschend nach Burao zurückgeholt, sodass sie sich nicht mehr von dem jungen Deutschen hatte verabschieden können.

Fatima strahlte und winkte ihrem Vater zu, als er die Unabhängigkeit von Somaliland ausrief. Sie wusste, wie lange er für diesen Moment gekämpft und gelitten hatte. Und dass dieser Tag gerade noch um ein Vielfaches historischer geworden war als ohnehin gedacht, erfüllte ihr Herz mit glühendem Stolz. Stolz auf ihren Vater, Stolz auf ihr Land, Stolz auf ihr Volk.

Kapitel 1 – Montag, 3. Mai 2021

Chris Azikiwe schrieb in seinem Büro auf der Düsseldorfer Königsallee an einer Pressemitteilung, die demnächst von der Rheinischen Post veröffentlicht werden sollte, und machte erste Korrekturen.

Somaliland ist eine autonome Republik des ostafrikanischen Landes Somalia und liegt an der Südküste des Golfs von Aden. Das Land ist international nicht als souveräner Staat anerkannt. Es grenzt im Osten an Somalia, im Nordwesten an Dschibuti und im Süden und Westen an Äthiopien. Das Gebiet umfasst eine Fläche von 137.600 Quadratkilometern mit rund 3,5 Millionen Einwohnern. Damit hat es die Größe von England ohne Schottland und Wales, aber nur sechs Prozent der Bevölkerung. Die Hauptstadt ist Hargeisa mit rund 1,3 Millionen Einwohnern. Offizielle Sprachen sind Somali, Arabisch und Englisch.

Bis hierhin nur Fakten, die waren in Ordnung.

Mehr als die Hälfte der Bevölkerung lebt als Nomaden von der Viehzucht und leidet dadurch unter den immer heftiger werdenden Dürreperioden. Viele Menschen verlieren ihr Zuhause und suchen Zuflucht in Übergangslagern, nachdem sie wegen der Dürre ihre Tiere und damit ihren Lebensunterhalt verloren haben. Derzeit sind achtzig Prozent der Einwohner von Somaliland ohne medizinische Versorgung, und jedes fünfte Kind stirbt vor seinem fünften Geburtstag. Der Alltag für die Menschen ist ein Kampf. Wasserknappheit ist ein riesiges Problem, das zu Unterernährung führt …

Nein, mit solchen Informationen konnten sie keine Investoren für ihren neuen Fonds begeistern. Chris strich diesen Absatz und fuhr sich mit den Fingern grübelnd durch seine langsam wieder nachwachsenden krausen Locken. Dann tippte er einen neuen Text:

Somaliland ist ein sich schnell entwickelndes Land. Mithilfe von deutschen und internationalen Partnern wurde in den vergangenen sechs Jahren eine Wasserversorgung mit frei zugänglichen Brunnen für die Bevölkerung aufgebaut. Die Bewässerung von Feldern für Viehzucht und Ackerbau wird immer weiter verbessert. Die neue Meerwasserentsalzungsanlage liefert ganzjährig sauberes Wasser. Energie liefert die Sonne über ein autarkes Stromnetz, das seit Jahren stabil betrieben wird. Somaliland ist das erste Land der Erde, das zu hundert Prozent auf erneuerbare Energie setzt.

Chris hatte am Wochenende seinen dreißigsten Geburtstag gefeiert. Er war ruhig und zielstrebig und hatte nach seinem Masterstudium in Elektrotechnik das Angebot angenommen, bei Ray Capital als Investmentmanager anzufangen und parallel noch einen MBA draufzusetzen. Schon während seines Studiums hatte er in der vorlesungsfreien Zeit für den Finanzinvestor Analysen und Präsentationen erstellt und sich von Anfang an mit allen Kollegen sehr gut verstanden. Seit vier Jahren war Chris nun stolzes Mitglied dieses kleinen, aber schlagkräftigen Teams.

„Hey, du Streber!" Ein beherzter Schwinger auf seine Schulter riss Chris aus seinen Gedanken.

„Selber hey, du Maschine", erwiderte er und rieb sich die Schulter.

Rufus Wagner, ein breitschultriger 1,89 Meter großer Rotschopf und einer der Partner von Ray Capital, brach in sein dröhnendes Lachen aus. „Das kannst du ab, mit deinem halben Bodybuilderbody! Los jetzt, schwing dich hier raus, wir gehen ins Füchschen!"

„Aber ..."

„Kein Aber, schreib den Kram morgen zu Ende. Hopp hopp!"

Chris seufzte theatralisch auf und speicherte seine Pressemitteilung ab. Rufus polterte ins Büro nebenan und animierte Ansgar Johansson, den zweiten Partner der Firma, dazu, ebenfalls eine Pause zu machen. Es war ein langer Tag gewesen, wie eigentlich jeder Tag seit Lockdown-Ende und seit sie wieder wie ein normales Team im Büro arbeiten konnten.

Im Hinausgehen warf Chris einen schnellen Blick in den Spiegel im Flur. Er war am Wochenende erst wieder beim Friseur gewesen, deswegen war er mit seinem Spiegelbild mehr als zufrieden. Sein Bart war vom Kinn über die Wangenpartie perfekt gestutzt, der Bogen über der Oberlippe wieder ein feiner Strich, und kein krauses

Wirrwarr, das seine vollen Lippen kitzelte, und der Haaransatz an der Stirn war wieder ordentlich abgerundet.

„Wenn du es unbedingt wissen musst: Ja, du siehst aus, als wärst du Hollywood entlaufen", zog Rufus ihn wieder lachend auf.

„Kann ja nicht jeder hier von uns behaupten", konterte Chris mit einem süffisanten Grinsen. „Außer Marlene, natürlich."

„Du Charmeur", feixte die blonde Investmentdirektorin Marlene Dabrowski.

Das brachte auch Ray Klein, den Gründer und dritten Partner von Ray Capital, zum Lachen, der auf seine Truppe bereits im Treppenhaus wartete.

Sven Schmidt schmiss seine Boxhandschuhe zufrieden in seinen Spind. „Richtig gutes Training heute, Henri", nickte er seinem Schüler zu. „Du wirst jedes Mal besser, bleib dran!"

Der Bursche war erst Anfang zwanzig, hatte sich in den letzten Wochen aber prächtig gemacht. Selbst in der kurzen Zeit waren seine Schultern und Brust schon breiter geworden, und er wirkte nicht mehr so dürr. Aus dem wird mal ein guter Schwergewichtler, dachte Sven. Auch aus dem anfangs missmutigen Gesicht kam Sven heute schon ein grimmiges Grinsen entgegen, während Henri sich die blutige Nase mit seinem Handtuch abtupfte. „Danke, Coach!"

Sven klopfte ihm auf die Schulter und schlenderte durch die Studioräume zum Versammlungsraum. Hier herrschte schon Partystimmung und Vorfreude auf das heutige Fußballspiel der Fortuna. Einer seiner Kumpels reichte ihm sofort eine Flasche Altbier, und sie stießen lautstark an. Die Energie war elektrisierend, Sven labte sich daran. Genau diese Kraft war es, die er vor seinem inneren Auge gesehen hatte, als er dieses Haus als Garnison der Kameradschaft gekauft hatte.

„Auf geht's ins Stadion!", lallte Ralf und schwenkte seine Flasche über den Kopf.

„Nein, wir schauen uns das Spiel heute in der Altstadt an", entschied Sven.

„Altstadt? Was willst'n da? Die anderen Kameraden sind doch alle im Stadion. Auf der Südtribüne ist doch die beste Stimmung!"

Sven leerte sein Alt in einem Zug und bedachte Ralf mit einem sengenden Blick. Um sie herum war es mit einem Mal mucksmäuschenstill geworden. „Weil ich hier die Entscheidungen treffe und nun mal momentan nicht ins Stadion kann."

„Ey, das war so eine Scheißaktion von den links-grün versifften Ultras! Ich hätte mit dir auf den Zaun steigen sollen", erboste sich Olli. „Dann hätten wir denen allen mal gezeigt, was wahrer Vaterlandsstolz ist!"

Die Gruppe brach in zustimmendes Grölen aus, nur Ralf hatte offenbar noch nicht genug mit dem Feuer gespielt. Zu viel Bier hin oder her, aber jetzt überspannte er den Bogen. „Wir müssen ja nich' drauf verzichten, nur weil man dich nach'm Gruß aus'm Stadion wirft."

Sven baute sich vor ihm auf und schaute ihm tief in die leicht glasigen Augen. „Willst du mir etwa vorschreiben, wo wir hingehen? Sag noch einmal so 'ne Scheiße und du kannst dir 'ne neue Familie suchen."

„Mensch, Ralf, nächstes Mal solltest du weniger saufen, damit du nicht so einen Stuss von dir gibst!", schritt Olli beschwichtigend ein. „Kommt, Leute, packt eure Sachen, wir fahren mit Sven in die Altstadt!"

Wie aus einer Kehle stimmte seine Truppe ihren Gesang an und kam wieder in Wallung. „Olé, olé olé olé", klang es durch den Raum. Ralf nuschelte eine Entschuldigung in Svens Richtung, der ihn nicht mal eines Blickes bedachte. Er hatte gute Laune und freute sich auf das Spiel.

Nur fünfzehn Minuten nachdem sie ihr Büro verlassen hatten, stand das Team von Ray Capital schon vor dem Füchschen in der Ratinger Straße. Heute fand das Nachholspiel Fortuna Düsseldorf gegen den Karlsruher SC statt, Spielbeginn 20.30 Uhr in der Merkur Spiel-Arena. Ursprünglich hätte das zweite Ligaduell am zehnten April ausgetragen werden sollen, doch musste das gesamte KSC-Team wegen eines positiven Coronafalls in eine vierzehntägige Quarantäne. Die 2020/21er-Saison war für die Fortuna bisher nicht besonders rund gelaufen. Stabiles Mittelfeld. Na ja. Und heute war der KSC zu Gast. Ein schwerer Brocken.

Eigentlich wollten sie draußen an einem der Stehtische das Spiel verfolgen, aber es hatte gerade angefangen zu regnen, und sie schlossen sich der Schlange ins Innere des Lokals an. Chris fielen zwei junge, dunkelhäutige Frauen auf, die unentschlossen vor dem Eingang miteinander redeten. Sie waren ein ungleiches Pärchen, die eine groß und schlank, die andere deutlich kleiner und kräftiger. Bei dem Geräuschpegel konnte er nicht hören, was sie sagten, aber es war offensichtlich, dass sie sich uneinig waren.

„Meinst du wirklich, dass wir hier reinsollen? Lass uns doch lieber in ein Café oder von mir aus eine ruhige Bar gehen", schlug Zola vor.

„Ach, Zola, jetzt stell dich doch nicht so an. Wir müssen die Gelegenheit doch auch mal nutzen, erst recht nach diesem fürchterlichen Lockdown. Komm, lass uns hier in Ruhe was trinken. Außerdem interessiert mich das Spiel", sagte Waris, die Kleinere von beiden.

Die beiden Freundinnen hatten sich an ihrem freien Tag zum Lernen getroffen und waren danach in die Altstadt gefahren. Sie wollten wieder unter Leuten sein, das pulsierende Leben der Altstadt spüren. Das allein schien Waris aber nicht zu reichen, sie war schon immer die Widerborstigere der beiden gewesen. Deswegen waren sie sich auch jetzt wieder uneinig, was keine gute Ausgangslage war, wenn man bei Regen unter einem Schirm beieinander untergehakt war. Zola hatte ihren Schirm zu Hause vergessen und feststellen müssen, dass es für eine Jeansjacke noch zu frisch war. Sie fror und wäre gerne irgendwo im Warmen, aber Waris' Wahl schreckte sie ab.

„Ich halte das wirklich für keine gute Idee", mahnte Zola, während sie in der Menge vor dem Füchschen standen. Die Stehtische waren trotz des kühlen, verregneten Frühlingstags von Leuten umringt, und auch drinnen schien ausgelassene Stimmung zu herrschen. Sie wollte doch genauso sehr wie Waris ausgehen und sich wie eine normale junge Frau fühlen. Aber sie kam sich allein wegen ihrer Hautfarbe schon von draußen wie ein Fremdkörper vor und wäre am liebsten wieder zurückgegangen.

„Wir sind gleich klatschnass, und das Spiel fängt auch an. Außerdem merke ich, wie du zitterst. Also sei nicht so!", schimpfte Waris.

Zola wollte gerade zu einem entschiedenen Protest ansetzen, als ihr Blick den des jungen Schwarzen streifte, der mit einer Gruppe älterer Herren und einer schick gekleideten Frau mittleren Alters das Füchschen betrat. Etwas an den Augen des Mannes ließ sie innehalten, und ohne überhaupt darüber nachgedacht zu haben, lächelte sie ihm zu. Er lächelte etwas verlegen zurück und folgte seiner Gruppe.

„Na gut, dann lass uns eben hier rein", sagte Zola zu Waris.

Ihre Freundin zog die Brauen hoch und bedachte sie mit einem vielsagenden Blick und schwer unterdrücktem Grienen. „Ach, so läuft das also, ja? Meine Überredungskünste lassen dich völlig kalt, aber kaum kommt da so ein hübscher Kerl daher ... gib's zu, du bist jetzt nur umgestimmt, weil er dir schöne Augen gemacht hat. Oder", hier hielt sich Waris in gespieltem Schock die Hand vor den Mund, „liegt es nur daran, dass wir dann nicht die einzigen Schwarzen da drin sind?"

„Willst du jetzt hier rein oder nicht, du Überredungskünstlerin?", erwiderte Zola genervt.

Währenddessen ließ der Köbes, wie man den Kellner in rheinischen Brauhäusern nennt, die Gruppe von Ray Capital hinein und wies ihnen ihren Lieblingsplatz an einem der höheren Tische mit den Hockern zu. Ray, der Älteste am Tisch, bestellte die erste Runde. Nach dem langen Tag hatten sie sich nun ein paar Feierabendaltbiere verdient. Vier Alt und eine Cola. Nicht dass man hier überhaupt bestellen musste: Der Köbes brachte so lange Getränke, bis man einen Deckel auf das leere Glas legte. Die Hausbrauerei war berühmt für meisterhaft gebrautes Bier und die knusprigste Haxe der Stadt. Für diese beiden Spezialitäten kamen die Düsseldorfer hierher. Die Touristen vergnügten sich derweil auf der Bolker Straße, die zwei Querstraßen entfernt in sicherem Abstand lag. Hier gab es stattdessen gemütliche Fanstimmung auf mehreren großen Fernsehern im rustikal eingerichteten Gastraum.

Sie sahen nicht aus wie die Investmentbanker, die sich in Frankfurt abends in Anzug und Krawatte in den schicksten Edelrestaurants zu übertreffen versuchten. Im rheinischen Düsseldorf lief alles etwas gemütlicher. Jeans, Poloshirts, weiße Sneaker. Marlene bevorzugte im Gegensatz zu ihren männlichen Kollegen ein figurbetontes blaues Strickkleid.

„Rufus, morgen fliegst du ja wieder nach Hargeisa, du Glückspilz. Grüß uns die Sonne", sagte Ansgar gerade und stieß mit den anderen an. Er war robust gebaut und hatte lichte, dunkle Haare.

„Ja, mache ich. Hab' noch einiges zu tun, bis Berbera-3 im Februar ans Netz gehen soll. Der Countdown läuft", strahlte Rufus euphorisch.

„Wie läuft's denn auf der Baustelle?", wollte Chris, der Jüngste unter den Anwesenden, wissen.

„Der Turm ist schon zweihundert Meter hoch, es ist einfach gigantisch. Ich liebe es, da oben auf dem Baugerüst zu stehen und in die Wüste, auf das Meer und auf unser riesiges Solarfeld zu sehen."

Rufus berichtete begeistert und ausführlich von den erfreulichen Fortschritten von dem Projekt unter seiner Leitung, einem der größten Solarprojekte in Afrika. Nach kurzer Zeit führte der Köbes die beiden jungen Frauen, die Chris schon vor dem Eingang aufgefallen waren, ausgerechnet an den freien Tisch neben ihrem und nahm unfreundlich, wie so ein Köbes eben sein muss, ihre Bestellung auf: ein Alt, eine Cola. Rufus, dem die beiden auch direkt auffielen, kam schnell mit ihnen ins Gespräch, und die anderen Männer prosteten ihnen zu. Die Kleinere der beiden ging sofort auf Rufus' lockeren Plausch ein. Die Schüchterne, Zola, sah wieder kurz zu Chris hinüber, der scheu wegschaute. Auch wenn man es, ausgehend von Chris' Erscheinung, gar nicht meinen würde, war die sonst entspannte Art in Anwesenheit einer Frau, die ihm gefiel, wie weggeblasen. Und auch wenn sie nicht seinem Frauentyp entsprach, stach Zolas unschuldig wirkende Schönheit Chris sofort ins Auge. Sie war groß und schlank, hatte einen langen Hals und ein zum Kinn spitz zulaufendes Gesicht mit einer hohen Stirn und schmalen, dunklen Augen.

Die beiden dunkelhäutigen Frauen weckten aber auch das Interesse einer Gruppe junger Männer am anderen Tisch, Kerle mit kurzrasierten Haaren und schwarzen Bomberjacken. Der Köbes konnte gar nicht schnell genug rennen, um ihre leeren Altbiergläser einzusammeln und eine neue Runde auf den Tisch zu stellen. Die Fortuna spielte gut, die Stimmung war feuchtfröhlich. Klar wäre es im Stadion noch lustiger, aber eigentlich schadet so ein bisschen Abwechslung ja auch keinem. Zumal wenn sich hier zwei solche Sahneschnitten zeigen. Schokoladensahneschnitten, die sind ab und an auch mal eine Kostprobe wert, dachte Sven. Nachdem er sie eine Weile begutachtet hatte, stand Sven auf und ging zum Tisch, an dem Zola und Waris saßen.

Chris und seinen Kollegen entging nicht, wie der kleine drahtige Mann die beiden jungen Frauen ungeniert anquatschte. „100% Pure Viking Blood" blitzte als Schriftzug auf dem T-Shirt unter seiner Lederjacke hervor, er trug glänzende Springerstiefel. Wenig später waren die beiden Freundinnen schon von der Horde Stiefelträger vom Nachbartisch umringt.

„Die sind auf Krawall gebürstet", stellte Ansgar überflüssigerweise fest und rückte seine eckige Hornbrille in seinem runden Gesicht zurecht.

Wie selbstverständlich packte Sven nach einem kurzen Wortwechsel Zola an den Hintern und versuchte, sie an sich zu ziehen. Reflexartig verpasste sie ihm eine schallende Ohrfeige, doch er zeigte sich davon völlig unbeeindruckt und lachte bloß. „Gib's ihr richtig!", lallte einer von seinen Saufkumpanen. Die anderen grölten. Die Empörung und der wütende Trotz in Zolas Augen wurden mit einem Mal von Angst überlagert.

Wie auf Knopfdruck stieg in Chris brennende Wut hoch. Instinktiv strich er mit der linken Hand über die große Narbe auf seinem rechten Unterarm und fuhr mit dem Zeigefinger den narbigen Rand ab. Er konnte nicht zulassen, dass so ein Naziarschloch einer jungen Frau eine solche Angst machte und sich so widerlich verhielt. Das konnte er ihm nicht durchgehen lassen! Mit weichen Knien und ohrenbetäubend pochendem Herzen erhob sich Chris von seinem

Hocker. Er schob sich vorbei an Rufus, der wenige Momente zuvor schon völlig empört aufgestanden war, und tippte dem Grapscher auf die Schulter: „Sie möchte ganz offensichtlich nicht belästigt werden."

Sven drehte sich mit hochgezogenen Augenbrauen zu ihm um. Innerhalb von Sekundenbruchteilen ermittelte sein geübter Boxerverstand, dass der größere, etwas unsicher wirkende Kerl für ihn nicht mal ein Aufwärmprogramm war. „Was willst denn du Neger von uns?"

Bevor die anderen es überhaupt mitbekamen, geschweige denn eingreifen konnten, lag Chris nach einem kurzen Kopfstoß auf dem Boden und blutete an der Lippe. Marlene kniete sich zu ihrem Kollegen und versuchte, ihm beim Aufsetzen zu helfen. Zufrieden hatte Sven sich wieder zu dem hübschen jungen Ding gedreht, doch Zola spuckte ihm ins Gesicht. Ihre Stimme triefte vor Verachtung, als sie ihn ohne einen Funken Angst beschimpfte: „Du Arschloch!"

Das brachte das Wikingerblut endgültig zum Kochen. Mit hochrotem Gesicht wollte Sven auf den noch am Boden liegenden Chris nachtreten. Doch Rufus stellte sich mit einem großen Schritt dazwischen und drückte den Kerl gegen seine gestiefelten Kumpane. „Pass auf, mit wem du dich anlegst, du Wichser."

Den großen, kräftigen Rufus würde er mit einem Kopfstoß nicht überraschen können. Mit blanker Wut in den Augen trat Sven einen Schritt auf sein Gegenüber zu und wollte mit einer Faust ausholen. Doch noch ehe es zu einer echten Kneipenschlägerei eskalieren konnte, ging der Köbes mit zwei großen Rausschmeißern dazwischen. Gemeinsam komplementierten sie die Bomberjacken hinaus und erteilten ihnen Hausverbot.

„Du Negerschlampe, dich krieg' ich noch!", rief Sven mit zurückgedrehtem Kopf. Während sein linker Arm im Polizeigriff des Rausschmeißers verharrte, streckte er den rechten gerade nach vorne und setzte aus dem Türrahmen hinterher: „So verabschieden wir uns hier in Deutschland!"

Ansgar schüttelte sprachlos und mit hochgezogenen Brauen den Kopf und bestellte eine Runde Alt für alle, um die Aufregung besser zu verdauen. Derweil suchte Rufus erneut das Gespräch mit den beiden Frauen. Während die Kleinere, Waris, sich dankbar darauf einließ, hatte sich Zola an der Theke Eiswürfel in einer Serviette besorgt und kühlte damit Chris' Lippe. Nachdem Zola ihm mit einer frischen Serviette das Blut abgetupft hatte, klebte sie Chris ein Klammerpflaster auf die Lippe. Auf Rays fragenden Blick erklärte sie mit einem unbeeindruckten Schulterzucken, dass sie das immer in ihrer Handtasche hätte.

Als Ansgar das Alt an seine Freunde und die beiden Frauen verteilte, schlug Ray vor: „Lasst uns Du sagen." Die Stimmung entspannte sich. Es war eine lustige Runde, angespornt durch die Erleichterung, dass der Streit nicht noch weiter eskaliert war. Dabei konnte Zola ihre Augen nicht von Chris lassen und betrachtete ihn neugierig. Er war etwas älter als sie – sie war gerade neunzehn geworden – und mit seinen kurzen schwarzen Locken und den großen dunkelbraunen, hell leuchtenden Augen viel hübscher als die meisten Deutschen hier in der Kneipe. Er war groß und wirkte trainiert, seine Schultern und Arme füllten sein Poloshirt gut aus. Mut besaß er auch, sonst hätte er sich nicht einem groben Schlägertypen entgegengestellt. Hat er das für mich gemacht? Wieso hat er das getan?

Zolas Gedanken fuhren Karussell, was ihrer Freundin natürlich nicht entging. Waris grinste ab und an zu ihr herüber, während sie vergnügt über Rufus' Anekdoten lachte und an ihrem Alt nippte. „Hatte ich also mal wieder recht damit behalten, dich zu deinem Glück zu zwingen?", raunte sie Zola zwischendurch zu.

„Auf die Szene vorhin hätte ich jedenfalls sehr gut verzichten können", erwiderte Zola.

„Na, aber dafür hast du's dem Arschloch richtig gezeigt. Ich wusste gar nicht, dass du so Zähne zeigen kannst!"

Etwa eine Stunde später kamen drei junge, schwarze Männer ins Füchschen. Sie hatten nicht reserviert, und da die Kneipe gut gefüllt war, ließ der Köbes am Eingang sie nicht herein. Einer der Männer redete aber unentwegt auf ihn ein und zeigte auf den Tisch mit den beiden jungen Frauen. Schließlich ließ der Köbes sie doch durch.

„Yusuf, was machst du hier?", fragte Zola erschrocken, als der Neuankömmling plötzlich an ihren Tisch kam.

„Das könnte ich dich auch fragen. Du hast nichts gesagt. Wir haben uns Sorgen gemacht. Komm mit, wir gehen nach Hause."

Yusuf führte seine Schwester und Waris die Ratinger Straße durch das lebhafte Getümmel der Altstadt hinunter, begleitet von seinen zwei Freunden. Vom Ray-Capital-Team hatten sie sich hastig verabschiedet. Es regnete nicht mehr, aber Waris hakte sich trotzdem bei ihrer Freundin unter, als stummer Beistand.

„Woher wusstest du, wo ich bin, Bruder?", fragte Zola angespannt.

„Dein iPhone hat dich verraten", antwortete Yusuf knapp.

Wie sie das hasste! Es war doch nichts dabei, an ihrem freien Tag mit einer Freundin in die Altstadt zu gehen. Aber nein, schon hetzten ihre Eltern ihren Bruder wie einen Bluthund auf ihre Spur.

„Gerade heute hätte es euch echt nicht geschadet, ein paar normale Männer dabeizuhaben", meinte einer von Yusufs Freunden.

„Was soll das denn heißen?" Den vernichtenden Blick ihrer Freundin brauchte Zola gar nicht vor sich sehen. Ihre Stimme transportierte diesen genauso treffend in Richtung der drei Männer.

„Ah ja, wenn ihr halt etwas mehr von der Welt da draußen verstehen würdet, wäre euch sofort klar, warum ihr Frauen euch anständiger benehmen solltet."

Zola packte Waris fest bei der Hand. Einerseits, um sich selbst davon abzuhalten, Widerworte zu geben, andererseits, um ihre Freundin davon abzuhalten, auf Yusufs Freund loszugehen. Auch wenn sie ihr da keinen Vorwurf machen konnte, diese und ähnliche Sprüche klingelten ihnen beiden schon zu lange in den Ohren.

„Damit hast du nicht meine Frage beantwortet, du Schlaumeier."

„Ah ja, es spricht sich halt sofort herum, wenn Nazispastis aus 'ner Kneipe geworfen werden. Erst recht, wenn es wegen zwei schwarzer Frauen ist."

„Und dass sich zwei schwarze Frauen in die Urkneipe überhaupt trauen, ich mein', das allein spricht sich schon herum wie nix", ergänzte der zweite Kumpel.

„Wie ihr überhaupt so blöd sein konntet, euch einen der Spieltage für euren unnötigen Ausflug auszusuchen ... auf so eine Idee muss man erst mal kommen."

Sie stiegen die Treppen an der Heinrich-Heine-Allee hinunter zur U-Bahn. Zola versuchte, sich so stoisch wie möglich zu geben, was ihr unfassbar schwerfiel. Doch sie kam ins Grübeln, denn so ganz falsch waren die Worte von Yusufs Freunden ja nicht. Egal wie deutsch sie war, stach sie nun mal unweigerlich heraus und musste noch mehr aufpassen, als es weiße Frauen eh mussten. Die heutige Aktion war wirklich nicht besonders schlau von ihr gewesen. Dennoch zerrte dieser ewige Konflikt innerlich an ihr. Sie war weder das eine noch das andere, passte weder zu hundert Prozent hierhin noch dorthin. Warum konnte sie nicht einfach so leben wie alle anderen?

Nach drei Stationen verließen Zola, Yusuf und seine Freunde am Hauptbahnhof die Bahn, nachdem Waris ihren Arm mit einem sanften Druck und Mut zusprechendem Blick losließ. Sie kamen über die Rolltreppe im Hauptbereich des Hauptbahnhofs an, und Yusuf verabschiedete sich mit einem Handschlag von seinen Freunden. Die Geschwister durchquerten den Hauptbahnhof und standen wenige Minuten später vor dem Restaurant Hargeisa in der Worringer Straße, das von ihren Eltern betrieben wurde. Montags war Ruhetag. Die Wohnung der Familie Ghalib befand sich direkt über dem Restaurant.

„Du gehst sofort auf dein Zimmer. Ich gehe zu Vater und werde ihn beruhigen."

Bevor Zola etwas entgegnen konnte, hörten sie schwere Schritte und drehten sich um. Die vier Bomberjackentypen hatten sich wie aus dem Nichts hinter ihnen aufgebaut.

„So, ihr Scheißnigger, hier wohnt ihr also. Habt es uns echt leicht gemacht, euch zu folgen", sagte der drahtige Anführer. Seine Stimme bebte vor unterdrückter Wut und der Erregung über den ihm nun zustehenden Triumph. Sie waren zahlenmäßig klar überlegen, und diesmal kein Rausschmeißer weit und breit. Die Schmach von vor einer Stunde knabberte an seinem Ego, aber das Blatt würde sich nun wenden.

„Das sind die Typen aus dem Füchschen", flüsterte Zola ihrem Bruder zu. „Pass auf, die fackeln nicht lange."

„So, und ihr seid die Nazis, die Mädchen begrapschen", entgegnete Yusuf kühn und schob die verängstigte Zola mit einem Arm hinter sich in Richtung Hauseingang.

„Wir beobachten euch schon lange und sorgen dafür, dass ihr euch hier nicht so breit macht." Die vier kamen langsam auf Yusuf zu, mit Sven an der Spitze.

„Keinen Schritt weiter, du Arschloch. Sonst kriegst du eine verpasst."

Sven grinste. Was meinte der hagere schwarze Pisser eigentlich, wer er war? Als er mit dem rechten Arm zum Faustschlag ausholen wollte, lag plötzlich ein Messer auf seiner Wange. Vor Erstaunen wäre Sven um ein Haar zurückgewichen, doch er widerstand dem Instinkt und stemmte die Füße in den Boden. Diese Blöße würde er sich nicht geben. Wie konnte dieser Kameltreiber überhaupt so schnell ein Messer ziehen?

„Haut ab, sofort, und euch passiert nichts", sprach Yusuf in ruhigen, klaren Worten.

Zola sah ihren Bruder zum ersten Mal in ihrem Leben so bedrohlich. Ihr stockte der Atem, nicht bloß aus Angst vor den Nazis, sondern auch vor Ehrfurcht vor ihm.

Aber Sven konnte eine zweite Niederlage an diesem Abend nicht akzeptieren. Mit mahlendem Kiefer und mit vor Hass sprühenden Augen rief er seinen Jungs zu: „Auf ihn!" Die setzten sich in Bewegung. Sie waren geübte Schläger, und der Befehl ihres Anführers war klar.

Keine Sekunde später zuckte Yusufs Hand kurz auf, und sein Messer zischte quer über Svens Gesicht. Die Klinge hinterließ eine lange, klaffende Wunde auf der rechten Wange. Blut spritzte. In Svens Augen blitzten Unverständnis und Schmerz auf, und Yusuf nutzte das Überraschungsmoment. Er versetzte Sven noch einen heftigen Ellenbogenstoß in den Solarplexus und stieß ihn auf seine herannahenden Freunde. Währenddessen hatte Zola schon weitergedacht und öffnete mit zitternden Händen die Tür, sodass sie und Yusuf ins Haus eilen konnten, bevor die Schläger sich sortierten. Sie verriegelten die Tür und rannten keuchend die Treppe hoch, während der laute, wutverzerrte Schrei von draußen in ihren Ohren hallte.

Kapitel 2 – Dienstag, 15. Juni 2021

In der schwülen Sommerhitze schlenderten Chris und Zola die Rheinpromenade entlang. Als sie ihn ein paar Tage nach ihrem Ausflug ins Füchschen einfach nicht aus ihrem Kopf bekommen konnte, hatte Zola kurzerhand den Namen seiner Firma gegoogelt. Den hatte sie sich im ganzen Trubel gemerkt. Nachdem sie Chris auf der Webseite von Ray Capital entdeckt hatte, musste sie sich dann doch erst mal ein paar weitere Tage ein Herz fassen. Schließlich nahm sie ihren ganzen Mut zusammen und schrieb ihm eine Mail. Zugegeben, Waris hatte ihr stundenlang gut zusprechen müssen, ehe sie es sich endlich traute auf „Senden" zu klicken. Als dann auch noch binnen weniger Minuten eine Antwort von ihm kam, hätte Zola vor lauter ungläubiger Aufregung Waris beinahe ihr iPhone gegen den Kopf geschleudert.

Nun waren schon sechs Wochen vergangen. Dienstags hatte Zola Berufsschule, und danach war das erste Treffen mit Chris. Er hatte den Schlossturm, das Wahrzeichen Düsseldorfs, als Treffpunkt vorgeschlagen. Als sie über den Burgplatz mit schnellen, grazilen Schritten auf ihn zukam, stockte ihm der Atem: So attraktiv hatte er sie gar nicht in Erinnerung. Zola trug eine luftige, bunt gestreifte Leinenhose und ein schwarzes Crop-Top mit einer locker sitzenden, beigen Bluse darüber. Der herzförmige Ausschnitt des Tops betonte dabei die Form ihrer zarten Rundungen, sodass Chris sich darauf konzentrieren musste, nicht auf ihr Dekolletee zu starren. Oder auf den feinen Streifen brauner Haut auf Höhe ihrer schlanken Taille, der ab und zu hervorblitzte, je nachdem, wie sie sich gerade bewegte. Sie schlenderten die Rheinpromenade in Richtung Apollo Theater entlang, vorbei an den Kasematten. Die Sonne schien, und ein Eis kühlte sie etwas ab. Sie unterhielten sich über gefühlt alles. Zumindest, nachdem sie ein wenig aufgetaut waren, wobei Zola sich vom ersten Augenblick an in Chris' Gegenwart sehr wohlfühlte.

Zola erzählte, dass sie ständig von ihrem Bruder überwacht würde, nicht alleine ausgehen dürfe, die alten Traditionen ablehne, ihre

Eltern aber zu sehr liebe und sich nicht einfach aus ihrem sozialen Umfeld lösen könne. Dass sie gerne Medizin studiert hätte, aber ihre Mutter lieber möchte, dass sie einen muslimischen Mann heiratet und Kinder bekommt, statt Ärztin zu werden, obwohl ihre hervorragende Abiturnote ihr alle Türen geöffnet hätte. Als Zola das erste Mal diese Gedanken offen aussprach, war sie selbst erschrocken, wie unaufhaltsam die Worte aus ihr heraussprudelten. Noch nie hatte sie sich mit jemandem darüber ausgetauscht. Kaum hatte sie das realisiert, wollte sie wieder zurückrudern und sich für ihren Gefühlsausbruch entschuldigen. Doch Chris überraschte sie mit seinem Verständnis und stellte ihr viele Fragen, wollte wissen, wie sie aufgewachsen war, wie sie ihre Schul- und Ausbildungszeit in so einem Umfeld erlebt hatte, ob sie Freundschaften außerhalb des Umfelds der Eltern pflegen konnte. All diese Dinge, die sonst niemanden interessierten und von denen sonst keiner um sie herum sprach.

Genauso wenig, wie selbst die jungen Frauen untereinander über Gefühle und mehr redeten. Nur mit einer ihrer älteren, schon verheirateten Cousinen hatte Zola mal kurz und hinter vorgehaltener Hand über deren Hochzeitsnacht gesprochen. Glücklicherweise hatte sie dank ihrer Ausbildung zur Krankenpflegerin das ein oder andere Körnchen Wissen, das ihren Altersgenossinnen vorenthalten blieb. Doch das konnte nicht aufwiegen, dass Zola völlig unerfahren im Umgang mit Männern war. Möglicherweise, wobei, eher mit an Sicherheit grenzender Wahrscheinlichkeit, bewunderte Chris Zola umso mehr dafür, dass sie sich getraut hatte, auf ihn zuzugehen. Allerdings merkte Zola auch seine Zurückhaltung.

Während sie ganz aufgeregt vor sich hin grübelte, schwärmte Chris von der Solarenergie aus den Wüsten dieser Erde: „Hast du schon mal von der Desertec Initiative gehört?"

„Nein, was ist das?", fragte sie ehrlich interessiert. Und dankbar dafür, dass ihr Kopf sich mit einem anderen Thema als ihren peinlichen teenagerhaften Grübeleien beschäftigen konnte.

„Vor etwa zwanzig Jahren hatten ein paar Wissenschaftler die Idee, Europa und Afrika mit Strom aus Solarkraftwerken in der Wüste zu versorgen. Sie nannten die Idee ‚Desertec', und der Club of Rome und das Deutsche Zentrum für Luft und Raumfahrt haben dazu wissenschaftliche Studien veröffentlicht. Wenn wir in der Wüste in einem Gebiet so groß wie Nordrhein-Westfalen Solarmodule aneinanderreihen würden, würde der Strom zur Versorgung der gesamten Welt ausreichen. Wusstest du das?"

Zola schüttelte vor Erstaunen nur den Kopf.

„Und dieser Strom könnte mit Hochspannungs-Gleichstrom-Übertragungsleitungen fast verlustfrei bis zu uns transportiert werden. Keine CO_2-Belastung mehr durch Kohle oder Gas. Führende deutsche Unternehmen gründeten im Jahr 2009 dann die Desertec Foundation, mit dem Ziel, in den Wüsten Afrikas so viel Strom zu erzeugen, dass Afrika und Europa keine fossilen Rohstoffe mehr verfeuern müssten, um genug Strom zu haben."

„Das klingt ja mega! Aber warum gibt es das denn nicht?", wollte Zola wissen.

Sie war fasziniert von diesem Chris. Ihr Begleiter sprühte vor Begeisterung, seine Augen funkelten. Er brannte für das Thema. Und das tat er absolut. Was Zola allerdings nicht klar war, war, dass sie den Grund für Chris' ausschweifenden Monolog bot. Ja, er liebte seine Arbeit und erzählte deswegen auch so viel davon. Aber vielmehr brachte ihn diese wunderschöne junge Frau um den Verstand. Es tat ihm leid um sie und dass sie in einem so restriktiven Umfeld lebte. Aber das ließ seine Bewunderung für sie und ihren starken Willen und Eigensinn nur umso stärker wachsen. Wenn er bloß in ihren Kopf schauen und herausfinden könnte, ob er ihr auch so gefiel ...

„Wir sind auf einem guten Weg. Ray Capital investiert seit über zwanzig Jahren erfolgreich in Solarenergie. Und ich bin auch schon seit den ersten Studiensemestern dabei", beendete er sein Reden über die Welt der Solarenergie.

Vom Bilker Rheinpark aus, wo sie sich eine Weile im Schatten der Bäume auf einer der Parkbänke versteckt hatten, schlenderten sie am Fernsehturm und am Parlament vorbei zum Graf-Adolf-Platz. Von dort aus nahmen sie die U-Bahn Richtung Hauptbahnhof, und Chris brachte Zola zum Worringer Platz. Sie verabschiedeten sich ein kleines Stück entfernt vom Restaurant Hargeisa. Als Zola zu ihm schaute und ihn anlächelte, wäre es um ein Haar um seinen Sinn für Anstand und Selbstbeherrschung geschehen. Wie gerne er sie küssen würde! Warum fiel es ihm bloß so schwer, er wollte doch der starke, respektvoll dominante Mann sein und diesen ersten Schritt übernehmen ..., aber er traute sich einfach nicht. Noch nicht ...

Kapitel 3 – Dienstag, 22. Juni 2021

Sven Schmidt nahm einen kräftigen Schluck von dem Alt, das die Kellnerin ihm schon gebracht hatte. Er saß im Bösen Chinesen im Düsseldorfer Medienhafen. Trotz des warmen Sommerabends hatte er um einen Platz im Innenraum gebeten. Auf der gut mit Gästen gefüllten Terrasse wäre die Atmosphäre zwar geeigneter, aber drinnen fühlte er sich weniger beobachtet. Zumal man den Chinesen eine Sache lassen musste: Sie waren diskret.

Als Eva eintrat, leerte er gerade sein erstes Glas. Wie lange war es her, seit er sie das letzte Mal gesehen hatte? Sie hatten sich ja nie oft oder regelmäßig getroffen. Aber seit es für sie keinen offiziellen Grund für Treffen mit ihm mehr gab, war die Sache komplizierter geworden. Eva hatte ihrem ehemaligen V-Mann nie ihren richtigen Namen genannt, und Sven hatte sich für Eugen als seinen Decknamen entschieden.

Sie erkannte ihn schon von Weitem. Sven konnte beobachten, wie ihre sonst so kühlen, blauen Augen aufleuchteten. Nach außen hin mochte Eva die taffe, straighte Frau sein. Doch er wusste genau, wie es hinter dieser Fassade aussah. Und wie er sie in seinen Bann ziehen konnte.

„Schön, dich zu sehen", hauchte sie ihm entgegen.

Er war aufgestanden und grinste sie an. Mit einer Hand an ihrem unteren Rücken zog er Eva an sich heran. Die andere Hand legte er ihr in den Nacken und zog ihren Kopf für einen gierigen Kuss zu sich herunter. Sie schloss die Augen und klammerte sich an den aufgeknöpften Kragen seines schwarzen Hemds. Nachdem er ihr an den festen Hintern packte, den sie heute in einen luftigen, leicht durchscheinenden Rock gehüllt hatte, beendete Sven den Kuss. Der Blick, den sie ihm beim Hinsetzen zuwarf, sprühte förmlich vor Erregung. Bis sie die Narbe auf seiner rechten Wange erblickte.

„Was ist mit deinem Gesicht passiert?", fragte sie erschrocken.

„Da hat mich ein Neger rasiert. Wie war dein Flug?", fragte er ausweichend.

Prompt verdunkelten sich Evas Augen wieder. „Ich würde meinem Chef am liebsten den Kopf abreißen."

„Wo stellt sich der Schwachkopf jetzt wieder quer?"

Genervt stieß sie die Luft durch die Nase aus und verschränkte die Arme vor der Brust. „Ich habe letzte Woche eine Präsentation in der Führungsgruppe gehalten. Alle Ergebnisse meiner Recherchen der letzten Monate. Nein, Jahre eigentlich. So viele Beweise vorgelegt, dass man das ganze BND-Gebäude damit von innen und außen neu tapezieren könnte. Mit klaren Handlungsvorschlägen, Plänen für mögliche Aktionen. Da hieß es noch: Respekt, großartige Arbeit, genau, was wir brauchen. Von wegen! Kaum haben die Speichellecker zugeschlagen, wird alles wieder abgeschmettert!"

„Warum, was passt denen wieder nicht?", hakte Sven nach.

Frustriert schlug sie die Speisekarte auf und drehte ihre Perlenkette unruhig zwischen ihren Fingern. „Auf Grundlage meiner Recherchen habe ich eine konstatierte Aktion gegen die Geldwäsche ausgearbeitet. Aber der Boss hat kein Go von den Amis bekommen. Zu gefährlich. Die Saudis könnten zukünftig ihre Waffen aus Russland oder China kaufen, wenn wir ihr Finanzsystem durcheinanderbringen. Also werden wir, mal wieder, die Füße stillhalten. Die Waffenlobby ist zu einflussreich. Bis zum ersten Irakkrieg, als Saddam Hussein Kuwait überfallen hatte, ging es ja wenigstens noch ums Öl. Aber das ist lange her. Jetzt geht es nur noch um Waffen." Eva redete sich den ganzen Frust in einem Schwall von der Seele. Als er fragte, was sie tun könnten, lachte sie resigniert auf. „Gar nichts. Zusehen, wie die Großen die Welt vernichten, und uns freuen, wenn wir mal mitspielen dürfen."

Die Kellnerin kam, um ihre Bestellung aufzunehmen. Nachdem sie gegangen war, setzte Eva ihre Ausführungen wieder mit voller, von Wut getriebener Inbrunst fort. „Schleuserringe bringen immer mehr Menschen über das Mittelmeer. Ein Flüchtling zahlt durchschnittlich zehntausend Euro. Überleg mal, was allein da schon zusammenkommt. Das Geld wird dann scharia-konform bei einer der dreihundertfünfzig Scharia-Banken angelegt. Die dürfen keine Zinsen zahlen, sondern fein Geschäfte machen. Mit diesem dreckigen Geld werden also ganz normal auf internationalem Parkett Investitionen getätigt, Projekte finanziert, ganze Regierungen gekauft, verdammt noch mal. Wenn man die Drahtzieher dahinter bei den Eiern packen will, muss man an ihr Geld ran. Deswegen habe ich die Wege des Geldes verfolgt, was so eine kleinschrittige, beschissene Scheiße war. Die sind ja clever, die Muslime, mit ihrem Hawala-System. Versuch da mal, irgendwelche Geldströme nachzuvollziehen, das ist krasser als im Wilden Westen." Eva unterbrach ihren Frustvortrag kurz, als die Getränke gebracht wurden. „Jedenfalls habe ich die Wiege des Geldes gefunden", redete sie nach einem großen Schluck von ihrem Weißwein prompt weiter.

Es gefiel Sven, wenn sie in Rage war. Mal abgesehen von der elektrisierenden Energie, die von ihr ausging und ihn schon gegen seinen Willen anturnte, war sie in solchen Momenten doch einfach nur Frau. Und zwar eine Frau, die einen starken Mann brauchte, dem sie ihr Herz ausschütten und in dessen Armen sie die Welt um sich herum vergessen konnte. Und genau diese Frau war es, die sich so bereitwillig in seine Hände begab. Feminismus – dass er nicht lachte.

„Aber den Geheimdiensten ist es egal! Beweise? Feine Sache, was sollen wir mit dieser Info anfangen? Eine Razzia. Und dann? An die Drahtzieher kommen wir eh nicht ran. Dabei habe ich wasserdichte Beweise dafür, dass eine Solaranlage in Somaliland auf solche Weise finanziert wurde. Da war sogar eine afghanische Talibangruppe dabei, die das Geld aus dem Heroinverkauf in einer dieser Scharia-Banken angelegt hat. Ist das zu fassen? Bei einem Projekt, wo die offiziellen Investoren international anerkannte Banken wie die GWB aus Dubai sind! Aber die zahlen auch die Waffen der Amerikaner. Also werden sie auch von den Amis gedeckt. Die sind es ja auch, die den Markt mit Waffen vollpumpen. Aber das ist noch nicht mal das Schlimmste daran." Eva beugte sich vor, sodass die Perlenkette kurz um ihren Hals baumelte. Mit gedämpfter Stimme, doch ohne an Temperament verloren zu haben, legte sie Sven offen: „Dieses Somali Solar, das gesamte Ding, wurde von den Islamisten finanziert. Und jetzt waschen die ihr scheiß Scharia-Geld auch noch. Ein weiterer dubioser Investmentfonds aus Dubai wird ihnen das Projekt nach Fertigstellung abkaufen. Die Kerle haben dann ihr dreckiges Geld auch noch verdoppelt." Mit fassungslosem Kopfschütteln ließ sie sich wieder gegen die Stuhllehne sinken. Dann lachte sie schnaubend auf und meinte: „Ganz ehrlich, ich finde, das ganze Scheißding in Somaliland müsste einfach in die Luft gesprengt werden."

Sven hatte ihr die ganze Zeit aufmerksam zugehört und die Informationen gierig aufgesogen. Ihr Fazit fiel zwar ungewöhnlich emotional für ihre Verhältnisse aus. Doch ihm gefiel diese Seite an ihr. Gerade in solchen Momenten, wo die Grenzen zwischen der BND-Eva und Einfach-nur-Frau-Eva verschwammen, brachte sie die Rädchen in seinem Kopf am besten ins Rollen.

„Entschuldige bitte, dass ich mich so ausgekotzt habe. Ich wollte unser Wiedersehen nicht mit meiner Arbeit ruinieren." Der feurige Missmut in Evas Augen hatte wieder ihrem verdeckten, sehnsuchtsvollen Naturell Platz gemacht.

„Aber das hast du doch nicht, Süße", entgegnete Sven und griff über den Tisch nach ihrer Hand. Ihr Blick leuchtete wieder auf und bekam wie auf Knopfdruck diese anschmachtende Schwere. Sie liebte es, wenn er sie so nannte. „Bei mir kannst du alles rauslassen, das weißt du doch."

„Oh ja", schnurrte sie. „Sowohl was die Dinge außerhalb wie auch innerhalb des Schlafzimmers betrifft."

Sven grinste, während sie mit dem Fuß leicht gegen die Innenseite seiner Wade strich und ihn mit einem verführerischen Augenaufschlag ansah. Es tat gut, wie sie sich ihm hingab. Es hatte auch lange genug gedauert und ihn einiges an Geduld gekostet, bis sie ihre Vernunft über Bord geworfen hatte. Aber schließlich war es ihm doch gelungen, dass sie in ihm den Mann sah, bei dem sie sich in jeglicher Hinsicht hemmungslos fallen lassen konnte.

Eva entging nicht die Erregung, die sich in Svens Züge mischte, auch wenn sie die dahinterliegenden Interessen nicht in ihrer Gänze kannte. Jedenfalls war das Essen für sie beide Nebensache. Er genoss es, wie sie ihn ansah, liebte es, zu beobachten, wie ihre Gedanken sich um nichts anderes mehr drehen konnten, als an die Vorstellung, was er gleich in ihrem Hotelzimmer mit ihr anstellen würde. Denn er würde sich nehmen, was ihm zustand.

Als Sven am nächsten Morgen aufwachte, hörte er, wie die Zimmertür ins Schloss fiel. Eva nahm wie immer den ersten Flug zurück nach Berlin und hatte ihm einen Becher Kaffee ans Bett gestellt. Was hatte sie ihm gestern in ihrem Redeflash alles erzählt! Als sich seine Gedanken sortierten, klickte es plötzlich in seinem Kopf: Somaliland. Hargeisa. Hawala. Fluchthilfen. Drogengelder. Die Neger in den großen, schwarzen Mercedes-Limousinen, die er in der Worringer Straße vor diesem Laden gesehen hatte. Das war bestimmt kein Zufall und keine einfache Kleinkriminellenbande. Die sind vielleicht Teil eines größeren Netzwerks.

Wie lange kenne ich Eva jetzt? Drei Jahre war es her, seit Eva in die Abteilung der illegalen Finanztransaktionen und Islamismus gewechselt war. Als die Agentin ihn vor etwa zehn Jahren bei einem seiner Besuche in Thüringen als V-Mann rekrutiert hatte, war sie in einer ganz anderen Abteilung tätig. Professionell und geschickt war sie gewesen, mit scharfem Verstand. Ja, Eva hatte gegen seinen Willen einen Reiz auf ihn gehabt, doch ahnte sie damals wie heute nichts von der Chance, die er in ihr witterte. Als Feldwebel der Jägertruppe hatte sich Sven mit Leib und Seele dem Schutz seiner Heimat verschrieben. Bloß wurde er mit der Zeit immer unzufriedener, wie der Bund diesen Schutz ausübte. Umso kostbarer war für Sven die Rekrutierung durch Eva. Allerdings kam es schon bald anders, denn nach der Aufdeckung der Verstrickungen des BND in die NSU und der Verurteilung von Beate Zschäpe hatte der Nachrichtendienst sein V-Mann-Programm in der Nazi-Szene beendet und sich neu aufgestellt. Seine Chancen, einen Fuß beim BND reinzukriegen und an vorderster Front gegen die ganzen illegalen Drecksspisser vorzugehen, waren dahin. Sven hatte für Eva eigentlich keinen Wert mehr. Zumindest nicht für die knallharte Abteilungsleiterinnen-Eva. Aber zu diesem Zeitpunkt war es ihm schon gelungen, dass diese Eva nicht mehr die Stimme der sensiblen, verletzlichen Frau, der eigentlichen Eva ignorieren konnte.

Und nun war endlich sein Glückstag. Eva hatte ihm in ihrem Wutausbruch die grandioseste Idee überhaupt auf dem Silbertablett serviert. Wenn ich das ganze Ding einfach in die Luft sprenge, dann ist das dreckige Geld weg, das die Schleuser verdient haben. Die

Schleuser sind daran schuld, dass wir von dem ganzen Gesindel aus dem Süden überschwemmt werden. Ohne Schleuser keine Flüchtlinge. Er könnte es endlich diesen schwarzen Dreckspissern heimzahlen! Endlich wäre er der große Kämpfer des Abendlandes, der Prinz Eugen des 21. Jahrhunderts!

Kapitel 4 – Dienstag, 29. Juni 2021

Die zwei Wochen seit ihrem letzten Treffen vergingen wie im Flug. Am Freitag, als sich ihre Mitschüler auf das Wochenende freuten, konnte Zola es dagegen kaum erwarten, dass das Wochenende schon vorbei und endlich Dienstag war. Chris ging es nicht anders. Er fieberte seinem Dienstagfeierabend entgegen und schwebte geradezu aus dem Büro, voller Freude auf das Wiedersehen mit ihr.

Chris hatte die Idee, an diesem Nachmittag in eine Ausstellung zu gehen. Zola war begeistert von seinem Vorschlag, denn außerhalb der Schule hatte sie noch nie Gelegenheit dazu gehabt. Ihre Familie interessierte sich nicht für das deutsche Kulturprogramm, und für ihre Freudinnen bestand Kultur aus Social Media.

Als Chris ihr einen Programmflyer mit dem Titel „PS: Ich liebe Dich" vorlegte, waren Zola im ersten Moment fast die Augen aus dem Kopf gesprungen. Zum Glück sah sie gerade noch rechtzeitig den Untertitel „Sportwagen-Design der 1950er- und 1970er-Jahre" und konnte sich schnell wieder fangen. Chris hatte glücklicherweise auch eine andere Interpretation zu ihrer verzögerten Reaktion: „Ich hatte mir schon gedacht, dass dich Autos gar nicht interessieren. Aber ich habe viel Gutes über die Ausstellung gehört und dass es auch für Laien toll gestaltet ist und …"

„Ich möchte sehr gerne mit dir in die Ausstellung gehen", unterbrach Zola seine Ausführungen. Das Ausstellungsthema war ihr völlig egal, Hauptsache, sie konnte Zeit mit Chris verbringen. Und so oder so würde sie jeden Hauch Kultur freudig und wissbegierig aufsaugen.

Und so besuchten sie an diesem Nachmittag den Kunstpalast. Allein die Atmosphäre war für Zola wie aus einer anderen, wohltuenden Welt. Während sie durch die Ausstellung gingen, bewunderte sie neben den Exponaten und Besuchern auch Chris' Begeisterung und Wissen. Es gab beinahe kein Auto, zu dem ihm nicht etwas eingefallen wäre. Seine Augen leuchteten wie die eines Kindes in einem Süßwarengeschäft, und seine Stimmung war einfach ansteckend. Nach dem Kulturprogramm spazierten sie gemächlich zum Rheinufer, vorbei am Fortuna-Büdchen und den Rheinterrassen, und machten es sich mit zwei Cola im Three Little Birds gemütlich. Die Sitzplätze waren belegt, daher saßen sie auf der Promenadenmauer und genossen den Blick auf die im Rhein untergehende Sonne.

Chris fragte sie, wie es mit der Ausbildung lief. Zola stöhnte erschöpft auf, sie machte sich Sorgen wegen der nahenden Abschlussprüfungen. Sie hatte schon längst angefangen zu lernen und konnte den ganzen Kram langsam nicht mehr sehen.

„Du packst das schon! Du bist doch nicht umsonst die Klassenbeste."

„Das ist lieb von dir. Und ja, ich weiß ja an sich, dass ich das alles kann. Aber es geht schließlich ums Examen, da muss alles perfekt sein."

Diesen Anspruch konnte Chris gut verstehen. Auch er war immer von Ehrgeiz getrieben und gab sich nicht mit einem „gut" zufrieden. Er erzählte Zola von seinem Elektrotechnikstudium in Aachen und dass er es in Regelstudienzeit hinter sich gebracht hatte. Eine andere Option war schlicht und ergreifend nicht infrage gekommen, weil er auf BAföG angewiesen war.

Zola sprach ihm ihre ehrliche Bewunderung darüber aus und fragte, ob er denn in seinen Eltern eine Unterstützung hatte finden können. Chris offenbarte ihr, dass er bei Adoptiveltern aufgewachsen war. Sie hatten immer alles dafür gegeben, dass es ihm an nichts fehlte und er die besten Chancen hatte. Doch nachdem sein Adoptivvater erkrankt war, veränderte sich auch die finanzielle Situation der Familie. Somit konnten sie ihn nicht mehr so unterstützen, wie es sie sich für ihn gewünscht hatten. Dennoch hatte Chris sich davon nicht unterkriegen lassen und sich selbst durchgebissen. Er liebte seine Eltern sehr und wollte ihnen etwas zurückgeben, dafür, dass sie ihm dieses Leben ermöglicht haben.

„Wie war das für dich, als ausländisches Kind in einer deutschen Familie aufzuwachsen?"

„Das erste Jahr war hart. Aber meine Eltern waren darauf vorbereitet gewesen und haben mir immer Freiraum gelassen. Und nachdem ich in der Schule und beim Sport Freunde gefunden hatte, wurde es leichter."

„Das kann ich mir vorstellen", sagte Zola nachdenklich. „Auch wenn ich hier geboren wurde, ist es nicht einfach, Anschluss zu finden. Und das, obwohl meine Eltern nicht so traditionell sind wie andere Familien. Wenn wir mit Verwandten in Somaliland telefonieren, müssen sie sich sogar manchmal dafür rechtfertigen, was sie meinem Bruder und mir erlaubt haben und ermöglichen."

„Ach, deine Familie kommt aus Somaliland?", fragte Chris erstaunt.

Zola lachte. Es klang warm und leicht. „Was glaubst du denn, warum unser Restaurant Hargeisa heißt? War dir das etwa nicht aufgefallen?"

„Ehrlich gesagt, hatte ich da nicht drauf geachtet", entgegnete Chris in entschuldigendem Ton. „Ich bin nur deshalb so verwundert, weil Ray Capital in Somaliland investiert. Unser Herzensprojekt, wenn man so will."

Nun war es an Zola, erstaunt zu sein: „Ein deutsches Unternehmen investiert in Somaliland?"

„Ray wurde dafür auch lange belächelt. Es war nicht einfach, Investoren zu finden und für das Projekt zu begeistern. Aber wenn Berbera-3 erst mal läuft, werden die Kritiker schon alle eines Besseren belehrt."

So verging der Abend wie im Flug. Widerwillig machten sich die beiden auf den Weg zur U-Bahn-Station Tonhalle, von wo aus sie zum Hauptbahnhof fuhren und Chris Zola nach Hause brachte. Grinsend deutete sie auf das Hargeisa-Schild über dem Eingang, und er hob mit einem schuldbewussten Lächeln die Arme. Auch wenn der heutige Abschied weniger verlegen ausfiel, wagte Chris sich trotzdem nicht weiter. Es wäre zu früh. Gerade Zola musste er mehr Zeit geben und durfte sich nicht auf der Annahme, dass sie von ihm die Initiative erwartete, ausruhen.

Die nächsten Wochen liefen bei beiden deutlich turbulenter ab. Zola musste sich auf ihre Abschlussprüfungen vorbereiten und war nervös, doch mindestens genauso entschlossen und ehrgeizig. Chris bestärkte sie und feuerte sie an. Doch auch er musste sich beweisen, denn die Partner von Ray Capital nahmen ihn abwechselnd auf ihre Dienstreisen mit. Den Großteil des Sommers fiel Chris abends daher in irgendein Hotelbett, und tagsüber war sein Kopf ausgelastet mit lauter Zahlen, technischen Daten und dem Networken zum Ausbau von Geschäftsbeziehungen.

Es war eine Zeit, in der beide das Fundament für die nächsten Jahre ihres Lebens legten. So wunderte es Chris nicht, dass der Kontakt zu Zola immer sporadischer wurde. Doch als sie sich nach den Sommerferien nicht mehr meldete, machte sich in ihm trotzdem Enttäuschung breit. Natürlich ergab der schwindende Kontakt auch aus anderen Gründen Sinn: Ihre Eltern würden niemals einen Freund, noch dazu ein Nicht-Somali, akzeptieren. Und mit seinen dreißig Jahren war er zu alt für sie. Er wusste gar nicht, was er sich dabei gedacht hatte, als ob eine schöne, junge Frau sich für einen so viel älteren Kerl interessieren könnte.

Was Chris jedoch nicht wusste, war, dass Zola genau der gleiche Gedanke durch den Kopf ging. Sie wollte nicht schon wieder den ersten Schritt machen und den Kontakt aufleben lassen. Aber sie wusste auch, wie viel er um die Ohren hatte, und hatte Angst, sich ihm aufzudrängen. Abgesehen davon, würde sich ein attraktiver, ehrgeiziger und gebildeter Mann wie er mit einem jungen, weltfremden Ding wie ihr nur langweilen. Bestimmt hatte er eine tolle, smarte Frau in seinem Alter kennengelernt und meldete sich deshalb nicht mehr. Aber was hatte sie denn erwartet?

Kapitel 5 – Dienstag, 23. November 2021

Als Chris an diesem verregneten, kalten Morgen Ende November im Büro ankam, rief sein Chef Ray Klein ihn direkt zu sich ins Büro und eröffnete ihm: „Rufus hat DHF, Dengue-Hämorrhagisches Fieber. Er liegt im Krankenhaus in Hargeisa. Wir versuchen, ihn so schnell wie möglich nach Hause zu fliegen."

„Was? Wird er es schaffen? Kommt er durch?", wollte Chris wissen.

„Ach, Rufus ist ein harter Hund, der schafft das. Aber das Kraftwerk soll spätestens in zwei Monaten ans Netz gehen, und danach wollen wir Berbera-3 feierlich eröffnen. Ich brauche jetzt einen fähigen und vertrauensvollen Mann vor Ort", fuhr Ray fort.

„Ja, klar, aber wen?"

„Chris, du hast zusammen mit Rufus das Projekt geleitet. Du kennst dich aus, du musst übernehmen", teilte Ray seine Vorstellung mit.

„Aber ... ich kann nicht, Ray. Ich habe schlechte Erinnerungen an Afrika." Chris' Stimme zitterte. „Ich kann eine technische Due Diligence leiten und ich kann dir einen Businessplan schreiben, bei dem den Investoren das Wasser im Mund zusammenläuft. Ich kann auch Exceldateien modellieren, die ausgedruckt nicht an die Wand passen würden. Aber operative Verantwortung in Afrika? Nein, da muss ich passen." Chris holte kurz Luft und schlug als Alternative Marlene als Rufus' Nachfolgerin vor.

„Nein, sie kümmert sich um unsere Investoren und das Fundraising für den neuen Fonds, damit hat sie genug zu tun", setzte Ray dagegen.

„Wie wäre es mit Mona?" In Chris machte sich Verzweiflung breit.

„Mona kümmert sich doch um Tunesien, Chris. Weißt du eigentlich, was wir in Somaliland alles machen? Somaliland ist nicht nur unser Vorzeigeprojekt, es ist eine Revolution. Es ist der Blueprint für unsere große Vision des Solarbelts."

„Ich weiß, und ich hänge mich doch zu hundertzwanzig Prozent rein. Ray, du kennst mich." Chris' Stimme zitterte. Er würde nicht nach Afrika gehen, er konnte das nicht.

„Wenn du mal Partner werden willst, musst du auch operative Erfahrung nachweisen. Ich biete dir nun die Gelegenheit. Rufus muss sich erholen."

„Ray, ich kann das wirklich nicht. Ich kann niemandem direkt in die Augen sehen. Ich zittere, wenn ich Anweisungen geben soll. Rufus ist ein harter Brocken. Er ist Partner, er hat Führungserfahrung."

„Ja, und das wirst du lernen. Ich werfe dich ins kalte Wasser, und du lernst schwimmen. Davon bin ich überzeugt." Ray redete weiter von seinen Visionen, grandiosen Visionen: Solarkraftwerke in den Wüstengürteln rund um den Globus sollten elektrische Energie im Überfluss produzieren. Unterirdische Gleichstromleitungen bildeten ein globales und stabiles Stromnetz zur Versorgung aller Menschen. Eine Solarfabrik mit mehreren Gigawatt Stromleistung in Tunesien, mit der nicht nur Tunesien energietechnisch voll und ganz abgesichert wäre, sondern mit der Tunesien Solarstrom nach Europa liefern könnte.

„Aber du musst dich nicht sofort entscheiden", lenkte Ray nach seinen Ausführungen ein. „Lass dir etwas Zeit. Was machst du am Freitagabend? Hast du Lust, mit mir essen zu gehen? Ich lade dich zu etwas ganz Besonderem ein."

Das konnte Chris nicht ablehnen, das stand außer Frage.

Kapitel 6 – Freitag, 10. Dezember 2021

Als Ray ihm die Adresse des Restaurants schickte, starrte Chris erst mal ungläubig auf den Bildschirm. Das kann doch nicht sein Ernst sein … Dass sein Chef ein gewandter Stratege war, kannte Chris nicht anders von ihm. Aus diesem Blickwinkel betrachtet, hätte es ihn daher nicht wundern dürfen, dass Ray ihn ins Hargeisa einlud. Aber natürlich konnte Ray nicht wissen, dass Chris mit dem Restaurant noch etwas, oder, besser gesagt, jemanden verband. Als wäre der Anlass nicht sowieso schon aufreibend genug für Chris, musste er sich gleich doppelt für den Abend wappnen.

Beim Eintreten wurde er freundlich von einer Frau mit einem bunten Kopftuch begrüßt: „Guten Abend, haben Sie reserviert?"

„Klein, Ray Capital. Wir haben einen Tisch."

„Aber natürlich, Herr Klein erwartet Sie schon."

Ob das Zolas Mutter ist, fragte sich Chris, während die Frau ihn zu einem ruhigen Platz am Fenster und zu Ray führte.

„Einen Aperitif, die Herren?"

„Ein Alt und eine Cola."

„Zum Wohl", prostete Ray Chris zu, nachdem die Frau ihnen die Gläser auf den Tisch gestellt hatte.

Chris hob sein Glas und nahm einen großen Schluck. Er hatte die letzten Nächte kaum schlafen können, schon gar nicht, nachdem er wusste, wohin Ray ihn einlud. Er hatte an diesem Abend lange überlegt, was er anziehen sollte, und sich dann für beige Chinos und ein dunkelblaues Jackett über einem weißen Hemd entschieden. Es schien angemessen, nicht allzu leger zu sein.

Die Kerzen auf dem Tisch sorgten für ein warmes Licht, und der dezente, aber allgegenwärtige Geruch von Weihrauch verlieh dem Lokal eine beruhigende Atmosphäre. Orientteppiche zierten den Boden und die Wände. Chris fühlte sich mit einem Mal nicht mehr ganz so unsicher und desorientiert wie am Anfang. Die freundliche Dame mit dem Kopftuch brachte die Speisekarte.

„Sie haben Kamelfleisch. Eine wirkliche Delikatesse", meinte Ray.

Chris bestellte das gleiche wie er. Nachdem seine Nervosität etwas abgeklungen war, konnte er sich auch besser auf die Details der Entstehung von Ray Capital konzentrieren, die Ray ihm in der für ihn typischen expressiven Art beschrieb. Er hörte gebannt zu und war wie eh und je beeindruckt von dem Fortschritt, zu dem auch seine Arbeit beitrug. Was für ein Glück er hatte, die Welt zur Klimaneutralität mitverändern zu können. Trotzdem war es eine gänzlich andere Hausnummer, vor Ort im unsicheren Afrika für die Umsetzung des Projekts die Verantwortung zu übernehmen. Wie sollte er das seinem Chef nur deutlich machen?

Als die Vorspeise an den Tisch gebracht wurde, riss eine ihm vertraute, behagliche Stimme Chris aus seinen Überlegungen. Sein Herzschlag beschleunigte sich wie ein Sportwagen. „Guten Abend die Herren, bitte schön."

„Hallo Zola", grüßte er sie zaghaft.

Im Gegensatz zu der Freude, die in seinen Augen aufleuchtete, flackerte in Zolas Augen Panik auf. Sie schaute über die Schulter und presste die Lippen aufeinander.

„Bist du etwa auch Stammgast hier?", kommentierte Ray die Szene, die sich vor ihm abspielte.

Das gab Zola genug Zeit, sich wieder zu fangen. Sie setzte ein perfektes Kellnerinnenlächeln auf, wünschte ihnen einen guten Appetit und eilte zurück in Richtung Küche.

„Wir kennen uns doch aus dem Füchschen, im Frühling, sie hat mir die Lippe gepflastert", quittierte Chris Rays fragenden Blick knapp.

„Ach ja, ich erinnere mich."

Chris war dankbar dafür, dass sein Chef nicht weiter nachhakte. Abgesehen davon, forderte der Anlass des Abendessens glücklicherweise wieder seine volle Aufmerksamkeit. Ganz wie Chris erwartet hatte, führte Ray ihm alle Vorzüge des Projekts in Somaliland und der damit einhergehenden einmaligen Chance für ihn auf. Am Ende des Abends schwirrte Chris der Kopf. Das war auch Ray klar, denn er forderte von seinem Teammitglied auch heute keine endgültige

Entscheidung. „Lass uns am Montag noch mal mit klarem Kopf sprechen", verabschiedete er sich von Chris.

Zumindest war er heute noch mal drum herumgekommen, seinen Mann zu stehen und Ray sein Nein vorzubringen, dachte Chris auf dem Heimweg. Ihm war auch ohne die heutigen Einblicke klar, dass er damit eine Riesenchance verpasste. Doch egal wie er es drehte und wendete, seine bösen Erinnerungen an seine alte Heimat in Afrika standen ihm wie der Kilimandscharo im Weg.

Aber sein Kopf hatte an diesem Abend noch einen weiteren, gänzlich unerwarteten Grund zum Grübeln bekommen. Natürlich hatte er gewusst, dass es das Restaurant von Zolas Familie war. Dennoch hätte er niemals damit gerechnet, ihr dort zu begegnen, ausgerechnet heute. Den ganzen Heimweg über zerbrach er sich den Kopf darüber, was er nun tun sollte, vor allem nach ihrer Reaktion. Aber vielleicht lag es gar nicht an ihm selbst? Vielleicht hatte sie einfach Angst gehabt, dass ihre Mutter mitbekam, wie sie sich unterhielten?

Zu Hause angekommen, fasste er sich ein Herz und schrieb Zola bei WhatsApp: „Schön, dich wiedergetroffen zu haben". Nach kurzer Überlegung fügte er ein lächelndes Emoji hinzu.

Sie antwortete in einem Wimpernschlag: „In zwei Tagen fliege ich zu meiner Familie nach Somaliland. Ich darf dort als Krankenschwester arbeiten" – gefolgt von einem Emoji mit rosa Bäckchen.

Kapitel 7 – Donnerstag, 16. Dezember 2021

„Alles hier ist so bunt und friedlich", lautete die letzte Whats-App-Nachricht auf seinem iPhone. Chris drückte heute schon zum zehnten Mal auf den Chat mit Zola, schaute sich die Nachrichten immer wieder an, das rote Herz. Er wollte sie sprechen, drückte den Button. In der Leitung hörte er das dumpfe Tuten. Gerade wollte er auflegen, als ein „Hallo Chris!" ertönte.

Sein Pulsschlag beschleunigte sich. „Hallo Zola, na endlich! Bist du gut angekommen?"

Sie berichtete ihm mit vor Euphorie sprudelnder Stimme von ihren ersten Eindrücken und Erlebnissen in Hargeisa und dem über-schwänglichen Empfang im Haus ihres Onkels Ibrahim – einem luxuriösen Heim mit hohen Mauern und einem kleinen Pool im Garten. Ihre Tante Imana hatte sie am Morgen mit auf den Markt genommen und sie von Kopf bis Fuß neu eingekleidet.

„Du kannst dir gar nicht vorstellen, was die Frauen hier alles an-haben, wenn sie draußen unterwegs sind. Es ist ungewohnt, aber irgend-wie gefällt es mir. Die Tücher sind leicht und liegen nicht so eng an."

Sie hatten in einem Geschäft viele bunte Stoffe in ihren Lieb-lingsfarben Gelb, Orange und Blau gekauft. Auf der Straße hatte ein Schneider seine Nähmaschinen aufgebaut und ihr sofort drei Kleidungsstücke genäht, die sie anprobiert hatte. Als Erstes hatte Zola einen Unterrock aus Seide, den Gorgorad, angezogen. Darüber hatte sie dann den Dirac geworfen, ein gelb-orange gemustertes Ober-teil mit quadratischem Schnitt. Mit einem großen blauen Kopftuch, dem Garbasaar, hatte sie zum Schluss ihr Haar verdeckt. Ihre Tante hatte ihr noch gezeigt, wie sie den bodenlangen Dirac ein Stück in den Gorgorad stecken musste, um ihn etwas zu raffen. „Ich habe ja nie ein Kopftuch getragen, aber hier in Somaliland tragen das alle Frauen, und meine Tante kann sich auch keine andere Kleidung für Frauen hier vorstellen."

Als Nächstes hatten sie den Schneider beauftragt, zwei hellblaue Kopftücher und einen langen weißen Kittel zu nähen. „Der Schneider hat an der Beschreibung sofort erkannt, dass es eine Schwesterntracht für das Edna Adan Maternity Hospital werden soll, und mich zu diesem Beruf beglückwünscht. Es gibt nur wenige Töchter, die von ihrem Vater die Erlaubnis bekommen, zu arbeiten, meinte er."

Chris war verwundert darüber, dass Zola die traditionelle Bekleidung und patriarchischen Strukturen ganz widerspruchslos hinnahm und nicht weiter kommentierte. Er war es von ihr gewohnt, dass sie sich den bereits an das Leben in Deutschland angepassten Ansichten ihrer Eltern widersetzte. Dass sie sich vor ihrer Abreise im Klaren darüber gewesen sein muss, dass sie in Somaliland andere Sitten erwarteten, konnte er sich zwar denken. Dennoch überraschte es ihn, dass sie sich auch ihm gegenüber gar nicht kritisch dazu äußerte. Aber Chris freute sich zu sehr darüber, endlich Zolas Stimme zu hören, als dass er ihr Gespräch mit seiner Beobachtung unterbrochen hätte. Stattdessen sog er jedes ihrer freudvollen Worte und den heiteren Klang ihrer Stimme wie ein Ertrinkender in sich auf.

Nachdem Zola neu eingekleidet und mit ihrer Uniform ausgestattet war, waren sie zum Viehmarkt gegangen. Zola teilte ihr neu erworbenes Wissen eifrig mit Chris: „Ich wusste ja, dass die meisten Menschen hier Viehhirten sind. Tante Imana hat mir den riesigen Viehmarkt gezeigt, und da war ich dann doch ganz schön geflasht. Denn die Kamele, Ziegen und Schafe, mit denen die Menschen da handeln, werden zum Großteil nach Saudi-Arabien oder Dubai verkauft. Dafür gibt es hier nur wenige Bauern. Die durch den Viehhandel gewonnenen Devisen werden also für den Import von Früchten, wie Orangen und Bananen, und sogar Kartoffeln wieder ausgegeben. Durch den Klimawandel ist Regen hier noch seltener geworden."

Ihre Tante Imana hatte auch erzählt, dass Somali Solar mit dem Solarstrom hier Wunder bewirkt hatte. „Die Nähmaschine auf dem Markt, mein iPhone, die Versorgung mit sauberem Wasser durch elektrische Pumpen in den tiefen Brunnen, alles funktioniert hier mit Strom." Imana hatte gesagt, dass die Brunnen früher mit stinkenden Dieselaggregaten betrieben worden sind, und wenn es keinen Diesel gab, gab es auch kein Wasser. Und jetzt verfügte Somaliland sogar über eine Meerwasserentsalzungsanlage. „„Somali Solar' liest man hier an jeder Straßenecke, Chris. Ich wusste gar nicht, wie wichtig deine Arbeit für mein Land ist. Somali Solar verändert hier alles. Deswegen ... bist du dir sicher, dass du das Angebot deines Chefs nicht annehmen willst? Ich fand vorher schon, es klingt wie eine weggeworfene Chance, und jetzt, wo ich hier direkt erlebe, welche Bedeutung deine Arbeit hat, umso mehr."

Chris und Zola hatten am Tag vor ihrer Abreise telefoniert und sich viel von der Zeit seit ihrem letzten Treffen zu erzählen gehabt. Dabei hatte sie auch gefragt, wie es dazu kam, dass er mit seinem Chef ausgerechnet im Restaurant ihrer Eltern gelandet war. Also hatte Chris ihr vom Job in Somaliland berichtet, von Rufus, aber dass er nicht vorhatte, dessen Job zu übernehmen. Da Ray die letzten Tage unterwegs war, hatte er Chris noch mal Bedenkzeit gegeben, doch Chris' Entscheidung war unverändert. „Ich sehe mich einfach nicht in Rufus' Fußstapfen", sagte er auch jetzt zu Zola.

„Hm, bitte überleg es dir noch mal. Wenn du die Auswirkungen deiner Arbeit live erleben würdest, würde es dir sofort anders gehen, da bin ich mir sicher. Und ... ich würde dich so gerne hier begrüßen."

Der letzte Satz hallte in Chris' Ohren wider, und er merkte, wie sein Gesicht warm wurde. Ehe er darauf reagieren konnte, hörte er im Hintergrund laute Rufe.

„Ich muss los, meine Cousinen rufen mich zum Essen. Wir schreiben, ja?"

„Auf jeden Fall", versicherte Chris, dann war die Verbindung beendet.

Er verspürte ein seltsames Ziehen in seinem Bauch. Zola hatte ihm wirklich unmissverständlich gesagt, dass sie ihn gerne in Somaliland begrüßen würde. Chris fühlte, wie seine tiefe Überzeugung, nicht diesen Job anzunehmen, einen ersten, kaum sichtbaren Riss bekam. Doch er fing sich wieder. Es stand außer Frage, er konnte nicht nach Afrika gehen. Für eine Geschäftsreise von ein paar Tagen, vielleicht einer Woche, gemeinsam mit seinen Kollegen, das wäre womöglich eine Option, wie er seinem Heimatkontinent begegnen könnte. Aber allein und mit der höchsten Verantwortung für das Herzensprojekt von Ray Capital? Bei der Vorstellung wurde Chris wieder eiskalt.

Alles, was ihm Angst machte, zu viele Erinnerungen, die ihn nachts manchmal immer noch nicht schlafen ließen, befand sich dort, in sicherer Entfernung von mehreren Tausend Kilometern südlich von hier. Dann noch die Aussicht auf eine leitende Position, wo er Anweisungen erteilen und ihre Ausführung dirigieren müsste. Dabei scheute Chris sich nicht vor Verantwortung. Im Gegenteil, es hatte ihn mit Stolz erfüllt, dass Ray ihm noch zu Werkstudentenzeiten wichtige Aufgaben und Projekte übertragen hatte, und er schätzte sein Angebot und darin entgegengebrachtes Vertrauen tief. Aber es war etwas anderes, sich um hundertachtzig Grad zurückzudrehen und der Vergangenheit nicht nur in die Augen zu sehen, sondern erneut in ihre Klauen zu geraten.

Aber ... war es wirklich ein Schritt zurück? Er war kein Junge mehr, sondern ein Erwachsener mit nicht zu verachtender Lebenserfahrung und bei Weitem nicht mehr auf der ersten Stufe der Karriereleiter. Seinem alten Ich und den Monstern der Vergangenheit also um Meilen voraus. Wenn er die Position annähme, wäre es ein weiterer Schritt nach vorne.

Chris stöhnte frustriert auf und reckte sich. Dann setzte er sich im Schneidersitz auf die Couch, stützte die Ellenbogen auf die Knie und ließ den Kopf auf seine Handflächen sinken. Wie oft war er in den letzten Wochen schon um diesen Punkt gekreist? Er brachte es einfach nicht über sich. Und doch konnte er fühlen, wie sich vom ersten feinen Riss bereits weitere kleine, dünne Verästelungen durch seine Entschlossenheit zogen.

„Ich würde dich so gerne hier begrüßen." – Zolas Worte hallten wie ein Echo in seinen Gedanken nach. Und die Bewunderung für diese entschlossene junge Frau durchströmte Chris. Sie war so viel mutiger als er, in ein Land zu gehen, dass sie nur über ihre Eltern als ihr Heimatland kannte, und dort unter ganz anderen als den ihr gewohnten Bedingungen zu arbeiten und zu leben. Genauso, wie sie schon wieder den Mut aufgebracht hat, die Initiative zu ergreifen. Chris mochte im Sommer an ihrem Interesse an ihm Zweifel bekommen haben, doch er musste sich einmal mehr eingestehen, dass er dafür in die Verantwortung zu ziehen war. Es hatte an seinen eigenen Zweifeln und mangelnden Bekräftigung gelegen, dass Zola sich immer weniger gemeldet hatte. Das Begreifen darüber, dass er gerade kurz davorstand, sich wieder von seinen Ängsten davon abbringen zu lassen, einen Versuch zu wagen, traf Chris wie ein Schlag ins Gesicht. Er hatte jahrelang so hart dafür gearbeitet und hatte sich in seiner Traumfirma etabliert – und stemmte sich gegen die Früchte seiner eigenen Arbeit. Noch dazu war die Frau, die ihn von Anfang an verzaubert hatte und ihm seit Monaten nicht mehr aus dem Kopf ging, genau dort hingegangen, wohin er abbestellt werden sollte. Und er brütete hier in seinem Wohnzimmer über die Vergangenheit, anstatt auf die Zeichen zu achten, die ihm auf dem Silbertablett präsentiert wurden. Vielleicht war Rufus' Erkrankung ja ein Wink des Schicksals.

Chris richtete sich auf und atmete tief durch. Zum ersten Mal sortierten sich seine Gedanken in Für und Wider. Langsam und klar formte sich sein endgültiger Entschluss. Scheiß auf die Vergangenheit! Die Zukunft gehört mir!

Kapitel 8 – Montag, 3. Januar 2022

Der Emirates-Flug von Dubai nach Hargeisa dauerte dreieinhalb Stunden. Obwohl er die Nacht in einem Flughafenhotel verbracht hatte, hatte Chris vor lauter Aufregung kaum geschlafen. Als der Pilot den Landeanflug ankündigte, betrachtete Chris, wie die Sonne die Wüste unter dem Flugzeug in ein oranges, warmes Licht tauchte. Sie überflogen den blau schimmernden Golf von Aden, der den Jemen von Somalia trennte. Dann wechselte die Wüste in eine Gebirgslandschaft. Die Landebahn war zu sehen. Der Pilot ließ die Maschine sanft aufsetzen. Der Jet hielt direkt vor dem weißen Hauptgebäude, und Chris verließ mit den anderen Passagieren das Flugzeug über die herangefahrene Gangway. Dieser Flughafen roch gar nicht nach Kerosin, wie die vielen anderen Flughäfen, auf denen Chris schon gelandet war. Es roch frisch. Vielleicht nach Ziegen? Die Einreiseformalitäten waren schnell abgehakt. Der Polizist lächelte freundlich und dankbar, als er den runden Stempel mit dem Kamel in den Pass drücken durfte.

Als er seinen Koffer vom Band genommen hatte und durch die Tür ging, sah Chris schon das große gelbe Schild mit seinem Namen neben dem Somali-Solar-Sticker. „Guten Morgen Herr Azikiwe. Wie geht es Ihnen?", begrüßte ihn der Schildträger auf Deutsch. Er stellte sich als Nuru vor und bot Chris an, seinen Koffer zu tragen.

„Das geht schon", antwortete Chris und folgte Nuru zum Firmenvan. Ein nagelneuer, weißer Mercedes EQV – Rufus wusste, was gut und teuer war. Nuru hatte die hintere Schiebetür geöffnet, doch Chris nahm auf dem Beifahrersitz Platz. Nuru protestierte zwar, aber Chris wollte nicht hinter den schwarzen Scheiben im Fond sitzen. Er wollte sich mit Nuru unterhalten, die Stadt sehen und den jungen Tag begrüßen.

Nuru bückte sich und reichte Chris eine Flasche Wasser. „Machen Sie es sich bequem, die Fahrt nach Berbera wird gute drei Stunden dauern. Zuerst fahren wir durch Hargeisa, und dann nehmen wir die Route No. 1, etwa hundertsechzig Kilometer immer geradeaus."

Als sie den Flughafenparkplatz verließen, fielen Chris die fünf Windräder auf, die den Flughafen mit Strom versorgten. Er fühlte sich flau. Lag es an dem einsetzenden Hungergefühl, oder war es doch mehr? Mit dem Schaukeln des Wagens schaukelten sich auch seine Gedanken auf, die Erinnerungen an seine Kindheit, denen er nicht hatte begegnen wollen, kamen wieder auf. Wie aufgewirbelter Staub auf einer Straße, den man nicht greifen kann, regten sie sich dumpf in seinem Kopf. Hat hier mein Leben aufgehört oder hat es hier begonnen? Hier habe ich einen Freund verloren.

Die Staubkörner formten sich für einen Herzschlag zu einem Bild, ehe sie vom Wind der vielen Gedanken in seinem Geist wieder genauso schnell davongetragen wurden. Chris war, als hätte ihm jemand mit der flachen Hand auf die Brust geschlagen, und er spürte, wie seine Atmung sich beschleunigte. Sein Freund war einfach nicht aufgetaucht, als es losging. Warum hatte das Leben sie beide damals getrennt? Lebte er überhaupt noch? Diese Fragen hatte Chris sich in all den Jahren unzählige Male gestellt, meistens nachts, wenn er wegen ihnen keine Ruhe fand und kein Auge zubekam. Er hatte es doch gewusst, dass die Vergangenheit ihre hässlichen kalten Krallen nach ihm ausstrecken würde, und siehe da, genauso war es nun gekommen. Er war noch keine Stunde in Somaliland, und schon schlugen sie sich ihm in die Brust.

Chris berührte mit seiner linken Hand die Narbe auf seinem rechten Unterarm. Sie sah auf den ersten Blick aus wie eine Hand mit fünf Fingern. Auf den zweiten Blick allerdings waren die Finger deutlich zu dick, und es war kein Daumen zu sehen. Die Form war relativ symmetrisch, mit einer Ausbildung nach vorne und jeweils zwei Ausbildungen nach links und rechts. Wenn man genauer hinsah, konnte man die Form eines Feigenblatts erkennen.

Von der wachsenden inneren Unruhe getrieben, öffnete Chris seinen Rucksack und nahm ein kleines Döschen heraus, steckte sich eine Pille in den Mund und spülte sie mit einem großen Schluck aus der Plastikflasche herunter. Er stützte den Ellenbogen auf dem Fensterrahmen ab, schloss die Augen und lehnte die pochende Schläfe gegen die geballte Faust. Es ist schon gut. Lass die Vergangenheit

Vergangenheit sein. Du kannst sie nicht ändern. Aber du kannst nach vorne sehen. Über deine Zukunft entscheidest du. Du gehst die nächsten Schritte, und sie führen dich nach vorne, nicht zurück. Sieh nicht nach hinten, schau nur nach vorne. Die ersten Kilometer verbrachte Chris in Gedanken mit diesem Mantra. Als er das nächste Mal die Augen öffnete, musste er erst lange blinzeln, als hätte er mehrere Stunden lang tief geschlafen.

Am Ende des Waheen Highway musste Nuru abrupt stoppen, um links auf die Route No. 1 einzubiegen. Einem Fingerzeig von Nuru folgend, sah Chris auf der linken Seite das Hargeisa War Memorial, das Denkmal für die Unabhängigkeit Somalilands. Er fuhr das Beifahrerfenster herunter und erblickte eine 1988 bei der schrecklichen Bombardierung abgeschossene MiG-17, die auf einer bunt bemalten Betonpyramide in fünfzehn Metern Höhe über dem Platz schwebte. Einige Somaliländer saßen auf dem Betonpodest herum und tranken Buttertee.

Stunden später saß Chris am Strand von Berbera. Die Sonne versank gerade im Meer und tauchte den Hafen am gegenüberliegenden Teil der Bucht in ein warmes Licht. Es war angenehm warm, T-Shirt-Wetter. An diesem Tag war das Thermometer knapp unter der 30-Grad-Marke stehen geblieben. Die Somali Solar Company hatte ihm das beste Zimmer im Berbera Beach Hotel, direkt am Meer, gebucht. Am Nachmittag hatte er sich mit den Angeboten der Tauch- und Segelschule vertraut gemacht. Im Hotelprospekt hatte er gelesen, dass die Küste von Somaliland absolut sicher sei. Die Strände seien der perfekte Aussichtspunkt für ein Spektakel von halb versunkenen Schiffen und verlassenen Fischkuttern. Somalilands Isolation habe es vor den Unruhen bewahrt, die Somalia in den letzten Jahrzehnten verwüstet haben.

Sein nachmittäglicher Spaziergang durch die Stadt hatte die Aussagen des Prospekts bestätigt. An allen Ecken hatte Chris die Jahrhunderte des Handels und der Seefahrt gespürt. Trotzdem hatte die Gegend sich seltsam unberührt angefühlt. In den engen Gassen und Wegen waren keine Touristen zu sehen, kein Stand mit Postkarten oder billigen Sonnenbrillen. Bisher hatten auch noch keine

Architekten sich mit Hotelburgen oder Appartementblöcken an der Stadt versündigt. Es erinnerte ihn an Bilder von Spanien oder Ägypten vor dem Touristenboom in den 1960er-Jahren.

Nach der langen Reise und dem Gedankenkarussell zu Beginn der Autofahrt war Chris gerade einfach nur dankbar, auf dem warmen, weichen Sand zu sitzen und dem Sonnenuntergang zuzusehen. Fast wie ein wohlverdienter Kurzurlaub nach den intensiven letzten Monaten, obgleich er wusste, dass es nur die Ruhe vor dem Sturm war. Denn ab morgen ging der Ernst des Lebens erst so richtig los, und er musste sich in seiner neuen Position beweisen. Chris blieb nur wenig mehr als ein Monat Zeit, um das Solarturmkraftwerk betriebsbereit zu machen, bevor es feierlich eröffnet werden sollte. Doch neben der leise an ihn heranschleichenden Panik empfand er in diesem Moment etwas anderes viel intensiver: Nämlich den Ehrgeiz, es sich selbst zu beweisen und Ray zu zeigen, dass er sich nicht darin getäuscht hatte, ihm das Projekt anzuvertrauen.

Chris konnte fühlen, wie sein Kampfgeist in ihm erwachte. Er nahm tiefe, bewusste Atemzüge und ließ sich von der Energie der Sonnenstrahlen und ihrer Wärme aufladen. Unwillkürlich musste er daran denken, wie er vor knapp einem halben Jahr mit Zola an der Rheinpromenade den Sonnenuntergang angesehen hatte. Sein Herz hüpfte kurz in seiner Brust auf, als er realisierte, dass er sich wieder im gleichen Land mit ihr befand und sie in ein paar Tagen endlich wiedersehen würde. Die unbändige Freude darüber mischte sich mit seinem Ehrgeiz, bis er nicht mehr still sitzen konnte und mit einem letzten Blick gen Meer zum Abendessen aufbrach. Nach dem Essen, das fast so gut geschmeckt hatte wie im Düsseldorfer Hargeisa, spürte Chris, wie der Schlafmangel der letzten Tage an ihm zehrte. Er machte noch einen kurzen Spaziergang und ging schlafen.

Am nächsten Morgen wurde Chris von den ersten Sonnenstrahlen geweckt und ging nach einer Dusche zum Frühstück. Ein junger Mann in einem beigen Kaftan führte ihn an seinen Tisch.

„Guten Morgen Herr Azikiwe. Ich heiße Khadim. Was darf ich Ihnen bringen?"

„Guten Morgen Khadim. Ich nehme einen Kaffee, Orangensaft und ein Omelett, bitte."

„Wie wünschen Sie das Omelett? Mit Käse, ein oder zwei Eier?"

„Hm, bitte mit zwei Eiern, Schinken und Käse."

„Oh, bedaure, Schinken haben wir leider keinen."

„Ah, ok, dann ohne Schinken, bitte. Vielen Dank, Khadim."

Er klappte seinen Laptop auf und las die Schlagzeilen im Netz.

Belarus und Russland werden im neuen Jahr ein gemeinsames Manöver abhalten. Der russische Präsident Wladimir Putin hat am letzten Mittwoch den vom belarussischen Machthaber Alexander Lukaschenko bei einem Treffen in St. Petersburg gemachten Vorschlag begrüßt. Die Militärführungen werden die Details für die im Februar oder März stattfindende Übung koordinieren. Der Manöverplan mit der massiven russischen Truppenkonzentration an der ukrainischen Grenze besorgen die NATO und natürlich die Ukraine. Putin und der amerikanische Präsident Joe Biden telefonierten am Donnerstag wegen der Befürchtungen über eine russische Invasion. Putin dementierte nach Aussage Bidens eventuelle Invasionsabsichten. Er forderte Biden auf, zu garantieren, dass die Ukraine kein NATO-Mitglied werde und die Allianz keine Waffen in dem Land stationiere. Der amerikanische Präsident und die NATO lehnen diese Forderungen ab.

Nichts Neues, dachte Chris. Putin drohte, und die Amis ließen ihn am ausgestreckten Arm verhungern.

„Guten Morgen Herr Azikiwe", erklang eine weibliche Stimme. „Hoffentlich gefällt es Ihnen hier in Berbera. Ich heiße Djamila Al Hassan und bin die Assistentin von Rufus Wagner."

Chris schaute von seinem Laptop auf und geradewegs in die dunkelbraunen Augen einer hochgewachsenen Frau in seinem Alter. Sie trug einen schwarzen Schleier, der sich locker um ihre Schultern legte, und eine weiße Abaya mit darunterliegender, hochgeschlossener schwarzer Bluse und dazu passender weißer Anzughose. So war sie professionell gekleidet und hätte doch dem prüfenden Blick von Zolas Tante Imana standgehalten, dachte Chris.

„Guten Morgen Djamila. Nenn mich, bitte, Chris."

Bei Ray Capital war es schon seit Jahren üblich, dass man sich duzte. Djamila und Chris kannten sich bisher nur kurz vom Telefon und freuten sich, sich nun auch persönlich kennenzulernen. Während Djamila ihm seine Task List für den heutigen Tag vorlas, dachte Chris darüber nach, nach welchen Kriterien Rufus die Assistentin wohl ausgesucht hätte: Intelligenz, Fleiß, Durchsetzungsvermögen oder Attraktivität? Auf jeden Fall hatte er eine gute Wahl getroffen, und auf seine Erfahrung war immer Verlass.

„... danach hast du ein Meeting mit dem Bauleiter des Generalunternehmers Shanghou Electric, und gegen sechzehn Uhr ein Gespräch, um die Organisation der Eröffnungsfeier mit der zuständigen Cateringfirma zu besprechen."

Chris war wieder voll da und sagte: „Na, dann fahren wir doch gleich mal los."

Nuru öffnete ihnen die Wagentüren und startete den Elektro-Van. Auf dem kurzen Weg zum Solarkraftwerk besprachen sie das interne Ausbildungsprogramm für Einheimische. „Jedes Jahr gibt es sehr viele fähige Absolventen an der UOH, der University of Hargeisa. Die meisten finden aber keine Stelle. Rufus hat die Jahrgangsbesten eingestellt. Er und ich sind da einer Meinung: Die Frauen hier sind deutlich fleißiger und zuverlässiger als die Männer."

Chris war gespannt, die Fortschritte beim Ausbau des Solarkraftwerks mit eigenen Augen zu sehen. Fast geräuschlos fuhren sie weiter auf der Route No. 1 in Richtung Hargeisa. Nach fünf Kilometern sahen sie auf der rechten Seite den Flughafen von Berbera, der aber wegen Renovierungsarbeiten vorübergehend geschlossen war. Nach weiteren fünf Kilometern erkannten sie das riesige Solarfeld Berbera-1 mit den Tausenden Solarmodulen, die exakt nach Süden ausgerichtet in Reihen aufgestellt waren.

Das gesamte Solarprojekt bestand aus den Parks Berbera-1, Berbera-2 und Berbera-3. Der erste von ihnen war ein Solarmodulkraftwerk mit einer Kapazität von hundertfünfzig Megawatt und in zwei Bauabschnitten zwischen 2014 und 2016 erstellt worden. Der erste Teilabschnitt mit einer Leistung von fünfzig Megawatt war bereits Anfang 2015 ans Netz gegangen. Die gesamte Photovoltaik-Anlage bestand aus etwa achthunderttausend Solarmodulen und erstreckte sich über eine Fläche von zweihundertfünfzig Hektar Wüstensand. Der erzeugte Solarstrom wurde an die Somali Utility Company verkauft. Im Power Purchase Agreement, in Fachkreisen PPA genannt, wurde die Abnahme über zehn Jahre für 0,20 Euro pro Kilowattstunde vertraglich zugesichert. Ein Solarmodul im sonnigen Somaliland produzierte im Jahr doppelt so viel Strom wie in Düsseldorf. Sie lieferten bei dreitausend Sonnenstunden im Jahr über vierhundertachtzigtausend Megawattstunden Strom. Dies reichte aus, um die Stadt Berbera mit ihren zweihunderttausend Einwohnern und die Hauptstadt Hargeisa mit weiteren 1,3 Millionen Einwohnern tagsüber mit Strom zu versorgen.

Auf dem nächsten Schild stand in großen Buchstaben Berbera-2. Dies war der zweite Bauabschnitt, der mit zweihundert Megawatt Kapazität etwas größer war als Berbera-1. Mit diesem Strom wurden die großen Kräne im Tiefseehafen der Stadt, die Lagerhäuser, Geschäfte und Hotels sowie die Meerwasserentsalzungsanlage betrieben. Mit der Fertigstellung von Berbera-2 begann in Somaliland der Tourismus und die Industrie zu blühen. Kaum zu glauben, dass dies erst zwei Jahre her war.

Der Strom, der durch Solarmodule erzeugt wurde, war günstig. Die Sonne stellt bekanntlich keine Rechnung für ihre Energie. Die Herstellung von Strom mittels Kohle-, Gas- oder Atomkraftwerken war deutlich teurer und umweltbelastender. Allerdings hatten diese Kraftwerke einen Vorteil gegenüber den Solarmodulen: Sie lieferten auch Strom, wenn die Sonne nicht schien. Dies war vor allem in den Abendstunden von Vorteil, wenn die Menschen sich vor dem Fernsehen oder ihrem Lieblingsstreamingdienst vom anstrengenden Tag erholen wollten oder die Hafenkräne die Containerschiffe entladen mussten. Energiespeicher in Form von Batterien waren teuer, und die dafür benötigten Rohstoffe selten. Eine mögliche Lösung für dieses Sonnenstromverfügbarkeitsproblem war der Bau von Solarkraftwerken, die auch nachts Strom erzeugten. Concentrated Solar Power, oder kurz CSP, hieß die Technologie hierfür. Die ersten Erfolge wurden mit Parabolrinnenkraftwerken erzielt, bei denen kilometerlange parabolisch geformte Spiegel eine Flüssigkeit in Glasröhren erhitzen. Die Weiterentwicklung dieser Technologie war das Solarturmkraftwerk.

Schon von Weitem bestaunte Chris den riesigen Turm aus Beton. Mit seinen zweihundertfünfzig Metern war er fast so hoch wie das höchste Hochhaus in Deutschland. Auch aus drei Kilometern Entfernung wirkte er schwindelerregend imposant vor dem blauen Himmel. Er war das Zeichen des unaufhaltsamen Fortschritts für Somaliland. Umsäumt wurde er von einem nahezu kreisrunden und nicht minder eindrucksvollen Spiegelmeer von zwei Kilometern Durchmesser.

Mit großen Augen passierte Chris das Werkstor. Ein Wachmann in einer hellbeigen Uniform und einem gelben Barett auf dem Kopf winkte schon von Weitem und öffnete es, ohne dass Nuru anhalten musste. „Mit einer Leistung von hundertfünfzig Megawatt wird Berbera-3 zu den größten solarthermischen Kraftwerken auf der ganzen Welt gehören. Damit ist Somaliland von der Kreisklasse in die Champions League der erneuerbaren Energien aufgestiegen", hörte sich Chris selbst sagen.

Das gesamte Gelände war von einem drei Meter hohen Zaun umgeben. An einigen strategischen Punkten im Solarpark waren Kameras angebracht, sodass man eingedrungene Tiere bemerken konnte. Vier unbewaffnete Wachleute drehten jeweils zu zweit ihre Runden entlang des Zauns. Die Runde dauerte fast zwei Stunden und war in der Mittagssonne eine schweißtreibende Aufgabe. Deswegen hatte Rufus alle halbe Stunde Wegstrecke schattenspendende Unterstände errichten lassen, die auf Grund ihres Schattenwurfs vom Wachpersonal heißbegehrt waren. An den Spiegeln standen die Putzkolonnen. Drei Traktoren der Marke Fendt Cargo reinigten die großen Spiegel – Radlader mit sich drehenden Bürsten an den Teleskoparmen. Die Männer in den Fahrerkabinen lachten bei der Arbeit. Diese Tätigkeit war wohl noch begehrter als die Arbeit als Wachmann.

Kapitel 9 – Freitag, 7. Januar 2022

Der Freitag war der wichtigste Wochentag im muslimischen Somaliland – das Geschäftsleben ruhte, und die Arbeit musste warten. Die gläubigen Frauen und Männer – also im Grunde genommen so gut wie jeder – trafen sich zum Gebet in der Moschee. Kein anderes Gebot des Islam wurde so akribisch eingehalten; selbst jene, die sich im Alltag Moralpredigten von ihren streng gläubigen Mitmenschen anhören mussten, befolgten das Freitagsgebet und die Freitagsruhe.

Chris stand erst um acht Uhr auf – eine ganze Stunde später als sonst –, duschte und nahm auf der Terrasse des Beach Hotels am selben Tisch wie jeden Morgen Platz. Freitags gab es ein Frühstücksbüfett. Khadim, der aufmerksame Kellner, hatte heute frei.

Seit seiner Ankunft waren vier Tage vergangen, und so langsam verstand Chris die Tragweite seiner Tätigkeit hier vor Ort. Ray Capital hatte nicht nur ein Solarkraftwerk errichtet, das weltweit Maßstäbe setzte, sondern die gesamte Infrastruktur des Landes umgekrempelt. Er war sehr stolz, Teil dieses Projekts zu sein. Zola hatte mit ihren Worten recht behalten, und er war froh, sie nicht abgetan zu haben. Immerhin war sie es gewesen, die ihm den entscheidenden Impuls gegeben hatte, die operative Verantwortung hier zu übernehmen. Die erste Woche war zwar anstrengend, aber doch erfreulich verlaufen. Es fiel Chris nicht leicht, Anweisungen zu erteilen, wobei er sich in den letzten Tagen schon ein wenig in seiner neuen Rolle hatte einfinden können. Doch da heute das Leben im Land weitgehend ruhte, wollte Chris nicht zu viel über das Geschäft nachdenken. Außerdem würde er heute Zola endlich wieder treffen. Sein Herz schlug bei dem Gedanken, sie wiederzusehen, schneller. Die drei Stunden Fahrtzeit nach Hargeisa würden sich ziehen. Doch dann, dann wäre er endlich wieder bei ihr! Zwar im Rahmen ihrer Familie, aber gut, das ließ sich erst mal nicht anders regeln. Zumal ihr Onkel Ibrahim Ghalib einer der bedeutendsten Geschäftsmänner von Somaliland war und Ray in der Vergangenheit schon mit ihm zusammengearbeitet hatte. Auf diese Weise ließ sich das Berufliche mit dem Privaten matchen.

Pünktlich um dreizehn Uhr machten sich Ibrahim Ghalib, seine Frau Imana, ihre sechs Kinder und ihre Nichte Zola auf, um rechtzeitig in der Moschee zu sein. Vorher hatte die ganze Familie gebadet, sich nach allen Regeln der Kunst herausgeputzt und ihre schönsten Kleider angezogen. Die Verwandten, Freunde und Nachbarn waren ja schließlich auch da, und jeder achtete streng darauf, dass alle Regeln eingehalten wurden. Imana unterzog vor allem Zola einem prüfenden Blick, bevor sie das Haus verließen. Es war zwar nicht ihr erster Besuch in der Moschee, und die meisten hatten ihre aus Deutschland angereiste Nichte schon längst kennengelernt, aber auch wenn das Mädchen bisher in keiner Weise negativ aufgefallen war, blieb Imana skeptisch. Bei diesen im Westen aufgewachsenen Kindern wusste man nie.

„Die Engel schreiben in ein besonderes Buch, wer zum Freitagsgebet erscheint und wer nicht", ermahnte sie ihre Kinder und Nichte auf dem Weg zur Moschee. „Und aus diesem Buch wird jedem von uns beim Eintritt ins Paradies vorgelesen."

Vor der Moschee teilte sich die Menschenmenge in zwei Gruppen, und die Männer und Frauen betraten sie getrennt voneinander. Während Zola den Worten des Imam lauschte und den Kopf im Gebet neigte, schweiften ihre Gedanken immer wieder ab. Sie war schon seit gestern Abend hibbelig wie Wackelpudding, und mit jeder Viertelstunde, die verging, wurde der Schwarm Schmetterlinge in ihrem Bauch immer aktiver. Es war unmöglich, ihre Freude über Chris' Besuch zu verbergen, doch sie wusste, dass sie sich beherrschen musste. Den kritischen Argusaugen ihrer Tante entging nichts, und ein männlicher Besucher, den sie aus Deutschland kannte, war Grund genug für Skepsis. Wobei Zola erstaunt darüber war, wie gut sie mit den Sitten und Traditionen ihres Heimatlandes zurechtkam.

Vor ihrer Ankunft hatte sie befürchtet, dass sie ständig nur anecken und Diskussionen provozieren würde. Aber dann beobachtete sie, dass die Männer entgegen ihrer Erwartungen doch nicht alles bestimmten. Denn hinter den Fassenden, vor allem was das Familienleben anging, hatten Frauen einiges zu sagen. Und sie hatte am Rande auch mitbekommen, wie sich einige, vor allem jüngere Frauen den

Traditionen widersetzten. An der University of Hargeisa gab es immer mehr Studentinnen, was nicht zuletzt dem Umstand geschuldet war, dass Somaliland von einer Frau regiert wurde. Zola hatte sich alles über Fatima Ali Tur durchgelesen, was ihr in die Finger gekommen war, und bewunderte die Frau. Ihr Vater war der berühmte Ahmad Ali Tur, der Gründungsvater von Somaliland, doch erst seit ihrer Präsidentschaft blühte die autonome Republik richtig auf. Wie ihr das trotz des konservativen Gegenwinds gelang, war Zola Rätsel und Inspiration zugleich. Und ihre Zeit hier belehrte sie eines Besseren, was ihre Vorstellungen von ihrem Heimatland anging. Trotzdem musste sie aufpassen, sich nicht wie in Deutschland zu verhalten.

Nach einer Stunde Predigt und Gebet entließ der Imam sie mit den Worten: „Salallahu 'alaihi wa sallam" – „Möge Allahs Segen und Frieden mit Euch sein." Zola bewegte sich mit ihrer Tante und ihren Cousinen in Richtung Ausgang und versuchte, dabei nicht vorzupreschen. In weniger als einer Stunde würde sie Chris endlich wiedersehen!

Um fünfzehn Uhr stand Chris vor dem Haus der Ghalibs und klopfte mit dem bronzenen Löwenkopf an das mächtige Holztor. Ein Angestellter mittleren Alters öffnete die Tür mit den Worten „Salem aleikum" – „Friede sei mit dir" und legte die Hand auf die Brust, um anzudeuten, dass der Wunsch von Herzen kam. Chris erwiderte mit der gleichen Geste: „Aleikum essalem" – „Mit dir sei Friede!"

Der Angestellte führte ihn auf die überdachte Terrasse am Pool zum Hausherrn, einem Mann in einem bunten, weiten Gewand. Seine unförmigen Handgelenke waren mit farbigen Armbändern behängt. Um den wulstigen Hals baumelten etliche goldene Ketten. Die Hälfte der Finger war mit protzigen Ringen aus Gold und bunten Edelsteinen besetzt. „Soso, du bist also der junge Gehilfe des großen Ray", begrüßte er Chris mit röhrender Stimme.

„Nein, ich bin der stellvertretende Projektleiter von Somali Solar. Rufus Wagner ist krank, und ich habe die Aufgabe, die Inbetriebnahme und die Einweihung von Berbera-3 zu organisieren", stellte Chris klar. Er wusste, welches Ansehen Ray in Somaliland genoss und dass Ibrahim Ghalibs Worte als Kompliment galten. Aber ihm war auch klar, dass er nie ernst genommen werden würde, wenn er nicht von Anfang an verdeutlichte, welche Position ihm übertragen worden war.

Ibrahim quittierte seinen Einwand mit einem wissenden Schmunzeln. „Ist schon gut, mein Junge. Aber was machst du heute hier? Hast du etwa ein Auge auf meine Nichte geworfen?"

„Ich kenne Zola aus Düsseldorf und habe gehört, dass sie auch hier ist. Aber natürlich wollte ich Sie, werter Herr Ghalib, kennenlernen", heuchelte Chris gewandt.

Ihm war klar, dass Ibrahim ihn sofort durchschaute, was den älteren Mann aber nicht vom üblichen Vorstellungsritual abhielt. Er war 1967 geboren, also fünfundfünfzig Jahre alt, und ein erfolgreicher Geschäftsmann.

„Ich leite unser Familienunternehmen. Ich bin Generalimporteur von Solarmodulen der Marke Jinko, ein chinesisches Modul, wie du sicherlich weißt. Bis 2011 habe ich deutsche Module von ErSol Solar und Solar World importiert. Doch als die Firmen bankrott gingen, habe ich auf chinesische Module umgestellt. Du weißt sicher auch, dass Ray Klein mir 2014 meine Firma abgekauft hat. Das Geld habe ich gut investiert. Besuch mich doch mal in meinem Büro in der Stadtmitte. Mein Bürohaus war das erste, dessen Fassade mit Solarmodulen verkleidet war. Aber Schluss mit dem Businesstalk, gehen wir zum Mittagessen."

Als Chris am Mittagstisch im Kreise der gesamten Familie Platz nahm, glitt sein Blick sofort zur freudestrahlenden Zola. Während er von Ibrahim vorgestellt wurde, lächelte er ihr zu. Dann fragte Imana, in welcher Moschee er denn heute gewesen sei. Chris musste wahrheitsgemäß antworten, dass er in keiner gewesen war.

„Oh, bist du nicht gläubig, Chris?", wollte sie misstrauisch wissen.

„Äh, ja und nein. Ich bin Christ, aber nicht gläubig."

„Oh", war Imanas knappe Reaktion.

„Aber du bist doch Afrikaner. Zu welchem Clan gehörst du?", wollte Mohamad, das jüngste Mitglied der Familie, unverhohlen wissen.

„Geboren wurde ich in Uganda. Aber ich bin in Deutschland aufgewachsen und zur Schule gegangen. Irgendwie gehöre ich keinem Clan so richtig an."

Nach einer kurzen Gesprächspause, in der Chris sich schon über seine Offenheit und das Fettnäpfchen schlechthin ärgerte, sagte Ibrahim: „Ich mag diese Deutschen. Sie sind so aufrichtig, ordnungsliebend, ehrlich und fleißig. Und etwas direkt und naiv. Aber sie nehmen ihre Verantwortung in der Welt wahr. Sie haben uns Elektrizität und sauberes Wasser gebracht. Ein Wirtschaftswunder beginnt. Die Menschen hier in Somaliland gehen zur Arbeit."

„Daddeln meinst du, oder?", schnaubte Imana. „Die jungen Männer hängen doch immer beim Katkauen an den Handys und spielen und sehen sich diese lasterhaften Seiten an."

„Nein, sie informieren sich über alles, was in der Welt passiert", entgegnete Ibrahim.

Als Chris seine Ärmel hochkrempelte, fiel seinem Gastgeber die Narbe auf seinem linken Unterarm auf. „Woher hast du das?", wollte Ibrahim von ihm wissen.

„Ach, das habe ich schon immer", entgegnete Chris und winkte ab. Er sprach nie über das Feigenblatt und wollte nach dem holprigen Start mehr auf seine Äußerungen achtgeben.

Nach dem, glücklicherweise ansonsten fettnäpfchenfreien Essen nahm Chris seinen ganzen Mut zusammen und bat Ibrahim, mit seiner Nichte einen Spaziergang durch Hargeisa machen zu dürfen. Der Onkel ließ sich zwar eine gefühlte Ewigkeit Zeit für seine Antwort, willigte aber ein. Allerdings schickte er Zeinab, seine jüngste Tochter, mit den beiden mit. Die Begleitung tat dem Strahlen in Zolas schmalen Augen trotzdem keinen Abbruch.

„Irgendwie habe ich das Gefühl, dass wir uns schon wahnsinnig lange kennen, und dabei haben wir uns doch nur selten getroffen", begann sie das Gespräch, sobald sie auf der Straße waren.

Zeinab trottete ein Stück weit hinter ihnen her. Sie konnte die Sprache, in der die beiden sich unterhielten, nicht verstehen, sah aber, wie sich die Schultern der beiden einander immer wieder wie zufällig annäherten.

„Du hast recht, mir geht es auch so", gestand Chris. „Obwohl wir noch so wenig voneinander und so wenig von diesem fremden Land wissen. Na ja, wobei ... für mich fremder als für dich, natürlich."

Zolas Lächeln bestärkte ihn. Es tat so unglaublich gut, endlich wieder in ihrer Nähe zu sein, und er hatte sich fest vorgenommen, dieses Mal weniger zurückhaltend zu sein. Deswegen fragte er ohne Umschweife: „Meinst du, wir können uns häufiger sehen? Ich bin gern mit dir zusammen."

Ihr Lächeln vertiefte sich, und sie blickte zu ihm hoch. „Das möchte ich auch. Aber hier werden wir, na ja, in dieser Hinsicht noch kreativer werden müssen." Mit einer Augenbewegung deutete sie auf ihre jüngste Cousine. „Ich dachte immer, dass meine Eltern konservativ sind. Sie haben mich so gut wie nie zu Freunden gelassen. Aber hier scheinen die Mädchen allen Fortschritten zum Trotz echt kein richtiges Leben zu haben."

„Aber du warst doch damals im Füchschen", wandte Chris ein.

„Ja, es war mein freier Tag, und ich habe meinen Eltern gesagt, ich bin bei einer Freundin. Das stimmte auch, wir waren zum Lernen verabredet. Aber wir wollten halt auch mal ausgehen."

„Und dann hast du mich getroffen", erinnerte Chris sich lächelnd zurück. „Als ich dich vor dem Füchschen gesehen habe ..." Mehr brachte er dann doch nicht heraus, aber er wollte es auch nicht gleich auf die Spitze treiben.

Zolas Gedanken waren außerdem in eine andere Richtung abgeschweift. „Und dann kam mein Bruder Yusuf und hat mich abgeholt. Zu Hause habe ich richtig Ärger bekommen."

„Tut mir leid", sagte Chris ehrlich. Das hatte Zola ihm bisher noch nicht erzählt, und es machte ihn traurig, zu wissen, dass sie selbst in Deutschland so eingeschränkt lebte.

„Nach dem Ende der Ausbildung hatte man mir direkt eine Stelle an der Uniklinik angeboten", fuhr Zola fort, „aber meine Mutter bestand darauf, dass ich hierherkomme und im Krankenhaus ein Praktikum mache. Ich kann mir ihre Hintergedanken zwar vorstellen, aber ich habe schon lange mit dem Gedanken gespielt, ehrenamtlich Menschen in einem armen Land zu helfen. Also sehe ich das jetzt einfach mal als Win-Win, vor allem, weil ich sogar ein kleines Gehalt vom Krankenhaus bekomme."

„Also, ich finde, du hast einen gesunden Weg gefunden, damit umzugehen", unterstützte Chris sie. „Und uns wird bestimmt etwas einfallen, wie wir uns auch hier treffen können. Ich bin zwar in Berbera, aber spätestens am Wochenende werde ich auch nach Hargeisa fahren können. Das soll kein Hindernis sein." Zumindest war er entschlossen, sich dieses Mal Widrigkeiten entschlossen entgegenzustellen.

„Ach, stimmt ja!", rief Zola schuldbewusst aus. „Wie läuft es denn bei dir? Konntest du dich schon etwas einarbeiten?"

„Das wird noch etwas dauern, denke ich, aber für den Anfang bin ich recht zufrieden. In etwas mehr als einem Monat ist die Eröffnungsfeier des neuen Kraftwerks, bis dahin werde ich noch einiges auf die Beine stellen müssen. Aber ich bin guter Dinge. Und das habe ich zum Großteil dir zu verdanken, Zola."

„Mir?" Mit vor Erstaunen großen Augen schwenkte sie den Kopf in seine Richtung. Ihr Anblick brachte ihn sofort zum Lächeln.

„Ah ja, klar. Du warst es, die mir von der Bedeutung von Somali Solar hier vor Ort berichtet hat. Klar hatte ich die Daten und wusste, was sich alles zum Guten verändert hat. Aber es war etwas gänzlich anderes, es sozusagen aus erster Hand von dir zu hören."

„Na, jetzt schmeichelst du mir aber zu sehr", protestierte Zola. Ihre Freude konnte sie allerdings nicht komplett verbergen. „Aber ich werde nicht abstreiten, dass es mich freut, dass du dich doch umentschieden hast. Du hättest dich sonst für immer geärgert."

„Ja, das hätte ich", stimmte Chris ihr zu. Und das nicht nur wegen der beruflichen Chance, dachte er für sich.

Nachdem sie eine große Runde in der Nachbarschaft gedreht hatten, begleitete Chris Zola und Zeinab zurück nach Hause. Ihr Abschied fiel wegen der Anwesenheit ihrer Cousine förmlich aus, doch sie hatten ausgemacht, dass sie sich so schnell wie möglich wieder treffen wollten. Das allein war für Chris schon Hoffnungsschimmer genug.

Während der Rückfahrt nach Berbera dachte er lange über den Tag nach. Zola entsprach eigentlich gar nicht seinem bisherigen

Frauentyp. Sie hatte nichts von den fröhlichen und unkomplizierten Frauen, die es in Düsseldorf und in seiner Vergangenheit reichlich gegeben hatte. Außerdem schien sie nicht zu merken, welche Wirkung sie auf ihn ausübte, und behandelte ihn mit zerstreuter Freundlichkeit. Mit ihrem sanften Gleichmut, den er zu anderen Zeiten vielleicht als Herausforderung angesehen hätte, versetzte sie ihn in einen Zustand lähmender Schüchternheit. Wobei ... wenn man bedachte, unter welchen Umständen sie versuchte, ein normales Leben zu leben, konnte er nicht anders, als ihren Kampfgeist zu bewundern. Und das bedeutete mit Sicherheit auch, dass sie noch keine Dating-Erfahrung hatte sammeln können und ihre Zurückhaltung somit da herrührte. Also würde er diese alberne Schüchternheit überwinden müssen.

Abgesehen davon, hatte Chris schon vor einiger Zeit begriffen, dass lockere Bekanntschaften ihren Reiz für ihn verloren hatten. Und auch wenn Zola keine Katalogversion seiner Traumfrau war, fühlte er sich übermächtig zu ihr hingezogen und konnte seit Monaten nicht aufhören, an sie zu denken. Auf dieses Gefühl wollte er hören und es bei ihr versuchen. Was spielte es denn für eine Rolle, dass sie seinem gewohnten Frauengeschmack nicht entsprach? Unter denen hatte er schließlich auch noch nicht die Frau getroffen, auf die er sich jeden wachen und schlafenden Moment bis an den Rest seines Lebens freuen würde.

Als Zola wieder auf ihrem Zimmer war, konnte sie dem Drang nicht widerstehen, Chris – mal wieder – online zu stalken. Auf einem Instagram-Foto hielt er den Kopf etwas schräg, und die Mundwinkel zeigten leicht nach oben. Seine vollen, sinnlichen Lippen deuteten ein Lächeln an, sein Blick war offen und unverstellt, das schwarze Haar und sein Bart waren dicht und lockig, aber zurechtgestutzt. Zola fühlte sich unwiderstehlich zu diesem Gesicht hingezogen. Dann betrachtete sie ein Foto von Chris in Badehose am Strand. Er war dünn, aber groß und in Maßen trainiert. Von der Figur her könnte er fast ihr Bruder sein. Aber Yusuf war ja viel breiter und kräftiger als Chris ...

Zola schüttelte energisch den Kopf. Sie versank wieder in Träumereien. Was wusste sie denn schon von Männern? Und wie sollte sie beurteilen können, ob Chris ihr Interesse überhaupt erwiderte? Es hatte schließlich schon im Sommer den Anschein gehabt, als wäre da mehr von seiner Seite, doch dann war der Kontakt für mehrere Monate abgebrochen. Nur hatte er vor nicht einmal einer Stunde ganz klar zu ihr gesagt, dass er gerne Zeit mit ihr verbrachte, und gefragt, ob sie sich öfter sehen könnten. Das tat man doch nicht einfach so, oder? Zolas Herzschlag wurde mit einem Mal schneller, und sie ermahnte sich: Geduld. Die Zeit würde zeigen, ob ihm wirklich ernst damit war.

Kapitel 10 – Samstag, 22. Januar 2022

Samuel Selowane erreichte Hargeisa. Er war nicht mit dem Flugzeug gekommen, das war ihm zu unsicher erschienen. Stattdessen hatte er eine fünfzehnstündige Fahrt von Addis Abeba, der Hauptstadt Äthiopiens, auf sich genommen.

Seine Reise hatte am Flughafen in Gaborone, der Hauptstadt Botswanas, im südlichen Afrika begonnen. Der Flug nach Addis Abeba mit Ethiopian Airlines war nicht ausgebucht. Selowane hatte die Zeit genutzt und sich in den fünf Stunden ausreichend mit Schlaf versorgt. In Addis Abeba hatte er dann die Straßenbahn vom Flughafen in die Innenstadt genommen, hatte einem windigen Autoverkäufer zweitausend Dollar auf den Tresen gelegt und war mit einem roten Toyota Land Cruiser mit weißem Hardtop Baujahr 1998 in Richtung Somaliland aufgebrochen. Das Auto hatte zwar keine gültigen Papiere, dafür hatte der Diesel erst zweihundertfünfzigtausend Kilometer auf dem Buckel. Die achthundert Kilometer Wegstrecke würde er sicher ohne Probleme abspulen.

Zunächst fuhr Selowane durch das grüne Hochland Äthiopiens. Auf halbem Weg lag die Stadt Dire Dawa. Hier verließ er die moderne Autobahn, leider. Auch die Eisenbahn, der er während der gesamten Fahrt immer wieder an Brücken oder tiefen Tunneln begegnet war, fuhr weiter westwärts, weiter nach Dschibuti. Er verabschiedete sich von den zwei modernen Elektro-Lokomotiven mit ihren hundertfünfzig leeren Anhängern. Auf dem Rückweg würden sie hundertfünfzig Container mit chinesischen Waren nach Addis Abeba ziehen. Was diese Chinesen alles in kurzer Zeit schafften ... sehr erstaunlich.

Selowanes Weg wurde nun staubig. Die Straße verwandelte sich in eine Schotterpiste, und die Sonne ging langsam unter. Gut, dass er sie im Rücken hatte. Immer wieder musste er überladenen, nur bedingt verkehrstüchtigen Lkw, die schaukelnd den weiten Weg nach Addis Abeba auf sich nahmen, auf der schmalen Piste ausweichen. Nur ein kleiner Schlenker zu viel – und der Wagen würde in der Wüste versacken. Die Fahrt verlangte selbst den geübten Lkw-Fahrern ein Höchstmaß an Konzentration ab.

Samuel Selowane hatte viel Zeit, nachzudenken. Die erste Hälfte des Geldes hatte er bereits in Gaborone in handlichen Dollarnoten erhalten. Danach hatte er mit den Vorbereitungen seiner Reise begonnen. Das Hawala-System funktionierte wirklich ausgezeichnet. Ein Anruf als Sicherheitsabfrage – und schon stand das Geld an jedem Ort der Welt bereit. Er musste immer grinsen, wenn die Banker in den Industrieländern über ihre Fortschritte im bargeldlosen Zahlungsverkehr berichteten. Das Hawala-Geldüberweisungssystem der Moslems funktionierte schon seit Hunderten von Jahren und basierte einzig und allein auf Vertrauen. Vertrauen, das war auch seine Währung. Er vertraute einigen wenigen Personen, die er persönlich kannte, und sie vertrauten ihm. Wenn er einen Job übernahm, konnten seine Auftraggeber sicher sein, dass er ihn tadellos ausführte.

An einem kleinen Ort namens Tog Wajaale hatten die Grenzposten einen blauen Strick über die Straße gespannt. Ein Soldat in einem beigen Hemd und einer lässig-weiten Hose, die von einem breiten Gürtel gehalten wurde, hielt ihn an und fragte nach seinem Visum. Selowane drückte dem freundlichen Herrn zehn Dollar in die Hand, und ein anderer Soldat, der ein blaues Barett trug, nahm das Ende des Seils von der Eisenstange. Selowane durfte passieren.

Eine Stunde später erreichte er endlich Hargeisa. Seit seinem letzten Besuch hatte sich einiges verändert, überall wurde gebaut. Am nördlichen Stadtrand entstand so etwas wie ein Villenviertel, im Zentrum Hotels, dreistöckige Bürogebäude und eine Bank. Auf dem Schild stand „Somali Bank".

Offiziell gehörte Somaliland zu Somalia, das in der Weltgemeinschaft als gescheiterter Staat am Horn von Afrika galt, wo Piraten und Terrormilizen seit Jahren mit korrupten Politikern und bewaffneten Gangs um die Macht kämpften. Aber während der Bürgerkrieg in Somalia kein Ende fand, herrschte in Somaliland seit mehr als dreißig Jahren Frieden. Selowane war kein Politiker und interessierte sich nur insoweit für die Spielchen der oberen zwei Prozent, wie es für seine Belange von Bedeutung war.

An den Straßen waren Schilder aufgehängt, auf denen das Gesicht einer attraktiven Frau mittleren Alters abgebildet war. Darunter stand „Meine Stimme gehört Fatima Ali Tur." Seit der Erklärung der Unabhängigkeit durch ihren Vater Ahmad Ali Tur verliefen die Amtswechsel auch bei einer Machtübernahme durch die Opposition reibungslos. Das Durchschnittsalter in Somaliland betrug gerade mal achtzehn Jahre. Die meisten Somaliländer waren somit mit demokratischen Wahlen aufgewachsen und schätzten ihr Mitspracherecht. Nicht nur Fatima Ali Tur, auch einige andere Kandidaten waren demokratisch gesinnt. Die Abschaffung der Scharia als offizielle Rechtsordnung war zwar im Gespräch, doch noch wollte keiner der Kandidaten mit dieser Forderung seine Chance auf einen Wahlsieg verspielen.

Samuel Selowane hielt nur für eine kurze Pause in Hargeisa. Dann brach er zur letzten Etappe seiner Reise auf und erreichte schließlich das Hotel in Berbera, das er im Voraus telefonisch reserviert hatte. Er hatte darauf bestanden, ein Zimmer mit Badewanne zu bekommen. Jetzt freute er sich auf das erholsame Schaumbad, um den Staub der langen Reise loszuwerden.

Kapitel 11 – Montag, 24. Januar 2022

Vor drei Wochen hatte Chris die operative Verantwortung für Berbera-3 übernommen, und es erfüllte sein Herz mit Freude. Oder war es doch eher die schüchterne Zola, die das verursachte? Sie trafen sich zwar nicht so oft, wie er es sich gewünscht hätte, aber wenn sie zusammen waren, verging die Zeit wie im Flug. Sie erzählte von ihrer erfüllenden Arbeit im Krankenhaus, und er von seiner Arbeit zur Inbetriebnahme des Kraftwerks.

Heute war ein wichtiger Tag für Chris. Denn heute sollte sich zeigen, ob das Wunderwerk an Spiegeln auch wirklich Energie erzeugen konnte. Er hatte in den letzten Wochen von nichts anderem geschwärmt. Und all seiner Überzeugung und Expertise zum Trotz konnte Chris nicht leugnen, dass er an diesem Morgen mit einem nervösen Kribbeln erwachte. Zusätzlich zu dem entscheidenden, nervenaufreibenden Moment seiner Arbeit hatte er Zola zu dem speziellen Tag eingeladen. Sie würde heute zum ersten Mal auf dem Gelände sein und hatte sich im Krankenhaus sogar freigenommen. Als er sich nun im Badspiegel betrachtete, ärgerte Chris sich fast schon über seinen Übermut. Auch wenn er wusste, dass er an alle Details gedacht und in den letzten Wochen alles bestens vorbereitet hatte, würde sich heute zeigen, ob alles nach Plan lief. Sollte etwas nicht planmäßig verlaufen, würde Zola es aus der ersten Reihe miterleben. Aber es wird alles laufen wie am Schnürchen. Und abgesehen davon, wird sie bestimmt in jedem Fall beeindruckt sein, beruhigte Chris sich.

Auch Zola war auf den heutigen Tag gespannt und hatte sich vorbereitet. Gestern war sie in ein Schönheitsstudio gegangen, dort hatte sie ihren Schleier ablegen können, denn es waren ja nur Frauen anwesend. Auch wenn ihre Haare in Somaliland immer verdeckt waren, ließ sie ihre Locken ein Stückchen kürzen und stufen, und sie gönnte sich eine Gesichtsbehandlung und Maniküre. Sie wollte Chris an diesem für ihn so wichtigen Tag besonders gefallen. Nuru holte sie in aller Frühe von zu Hause ab und fuhr sie die zweieinhalb Stunden lange Strecke nach Berbera. Als sie am Berbera-Kraftwerk ankamen, fuhr er zum dreistöckigen Verwaltungsgebäude. Dort brachte eine Mitarbeiterin, die sich ihr als Djamila Al Hassan vorstellte, Zola in ein großzügiges Büro in der obersten Etage des Gebäudes.

Da sich zur Eröffnung hoher Besuch angekündigt hatte, besprach Chris gerade mit Major Ali Tur die notwendigen Sicherheitsmaßnahmen bei der Feier.

„Meine Garde übernimmt die Sicherung des Werks", polterte Ali Tur. Er war ein großer, stämmiger schwarzer Mann und der Neffe der Präsidentin. Mit seinen eins neunzig war er zwar nur etwas größer als Chris, aber fast doppelt so breit. „Da wird nichts schiefgehen."

Chris wollte schon seine eigene Autorität etwas spielen lassen, als seine Assistentin an die Tür klopfte und Zolas Eintreffen meldete. Prompt legte sich sein Missmut über das Machtgehabe des Majors, und er bat Djamila, Zola hereinzuführen. „Hallo Zola, schön dass du da bist! Ich freue mich sehr. Darf ich dir Major Ali Tur vorstellen?"

Ali Tur verneigte sich, als Zola zu ihnen trat. „Salem aleikum. Ich habe schon gehört, dass Ibrahim Ghalibs Nichte im Lande ist. Und die Leute haben nicht gelogen, als sie behaupteten, dass sie sehr hübsch anzusehen ist."

Zola senkte den Blick und lächelte. Wobei ihre Verlegenheit entgegen der Vermutung des Majors nicht zwingend seiner Äußerung galt.

„Heute wird das Kraftwerk zum ersten Mal ans Netz gehen. Doch vorher möchte ich dir das Wunderwerk von oben zeigen. Bist du schwindelfrei?", fragte Chris.

Ehe Zola antworten konnte, fragte der Major: „Darf ich Sie begleiten?"

Chris hätte am liebsten Nein gesagt, doch er nickte und zwang sich, keine Miene zu verziehen. Er musste ein gutes Verhältnis zu Ali Tur wahren.

Gemeinsam fuhren sie mit dem Aufzug im Inneren ganz nach oben auf den Turm. Der Blick aus zweihundertfünfzig Metern Höhe war atemberaubend: Sie sahen das dunkelblaue Meer in etwa zehn Kilometern Entfernung, die Wüste und die Stadt Berbera, den Hafen und den Flughafen mit dem überlangen Rollfeld in der Ferne. Der

Wind wehte ziemlich stark, weswegen Major Ali Tur das dunkelrote Barett von seinem kahlrasierten Schädel nahm. Aber noch beeindruckender als die Fernsicht war die Sicht direkt nach unten: ein riesiger Kreis von Spiegeln, die das Licht der senkrecht stehenden Sonne gerade nach oben in den blauen Himmel reflektierten. Nach mehreren Minuten stiller Andacht ob dieses Wunderwerks der Technik fragte Zola: „Wie funktioniert das denn alles?"

Chris versuchte, die Funktionsweise so einfach wie möglich zu beschreiben: „Solarturmkraftwerke funktionieren nach dem gleichen Prinzip wie Kohle-, Gas- und Atomkraftwerke. Allerdings werden zur Dampferzeugung keine fossilen Brennstoffe oder radioaktives Uran, sondern die Sonne genutzt. Also kein CO_2, keine Klimaerwärmung, alles nachhaltig. Die fünfzigtausend Spiegel da unten kann ich per Knopfdruck so ausrichten, dass sie die Sonnenstrahlen direkt auf uns hier oben reflektieren. Seht ihr hier dieses schwarze Rohr in der Mitte? Das ist der Receiver. Wenn das Licht aller Spiegel auf dieses Rohr reflektiert wird, wird es hier oben Tausende von Grad Celsius heiß. Wir wären im Bruchteil einer Sekunde Asche. Durch den Receiver fließt flüssiges Salz und wird dann auf natürliche Weise extrem erhitzt. Das Salz befindet sich in einem Kreislauf und wird unten in den riesigen Salzbehälter geleitet. Mittels eines Wärmetauschers erhitzt das Salz dann Wasser, das in einer Dampfturbine in dem Gebäude nebenan verdampft wird und sie dabei in Rotation versetzt. Ein angeschlossener Generator wandelt die Bewegungsenergie in elektrischen Strom um. Danach wird der Dampf wieder zu Wasser gekühlt und in den Kreislauf eingespeist. Die Temperatur im Salzbehälter kühlt auch in der Nacht nicht unter hundert Grad Celsius ab, sodass auch nachts heißer Dampf erzeugt werden kann. Das Solarturmkraftwerk kann also vierundzwanzig Stunden am Tag Strom produzieren."

„Wie cool, Solarstrom in der Nacht", stellte Zola beeindruckt fest.

Auch der Major war überwältigt. „Wow, Strom rund um die Uhr. Gibt es das sonst noch auf der Welt?"

„Ja, Solarturmkraftwerke laufen seit 2014 sehr erfolgreich in den Wüsten der Erde. In dieser Hundert-Megawatt-Liga laufen Kraftwerke in Calama in Dubai, in Ouarzazate in Marokko, in der

Negev-Wüste in Israel, drei in China, in der Atacama-Wüste in Chile und bald das erste in Tunesien. Das Großprojekt von Ray Capital. Sie alle liefern Strom, bis auf das abgeschaltete Kraftwerk in Tonopah, nordwestlich von Las Vegas in der Wüste von Nevada."

„Warum abgeschaltet? Die Amerikaner sind doch technologisch führend. Wieso haben sie nicht schon Hunderte von diesen klimaneutralen Kraftwerken?", wollte Ali Ali Tur wissen.

„Äh, es wurde 2016 in Betrieb genommen und ein Jahr später wieder abgeschaltet. Damals wurde das Fracking politisch in den USA stark promotet. Eine günstigere und deutlich sauberere Lösung zur Energieversorgung war unter Trump politisch nicht gewollt. Obwohl die anderen Solarturmkraftwerke auf der Welt einwandfrei ihre Erwartungen erfüllen, beurteilen namhafte amerikanische Universitätsprofessoren sie als Irrweg des technologischen Fortschritts. Sie opfern die Solarenergie still und heimlich auf dem Altar der Fracking-Industrie", erklärte Chris mit einem trüben Unterton in der Stimme.

„Hm, das ist ja wieder typisch für die Lobbyisten der Öl- und Gasindustrie. Sie haben tiefe Taschen und können so die Welt in ihre Richtung lenken", bemerkte Zola verdrossen.

Chris wusste nicht, welche politischen Ansichten Major Ali Tur vertrat, und richtete das Gespräch deshalb vorsichtshalber wieder in Richtung Technik: „Was meinst du, was das Teuerste an dem ganzen Kraftwerk ist?"

„Der Turm, so ein Betonturm, der höher als alle Minarette dieser Welt ist", ließ Ali Ali Tur Zola erneut nicht als Erste zu Wort kommen.

„Nein, die Spiegel", widersprach sie ruhig.

Chris verkniff sich ein gehässiges Lachen. „Ja, genau. Die Spiegel machen fünfundvierzig Prozent der gesamten Anlagenkosten aus. Dafür halten sie aber auch eine Ewigkeit. Jeweils fünfunddreißig Spiegel werden auf ein Gestell geschraubt. Sieben Spiegel nebeneinander bilden eine Reihe. Und fünf Reihen untereinander bilden die großen Quadrate. Wir nennen diese Ansammlung von Spiegeln Heliostaten. Auch wenn es von hier oben nicht so aussieht, sind sie jeweils zehn mal zehn Meter groß. Jeder Heliostat kann zweiachsig genau dem Sonnenstand nachgeführt werden. Das ist deshalb so wichtig, weil der Strahl ja genau die Turmspitze treffen muss. Und das Allerbeste ist, wir haben alle Heliostaten mit WLAN an unsere Steuereinheit angebunden. Das heißt, keine Kabel, und so haben wir enorm viel Kupferkabel und somit Geld gespart. Mit meinem iPad kann ich sie steuern."

„Aber, bitte, jetzt nicht, Chris."

Chris schmunzelte. „Nein, nein, jetzt fahren wir wieder nach unten. Ich möchte dir noch die riesige Dampfturbine zeigen."

Als sie aus dem Fahrstuhl ausstiegen, stutzte Chris. Niemand sollte mehr hier sein, aber da stand ein Mann, der gerade ein Loch in den Salzbehälter bohrte und dabei einen ziemlichen Krach veranstaltete. „Hey, Sie da! Was machen Sie denn da?", rief Chris.

Der Mann mittleren Alters trug einen blauen Somali-Construction-Anzug und eine blaue Baseballkappe über der hohen Stirn auf dem runden Kopf. Er drehte sich um und zeigte einen Ausweis vor, den er um den Hals trug. „Probebohrungen zur Abnahme des Salzbehälters. Die Festigkeitsanalyse des Stahlbetons steht noch aus. Der TÜV hat sie angefordert."

„Hm, ja, okay, aber in einer halben Stunde müssen Sie hier weg sein. Dann stelle ich die Spiegel scharf", entgegnete Chris warnend.

„Ja, ich weiß. Ich komme dann nach Sonnenuntergang wieder. Kein Problem", meinte der Mann und lächelte Chris freundlich zu.

Chris, Zola und Major Ali Tur gingen von den Salzbehältern weiter zur Turbinenhalle. Chris legte die Hand auf die fünf Meter hohe Turbine und streichelte sie liebevoll. „Das ist konventionelle Technologie, wie in jedem Kraftwerk. Made in Germany, robust und langlebig. Der Dampf, der die Turbinen antreibt, muss aber regelmäßig gekühlt werden. Hierfür nehmen wir Meerwasser. Das Salzwasser kommt aber nicht direkt mit der Turbine in Berührung, sonst würde sie ja rosten. Deswegen gibt es einen zweistufigen Kühlkreislauf."

Später standen sie vor der Hauptverwaltung, zusammen mit etwa zehn Technikern um sie herum. Chris holte sich sein iPad und atmete tief ein und aus. Es war soweit. „So, jetzt kommt es drauf an. Wir fangen mit einem Heliostaten an. Zuerst einer, dann noch einer, dann ein Viertel des Kreises."

Nachdem er mehrmals auf das iPad getippt hatte, richteten sich die Spiegel wie von Geisterhand aus. Der Receiver am Turm fing kurze Zeit später an zu leuchten. Dann schaltete Chris den Salzkreislauf an. Die Techniker klatschten und klopften sich lachend auf die Schultern. Eine Stunde später wurde der erste Dampf erzeugt. Alles funktionierte einwandfrei. Chris lächelte zufrieden und spürte, wie ihm doch ein Stein vom Herzen fiel. „Okay, das reicht für heute", entschied er. „Und morgen werden wir die Hälfte der Heliostaten ausrichten und am Nachmittag dann die Turbine zum ersten Mal laufen lassen."

Die fast drei Stunden Fahrt nach Hargeisa vergingen wie im Flug. Chris hatte heute seine Verantwortung wahrgenommen, das wurde ihm erst langsam bewusst. Er hatte keine Furcht gezeigt, die Männer hatten ihn respektiert, und Zola war mächtig stolz auf ihn. Sie merkte, wie er es genoss, und sie gönnte es ihm von Herzen.

„Wie hat das denn eigentlich alles angefangen?", wollte sie wissen.

„Was genau?"

„Na, alles. Es ist ja schon seltsam, dass Somaliland, eines der ärmsten Länder der Welt, ohne Rohstoffe, ohne Devisen, so ein Riesensolarkraftwerk bekommt, oder?"

„Ach so. 2014 haben Ray, Rufus und Ansgar ihren vierten Private Equity Fund mit dem Namen Solarbelt aufgelegt. 2015 haben sie dann das Unternehmen Berbera Electricity Company von deinem Onkel übernommen", begann Chris. Er hatte die Geschichte von den drei Partnern schon unzählige Male gehört und beinahe das Gefühl, damals selbst dabei gewesen zu sein.

„Was? Das wusste ich ja gar nicht. Von meinem Onkel Ibrahim?", fragte Zola erstaunt.

„Ja, ja, er hat damals fünf Millionen Dollar bekommen. Heute ist er natürlich der Meinung, dass das viel zu wenig war, aber das war der Deal. Dein Onkel hat als Erster Solarmodule nach Somaliland importiert und hier verkauft. Danach hat er versucht, die Module zu vernetzen und den Strom zu verkaufen. Mit ein paar Dieselaggregaten hat er auch die Hafenkräne elektrifiziert. Aber er unterschätzte die Tücken eines Stromkreises. Ein Stromnetz ist nämlich etwas komplizierter als eine Wasserleitung. Immer wieder ist der Strom ausgefallen, und Leitungen glühten wegen Überspannung durch. Die damals gerade gewählte Präsidentin Fatima Ali Tur stellte den Kontakt zu Ray Capital her, und Ray hat den Laden übernommen."

„Aber woher kannte denn die Präsidentin Ray Capital? Und wieso haben die hier investiert?", wollte Zola wissen.

„Äh, so genau weiß ich das auch nicht. Ich weiß nur, dass Ray Capital das BEC-Stromnetz mit einer Microgrid-Technologie und ein paar Batterien ausgestattet hat. Damit hatten sie die noch kleine Firma Dubrid aus ihrem Portfolio beauftragt. Na ja, und die haben eine größere Solarmodulanlage mit zehn Megawatt Leistung, ein Lithium-Ionen-Stromspeichersystem mit einer Kapazität von vier Megawattstunden und zwei moderne Dieselgeneratoren kombiniert. Und zack, das Netz war dann erst mal wegen des Hightech-Netzwerkmanagements wieder stabil. Ray hat dann die ehemalige Firma deines Onkels in Somali Utility umfirmiert. Und dann kam die Geburtsstunde von Somali Solar. Das Advisory Board des Fonds genehmigte die Investition in ein Solarmodulfeld mit fünfzig Megawatt Kapazität. Tja, nur leider kam es trotz der teuren Batteriespeichersysteme wiederholt zu Netzausfällen. Und ein weiterer Ausbau der Batteriekapazität wäre zu teuer geworden."

„Oh, und wie haben sie das Problem gelöst?" Zola wurde immer neugieriger.

„Bei meinem ersten Team-Meeting, das war an einem Montag im April 2016, wurde am großen Konferenztisch über dieses Thema mal wieder heiß diskutiert. Da fragte Ray mich, ob mir als Elektrotechnik-Ingenieur nicht eine Lösung einfallen würde. Ich kannte das Problem von Netzinstabilitäten natürlich aus dem Studium und hatte auch schon im Freundeskreis darüber diskutiert. Und da sollte ich als Neuling den alten Hasen etwas erzählen ... Mir war echt mulmig in dem Moment, aber mir kam tatsächlich eine Idee, also stammelte ich los: ‚Meerwasserentsalzung. Eine Meerwasserentsalzungsanlage, die den Strom verbraucht, wenn zu viel im Netz ist. In der Mittagszeit, wenn alle nach ihrem Gebet ein kleines Nickerchen machen, wird wenig Strom verbraucht, aber die Solarmodule produzieren dann mit

Volllast. Es kommt zu Spannungsspitzen im Netz, die zum Glühen der Leitungen führen können. Dann könnte die Anlage mit dem überschüssigen Strom das Meerwasser entsalzen und das erzeugte Trinkwasser in Hochbehälter über der Stadt oder auch direkt zu den Feldern pumpen.'"

Bei der Erinnerung musste Chris unwillkürlich lächeln. Es kam ihm heute noch unglaublich vor, und die schiere Freude über die Anerkennung seiner Kollegen durchströmte ihn erneut. „Das ist ein genialer Einfall, Chris. Willkommen im Team', meinte Ray. Ansgar klopfte mit den Knöcheln auf die Tischplatte. Rufus war nicht mal da, er war per Videokonferenz zugeschaltet, aber er klatschte in seine großen Hände und schwärmte, wie genial es ist, Wassererzeugung und Wasserspeicher als Energiepuffer zu nutzen. Die sind nämlich viel preiswerter als Batteriespeicher. Na ja, und so konnte Somali Utility die Wasser- und Stromversorgung in Somaliland übernehmen."

Zola unterbrach ihn mit einem entschuldigenden Blick. „Kennst du die Musikbar Alghina Aljamil? Ich, ähm … möchte noch nicht nach Hause. Wollen wir da noch hinfahren?"

Chris schmunzelte. Es war schon dunkel, und sicher wurde Zola von ihrer Tante erwartet. Doch sie sahen sich nicht oft, und heute war so ein erfolgreicher Tag gewesen. Dass sie ganz offen fragte, ob sie noch gemeinsam ausgehen wollten, erfüllte ihn mit noch mehr Freude als der heutige Erfolg oder die schöne Erinnerung an seine Aufnahme im Somali-Solar-Team.

Sie konnten die Bar gar nicht verfehlen. Sie lag direkt an der Route No. 1, kurz vor dem MiG-Denkmal. Leuchtstoffröhren in Rosa und Grün beleuchteten den Eingang. Junge Leute saßen auf den Stühlen und tranken Tee und Cola. In der Ecke spielte ein dünner, hochaufgeschossener Somaliländer eine melodisch klingende Gitarre, sein Kumpel spielte auf einem elektronischen Klavier, und das dritte Bandmitglied stand neben den beiden und sang. Mit seinem dunkelgrauen, enganliegenden Anzug und dem weißen Hemd sah er sehr westlich aus. Chris konnte die Texte leider nicht verstehen, aber sie klangen nach Liebe und Lust am Leben, und die Musik gefiel ihm.

Sie setzten sich an einen freien Tisch, und schon bald kam eine Frau mit einem roten Kopftuch und in einem weiten roten Gewand zu ihnen. Sie begrüßte die beiden herzlich und stellte sich als Ifra Ardin vor. In akzentfreiem Englisch erfuhren Chris und Zola, dass sie die Eigentümerin der Bar war und aus London stammte. Wie so viele andere waren ihre Eltern während des Bürgerkriegs in den Neunzigerjahren geflüchtet, und vor Kurzem war sie zurückgekommen. Sie wollte zum Aufbau ihres Heimatlandes beitragen, hier Geld verdienen und dann wieder zurück nach London.

In der Bar war viel los, und während Ifra sich um die anderen Gäste kümmerte und nach dem Rechten sah, versanken Chris und Zola in ein entspanntes Gespräch. Es kam Zola so vor, als hätte sie Chris noch nie so ungezwungen erlebt. Gut, sie kannten sich jetzt länger und hatten es geschafft, sich auch hier einige Male zu treffen. Außerdem war er nach dem heutigen Tag noch besserer Laune als sonst, und sie genoss es, ihn so zu erleben. Zola spürte, wie sie selbst lockerer wurde, und ihr Gespräch war so ausgelassen wie noch nie.

Als es langsam leerer wurde, setzte sich Ifra wieder länger zu ihnen. Zola waren ihre Worte nicht aus dem Kopf gegangen, also fragte sie: „Ifra, dein Laden läuft doch richtig gut. Warum willst du denn wieder zurück nach London?"

Ifra lächelte, doch ihre offenen Worte konnten nicht über den besorgten Ausdruck in ihren Augen hinwegtrügen. „Auch wenn du es unter diesen weiten Kleidern nicht sofort siehst: Ich bin schwanger. Aber mein Kind werde ich bestimmt nicht hier bekommen. Für die Geburt werde ich nach London fliegen."

„Aber das Edna Adan Maternity Hospital ist doch eine ausgezeichnete Geburtsklinik. Ich arbeite dort als Krankenschwester auf der Intensivstation", entgegnete Zola.

„Weißt du denn nicht, was sie da mit den Frauen machen?", fragte Ifra. „Nein, eine Geburt kann ich mir dort nicht vorstellen."

„Aber was ... was meinst du? Was beunruhigt dich? Schlechte Hygiene, Materialmangel oder fehlende Qualifikation?"

Ifra bedachte Zola mit einem langen, intensiven Blick. Chris fragte sich, was es war, was ihr durch den Sinn ging, und ob sie es nur nicht aussprechen wollte, weil er anwesend war. Doch dann hätte sie dieses Gespräch gar nicht erst so offen geführt. Stattdessen wirkte es auf ihn so, als würde sie Zola vor etwas schützen wollen. Als Ifra wieder sprach, bestätigte sich Chris' Vermutung. „Ja, das auch. Du weißt es aber wirklich nicht, oder? Hm. Du wirst dich noch wundern, Zola. Ich möchte nicht so gerne darüber sprechen."

Mit diesen Worten stand Ifra auf und kümmerte sich um die anderen Gäste. Zola sah verwundert zu Chris, der nur die Schultern heben konnte.

„Ich wollte sie doch nicht verärgern", sagte Zola leise.

„Das hast du nicht", versicherte ihr Chris. „Manchmal gibt es einfach Dinge, über die man nicht sprechen kann."

Kapitel 12 – Dienstag, 25. Januar 2022

Als Zola am nächsten Tag von der Arbeit nach Hause kam, wurde sie von ihrer Tante Imana in Empfang genommen und anstelle einer Begrüßung wüst beschimpft: „Du warst ohne Begleitung in Berbera und in dieser schändlichen Musikbar. Du Hure!"

Zola war wie vor den Kopf gestoßen. Doch selbst wenn sie von der plötzlichen Attacke nicht gelähmt gewesen wäre, bot der erboste Redeschwall ihrer Tante keine Gelegenheit zu widersprechen. „Du wurdest dort gesehen. Die Leute reden bereits darüber. Meine Geduld mit dir und deinem unsittlichen Verhalten ist am Ende! Es ist an der Zeit, dass du einen gläubigen Mann heiratest, ehe du Schande über deine Familie bringst!"

Unsittliches Verhalten? Gut, in den Augen ihrer Tante waren der gestrige Abend und ihr Besuch im Kraftwerk skandalös. Doch Zola war in Begleitung eines Fahrers und bis auf den Aufenthalt in der Bar auch nie allein mit Chris, wobei die Bar ja auch voller Menschen war. Und auch bei vorherigen Treffen war immer jemand dabei, sodass sie sich sicher war, den Sitten Folge geleistet zu haben. „Okay, dass du wegen der Bar wütend bist, verstehe ich", wandte Zola daher ein, „tut mir leid, Tante Imana. Aber warum wirfst du mir unsittliches Verhalten vor? Ich meine, ich habe doch sonst nichts falsch gemacht."

„Du wagst es, mir Widerworte zu geben?", erzürnte sich Imana noch mehr. „Das Leben in Deutschland hat deine Eltern offensichtlich zu weich mit dir und Yusuf werden lassen, wenn du nicht mal weißt, wann du den Mund zu halten hast! Dein Ehemann wird dir das noch früh genug austreiben!"

Zola war wütend. Sie hatte nichts falsch gemacht, ihre Eltern genauso wenig, und es gab auch nichts aus ihr auszutreiben! Schon gar nicht von irgendeinem Ehemann! Zola ließ ihre zeternde Tante stehen und lief mit Tränen in den Augen in den Garten. Zu spät bemerkte sie, dass ihr Onkel dort unter einer der Palmen saß. Doch ehe sie unbemerkt kehrtmachen konnte, hatte er sie gesehen und rief sie zu sich. In Zola sträubte sich alles. Sie wollte gerade mit niemandem sprechen, sie wollte einfach nur für sich sein. Doch sie wollte sich auch nicht widersetzen, um nicht noch mehr Öl ins Feuer zu gießen.

„Komm, setz dich zu mir, Zola. Was bedrückt dich?"

Zola war hin- und hergerissen. Sie wollte die Situation nicht eskalieren lassen, aber ihre Gefühle unter den Teppich kehren wollte sie genauso wenig. „Tante Imana hat mich beschimpft, und das hat mich sehr verletzt."

„Ja, ja, ihr Temperament kocht manchmal etwas hoch. Aber du weißt doch, dass sie sich einfach nur Sorgen um dich macht."

Zola biss die Zähne zusammen und nickte. Sie hasste dieses vermeintliche Argument mit dem guten Willen, der solche Tiraden rechtfertigte. Aber zumindest sprach ihr Onkel ihr nicht ihre Gefühle grundsätzlich ab, weswegen sie sich einen Schritt vorwagte. „Ja, das weiß ich. Aber ... ach, ich fand es einfach ungerecht. Nicht nur mir gegenüber, sondern auch gegenüber Mama und Papa."

Ibrahim seufzte. „Worte sind schnell gesagt. Und es ist immer leichter, es besser zu wissen, wenn man die Dinge von außen betrachtet. Trotzdem musst du doch verstehen, dass sie in Bezug auf dein Verhalten recht hat, oder?"

Jetzt war es an Zola zu seufzen. „Ja, dass ich nicht allein mit Chris in die Bar hätte gehen dürfen, sehe ich ein. Und ich habe mich bei Tante Imana entschuldigt. Aber sonst habe ich nichts falsch gemacht, und es gibt an meinem Verhalten nichts zu bemängeln!"

„Ein Fehltritt ist schnell passiert und wiegt schwer", erklärte ihr Onkel entschieden, aber nicht ohne Wohlwollen. „Sag mir, dass du das verstanden hast, und versprich mir, dass du von jetzt an vernünftiger sein wirst."

Zola war schon froh, dass Onkel Ibrahim in einem normalen, sogar fürsorglichen Ton mit ihr sprach und ihr keine Beleidigungen oder Androhungen von Ehemännern an den Kopf warf, wie ihre Tante oder ihre Mutter es so gern taten. „Ich habe verstanden und verspreche, wieder mehr auf mein Verhalten zu achten", lenkte sie daher ein und gab ihr Bestes, nicht niedergeschlagen zu klingen.

„Gut", sagte Ibrahim zufrieden zu seiner Nichte und entschied: „Also wirst du diesen Christen nicht mehr sehen. Du wirst morgens ins Krankenhaus gehen, und dann kommst du ohne weitere Zwischenstopps wieder nach Hause."

Kapitel 13 – Sonntag, 13. Februar 2022

Eine Woche vor der geplanten feierlichen Eröffnung des Solarkraftwerks Berbera-3 flogen die beiden Firmenpartner Ray Klein und Rufus Wagner nach Somaliland. Der dritte Partner, Ansgar Johansson, führte gerade Verhandlungen für den Bau der Mega-Solaranlage in Tunesien und konnte deswegen nicht beim großen Event, der Krönung ihrer harten Arbeit der letzten Jahre, dabei sein.

Ray hatte nicht gut geschlafen. Frühes Aufstehen mochte er gar nicht, und erst recht nicht an einem Sonntag. Aber weil zu seinem Leidwesen der Donnerstagsflug von Dubai nach Hargeisa wegen der Pandemie gestrichen worden war, blieb nur eine Option pro Woche, ausgerechnet montagmorgens. Und der Flieger nach Dubai hob sonntags schon um 10.20 Uhr in Frankfurt ab. Ray hatte wie immer alles sorgfältig geplant: Aufstehen um sechs, Taxi zum Düsseldorfer Hauptbahnhof um sieben, dann in den überfüllten ICE. Diese Coronamaske störte Ray; seine dunkelbraune Büffelhornbrille mit den runden Gläsern beschlug bei jedem Atemzug. Dann die überfüllten Kontrollen am Flughafen, und nun saß er in dem bequemen Business-Class-Sitz am Fenster und war in Gedanken versunken. Die Ansage „Boarding completed" und die immer gleiche Vorführung der Sicherheitsmaßnahmen nahm er gar nicht wahr. Er dachte stattdessen über die vergangenen fünfzehn Jahre nach, in denen so viel passiert war.

Ansgar, Rufus und Ray hatten noch kurz vor der Finanzkrise sämtliche werthaltigen Beteiligungen ihrer ersten beiden Private Equity Funds verkauft und alle Investoren zu glücklichen Menschen mit hohen Bonuszahlungen gemacht. Timing nannten das die zufriedenen Investoren. Er sagte immer, es sei Glück gewesen. Den Kaufvertrag der erfolgreichsten Solarfirma hatte er am 30. Juni 2008 in einer renommierten Düsseldorfer Anwaltskanzlei für seinen Fonds unterzeichnet. Auf der anderen Tischseite hatten sich zahlreiche Vertreter eines großen deutschen Technologiekonzerns die Hände geschüttelt. Durch diesen Deal wollten sie endlich auf den lange verschlafenen Zug der erneuerbaren Energie aufspringen und die Diversifizierung von der Automobilindustrie vorantreiben. Ansgar und Rufus waren schon dabei, für den neuen Fonds günstige Gelegenheiten zu erkunden. Ray war während des Closings einfach nur glücklich, denn dieser Exit hatte Ray Capital in die Champions League der Private Equity Industrie katapultiert. Eine jährliche Verzinsung von über hundert Prozent über acht Jahre hinweg setzte neue Maßstäbe in Europa und der Welt.

Ray hatte sich nach der letzten Unterschrift in seinen an diesem Tag zugelassenen schwarzen Porsche 911 gesetzt, das Verdeck geöffnet und war über die Autobahn geschwebt. Die Partyliste seines Players spielte *Infinity* von Guru Josh: „Here's my key philosophy, a freak like me just needs infinity." Der Fahrtwind zerrte an seinen langen blonden Haaren. Er drehte die Bose-Anlage auf volle Lautstärke, als er den ersten Tunnel passierte: „And take your time to trust in me, and you will find infinity, infinity." Die Bässe übertönten das Röhren der sechs Zylinder. Ray hatte ausgesorgt. Er spürte, wie ihm in diesen Minuten eine riesige Last von den Schultern fiel – die Angst, einmal mittelos zu werden und seine geliebte Familie nicht ernähren zu können. Er hatte früh Verantwortung übernehmen müssen, Verantwortung für sein Leben und das seiner Familie. Also genoss er diesen Augenblick und schöpfte Kraft, die er in ein neues, weltveränderndes Projekt stecken wollte.

Den Zwischenstopp in Dubai nutzten Ray und Rufus für zwei Gespräche mit europäischen Investoren, die genau wie sie auf der Durchreise waren. Im Le Méridien Dubai Hotel & Conference Centre trafen sie sich zum Businessdinner. Aber am nächsten Morgen um halb zehn bestiegen die beiden Firmenpartner mit gesenkten Köpfen die Maschine nach Hargeisa. Sie hatten ihr Projekt Solarbelt den ganzen Abend mal wieder mehr oder weniger erfolglos präsentiert. Die Gutgesinnten unter den Investoren hielten es für naiv, die weniger Gutgesinnten einfach für bescheuert. Ihr bisheriger Proven-Team-Track-Record, also die nachgewiesene Erfolgsbilanz des Investmentteams, würde Ray Capital über die nächsten Jahre tragen. Doch sie durften keinen Fehler machen. Sie durften ihre Vertrauenswürdigkeit, ihr allerhöchstes Gut in der Finanzindustrie, nicht aufs Spiel setzen.

Das Projekt Solarbelt schien trotz des Erfolgs in Somaliland hoffnungslos zu sein. Der Businessplan ging über zwanzig Jahre, also nichts für mittelfristig interessierte Investoren. Woher sollten sie das Geld nehmen? Amerikanische Pensionsfonds wie Calpers, die Universitätsstiftungen von Harvard, Yale und Stanford, die Versicherungen und Banken – alle glaubten an Cleantech, und Milliarden standen zur Investition bereit. Aber in der afrikanischen Wüste wollte keiner investieren. Geopolitisch zu riskant, Versicherung unmöglich. Viele Cleantech-Investoren hatten sich schon in Spanien die Finger verbrannt, als im Jahr 2010 die Einspeisevergütung von heute auf morgen gekürzt und somit die meisten Solarprojekte in Investitionsgräber verwandelt worden waren. Wenn das die Spanier, ein Mitglied der Europäischen Union, schon machten, wie wäre es dann um die Sicherheit in einem afrikanischen Staat bestellt? Nein, Investitionen in Afrika waren keinesfalls sicher. Sie waren nicht nur riskant, sondern hochriskant.

Als das Flugzeug vor dem weißen Flughafengebäude in Hargeisa seine Parkposition erreichte, durften Ray und Rufus die Maschine als Erste verlassen. Mitglieder der Leibgarde der Präsidentin von Somaliland hatten einen roten Teppich vor der Gangway ausgerollt, und vier Soldaten salutierten. Ein weißer Cadillac Escalade stand auf dem Rollfeld. Major Ali Tur begrüßte die beiden Gäste mit der rechten Hand an der Stirn. Auf dem Weg in die Innenstadt wurden sie von zwei Militärjeeps eskortiert.

Rufus stieg am Somali Regent Hotel in der Stadtmitte von Hargeisa aus. „Treffen wir uns heute Nachmittag zum Sundowner auf der Dachterrasse des Hotels? Es gibt Livemusik."

„Hm, mal sehen. Kommt ganz darauf an, wie und vor allem wie lange die Versammlung mit dem Ältestenrat gleich läuft", sagte Ray. „Du wirst dich aber bestimmt auch ohne mich nicht langweilen."

Rufus schmiss mit seinem dröhnenden Lachen die Autotür zu und hob zum Gruß die Hand. Der Wagen fuhr weiter und brachte Ray zum Präsidentenpalast.

Als der weiße Escalade vor dem Haupttor des Palastes stoppte, wurde Ray direkt ins Innere geführt – in ein weißes, zweigeschossiges

Gebäude mit Säulen vor dem mittleren Portal. Dezente Farben in Pastelltönen umrahmten die zwiebelförmigen Fenster und Türen. Die Empfangshalle hatte einen weißen Marmorfußboden und einen Springbrunnen in der Mitte, der leise vor sich hinplätscherte.

Eine Abordnung des Ältestenrats, allesamt Mitglieder des Oberhauses des Parlaments von Somaliland, begrüßten Ray mit einem „Salem Aleikum". Sie saßen in einem großen Kreis in bequemen Samtsesseln, einige rauchten Shisha. Ein Dolmetscher war anwesend, um alles, was Ray sagte, in Somali zu übersetzen. Ray setzte sich zu ihnen und berichtete, dass die Eröffnung des Solarturmkraftwerks planmäßig in einer Woche erfolgen würde. Einer der Ältesten fügte ein „Inschallah" – „So Allah will" – hinzu, und die anderen nickten bedächtig. Es wurden Tee und köstliche Datteln aus Ägypten serviert.

Nach etwa einer Stunde Gespräch kam Fatima Ali Tur, die Präsidentin Somalilands, herein. Ray erhob sich von dem übergroßen Sessel, die Ältesten blieben sitzen. Fatima war zwar ihre Präsidentin, aber sie war immer noch eine Frau. Das mit den freien Wahlen war ja eine gute Sache für die jungen Leute, und die Ältesten wussten, dass auch die Engländer und die Deutschen schon mal eine Frau als Regierungschefin akzeptiert hatten. Sie waren in gewissen Bereichen bereit, mit der Zeit zu gehen, und konnten auch nicht leugnen, dass das Land seit Ali Turs Präsidentschaft wortwörtlich aufblühte. Dennoch galten die Sitten und Gepflogenheiten gerade bei den Ältesten.

Die große dunkelhäutige Frau schritt in aufrechtem Gang auf Ray zu und reichte ihm die Hand. Er wollte sie instinktiv umarmen, wusste aber, dass das Protokoll eingehalten werden musste. Sie schüttelten sich die Hände. Nach einigen Bekundungen der gegenseitigen Hochachtung und Klagen über die beschwerliche Reise schlug die Präsidentin vor, das Gespräch in ein soeben angerichtetes Mittagessen übergehen zu lassen. Manche der alten Männer, deren Augen während Rays ausführlicher Schilderungen immer wieder zugefallen waren, waren auf einmal wieder hellwach. Ray kannte dieses Phänomen aus vielen Präsentationen und Verhandlungen in den unterschiedlichsten Kulturkreisen. Manchmal hatte er den Verdacht, dass einige Delegationsmitglieder ausschließlich wegen des leckeren und reichhaltigen Essens an den Verhandlungen teilnahmen.

Sie saßen an einem großen ovalen Tisch mit einer weißen Tischdecke und silbernem Besteck. Das Essen war köstlich, die Gespräche hingegen zäh. Die Alten nickten zwar, während Ray und Präsidentin Ali Tur ihre Vision von frischem Wasser und Strom für alle Bürger vorstellten, schienen aber emotional nicht involviert zu sein. Einer unter ihnen, dessen Alter jenseits der achtzig lag, schien ihr Anführer zu sein: Wenn Bashir Mohammed Egal sprach, waren die anderen leise. Er war der Präsident des Oberhauses und wie die anderen Mitglieder des Hauses von seinem Stamm entsandt worden. Die freien Wahlen galten nur für das Unterhaus und den Präsidenten. Dieses System hatten sie sich bei ihren ehemaligen Kolonialherren, den Engländern, abgeschaut.

Bashir Mohammed Egal schob seine große dunkle Hornbrille zurecht und sprach: „Wir sind diejenigen, die auf die Bremse treten müssen, wenn die Regierung zu schnell Veränderungen möchte. Sehen Sie, Ray, in den letzten dreißig Jahren hatten wir keinen Strom und kein fließend Wasser, aber wir haben friedlich zusammengelebt und die Gebote unseres Propheten befolgt. Wenn Allah jetzt aber will, dass wir Strom und Wasser haben sollen, dann soll es so sein. Unsere Kinder lieben jedenfalls Eis und kalte Getränke aus den neumodischen Kühlschränken."

Als zum Nachtisch zuckersüße und teilweise frittierte Köstlichkeiten serviert wurden, stand Ray auf und verabschiedete sich freundlich. Er dankte für die Gastfreundschaft und verwies darauf, dass er eine lange Reise hinter sich und eine Ruhepause verdient hatte. Die Alten nickten, blieben sitzen und genossen den Nachtisch.

Rays Koffer war von einem der Angestellten bereits zur Präsidentensuite gebracht worden, die innerhalb des Präsidentenpalastes für die Ehrengäste reserviert war. Ray zog sich aus und genoss den heißen Strahl der Dusche. Das Bad bestand aus rot meliertem Marmor und feinster Keramik. Danach schlüpfte er in den flauschigen hellbeigen Bademantel und setzte sich auf einen mit weinrotem Samtstoff bezogenen Sessel. Auf dem Tisch vor ihm stand ein mit Eis gefüllter

Champagnerkühler. In dem Chromgefäß befand sich ein Roséchampagner. Daneben standen zwei Champagnergläser und eine Schale mit frischen Erdbeeren. Ray öffnete den Champagner, und beinah zeitgleich mit dem lauten Plopp öffnete sich eine fast unsichtbare Tür in der Wand. Es sah beinahe so aus, als ob sich die Tapete mit den schwungvollen Mustern und die untere Holzvertäfelung auf ihn zubewegten. Dann trat Fatima lächelnd ein.

„Schön, dich endlich privat zu sehen. Das Gespräch mit den alten Säcken war wirklich langweilig", sagte Ray, ohne sich von seinem Platz zu erheben.

„Ich habe es auch kaum erwarten können, dich wiederzusehen." Fatima nahm langsam ihren gold-gelben Garbasaar ab und pflückte die Haarklammer aus den langen schwarzen Locken. Sie schüttelte den Kopf langsam, hob dabei das Kinn und sah Ray tief in die Augen. Danach fiel der rote Dirac langsam zu Boden. Ihre vollen Brüste füllten den schwarzen Spitzen-BH genau richtig aus. Jetzt knöpfte sie den Gorgorad auf, und der Unterrock bildete zusammen mit den anderen Stoffen einen bunten Haufen auf dem Perserteppich.

Nun stand Ray auf und ging langsam auf seine Freundin zu. „Darauf habe ich schon lange gewartet."

Eine Stunde und eine halbe Flasche Champagner später lagen Fatima und Ray in dem großen Himmelbett.

„Möchtest du noch ein Gläschen?", fragte er und goss wieder nach. Dann seufzte er mit einem wehmütigen Lächeln. „Weißt du eigentlich, wie enttäuscht ich war, als ich vor dreißig Jahren auf den Stufen der Humboldt-Uni stundenlang auf dich gewartet habe?" In seiner Stimme schwang ein Hauch von Melancholie mit.

Fatima nickte und lächelte, während sie ihr Glas von Ray annahm und ihm zuprostete. Sie sprachen gerne von den „guten alten Zeiten".

Im Frühling 1991 hatte Ray als Assistent eines Direktors der Treuhandanstalt in Berlin gearbeitet. Die friedliche Revolution in Deutschland hatte mit der Vereinigung geendet, und die Treuhandanstalt privatisierte damals die sozialistische Volkswirtschaft. Er wollte seine Diplomarbeit über dieses faszinierende Thema schreiben. Professor Bert Rürup, einer der damaligen Wirtschaftsweisen, hatte mit ihm das Thema konkretisiert und ihn mit einem einzigen Telefonanruf auf den Weg gebracht: „Herr Exner von der Treuhand erwartet Sie am nächsten Montag. Sie werden für ihn als Assistent arbeiten und dabei recherchieren können."

Auf einer Studentenparty hatte er dann wenig später Fatima kennengelernt. Nie würde er vergessen, wie diese junge schwarze Frau auf der Bank saß und ihren Kopf mit der ungebändigten Haarwolke auf die Hände stützte. Er war zu ihr hingegangen und hatte ein Gespräch begonnen. Ihre Augen leuchteten, und nach wenigen Minuten konnten sie ihre Blicke kaum noch voneinander lösen. Sie trafen sich fast jeden Abend und träumten von einer gemeinsamen Zukunft. Sie war die Tochter eines ehemaligen somalischen Ministers, der eine führende Rolle im Freiheitskampf gegen Siad Barre eingenommen und seine Tochter zum Schutz nach Berlin geschickt hatte. Für den Tag der Bildung der ersten Regierung, der ungeplant in der Unabhängigkeitserklärung Somalilands endete, hatte er sie zurückgeholt. Währenddessen hatte Ray seine Karriere in Deutschland begonnen. Die beiden fühlten damals, dass sie zusammengehörten, doch das Leben hatte da noch einige Umwege parat. Für eine lange Zeit trennten sich ihre Wege.

Fatima hatte es nicht leicht gehabt in dem muslimischen Land. Sie sollte heiraten und Kinder bekommen, konnte aber lange Zeit den jungen Deutschen nicht vergessen. Als ihr klar wurde, dass sie und Ray keine gemeinsame Zukunft haben würden, ihr aber auch kein anderer Mann gefallen wollte, entschloss sie sich, ihrem Leben einen anderen Sinn zu geben. Sie verschrieb sich mit ganzem Herzen ihrem Land und trat in die Fußstapfen ihres Vaters. Fatima setzte all ihre Kraft für die friedliche Entwicklung Somalilands ein, und tastsächlich wurde sie 2010 zur ersten Präsidentin ihrer Heimat gewählt.

Anfang September 2011 hatte Ray gerade auf dem internationalen Solarkongress ISES in Kassel eine feurige Rede über sein Projekt Solarbelt gehalten. Als er von der Bühne ging, tippte sie ihm auf die Schulter und strahlte ihn an. Durch seine Adern rauschte ein Knistern, und seine Hände begannen von einem Moment auf den anderen, zu schwitzen.

Das Wiedersehen war für beide eine Freude und gleichzeitig auch eine Zeitreise in die Vergangenheit gewesen. Sie hatten sich viel zu erzählen gehabt, sehr viel. Unvermittelt war Fatima während ihres Treffens ernst geworden.

„Ich möchte meinem Land helfen. Die Menschen hungern und haben kaum Wasser. Das Einzige, was wir haben, ist jeden Tag Sonnenschein. Ray, ich habe deine Karriere verfolgt. Bist du eigentlich auch bei dieser Desertec Initiative dabei?", wollte Fatima damals wissen.

„Nein, da haben sie nur die großen Industrieunternehmen eingeladen. Aber sie haben sich dann ja an Budgetfragen zerstritten."

„Du bist der Rainmaker. Wenn einer uns helfen kann, dann du. Fang doch mit deinem Solarbelt-Projekt bei uns in Somaliland an."

Diese Bitte konnte Ray nicht ignorieren. Seine Jugendliebe und sein Herzensprojekt waren eine derart intensive Kombination, dass sie ihm auf einmal wichtiger als seine Reputation als seriöser Investmentprofi waren. „Lass uns darüber reden", war sein Vorschlag gewesen. Das hatten sie dann auch getan.

„Für mich sind funktionierende Brunnen mit sauberem Wasser für alle Einwohner schon ein unerreichbares Ziel", hatte Fatima bei einem Treffen wenige Monate nach dem ISES-Kongress niedergeschlagen zugegeben.

„Du musst größer denken. Du bist doch jetzt Präsidentin", hatte Ray sie bestärkt. „Was hältst du davon: ein Solarkraftwerk, das das gesamte Land mit Energie versorgt; und eine Meerwasserentsalzungsanlage für frisches Wasser, auch wenn es nicht regnet; dazu ein Tiefseehafen, der zum Hauptumschlagort für Waren in ganz Ostafrika wird."

Fatimas Augen hatten geleuchtet. „Eine elektrifizierte Eisenbahnverbindung entlang der asphaltierten, vierspurigen Route No. 1 vom Hafen Berbera über die Hauptstadt Hargeisa bis ins benachbarte Äthiopien."

„Und Hotels für den gehobenen Tourismus. Und das Allerwichtigste: kostenlose Schulen für die Kinder, kostenlose Krankenhäuser für die Kranken und Arbeit für alle."

Da hatte Fatima gelacht. „Also wirklich, du warst und bist ein Spinner, Ray. Du hast Visionen. Aber wie willst du das ohne Geld umsetzen? Wir haben doch kein Öl, keine Kohle, keine Diamanten, kein Gold. Unsere Erde gibt nichts Verwertbares her, um die notwendigen Investitionen zu bezahlen. Selbst Grundnahrungsmittel müssen wir importieren, und du sprichst hier von Brunnen, Wasserleitungen, Stromerzeugung. Die Araber holen einfach Öl aus dem Boden und zahlen damit alles."

„Na ja, Geld ist wie Religion. Beide gibt es nur, weil ihre Anhänger daran glauben. Beide können aus dem Nichts erschaffen werden und sind skalierbar. Und wenn das Vertrauen schwindet, macht es puff – und beide lösen sich wieder in Luft auf", sagte Ray.

„Hm, ist das dein Ernst?", runzelte Fatima die Stirn. „Na, dann würde ich mich über das Geld freuen und hoffe, dass es nicht puff macht."

„Ich bin der Rainmaker, hast du doch selbst gesagt. Ich habe Kontakte zu Geldgebern und weiß, wie man sie dazu bringt, ihre Taschen zu öffnen. Somaliland könnte tatsächlich der Grundstein für den Solarbelt werden."

„Glaubst du wirklich, dass die Wüsten dieser Welt genügend Energie für die gesamte Erde produzieren können?"

„Ja, na klar. Gleichstromleitungen können sogar den Strom kostengünstig und verlustarm nach Europa bringen. Wir müssen nur anfangen. Walk the walk, don't talk the talk."

„Angst ist der größte Feind des Fortschritts", nickte Fatima. Rays Ideen waren visionär, doch er wusste sie auch umzusetzen. Und viel entscheidender waren seine Entschlossenheit und seine tiefe Überzeugung, die auch von ihr langsam Besitz ergriffen.

„Dann lass uns mutig diesen Weg gehen." Unweigerlich hatte sie lachen müssen und Liza Minelli angestimmt: „Money makes the world go around, the world go around, the world go around."

Als sich Ray und Fatima nun in der Präsidentensuite dieses Moments erinnerten, lachten sie und tranken den Rest der Champagnerflasche. Danach kosteten sie die wenige Zeit, die sie miteinander hatten, voll und ganz aus.

Kapitel 14 – Dienstag, 15. Februar 2022

Genau eine Woche vor der feierlichen Einweihung erschienen zwei schwarze Chevrolet Suburban der CIA auf dem Gelände des Solarkraftwerks. Jennifer Fox stieg mit ihren sieben, komplett in Schwarz gekleideten Kollegen langsam aus. Nachdem sie sich kurz umgesehen hatte, teilte die CIA-Agentin die Männer ein, um das Gelände in Augenschein zu nehmen. Sie selbst ging mit ihrem Kollegen, einem weißen Hünen mit Sonnenbrille, zum Hauptgebäude, um den Projektleiter aufzusuchen.

Major Ali Tur, der von einem Wachmann am Tor telefonisch über die Ankunft der CIA informiert worden war, erschien drei Stunden später mit drei Militärjeeps und zwölf verlässlichen Gardesoldaten auf dem Gelände. Er sprang aus dem Jeep und marschierte geradewegs und ohne anzuklopfen in das Büro von Chris. Dann baute er sich vor ihm auf: „Die Amis sind hier und untersuchen das Werksgelände, und ich erfahre nichts davon?"

„Ähm, der US-Botschafter von Somalia wird zur Eröffnung kommen, und die CIA will, ähm, vorher die Lage checken", druckste Chris herum. Er hatte nicht gedacht, dass er den Major darüber in Kenntnis setzen müsste.

„Die haben hier nichts zu suchen!", zeterte Ali Tur. „Wir sind die Garde der Präsidentin und für die Sicherheit hier verantwortlich! Die CIA befindet sich auf dem Gebiet von Somaliland, noch dazu auf privatem Gelände. Sie sind doch der Hausherr, Sie müssen das verbieten!"

Chris behagte die Vorstellung nicht, mit den CIA-Agenten auf Konfrontationskurs zu gehen. Ihre Ankunft hatte ihn zwar nervös gemacht, aber Captain Fox hatte sich höflich verhalten und ihm ein Schreiben des US-Botschafters vorgelegt. Doch es war noch unangenehmer, sich mit Major Ali Tur anzulegen. Deshalb hob er beschwichtigend die Hände und sagte nur: „Okay."

„Das müssen Sie ihnen persönlich sagen!", forderte Major Ali Tur.

Also gingen Chris und Ali Tur zu Jennifer Fox, der Chris ein Büro im Erdgeschoss zur Verfügung gestellt hatte. Wieder riss Major

Ali Tur ohne anzuklopfen die Tür auf – und schaute überrascht in den Lauf einer Smith & Wesson, Model 500. Doch als Jennifer Fox den jungen Projektleiter hinter dem unbekannten Uniformierten erkannte, befahl sie ihrem Kollegen in der Tür: „John, die wollen nur reden. Nimm die Waffe runter."

Chris zitterte plötzlich und warf sich unauffällig eine seiner kleinen Pillen ein. In den letzten Wochen hatte er gar keine Schwierigkeiten mehr gehabt. War es die bevorstehende Eröffnung, oder warum war er auf einmal wieder so dünnhäutig? Da der Major mal wieder die Initiative übernahm, hatte Chris einen Moment, um wieder Herr seiner Gedanken zu werden.

„Ich bin Major Ali Tur, Oberbefehlshaber der Präsidentengarde von Somaliland und für die Sicherheit hier verantwortlich. Sowohl im Allgemeinen als auch für die Eröffnungsfeier. Ich denke nicht, dass Sie hier von irgendjemandem autorisiert wurden. Oder, Herr Azikiwe?" Er blickte auffordernd zu Chris, der nur den Kopf schüttelte. Major Ali Tur schaute der brünetten Frau in dem schwarzen Hosenanzug ins Gesicht.

„Ich nehme an, dass Sie hier die Hosen anhaben. Pfeifen Sie Ihren Bullen hier und die anderen Weißgesichter zurück und verziehen Sie sich vom Gelände. Sie werden hier nicht benötigt."

Chris, der noch immer hinter dem Major stand, ergänzte kleinlaut: „Das Gelände ist Privatbesitz von Ray Capital und steht unter dem Schutz der Garde."

Jennifer Fox hob eine Augenbraue und betrachtete Chris skeptisch. Was hatte dieser Major zu ihm gesagt, dass er auf einmal derart verunsichert war? Bei ihrem Eintreffen hatte er zwar schon nicht vor Selbstbewusstsein gestrotzt, war aber freundlich und professionell und hatte nicht so auf sie gewirkt, als würde er klein beigeben. Trotzdem hatte sie keine Lust auf einen Eklat mit dem Oberbefehlshaber der Präsidentengarde. Deswegen sagte sie nur trocken: „Okay, wir ziehen ab."

Ihr Kollege John Brukner stieg als Letzter in den Wagen. Bevor er die Tür zuknallte, sagte er mit einem forschen Blick zu Chris: „Junge, pass auf dich auf. Ich behalte dich im Auge."

Während die Fahrzeuge das Kraftwerksgelände verließen, meldete Jennifer Fox den Vorfall telefonisch dem amerikanischen Botschafter von Somalia. Stephen Weiss beruhigte sie: „Ach, die sind eben alle etwas nervös. Wahrscheinlich funktioniert das Solarkraftwerk nicht richtig. Wir haben doch unseres in Nevada auch abgeschaltet. Also, hängen Sie den Vorfall nicht so hoch. Wir bekommen die Somalis schon noch zum Öl. Die haben riesige Ölfelder vor ihrer Küste, und was machen sie? Sie gewinnen die Energie aus der Sonne, pff ...“

„Aber das ist doch gar keine schlechte Idee, die Sonne stellt doch keine Rechnung“, entgegnete Fox.

„Mag sein. Aber die Sonne stellt auch keine Schecks für Wahlkampfspenden aus. Und wer wird dann unseren nächsten Wahlkampf bezahlen? Das tun nur die Fracking- und Öl-Unternehmen. Und natürlich die Waffenhersteller.“ Seine Stimme war am Telefon immer lauter geworden.

„Sir, ich habe verstanden.“

„Also, ziehen Sie Ihre Leute ab. Die Einweihung wird ein kurzes Event. Danach gibt es ein Galadinner und Zeit für die richtigen Geschäfte.“

Kapitel 15 – Mittwoch, 16. Februar 2022

Zwei Tage nach ihrer Ankunft hatten sich Ray und Rufus mit Chris in der Rooftop-Bar des Somali Regent Hotels in Hargeisa verabredet. Chris war zwar schon seit anderthalb Monaten in Somaliland, aber zum ersten Mal hier oben. Bis auf die paar Treffen mit Zola verbrachte er die meiste Zeit im zweieinhalb Stunden entfernten Berbera.

„Siehst du, alles gar nicht so schlimm hier", begrüßte ihn Rufus, als Chris die Stufen heraufkam. „Das Hotel haben wir vor vier Jahren gebaut. Damals gab es keine internationalen Hotels hier. Hotels mit Toiletten, die mit fließend Wasser per Knopfdruck gespült werden – Fehlanzeige. Somali Utility baut gerade an den Plätzen und den Märkten die ersten öffentlichen Toiletten. Für Frauen und Männer natürlich baulich getrennt. Sie sollen dann später an die neue Kanalisation angeschlossen werden."

Eine junge Frau in einem bodenlangen, grünen Kleid und einem roten Kopftuch servierte zwei Bier und eine Cola. Eine Musikkapelle spielte moderne Jazzmusik.

„Rufus, ich dachte immer, du, äh, logierst im Berbera Beach Hotel, wenn du hier bist", meinte Chris stirnrunzelnd.

„Ach was, das ist doch nur für unsere deutschen Techniker, die in Berbera arbeiten. Hier steppt der Bär abends. Hat dir das denn Djamila nicht gesagt?"

„Nein, sie hat mich wohl als deutschen Techniker eingestuft", antwortete Chris, was Rufus und Ray zum Lachen brachte. „Aber das war auch gut so. In Berbera konnte ich hands-on alles regeln."

„Wo bleibt denn deine Flamme, Chris, hm? Sie muss ja schon etwas ganz Besonderes sein, dass sie dich nach Somaliland gelockt hat", neckte Rufus den jungen Kollegen mit einem Zwinkern. Es machte ihm Spaß, Chris aufzuziehen, aber alle wussten, dass er es nicht böse meinte.

„Also, sie müsste schon lange hier sein. Normalerweise ist sie immer pünktlich."

Chris hatte Zola seit ihrem Besuch im Kraftwerk nicht mehr gesehen und wusste, dass sie eine Auseinandersetzung mit ihrer Tante wegen des Abends in der Bar gehabt hatte. Doch weil das Treffen mit Ray und Rufus hier in Hargeisa schon geplant war, hatte Chris die Chance nicht ungenutzt lassen wollen und sie trotzdem in die Bar eingeladen. Den Partnern entging nicht die leichte Anspannung in seiner Stimme, auch wenn er sich sehr bemühte, es zu verbergen.

„Mit dem Verkauf des Kraftwerkes verdient unser Fonds eine Milliarde", wollte Rufus ihn daher auf andere Gedanken bringen. Außerdem dachte er wie immer bereits an das nächste Projekt und wie er seinen Anteil finanzieren würde und konnte vor Freude über den Deal kaum an sich halten. „Unser Carry beträgt zwanzig Prozent vom Gewinn, also zweihundert Millionen. Das ist schon mal ein großer Anteil unseres Commitments für Tunis Solar. Ansgar verhandelt gerade die Verträge mit der Regierung in Tunis. Ein schönes großes Stück Wüste steht für unseren Gigapark bereit. Tunesien wird nach Somaliland das nächste Land, das seinen Strom zu einhundert Prozent aus der Sonne gewinnen wird."

„Becher hoch!", rief Ray. „Wenn's einmal läuft, dann läuft's richtig!"

„Wer soll denn das Werk bauen? Chinesen oder Deutsche?", wollte Chris von den trinkfesten Partnern wissen. Seiner Nervosität um Zola zum Trotz sprangen Rufus' Enthusiasmus und die Freude über die Ausweitung des Solarbelt auch auf ihn über.

„Mal sehen, wer das günstigste Angebot abgibt. Aber wir werden auch die Module und die Spiegel vor Ort produzieren. Das schafft Arbeitsplätze, und wir können später den günstigen Strom zur Produktion der nächsten Turmkraftwerke nutzen. Das war die Bedingung des tunesischen Präsidenten", antwortete Ray recht zufrieden.

„Dein nächster Job, Kleiner", zwinkerte Rufus und klopfte Chris freundschaftlich auf die Schulter.

„Aber ich dachte, das ist Monas Projekt?", wunderte sich Chris.

„Ja ja, das wird's auch bleiben, sie ist da voll drin. Aber bei einem Vorhaben dieser Größenordnung wird die Erfahrung, die du gerade hier sammelst, Gold wert sein."

„Hey, scheuch mir den Jungen nicht so auf, Rufus! Sonst müssen wir ihm als Nächstes eine Flamme mit tunesischem Migrationshintergrund suchen, wenn deine Idee fruchten soll", lachte Ray, als er Chris' verdatterten Gesichtsausdruck sah.

So ging der Schlagabtausch munter hin und her, bis sechs Bier und drei Cola später Zola zaghaft in der Bar erschien. Chris erkannte sie, noch während sie die Treppe hochkam. Doch als er sie freudestrahlend begrüßen wollte, sah er, dass sie vollkommen aufgelöst war und um Fassung rang. „Was ist passiert?", fragte er, nachdem er Ray und Rufus die Beinaheschlägerei im Füchschen und somit Zola in Erinnerung gerufen hatte. „Hattest du Streit mit deiner Familie?"

Sie begrüßte die beiden Firmenpartner verlegen und verneinte Chris' Vermutung, wollte aber zuerst nicht mehr sagen, als dass es etwas mit der Arbeit zu tun hatte. „Damit würde ich nur die Stimmung ruinieren."

Trotz Zolas bemüht beherrschten Worten war es für Chris offensichtlich, dass das, worum es ging, sie quälte. Auch Rufus war das nicht entgangen, weswegen er die junge Frau achtsam dazu ermutigte, weiterzusprechen. Doch sie schüttelte nur den Kopf.

„Komm, wir setzen uns eben an einen anderen Tisch", schlug Chris vor. Er wollte nicht, dass Zola allein mit dem zurechtkommen musste, was scheinbar vorgefallen war. „Wir sind gleich wieder da", fügte er mit einem Blick auf seine beiden Vorgesetzten hinzu und führte Zola kurzerhand an einen der freien Tische in der Nähe.

Nach einem Glas Cola und ein bisschen Ermunterung von Chris' Seite fing Zola schließlich an, zu erzählen. „Als ich heute Nachmittag gerade Feierabend machen wollte, wurde Ifra Ardin eingeliefert. Du erinnerst dich an sie, oder, Chris?"

Er nickte. „Die Besitzerin der Musikbar."

„Ich hörte zufällig, wie sie in der Aufnahme meinen Namen rief. Die Fruchtblase war vorzeitig geplatzt, und die Wehen hatten eingesetzt. Als ich neben ihr stand und ihre Hand hielt, flehte sie mich an, bei ihr zu bleiben. Sie zitterte vor Angst. Da hätte ich nicht einfach nach Hause gehen können." Zola schluckte und berichtete, wie sie Ifra in den Kreißsaal begleitet hatte. „Ich versuchte, sie zu beruhigen. Hab' ihr erklärt, dass sie im bestausgestatteten Geburtskrankenhaus im ganzen Land war und keine Angst haben muss. Doch dann erst habe ich verstanden, worüber sie in der Bar nicht hatte sprechen wollen." Sie warf einen Seitenblick auf die beiden älteren Männer am Nachbartisch, ehe sie tief durchatmete, die Hände im Schoß verschränkte und wieder zu Chris sah. „Ifra ist als vierjähriges Mädchen von ihrer Tante beschnitten worden."

Chris sog scharf die Luft ein. „Oh mein Gott ..."

„Ich ... ich hatte immer nur von der Beschneidung gehört. Aber wirklich gesprochen wurde darüber nie, und ich hätte nicht gedacht, dass es so verbreitet ist. Oder eine Vorstellung davon, was es genau bedeutet." Zola begann zu zittern, und ihre Hände verkrampften sich so sehr, dass ihre Fingerknöchel weiß hervortraten. Sie presste die Augen zusammen und wandte den Blick von Chris ab, als sie sie wieder öffnete. Ihre Stimme bebte mit jedem Wort mehr. „Von den äußeren Geschlechtsorganen bleibt ... nichts. Es wird nur ein ... na ja, ein kleines Loch, für Urin und Menstruationsblut, offengelassen. Eine natürliche Geburt ist da nicht mehr möglich."

„Also hatte Ifra einen Kaiserschnitt?", fragte Chris naiv.

„Nein. Dr. Abdullah hat mit dem Skalpell ... das Loch zwischen ihren Beinen aufgeschnitten. Ich wollte um Ifras willen gefasst bleiben, aber ich konnte nicht. Mich überkam eine solche Panik. Ich habe Dr. Abdullah angeschrien, was er da tut. Eine der OP-Schwestern erklärte mir dann ruhig, dass das feste Narbengewebe um den Geburtskanal herum sich nicht von allein dehnen kann. Diese scharfen Schnitte seien Routine und nötig, damit das Kind geboren werden kann." Zola presste sich die Handflächen an die Brust und schluchzte mit bebenden Lippen auf. „Ifra hat so sehr geschrien. Und i-ich habe nichts getan. Ich w-war da, ich habe sie nicht losgelassen. Aber ... ich ... ich konnte ihr nicht helfen."

Chris wollte Zola am liebsten in den Arm nehmen. Doch er zögerte und legte ihr stattdessen eine Hand an die Schulter. „Du hast sie nicht alleingelassen, Zola. Dank dir musste sie das nicht allein durchstehen."

Aber es war, als hätte sie seine Worte gar nicht gehört. Zolas Blick war in die Ferne gerichtet, während sie beinahe emotionslos vom weiteren Prozedere berichtete. „Ifra verlor so viel Blut, dass sie ohnmächtig wurde, bevor sie ihre kleine Tochter in den Armen halten konnte. Als die Nachgeburt draußen war, nähte Dr. Abdullah die Wunde einfach wieder zusammen. Mit nichts weiter als einem Plastikstrohhalm, damit die Flüssigkeiten abfließen können. Dann wurden Ifras Beine mit Gurten zusammengebunden. ‚Damit die Wunde verheilen kann‘, sagte mir die Schwester.“ Zola schluchzte wieder auf. „Ich hatte geschrien und dem Arzt erklärt, dass Ifra bestimmt nicht wieder komplett zugenäht werden wollte. Aber die Schwestern warfen mich aus dem Kreißsaal. Als ich mich irgendwann beruhigt hatte, zog ich mich um und bestellte ein Taxi.“

Chris war sprachlos. Doch dann gab er sich einen Ruck und nahm Zola in den Arm.

„Ich hatte bisher immer nur davon gehört“, wiederholte sie. Ihre Stimme war nur noch ein heiseres Flüstern. „Aber jetzt ... habe ich es gesehen. Es ist so schrecklich.“

Sie weinte, und auch Chris spürte, wie ihm die Geschichte naheging. „Es tut mir so unendlich leid, dass du das erleben musstest“, sagte er sanft und hielt sie weiter fest im Arm.

Nach einem beherzten Schluchzen setzte Zola sich wieder auf. „Ich sagte doch, das macht nur die Stimmung kaputt“, meinte sie dann betreten.

„Danke, dass du dich mir anvertraut hast.“ Nach kurzer Überlegung fügte Chris hinzu: „Weißt du, irgendwie bestätigt es auch, wie wichtig unsere Arbeit hier ist. Denn ohne den technologischen Fortschritt wird es auch in anderen Bereichen keine Veränderungen geben.“

So entspannte sich Zola ein wenig, und die beiden kehrten zu Ray und Rufus zurück. Die älteren Männer warfen Chris ein paar fragende Blicke zu, gingen aber nicht auf die Szene ein, die sie am Nebentisch beobachtet hatten. Erstaunlicherweise hielt sich der sonst so derbe Rotschopf sogar mit seinen flotten Sprüchen zurück.

Chris bat Nuru darum, Zola nach Hause zu fahren, ehe sie nach Berbera aufbrachen. Während der Fahrt saßen die beiden schweigend auf dem Rücksitz. Als der Wagen vor dem Haus der Ghalibs anhielt, fasste Chris sich endlich ein Herz. Bevor Zola zum Türgriff greifen konnte, beugte er sich zu ihr hinüber und sah ihr tief in die Augen. In ihrem Blick erkannte er Überraschung, doch sie scheute nicht weg und erwiderte seinen Blick. Mit pochendem Herzen überwand er die verbliebene kurze Distanz zwischen ihnen und küsste sie zum ersten Mal. Es war kein Kuss des Trostes, auch kein flüchtiger Kuss. Sondern ein ernst gemeinter, der ihre Zuneigung in Liebe verwandelte. Zola ließ ihn gewähren und zog sich nicht zurück. Im Gegenteil, sie genoss es, gab sich dem fremden Gefühl hin und öffnete erst Sekunden nach der zärtlichen Berührung ihrer Lippen wieder die Augen. Sie musste unwillkürlich lächeln, und auch Chris konnte nicht anders, als zurückzulächeln. Dann stieg Zola schweigend aus dem Auto. Bevor sie die Tür schloss, winkte sie leicht und hauchte Chris ein „Bis bald" zu.

Kapitel 16 – Donnerstag, 17. Februar 2022

Am Mittag des nächsten Tages besuchte Major Ali Tur seinen väterlichen Freund Ibrahim Ghalib in seinem Büro im Zentrum von Hargeisa. Der respektable runde Mann ließ seine Assistentin ein Tablett mit Tee und Süßigkeiten bringen, und so saßen sie schlürfend an dem kleinen Tisch in der vorderen Ecke des Büros, abseits vom großen Schreibtisch aus dunklem Holz. Dann begann Ali geschickt, den Grund seines heutigen Besuchs einzufädeln.

„Allah hat deine Nichte mit sehr viel Liebreiz ausgestattet. Ich habe sie vor ein paar Tagen in Berbera auf dem Gelände des Solarkraftwerks getroffen. Sie war allein, ohne Begleitung. Das ist doch nicht schicklich, Ibrahim."

Ibrahim schüttelte ungläubig seinen großen Kopf und griff zum Süßigkeitenteller. „Nimm dir ein Plätzchen, sie sind köstlich!"

„Außerdem wurde sie am Abend in einem Nachtclub mit diesem Christen gesehen", fuhr Ali nach einer anerkennenden Kostprobe fort. Das wusste er von einem seiner Gardemänner, der ihn zum Kraftwerk begleitet und den Projektleiter und Zola daher bei seinem Besuch der Bar erkannt hatte. Diesen Zufall konnte er jetzt optimal für seine Absichten nutzen.

„Hm, dann hatte Imana wohl wirklich nicht übertrieben, als sie meinte, die Leute würden über nichts anderes mehr reden", seufzte Ibrahim Ghalib auf. „Ich habe schon mit Zola gesprochen und ihr Hausarrest erteilt."

„Du musst besser auf sie aufpassen. Imana hat gesagt, dass sie heiraten soll. Sie gefällt mir. Ich möchte sie heiraten."

Sein Gesprächspartner hatte sich gerade wieder seinen Tee an die Lippen führen wollen. Bei Alis Worten senkte er mit einem skeptischen Blick das Glas. „Aber du hast doch schon eine Frau, Ali."

„Willst du etwa sagen, ich kann mir keine zweite Frau leisten?" Alis Körper streckte sich, und er blickte streng zu seinem Gegenüber, der beschwichtigend eine fleischige Hand hob.

„Nein, nein, natürlich nicht, mein Freund. Auf so einen Gedanken würde ich beim Neffen der Präsidentin nicht einmal im Traum kommen."

Ali nickte zufrieden und trug sein Angebot vor. „Einhundert Kamele. So viel ist eigentlich nur ein gläubiger Mann wert. Aber deine Nichte ist doch eine ‚reine' Frau, und du bist mein Freund, Ibrahim."

„Ich werde mit Zolas Vater reden", versprach ihm Ibrahim.

Damit wollte Ali sich nicht zufriedengeben. Also entschloss er sich dazu, seinem Wunsch etwas mehr Nachdruck zu verleihen. „Du hast mir deine deutsche Nichte doch schon vor Jahren versprochen. Hast du das etwa schon vergessen? Ich beschütze dafür doch das Hawala-Business von deinem Bruder und dir und sorge dafür, dass du der einzige Modulhändler in Somaliland bleibst. Abgesehen davon sind wir doch auch schon langjährige Geschäftspartner."

Diesen Argumenten konnte Ibrahim Ghalib nicht widersprechen. Er nickte energisch, was die schwabbelige Haut um seinen Hals zum Wackeln brachte. „Ja, ja, Ali, du hast natürlich recht. Ich werde mich um alles kümmern. Und dann sollst du Zola zur Frau haben, inschallah."

Als Zola an diesem Morgen zum Dienst erschien, musste sie zuerst nach Ifra sehen. Es graute ihr vor der Begegnung, doch nicht bloß aus Angst vor Ifras Zustand. Sie schämte sich und hatte die halbe Nacht nicht geschlafen, weil sie sich solche Vorwürfe machte. Und sie hatte Angst davor, dass Ifra sie dafür beschuldigen würde, dass sie nicht eingeschritten war. Als sie vor ihrem Zimmer stand, kostete es Zola jede Menge Überwindung, ehe sie tief Luft holte und vorsichtig anklopfte. „Guten Morgen Ifra", grüßte Zola leise.

Erleichterung durchflutete sie, dass Ifra trotz des enormen Blutverlustes vom Vortag wach und bei Bewusstsein war. Als die andere Frau ihr dann auch noch zulächelte und eine Hand nach ihr ausstreckte, fiel Zola ein Stein vom Herzen. Sie ging sofort auf Ifra zu und nahm ihre Hand.

„Lieb von dir, nach mir zu sehen", sagte die frischgebackene Mutter mit matter Stimme.

„Das ist doch das Mindeste, was ich tun kann", erwiderte Zola. „Danke. Auch für gestern."

Aller Selbstbeherrschung zum Trotz stiegen in Zola die Emotionen hoch. „Es tut mir so leid", flüsterte sie. „Ich hätte mehr tun müssen."

Doch Ifra schüttelte den Kopf, und ihre schwache Hand drückte Zolas kurz. „Du hättest nichts tun können. Selbst wenn sie hier einen Kaiserschnitt in Erwägung gezogen hätten, wäre es dafür schon zu spät gewesen. Es gab keine andere Möglichkeit."

„Ich hätte zumindest verlangen können, dass sie dich unter Narkose setzen oder wenigstens eine örtliche Betäubung geben", widersprach Zola. Bei der Erinnerung an die Vorgehensweise und Ifras Schmerzensschreie krampfte sich in ihr alles zusammen, und ihr Magen drohte zu revoltieren.

„Ach, man hätte dich so oder so ignoriert", beschwichtigte Ifra sie mit einem erschöpften Lächeln. „Als würde das Wohlergehen einer Frau hier irgendwen interessieren."

„Aber wir sind hier im Edna Adan Maternity Hospital! Wenn es einen Ort gibt, wo das Wohl von Frauen an oberster Stelle steht, dann muss es doch wohl hier sein!" In Zola stiegen Wut und Unverständnis hoch. Wie konnte es sein, dass ausgerechnet hier, im Krankenhaus der berühmten Frauenrechtlerin, eine Geburt auf derart brutale Weise ablief? Und die Würde der Frau so achtlos ignoriert wurde? Doch als sie das ruhige Lächeln in Ifras Gesicht sah, verwandelte sich der innere Sturm mit einem Mal in Hochachtung.

„Du hast das Herz am richtigen Fleck, Zola. Pass nur bitte auf, dass du es hier nicht zu offen zeigst. Wir haben uns zwar bewusst entschieden, in das Land unserer Eltern zurückzugehen, aber allem Zugehörigkeitsgefühl und aller Liebe zum Trotz wird es nie unser Land werden. Du solltest wieder nach Europa zurück, bevor man hier auf die Idee kommt, dir einen Mann zu finden. Das wäre auch zu schade um den netten Kerl, mit dem du in der Bar warst."

Zola legte beide Hände fest um Ifras Hand. Ihr schnürte sich die Kehle von ihren Worten zu. Und davon, wie die andere Frau ihr eine solche Unterstützung entgegenbrachte, während ihr selbst etwas so

Unaussprechliches widerfahren war. „Ich schaue nach meiner Schicht noch mal nach dir", versprach sie.

Den ganzen Tag stand Zola neben sich. Das gestrige Erlebnis wollte ihr genauso wenig aus dem Kopf gehen wie das Gespräch vom Morgen. Doch sie schaffte es, sich auf ihre Patienten zu konzentrieren, und freute sich, dass sie gerade rechtzeitig bei Ifra ankam, als ihre Tochter zu ihr gebracht wurde. Der Anblick der kleinen Neugeborenen und ihrer überglücklichen Mutter half dabei, die Last von Zolas Seele etwas zu heben.

Doch als sie im Haus ihrer Familie ankam, wurde der frisch hergestellte, zerbrechliche Frieden mit einem Mal wieder zerstört. Denn kaum war Zola ins Haus getreten, kam ihr Onkel mit hochrotem Kopf schnaufend auf sie zugelaufen. „Du wurdest gestern schon wieder mit diesem Chris gesehen!", brüllte er sie an. „Und dann auch noch in einem dieser westlichen Lokale, mit zwei weißen Männern noch dazu! Was fällt dir ein, du undankbare Göre?" Bevor Zola sich überhaupt fragen konnte, woher er das wissen konnte, erhob Ibrahim in einer drohenden Geste seine große Hand mit den wulstigen, beringten Fingern. „Ich sehe, unser Gespräch von neulich hat überhaupt nichts bei dir bewirkt! Scheinbar schaltest du nicht einmal deinen Kopf ein, bevor du etwas tust! Wenn dir deine eigene Ehre schon nichts wert ist, dann hab wenigstens die Größe, an die deiner Familie zu denken! Aber nicht mal das tust du!"

Sein Gebrüll machte ihr Angst. Ehe sie sich vom Fleck rühren konnte, riss Ibrahim ihr die Tasche von der Schulter. Zola stand da wie angewurzelt und war unfähig, zu reagieren. Erst als er ihr die Tasche schroff zuwarf, griff sie wie auf Autopilot danach. Ihr Onkel hielt ihr Handy hoch und wedelte damit vor ihrem Gesicht. „Das behalte ab jetzt ich. Hodan wird dich jeden Tag zur Arbeit fahren und wieder abholen."

„D-das kannst du nicht machen!", brachte Zola stotternd hervor. Doch als ihr Onkel wie ein tollwütiger Stier schnaubend zwei Schritte auf sie zukam, wich sie geduckt zurück.

„Ich bin noch viel zu nachsichtig mit dir! Hoff mal lieber, dass dein Ehemann dich genauso behandeln wird! In den nächsten Wochen wirst du genug Zeit haben, zu lernen, wie du dich als ‚reine' Frau eines so ehrenwerten Mannes wie des Majors zu benehmen hast!"

Was hatte er da gerade gesagt? Frau des Majors? Major Ali Tur, der mit ihr im Kraftwerk war? Sie wollte etwas sagen, doch ihr blieb der Mund offenstehen, ohne dass sie auch nur einen Laut hätte herausbringen können.

Ihr Onkel hob wieder drohend die Hand und sah ihr unentwegt in die Augen. „Ich werde nicht zulassen, dass du Schande über unsere Familie bringst und den Namen Ghalib in den Schmutz ziehst! Auch du hast eine Aufgabe in dieser Familie, und für dein Land! Die Urlaubsstimmung ist endgültig vorbei!"

An diesem Abend lag Samuel Selowane schon früh in seinem Hotelbett, konnte aber nicht schlafen. Der Whisky sollte ihm helfen, die notwendige Bettschwere zu erreichen, zeigte aber noch keine Wirkung. Also ließ er die letzten Wochen noch einmal vor seinem inneren Auge Revue passieren.

Die Kontaktanfrage war über das einschlägige Forum im Darknet gekommen. Er hatte lange mit sich gekämpft, diesen Auftrag anzunehmen. Selowane war ein alter Hase im Geschäft, und es interessierte ihn herzlich wenig, wer unter welchen, möglicherweise durch seine Aufträge ins Rollen gebrachten Konsequenzen zu knabbern hätte. Aber er war diesen Lifestyle gerade leid und sehnte sich nach einer Ruhepause. An einem schönen Ort, wo er es sich ein Weilchen richtig gut gehen lassen könnte. Doch in seinem Geschäft konnte ein Nein den falschen Leuten gegenüber den baldigen und plötzlichen Tod bedeuten. Das waren die Spielregeln in diesem explosiven Geschäft, an dessen Ende aber eine fürstliche Entlohnung stand. Aber wofür hatte er sich in den letzten Jahren seinen Ruf aufgebaut, wenn er nicht mal Gelegenheit hatte, die Früchte seiner Arbeit zu genießen? Egal wie es laufen würde, Selowane hatte entschieden, dass er nach diesem Auftrag erst mal untertauchen würde. Das Geld dafür würde reichen, und nach erfolgreicher Ausführung musste er niemandem Rechenschaft ablegen.

Er hatte sein Hotel in Berbera strategisch gut ausgewählt. Na ja, ehrlicherweise gab es nur drei Hotels mit halbwegs internationalem

Standard in Berbera. Und das Berbera Beach Hotel lag fußläufig zum Hafen. Ein Boot als mögliches Fluchtfahrzeug hatte er während eines Hafenrundgangs schon ausgemacht. Sein Zimmer hatte ein Fenster nach Südwesten, sodass er tagsüber am Horizont den riesigen Turm des Solarkraftwerks sehen konnte. Schon imposant, was diese Viehhirten in so kurzer Zeit errichtet hatten.

Woher er den Sprengstoff bekommen würde, war ihm von Anfang an klar gewesen. Seit die Amerikaner jeden Rebellenführer mit diesem Zeug versorgten, war das kein wirkliches Hindernis. Die Welt wurde wie eh und je mit Waffen, Munition und Sprengstoff geradezu überflutet. Doch für diesen Job benötigte er einen hochwertigen Sprengstoff und einen Fernauslöser, dessen Funkwellen nicht gestört werden konnten. Aber seine Quellen waren auch dieses Mal verlässlich gewesen.

Die Löcher im Beton waren kein Problem, und der dunkelhäutige Projektleiter war ein naiver Jüngling. Er hatte nur Augen für die schöne Nichte des Fettwanstes. Erst vor ein paar Tagen hatte der Junge während des Frühstücks kurz von seinem Laptop aufgeschaut und ihm mitten ins Gesicht geblickt. Obwohl er ihm schon mehrere Male auf dem Gelände des Solarkraftwerks über den Weg gelaufen war, hatte er ihn nicht erkannt, hatte ihn bisher wohl überhaupt nicht wahrgenommen. Als er dann aber vorgestern die Zünder in die Löcher platzieren wollte, sah er gerade noch rechtzeitig die Männer in den auffälligen schwarzen Anzügen und Sonnenbrillen aus ihren SUVs aussteigen. Die brünette Anführerin mit dem enganliegenden Anzug hätte alles vermasseln können. Doch sein Freund hatte mal wieder alles im Griff gehabt. Er hatte ihm nicht nur den Sprengstoff geliefert, sondern auch noch die CIA vom Gelände vertrieben. Bis zur Eröffnung würde er seine Vorbereitungen erledigt haben. Nach dem Feuerwerk würde er dann die zweite Hälfte seiner Gebühren erhalten – wie immer in handlichen Dollarscheinen und an jedem Ort dieser Welt verfügbar. Und dann würde er es sich so richtig gut gehen lassen.

Kapitel 17 – Dienstag, 22. Februar 2022

Chris hatte unruhig geschlafen und öffnete mit den ersten Sonnenstrahlen die Augen. Auf dem altmodischen digitalen Wecker an seinem Bett erblickte er das Datum – 22.02.2022: Ein Palindrom! Wenn das kein gutes Omen für heute war!

Er war nervös, aber auch guter Dinge. Schließlich hatte er in den letzten Wochen alles dafür getan, dass Berbera-3 fehlerfrei lief und für die heutige Eröffnung alles vorbereitet war. Vor allem hätte Chris sich nicht träumen lassen, dass er hier in diesem Phantomstaat den perfekten Ort für sich finden und so glücklich sein würde wie noch nie in seinem Leben. Die operative Verantwortung hatte ihn gefordert und, zugegebenermaßen, in den vergangenen anderthalb Monaten wenig schlafen lassen. Oder waren es doch die Stunden, die er mit Zola verbracht hatte? Er hätte sie gerne öfter gesehen, aber seine Arbeit und ihre Familie, noch dazu die Entfernung zwischen Hargeisa und Berbera, machten Treffen kompliziert. Dass der Kontakt seit fast einer Woche jedoch komplett abgerissen war, beunruhigte ihn. Zola ging nicht mehr ans Telefon und reagierte auch nicht auf seine WhatsApp-Nachrichten, obwohl Chris sehen konnte, dass sie zugestellt worden waren. Hatte er sie mit dem Kuss verärgert? War etwas daran falsch gewesen? Es hatte sich doch richtig angefühlt. Und ihre Reaktion an dem Abend war doch auch positiv gewesen. Hatte sie vielleicht doch Zweifel bekommen?

Sein erster Griff ging zum Handy. Wieder keine Nachricht von Zola. Und was sagten die Nachrichten heute? Der Tag fing mit Katastrophenmeldungen an: Inferno in Essen, ein Wohnblock ist durch ein Feuer zerstört worden. Glücklicherweise gibt es keine Todesopfer. Putin schickt Truppen in die Ukraine. Hoffentlich waren das nicht doch böse Omen für den heutigen Tag, auf den er seit Monaten hingearbeitet hatte …

Direkt nach dem Frühstück fuhr Chris zum Solarkraftwerk und überprüfte noch mal alle Funktionen. Das Kraftwerk lief stabil und produzierte Strom. Das Salz im Behälter hatte Betriebstemperatur, und der Wasserdampf trieb die Turbine an. Um Punkt 11.30 Uhr, nachdem Ray und Rufus ebenfalls schon eingetroffen und mit ihm nach dem Rechten gesehen hatten, stellte Chris die Spiegel zurück in die waagerechte Position. Der Eröffnung am Mittag stand nichts mehr im Weg.

Im bequemen Schreibtischstuhl in seinem Büro nutzte Chris die kurze Ruhe vor dem Sturm, um für sich allein nachzudenken. Er wollte diesen Erfolg und die feierliche Gelegenheit ergreifen und um Zolas Hand anhalten. Vor drei Wochen hatte er sie, ihren Onkel Ibrahim und ihre Tante Imana ganz offiziell zur heutigen Eröffnungsfeier eingeladen und die besten Plätze auf der Tribüne für sie reserviert. In der Zeit in Somaliland, und erst recht seit ihrem letzten Treffen vor einer Woche, war Chris immer mehr klar geworden, wie tief die Gefühle doch waren, die er für Zola hegte. Keine Frau hatte es jemals so weit in sein Herz geschafft, und noch nie zuvor hatte es sich so gut und sicher angefühlt.

Ein Heiratsantrag mochte übereilt und abschreckend wirken, aber er hatte sich sehr genau Gedanken darüber gemacht. Denn es war ihm mit Zola wirklich mehr als ernst. Und um das ihrer traditionellen Familie klarzumachen, wollte er diesen Schritt gehen. Obwohl er Angst davor hatte, dass ihre Familie ihn gar nicht erst akzeptieren würde, galt seine größte Angst Zolas möglicher Abweisung. Vielleicht würde sie ihn nicht ablehnen, eher den Antrag, weil eine Heirat zu früh wäre. Andererseits könnten sie sich als Verlobte leichter treffen und besser kennenlernen. Chris' Herz pochte stark, als er leise die zurechtgelegten Worte vor sich hinsprach. Dann schloss er die Augen, atmete tief ein und stieß die Luft mit einem Mal wieder aus. Chris rückte sich die Krawatte gerade, strich den Kragen seines Anzugs zurecht und verließ sein Büro. An diesem sonnigen Morgen hoffte er, dass der Tag sein Leben verändern würde.

Um Punkt zwölf Uhr standen Chris, Ray, Rufus und Djamila vor dem Hauptgebäude des Solarkraftwerks Berbera-3 und begrüßten die ankommenden Gäste. Die Liste der Ehrengäste war lang. Chris blieb seelenruhig, denn Djamila Al Hassan war ein Organisationstalent.

Sie hatte an alles gedacht, was auch von Rufus mit einem anerkennenden Nicken in ihre Richtung quittiert wurde.

Der erste Ehrengast war der amerikanische Botschafter von Somalia, Stephen Weiss. Er wurde von Jennifer Fox und ihrem hünenhaften Kollegen John Brukner begleitet. Die anderen sechs CIA-Agenten mischten sich unauffällig unter die geladenen Gäste. Chris erkannte ein paar der Gesichter und vermutete, dass sie über ihre Ohrstecker miteinander in Funkkontakt standen. Im Gegensatz zu seiner klassisch-stilvoll gekleideten Entourage trug Stephen Weiss einen weit geschnittenen blauen Anzug mit roter Krawatte und eine rote Baseballkappe mit dem völlig unangebrachten Slogan „Make Somalia Great Again" auf dem Kopf. Er schüttelte Ray und Rufus kräftig die Hände und klopfte ihnen auf die Schulter: „Great job, guys, great job." Chris und Djamila würdigte er keines Blickes, wobei das auch besser so war. Sonst hätte er den verständnislosen Ausdruck auf Chris' Gesicht gesehen, den er beim Anblick der geschmacklosen Kappe aller Professionalität und guten Manieren zum Trotz nicht zu verbergen wusste.

Danach erschien ein chinesisches Paar, das Djamila als Mr. und Mrs. Wang vorstellte. Chris schätzte die zierliche Chinesin auf Anfang vierzig. Sie hatte sehr helle Haut für eine Chinesin und einen mit leuchtend rotem Lippenstift noch mehr betonten, großen Mund. Chris hatte schon viel über Shixin Wang von seinen Kollegen gehört und wusste, über welchen Einfluss diese Frau verfügte. Er fuhr sich kurz durch die Haare, strich über sein Hemd und räusperte sich, bevor er ihr die Hand reichte. „Appreciate to meet you, Mrs. Wang. I am Chris Azikiwe."

„Guten Tag Chris. Ich freue mich, einen so höflichen jungen Mann hier kennenzulernen", antwortete sie in fehlerfreiem Deutsch und schüttelte ihm die Hand. Der Duft eines extravaganten Parfüms umgab sie. „Nenn mich doch, bitte, Shixin." Sie schob wie nebenbei ihre langen schwarzen Haare zur Seite. „Darf ich dir meinen Mann vorstellen? Herr Wang. Er spricht leider weder Englisch noch Deutsch. Wir befinden uns mit Präsidentin Ali Tur in fortgeschrittenen Verhandlungen zur Errichtung einer neuen Fabrik hier in Somaliland."

„Oh, da wünsche ich Ihnen viel Erfolg!", warf Chris lächelnd ein. „Ich habe schon viel von Ihrem Verhandlungsgeschick gehört. Wenn ich recht informiert bin, haben Sie ja damals auch die Verhandlungen mit Shanghou Electric auf unserer Seite begleitet."

„Ach, ich habe nur meinem alten Freund Ray Klein etwas zur Seite gestanden", winkte Shixin ab.

Großes Aufsehen erregte in diesem Moment das Eintreffen von Präsidentin Fatima Ali Tur. Ihr weißer Cadillac wurde von fünf Militärjeeps begleitet. Ihr Neffe Major Ali Ali Tur stieg als Erster aus und öffnete ihr die Autotür. Ab diesem Moment wich er ihr als Oberbefehlshaber der Präsidentengarde nicht von der Seite. Die anderen Mitglieder der Garde stellten die Fahrzeuge in der Nähe des Haupttors unter einem schattenspendenden Dach aus vertrockneten Palmwedeln ab, ehe Fatima und Ali langsam in Richtung des vierköpfigen Empfangskomitees schritten. Chris kannte die Präsidentin bisher nur von Fotos und aus den Nachrichten und war von ihrer Grazie und Eleganz mehr als beeindruckt. Nach der Begrüßung durch die drei Herren von Ray Capital begleitete Djamila Fatima zum großen weißen Zelt, das vor dem Hauptgebäude aufgebaut worden war. Chris konnte sehen, dass sich die Präsidentin bei jedem der anwesenden Ehrengäste Zeit für einen Smalltalk nahm.

Als Nächstes erreichten drei schwarze SUVs das Gelände. Aus dem mittleren Fahrzeug stieg ein Mann mittleren Alters, dessen weißer Umhang im Wind flatterte. Auf dem Kopf trug er ein weißes Tuch, das mit einem schwarz-silbernen Zierband gehalten wurde. Er nahm seine Sonnenbrille ab und staunte sichtlich, als er auf das Spiegelmeer und den riesigen Turm sah. Er ging mit einem breiten Lächeln auf Ray zu, und die beiden fielen sich in die Arme.

„Das ist ja mal ein Bauwerk, mitten im Nirwana. Respekt, du alter Träumer!", begrüßte der Mann im weißen Umhang seinen alten Freund auf Englisch.

„Schön, dass du es pünktlich geschafft hast. Ich habe mit Rufus gewettet, dass du dich verspäten wirst", spottete Ray. „Rufus kennst du ja. Darf ich dir unseren Projektleiter vor Ort, Chris Azikiwe, vorstellen?"

Sie schüttelten sich die Hände, und Ray stellte seinen Freund vor. „Osama bin Hakim ist Mitglied des Boards von GWB Capital, einer Geschäftseinheit der Gulf World Bank mit Hauptsitz in Dubai. Er hat fünfundzwanzig Jahre Erfahrung im Private Equity, einen MBA der Harvard Business School und einen Bachelor der King Saud University in Riad. GWB Capital ist unser Cornerstone Investor, aber das weißt du ja. Osama kenne ich schon von unserem allerersten Fonds. Damals war er noch Investmentmanager bei BayVest in Boston, einem der größten Private-Equity-Dachfonds weltweit."

„Genug, Ray", lachte Osama. Und zu Chris gewandt: „Sagen wir es mal so: Ich war der erste Investor, der an diesen Visionär Ray Klein hier geglaubt hat, und er hat mich in zwanzig Jahren nicht enttäuscht."

Chris lächelte freundlich – und sah unruhig auf die Uhr. Es war mittlerweile zwölf Minuten nach eins, und Zola war noch immer nicht erschienen. Er begann, sich ernsthafte Sorgen zu machen. Ray schien bemerkt zu haben, dass er abgelenkt war. Er legte Chris seine Hand auf die Schulter und sprach: „Osama, darf ich dich kurz mit Chris allein lassen? Ich muss nach der Präsidentin sehen."

„Na klar, mein Freund." Osama wandte sich an Chris: „Weißt du, dass Ray große Stücke auf dich hält? Er hat dich schon des Öfteren lobend erwähnt. In den nächsten Wochen ist ja Zahltag bei Ray Capital. Hoffentlich bekommst du auch einen Anteil vom Carry. Ich bin begeistert von den Zahlen."

GWB Capital und andere Investoren hatten seit dem Jahr 2012 eine Milliarde Euro in Solarbelt investiert. Nach Inbetriebnahme von Berbera-3 und Nachweis der vollständigen Leistungsfähigkeit wird das Closing, also die endgültige Vertragsunterzeichnung, mit der Überweisung des Verkaufspreises erfolgen. Ein Konsortium aus verschiedenen Investoren wird zweieinhalb Milliarden Dollar auf den Tisch legen. Die jährliche Verzinsung für GWB Capital und die anderen Investoren wird zweistellig sein. Ich freue mich jedenfalls auf einen Double-Digit-Return und bin bei eurem nächsten Fonds auf jeden Fall wieder mit dabei", schwärmte Osama, ohne eine Reaktion von Chris abzuwarten. „Die Staatsfonds aus den arabischen Ländern stehen schon Schlange. Norwegen ist reserviert, will vielleicht in

Spanien investieren. Die Chinesen investieren im eigenen Land. Und wir Araber sind jetzt hier dran. Wir lieben ‚Made in Germany'. Dubai hat nicht umsonst schon Aktien von RWE und Hochtief gekauft."

„Einer muss ja die Türme bauen", setzte Chris geschickt dazwischen. „Die Spiegel bauen wir demnächst selbst in Tunesien."

„Ich weiß", offenbarte Osama mit einem wissenden Zwinkern. „Da hat Ray Capital ja das Joint Venture mit dem tunesischen Staat und dem Technologiecampus in Freiburg. Die Turbinen kommen von Siemens. Aber hast du keine Angst vor der Projektgröße? Ich meine, hier in Somaliland sind es ja schon beindruckende fünfhundert Megawatt Anlagenkapazität. Aber in Tunesien sollen es ja, wie ich hörte, fünftausend Megawatt werden. Eine Verzehnfachung."

„Angst, nein", entgegnete Chris, „Respekt, ja. Aber das Ziel ist es ja, Tunesien als zweites Land der Erde nach Somaliland in die Lage zu versetzen, sich zu hundert Prozent aus erneuerbarem Strom zu versorgen. Bei dreizehn Millionen Einwohnern benötigen wir diese Kapazität."

„Hm, ich glaube, ich verstehe, was Ray in dir sieht!", lachte Osama. Dann fiel sein Blick auf einen anderen Gast. „Ah, da ist ja Carsten!" Als Chris sich umwandte und nur mit einem Stirnrunzeln reagierte, fügte Osama bin Hakim hinzu: „Der kommt auch aus Düsseldorf. Soll ich dich mit ihm bekannt machen?"

Der schwarzhaarige, 1,90 Meter große Carsten Meyer stand unter dem schattenspendenden Zelt und hatte ein Glas Altbier in der Hand. Er war ehrenamtlicher Finanzvorstand bei Fortuna Düsseldorf und selbst leidenschaftlicher Läufer und Fußballer, was sich in seiner sportlichen Figur abzeichnete. Osama kannte ihn von Rays letzter großer Geburtstagsparty, wie er erzählte. Sie hatten sich vortrefflich über Fußball und die Chancen der deutschen Vereine in der Champions League unterhalten. „Hallo Carsten, du bist ja überall dabei!", begrüßte Osama ihn. „Wie läuft's für die Fortuna? Wann sehen wir deine Mannschaft denn mal in London?"

„Osama, schön, dich zu sehen! Ha, das mit London kann nicht mehr lange dauern. Wir haben einen neuen Trainer, Daniel Thioune. Zwei Siege in den ersten beiden Spielen. Es geht aufwärts. Fortuna hat sich hier am Bau eines Fußballstadions beteiligt. Na ja, das meiste Geld kam von der Kreditanstalt für Wiederaufbau. Aber wir haben dort große Überzeugungsarbeit geleistet!", berichtete Carsten.

Wieder so ein Feigenblatt, dachte Chris, während Osama ihm Carsten vorstellte. In Wirklichkeit wollen sie sich nur junge, hoffnungsvolle Talente schnappen. Aber wenn sie den Aufstieg schaffen, ist das okay. Chris ließ die beiden weiter über Fußball reden und lief geradewegs der freundlichen Chinesin in die Arme.

„Sie haben gesagt ... entschuldige ... du hast gesagt, dass ihr hier investieren möchtet. Was soll denn produziert werden?", fragte er Shixin Wang.

„Eine Fabrik für Medikamente. Genauer gesagt Generika, Medikamente, bei denen die Patente abgelaufen sind. Wir wollen mit der Antibabypille beginnen."

Chris zog vor Verwunderung die Augenbrauen hoch. „Wir sind doch hier in einem muslimischen Land. Das ist bestimmt nicht einfach."

„Da hast du recht. Die Präsidentin ist zwar auf unserer Seite, aber der Ältestenrat hat es bisher abgelehnt. Weißt du, ich habe mich in China von einer Fließbandarbeiterin zur Vorarbeiterin und schließlich zur Chefin eines Pharmaunternehmens hochgearbeitet. Ich habe Geld gespart, und nun möchte ich eine Fabrik aufbauen."

Chris stutzte etwas bei diesen Worten: Hatte diese Frau nicht schon vor vier Jahren den Deal mit dem Projektentwickler Shanghou Electric eingefädelt? Möchte eigenes Geld investieren? Aber er wollte Shixin nicht unterbrechen.

„Afrika hat das gleiche Problem wie China früher: Überbevölkerung. Es sind einfach zu viele Menschen hier. Das führt zu Hunger und Armut. Wir Chinesen haben das mit einer strengen Ein-Kind-Politik gelöst. Und das muss Afrika auch. Ich sehe für Verhütungsmittel einen riesigen Wachstumsmarkt. Vor dreißig Jahren haben die Europäer ihre Produktion nach Ostasien gebracht. Sie haben uns Fabriken turn-key aufgebaut und akzeptiert, dass sie nie die Mehrheit daran besitzen werden. Und jetzt bauen wir Fabriken in Afrika. Doch wir sind dabei nicht so naiv wie der durchschnittliche

Mitteleuropäer. Die Fabriken gehören uns. Die Afrikaner arbeiten gern für uns, wir geben ihnen Arbeit, Wasser, Brot und Straßen."

Neben ihr nickte Mr. Wang, so als hätte er verstanden, was seine Frau soeben auf Deutsch gesagt hatte. Chris kannte die chinesische Mentalität und deren Cleverness, ihren Einfluss in der Welt stetig auszubauen. Er wollte aber darüber nicht diskutieren und wechselte daher das Thema. „Du sprichst ja klasse Deutsch, Shixin. Hast du schon mal in Deutschland gewohnt?"

„Ja, ich habe zwei Jahre den Vertrieb in Deutschland geleitet. Wir haben in Düsseldorf gelebt. Da habe ich bei einer sehr netten Chinesin in ihrem ‚Sprachenschiff' Deutsch gelernt. Sie hieß Angie."

Chris musste schmunzeln. „Ach was. Ich komme aus Düsseldorf und liebe die chinesische Küche."

„Nein, so ein Zufall! Wir kennen alle chinesischen Restaurants in Düsseldorf. Manche kochen sogar besser als die besten Restaurants in China, ernsthaft!"

Chris entschuldigte sich, weil er in diesem Moment sah, wie Rufus sein Bierglas leerte und ihm zunickte. Ein Blick auf die Uhr verriet ihm, dass es fast Zeit für die Eröffnungsreden war. Shixin entließ ihn mit einem Lächeln und ging auf einen anderen chinesischen Gast zu. Bei dem Mann handelte es sich um Meng Lee, den Projektleiter von Shanghou Electric, den sie auf Chinesisch begrüßte: „Du hast sehr gute Arbeit hier geleistet. Das Kraftwerk ist in der geplanten Bauzeit fertig geworden."

„Danke für Ihr Lob, Shixin", antwortete er mit einer leichten Verneigung seines Kopfes. „Die Umstände waren uns freundlich. Wir haben auch die Baukosten eingehalten. Somit konnte unsere Shanghou Electric dieses Projekt mit Gewinn beenden."

„Das wird dich weiter voranbringen, Meng Lee."

Ihr Gespräch wurde von Rays tiefer Stimme unterbrochen, der gerade alle Anwesenden aufs Freundlichste begrüßte. Nach wenigen gekonnten Worten forderte er die Gäste auf, ihm zur Tribüne zu folgen. Einhundert Menschen nahmen dort Platz, die anderen standen links und rechts neben den Stufen. Ray hatte Fatima gebeten, die Rede zur feierlichen Eröffnung zu halten. Was sie ohnehin mit Freude getan hätte, war auch für sie selbst ein strategischer Zug, denn die Pressevertreter waren alle anwesend. Die Wahlen standen vor der Tür, und positive Berichterstattung würde die Chancen auf ihre Wiederwahl steigern. Fatima hielt ihre Rede ohne jegliche Notizen. Sie wusste genau, wovon sie sprach:

„Die durchschnittliche Lebenserwartung in unserem großartigen Somaliland betrug noch vor zehn Jahren für Frauen fünfundfünfzig und für Männer fünfzig Jahre. Tuberkulose, Malaria und weitere Infektionskrankheiten waren weit verbreitet. Mangelernährung und unsauberes Trinkwasser waren die beherrschenden Probleme in unserem Land. Unsere Hauptexportgüter waren Kamele, Schafe und Ziegen, und die haben unser vertrocknendes Land immer kahler gefressen. Das durchschnittliche Jahreseinkommen eines Somaliländers lag bei sage und schreibe zweihundert Dollar. Das Einkommen eines Deutschen lag im Vergleich bei über vierzigtausend Dollar. Damit lagen wir, verglichen mit den anderen zweihundert Staaten auf der Erde, unter den letzten zehn.

Als ich vor fast zwölf Jahren zur Präsidentin gewählt wurde, hatte ich ein Budget von vierhundert Millionen Dollar. Der Großteil der Ausgaben entfiel auf Soldzahlungen für eine zehntausend Mann starke Armee. Der Oberbürgermeister der Stadt Düsseldorf hatte zu dem Zeitpunkt ein Budget von fast drei Milliarden Dollar. Das war sechsmal höher bei sechsmal weniger Einwohnern. Wie sollte ich mit diesen Mitteln den Aufgaben einer Regierung nachkommen? Strom, Wasser, Krankenversorgung, Sicherheit und vor allem Bildung? Soforthilfen des ehemaligen Kolonialherrn Großbritannien in Höhe von zehn Millionen Dollar im Jahr waren ein Almosen, ein Tropfen auf den heißen Stein, ein Feigenblatt für ihre nicht wahrgenommene Verantwortung. Aber ich habe meine Verantwortung wahrgenommen. Wir haben keine Rohstoffe, die für andere Länder interessant wären. Wir haben nur uns. Und wir haben die Sonne.

Ray Klein und sein Team haben uns geholfen, die Sonne zu nutzen. Wir haben die Sonne angezapft. Eintausendfünfhundert Gigawattstunden Strom stehen uns bald jedes Jahr zur Verfügung. Das sind vierhundertdreißig Kilowattstunden für jeden Somaliländer.

Und mit diesem Wüstenstrom kam der Wohlstand ins Land. Unser Bruttonationaleinkommen liegt jetzt dank der neuen privaten Unternehmen bei sieben Milliarden Dollar, also zweitausend Dollar pro Person. Damit haben wir uns in der Nationenwertung auf Platz 62 nach oben gearbeitet und liegen nun zwischen Vietnam und Bangladesch. Wir eröffnen heute eines der modernsten Solarkraftwerke der Welt. Mit diesem Wunderwerk der Technik werden wir zum Klimavorbild der Menschheit: Wir werden die erste klimaneutrale Volkswirtschaft auf der Welt sein."

Der Beifall war ohrenbetäubend. Sogar die Mitglieder des Ältestenrats, die ein wenig Englisch verstanden, nickten während der Rede. Die Entwicklung ihres Landes erfüllte auch sie mit Stolz. Chris war beeindruckt von der mitreißenden Energie, die Fatima Ali Tur ausstrahlte, und der Kraft ihrer Worte. Kein Wunder, dass Somaliland es so weit gebracht hat, dachte er. Indessen wechselte Fatima von Englisch zu Somali und setzte eine zweite, kürzere Rede hinterher. Chris verstand sie nicht, begriff aber, dass sie anders als die reißenden Siegesworte war und ihr noch mehr am Herzen lag.

„Liebe Brüder und Schwestern! Ich danke euch, dass ihr mich beim Umbau unseres Landes so tatkräftig unterstützt. Ich bin überzeugt, dass wir in zehn Jahren keine Babys, keine Kinder und keine alten Menschen wegen Unterernährung oder schlechtem Trinkwasser beerdigen müssen. Alle werden zu essen und zu trinken haben, und alle werden zur Schule gehen. Wir werden es den anderen Clans in Somalia zeigen, wie die Isaaq ihr Leben meistern und wie unser Land wächst und gedeiht!"

Alle Anwesenden klatschten lautstark in die Hände. Der Hafenchef Ben Abdul, den Chris vor ein paar Tagen bei einem Treffen mit den beiden Partnern von Ray Capital kennengelernt hatte, saß neben Chris und applaudierte ebenfalls. Unter dem tosenden Beifall drehte er sich zu Chris und sagte mit ergriffener Stimme: „Eine tolle Frau, diese Fatima Ali Tur! Sie hat in diesem Land sehr viel erreicht, was vorher gefehlt hatte – Bekämpfung der Korruption, Transparenz und Menschenrechte, das sind die Schlüssel ihres Erfolgs. Wenn man ausländische Mächte ins Land holt, die nur an Bodenschätzen interessiert sind, dann wird das Land ausgebeutet. Ihr Deutschen seid nicht an Bodenschätzen interessiert. Ihr habt Geld investiert und eine Infrastruktur aufgebaut. Vielen Dank!"

Chris war etwas verlegen und schaute zu Boden. „Danke, mein Freund, aber bitte entschuldige mich. Ich muss jetzt das Licht anschalten."

Gerade als Ray wieder das Wort übernahm und den Gästen die bevorstehende Demonstration des Solarkraftwerks ankündigte, stand Chris auf, nahm sein iPad zur Hand und drückte auf das Feuersymbol. Die Heliostaten, die bisher in waagerechter Position gelegen hatten, veränderten wie von Geisterhand ihre Stellung. Es war ein Spektakel: Einer nach dem anderen lenkte das einfallende Licht in Richtung der Turmspitze, die immer heller zu leuchten begann. Einige Gäste staunten mit offenen Mündern, andere klatschten in die Hände.

Ray und Fatima verließen das Rednerpult, während Osama bin Hakim, der Vorsitzende des Ältestenrats Bashir Mohammed Egal und der US-Botschafter Stephen Weiss mit seiner geschmacklosen Kappe sich von ihren Plätzen erhoben. Gemeinsam stellten sich die Männer in einer Reihe vor die Tribüne und nahmen ein grün-weißrotes Band in die Hände. Dann nahm Fatima eine übergroße Schere und zerschnitt das Band in zwei Teile. Die Presse fotografierte unter klickendem Blitzlichtgewitter, und die Reporter kritzelten eifrig auf ihre Notizblöcke. Die Kellner servierten Champagner, Orangensaft und Wasser auf silbernen Tabletts, und die Gäste strömten gemächlich und gut gelaunt zum Festzelt vor dem Hauptgebäude.

Chris schaute enttäuscht zum Tor. Zola war nicht erschienen. Und auch nicht ihr Onkel, der als angesehener Geschäftsmann auch ohne seine Nichte Grund genug gehabt hätte, dem Event beizuwohnen. Was konnte dazwischengekommen sein? Während Chris den Blick über die Einfahrt zum Kraftwerksgelände schweifen ließ, wunderte er sich darüber, dass eine einzelne Person abseits vom Wärterhäuschen und den schattenspenden Unterständen stand. Gerade als Chris versuchte, den Menschen neben dem roten Fahrzeug besser auszumachen, klopfte ihm jemand auf die Schulter und riss ihn aus seinen Grübeleien.

„Das hast du alles prima vorbereitet. Und die Spiegelshow war der Hammer!", lobte Ray ihn voller Anerkennung. „Aber warum schaust du so kritisch? Es ist doch alles gut gelaufen."

„Da hinten am Tor steht der Typ von Somali Construction, der die Betonproben für den TÜV entnommen hat. Der ist doch gar nicht auf der Gästeliste", antwortete Chris ausweichend. Seine Gefühle waren seine Sache, und Ray sollte sich gerade jetzt nicht darum sorgen.

„Welche Betonproben? Das Unbedenklichkeitszertifikat vom TÜV haben wir doch schon vor einem Jahr bekommen, und die endgültige TÜV-Abnahme war vor sechs Monaten", meinte Ray misstrauisch. In seine Stimme trat eine plötzliche Wachsamkeit, wie Chris sie noch nie von ihm gehört hatte.

„Na, der Typ da hinten neben seinem alten roten Toyota, der arbeitet doch für Somali Construction."

„Wir haben keine alten Toyotas bei Somali Construction. Die Fahrzeuge, die Rufus geleast hat, sind alle weiß und höchstens drei Jahre alt."

„Aber ... der hat am Salzbehälter den Beton kontrolliert ... u-und dort Löcher gebohrt", stotterte Chris, während er die Alarmbereitschaft in den aufmerksamen Augen seines Chefs und Mentors erkannte.

Ray witterte die Gefahr. Seine Instinkte schalteten sich ein, und sein Verstand übernahm sofort die Zügel. Jetzt galt es, schnell zu handeln, also reagierte er ohne Umschweife: „Osama und der Botschafter sind mit Rufus auf dem Weg zum Salzbehälter. Ich bringe Fatima und die anderen Gäste ins Verwaltungsgebäude. Du kümmerst dich um den Kerl am Tor."

Chris befolgte die Anweisung in einem Wimpernschlag. Während Ray zum Zelt lief, rannte er, so schnell er konnte, in Richtung Haupttor. Sein Näherkommen blieb dem vermeintlichen Somali-Construction-Mitarbeiter jedoch nicht verborgen. Als er Chris auf sich zustürmen sah, stieg er schnell in seinen Toyota. Major Ali Tur hatte mit Beginn des Umtrunks nach seinen Leuten sehen wollen und befand sich deswegen bei seiner Garde am Tor. Gerade als Ali sich darüber wunderte, warum der junge Projektleiter so eilig auf sie zugerannt kam, ließ er das Tor öffnen, um den Toyota passieren zu lassen.

Rufus hatte den technikbegeisterten Gästen gerade die vier Salzbehälter mit den Wärmetauschern gezeigt, die in der Mitte des Kraftwerks rund um den Turm gruppiert waren. Mit einem Durchmesser von jeweils fünfundvierzig Metern konnten in jedem Tank fünfundzwanzigtausend Kubikmeter des geschmolzenen Salzes gespeichert werden. Diese Speicher machten das Kraftwerk nahezu unabhängig von der Tageszeit und dem Wetter. Die Speicherkapazität reichte aus, um fünfzehn Stunden ohne Sonne Strom zu produzieren. Sie waren gerade im Begriff, zum Maschinengebäude mit den Generatoren zu gehen, als sein Handy klingelte.

„Kommt sofort zurück zum Hauptgebäude!", waren die letzten Worte, die er verstehen konnte. Denn dann spürte er schon das Wummern einer riesigen Erschütterung, und alles Weitere versank in ohrenbetäubenden Explosionsgeräuschen.

Einer der Behälter zerbarst mit einem derben, sonoren Knall in gewaltige Einzelteile, die hoch in die Luft katapultiert wurden. Heißes Salz schoss in harten, zischenden Strahlen heraus und verbrannte ohne Erbarmen alles, worauf es prasselnd niederging. Die Spiegel zersprangen mit hell schallendem Klirren in Abertausende funkelnde Scherben. Die Gestelle der Heliostaten flogen unter blechern-hohlem Tosen durch die Landschaft. Die Luft brannte.

Die Gäste, die eben noch friedlich zusammen die Eröffnung gefeiert hatten, wurden von einem Moment auf den anderen von einer Druckwelle erfasst. Wenige Sekunden später regnete es schimmernde Glassplitter und heißes Salz. Panik ging wie ein Ruck durch die Menge. Für den Bruchteil einer Sekunde war bis auf den zerstörerisch knisternden Regen nichts zu hören. Dann brach mit einem Wimpernschlag die Angst wie ein ungezähmtes Tier aus einem Käfig. Schrille Schreie und gellende Stimmen erfüllten das Zelt. Die Menschen versuchten als unkoordinierte Masse der Gefahr zu entkommen, ohne überhaupt begreifen zu können, was passierte. Ein riesiger Pulk drängte sich zum Zeltausgang. Rays durchsetzungsstarke Stimme hallte über den immensen Lärm hinweg, sodass es dem Sicherheitspersonal unter seinen Anweisungen gelang, die hysterischen Massen in das Verwaltungsgebäude zu leiten. Einige Menschen liefen dennoch in Richtung des Tors, weil sie befürchteten, dass der zweihundertfünfzig Meter hohe Turm einstürzen und das Gebäude erfassen würde. Aber der Turm in der Mitte des Spiegelkreises blieb unbeirrt wie ein Fels in der Brandung stehen. Die Fliehenden wurden von den Gardesoldaten gestoppt und mit den anderen Gästen zum Verwaltungsgebäude gebracht.

Als das Getöse ausbrach, stand Chris am Tor und sah dem wegfahrenden Toyota hinterher. Wie ein Mann fuhren er und der Major herum und sahen das Inferno. Chris konnte nicht glauben, was er da sah. Der Anblick der berstenden Anlage setzte sein gesamtes Denken außer Kraft und trieb ihm den Schock lähmend in die Glieder. Ein Zittern erfasste ihn am ganzen Körper, und er spürte ein Engegefühl in der Brust. Von einem Moment auf den nächsten konnte Chris kaum atmen. Todesangst überkam ihn. Tief in seinem Bewusstsein regten sich alte, lange vergessene Bilder und legten sich kalt und unerbittlich um seine Kehle. Doch als Major Ali Tur anfing, seinen Männern Befehle zuzubrüllen, und in Richtung des Festzelts lossprintete, lösten sich die Bilder auf und Chris erwachte aus seiner Starre. Während die Garde um ihn herum sich in Bewegung setzte, fand er die Kontrolle über seinen Körper wieder. Schnell nahm er sich eine Tablette Diazepam aus seinem Plastikdöschen und zwang sich, wieder normal zu atmen.

Jennifer Fox hatte vom dritten Stock des Hauptgebäudes die Feiernden im Blick behalten, als die gewaltige Explosion alles um sie herum zum Beben brachte. Sie rannte auf die andere Seite und erblickte das hereinbrechende Inferno hinter den großen Glasscheiben der Hauptbüros. „Ach – du – heilige – Scheiße!", fluchte sie.

Die Detonationskraft war immens, aber die Fenster des Hauptgebäudes blieben wie durch ein Wunder unversehrt. Über Funk gab

Jennifer die ersten Befehle an ihre Männer. Sie atmete zweimal kräftig aus und sprach danach ruhig ins Mikro: „Leute, das war ein Sprengstoffanschlag. Mike, du gehst zu Major Oberschlau und sagst ihm, dass er sofort das Gelände räumen lassen soll. Es könnten noch weitere Sprengsätze losgehen. Alle Handys und Kameras am Ausgang konfiszieren. John, du besorgst so viele Krankenwagen, wie es in diesem Land gibt. Adam, du sammelst Bombensplitter auf, um Spuren zu sichern. Ben, du gehst mit den anderen in Richtung Turm. Dort habe ich unseren Botschafter zum letzten Mal gesehen. Bringt ihn sofort hierher zum Hauptgebäude."

Als Chris wieder Luft bekam, durchfuhren ihn Rays Worte, dass Rufus vorhin auf dem Weg zu den Salzbehältern gewesen war. Die Angst um seinen Kollegen war wie ein elektrischer Schlag, von dem sich seine Beine wie von allein in Richtung Turm in Bewegung setzten. Hoffentlich lebt er, flehte Chris in Gedanken.

Schon von Weitem sah er, dass überall Glasscherben und verbogene Stahlgestelle lagen. In der Mitte des ehemaligen Spiegelmeers loderten sengend heiße Flammen, und es stieg grauer, übelriechender Qualm auf. Im Büro lagen die Feuerwehrausrüstungen, doch Chris verwarf den Gedanken sofort wieder. Die sollten die anderen holen und das Feuer löschen, er konnte jetzt keine Zeit verlieren. Er musste Rufus finden.

Als er sich seinen Weg durch das Trümmerfeld bahnte, verletzte Chris sich mehrmals an Armen und Beinen. Er fluchte bei jedem scharfen Schnitt und merkte, wie sie bluteten. Doch das waren nur Kratzer. Endlich erreichte er die Maschinengebäude, die schwer beschädigt worden waren. Die Explosion hatte große Teile in Schutt und Asche gelegt. Alles um Chris herum wirkte wie ein immenses Kartenhaus, das vom kleinsten Lufthauch einbrechen könnte. Schon beim Umsehen im stinkenden Dampf überkam ihn eine düstere Vorahnung. Fürchterliche Angst stieg Übelkeit erregend in Chris hoch. Dennoch schrie er nach Rufus und schritt wankend durch die Trümmer.

Dann erkannte er den roten Haarschopf seines Kollegen. Chris atmete aus. Doch dann glitt sein Blick auf die riesige Glasscherbe, die

Rufus aus dem Rücken ragte. Er lag vollkommen entstellt auf dem Bauch. Das Salz hatte von seinem Körper nicht viel mehr als eine schwarze Hülle zurückgelassen. Chris fühlte sich, als hätte man ihm eine Abrissbirne in die Magengrube geschleudert. Keuchend taumelte er zurück. Nein! Das war nicht möglich! Das durfte nicht sein! Die schiere Fassungslosigkeit drohte ihn zu überwältigen.

Und doch aktivierte der blanke Horror, der sich vor ihm aufgetan hatte, alte, harte, geradezu militärische Instinkte aus längst vergangenen Zeiten in Chris. Als er unweit von Rufus zwei andere Männer liegen sah, setzte er sich daher in Bewegung. Er musste überprüfen, ob er hier noch Hilfe leisten konnte. Den ersten, schwarzhaarigen Mann identifizierte Chris anhand des langen, zerfetzten Gewands als Osama bin Hakim. Der andere neben ihm trug noch eine rote Baseballkappe, musste also der US-Botschafter sein. Chris kniete sich in die Splitter auf dem Boden und registrierte nur noch dumpf, dass er völlig emotionslos war. Beide Männer hatten Puls, wenn auch nur schwach. Beim Aufrichten sah Chris vier Männer in schwarzen Anzügen auf sich zukommen. Gemeinsam trugen sie die beiden Verletzten zum Hauptgebäude.

„Hilfe! Wir brauchen einen Arzt!", rief Chris so laut er konnte.

Tatsächlich bahnte sich ein Notarzt einen Weg durch die Menschenmenge. Er erkannte sofort, dass es hier um Leben und Tod ging, und ließ die beiden Männer in einen bereitstehenden Krankenwagen tragen. Mit einem Blick auf seine vielen blutenden Wunden wies der Arzt Chris an, mitzufahren, doch er lehnte entschieden ab. Er war der Verantwortliche vor Ort und würde nicht mitten im Chaos einfach weggehen. Durch den zähen Brei in seinem Kopf drangen Fetzen von Gedanken. Chris musste Ray finden. Er musste die Menschen vom Gelände evakuieren. Er musste nach der Technik sehen. Er musste sichergehen, dass sie hier nicht jeden Moment von einer weiteren Explosion in Stücke gerissen wurden. Und dann musste er herausfinden, was für eine beschissene Katastrophe ihnen hier so kolossal um die Ohren geflogen war.

Kapitel 18 – Mittwoch, 23. Februar 2022

Rufus war tot. Vier weitere Mitarbeiter, die sich während der Explosion in der Nähe des Turms aufgehalten hatten, waren schwer verletzt. Osama bin Hakim, Rays langjähriger Freund, lag zusammen mit dem US-Botschafter auf der Intensivstation des Edna Adan Maternity Hospital. Obwohl die Klinik schwerpunktmäßig eine Entbindungsklinik war, galt die dortige Intensivstation als genauso gut wie im Hargeisa International Hospital, das komplett ausgelastet war. Das Solarturmkraftwerk war ein Trümmerhaufen. Die Elektrizität, die Wasserversorgung und das Mobilfunknetz in ganz Somaliland waren ausgefallen.

„Wir haben gestern einen Anschlag erlebt, der unsere Welt auf den Kopf stellt", eröffnete Ray die Besprechung. Ihm war anzusehen, dass er in der vergangenen Nacht kein Auge zugetan hatte. Dennoch waren seine Worte klar und wohlartikuliert. „Wir haben einen schweren Tiefschlag erlebt, aber wir werden nicht aufgeben. Die Aufräumarbeiten laufen. Die nächsten Monate werden nicht leicht. Ihr wisst, unser Kraftwerk war nicht versichert. Das war unser Risiko, und jetzt müssen wir neue Finanzierungsquellen erschließen."

„Aber wer hat das gemacht? Wer ist dafür verantwortlich?", platzte es aus Chris heraus. Auch er hatte kaum Ruhe finden können, doch im Gegensatz zu Ray war er nach dem Erlebten nicht Herr über seine Emotionen. „Klar, wir müssen an die Zukunft denken, aber trotzdem müssen wir die Schuldigen finden!"

„Die Schuldfrage interessiert mich genauso wie dich, Chris", antwortete Ray ruhig, „aber im Moment ist alles unklar. Alles Spekulation."

Nach dem Meeting saß Chris eine ganze Zeit lang in seinem Büro und dachte nach. Seine Gedanken überschlugen sich fieberhaft. Ja, er konnte Probleme lösungsorientiert angehen und in fordernden Situationen die Fassung bewahren. Aber gerade konnte er nicht wie Ray direkt wieder back on track kommen. In ihm tobte eine solch hilflose Wut, dass ihn nichts anderes interessierte, als wer der Verantwortliche für dieses Fiasko war. Und wer Rufus auf dem Gewissen hatte.

Chris wusste, dass Ray und Rufus nicht nur Firmenpartner, sondern auch sehr enge Freunde gewesen waren. Wie Ray es also bewerkstelligte, der Leuchtturm für sein Team zu bleiben und vorrangig an die Firma zu denken, war Chris ein Rätsel. Denn wenn sich schon ihm die Kehle allein beim Gedanken daran zuschnürte, dass er Rufus' Gelächter und Spott nie wieder hören würde, wie ging es dann wohl erst Ray? Das Bild vom verbrannten Körper seines Kollegen blitzte vor Chris' geistigem Auge auf. Ihm schossen die Tränen hoch, seine Brust verengte sich, und sein Magen fühlte sich an, als hätte man ihn durch ein klaffendes Loch ersetzt. Was ihnen passiert war, konnte unmöglich real sein!

Es kostete Chris enorme Anstrengung, sich von den Bildern der Explosion und seinen ihn zu ersticken drohenden Gefühlen loszureißen. Egal wie sehr es gerade wehtat, wusste er, dass es ihn nicht weiterbringen würde, in Trauer zu versinken. Und Ray würde er in diesem Zustand auch keine Hilfe sein. Er musste sich auf Chris verlassen können, jetzt mehr denn je. Allein schon zu Rufus' Ehren musste er sich am Riemen reißen. Also sprang er von seinem Stuhl und schüttelte seine Arme und Beine aus.

Also, wer kommt infrage für so einen Anschlag? Entweder waren es die Islamisten oder die Russen, sinnierte Chris, während er mit langen, kraftvollen Schritten durch den Raum marschierte. Oder aber die Chinesen oder die Amerikaner. Vielleicht auch die Öl- und Gasmafia oder Leute, die ihnen einfach nur schaden wollten. Es gab zu viele Möglichkeiten. Sie brauchten Antworten, Beweise.

Gut, dass Zola nicht gekommen war. Sie hätte verletzt werden können, schoss es Chris durch den Kopf. Das war der einzige Hoffnungsschimmer, den er seit gestern sehen konnte. Wobei auch das im Grunde nur das nächste Problem in seinen Kopf schob, denn er wusste immer noch nicht, was los war. Und wo war Zola eigentlich? Als er und Ray gestern nach ihren Kollegen und Rays Freund Osama auf der Intensivstation gesehen hatten, hatte Dr. Abdullah Chris gesagt, dass Zola ihren freien Tag hätte. War sie in Sicherheit? Wann würde er sie wiedersehen?

Ein Klopfen an der Tür riss Chris aus seinen Gedanken. Dann steckte Djamila vorsichtig ihren Kopf in sein Büro: „Chris, Mrs. Fox von der CIA möchte dich gerne sprechen."

„Sie soll hereinkommen."

Nach ein paar freundlichen Worten zur Begrüßung und einer Beileidsbekundung zum Tod von Rufus Wagner bat Jennifer Fox Chris höflich, sie zu begleiten. Sie wollte ihm wichtige Beweismittel zeigen. Das brachte Chris' Kopf wieder auf Hochtouren. Beweise waren genau das, was sie brauchten! Also willigte er ohne Umschweife ein.

Sie fuhren zum nahe gelegenen Flughafen von Berbera, wo die CIA ihre provisorische Kommandozentrale eingerichtet hatte. Beim Betreten des Flughafengebäudes sah Chris einen Hubschrauber auf der Landebahn stehen. Ein Mann in einem weißen Schutzanzug untersuchte Gegenstände, die auf einer riesigen Schutzplane auf dem Boden ausgebreitet lagen und für Chris wie Kohle aussahen. Der Flughafen verfügte über eine Festnetzleitung, und ein Mitarbeiter telefonierte gerade lautstark: „Alle Reisedaten von und nach Hargeisa innerhalb der letzten zwei Monate zu uns, sofort. Und mit unserer Terroristendatenbank abgleichen." Zwei Männer sahen sich Fotos und Videoaufzeichnungen auf den konfiszierten Handys an. Als sie an ihnen vorbeikamen, bat Jennifer: „Chris, können Sie uns bitte auch Ihr Handy geben? Da sind möglicherweise Informationen drauf, die für die Ermittlungen von Nutzen sind."

Chris übergab ihr sein Handy mit der dazugehörenden PIN. Dann betraten sie einen kleinen Raum mit einem Tisch und drei Stühlen, auf die Agentin Fox zeigte. „Nehmen Sie doch bitte Platz. Einen Kaffee?"

Chris verneinte, und sie setzten sich. Dann kam John Brukner in den Raum und ließ sich auf dem freien Stuhl nieder. Chris wurde nervös. Seit der Typ seinen großkalibrigen Revolver auf Major Ali Tur und ihn gerichtet hatte, ohne mit der Wimper zu zucken, hatte er erheblichen Respekt, wenn nicht sogar Angst vor ihm.

„Chris, unser Botschafter ist heute Morgen in Folge seiner Verbrennungen verstorben", begann Jennifer Fox das Gespräch.

„Das tut mir leid", antwortete Chris mit leiser Stimme.

„Chris, wir haben Nachricht aus Langley. Wir haben bald Krieg in der Ukraine. Putin hat heute die Unabhängigkeit der Separatistengebiete Donezk und Luhansk anerkannt und bereitet den Einmarsch vor. Der Anschlag auf das Solarkraftwerk könnte ein Ablenkungsmanöver gewesen sein", erklärte Jennifer weiter.

„Das ist Blödsinn. Das waren die Fundamentalisten!", setzte Brukner harsch nach.

„Die Terrormiliz Al-Shabaab bekämpft schon seit Jahren die Regierung in Mogadischu. Vielleicht hat sich ja hier in Somaliland eine neue Zelle gegründet. Nur ist bis jetzt noch kein Bekennerschreiben oder eine Videobotschaft aufgetaucht. Es war auch kein Selbstmordattentäter, der sich in die Luft gesprengt hat. Dieser Anschlag war intelligenter", gab seine Kollegin zu bedenken.

„Ja, als ob die Islamisten einen Insider gehabt hätten. Jemanden, der Zugang zur Anlage hatte", sekundierte Brukner.

Chris hörte sich die Überlegungen der beiden CIA-Agenten stirnrunzelnd an. Islamisten waren ihm auch als mögliche Täter in den Sinn gekommen. Und auch Russland könnte seine Finger im Spiel haben, wobei Chris den Einmarsch in der Ukraine für ein zu groß angelegtes Manöver hielt, um von einem Attentat auf ein Solarkraftwerk in einem offiziell nicht anerkannten Staat abzulenken. Dann bemerkte er den scharfsinnigen Blick, mit dem Fox ihn bedachte.

„Chris, wir haben uns verschiedene Aufnahmen vom Tathergang angesehen. Können Sie uns erklären, warum Sie kurz vor der Explosion weggerannt sind in Richtung Tor?", wollte sie von ihm wissen.

„Äh, da war ein Mann, den ich wiedererkannt hatte. Er hatte vor Wochen Löcher in den Beton des Salzbehälters gebohrt und hatte gestern keinen Grund, vor Ort zu sein. Er wollte gerade mit seinem Fahrzeug das Gelände verlassen. Also bin ich zu ihm hingerannt", erklärte Chris.

„Wieso das denn? Wollten Sie das Werksgelände vor der Explosion verlassen?", fragte Brukner mit bedrohlich tiefer Stimme.

Bevor Chris antworten konnte, fragte Jennifer Fox weiter: „Woher wissen Sie denn, dass dieser Mann Löcher in den Beton gebohrt hat?"

„Äh ... ich habe ihn dabei beobachtet."

Die beiden Agenten zogen beide synchron die Augenbrauen nach oben. John Brukner verschränkte die breiten Arme vor der Brust, dass sich der Stoff an den Ärmeln seines Anzugs bedrohlich spannte, und schaute Chris tief in die Augen. „So, so. Sie haben das beobachtet und sich nichts Böses dabei gedacht. Sie waren für die Sicherheit des Werks zuständig und haben einen Mann auf das Gelände gelassen, der Löcher für Sprengsätze in den Beton bohrt?"

Chris konnte seinem intensiven Blick nicht standhalten und schaute weg, widersprach aber: „Woher sollte ich das denn wissen? Also, eigentlich dachte ich, dass das mit der Abnahme der Anlage und dem TÜV zusammenhing, also ..."

„Stimmt, das konnten Sie nicht wissen. Denn Sie haben ja eine Woche vor dem Anschlag unsere Sicherheitsexperten von der Anlage vertrieben. So haben Sie erfolgreich verhindert, dass wir etwas finden konnten."

Chris merkte, in welche Richtung dieses Verhör ging. Und dass Jennifer Fox ihn nur unter dem Vorwand, ihm als Leiter der Inbetriebnahme wichtige Beweise zu zeigen, in die CIA-Zentrale gelockt hatte. Er fing an zu zittern. „Ja, das war ein Fehler", gab er zu. Es war besser, ehrlich zu sein und Fehler einzugestehen.

„Der oder die Täter benutzten Spezialsprengstoff aus einem Material, das üblicherweise nur Experten des Militärs zur Verfügung steht. Woher haben sie diesen Sprengstoff? Haben sie noch mehr davon? Und sie benutzten einen Spezialzünder, der absolut störunanfällig ist. Sie haben doch Elektrotechnik studiert, Chris. Haben Sie da auch gelernt, elektrische Zünder zu bauen?", führte Agent Brukner seine Befragung fort.

Chris fuhr schockiert zusammen. Wie kam der Kerl auf einen solchen Stuss? Und woher wusste er überhaupt, was er studiert hatte? „I-ich habe damit nichts zu tun. Sie haben keine Beweise", wehrte er sich.

„Indizien, mein Sohn", entgegnete John Brukner mit einem entspannten Schulterzucken. „Alles spricht für Sie als Täter. Sie sind doch Islamist, oder etwa nicht?"

„Nein!", rief Chris entsetzt. „Ich bin kein Islamist! Ich bin nicht mal Moslem, sondern Christ! Ich bin Deutscher, und ich habe meinen Freund und Kollegen verloren!"

„Aber Ihre Freundin haben Sie vorher gewarnt. Sie ist gar nicht erst gekommen. Bestimmt ist sie untergetaucht und in Sicherheit?"

Chris war fassungslos. Die Szene kam doch glatt aus einem schlechten Hollywoodfilm! „Zola? Ich weiß nicht, wo sie ist. Ich habe seit einer Woche keinen Kontakt mehr zu ihr gehabt."

Brukner lehnte sich vor und schaute Chris aus seinen kleinen, feisten Augen herausfordernd an. „Ich frage Sie noch mal: Wieso war Ihre Freundin nicht da?"

„I-ich weiß es nicht, wirklich!" Chris spürte, wie seine Hände kalt wurden und sich ihm die Lunge zuschnüren wollte. Er wich dem Blick des CIA-Agenten aus und sah zu Jennifer Fox. „Darf ich bitte eine Tablette aus meiner Tasche nehmen?"

Er hasste sich dafür, wie sehr seine Stimme bei dieser Frage bebte. Nachdem Fox nickte, zog Chris die Tablettendose aus der Hosentasche und warf sich mit der zittrigen rechten Hand eine Pille in den Mund. Seine Lippen waren trocken, und er trank einen großen Schluck Wasser aus einem der Gläser, die schon auf dem Tisch gestanden hatten. Jennifer Fox hatte für den Moment genug gehört.

„Chris, Sie haben sicher Verständnis dafür, dass wir Sie erst mal hierbehalten. Denken Sie noch mal über alles nach. Vielleicht fällt Ihnen ja noch etwas ein."

„D-das können Sie nicht machen!", versuchte Chris sich zu wehren. „Sie können mich hier nicht wegen zufälliger Informationen festhalten! I-ich habe das Recht auf einen Anwalt!"

Brukner schnaubte im Hinausgehen, und Fox seufzte beim Aufstehen auf. „Wir befinden uns in einem nicht anerkannten Land, Chris. Dies ist im Übrigen gar kein Verhör. Wir sind auch keine Polizisten. Aber Sie stehen unter dringendem Tatverdacht."

Dann drehte sie sich um, und die beiden CIA-Agenten verließen den improvisierten Verhörraum. Chris hörte, wie sich von außen ein Schlüssel knarrend im Schloss drehte, so, wie seine Gedanken sich in wirrem Chaos in seinem Kopf überschlugen.

Kapitel 19 – Freitag, 25. Februar 2022

Zola lag weinend auf ihrem Bett und drückte sich ein Kissen vor das Gesicht, damit ihre Familie sie nicht hören konnte. Es war jetzt eine Woche her, seit sie von ihrem Onkel angeschrien und unter Hausarrest gesetzt worden war. Seitdem wurde sie von Hodan jeden Morgen zur Arbeit ins Krankenhaus gefahren und am Nachmittag abgeholt – wie eine Gefangene. Den restlichen Tag konnte sie nichts anderes machen, als auf ihrem Bett zu liegen und die Decke anzustarren. Nicht einmal im Garten wollte sie mehr sitzen, weil man sie sonst auf Schritt und Tritt mit Argusaugen beobachtete. Selbst ihre Cousinen machten einen großen Bogen um sie und warfen ihr verächtliche Blicke zu, als sei sie eine Schwerverbrecherin.

Eine ganze Woche, in der Zola ohne jeglichen Kontakt zur Außenwelt war. Ihre Eltern und ihren Bruder konnte sie ohne ihr Handy nicht erreichen. Und ausgerechnet an Zolas freiem Tag war Ifra aus dem Krankenhaus entlassen worden, sodass es niemanden mehr gab, dem sich Zola hätte anvertrauen können. Sie ärgerte sich darüber, dass sie nicht schon vorher mit Ifra gesprochen hatte. Doch sie wollte die andere junge Frau auf keinen Fall in Schwierigkeiten bringen. Schon gar nicht in einer Zeit, in der sie sich von den grässlichen Wunden erholen musste und sich über das kleine Wunder, das sie unter so grauenhaften Umständen zur Welt gebracht hatte, freute.

Als wären der Arrest und die Beraubung um jegliche Möglichkeit der Kommunikation nicht schon schlimm genug, war Major Ali Tur heute zum Abendessen erschienen und hatte offiziell um ihre Hand angehalten. Nicht dass Zolas Meinung irgendjemanden interessiert hätte oder sie auch nur die Chance gehabt hätte, Einwände zu erheben. Seit ihr Onkel ihr letzte Woche die Neuigkeit wie einen Schlag ins Gesicht übermittelt hatte, hatte sie täglich darum gekämpft, mit ihren Eltern sprechen zu dürfen. Doch sie hatte keine Chance. Und warum wunderten sich ihre Eltern eigentlich nicht darüber, dass sie sich nicht mehr meldete? Sie hätten doch von selbst nach ihr fragen müssen, weil sie sich doch sonst immer sofort Sorgen machten. Oder hatten sie sich gemeldet, und sein Bruder spielte ihrem Vater etwas vor?

Die kräftezehrenden Diskussionen mit Onkel Ibrahim und Tante Imana hatten gestern darin ihren Höhepunkt gefunden, dass Zola die Fassung verloren und im Grunde ihr gesamtes Ich über Bord geworfen hatte. Sie war hysterisch geworden, hatte wutentbrannt geschrien und tränenerstickt geheult, dass sie den Major nicht heiraten und nach Düsseldorf, nach Hause zurückfliegen wollte. Dann hatte Imana ihr eine solche Ohrfeige verpasst, dass es sie von den Füßen gerissen hatte. Das Bild ihrer schreienden Tante, wie sie wild gestikulierend über ihr stand, ließ sie nicht mehr los. Die Worte, die sie Zola nachgerufen hatte, nachdem sie sich aufgerappelt und weinend in ihr Zimmer gelaufen war, hallten in Zolas Kopf: „Du bist ein Mitglied unserer Familie und gehorchst dem Familienoberhaupt! Du wirst als ‚reine' Frau den ehrenwerten Ali Ali Tur heiraten!"

Tatsächlich kam es aber sogar noch schlimmer. Während Zola sich als unbeteiligte Zuschauerin in ihrem eigenen Leben fühlte und dem grotesken Abklatsch einer Feierlichkeit beiwohnen musste, ohne sich dagegen wehren zu können, versorgte ihr grässlicher Verlobter die Ghalibs mit den neuesten Informationen zu dem Anschlag auf das Solarkraftwerk. Er berichtete von den Ermittlungen der Amerikaner und, dass sie den Projektleiter Chris Azikiwe festgenommen hatten und verhörten, weil sie ihn als Drahtzieher dieses Anschlags verdächtigten. Zola hatte ohnehin schon den ganzen Tag geschwiegen. Doch als sie die Worte des Majors hörte, durchfuhr sie ein solcher Schock, dass jegliche Gedanken aus ihrem Kopf herausgefegt wurden. Den Rest des Abends verbrachte sie völlig apathisch am Tisch. Zola bekam kein Wort von den lebhaften Gesprächen mit, sie konnte weder denken noch fühlen.

Erst als Imana verächtlich ausspie, dass dieser Terrorist sogar in ihrem Haus an ebendiesem Tisch zu Gast gewesen sei und um ein Haar dem Ansehen der Familie geschadet hätte, drangen wieder Worte zu Zola durch. Dennoch war sie zu verstört und bekam nur durch einen Nebel mit, wie Ibrahim mit einem Blick auf Major Ali Tur beschwichtigend sagte, dass sie dies erfolgreich abgewendet hätten.

Zola sah, wie ein breites Grinsen auf dem Gesicht des Majors erschien und er nickte. Dann blickte er Zola in die Augen und schwor seinen Gastgebern, dass die nationale Sicherheit genauso sein Anliegen sei wie die Ehre der Familie und er höchstpersönlich dafür Sorge tragen würde.

Nun war Zola endlich wieder für sich allein und schluchzte in ihr Kissen. Dass Chris hinter dem Anschlag steckte, konnte nicht sein, das war eine ausgemachte Lüge! Wie sehr sie sich wünschte, mit ihm sprechen zu können! Der Tag der Geburt von Ifras Tochter war das letzte Mal gewesen, dass Zola Chris gesehen hatte. Sie spürte noch seinen Kuss auf ihren Lippen. Er hatte sie überrascht und verlegen gemacht. Tief in ihrem Innerem war noch etwas anderes geschehen, doch es war Zola gelungen, das zu verbergen: Als Chris' Lippen die ihren berührt hatten, da hatte sie eine überwältigende Liebe zu ihm erfasst. Wie ein Blitz, der in sie eingefahren war.

In diesem Moment wurde ihr das auf einmal klar. Schon bei ihrer ersten Begegnung, damals im Düsseldorfer Füchschen, als sich ihre Blicke zum ersten Mal getroffen hatten, war etwas geschehen. Und dann, als er diesem Ekelpaket auf die Schulter geklopft hatte, um sie zu beschützen, da hatte sie sich schon in ihn verliebt. Und nun, das wusste Zola, liebte sie ihn von ganzem Herzen. Sie bewunderte seine Klugheit, seine Aufrichtigkeit und seine Ehrlichkeit. Und sie bewunderte ihn dafür, dass er diese wichtige Arbeit hier in Somaliland übernommen hatte.

Aber stimmte das alles? War er wirklich dieser ruhige, bescheidene Typ, den sie in ihm sah? Oder war er doch ein skrupelloser Attentäter? Nein, das konnte nicht wahr sein. Sie durfte sich nicht von den Worten von diesem fürchterlichen Major beeinflussen lassen! Doch was konnte sie schon tun? Ihre Situation war völlig aussichtslos. Und wenn jetzt auch noch Chris von der CIA verhaftet worden war, gab es niemanden mehr, der nach ihr sehen würde. Ich kann niemanden um Hilfe bitten. Ich bin eingesperrt. Ich bin ganz allein in diesem fremden Land. Chris ist vielleicht ein Terrorist, und ich soll diesen groben Major heiraten. Die Tränen liefen Zola unaufhaltsam über die Wangen, und sie presste sich das Kissen auf das Gesicht, bis sie sich in den Schlaf weinte.

Kapitel 20 – Montag, 28. Februar 2022

Jennifer Fox und John Brukner saßen zusammen am Besprechungstisch in ihrer provisorisch eingerichteten Kommandozentrale am Flughafen in Berbera.

„Die Ukrainer leisten tatsächlich Gegenwehr. Putins Armee kommt nicht so schnell voran wie erwartet. Dieser Selenskyj ist ein wahrer Held", kommentierte Jennifer die neuesten Nachrichten.

„Und wir sitzen hier in Somalia ... oh, Verzeihung, Somaliland ... und müssen uns mit diesen Islamisten rumärgern", entgegnete Brukner. „Dabei haben wir jetzt endlich wieder einen ernst zu nehmenden Feind. Putin hat sein wahres Gesicht gezeigt. Dem werden wir es noch zeigen!"

„Aber jetzt kümmern wir uns erst mal um unseren Gefangenen. Er ist schon fünf Tage hier. Hast du heute Morgen schon irgendetwas von ihm erfahren?"

„Er bleibt bei seiner Geschichte." Ihr Kollege verdrehte genervt die Augen, und in seiner Stimme war deutlich zu hören, dass er kein Wort davon glaubte.

„Hat er dir etwas von dieser Narbe auf seinem Unterarm erzählt?", fragte Jennifer weiter.

„Er sagt, da habe er sich als Kind geritzt."

„Hm, wir haben eigentlich nichts wirklich Belastbares, um ihn länger festzuhalten", seufzte Fox laut auf. „Sonst ist in den letzten Tagen auch nichts Verwertbares aufgekommen."

„Vielleicht waren es ja doch die Russen", spekulierte Brukner. „1999 hat der russische Geheimdienst FSB in Moskau fünf Wohnblöcke in die Luft gesprengt, und Putin begann als Vergeltungsaktion einen brutalen Vernichtungskrieg in Tschetschenien."

„Ja, ich weiß. Und nachdem er dann Grosny in Schutt und Asche gebombt hatte, bekam er große Zustimmung in der russischen Bevölkerung und wurde kurz danach zum Präsidenten gewählt."

„So war das. Die Bombardierung unschuldiger Menschen machte aus einem politischen Nobody einen Präsidenten."

„Ja, aber im Moment bombt Putin nicht mehr als Nobody, sondern als langjähriger Präsident die Ukraine. Mit so einer kleinen Explosion wie hier wird der sich im Moment wohl nicht beschäftigen", äußerte Jennifer ihre Zweifel.

Es klopfte an der Tür, und ein CIA-Mann führte Major Ali Tur herein. Jennifer mochte den Kerl mit seiner aufsässigen, neunmalklugen Art nicht. Außerdem hatte er offensichtlich ein Problem mit Jennifers Rang eines Captains. Und das, obwohl er der Neffe der Präsidentin war und somit in seinem eigenen, streng muslimischen Land der Autorität einer Frau unterstand. Aber dieses Gockelgehabe, das er ihr gegenüber noch deutlicher an den Tag legte als ihren Kollegen, kannte sie schon von genügend anderen Männern. Es prallte daher genauso an ihr ab wie eine lästige Mücke an einem Moskitonetz.

„Haben Sie schon etwas aus dem Bürschchen rausgeprügelt?", fragte Ali Tur fordernd.

„Was wollen Sie, Major? Sie wissen doch, dass wir keine Erkenntnisse rausgeben können", sagte Fox in lässigem Tonfall.

Sie sah das siegessichere, beinahe belustigte Funkeln in Ali Turs Augen. Seine Stimme wogte vor Genugtuung, als er verkündete: „Ich weiß, wo sich die Nummer 28 eurer Liste der Topislamisten versteckt."

„Ach, und der ist für den Anschlag und den Tod unseres Botschafters verantwortlich?", erwiderte sie unbeeindruckt.

„Nun ja, das weiß ich nicht genau. Aber er hat vor einem Jahr in Somalia eine Brücke gesprengt, um euch beim Abzug den Weg abzuschneiden. Danach hat er einen eurer Konvois überfallen und Waffen, Sprit und Nahrungsmittel erbeutet. Vier eurer Männer wurden bei diesem Überfall verletzt."

„Als wir vor einem Jahr unsere Truppen aus Somalia abgezogen haben?", fragte Brukner.

Major Ali Tur genoss es sichtlich, dass er das Interesse des Agenten entfacht hatte. Doch ehe ihm die stolzgeschwellte Brust noch aus der Uniform platzen und er nachlegen konnte, nahm Jennifer ihm den Glanzmoment.

„Ich erinnere mich an den Vorfall, John. Lass mich das eben prüfen." Sie tippte suchend auf dem portablen dunkelgrünen Laptop und stellte kurze Zeit später fest, dass der nervige Major mit seinem Hinweis recht haben könnte. Dennoch verzog Jennifer keine Miene, als sie bestätigte: „Richtig, Simba Ongwen heißt der Kerl. Der gleiche Sprengstoff und der gleiche Zünder wie beim Solarkraftwerk. Das könnte unser Mann sein." Dann blickte sie Ali Ali Tur in sein zufrieden grinsendes Gesicht: „Wo finden wir ihn?"

„Das ist nicht so einfach … ich muss meine Informanten bezahlen", redete er sich, wie Jennifer erwartet hatte, heraus und hob die Handflächen in gespielter Hilflosigkeit in die Luft.

Die Agentin kannte die Usancen des afrikanischen Militärs. Sie hatte dafür nur ein müdes Lächeln übrig, das sie allerdings erfolgreich in Schach hielt. „Okay, Ali Tur. Was kostet die Festnahme?"

Der Major antwortete in einem beiläufigen Tonfall: „Hundert Kamele für das Versteck und zweihundert Kamele frei Haus."

„Was, hundertzwanzigtausend Dollar?", rief Brukner entrüstet.

„Ein ehrbarer Moslem ist nun mal hundert Kamele wert. So hat es der Prophet Mohamed festgelegt. Und weitere hundert Kamele gehen für Sprit, Munition und Verpflegung drauf. Falls einer meiner Männer bei dem Kommando sterben sollte, kostet es weitere hundert Kamele."

„Gelten Islamisten bei euch etwa auch als ehrbare Moslems?", empörte Brukner sich weiter.

Jennifer legte ihm schnell eine Hand auf den angespannten Arm. Bevor es noch zu einem Eklat kam und der Major etwas entgegensetzten konnte, sagte sie: „Da muss ich in der Zentrale nachfragen. Können Sie uns bitte für einen kurzen Moment allein lassen, Major Ali Tur?"

Dessen Erregung über John Brukners Kommentar stand ihm zwar ins Gesicht geschrieben, doch er nickte durch zusammengebissene Zähne hindurch. Als Ali Ali Tur den Raum verlassen hatte, nahm Fox den Hörer des Festnetztelefons und wählte die Nummer ihres Vorgesetzten in Langley. Dabei warf sie ihrem Kollegen einen warnenden Blick zu, der entschuldigend die Hände hob. Als das Gespräch am anderen Ende angenommen wurde, gab Jennifer eine kurze, präzise Zusammenfassung durch und lauschte den Anweisungen.

„Hören Sie, Captain, für Islamisten haben wir eigentlich keine Zeit mehr. Aber bei Nummer 28 sollten wir zuschlagen. Aber denken Sie an Mogadischu 1993. Unsere Black Hawks bleiben in Kenia. Lassen Sie das ruhig die Somaliländer machen. Bringen Sie den Fall schnell zu Ende. Sobald Sie die Täter haben, bringen Sie sie nach Guantánamo. Danach fliegen Sie und Ihre Crew sofort nach Hause."

„Wird erledigt, Herr Direktor."

Jennifer Fox rief den Major wieder in den Besprechungsraum und teilte ihm mit, dass er so schnell wie möglich mit der Suche beginnen solle. „Und wenn wir schon dabei sind", nutzte sie die Gelegenheit, „könnten Sie uns auch bei der Suche nach dem Mann mit dem roten Toyota behilflich sein. Chris Azikiwe hat uns erzählt, dass Sie dabei waren, als er Löcher in den Beton gebohrt hat." Das überraschte, beinahe verärgerte Blitzen in Ali Turs Augen bereitete ihr eine stille Zufriedenheit. „Wir vermuten, dass wir es mit einem größeren Kreis von Islamisten zu tun haben. Azikiwe, dieser Toyota-Fahrer, Ongwen und vielleicht ja auch andere – wir kriegen das raus, Major. Mit Ihrer Hilfe sowieso." Den letzten Satz konnte sie sich nicht verkneifen.

„Ich werde Sie dabei nach besten Kräften unterstützen", verabschiedete sich der Major mit nur mühsam unterdrücktem Unmut, während John Brukner schadenfroh griente.

Kapitel 21 – Dienstag, 1. März 2022

Wäre ich doch Arzt, Anwalt oder Wirtschaftsprüfer geworden, dachte Chris, dann wäre ich jetzt zu Hause in Düsseldorf und nicht in einer Scheißzelle an einem gottverlassenen Flughafen in einem fremden Land. Er hatte mittlerweile sechs Tage und Nächte voller Verhöre hinter sich. Nachdem er auf die immergleichen Fragen nur die immergleichen Antworten geben konnte, hatte sich John Brukners Ungeduld zu Unzufriedenheit gewandelt. Die Verhörmethoden der CIA waren gewissermaßen ein offenes Geheimnis. Doch das änderte nichts daran, dass Chris' verkrustete Lippen allein vom Gedanken an die brutalen Schläge wieder aufplatzen wollten. Er spürte mit jedem Atemzug die schmerzhaften Prellungen an seiner Brust und konnte nach den vielen Hieben und Tritten in den Bauch vom letzten Verhör nur gekrümmt dasitzen.

Wie ein Vulkan waren in Chris die alten, tief vergrabenen Erinnerungen herausgebrochen. Auch wenn er damals von größeren Misshandlungen verschont geblieben war, im Gegensatz zu seinem verlorenen Freund, war die tiefe Angst, die ihn jetzt in jedem Verhör durchfuhr, eins zu eins dieselbe. Wie ein entgleisender Zug fuhr sie ihm in die Knochen und raubte ihm sein Denkvermögen. Und so langsam auch die Hoffnung.

Denn in all der Zeit hatte keine Sau nach ihm geschaut. Dabei war Chris sich sicher, dass doch mindestens Ray nach ihm suchen musste. Er war nicht im Büro aufgetaucht und telefonisch nicht zu erreichen, und Djamila wusste, dass er das Kraftwerksgelände verlassen hatte, weil sie ihn mit Jennifer Fox hatte wegfahren sehen. Seinem Team musste also klar sein, dass er sich bei der CIA befand. Und so, wie er seinen Chef kannte, würde er sich nicht einmal von den Agenten oder einem Tatverdacht gegen ihn einschüchtern lassen. Oder? Wieder kroch die Angst ihm kalt und klamm den Rücken hoch, und Chris spürte wieder, wie die Lungen in seinem schmerzenden Brustkorb kaum Luft bekamen.

Da erklang das Knarren des Schlüssels im Türschloss. Chris begann, unkontrolliert zu zittern. Nicht schon wieder dieser

Brukner, dachte er. Aber da erschien Jennifer Fox anstelle ihres hünenhaften Kollegen in der Tür und sagte: „Chris, Besuch für Sie."

Ehe Chris die Gelegenheit hatte, ihre Worte zu verarbeiten, ging sie hinaus und eine Frau Ende dreißig betrat den Raum. „Guten Morgen Herr Azikiwe. Ich heiße Marie Seidel und bin vom Bundesnachrichtendienst."

Durch seine geschwollenen Augen konnte Chris eine große blonde Frau in einem blauen Blazer mit knielangem Rock erkennen. Als sie sich über ihn beugte, um sich die Wunden in seinem Gesicht näher anzusehen, baumelte ihre Perlenkette vor seiner Nase. Die weiße Bluse war hoch geschlossen. „Das sieht aber gar nicht gut aus", stellte sie fest. „Die haben Sie übel zugerichtet."

„Geht schon", krächzte Chris. „Aber immer dieselben Fragen und die Schläge in die Rippen ..."

„Ich habe den Auftrag, herauszufinden, wer hinter dem Anschlag auf das Kraftwerk steckt und für den Tod von Rufus Wagner verantwortlich ist", begann Marie Seidel und trat ein paar Schritte zurück. „Ich gehöre zur Abteilung TE des BND: internationaler Terrorismus und organisierte Kriminalität. Mein Spezialgebiet ist die Aufdeckung von Terrornetzwerken, Schmuggelrouten und Geldwäsche. Ich informiere die Bundesregierung über Entwicklungen von außen- und sicherheitspolitischer Bedeutung."

„Und warum kommen Sie erst jetzt? Ich werde schon fast eine Woche hier gefangen gehalten und verhört." Chris erschrak über sich selbst. Anstatt dankbar zu sein, endlich eine andere Menschenseele als den brutalen CIA-Agenten zu sehen, meckerte er eine Mitarbeiterin des BND an?

Doch sie erklärte mit einem gelassenen Schulterzucken: „Papierkram. Eine Reise in ein nicht anerkanntes Land wird nicht so einfach genehmigt. Aber ich hatte heute Morgen schon ein Gespräch mit Ray Klein in der Hauptverwaltung Ihres Solarkraftwerks. Ich soll Ihnen die besten Grüße von ihm und Ihren Kollegen ausrichten. Er war hier schon mehrmals hingefahren, aber die Amis haben bisher keinen vorgelassen."

Erleichterung durchströmte Chris und ließ die Angst, die wie kalter Nebel in seinem Hinterkopf schwelte, zurückweichen. Er hatte gewusst, dass Ray ihn unmöglich im Stich lassen würde. „Danke", sagte er aufrichtig.

„Nach dem Gespräch mit Herrn Klein bin ich direkt hierhergefahren und habe auch schon mit der Einsatzleiterin der CIA gesprochen. Sie verdächtigt Sie, der Kopf hinter diesem terroristischen Anschlag zu sein. Sie haben aber nur Indizien. Die Amerikaner haben die Trümmerreste hier auf dem Flughafengelände genauso zusammengelegt, wie sie sie um den Turm aufgesammelt haben. Es wurden auch Reste eines Spezialsprengstoffs gefunden."

Bei den Worten der BND-Agentin war Chris' Verstand sofort wieder angesprungen. „Haben Sie denn eine Idee, wer hinter dem Anschlag stecken könnte?"

„Ich muss erst mal mit wichtigen Zeugen sprechen, bevor ich mir ein Bild machen kann", erwiderte Marie Seidel und nahm auf dem freien Stuhl Chris gegenüber Platz. „Bei meinen Ermittlungen frage ich mich immer: Cui bono? Wem nützt der Anschlag? Wer hatte ein Motiv? Infrage kommen prinzipiell Islamisten, Russen, Chinesen, Amerikaner, Wettbewerber, die Öl-Lobby oder ein verwirrter Einzeltäter. Aber kommen wir zu Ihnen. Herr Azikiwe, hatten Sie ein Motiv?"

Chris fuhr vor Ungläubigkeit und Empörung hoch. Sofort durchfuhr ihn ein Stechen in der Seite und er griff sich mit zusammengepressten Kiefern an die schmerzende Stelle. Da tauchte hier schon eine Mitarbeiterin des BND auf, und anstatt ihm zu helfen, hatte sie nichts Besseres zu tun, als ihn jetzt auch noch zu befragen? Er protestierte: „Nein, ich brenne für meinen Job! Sehen Sie sich doch mal an, was wir hier aufgebaut haben. Ich arbeite gerne für Ray Capital! Rufus war mein Freund, und jetzt sitze ich hier unter Terrorismusverdacht, bin meinen Job vielleicht los und habe einen Freund verloren. Nennen Sie das ein Motiv?"

„Nun ja, ich kenne viele Motive: Neid, Habgier, Verzweiflung, Verblendung, Liebe, Eifersucht, Hass, Rache und noch einige mehr. Welches könnte denn bei Ihnen zutreffen?", überlegte Marie Seidel unbeeindruckt und unterzog Chris einer genauen Musterung. Ihre hohe Stirn legte sich in Falten, als sie weitersprach: „Sie haben seit zwei Monaten Rufus Wagner hier vertreten und an seiner Stelle geackert. Sie haben die Inbetriebnahme durchgeführt. Dann ist er zur Einweihung eingeflogen und hat die Lorbeeren eingeheimst. Könnte es sein, dass Sie neidisch auf ihn waren? Vielleicht wollten Sie auch Partner werden und ihn aus dem Weg haben. Es geht in Ihrem Geschäft doch immer um Geld. Als Partner bekommen Sie einen großen Anteil am Fondsgewinn, deutlich mehr als ein Investmentmanager. Wollten Sie Rufus Wagner vielleicht aus dem Weg räumen?"

Die Wut über diese Anschuldigungen brodelte in Chris hoch und überlagerte den Schmerz, der ihn kurz wieder eingeholt hatte. „Das ist doch alles Blödsinn! Ich habe den Erfolg genossen und war Teil des Projekts, ja. Aber Rufus war der Projektleiter und eben am Aufbau maßgeblich beteiligt. Ich habe ihm seinen Erfolg von Herzen gegönnt! Und ja, ich bin nicht am Gewinn des Fonds beteiligt, das stimmt. Aber am nächsten Fonds wird mich Ray bestimmt beteiligen. Und ja, er hat mir in Aussicht gestellt, Partner zu werden. Deswegen wollte er ja überhaupt, dass ich die operative Erfahrung sammle. Und wer sagt denn, dass es bei Ray Capital nicht mehr als drei Partner geben darf? Es gibt Private-Equity-Gesellschaften mit mehr als zwanzig Partnern."

„Das hat mir Ray Klein auch alles erzählt. Aber ich muss in alle Richtungen ermitteln", beschwichtigte ihn Marie Seidel.

„Die Amis reden immer von Islamisten. Hat sich denn schon einer von denen zu diesem Anschlag bekannt?", wollte Chris nach einem tiefen, schmerzdurchzogenen Atemzug wissen. „Nach Al-Kaida, Al Shabaab oder IS-Anschlägen gibt es doch immer Bekennervideos mit bärtigen Männern in zerlumpten Kutten mit Arafat-Tüchern auf dem Kopf. Einer liest die Botschaft vor, und seine Kameraden jubeln mit der Kalaschnikow in der Hand im Hintergrund."

„Nein, kein Brief, kein Video, nichts. Wenn es die Islamisten gewesen wären, hätten sie sich sicher gemeldet", war die Meinung der BND-Agentin.

„Die Amerikaner sind doch hier mit einem großen Spezialauf-
gebot. Haben Sie auch Spezialisten dabei? Wie groß ist denn Ihr
Team?" Wieder wusste Chris nicht, woher die Worte aus ihm kamen.
Aber in ihm war ein Kampfgeist erwacht, weil er die falschen Vorwürfe satthatte und aus dem CIA-Nest raus wollte. Und weil er
wollte, dass die Schweine, die Rufus auf dem Gewissen hatten, zur
Rechenschaft gezogen werden, so, wie es ihnen zustand. Sie waren
diejenigen, denen Brukner die Fresse polieren sollte, nicht er.

Marie Seidel bedachte ihn mit einem halb belustigten, halb be-
mitleidenden Blick und vor der Brust verschränkten Armen. „Ich
bin allein, mehr gibt unser Etat nicht her. Kein Spezialkommando,
und Linienflug über Dubai. Wir haben auch keinen Botschafter hier,
in Somaliland schon mal sowieso nicht, aber auch nicht in Somalia.
Annette Herbert, die Botschafterin der Bundesrepublik Deutschland
in Kenia, ist für Somalia zuständig. Sie ist eine gute Freundin von mir
und hat mich gebeten, hierherzukommen."

„Und was passiert jetzt? Holen Sie mich hier raus?", wollte Chris
wissen.

„Sie haben einen sehr überzeugenden Chef und Freund. Ray Klein
hat sehr gute Verbindungen. Er hat nicht nur Annette aktiviert, sondern auch bei Präsidentin Fatima Ali Tur vorgesprochen. Sie ist bereit,
Sie in ihrem Präsidentenpalast unterzubringen und von ihrer Leibgarde bewachen zu lassen. Sie sind weiterhin verdächtig und dürfen
erst mal nicht ausreisen. Ihr Handy und Ihren Reisepass werde ich
vorerst einbehalten. Wenn Sie einverstanden sind, werde ich mit Captain Fox sprechen."

Chris nickte. Der Gedanke, vom selbstgefälligen Major Ali Tur
bewacht zu werden, erfüllte ihn zwar auch nicht gerade mit Freude.
Aber es wäre eindeutig besser, als in diesem verdammten Zimmer
eingesperrt zu sein und mehrmals am Tag von John Brukner Besuch
zu bekommen.

Kapitel 22

„Macht den Weg frei!" Ein Gardesoldat sorgte dafür, dass die Menschen den Platz vor dem großen weißen dreistöckigen Gebäude verließen. Aus der Ferne war schon ein Brummen zu hören, und dann erschien der Schatten eines Hubschraubers. Bevor er unter tosendem Lärm landete, wurde der Staub auf dem Platz aufgewirbelt. Als die Rotoren abgeschaltet waren, sprangen zwei kräftige dunkle Typen in ausgebeulten Anzügen aus dem achtsitzigen Bell-429-Helikopter mit Turbinenantrieb. Ihnen folgte ein Mann in weißem Umhang und einem weißen Schleier auf dem Kopf. Es handelte sich um Scheich Abdullah bin Yasin, der von den beiden Soldaten seiner Garde, die schon am Hauptportal des Edna Adan Maternity Hospitals postiert waren, mit tiefer Verbeugung begrüßt wurde.

Zola stand gerade am Bett von Osama bin Hakim und wechselte den Infusionsbeutel, als der Scheich mit seinen beiden Bodyguards plötzlich hinter ihr stand.

„Wie geht es ihm? Kommt er durch?", wollte der Ankömmling nach einem Blick auf den Patienten wissen.

Bevor Zola antworten konnte, erschien Dr. Abdullah und verbeugte sich tief. „Salem aleikum."

„Aleikum essalem. Wie geht es meinem Freund?"

„Der Patient ist sehr schwer verletzt. Fünfzig Prozent seiner Haut weisen Verbrennungen vierten Grades auf. Wir haben ihn in ein künstliches Koma versetzt. Allah ist gnädig. Wir haben die Verbrennungspartikel von seinem Körper entfernt und Entlastungsschnitte gesetzt, damit er atmen kann. Unsere Maßnahmen für die Behandlung dieser großflächigen und tiefen Verbrennungen sind aber begrenzt."

„Lässt sein Zustand es zu, dass er in eine Spezialklinik gebracht werden kann?"

„Hoheit, im Moment ist der Patient nicht transportfähig. Aber da die verbliebene Eigenhaut nicht ausreicht, sollte seine Haut in einer spezialisierten Hautklinik künstlich nachgezüchtet werden.

Wir haben dafür bereits Hautpartikel vorbereitet und werden alles Notwendige veranlassen."

„Welche Klinik ist die beste dafür?", wollte der Scheich wissen.

„Nach Deutschland oder in die Vereinigten Staaten würde der Flug zu lange dauern. Ich habe einen Freund in der saudi-deutschen Klinik in Dubai. Das Heranzüchten dauert zwei Wochen. Solange kann der Patient noch hierbleiben. In ein paar Tagen holen wir ihn aus dem Koma, und dann sollte er auch transportfähig sein."

Der Scheich nickte Dr. Abdullah zu und ging zum Bett. Obwohl Dr. Abdullah ihr strenge Blicke zuwarf, blieb Zola stehen und beobachtete, wie der Scheich mit einem plötzlich veränderten, milden Ausdruck im Gesicht die Hand seines im Koma liegenden Freundes drückte. „Dir wird es hier an nichts fehlen, mein Freund. Ich lasse dir zwei meiner besten Männer zur Bewachung hier. Ein Koch und drei Pfleger werden sich rund um die Uhr um dich kümmern."

Dann blickte er zu Zola, und sie hielt unweigerlich die Luft an. „Und Sie kümmern sich bitte persönlich um ihn. Sie scheinen eine ‚reine' Frau zu sein."

Zola wusste nicht genau, wie der Scheich das gemeint hatte. War es eine Bitte oder ein Befehl? Es war ohnehin ihre Aufgabe, und sie tat immer ihr Bestes. Nachdem sie genickt und den Kopf leicht geneigt hatte, verließ der Scheich mit rauschenden Gewändern an Dr. Abdullah vorbei das Zimmer.

Als ihr Dienst später beendet war, holte Hodan, der grauhaarige Fahrer ihres Onkels, Zola wie jeden Nachmittag von der Klinik ab und brachte sie umgehend zum Haus der Ghalibs. Bei der Fahrt blickte Zola sehnsüchtig auf die Straße, die Menschen, das geschäftige Treiben. Sie alle lebten friedlich ihr Leben, während sie eine Gefangene ihrer eigenen Familie war. Am liebsten wäre sie aus dem Auto gesprungen und fortgerannt. Aber wohin hätte sie schon gehen sollen? Onkel Ibrahim hatte ihr zusammen mit ihrem Handy auch ihren Reisepass abgenommen. Also, selbst wenn sie es irgendwie schaffte, ihrer Familie zu entkommen, würde sie nicht über die Landesgrenze hinauskommen. Wenigstens gab ihre Arbeit im Krankenhaus ihr einen Grund, morgens aufzustehen. Doch auch das wäre bald vorbei, wenn der Major sie zu seiner Frau machte. Als sich das große Tor in Bewegung setzte und Hodan auf den Hof fuhr, war Zola wieder in betrübten Gedanken versunken.

Kaum war Zola ins Haus getreten, wurde sie unerwartet freundlich von Imana begrüßt. „Komm nach draußen, wir warten schon auf dich."

Mit einem Stirnrunzeln folgte sie ihrer Tante durch die Tür in den Garten, wo sie fünf ältere Frauen unter dem mächtigen Affenbrotbaum sitzen sah. Auf einem kleinen Tisch vor ihnen erblickte Zola mehrere Rasierklingen und Zweige mit Dornen. Noch ehe sie das Bild, das sich ihr bot, verarbeiten konnte, sagte Imana: „Heute ist dein großer Tag. Du musst dich nicht mehr schämen. Jetzt wirst du eine ‚reine' Frau. Das hätte deine Mutter schon viel früher machen sollen. Aber besser spät als nie."

Die anderen Frauen waren aufgestanden und gingen auf sie zu. Plötzlich schlossen sich Imanas Hände um Zolas Arme, und sie begriff, was die Frauen vorhatten.

„Du musst jetzt tapfer sein, dann geht es ganz schnell", sprach Imana weiter, während sich der Ring der anderen Frauen um sie schon fast geschlossen hatte.

„Nein! Das könnt ihr nicht mit mir machen! Ihr Hexen!", schrie Zola. Mit einem Rucken riss sie sich aus dem Griff ihrer Tante und lief los, um das Haus herum zum Tor, wo sie den schweren Riegel zurückzog.

„Hodan, halte sie auf!", hörte sie Imana rufen.

Hodan, der sich neben dem Tor unter einem schattigen Vordach hingelegt hatte, wurde durch die lauten Schreie der Frauengruppe aufgeschreckt. Er bewegte sich, so schnell er es mit seinen fünfundsechzig Jahren noch konnte, auf Zola zu und versuchte, sie am Verlassen des Grundstücks zu hindern. Doch Zola stieß ihn kräftig zur Seite und rannte so schnell sie konnte die Straße hinunter. Ihr Herz hämmerte wild in ihrer Brust, ihre Lungen brannten, und ein ohrenbetäubendes Pochen wummerte in ihrem wie leer gefegten Kopf. Erst als sie mehrere Querstraßen später sicher war, dass sie nicht verfolgt wurde, hielt Zola an und schnappte schwer keuchend nach Luft.

Aber wohin sollte sie nun gehen? Sie hatte keine Freunde hier. Ihre Familie wollte sie verstümmeln und gegen ihren Willen verheiraten. Chris war ihr Anker gewesen, aber vielleicht ein Terrorist. Außerdem hatte ihn die CIA. Rufus, sein aufrichtiger Freund und Kollege, war tot. Ray ... ja, an Ray könnte sie sich wenden. Aber wie sollte sie ihn erreichen? Er würde sich vermutlich beim Kraftwerk aufhalten, aber sie hatte vom dortigen Büro nicht die Telefonnummer und auch sonst keine Möglichkeit, nach Berbera zu kommen. Also, wohin nun?

Als Zola in ihrer Verzweiflung nach oben zu Allah schauen wollte, erblickte sie ein kleines Plakat: Wir helfen unterdrückten Frauen – Nagaad-Netzwerk. Ihr Herz begann wieder, wie wild zu pochen. Natürlich! Warum war sie nicht schon vorher auf die Idee gekommen? Zola hatte kurz nach ihrer Ankunft einen Vortrag von Nia Hagi, der Leiterin des Somali Women's Shelter, im Krankenhaus gehört. Sie erinnerte sich, dass das Nagaad-Netzwerk sich im gesamten Land für Frauen einsetzte, die von häuslicher Gewalt, Kinderfrüh- und Zwangsverheiratung, Vergewaltigung und Genitalverstümmelung bedroht oder betroffen waren. Zola kam sich jetzt so unendlich blöd vor, wie blauäugig sie den Worten der Aktivistin zugehört und wie naiv sie geglaubt hatte, dass ihr so etwas zum Glück nie passieren würde. Allein die Tatsache, dass sie bis zu diesem Moment komplett von dem Netzwerk und Nia Hagi vergessen hatte, zeugte von ihrer Dummheit, schimpfte Zola mit sich selbst. Aber jetzt wusste sie zumindest, wohin sie sich wenden musste. Denn am Ende des Vortrags hatte die Leiterin der Frauenzufluchtstelle die Adresse der Zuflucht genannt, die Zola sich gemerkt hatte, für den Fall, dass eine Patientin sie benötigen könnte. Und nun brauchte sie sie selbst ...

Nachdem Zola sich noch mal genau umgesehen hatte und sicher war, dass sie ihre Verfolger abgeschüttelt hatte, machte sie sich auf den Weg. Kurz nach Sonnenuntergang klopfte sie an eine schwere Holztür. Darüber stand in kleinen Lettern „Somali Women's Shelter", und eine hohe Mauer mit Stacheldraht umgab das Gebäude. Zola hörte Schlösser knacken. Mehrere schwere Riegel wurden zurückgeschoben. Dann öffnete eine junge Frau die Tür, begrüßte sie freundlich und führte sie direkt zur Leiterin des Frauenhauses.

„Hier bist du in Sicherheit", sagte Nia Hagi mit beruhigender Stimme und deutete auf einen der Stühle gegenüber ihrem Schreibtisch im karg eingerichteten, aber dennoch fast häuslich wirkenden Büro. „Erzähl mir, was dir passiert ist."

Zola setzte sich und holte tief Luft. Sie blickte in Nias herzliches, rundliches Gesicht, das von einem schwarzen Hijab eingerahmt war. Dann erzählte sie von dem heutigen Vorfall und dem Grund ihrer Flucht, aber auch von all den Erlebnissen der letzten Monate. Während die Worte unaufhaltsam aus ihr herausbrachen, wurde Zola erneut klar, wie naiv sie gewesen war. Und wie sie sich wohlwissentlich untergeordnet hatte.

Nia setzte sich neben sie und versuchte, sie mit einer Hand auf ihrem Arm zu trösten. „Wenn wir den Islam korrekt umsetzen würden, dann hätten Frauen die gleichen Rechte wie die Männer. Aber so ist es ja nicht. Die meisten religiösen Führer legen die Texte so aus, wie es ihnen passt. Und dazu kommt noch unsere traditionelle Kultur mit dem patriarchischen System. In unserer Gesellschaft werden die Frauen seit jeher diskriminiert, unterdrückt und misshandelt. Die Beschneidung geht auf die Zeit der alten Ägypter zurück. Das sind über fünftausend Jahre. Die Männer verheiraten ihre Töchter gegen ihren Willen an denjenigen, der ihnen die meisten Kamele bietet. Und die Frauen beschneiden ihre Töchter, weil sie auch schon beschnitten wurden. Eine Frau muss beschnitten sein, damit sie zur Gesellschaft gehört. Nichtbeschnittene werden ausgegrenzt."

„Aber warum ist das so?", fragte Zola erschüttert. „Wenn man das alles schon mit der Religion rechtfertigen will, dann hat Allah doch den Körper des Menschen so geschaffen, wie er ist. Deswegen ist er doch wertvoll und unantastbar. Warum werden Frauen denn dann verletzt? Sind die Männer nicht zufrieden mit dem, was Allah ihnen zur Seite gestellt hat, im Bildnis der ersten Menschen?"

Sie blickte in Nias sanftmütige große Augen, in denen sich prompt ein Feuer entfachte. Die vollen Lippen der Aktivistin verzogen sich zu einem zynischen Lächeln, als sie weitersprach: „Beschnittene Frauen empfinden meist keine sexuelle Lust und können keinen Orgasmus bekommen. Im Gegenteil, der Geschlechtsverkehr ist für sie meistens sogar schmerzhaft. Die Männer hoffen, dass die Frauen sich so nicht mit anderen Männern einlassen und ihnen treu bleiben. Sie zementieren dadurch ihren Besitzanspruch über die Ehefrauen. Frauen werden auf der ganzen Welt systematisch unterdrückt. Sexualität wird nicht geduldet, sie müssen ihre Körper verstecken. Du darfst dich nicht selbst definieren, du musst die Regeln anerkennen, die angeblich von Gott kommen. Sie stammen aber nicht von Gott, sondern von Männern. Du bist frei, wenn du an dich glaubst und nicht an ein von Männern vorgedachtes Regelwerk – im Namen Gottes und mit dem Versprechen auf ein ewiges Leben in einem Paradies, das noch keiner gesehen hat. Nur, genauso wenig, wie du einem blinden Menschen die Farbe des Meeres beschreiben kannst, kannst du einem tiefgläubigen Menschen die Freiheit beschreiben."

Diese Worte waren für Zola eine völlig neue, schwer nachvollziehbare Erfahrung. Hatte ihre neue Freundin gerade wirklich den Koran und die Existenz des Paradieses infrage gestellt? Es war das erste Mal, dass sie eine Muslimin so sprechen hörte. Selbst unter ihren Freundinnen, die alle nicht sonderlich gläubig waren, hatten sie nie so scharfe Worte dafür gehabt. Der Respekt, den sie für diese Frau schon bei ihrem Vortrag empfunden hatte, war durch ihre Rede jetzt nur noch weitergewachsen.

Kapitel 23 – Mittwoch, 2. März 2022

Die Diskussion zwischen Marie Seidel und Jennifer Fox am Vortag hatte fast zwei Stunden gedauert. Wenn sein körperlicher Zustand es zugelassen hätte, wäre Chris vor blank liegenden Nerven umhergetigert, aber dafür hatte er zu starke Schmerzen. Trotzdem sprang er vor Erleichterung auf, als Marie Seidel mit guten Nachrichten wieder den Raum betrat. Danach wurden Chris und die deutsche BND-Agentin in John Brukners Begleitung mit einem schwarzen Chevrolet zum Präsidentenpalast gefahren. Während der Fahrt gab Chris sein Bestes, die bohrenden Blicke des CIA-Mannes zu ignorieren.

Im Palast angekommen, wurden sie von einem Angestellten in beiger Uniform in einen Raum mit weichen Teppichen, bunten Tapeten, einem bequemen Bett und einem Tisch mit vier Stühlen geführt. Der Raum lag im Erdgeschoss des Palastes und hatte vergitterte Fenster. Nachdem sich John Brukner von der Sicherheit des provisorischen Gefängnisses überzeugt hatte, postierte er in Absprache mit der Präsidentin einen seiner Mitarbeiter vor der Tür als Wache. Als er sich mürrisch zum Gehen wandte, sah er Chris mit seinen kleinen, hellen Augen an und richtete den Zeigefinger auf ihn. „Mach keinen Scheiß, Kleiner. Sonst musst du dich dafür vor mir verantworten."

Chris jagte ein Schauer über den Rücken, doch ehe er den Worten des CIA-Agenten etwas entgegensetzen konnte, verdrehte Marie Seidel die Augen. „Das reicht jetzt mit den Muskelspielchen, Mr. Brukner. Wir bleiben in Kontakt."

Kurz nachdem er gegangen war, klopfte es an der Tür und Ray trat herein. Ohne Umschweife ging er auf Chris zu und packte ihn bei den Schultern. Chris zuckte leicht zusammen vor Schmerz, freute sich aber zu sehr darüber, ein vertrautes Gesicht zu sehen.

„Danke, dass du mich rausgeholt hast, Ray", brachte er durch zusammengebissene Zähne heraus.

„Machst du Witze? Als würde ich zulassen, dass dich irgendwer unrechtmäßig festhält!", rief Ray. Chris merkte, wie er sich mit einem gequälten Blick sein Gesicht besah und seine Lippen zu einem dünnen

Strich wurden. „Diese Scheißamerikaner", setzte Ray wütend hinterher.

Erst jetzt bemerkte Chris, dass Fatima Ali Tur hinter ihm ins Zimmer gekommen und zu ihnen getreten war. Er war zu perplex, um zu reagieren, denn ehe er sie überhaupt begrüßen konnte, betastete die Präsidentin ganz sachte seine aufgeplatzte Augenbraue. Ihre Berührung hatte beinahe etwas liebevolles, und der Ausdruck ihres würdevollen Gesichts wurde traurig und zornig zugleich. „Mein Gott, wie furchtbar", sprach sie leise. „Ich lasse sofort meinen Arzt holen."

„Ich danke Ihnen für Ihre Hilfe, Frau Präsidentin", fand Chris endlich seine Sprache wieder.

„Selbstverständlich", sagte sie mit einem milden Lächeln. „Und, bitte, nenn mich Fatima."

Nachdem der Arzt Chris untersucht hatte, nahm er ihn in Begleitung des CIA-Wachpostens zu einer Art Krankenstation mit, wo er Chris' Wunden versorgte. In der Zwischenzeit brachte ein weiterer Angestellter ihm frische Kleidung zum Wechseln. Kurz darauf war Chris wieder zurück in seiner neuen Unterkunft, wo Marie Seidel Ray und Fatima über das informierte, was Jennifer Fox ihr berichtet hatte.

„Nach Auswertung der Aufnahmen der Sicherheitskameras sowie der Fotos und Videos der konfiszierten Handys gibt es zu dem Mann in dem alten roten Toyota, der kurz vor der Explosion das Gelände verlassen hat, ein Gesicht." Sie hielt ihr Tablet hoch, worauf ein Foto des vermeintlichen Somali-Construction-Mitarbeiters zu sehen war.

„Das ist der Kerl!", bestätigte Chris. Er erkannte die hohe Stirn in dem ansonsten unauffälligen, dunkelbraunen Gesicht des Mannes und erinnerte sich sofort an dessen freundliches Lächeln. Er wirkte wie ein ganz gewöhnlicher Typ.

„Die CIA hat sein Gesicht durch ihr Erkennungssystem laufen lassen. Der gleiche Typ taucht auch auf Fotos vor dem Hotel Baron in Afghanistan auf. Vielleicht erinnern Sie sich an den Sprengstoffanschlag am 26. August 2021 in Kabul? Kurz nach der Explosion am Flughafen soll es eine weitere Explosion in einem Hotel gegeben haben. Diese Luxusherberge befindet sich nur wenige hundert Meter südlich des Kabuler Flughafens und ist von einer riesigen Mauer umgeben.

Diplomaten und deren Familien hatten sich darauf verlassen, dass die CIA sie bis zu ihrem Abflug vor Anschlägen beschützt."

„Und unser Attentäter ist dort gewesen?", fragte Chris.

„Ja, ein paar Wochen vor der Explosion. Die CIA vermutet, dass er ein Profi auf seinem Gebiet ist und bevorzugt für Islamisten arbeitet. Für eine Handvoll Dollar jagt er wohl alles in die Luft", mutmaßte Frau Seidel.

„Okay, der Attentäter war ein Profi. Aber wer ihn beauftragt hat, das wissen wir nicht. Ich war es jedenfalls nicht", betonte Chris.

„Potenzieller Attentäter", wandte Marie Seidel ein. Sie kassierte dafür einen vernichtenden Blick von Chris, redete aber unbeirrt weiter. „Die CIA vermutet, dass Sie mit diesem Typen zusammengearbeitet haben, Herr Azikiwe. Sie können es aber nicht beweisen. Wenn sie allerdings auch nur den kleinsten Beweis finden, werden sie Sie grillen."

„Hm, wenn wir wissen wollen, wer den Tod von Rufus zu verantworten hat, und um deine Unschuld zu beweisen, müssen wir herausfinden, wer hinter diesem Anschlag steckt. Vielleicht plant dieser Kerl ja noch weitere Anschläge", sagte Ray.

„Was ist denn mit den Toten und Verletzten? Vielleicht war ja gar nicht das Solarkraftwerk das Ziel des Anschlags, sondern Rufus oder der amerikanische Botschafter Weiss. Vielleicht aber auch Osama oder jemand, der sich noch in letzter Minute in Sicherheit gebracht hat", äußerte Chris seine Überlegungen und sah Marie Seidel an. „Sie sind doch die Expertin, was meinen Sie?"

„Ich bin nicht bei der Kriminalpolizei und auch kein ausgebildeter Profiler. Ich ermittle im terroristischen Umfeld. Aber auszuschließen ist hier gar nichts."

Während Seidel sich noch zu rechtfertigen versuchte, dachte Chris schon weiter. „Der Toyota-Fahrer hatte vom Tor aus alles im Blick. Er konnte sehen, wie Rufus mit dem Botschafter und Osama in Richtung des Salzbehälters ging."

„Ja, das ist richtig", stimmte Ray ihm nachdenklich zu.

„Aber hätte er es im Vorfeld auch wissen können? Konnte er planen, dass die drei während der Eröffnung dort hingehen würden?

Also, ich meine, nein. Sie hätten ja genauso gut auf der Ehrentribüne mit ihrem Champagner stehen können. Und dann wäre ihnen nichts passiert. Ich vermute, dass es dem Kerl mehr um den finanziellen Schaden ging", resümierte Chris.

„Den Knopf hätte aber genauso auch ein Fundamentalist drücken können, der Ihre Wiederwahl, Frau Präsidentin, unbedingt verhindern und Ihr Land zurück in die Steinzeit bomben wollte", mutmaßte die BND-Agentin mit einem Blick zu Fatima.

„Ich habe mir auch schon seit Tagen den Kopf darüber zerbrochen. Aber die Täter könnten auch in Somalia sitzen", sprach Fatima mit fester Stimme. „Vor mehr als dreißig Jahren haben die Darod unsere Städte Burao und Hargeisa in Schutt und Asche gelegt. Mein Vater war damals hier und hatte versucht, so viele Menschen wie möglich zu retten. Der damalige Machthaber Siad Barre hatte das Massaker befohlen. Mein Vater hat dann drei Jahre später die Unabhängigkeit Somalilands von Somalia ausgerufen. Die Darod in Somalia haben diese Unabhängigkeit aber nie anerkannt. Für sie gehören wir weiterhin zu Somalia."

„Aber ... warum sollten die denn jetzt das Kraftwerk sprengen?", wollte Chris wissen.

Fatimas Stimme klang wohltemperiert und geerdet, und ihre beinah hoheitliche Aura weckte sofort tiefen Respekt in Chris. „Ich habe den Hafen Berbera an die Saudis verpachtet, wofür Somaliland jedes Jahr dreihundert Millionen Dollar bekommt. Damit zahlen wir die Stromkosten an Somali Utility – und somit indirekt das gesamte Solarprojekt. Die Emirate haben sich den neuen Containerhafen nämlich fünfhundert Millionen Dollar kosten lassen. Wir haben zwar die Konzession für dreißig Jahre an sie abgetreten, aber es entstehen Arbeitsplätze und Waren kommen ins Land. Außerdem können mit dem Hafen Dienstleistungen für alle afrikanischen Staaten angeboten werden, die über keinen Hafen verfügen. Äthiopien will zum Beispiel eine Straßenanbindung bauen. Als der Präsident Somalias, Talha Hussein Mohamed, von diesem Deal erfuhr, wollte er von mir die Hälfte der jährlichen Einnahmen. Er drohte mir, wenn ich nicht zahle, würde ich das bereuen. Öffentlich hat er den Hafendeal nicht anerkannt und sich somit sämtliche Optionen offengelassen."

„Und was haben Sie ihm gesagt?", hakte die BND-Agentin wachsam nach.

„Ich habe ihm gesagt, dass Somaliland ein souveräner Staat ist und ich das Geld benötige, um Strom, sauberes Wasser und eine Gesundheitsversorgung für meine Bürger bereitzustellen. Genau das ist ihm ja ein Dorn im Auge: Während unsere Nachbarländer Nahrungsmittel importieren müssen und von Hilfslieferungen abhängig sind, können wir uns selbst versorgen. Also sagte ich ihm, er solle sich eigene internationale Geldgeber suchen", antwortete Fatima in würdevoll gestreckter Haltung.

„Oha. Rache könnte auch ein starkes Motiv sein", stellte Marie Seidel fest. „Die Lage ist ja undurchsichtiger, als ich dachte."

„Es gibt also eine ganze Menge von Verdächtigen mit ganz unterschiedlichen Motiven. Dann kommen wir doch zurück zu den Indizien. Vielleicht führen die uns ja zum Täter", schlug Chris vor. „Woher hatte er den Sprengstoff?"

„Amerikanische Bestände", vermutete Marie Seidel. „Wenn es russische oder chinesische gewesen wären, hätte Captain Fox es mir sicher gesagt."

„Also amerikanischer Sprengstoff und moderne Zünder. Woher bekommt man so etwas?", wollte Chris wissen.

Fatima antwortete: „Wir haben das Zeug in unseren Beständen. Die Amerikaner liefern es uns zur Selbstverteidigung, wie sie immer sagen. Aber mein Neffe passt gut darauf auf. Er hat mir nichts von einem Diebstahl berichtet."

„Neben der Herkunft des Sprengstoffs und der Zünder müssen wir uns aber auch fragen, wie der Attentäter bezahlt wurde", sagte Ray. „Und das ist doch Ihre Expertise, Frau Seidel."

„Das ist richtig. Der BND kennt die verschlungenen Wege des Geldes. Unter den Muslimen gibt es ein bargeldloses Bezahlverfahren, das sie Hawala-System nennen. Sie sind in der Lage, in jeder größeren Stadt Geld ein- und auszuzahlen. Wer den Attentäter bezahlt hat, weiß vielleicht auch, wer ihn beauftragt hat. Ich kenne aber den obersten Hawala-Händler von Somaliland nicht", musste Marie Seidel zugeben.

„Ich schon", sagte Fatima, „er heißt Ibrahim Ghalib."

Während Chris' Herz einen Schlag aussetzte, redete die Präsidentin weiter: „Er ist einer der einflussreichsten Männer in Hargeisa und in ganz Somaliland. Über ihn laufen die finanziellen Transaktionen der Exil-Somaliländer. Alle Männer, die im Ausland leben, sind dazu verpflichtet, mit einem gewissen Teil ihres Einkommens ihre Familie zu Hause zu unterstützen. Ohne diese Auslandsüberweisungen wären viele Somaliländer in der Vergangenheit verhungert. Egal ob sie in New York, London oder Berlin wohnen, sie gehen einfach zu ihrem örtlichen Hawala-Händler und geben diesem das Geld auf die Hand. Per Telefon wird dann der Empfänger informiert, und der kann dann das Geld hier in Empfang nehmen."

„Und der Kopf dieses Systems hier in Somaliland ist Ibrahim Ghalib, der Onkel von Zola? Ich dachte, er verdient sein Geld mit dem Verkauf von Solarmodulen?", zeigte Chris offen seine Bestürzung.

„Das ist sein Feigenblatt. Er kassiert von jeder Überweisung zwei Prozent Gebühr. Bei einem geschätzten Volumen von vierhundert Millionen Dollar sind das immerhin acht Millionen Dollar", rechnete Fatima vor.

„Und das lassen Sie ihm einfach durchgehen? Er ist kriminell!", empörte sich die BND-Agentin.

Fatimas Augen schwenkten mit einem scharfen Blick zu ihr. Doch ihre Stimme war freundlich, warm und diplomatisch und hatte sogar einen amüsierten Unterton. „Frau Seidel, wir sprechen hier von einem jahrhundertealten System, das sich über die ganze Welt erstreckt. Glauben Sie, dass ich als Einzelperson etwas dagegen ausrichten könnte, auch wenn ich nicht tagtäglich zig weitaus wichtigere Baustellen anzugehen hätte?"

Marie Seidel setzte zu einer Entgegnung an, doch Chris ließ sie vor Aufregung nicht zu Wort kommen: „So oder so müssen wir mit Ibrahim Ghalib reden. Er weiß bestimmt etwas."

„Gut, ich lade ihn für morgen zu einem Gespräch in den Palast ein", schlug Fatima vor.

Kapitel 24

Nach dem gemeinsamen Mittagessen fuhr Ray von Hargeisa wieder nach Berbera. Doch heute würde er nicht mehr ins Büro gehen. Die verheerende Explosion war nun eine Woche her, und er musste sich inmitten des Chaos einen kostbaren Freiraum schaffen. Zumal etwas frische Meeresluft beim Nachdenken nicht schaden konnte. Etwa zehn Kilometer östlich von Berbera hatte er sich ein Anwesen errichten lassen – einsam am Strand gelegen mit freiem Blick auf den Golf von Aden. Die Wüste und das felsige Gelände lagen im Rücken, die Sonne ging im Meer auf und im Meer unter, Palmen und Affenbrotbäume sorgten an einigen Stellen für Schatten. Es war der perfekte Rückzugsort zum Erholen und Entspannen. Ray nannte das Domizil Sundown Hideaway. Es verfügte über eine Wasserzisterne von hunderttausend Litern, die immer mindestens zur Hälfte gefüllt sein sollte. Solarzellen auf dem Dach in Kombination mit leistungsstarken Batterien versorgten das Haus mit Strom und machten es komplett unabhängig vom Stromnetz. Eine Stromleitung bis nach Berbera wäre unverhältnismäßig gewesen. Fatima hatte ihm das riesige Gelände mit Strand und Zufahrt zu einem angemessenen Preis verkauft. Auf diese Weise hatte Ray nicht nur ein Feriendomizil, sondern auch einen Ort, an dem er sich bei seinen beruflichen wie privaten Besuchen in Somaliland zurückziehen konnte.

Er legte sich an den Pool, gönnte sich ein Corona Bier und genoss für einen Moment die absolute Stille. Die Wellen am Strand und das Rauschen des Meeres trugen die Sorgen der letzten Tage mit sich fort. Na ja, so ganz wollte es nicht gelingen. Denn egal wie sehr Ray sich bemühte, waren sein Kopf und auch sein Herz einfach übervoll. Er wusste, dass er die Ruhepause brauchte und abschalten musste. Wenn er nicht auch an sein Wohl inmitten der Katastrophe dachte, wäre er auf Dauer für niemanden von Nutzen.

Aber es half nichts, die Sorgen um die Credibility von Ray Capital und um den finanziellen Schaden waren allgegenwärtig. Genauso wie die Angst, was aus Chris, seinem so talentierten und ihm über die

Jahre sehr ans Herz gewachsenen Schützling, werden sollte. Ray war froh, dass er ihn zumindest dank Fatima und Annette aus den Klauen der CIA befreien konnte. Bei der Erinnerung an Chris' grauenhaft geschundenen Anblick stieg in Ray der Zorn wieder hoch. Wenn er ihn doch schon früher hätte rausholen können ... und der arme Osama, der halb verbrannt im Krankenhaus im Koma lag. Ganz zu schweigen von Rufus. Ray konnte fühlen, wie sich ihm die Kehle zuschnürte. Rufus ... so lange war er an seiner Seite gewesen, als Freund und als Businesspartner. Ray konnte noch immer nicht fassen, dass das sprücheklopfende Energiebündel einfach nicht mehr da sein sollte. Was er wohl in einer solchen Situation getan hätte? Wäre Rufus enttäuscht von ihm?

Fatima habe ich bestimmt enttäuscht, fuhr es Ray durch den Kopf, und ein Kribbeln zog ihm von den Nebenhöhlen in die Augen hoch. Seine Liebste, der sein Herz galt. Die ihn all die Jahre so unterstützt und felsenfest an ihn geglaubt hatte. Deren Land vom Erfolg seiner Visionen abhing. Die ganzen Hoffnungen und Träume, die nun pulverisiert waren. Ray fuhr sich mit der Hand über Augen und Gesicht und stieß mit einem frustrierten Seufzen die Luft aus. Wie sollte er eine Katastrophe von solchem Ausmaß wieder in Ordnung bringen?

Plötzlich wurde die Stille von einem immer lauter werdenden Geknatter unterbrochen. Wer oder was stört mich denn jetzt noch, dachte Ray mit einem fassungslosen Stirnrunzeln. Er hielt sich die Hand an die Stirn und sah, dass ein weißer Helikopter auf seinem Strand landete. Vier Männer in schwarzen Uniformen stürmten auf ihn zu und forderten ihn auf, mit ihnen zu kommen. Ray kam sich vor, als wäre er in einer Parallelwelt gefangen. Nichts von dem, was in der vergangenen Woche passiert war, konnte real sein. Aber er hatte noch genug Geistesgegenwart, darum zu bitten, sich erst mal anziehen zu dürfen. Zu wem er auch gebracht werden sollte, egal in welcher Welt, nackt wollte er da nicht erscheinen.

In Begleitung von zwei der schwarzgekleideten Männer zog er sich eine weiße Leinenhose, ein hellblaues Poloshirt und weiße Turnschuhe an. Nach einem nur wenige Minuten dauernden Flug landete der Hubschrauber auf dem Deck einer mindestens hundert Meter langen

Luxusyacht, und Ray wurde zum Oberdeck begleitet. Ein Mann, der ebenso leger wie Ray gekleidet war, saß in einem bequemen beigen Sessel und nippte an einem Glas Eistee. „Schön, Sie zu sehen, Herr Klein. Darf ich mich vorstellen? Scheich Abdullah bin Yasin, Gesellschafter der Gulf World Bank. Osama hat mir viel von Ihnen erzählt."

„Osama ist ein guter Freund. Es tut mir unendlich leid, dass er auf unserer Feier verletzt wurde. Ich habe ihn im Krankenhaus besucht und weiß, dass er im Koma liegt", antwortete Ray. Auch er kannte sein Gegenüber aus Osamas Worten und wusste vom weitreichenden Einfluss des Scheichs. Er war ungefähr im gleichen Alter wie Ray und strahlte selbst in Freizeitkleidung eine unleugbare Autorität aus.

„Auch ich habe ihn gestern und heute im Krankenhaus besucht. Die Ärzte tun alles, um ihm zu helfen. In ein paar Tagen wird er nach Dubai in eine Spezialklinik geflogen."

„Ich hoffe, er wird wieder ganz der Alte", äußerte Ray seine ehrliche Hoffnung.

„Inschallah. Bitte entschuldigen Sie die spontane Einladung auf mein bescheidenes Schiff. Aber ich wollte Sie etwas näher kennenlernen."

Ray stellte sich vor, wobei er die ausführlichere Variante seines Lebenslaufs wählte. Die dunklen Augen unter den ergrauenden Brauen des Scheichs beobachteten ihn aufmerksam. Nachdem Ray seine Ausführungen beendet hatte, strich sein Gegenüber sich über den dünnen, ebenso ergrauten Schnurrbart und sagte: „Sie sind wirklich der einzige Venture-Kapitalist, der langfristig die Welt zum Guten verändern will. Alle Ihre Kollegen denken schon beim Investment an den schnellen Exit. Lange Haltdauern führen doch zu niedriger interner Verzinsung. Sie sind tatsächlich ein Idealist. Sind Sie so naiv? Oder gescheiter als Ihre Kollegen?"

Ray ruckte mit dem Kopf, um sich das vom Wind zerzauste Haar aus den Augen zu schütteln. „Die Welt steckt mitten in einer globalen Klimaerwärmung. Wenn wir die Verbrennung von Erdöl, Erdgas und Kohle durch die Nutzung von Sonnenenergie vermindern, können wir vielleicht die Erde retten. Tun wir es nicht, werden unsere Kinder in Wüsten verhungern und verdursten", gab er zu bedenken.

„Aber ihr Deutschen habt doch viel zu wenig Platz für Solarkraftwerke. Und die Franzosen setzen auf Kernenergie."

„Da haben Sie recht. Solarenergie funktioniert nur global. Daher investiert Ray Capital in Solarkraftwerke in den Wüstengürteln, den Solarbelts dieser Welt. Jede eingesparte Tonne Kohlendioxid auf der Welt zählt. Die Solarenergie ist günstiger und nachhaltiger als Öl und Gas, und darüber hinaus klimaneutral. Die Steinzeit ist nicht zu Ende gegangen, weil es keine Steine mehr gab."

„Wir wissen, dass Öl und Gas Auslaufprodukte sind. Aber solange das Kamel noch Milch gibt, werden wir es melken", antwortete der Scheich lächelnd.

„Sie haben schon vor zehn Jahren die Zeichen der Zeit erkannt und unterstützen uns ja bei unseren Solarinvestments", bestätigte Ray.

„Ja, man kann das eine tun, ohne das andere zu lassen", stellte sein Gegenüber fest. „Die Gulf World Bank ist Ihr größter Investor, und damit sind wir auch beim Thema. Unser Konsortium hat in den letzten zehn Jahren eine Milliarde Dollar in dieses Solarprojekt investiert. Sie sind auf jeden Fall mit diesem Geld weiter gekommen als wir mit unserer Masdar City. In die CO_2-neutrale Stadt in der Wüste haben wir seit 2008 etwa zwanzig Milliarden in den Sand gesetzt. Und jetzt will da keiner wohnen", offenbarte er freimütig.

„War wohl eher von Anfang an ein Feigenblattprojekt, oder?", rutschte es, mehr versehentlich, aus Ray heraus. Also ergänzte er schnell: „Sie leben doch von Ihren Öl- und Gasexporten und hatten daher auch für die Pilotstadt kein Solarkraftwerk eingeplant. Soweit ich weiß, ist die Stadt ans Stromnetz von Abu Dhabi angeschlossen, das von Gaskraftwerken gespeist wird."

Zu seiner Erleichterung nickte der Scheich und wechselte wieder das Thema: „Osama hat mir berichtet, dass Sie einen Vertrag mit einer Investorengruppe geschlossen haben, die uns nach der erfolgten Inbetriebnahme und bei voller Leistungsfähigkeit das Solarkraftwerk für zweieinhalb Milliarden Dollar abkaufen wollte. Nun ist es in die Luft geflogen, und die zweieinhalb Milliarden ebenfalls. Was meinen Sie, wer hat unseren Schaden zu verantworten?"

„Ich weiß es genauso wenig wie Sie. Die CIA und der BND ermitteln."

Scheich Abdullah bin Yasins Stimme erhob sich ernst: „Vertrauen ist die Währung im Private Equity. Herr Klein, wir arbeiten nun seit zwanzig Jahren erfolgreich mit Ihnen zusammen. Sie spielen die Klaviatur des Finanz Business ausgezeichnet, under promise and over deliver. Sie haben uns nie zu viel versprochen und am Ende höhere Returns abgeliefert, als wir intern gehofft hatten. Ich vertraue Ihnen. Ich möchte, dass Sie herausfinden, wer es war. Durch die Explosion wurde mir mein Investment gestohlen. Ich möchte mein Geld zurück. Bestimmt kennen Sie die Regeln der Scharia: Dieben wird die Hand abgeschlagen. Wenn Sie mir den Dieb nicht liefern und ich das Geld nicht zurückbekomme, werde ich Sie für den Schaden verantwortlich machen. Sie verlieren Ihre rechte Hand, Ray. Sie haben zwei Monate Zeit. In einem Monat ist Ramadan, die Zeit des Fastens und des Friedens. Wenn der Fastenmonat zu Ende ist, das ist nach Ihrer Zeitrechnung der erste Mai, und Sie erfolglos waren, wird mein Urteil vollstreckt."

Ray spürte, wie ihm alle Farbe aus seinem ohnehin hellen Gesicht wich und trotz der Hitze kalt wurde. Er wusste, dass Scheich Abdullah bin Yasin keine Scherze machte. Doch die Ausführungen waren noch nicht beendet: „Jetzt kommen wir noch mal zu unserem gemeinsamen Freund Osama: Wenn er stirbt, muss der Verantwortliche hierfür auch sterben", sagte der Scheich in sachlich-ruhiger Stimme. Die darunterliegende Botschaft war jedoch unmissverständlich bedrohlich.

Ich bin doch nicht schuld an der ganzen Entwicklung, dachte Ray. Aber er wusste, dass er in diesem Moment nichts tun konnte und schon gar nicht widersprechen durfte.

„Ein Mann für einen Mann", fügte Scheich Abdullah bin Yasin hinzu und verabschiedete sich mit den Worten: „Entschuldigen Sie mich, die Sonne geht gleich unter. Ich muss jetzt beten."

Kapitel 25 – Donnerstag, 3. März 2022

Zola hatte einen Tag gebraucht, um sich von dem Schock und ihrer Flucht zu erholen. Sie verstand noch immer nicht, warum ihre Eltern sie so im Stich gelassen hatten. Ihr wollte dafür einfach keine Erklärung einfallen. Bis auf die, dass sie an dem Arrangement der Ehe beteiligt waren und ihr Praktikum nur als Vorwand diente, sie nach Somaliland zu bekommen. Doch Zola schüttelte diese grausame Vorstellung ab. Wenn sie jetzt zu viel darüber nachdachte, würde sie nicht weiterkommen. Was gab es, was sie tun konnte? Sie wusste, dass ihr Onkel über die besten Verbindungen der Stadt verfügte. Er suchte bestimmt schon nach ihr. Doch während Zola sich wieder den Kopf darüber zerbrach, was sie tun sollte, lernte sie die anderen Frauen kennen, die mit ihr im Somali Women's Shelter Zuflucht suchten. Sie wurde von Kummer und Demut überrollt, als sie von ihren Schicksalen hörte. Den meisten Frauen hier ging es deutlich schlechter als ihr. Sie waren wegen starker körperlicher Misshandlung von ihren Männern weggelaufen. Und sie hatten keine Familie in Deutschland, die ihnen allen Widrigkeiten zum Trotz wenigstens einen Hoffnungsschimmer bot. Doch es hatte auch etwas Gutes, dass Zola von den Schicksalen der anderen Frauen erfuhr. Denn es weckte in ihr den unbändigen Wunsch, ihnen mit allen ihr zur Verfügung stehenden Möglichkeiten zu helfen. Es gab zwar nicht viel, was sie hätte tun können, aber zumindest hatte sie gestern Wunden gereinigt und desinfiziert und Verbände angelegt. Sie fühlte sich gebraucht, das war immerhin ein kleiner Trost.

Am nächsten Morgen ging die Sonne gerade auf, und Zola verbeugte sich mit den anderen Frauen in Richtung Mekka. Nach dem Gebet ging sie direkt auf Nia Hagi zu und fragte: „Ich muss unbedingt nach Hause telefonieren, nach Deutschland. Kannst du mir helfen?"

Wenige Minuten später zogen Nia und Zola sich ihre großen Tücher über den Kopf und einen Schleier vor den Mund. Nur an ihren Augen würde sie niemand erkennen. Das Büro des Nagaad-Netzwerks lag nur wenige Häuser entfernt, und dort gab es ein Festnetztelefon.

Auf dem Weg dorthin sah sie unter dem Wahlplakat von Fatima Ali Tur ein zweites Plakat mit zwei männlichen Gesichtern. „Wanted" las sie, und im Vorbeigehen erkannte sie Chris. Ihr Herz setzte einen Schlag aus, und ihr wurde mit einem Mal eiskalt. Es war also wirklich wahr ...

Den anderen Mann meinte sie, auch schon mal gesehen zu haben. Zola blieb vor dem Plakat stehen und sah sich sein Foto genauer an. Ja, er war bei ihrem Besuch im Kraftwerk dort! Der Mitarbeiter, den Chris wegen der Bohrung angesprochen hatte! Die plötzliche Erinnerung brachte Zolas Herz wieder zum Pochen. Es hatte auf Zola nicht so gewirkt, als ob Chris und er sich gekannt hätten. Was hatte es also zu bedeuten, dass sie beide gesucht wurden? In Somali stand unter den Fotos: „Hat jemand diese beiden Männer gemeinsam gesehen? Für Hinweise ist eine Belohnung von bis zu 200 Dollar ausgesetzt. Ansprechpartner ist Major Ali Tur, Befehlshaber der Garde."

Chris ist schuldig, dachte Zola mit einem bitteren Geschmack im Mund. Und der Major sucht ihn. Aber wenn sie beide verdächtigt werden ... warum wirkten sie wie Fremde? Es sei denn, es war nur Show ... Nein, das kann nicht stimmen! Chris würde so etwas nie tun! Er brennt so für seine Arbeit und die Solarindustrie! Außerdem wollte er doch gar nicht erst nach Somaliland ...

Ehe Zola ihre Gedanken fortführen konnte, zog Nia sie weiter. Im Büro des Nagaad-Netzwerks angekommen, durfte sich Zola nach einem freundlichen, mitfühlenden Wortwechsel mit zwei anderen jungen Frauen an einen der Schreibtische setzen. Sie bedankte sich überschwänglich und wählte die Nummer ihrer Eltern in Düsseldorf. Sie hörte, wie ihr Puls ihr in den Ohren rauschte und wippte unkontrolliert mit dem Fuß, während es klingelte. Als wenig später ihr Bruder Yusuf den Anruf annahm, rief sie erleichtert aus: „Oh, endlich! Yusuf, hier ist deine Schwester!"

„Hallo Zola!", erwiderte er überrascht. „Alles okay? Scheint die Sonne bei euch?"

„Nichts ist okay! Hast du denn in den Nachrichten nichts von diesem schrecklichen Anschlag hier in Somaliland gehört? Strom, Wasser, Mobilfunk, alles ist zusammengebrochen."

„Nein, ich höre nur von Bombardierungen in der Ukraine. Aber jetzt verstehe ich, warum Mama und Papa dich nicht über WhatsApp erreichen konnten."

Bei der Erwähnung ihrer Eltern zog sich in Zola alles zusammen. „Hat Onkel Ibrahim euch nicht erzählt, dass er mich verheiraten will?" Sie konnte die Fassungslosigkeit ihres Bruders förmlich durchs Telefon hören, gab ihm aber keine Gelegenheit zu sprechen. „Und Tante Imana will mich verstümmeln! Ich bin fortgerannt und verstecke mich vor ihnen."

Zola erzählte Yusuf die ganze Geschichte und bemühte sich, sich von ihrer Aufgewühltheit nichts anmerken zu lassen. Ihr Bruder sprach erst wieder, als sie ihre Erzählung mit einem tiefen Atemzug beendete. Seine Stimme hatte diesen merkwürdig harten Klang, den sie bisher ein einziges Mal darin gehört hatte, als der Neonazi sie bis zu ihrer Haustür verfolgt hatte.

„Du musst da sofort weg, Zola. Komm nach Hause."

„Das würde ich ja", beteuerte sie verzweifelt, „aber ich habe nichts, kein Handy, kein Geld und keine Papiere. Auch wenn ich mir einen Flug buchen könnte, käme ich ohne Reisepass nie ins Flugzeug."

„Dann geh zur Botschaft", riet Yusuf.

„In Somaliland gibt es doch keine Botschaft, nicht mal in Somalia! Die zuständige Botschaft ist in Kenia." Das hatte sie schon von Nia erfahren. „Bis nach Nairobi sind es mehr als zweitausend Kilometer. Es wäre gefährlich, aber mit etwas Geld könnte ich es in vier Tagen schaffen. Kannst du mir Geld schicken?"

„Klar! Warte, nein ..."

„Nein?"

„Du hast gesagt, dass dich Onkel Ibrahim sucht."

„Ja, aber was hat das mit dem Geld zu tun? Ich habe doch öfters gesehen, wie du im Restaurant Geld von Menschen genommen und dann telefoniert hast. Ich bin nicht so naiv, wie du denkst. Ich weiß, dass du und Vater irgendetwas mit Geld zu tun habt. Also wird es doch einen Weg geben, mir Geld zu schicken."

„Ich würde ja gerne", seufzte Yusuf, „aber der Kopf unseres Netzwerks ist Onkel Ibrahim. Wenn ich dir Geld nach Somaliland schicke, dann zahlt das er oder einer seiner Vertrauten aus. Und dann findet er dich."

Zola flehte: „Yusuf, bitte hilf mir. Ich bin wirklich in Gefahr."

„Schwester, ich helfe dir!", versicherte er ihr. „Ich lasse mir etwas einfallen, versprochen! Ich rede mit Vater. Gib mir die Nummer, von der du gerade anrufst, damit wir dich erreichen können."

Zola ließ sich die Nummer des Nagaad-Netzwerks geben und diktierte sie ihrem Bruder.

„Halt durch, Schwester", sagte Yusuf. „Wir holen dich wieder nach Hause!"

Als Zola aufgelegt hatte, liefen ihr die Tränen über die Wangen. Nia nahm sie in den Arm und redete beruhigend auf sie ein: „Wir finden eine Lösung. Ich treffe mich jeden zweiten Donnerstag mit Präsidentin Fatima Ali Tur und erstatte ihr Bericht. Ihre Regierung finanziert diese Organisation und das Frauenhaus. Das nächste Treffen ist nächste Woche, aber vielleicht schaffe ich es, ein früheres zu organisieren. Dann werde ich ihr erzählen, dass du hier bist und Hilfe benötigst. Und vielleicht fällt uns bis dahin auch eine andere Möglichkeit ein."

Major Ali Tur hatte am Morgen nach seinem Gespräch mit Agentin Fox zwölf verlässliche Männer seiner Garde ausgewählt und ihnen befohlen, am nächsten Morgen in Kampfausrüstung bereitzustehen. Nach dem Morgengebet hatten zwei Militärjeeps und ein Militärlastwagen die Kaserne der Garde verlassen. Die drei Fahrzeuge waren von Hargeisa über Berbera und Burao in Richtung Süden gefahren. Im Grenzgebiet zwischen Somaliland und Puntland errichteten sie am Mittwochabend ihr Lager. Puntland war das Gebiet des Darodclans und ein mehr oder weniger autonomes Teilgebiet des vom Bürgerkrieg gebeutelten Somalias. Ali hatte die gebirgige Route schon öfter genommen. Immer wenn die Kämpfer der Al-Shabaab-Miliz mal wieder Waffen oder Munition von den amerikanischen Streitkräften erbeutet hatten, boten sie Teile dieser Beute im Tausch gegen Lebensmittel oder Haushaltsgegenstände an. Es war ein lukratives Geschäft. Und in Alis Augen schadete es nicht, die Bestände ihres amerikanischen Arsenals auch parallel zu den offiziellen Kanälen der Amis aufzustocken.

Der Konvoi passierte die Galgala-Berge auf engen Wegen, immer am Rand von Schluchten und über windige Brücken. Major Ali Tur saß im Führungsfahrzeug, einem olivfarbenen Mercedes-G-Modell älteren Baujahres. Er achtete darauf, dass sein Konvoi heil ankam. Als sie in einem kleinen Dorf haltmachten, liefen ihnen Kinder entgegen. Unter einem Vordach eines kleinen Steinhauses saß ein großer, stabil gebauter Mann mit einem langen schwarzen Bart und spielte mit einem anderen Bärtigen Karten. Ali Ali Tur stieg langsam aus. Der erste Mann blickte kurz auf und begrüßte den Ankömmling: „Salem aleikum, Major Ali Tur."

„Aleikum essalem, Simba. Hast du wieder Nachschub bekommen?"

„Leider nein. Seit die Amerikaner abgezogen sind, ist es hier ruhig geworden. Wir können sie nicht mehr überfallen und ihre Waffen erbeuten. Hast du wieder leckeres Kamelfleisch oder ein paar Ziegen dabei? Wir können bezahlen. Wir haben jetzt Somali-Schillinge."

Ali schmunzelte. Er wusste, dass die Somalis seit Neuestem Falschgeld druckten, um damit ihre Nahrungsmittel zu bezahlen. Der Somali-Schilling befand sich seit Bekanntwerden der raschen Geldvermehrung im freien Fall. „Über die Bezahlung reden wir gleich. Schau dir erst mal an, was ich dir mitgebracht habe."

Als die beiden Hünen zum Lastwagen gingen, der hinter dem Führungsfahrzeug stand, sprangen vier Gardesoldaten aus dem hinteren Fahrzeug. Simba war zuerst nicht erstaunt, denn die Männer waren an ihrem Ziel angekommen und würden sich nach der langen Fahrt die Beine vertreten wollen. Darauf hatte der Major spekuliert. Als alle dann vor der Ladeklappe des Lastwagens standen, rollten zwei Soldaten die Plane nach oben. Simba sah aber nicht in die treuen Augen einer Ziege oder eines Kamels, wie er gehofft hatte – er schaute geradewegs in die Läufe von sieben AK-47-Gewehrmündungen. Zischend stieß Simba die Luft aus und erhob seine Hände mit den Worten: „Du Drecksack, Ali! Was soll das?"

„In Hargeisa wartet eine nette weiße Lady auf dich. Ich soll dich abholen", antwortete Ali Tur mit einem leichten Lächeln um die Mundwinkel. „Nimm bitte deine Hände auf den Rücken."

Simba zögerte. Sein Instinkt war es, sich zu wehren. Doch die Gardeärsche waren deutlich in der Überzahl. Schon drehte ihm einer von Ali Ali Turs Männern die Hände auf den Rücken und fesselte ihn mit zwei Kabelbindern. Dann packte er ihn rabiat am Arm und führte Simba zum vorderen Jeep. Nachdem er auf dem Rücksitz Platz genommen hatte, fesselte der Soldat Simbas Beine mit zwei weiteren Kabelbindern. In der Zwischenzeit hatten ein paar andere Soldaten seinen Mitspieler festgenommen und das Haus durchsucht. Major Ali Tur sprach zu dem bärtigen Mann: „Wenn ihr euren Anführer wiederhaben wollt, sagt mir Bescheid. Das Lösegeld akzeptiere ich in Form von Waffen und Munition. Euer Falschgeld könnt ihr behalten." Danach befahl er seinen Leuten: „Alles aufsitzen, wir fahren wieder zurück!"

Als der Konvoi sich ruckelnd in Bewegung setzte, fragte Simba mit zornigem Grollen: „Wie viel zahlen sie dir, du verdammter Verräter?"

„Hundert Kamele, wie für jeden gläubigen Mann. Ich will eine ‚reine' Frau heiraten, weißt du", kam die gelassene Antwort.

Simba konnte nicht anders, als spöttisch zu lachen. „Aber du stehst doch auf die ungläubigen jungen Dinger! Wozu die Umstände? Was willst du denn mit einer weiteren ‚reinen' Frau? Ich habe in einem Versteck drei Stinger-Raketen. Die sind mindestens zweihundert Kamele wert. Lass mich gehen, und sie gehören dir!"

„Was soll ich mit Stinger-Raketen? Ich brauche Cash. Verstehst du? Cash für die Braut."

Auf der Rückfahrt hielten sie nur einmal kurz an, um zu pinkeln. So benötigten sie für die sechshundert Kilometer nach Hargeisa nur zwölf Stunden und erreichten um zwei Uhr nachts das Gefängnis. Nachdem Ali höchstpersönlich seine wertvolle, wie ein Kesselflicker wild fluchende Fracht in die dunkelste Zelle im Keller gebracht hatte, ging er zufrieden zu Bett. Bald schon würde die schöne Zola seine Frau sein!

Kapitel 26

Am nächsten Tag erschien Ray wieder zum Mittagessen im Präsidentenpalast. Fatima hatte veranlasst, dass sie gemeinsam mit Chris in seinem Zimmer aßen, damit der CIA-Wachposten nicht unruhig wurde und sie sich vor dem Treffen mit Ibrahim Ghalib noch mal besprechen konnten.

„Gestern hat die UN-Vollversammlung ihre Resolution gegen den Einmarsch Russlands beschlossen. Ein historisches Ergebnis gegen alle Aggressoren", sagte Chris. Er hatte endlich wieder Nachrichten schauen können und sich über die Fernsehkanäle, die ihm zur Verfügung standen, über die Geschehnisse der letzten Woche auf den neuesten Stand gebracht.

„Ja, und Somaliland war bei der UN-Sitzung wieder nicht mit dabei. Als Land ohne Rechte dürfen wir nicht mitentscheiden. Dafür aber ein Land wie Somalia, das seit Jahrzehnten in einem Bürgerkrieg steckt. Schlimm, diese geopolitische Ironie", merkte Fatima trocken an.

„Wisst ihr, was noch schlimmer ist?", fragte Ray. „Wenn wir nicht rausfinden, wer das Kraftwerk in die Luft gesprengt hat, verliere ich eine Hand. Und wenn Osama stirbt, bin ich auch tot." Kaum hatte er die Worte ausgesprochen, bereute Ray sie schon wieder. Chris verschluckte sich beinahe an einem Stück Hühnchen, und Fatima fuhr mit weit aufgerissenen Augen zu ihm herum. Das hätte er sich vorher denken können, aber die nicht sonderlich rosigen Aussichten hatten sein ohnehin schon gut gefülltes Nervenfass fast zum Überlaufen gebracht. Abgesehen davon, dass er sich die belastenden Umstände von der Seele reden musste, sollten Fatima und Chris über die Gesamtsituation im Bilde sein. Also berichtete Ray ihnen von seinem gestrigen Erlebnis mit dem Scheich. Sie waren beide sprachlos und erschüttert, aber auch mindestens genauso entschlossen, und überlegten sofort, was zu tun war.

„Wir müssen Ibrahim Ghalib gleich richtig in die Mangel nehmen", knurrte Chris. „Je mehr wir aus ihm rauskriegen, desto besser. Und desto näher kommen wir an die wahren Täter hinter dem

Attentat. Und desto schneller spricht mich die CIA von dem Verdacht frei, und Ray verliert weder seine Hand noch sein Leben."

Außerdem brannte es Chris zu sehr in den Fingern, zu erfahren, warum Zolas Onkel mit ihr und ihrer Tante nicht zur Eröffnungsfeier erschienen war. Es war zwar Glück im Unglück gewesen, aber das änderte nichts an der Tatsache, dass er von ihr schon eine Woche vor der Eröffnung nichts mehr gehört hatte. Und dafür war mit Sicherheit Ibrahim verantwortlich.

„Wir haben vor dem Treffen mit Ibrahim Ghalib gleich noch ein Meeting mit Shixin Wang", sagte Ray mit einem Blick auf die Uhr. „Chris, willst du dabei sein?"

„Aber was machen wir mit dem CIA-Mann vor der Tür?", fragte Chris skeptisch.

„Ach, der soll dableiben. Wir wollen doch alle die Täter finden", erwiderte Ray.

Wenig später saßen sie zu viert im großen Besprechungsraum. Shixin Wang wirkte überrascht, als sie Chris sah, begrüßte ihn aber freudig und ohne sein Erscheinungsbild zu kommentieren. Dabei konnte Chris sich denken, dass sein Anblick nichts für schwache Nerven war. Zumindest war er nach der gestrigen Dusche und der Behandlung durch Fatimas Arzt wenigstens als er selbst wiederzuerkennen und hatte durch die Medikamente kaum Schmerzen.

„Ich habe leider noch keine guten Neuigkeiten für Sie. Der Antrag der Regierung wurde vom Ältestenrat wieder nicht befürwortet. Der Bau der Fabrik muss also noch etwas warten", klagte Fatima.

„Das ist sehr bedauerlich", bekundete die Chinesin. „Vielleicht gäbe es aber auch eine andere Möglichkeit. Denn mein Mann und ich haben uns überlegt, wie wir Ihnen helfen könnten. Ihr Solarkraftwerk produziert ja nun keinen Strom, und alles steht still. Sie müssen doch möglichst schnell alles wieder zum Laufen bringen."

„Das stimmt, aber wie können Sie uns dabei unterstützen?", wollte Ray wissen. Er konnte aus dem Augenwinkel erkennen, dass auch Fatima interessiert das Kinn reckte.

„Wir kennen Investoren, die eventuell an einer Investition in Somaliland interessiert sind. Sie können schnell entscheiden", sagte Shixin Wang. „Sie benötigen etwa vierhundert Millionen Dollar für den kompletten Wiederaufbau, richtig?"

„Woher wissen Sie das?", fragte Chris verblüfft. Er hatte sich bei diesem Treffen zwar komplett im Hintergrund halten und nur zuhören wollen, konnte sein Erstaunen aber nicht verbergen.

Die zierliche Frau mit den langen, glatten Haaren schenkte ihm ein verschwörerisches Lächeln. „Wir Chinesen wissen alles."

„Okay, vierhundert Millionen Dollar Invest. Und was wollen Sie dafür haben?", fragte Ray weiter. Er griff sich ins Haar und strich sich unbewusst sein vorderes Deckhaar nach hinten.

„Nun, sagen wir, einen gerechten Anteil an Somali Solar. Insgesamt wären dann 1,4 Milliarden Dollar in die Berbera-Solarkraftwerke geflossen. Vierhundert Millionen Dollar entsprächen damit also ungefähr dreißig Prozent."

„Das ist ein faires Angebot", bestätigte Ray. Noch während er sich gedanklich über diesen für chinesische Verhältnisse ungewöhnlich entgegenkommenden Vorschlag wunderte, verlieh Fatima ihrem Zweifel Ausdruck: „Dieses Angebot allein kann aber unmöglich die Antibabypillenfabrik aufwiegen."

„Unser Investor möchte auch einen Anteil von sechzig Prozent an Somali Utility", ergänzte Shixin Wang mit einem kaum merklichen Schmunzeln.

„Warum denn das? Die beiden Firmen sind doch unabhängig voneinander", äußerte nun Ray seine Verblüffung.

„In Somali Utility liegt doch der eigentliche Wert", zwinkerte die Chinesin ihm zu. „Ihr gehören das Stromnetz, die Meerwasserentsalzung, die Wasserversorgung, das Mobilfunknetz, die Busse und bald auch eine Eisenbahn. Das stimmt doch, oder, Herr Klein?"

„Sie wissen viel, Frau Wang", stimmte Ray widerstrebend zu.

„Wir wissen auch, warum Sie hier im Präsidentenpalast logieren, Herr Klein."

Shixin Wang zwinkerte ihm erneut zu. Ehe er etwas darauf erwidern konnte, sagte Fatima mit einem wirkungsvollen Lächeln: „Wir werden uns Ihr Angebot überlegen."

Plötzlich klopfte es an der Tür, und ein uniformierter Angestellter kündigte Marie Seidel an. Chris blickte verwundert zu Ray, der ebenfalls die Stirn in Falten legte. Die BND-Agentin sollte erst zum Meeting mit Ibrahim Ghalib kommen und war damit eine Viertelstunde zu früh. An Fatimas Gesicht ließ sich keine Reaktion ablesen, aber bevor sie reagieren konnte, erhob sich Shixin Wang schon von ihrem Platz und sagte höflich: „Dann werde ich mich besser verabschieden. Ich möchte Sie nicht unnötig aufhalten."

Fatima erhob sich ebenfalls und versicherte ihr, dass dies nicht der Fall wäre. Gleichzeitig nickte sie ihrem Angestellten kaum merklich zu, und Marie Seidel wurde durchgelassen. Heute trug sie einen Hosenanzug, der ihre kernige Figur mehr zum Vorschein brachte. Mit den in einem Pferdeschwanz zusammengefassten Haaren wirkte ihr langes Gesicht zudem strenger. Als Seidel und Wang auf einer Höhe waren, stellte Fatima, die die Chinesin zur Tür begleitete, die beiden Frauen einander vor: „Frau Wang, darf ich Ihnen Frau Seidel vorstellen: Sie ist eine Mitarbeiterin des deutschen Bundesnachrichtendienstes und ermittelt hier vor Ort nach den wahren Tätern." Dann drehte sich Fatima zu Shixin Wang um und sprach: „Frau Wang, eine Investorin in unserem Land."

„Es ist mir eine Freude, Sie kennenzulernen, Frau Seidel!", sagte Shixin mit einem strahlenden Lächeln und streckte eine Hand zur Begrüßung aus.

Marie erwiderte Shixins Händedruck. „Freut mich auch, Sie kennenzulernen, Frau Wang. Wenn mich nicht alles täuscht, ist mir Ihr Name bei meinen Recherchen zu beteiligten Unternehmen im Zusammenhang mit Somali Solar bereits begegnet."

„Das haben Sie richtig in Erinnerung", bestätigte Shixin. „Dann waren Sie bestimmt auch auf der Webseite von Shanghou Electric? Mit dem Zeitraffervideo des Solarturmkraftwerkbaus auf der Landingpage?"

„Ja, das habe ich gesehen. Wirklich imposant."

Die Chinesin quittierte die leidenschaftslos freundliche Antwort der BND-Agentin mit einem weiteren Lächeln. „Vielen Dank, Frau Seidel!" Dann drehte sie sich zu Fatima und reichte auch ihr die Hand. „Frau Präsidentin – ich freue mich auf Ihre Antwort. Auf Wiedersehen, Herr Klein, Chris!"

Mit diesen Worten ging die Chinesin hinaus, und Marie Seidel sah ihr hinterher. Kaum hatte sich die Tür geschlossen, meinte sie: „Persönlich mag ich die Chinesen ja sehr. Besonders die chinesische Küche. Am liebsten nutze ich Geschäftsessen, um das Angenehme mit dem Nützlichen zu verbinden. Aber beruflich bin ich etwas vorsichtig. Die Chinesen haben in den letzten zehn Jahre enormen politischen und wirtschaftlichen Einfluss hier in Afrika gewonnen."

Währenddessen führte Fatima sie an den Besprechungstisch und bot ihr etwas zu trinken an.

„Sie machen unserer deutschen Pünktlichkeit ja wirklich alle Ehre", kommentierte Ray in einem vergnügten Ton, was von Marie trocken quittiert wurde: „Ich wollte beim Treffen mit Ibrahim Ghalib unbedingt dabei sein, und weil ich dem Verkehr hier nicht traue, wollte ich lieber mit genügend Vorlaufzeit vor dem anberaumten Termin im Präsidentenpalast erscheinen." Dann drehte sie sich zu Chris: „Herr Azikiwe, wie geht es Ihnen? Sie sehen jedenfalls deutlich besser aus als gestern. Ist Ihnen noch irgendetwas eingefallen, was uns weiterbringen könnte?"

Chris zuckte mit den Schultern, doch ehe er die Frage beantworten konnte, ertönte schon wieder ein lautes Klopfen, und derselbe Angestellte kündigte das Eintreffen von Ibrahim Ghalib an. Ein Meeting folgt auf das nächste, ist ja fast wie in Düsseldorf, dachte Chris.

Während er einen Blick auf seinen Chef und Mentor warf, erkannte er, dass dieser gedanklich noch beim eben gelaufenen Verhandlungsgespräch war. Dafür kannte Chris ihn mittlerweile gut genug. Aber genauso schnell schaltete sich Rays Verstand auch wieder um, als Ibrahim in seinem Watschelgang den Raum betrat und alle Anwesenden sich die Hand gaben. Als er Chris erblickte, konnte Zolas Onkel im Gegensatz zu Shixin Wang seine Überraschung nicht im Zaum halten: „Um Allahs willen! Was hat man denn mit dir gemacht, Junge?"

Chris wollte schon zu einer Antwort ansetzen, als Marie Seidel ihm den Part mit dem Eklat abnahm: „Herr Ghalib, Sie sind doch ein einflussreicher Mann hier in Somaliland. Ist es richtig, dass Sie etwa acht Millionen Dollar jährlich mit Finanztransaktionen verdienen?"

Alle am Tisch zuckten zusammen. Wie kann jemand vom BND nur so unsensibel ein Gespräch beginnen, schoss es Ray durch den Kopf. Auch Chris wunderte sich, weil Marie Seidel bisher einen eher diplomatischen Eindruck auf ihn gemacht hatte. Oder wollte sie Ibrahim Ghalib provozieren?

„Ich bin ein ehrbarer Händler, Frau Seidel!", empörte sich Ibrahim auch prompt mit seiner Lieblingsformulierung. „Ich verdiene mein Geld mit dem Verkauf von Solarmodulen! Schon mein Vater und mein Großvater und deren Väter haben Handel getrieben. Früher hatten wir Kamele und reisten in großen Karawanen durch die Wüsten bis nach Ägypten."

Eloquent unterbrach Fatima seinen Redeschwall mit ihrer milden Stimme: „Ibrahim, unsere Familien kennen sich schon sehr lange. Wir haben ein großes Problem. Wie du weißt, wurde unser neues Solarkraftwerk zerstört und unser Stromnetz ist zusammengebrochen. Frau Seidel vermutet, dass der Saboteur aus dem Ausland bezahlt wurde. Ich weiß, dass du ein ehrbarer Händler bist und über weitreichende Kontakte verfügst. Vielleicht kennst du jemanden, der gehört hat, dass jemand für diesen Anschlag bezahlt wurde. Wir würden uns sehr darüber freuen und uns natürlich erkenntlich zeigen, wenn du für uns die Ohren offenhalten könntest."

„Werte Präsidentin, ich werde Augen und Ohren offenhalten", gelobte Ibrahim mit einer Hand auf dem Herzen. „Falls ich etwas erfahre, werde ich mich umgehend bei Ihnen melden. Aber ich habe auch Sorgen. Vielleicht könnten Sie mir ja ebenfalls helfen?"

„Sehr gerne! Womit?", fragte Fatima und zeigte sich besorgt.

„Meine Nichte Zola ist verschwunden. Von heute auf morgen war sie weg."

Bei diesen Worten durchfuhr es Chris. Zola war verschwunden? Und nicht mal ihr Onkel wusste, wo sie war? Fatima äußerte ihre eigene Bestürzung, die von Ibrahim mit einem dankenden Nicken entgegengenommen wurde, und versicherte ihm, dass er auf ihre Hilfe zählen könne. Dann sah Zolas Onkel mit einem unergründlichen

Blick zu Chris. „Du kennst sie ja gut, junger Freund. Sie ist ein so liebes Mädchen. Du weißt nicht zufällig, wo sie ist?"

Chris schüttelte den Kopf. Er gab sein Bestes, den sorgenvollen Wirbel in seinem Inneren und den Groll auf Ibrahim Ghalib auszublenden, und antwortete wahrheitsgemäß: „Nein, ich weiß es nicht. Hoffentlich ist ihr nichts passiert."

Es folgten ein paar weniger brisante Standardfragen von Marie Seidel zu Ibrahims Tätigkeiten und Aufenthaltsorten während der letzten zwei Wochen. In Chris wuchs die Enttäuschung darüber, dass das Gespräch ihnen keine brauchbaren Erkenntnisse und stattdessen nur einen weiteren Grund zur Sorge mit sich gebracht hatte. Als Ibrahim Ghalib gegangen war, sagte Ray unumwunden: „Ich glaube diesem Kerl kein Wort. Er hat uns damals schon seine Firma verkauft und behauptet, dass sie einwandfrei funktioniere. In Wahrheit hat gar nichts funktioniert. Der lügt, wenn er den Mund aufmacht."

„Also, ich fasse unsere Erkenntnisse mal kurz zusammen", begann Chris. Er fuhr sich mit der Hand durch das lockige schwarze Haar. Er musste sich von seiner Angst um Zola ablenken. Zudem überlegte er immer gerne laut, denn erst beim Aussprechen sortierten sich die Informationen zu einem Gesamtbild. Er hob einen Finger. „Es könnten die Islamisten gewesen sein. Wir stören ihre traditionelle Lebensweise, richtig? Aber es gibt kein Bekennervideo." Er hob einen zweiten Finger. „Die Chinesen haben ein strategisches Interesse an Somaliland. Aber sie sind nicht oder noch nicht dafür bekannt, dass sie Kraftwerke in die Luft sprengen. Es scheint eher so, dass sie als Trittbrettfahrer die Lage nutzen wollen." Er hob den dritten Finger. „Die Amerikaner haben ebenfalls großes strategisches Interesse. Aber sie würden nicht ihren Botschafter dabei umbringen." Der vierte Finger: „Die Russen. Aber Putin war mit den Vorbereitungen für ihren Ukrainefeldzug viel zu beschäftigt, als dass er hier ein kleines Feuerwerk anrichten würde." Er seufzte. „Uns fehlt ein Riesenpuzzlestück … und ich weiß nicht, wo wir weitermachen sollen."

„Follow the money", sprach Marie Seidel in einem geradezu konspirativen Tonfall. „Wir fragen uns immer, wer von der Explosion profitiert, wir können aber auch im Umkehrschluss überlegen: Wer wird denn eigentlich geschädigt? Das Projekt ist doch versichert, Herr Klein, oder?"

„Nein, alle Investoren haben Geld verloren", legte Ray offen.

„Wissen Sie eigentlich, wer Ihre Investoren sind?", fragte Marie herausfordernd, fuhr aber, ohne eine Antwort auf ihre rhetorische Frage abzuwarten, direkt fort: „Ihr Geld kommt von islamischen Banken und Fonds. Hinter Ihren Investoren stecken afghanische Opiumringe und arabische Schlepperorganisationen. Haben Sie das gewusst?"

„Wir vereinbaren in unseren Investmentfonds immer ein hartes non disclosure und veröffentlichen daher unsere Gesellschafter nicht. Doch eines kann ich Ihnen sagen, unsere Investoren sind absolut seriös und werden von der Gulf World Bank in Dubai verwaltet", stellte Ray klar.

„Glauben Sie mir, Herr Klein, der BND weiß mehr, als Sie denken. Ich bin diesen internationalen Geldwäschenetzwerken schon seit über zehn Jahren auf der Spur. Warum haben Sie denn nicht die üblichen Investoren, wie amerikanische Versicherungen und Pensionskassen, unter ihren Limited Partners, hm?", wollte Frau Seidel wissen.

„Wie ich Ihnen schon bei unserem ersten Gespräch sagte: Wir haben von keiner Versicherung auf der Welt eine Deckung bekommen. Sogar die Deutsche Kreditanstalt für Wiederaufbau konnte sich nicht für ein Investment in ein nicht zu versicherndes Solarkraftwerk in Afrika erwärmen. Und Somaliland wird international nicht anerkannt. Daher bekamen wir auch keine Förderhilfen."

„Frau Seidel, Sie kennen anscheinend unsere Investoren besser als wir", klinkte Chris sich ein. „Die Investoren haben ihr Geld verloren, okay, aber wer hat denn Interesse an so was? Ich meine, wer will unseren Investoren schaden und weiß überhaupt, wer die sind? Wer außer Ihnen kennt die Hintergründe unserer Investoren?"

Marie überlegte: „Mitglieder aus meinem Team beim BND und unsere Kollegen bei der CIA und …" Sie hielt kurz inne. „Ach was, sonst keiner."

Als die BND-Agentin den Raum verlassen hatte, musste Ray erst mal die großen Fenster weit öffnen und tief durchatmen. Zu Chris'

Verwunderung ging er aber weder auf die Worte von Marie Seidel noch von Ibrahim Ghalib ein. Stattdessen hob er seine Hornbrille mit den runden Gläsern an, fuhr sich mit den Händen über die Augen und meinte: „Diese Chinesen, sie wissen wirklich alles."

„Wir dürfen jetzt keine Fehler machen, Ray", sagte Fatima ernst. „Wir sind so weit gekommen. Kein fremdes Land wird uns ausbeuten. Wir müssen eine Lösung auch ohne China finden."

Chris rief sich das erste Meeting wieder ins Gedächtnis, seine Gedanken überschlugen sich. „Haben die Chinesen wirklich etwas mit dem Anschlag zu tun? Ist Shixin gar keine Investorin, sondern ... sondern eine Agentin? Ray, was hat sie damit gemeint, sie weiß, warum du hier logierst?"

„Das war eine handfeste Erpressung. Ob sie für den Anschlag verantwortlich sind oder nicht, wissen wir noch nicht. Auf jeden Fall wissen sie das Blatt für sich auszunutzen", meinte Ray.

„Es kann natürlich sein, dass wir mitten in einen geopolitischen Konflikt zwischen China und Amerika geraten sind", mutmaßte Fatima. „Die Chinesen haben in unserem Nachbarstaat Dschibuti einen Militärstützpunkt aufgebaut und breiten sich immer weiter in Afrika aus. Die Amerikaner haben Dschibuti für sich verloren und wollten im Tiefseehafen Berbera ihre Truppen stationieren. Dem sind wir aber mit der Verpachtung des Hafens an die Araber zuvorgekommen. Wenn die Chinesen dann auch noch Somali Utility und damit die gesamte Infrastruktur in Somaliland kontrollieren würden, hätten es die Amerikaner hier in der Region noch schwerer, sich strategisch aufzustellen." Während Ray mit einem grüblerischen Ausdruck auf dem Gesicht zustimmend nickte, äußerte Fatima ihre Befürchtungen: „Somali Utility muss weiterhin vom Staat kontrolliert werden. Wenn wir es aus den Händen geben, wird es zu Demonstrationen und Unruhen kommen. Außerdem muss sich unser neuer Staat ja irgendwie finanzieren. Die Einnahmen aus Wasser und Strom sind notwendig und kalkulierbar."

„Ja, und die Somali Utility zahlt ja für jede Kilowattstunde erzeugten Strom zwanzig Cent", fügte Ray an. „Das haben wir in dem PPA vereinbart. Ohne diese Zusage können wir die Solarkraftwerke nicht an andere Investoren verkaufen, und das ganze System würde zusammenbrechen."

Chris überschlug die Zahlen: „Fünfhundert Megawatt Kapazität mal dreitausend Sonnenstunden ergibt 1,5 Millionen Megawattstunden Strom im Jahr. Wenn ich das mit zweihundert Euro pro Megawattstunde multipliziere, komme ich auf eine Stromrechnung in Höhe von dreihundert Millionen Euro pro Jahr. Wie zahlt das denn die Somali Utility?"

„Das haben wir uns damals auch lange überlegt", antwortete Fatima. „Zuerst wäre das Projekt an diesem Punkt fast gescheitert. Aber ohne ein Power Purchase Agreement in dieser Höhe konnte Ray Capital das Projekt nicht umsetzen. Also haben wir den Hafen an ein Konsortium aus Dubai für dreißig Jahre verpachtet. Sie waren, wie schon gesagt, bereit, fünfhundert Millionen in den Hafen zu investieren. Außerdem zahlen sie uns dreihundert Millionen Euro pro Jahr für Strom. Die einzige Bedingung war, dass wir es innerhalb von fünf Jahren schaffen, den Hafen auch nachts mit Strom zu versorgen. Das war der Deal, und wir mussten liefern."

„Tja, und das hat sich dann wohl erledigt", stöhnte Chris frustriert auf.

„Ray, meinst du, wir finden irgendwo einen Investor, der kein strategisches Interesse an unserem Land hat?", fragte Fatima und schaute ihm zweifelnd ins Gesicht.

Auch Chris blickte zu seinem Mentor, der sich wieder mit den Händen über das Gesicht fuhr. Er konnte sich nicht daran erinnern, Ray jemals so ratlos und erschöpft gesehen zu haben, wie in diesem Moment. Und doch waren seine Worte trotz ihrer Offenheit erbauender, als alles, was Chris eingefallen wäre: „Ich weiß es gerade nicht. Aber es hat sich bisher für jedes Problem eine Lösung gefunden."

Kapitel 27 – Freitag, 4. März 2022

Ibrahim wartete vor dem Haus mit dem Schild „Somali Women's Shelter" über der schweren Holztür und wurde zunehmend ungeduldig. Er hatte sichergestellt, dass die für die Hochzeit erforderliche Prozedur durch Dr. Abdullahs fachmännische Hände im Edna Adan Maternity Hospital erfolgen würde. Eine ältere Nachbarin hatte Imana nach dem Freitagsgebet erzählt, es sei schon wieder eine Frau im Frauenhaus aufgenommen worden. Sie könne Wunden nähen und verbinden, sei aber keine „reine" Frau. Als Imana diese Neuigkeit auf dem Rückweg ihrem Mann erzählte, wussten sie beide, dass es sich bei dem Neuzugang im Frauenhaus um ihre Nichte handeln musste. Also hatte Ibrahim mit seinem guten Freund Dr. Abdullah gesprochen und alles dafür in die Wege geleitet, dass Zola am kommenden Montag operiert werden würde. Bis dahin könnte sie über das Wochenende in einem der Zimmer untergebracht werden, die zahlenden Patienten vorbehalten waren.

Aber trotz längerer Überlegungen war Ibrahim keine Idee gekommen, wen er mit Zolas Abholung aus dem Frauenhaus beauftragen könnte. Schließlich würde man ihn nicht einfach reinlassen, wenn er nett anklopfte, und Zola würde nicht freiwillig mitkommen. Also hatte Ibrahim sich gezwungen gesehen, den Bräutigam selbst um Hilfe zu bitten. Abgesehen davon, dass Ali Ali Turs Kommando sowohl über offizielle wie inoffizielle Wege eine ganze Menge Männer unterstanden, würde sich niemand der Autorität der Präsidentengarde widersetzen können.

Wann kommt der Kerl denn bloß, fragte sich Ibrahim verärgert. Erst eine Stunde nach der ausgemachten Zeit hielt endlich ein olivfarbener Mercedesjeep direkt vor seinem Fahrzeug. Major Ali Tur, der Fahrer und ein weiterer Soldat stiegen aus und hämmerten so lange an die Tür, bis ihnen geöffnet wurde. Ibrahim hatte so lange hinter den drei Männern gestanden, bis sie die Frau in der Tür aus dem Weg schoben.

„Wo ist meine Nichte?", rief er dann und stürmte, dicht gefolgt vom Major, in das Haus.

Es erklangen panische Schreie, und die Frauen stürmten in alle Richtungen davon. Als Zola die schnaufenden einhundertfünfzig Kilo Lebendgewicht ihres Onkels auf sich zukommen sah, durchfuhr sie die blanke Panik und sie war für einen entscheidenden Moment zu Eis erstarrt. Kaum hatte Ibrahim Ghalib sie erkannt, rief er: „Da ist sie!", und richtete einen fleischigen Zeigefinger auf sie. Zola sprintete los in Richtung des kleinen Gartens, war aber nicht schnell genug. Sie wurde von hinten gepackt und unwirsch zurückgerissen. Wie zwei Holzstämme schlossen sich die Arme des Gardesoldaten um ihre Schultern. Zola schrie und versuchte, sich aufzubäumen, doch es half nichts. Der Soldat packte sie, als wäre sie nichts weiter als ein zusammengerollter Teppich, und schleifte sie nach draußen. Während sie sich nach Kräften wehrte, sah Zola, wie Nia Hagi Major Ali Tur schreiend am Arm packte. Doch ihr Protest wurde ignoriert, und der Major schob sie verächtlich von sich.

Nachdem der Soldat sie im Jeep verfrachtet hatte, fesselte er Zola die Hände und schnallte sie an. Sie zitterte am ganzen Körper. Am liebsten hätte sie geschrien und um sich geschlagen, aber sie wusste, dass es nichts bringen würde. Sie war den Männern ausgeliefert.

Ibrahim Ghalib fuhr hinter dem Militärfahrzeug her. Am Krankenhaus angekommen, riss er die Autotür auf, packte Zola am Arm und zog sie unsanft heraus.

„Lass mich los!", schrie sie mit sich vor Verzweiflung überschlagender Stimme.

„Halt deinen Mund! Sonst verpasse ich dir einen Knebel, du undankbare Göre!", fuhr er sie an und schüttelte Zola einmal mit einem solchen Ruck, dass ihre Zähne aufeinanderschlugen und sie benommen taumelte.

Ibrahim brachte seine Nichte persönlich zu ihrem Krankenzimmer im zweiten Stock des Edna Adan Maternity Hospitals. Nachdem er sie in den Raum geführt hatte, nahm Ali ihr die Fesseln ab und die Männer verließen den Raum, ohne auf Zolas Protestschreie zu achten. Der Major ließ den Soldaten mit einem unmissverständlichen Befehl vor der Tür zurück: „Du bleibst hier, bis du abgelöst wirst. Unsere Patientin bekommt keinen Besuch und bleibt bis auf Weiteres auf ihrem Zimmer."

Simba hatte die Nacht auf der harten Pritsche in einem leichten Dämmerschlaf verbracht. An diesem Morgen hatte er einen Tee und eine klare Suppe bekommen – ungenießbar. Mittags wurde er dann von zwei Wachleuten an Händen und Füßen gefesselt und in den Verhörraum geführt. Er setzte sich an den Tisch, und wenig später traten vier weiße Personen in dunklen Anzügen ein, darunter eine Frau. Ein großer Mann mit ähnlichem Körperbau wie Simba fragte die Wachen auf Englisch: „Ist dieser Raum auch wirklich abhörsicher?"

Der kleinere der beiden Wachleute antwortete im Hinausgehen: „Was hier drin passiert, kann niemand hören."

Nachdem die Tür zugefallen war, drehte sich der kräftige Mann zu Simba und sprach mit tiefer Stimme: „Okay, du Arschloch. Wir wissen genau, wer du bist. Du hast zwei Möglichkeiten: Entweder du kooperierst, oder ich reiße dir deinen schwarzen Arsch auf."

Simba kannte diese Art von Verhör und nahm die Worte unbeeindruckt und ohne jegliche Reaktion auf.

„John, vielleicht lässt du mich erst mal mit unserem Gast reden", sagte die Brünette in einem deutlich ruhigeren Tonfall. „Herr Ongwen – so heißen Sie doch? Möchten Sie einen Tee oder lieber einen Kaffee?"

Simba entschied sich für Tee.

„John, kannst du bitte dafür sorgen, dass wir zwei Tassen Tee bekommen? Ich rufe dich, wenn ich dich brauche." Dann schaute sie ihrem Gegenüber tief in die Augen, während ihr Kollege mit mürrisch verzogenem Mund den Raum verließ. „Ich heiße Jennifer Fox, Team-Captain der CIA. Meinen Kollegen John Brukner kennen Sie jetzt auch. Und Sie sind also Simba Ongwen?"

„So hieß ich bei meiner Geburt, das ist richtig", antwortete Simba.

„Sie stammen ursprünglich aus Uganda und wurden dort katholisch getauft."

Er nickte. Warum redete sie um den heißen Brei herum? Simba war schon klar, warum dieser Hund Ali Tur ihn den ganzen Weg aus

Puntland in die Arme der CIA geschleift hatte. Als hätte Fox seine Gedanken gelesen, sagte sie: „Sie sind die Nummer 28 auf unserer Liste der Topislamisten. Können Sie mir bitte erklären, wieso Sie als Christ für die Islamisten kämpfen?"

„Religion ist mir ziemlich egal. Moslems, Christen oder Juden, alle glauben an einen Gott. Er soll gerecht sein und Gebote erlassen haben, an die sich die Gläubigen bedingungslos halten müssen. Wie die Schafe. Aber die Obermotze dahinter sind doch alle gleich. Alles nur ein paar Männer, die etwas von einem Gott erzählen, der sie eingesetzt hat, und in dessen Namen sie Kriege führen. Dabei werden die Schwachen unterdrückt und ausgebeutet. Und dann prägen sie ihre Kinder auf dieses System, und die Kinder glauben an das, was sie ihnen vorbeten."

„Wenn Sie so denken, wieso kämpfen Sie dann für diese verbohrten Islamisten?", wollte die CIA-Frau wissen.

„Ich lebe glücklich und zufrieden in einem kleinen Dorf. Aber von irgendwas muss man leben. Die Trockenheit macht Landwirtschaft schwierig, und viele Tiere sind verdurstet. Bis vor Kurzem hatten wir eine gute Geldquelle: Ab und zu überfielen wir amerikanische Konvois und erbeuteten Waffen und Munition. Manchmal waren auch neue Stiefel und Klamotten dabei oder sogar ein Humvee mit MG. Am besten waren aber eure Schokokekse. Die Waffen, die wir nicht gebrauchen konnten, haben wir dann gegen Essen eingetauscht", erklärte Simba in entspanntem Plauderton und freute sich über das feiste Funkeln in den Augen von Fox.

„Wir sehen das mit der ,guten Geldquelle' aber ein wenig anders. In Somalia herrschte ein bitterer Bürgerkrieg, und wir Amerikaner haben versucht, euch zu helfen."

Simba konnte nur verächtlich schnauben. Er beugte sich vor und nahm kein Blatt vor den Mund. „Einen Dreck habt ihr. Die Russen und ihr habt euren Kalten Krieg geführt und die Länder dieser Erde mit Waffen vollgepumpt. Und Waffen werden am Ende auch immer eingesetzt. Siad Barre wollte vor dreißig Jahren alle anderen Clans in Somalia entmachten, um in der Champions League der Diktatoren dieser Welt mitzuspielen, und ihr habt ihn dabei tatkräftig unterstützt. Und das Ergebnis davon versucht ihr jetzt, notdürftig zu flicken."

„Nein, wir wollten Siad Barre auf dem Weg zur Demokratie unterstützen, nation building nennen wir das", verteidigte sich Jennifer Fox.

„Könnt ihr nicht einfach akzeptieren, dass Menschen lieber nach ihren eigenen Traditionen leben wollen? Und nicht nach euren Ideen von Demokratie und Freiheit?", konterte Simba.

„Wir kämpfen gegen den internationalen Terrorismus. IS, Al-Kaida, Al-Shabaab, Boko Haram oder die Lord's Resistance Army. Sie alle rauben, foltern und töten."

Wieder konnte Simba nur schnauben. Diese Amis denken wirklich, sie können die Welt mit ihren Kriegen und Waffen zum Frieden führen, unglaublich. „Diesen Kampf könnt ihr nicht gewinnen. Und schon gar nicht mit eurer Missioniererei. Wenn die Kinder in Afrika alle Zugang zu den Netflix-Serien vom Luxusleben in der freien Welt kriegen, werden sie von allein dieses Leben anstreben. Ohne Waffen und ohne Gewalt. Aus Somaliland habt ihr und die Russen euch seit den Neunzigern rausgehalten, und was ist passiert, hm? Friede. Die Menschen haben keine Waffen, mit denen sie andere bedrohen können. Gibt euch das nicht zu denken?"

Die Frau sagte kein Wort. Sie schien wirklich nachzudenken. Also sprach Simba weiter: „Natürlich wisst ihr das. Aber ihr nehmt das Elend der Bevölkerung kaltblütig in Kauf. Seit Bush führt ihr euch weltweit auf wie die Cowboys. Somalia, Libyen, Afghanistan, Irak oder Syrien. Der Kampf gegen den Terror kann nicht alles rechtfertigen. Er zerstört Menschen und ihre Lebensgrundlagen und schafft Kämpfer, die nichts weiter können als zu stehlen, entführen, vergewaltigen, morden."

„Genug, Mr. Ongwen. Sie haben wohl vergessen, dass ich Sie hier verhöre. Außerdem haben Sie selbst zugegeben, wie Sie sich unser Engagement hier zunutze gemacht haben. Mit vollem Mund spricht man nicht, sagt man bei uns", wies Jennifer Fox ihn zurecht. Doch Simba lachte leise, bis sie fragte: „Also, warum haben Sie das Solarkraftwerk in die Luft gesprengt?"

Das brachte ihn doch zum Stutzen. „Welches Solarkraftwerk? Ist das neue Werk hier in Berbera etwa in die Luft geflogen? Das ist ja sehr bedauerlich."

Jennifer Fox schenkte ihm nur ein spitzfindiges Lächeln und verließ ohne ein weiteres Wort den Raum. Ihr Kollege John kam dafür wieder herein.

„Wo ist mein versprochener Tee?", fragte Simba provokativ.

„Warum hast du das Solarkraftwerk in die Luft gesprengt?", ignorierte der CIA-Mann seine Frage und übernahm wieder das Verhör.

„Ich war das nicht. Ich habe keine Ahnung", antwortete er schulterzuckend.

„Aber du weißt, was Waterboarding ist, oder?"

Simba wusste, was nun folgte. Die beiden Männer, die bisher nur stumm in der Ecke gestanden hatten, packten ihn an den Armen und legten ihn mit dem Rücken auf den Tisch. Sie stopften ihm einen alten Stofffetzen als Knebel in den Mund und stülpten ihm einen Sack über den Kopf. Dann goss jemand Wasser auf sein Gesicht. Bei jedem Atemzug stieg es Simba in die Nase. Es fühlte sich an, als ob er ertrinken würde. Aber sein Verstand kontrollierte seinen Körper, diese Fähigkeit hatte er als Jugendlicher tief in seinem Unterbewusstsein gespeichert und vergraben. Feste Schläge mit einem Knüppel auf den Brustkorb, die Knie und die Genitalien sollten ihm Schmerzen zufügen, doch Simbas Gehirn hatte gelernt, diese Schmerzen auszuschalten. Ab und zu wurde die Folterprozedur unterbrochen, und er nutzte die Zeit, um ausgiebig Luft zu holen. Die Fragen, die ihm gestellt wurden, drangen nicht zu ihm durch. Er befand sich in einem Zustand totaler innerer Ruhe. Wut, Hass oder Angst existierten in diesem Zustand nicht. Er erinnerte sich an die Zeit seiner Jugend, an die Zeit, als er gelernt hatte, seinen Geist vom Körper zu trennen ...

Schon als Kind war Simba Ongwen größer und kräftiger als seine Altersgenossen gewesen. Er kam in einem kleinen Dorf in Uganda im Jahr 1991 zur Welt. Tagsüber saß er lieber im alten Mangobaum vor der Schule als im Klassenraum darunter. Lesen und Schreiben waren nicht seine Sache. Sein bester Freund war Tayo, der Sohn des Dorfpfarrers. Als sie beide zwölf Jahre alt waren, sollte Tayo die weiterführende Schule in der benachbarten Stadt besuchen. Weil der Weg zu weit war, kam nur die Unterbringung in dem angeschlossenen Internat infrage. Die beiden Väter waren sich einig, dass die beiden Jungen nicht getrennt werden sollten. Simba sollte in der fernen Stadt auf den mageren, schwächlichen, aber fleißigen und schlauen Tayo aufpassen. Im Gegenzug würde Simba trotz seiner Lese- und Rechtschreibschwäche eine schulische Ausbildung erhalten. Die beiden Jungen lebten sich gut im Internat ein und hatten weiter großen Spaß zusammen.

Dann kam die Nacht, die ihrem Leben eine dramatische Wendung gab. Es war der 9. November des Jahres 2005. Am nächsten Morgen stand an der Nelson-Mandela-Schule eine wichtige Prüfung an, und Tayo wollte mit Simba den Stoff noch einmal durchgehen. Beim Abendessen hatten ein paar Jungen erzählt, dass die Rebellen der Lord's Resistance Army in der Nähe seien. Schon viele Male hatten sich Simba und Tayo mit ihren Klassenkameraden nachts im Gebüsch versteckt, aber diesmal wollten sie sich alle auf die Prüfung vorbereiten. Mitten in der Nacht wurden sie aus ihren Betten gerissen, mussten sich mit dem Bauch auf den Fußboden legen und die Hände über den Kopf halten. Simba erinnerte sich, wie der Junge neben ihm den Kopf hob und einen der nach Schweiß stinkenden Kerle anschaute. Sein Kopf wurde unter einem schweren Stiefel zu Brei zermatscht. Der Anführer der Rebellen schrie im Schlafsaal herum. Simba und die anderen Jungen zogen sich schnell an und wurden mit einem langen Seil an der Hüfte zusammengebunden. Tayos Augen waren voller Angst, als er hinter Simba festgebunden wurde. In einer langen Reihe folgten sie den Kämpfern der LRA in die Nacht ...

Simba bekam wieder Luft. Brukner hatte ihm den Knebel aus dem Mund gezogen und ihm erneut eine Frage gestellt. Danach bekam er den Knüppel auf den Brustkorb. Wenig später ergoss sich erneut Wasser auf den Sack, den er noch über dem Kopf hatte.

Der Sack. Simba kam eine weitere Erinnerung. Der Junge war ein Jahr älter als er. Er sollte sterben, weil er angeblich fliehen wollte. Er hatte die Hände auf dem Rücken gebunden und hockte auf den Knien. Simba, Tayo und die anderen standen um ihn herum und mussten ihn anspucken. Wer nicht mitmachte, wurde ausgepeitscht. Dann kam der Kommandant zu Simba und gab ihm einen Sack und einen Baseballschläger. Er musste dem Jungen den alten Sack über den Kopf ziehen, dann den Schläger nehmen und zuschlagen. Simba hatte ausgeblendet, wie Tayo ihn aus großen Augen ansah. Wenn er nicht tat, was die Männer von ihm wollten, wären sie beide als Nächste dran. Also holte Simba mit beiden Händen aus. Nach dem ersten Schlag auf den Kopf fiel der Junge zur Seite. Nach weiteren drei Schlägen bewegte er sich nicht mehr. Das war das erste Mal, dass Simba jemanden umgebracht hatte. Danach war es gar nicht mehr so schlimm, die Befehle zu befolgen. Er überfiel Dörfer, plünderte, versklavte Jungen und Mädchen, tötete sie, wenn sie sich wehrten ...

„Herr Ongwen, hören Sie mich?"

Simba regte sich mit einem Brummen. Wie lange hatte die Folter angedauert? Brust, Knie und Genitalien schmerzten. Aber er lebte, und der Sack war auch nicht mehr über seinem Kopf. Er roch und schmeckte Blut. Jemand rüttelte ihn an den Schultern und Simba öffnete die Augen. Erst sah er verschwommen die kahlen Wände seiner Zelle. Dann schob sich das Gesicht der brünetten Frau in sein Sichtfeld.

„Gut, Sie leben." Sie packte seinen Arm und beugte sich leicht zu ihm herunter. „Was haben Sie denn da an Ihrem Unterarm? Die Narbe sieht ja aus wie ein Blatt. Woher haben Sie das?", wollte Jennifer Fox wissen.

Doch Simba schloss ohne eine Antwort wieder die Lider und spürte, wie ihm sein Bewusstsein entglitt. Als er das nächste Mal zu sich kam, stand die Sonne hoch am Himmel. Er rollte sich auf den Bauch, spuckte eine Ladung Blut aus und robbte auf seinen Unterarmen zur nächsten Wand. Dann stemmte Simba sich auf die Hände und lehnte sich gegen die Wand. Ihm tat alles weh, aber er war schon Schlimmeres gewohnt. Da hätte er von der CIA und so einem Kerl wie John Brukner tatsächlich mehr erwartet.

Es dauerte nicht lange, bis Simba Schritte hörte und das Türschloss zurückgezogen wurde. Die zwei Männer von gestern brachten ihn wieder in den Verhörraum, wo Brukner ihn erwartete. „Also, wollen wir es noch mal probieren?", fragte er Simba herausfordernd. Da Simba darauf nicht reagierte, wiederholte Brukner die immergleiche, nervtötende Frage: „Warum hast du das Solarkraftwerk in die Luft gesprengt?"

„Habe ich nicht", erwiderte Simba. Er wusste, was ihm gleich wieder blühte, aber das war kein Grund, den Mund zu halten. „Was interessiert euch überhaupt dieses Kraftwerk? Was ist daran so wichtig, dass die CIA in ein Land geschickt wird, das nicht mal existiert?"

„Das geht dich einen feuchten Scheiß an", bellte Brukner ihn an.

Simba lachte trotz seines schmerzenden Brustkorbs. Es war so einfach, solche Typen zu provozieren. „Ist sowieso egal. Amerika ist am Arsch, Alter. Eure Kriege waren alle Katastrophen. Ihr habt die Welt destabilisiert. China, Russland und die Araber werden euch immer weiter von der Weltkarte verdrängen."

John Brukner ging auf Simba zu, beugte sich zu ihm und sah ihm tief in die Augen. „Amerika ist immer noch die Nummer eins auf der Welt. Freiheit, Baseball und die stärkste Armee, die es gibt." Dann holte er aus und verpasste Simba einen Fausthieb in den Bauch, bevor er wieder auf den Tisch geschnallt wurde und den Sack über den Kopf gestülpt bekam.

Kapitel 28 – Samstag, 5. März 2022

Chris saß in seinem Zimmer im Präsidentenpalast und grübelte. Wie konnte er nur seine Unschuld beweisen? Und Ray davor retten, eine Hand oder sogar sein Leben zu verlieren? Wer könnte ihnen noch weiterhelfen? Wen oder was hatten sie übersehen? Und was war bloß mit Zola passiert? Seit gestern war neben dem Wirrwarr in seinem Kopf die einzige Konstante, dass er hier raus- und nach ihr suchen musste.

Sein Gedankenkarussell wurde jäh durch ein lautes Klopfen und das Öffnen der Tür gestoppt. Major Ali Tur kam ungebeten herein und sagte, bevor Chris reagieren konnte: „Mitkommen. Die CIA möchte mit Ihnen reden." Dann führte er ihn zum offenen Militärjeep vor dem Eingangsportal, und Chris musste neben einem Soldaten auf dem Rücksitz Platz nehmen. Major Ali Tur setzte sich wie immer auf den Beifahrersitz, und der Fahrer startete den Wagen.

„Wohin fahren wir, Major?", wollte Chris wissen. „Nach Berbera sind es über zwei Stunden."

„Die Amerikaner haben mich gebeten, Sie zum Gefängnis hier in Hargeisa zu bringen."

„Aber warum kommen sie nicht in den Palast?", wunderte sich Chris. „Ich habe auch neue Erkenntnisse. Vielleicht können wir uns ja austauschen."

Major Ali Tur ignorierte seinen Einwand und grinste ihm höhnisch über die Schulter entgegen. „Wussten Sie eigentlich schon, dass ich bald heiraten werde? Sie kennen meine Braut. Es ist die Nichte des ehrenwerten Ibrahim Ghalib."

Seine Worte trafen Chris wie ein Schlag ins Gesicht. War das der Grund, warum Zola sich so lange nicht mehr gemeldet hatte? Weil sie doch kein Interesse an ihm hatte, weil sie schon verlobt war? Aber warum war sie dann von zu Hause weggelaufen? Völlig verdattert fragte er: „Lieben Sie sie denn?"

„Ich habe gestern sechzigtausend Dollar für sie bezahlt", mokierte sich Ali Tur. „Und ob ich sie liebe!"

„Aber ... wissen Sie denn, wo sie ist? Ihr Onkel vermisst sie schon seit Tagen."

„Sie ist im Edna Adan Hospital. Sie wissen es vielleicht nicht, aber sie ist keine ‚reine' Frau. Dr. Abdullah wird sie am Montag operieren, um sie auf die Hochzeit vorzubereiten", informierte ihn der Major mit einem triumphierenden Grinsen im Gesicht.

Chris stockte endgültig der Atem. Was hatte der Kerl da gerade gesagt? Keine „reine" Frau. Dr. Abdullah operiert. Seine trägen Gedanken begannen mit einem Mal, wie wild zu rattern. „Sie meinen, Zola soll beschnitten werden?", fragte Chris fassungslos.

„Ah ja. Hier in Somaliland heiraten wir Männer nur ‚reine' Frauen", erwiderte Ali. „Das sind unsere Traditionen."

„Halten Sie sofort an und lassen Sie mich raus!" Chris schnallte sich ab und versuchte aus dem offenen Jeep zu springen. Doch ehe er sich zur Seite drehen und die Hände auf den Scheibenrahmen legen konnte, drehte Major Ali Tur sich in einer blitzschnellen Bewegung zu ihm um. Seine große Faust traf Chris mitten ins Gesicht. Chris' Kopf flog gegen die Kopflehne, und er spürte, wie ihm das Blut aus der Nase schoss. Gleichzeitig rammte der Soldat neben ihm Chris seinen Schlagstock in die Rippen. Während er schmerzverkrümmt nach Luft schnappte, spürte er, wie ihm das Blut warm über Lippen und Kinn lief.

Als er sich wieder aufrichten konnte, waren sie bereits am Gefängnis angekommen. Das Gebäude hatte sechs Meter hohe Mauern, auf denen rechteckige Zinnen in die Luft ragten, sodass der Bau recht orientalisch wirkte. Nur der Stacheldraht störte die Optik. Der quadratische Betonbau war weiß gestrichen. Das Stahltor wurde geöffnet, und der olivfarbene Mercedes fuhr in eine Schleuse. Als das äußere Tor geschlossen war, öffneten zwei Wärter das innere Gittertor. Auf beiden Wachtürmen standen Männer mit Gewehren.

„Wussten Sie, dass die EU für den Bau unseres schönen Gefängnisses anderthalb Millionen Dollar auf den Tisch gelegt hat?", fragte der Major schmunzelnd. „Das ist ungefähr zehn Jahre her. Somaliland hatte dafür damals achtundachtzig somalische Piraten inhaftiert, die mit Hilfe amerikanischer und europäischer Kräfte gefangen genommen worden waren. Die meisten Piraten waren aber keine Isaaq, sondern Darod. Der oberste Richter und die Stammesältesten haben kurze Zeit später sechzig Darod an ihre Familien in Puntland verkauft, und ich habe sie zurückgebracht. Die fünfhunderttausend Dollar Lösegeld haben wir dann untereinander fair aufgeteilt. Der EU hatte das nicht gefallen. Sie haben sich offiziell bei meiner Tante beschwert. Aber jetzt haben wir ein sicheres Gefängnis."

Die Geschichte über das Gefängnis interessierte Chris kein bisschen. Als er aus dem Jeep ausgestiegen war und in der Mittagshitze zu dem turmähnlichen Gebäude in der Mitte der Mauern geführt wurde, bekam er weiche Knie. Zola sollte in zwei Tagen grausam beschnitten werden, und er hing nun zwischen diesen Mauern fest. Wie lange würde die Befragung dauern? Er musste so schnell wie möglich zurück zum Palast und mit Ray und Fatima sprechen!

Bald darauf saß er in einem Kellerraum ohne Fenster. Der etwa drei Meter lange, massive Holztisch vor ihm war nur oberflächlich gereinigt, ebenso wie der Raum selbst. Überall waren Blutspuren, an den Tischbeinen, auf dem Fußboden und an den Wänden. Es roch widerlich nach Schweiß, Urin und Erbrochenem. Chris wurde nicht nur vom Warten mulmig, doch er versuchte, sich zur Ruhe zu zwingen. Dennoch zuckte er zusammen, als John Brukner, Jennifer Fox und zwei weitere hellhäutige Männer den Raum betraten.

„Heute gibt es keine Mätzchen, du kleiner Scheißkerl", begrüßte ihn Brukner. „Entweder du erzählst uns jetzt die ganze Wahrheit, oder du lernst Waterboarding kennen."

Nach dieser hässlichen Begrüßung übernahm Jennifer Fox mit einer deutlich milderen und sachlichen Stimme: „Unsere Untersuchung des Anschlags von vor elf Tagen ist so gut wie abgeschlossen. Wir haben eine Bande von drei Personen identifiziert, die wir zur Rechenschaft ziehen werden. Und Sie sind einer davon. Sie haben kaltblütig ein Solarkraftwerk in die Luft gesprengt, Ihren Kollegen sowie unseren Botschafter umgebracht und einen weiteren Menschen lebensgefährlich verletzt. Sie drei sind keine Moslems und daher auch keine Islamisten. Sie sind hochqualifizierte Terroristen, die wie Söldner für die Despoten dieser Welt arbeiten."

„Aber ...", begann Chris stotternd, doch mit einem Mal stieg der Zorn in ihm hoch, und er rief entrüstet: „Das ist doch völliger Bullshit! Wie kommen Sie denn auf diesen Mist?!"

„Wir wissen, dass Samuel Selowane schon seit mindestens einem Jahr geostrategisch wichtige Gebäude in die Luft sprengt und dass Sie sich kennen", meinte Jennifer Fox ruhig.

„Aber ich kenne diesen Selowane doch gar nicht!", verteidigte sich Chris energisch.

„Der Kellner des Berbera Beach Hotel hat ausgesagt, dass Sie und Samuel Selowane im Hotel über Wochen gemeinsam logiert haben. Sie haben offensichtlich so getan, als ob sie sich nicht kennen würden. Aber bei durchschnittlich zehn Gästen war das natürlich nur gespielt. Samuel Selowane hatte einen Werksausweis und Arbeitskleidung von Somali Construction. Von wem sollte er den wohl bekommen haben, hm?", führte Agentin Fox aus.

„Und den dritten im Bunde kennen Sie auch schon sehr lange. Sie tragen dasselbe Erkennungszeichen an Ihrem rechten Unterarm", ergänzte John Brukner und riss den Ärmel von Chris' Hemd hoch. „Ha! Sehen Sie! Es wird wohl kaum Zufall sein, dass Simba Ongwen, ein gesuchter Terrorist, das gleiche Mal trägt, wie Sie!"

Jetzt war Chris endgültig sprachlos. Was hatte denn diese uralte Narbe mit dem Anschlag zu tun? Und hatte er gerade richtig gehört? Simba Ongwen? Den Namen hatte er seit bestimmt fünfzehn Jahren aus niemandes Mund mehr gehört. Woher wusste die CIA von Simba? Sollte das heißen ... lebte Simba etwa noch? Sein wie leer gefegter Kopf füllte sich wieder mit wirren Gedanken, doch John Brukners barsche Stimme riss Chris wieder heraus: „Verrate uns, wo Selowane sich aufhält, und wir bringen euch drei in die Vereinigten Staaten und ihr erhaltet dort einen fairen Prozess. Wenn du schweigst, landen du und dein Freund in Guantánamo. Dort haben unsere Spezialisten alle Zeit der Welt, um die Wahrheit aus euch herauszuprügeln."

„Ich weiß nicht, wo dieser Selowane ist! Wirklich nicht! Sie müssen mir glauben!", flehte Chris. Da durchfuhr ein heftiger Schmerz seinen Rücken, und sein Kopf knallte auf die Tischplatte, ehe er begreifen konnte, was passierte. Brukner zog seinen Kopf an seinen Haaren wieder in die Höhe und drehte ihn zur Seite, sodass Chris benommen auf Jennifer Fox blickte.

„Okay, Chris. Dann fangen wir eben ganz von vorne an. Woher kennst du Simba Ongwen?", fragte die CIA-Agentin in ruhigem Ton.

Chris blieb nichts anderes übrig, als die in Vergessenheit geratene Vergangenheit aus den Tiefen seines Bewusstseins hervorzuholen. Nachdem John Brukner ihn mit einem Ruck losließ, strich sich Chris kurz über den Kopf, schluckte und zwang sich, ruhig zu sprechen.

„Ich wurde am 28. April 1991 als Tayo Azikiwe in Uganda geboren. Meinen Vornamen Christoph gaben mir meine Adoptiveltern in Düsseldorf."

Als er von den Rebellen der Lord's Resistance Army zusammen mit seinem besten Freund Simba entführt worden war, war er gerade erst vierzehn Jahre alt. Zwölf Monate mit den brutalen Banditen im Busch hatten sich so angefühlt wie zwölf Jahre zu Hause in seinem Dorf. Simba hatte Schießen, Töten und Vergewaltigen gelernt. Weil Chris aber schon damals gut Englisch gesprochen hatte, musste er Beipackzettel von erbeuteten Medikamenten übersetzen und internationale Radiosender hören, um die Nachrichten für die Anführer zu übersetzen. Der Kommandant erfuhr, dass die Unabhängigkeitskämpfer in Somalia eine Jugendorganisation gegründet hatten und Mitglieder suchten. Es hieß, die Al-Shabaab würde für ausgebildete Kindersoldaten gut bezahlen. Kurze Zeit später saßen Simba, Chris und zwanzig andere Jungen auf der Ladefläche eines Militärlastwagens und fuhren in Richtung Osten. Die Fahrt sollte eine Woche dauern, doch Simba und Chris gelang mit ein paar der anderen Jungen die Flucht. Aber ohne Wasser und Essen wurden sie schnell schwach und unaufmerksam und fielen den Al-Shabaab-Kämpfern direkt in die Arme und wurden nach Mogadischu gebracht.

„So sind Simba Ongwen und ich nach Somalia gekommen. Aber ich konnte fliehen und habe Simba nie wiedergesehen", beendete Chris seine Erzählung.

„Das ist doch Kinderkacke!", schrie Brukner. „Ihr seid eine Bande! Für wen arbeitet ihr? Für die Russen oder für die Chinesen?" Ein weiterer Schlag traf Chris, und er krümmte sich vor Schmerzen. Wenigstens konnte er so nicht in den Strudel der Erinnerungen gezogen werden ...

„Chris." Jennifer Fox hockte plötzlich direkt neben ihm und sprach mit leiser, ruhiger Stimme. „Ich möchte dir wirklich helfen. Sag uns, wo sich Samuel Selowane versteckt und wer euch bezahlt. Das ist doch gar nicht so schwer."

„Ich weiß es nicht", brachte Chris gepresst hervor und blickte ihr in die Augen. Warum konnte sie das nicht endlich glauben? „Wirklich nicht. Ich schwöre."

Die CIA-Agentin seufzte und richtete sich wieder auf. „Chris, du hast sicher Verständnis dafür, dass du erst mal hier bei uns bleibst. Du hast Zeit zum Nachdenken. Morgen wollen wir eine Antwort."

Kapitel 29 – Sonntag, 6. März 2022

Fatima Ali Tur hatte Jennifer Fox in den Präsidentenpalast vorgeladen. Von Ali hatte sie erfahren, dass die CIA ihn gezwungen hatte, Chris aus seiner durch sie genehmigten Unterkunft im Palast ins Gefängnis zu bringen. Fatima wollte sich darüber offiziell beschweren und Chris' sofortige Rückkehr in den Palast fordern.

Die beiden Frauen saßen sich angespannt am kleinen Tisch in Fatimas großem Arbeitszimmer gegenüber. Fatima hatte Kaffee und Gebäck servieren lassen. Die offizielle Rüge nahm Jennifer Fox zur Kenntnis, versuchte aber auch, ihren Standpunkt zu vertreten: „Mit Verlaub, anstatt sich zu beschweren, sollten Sie mir lieber dankbar sein, Frau Präsidentin. Wir haben für Sie zwei Schuldige gefasst, und den dritten werden wir auch bald festnehmen. Was hat denn Ihre Garde oder Ihre Polizei bisher rausgefunden?"

Fatima überspielte die Bemerkung und fragte: „Haben Sie denn Beweise dafür, dass Chris Azikiwe hinter dem Anschlag steckt?"

„Oh, mehr als genügend. Er und zwei weitere Männer bilden eine terroristische Vereinigung und kämpfen gegen die freie Welt. Sie versuchen, mit Bomben den Amerikanern und Europäern zu schaden. Sie wollen die Welt destabilisieren."

„Die Welt wird gerade durch die Russen destabilisiert", bemerkte Fatima unbewegt.

„Ja, der russische Angriff auf die Ukraine ist ein brutaler Gamechanger für die Welt. Der europäische Ansatz ‚Wandel durch Handel' ist definitiv gescheitert. Wladimir Putin und die anderen Diktatoren haben seit Jahren ihre Armeen aufgerüstet. Die Europäer haben ihm fleißig Waffen verkauft, selber aber ihre Armeen bis zur Kampfunfähigkeit vernachlässigt. Wir Amerikaner sind die Einzigen, vor denen die Russen und Chinesen noch Respekt haben. Und Ihr Chris unterstützt mit seinen beiden Freunden diese Diktatoren. Sie sind professionelle Saboteure", führte Jennifer Fox aus.

Fatima war sprachlos. Wie konnte diese Frau so etwas behaupten? Hatte sie wirklich Beweise für ihre Behauptungen? Sie würde Chris zu diesen Vorwürfen befragen. Sie musste sich eine eigene Meinung darüber bilden, am besten noch, bevor Ray etwas davon mitbekam. Er wäre außer sich vor Sorge – und von denen hatte er schon mehr als genug.

„Ich möchte Ihnen einen Vorschlag machen", sprach die CIA-Agentin weiter. „Wenn Sie einverstanden sind, wird mein Land Sie im Kampf gegen China und Russland unterstützen. Wir bieten Ihnen an, Sie gegen unsere gemeinsamen Feinde zu schützen. Den Flughafen Berbera würden wir zu unserem Militärflughafen ausbauen und eine Flugzeugstaffel stationieren. Der Hafen könnte von einer Marineeinheit bewacht werden. Selbstverständlich würden wir auch Ihre Armee mit modernsten Raketenabwehrsystemen und Kampfhubschraubern ausrüsten. Somaliland könnte zum Bollwerk gegen den internationalen Terrorismus werden."

„Erkennen die Vereinigten Staaten im Gegenzug für eine derartige Präsenz dann Somaliland als souveränen Staat an?", wollte Fatima wissen.

„Darüber muss dann nachgedacht werden."

„Und nehmen Sie uns auch in die NATO auf? Wir lernen ja gerade in der Ukraine, wie Russland mit einem souveränen Staat umgeht, der nicht unter dem Dach der NATO steht. Die NATO ist doch ein Bündnis von Demokratien gegen Diktaturen auf dieser Welt."

„Auch das kann ich nicht entscheiden. Ich vermute allerdings, dass sich ein Aufnahmeprozess etwas länger hinziehen könnte", meinte Fox ausweichend.

„Das vermute ich auch", sagte Fatima mit geschürzten Lippen. „Wenn wir aber das Solarbeltprojekt von Ray Klein ernst nehmen, wäre eine Aufnahme von Ländern mit Solarkraftanlagen der perfekte Schutz für die Investition in erneuerbare Energien. Europa und Amerika könnten durch den Bau von Solarkraftwerken die Demokratiebestrebungen in den Wüstenstaaten unterstützen, damit sich deren Wirtschaft nachhaltig entwickeln kann. Ein Schutz unter dem Dach der NATO würde alle internationalen Aggressoren abhalten, die solare Infrastruktur zu sabotieren."

„Da gebe ich Ihnen völlig recht", stimmte Jennifer Fox Fatima zu ihrer Überraschung zu. „Aber das ist langfristige Politik. Die wird ganz oben entschieden. Wir stehen vor schwierigen Zeiten. Dreißig Jahre Globalisierung scheinen keinen wirklichen Frieden gebracht zu haben. Die weltweiten wirtschaftlichen Verflechtungen, die zu Frieden zwischen den Völkern führen sollten, wurden von einem Mann herausgefordert. Die Zukunft ist wieder deutlich unsicherer geworden. Alle Länder, die in der UN-Resolution nicht gegen die Ukraineinvasion gestimmt haben, sollten keine Waffen mehr aus dem Westen bekommen."

Die Agentin machte ihren Sorgen Luft, begriff Fatima. Diesen Moment musste sie nutzen. „Wenn Sie sich kurz von Ihren Ideen zu internationalen Terrornetzwerken und islamistischen Attentätern lösen könnten, würde ich Ihnen gerne meine Vermutung zu dem Attentäter erläutern", sprach sie vorsichtig, und Jennifer Fox nickte. „Die offizielle Amtszeit des Präsidenten von Somalia, Ihres lieben Verbündeten Talha Hussein Mohamed, ist seit Februar abgelaufen. Neuwahlen stehen an, und er will diese gewinnen. Wie bei seiner ersten Wahl vor fünf Jahren, kann er nur durch hohe Bestechungsgelder als Präsident wiedergewählt werden. Er gehört nämlich zum Clan der Darod, das ist der Clan des ehemaligen Militärdiktators Siad Barre, der mit amerikanischer Unterstützung Somalia von 1969 bis 1991 brutal regiert hatte und am Ende vom Clan der Hawiye gestürzt wurde. Sein Gegenkandidat gehört genau zum bevölkerungsreichen Clan dieser Hawiye. Da ist viel Geld notwendig."

„Okay, und was hat das mit dem Solarkraftwerk zu tun?", hakte Fox nach.

„Talha Hussein Mohamed ist auf die Idee gekommen, Somaliland habe das Geld für die Verpachtung des Hafens zu Unrecht erhalten, weil der Hafen Berbera genau wie ganz Somaliland ja zu Somalia gehört. Die Unabhängigkeit haben die Darod nie anerkannt. Er will einen Teil des Geldes von mir für seine Wahl."

„Hat er Ihnen das so gesagt, hat er Ihnen gedroht?", fragte die Agentin mit einem wachsamen Blitzen in den Augen. Dann hatte sie Fatimas Worte nicht einfach abgetan.

„Das hat er mir so gesagt, und ich habe ihn zum Teufel geschickt", bestätigte Fatima.

„Und darum wollen Sie in die NATO. Ich verstehe", sagte Fox nachdenklich. „Sie befürchten eine Invasion durch Ihren Nachbarn. Wenn Sie aber in der NATO wären, könnte er Sie nicht angreifen, da Sie ja unter internationalem Schutz stehen würden."

„Genauso ist es. Wenn die Ukraine in der NATO gewesen wäre, hätte Putin sie nicht angreifen können. Die Bundesrepublik Deutschland wurde ja in Zeiten des Kalten Kriegs auch NATO-Mitglied und war so sicher vor den Ostblockarmeen. Ein weiterer Krieg sollte vermieden werden. Abschreckung hilft."

„Ich verstehe", wiederholte Agentin Fox. Sie warf Fatima einen konzentrierten Blick zu und erhob sich mit ausgestreckter Hand. „Ich werde versuchen, was ich kann, aber einfach wird es sicher nicht."

Nachdem sie gegangen war, dachte Fatima über den Vorschlag nach. Eine Anerkennung ihres Landes durch die Vereinten Nationen und amerikanische Sicherheitstruppen würden die Stabilität im Land sicher erhöhen. Die Fehler, die Siad Barre gemacht hatte, würde sie bestimmt nicht wiederholen. Aber sie würden ihre Unabhängigkeit und ihre Freiheit verlieren. Wollte sie das wirklich? Ihr Volk würde die Amerikaner als Eindringlinge sehen, denn sie waren ja Ungläubige. Sicherlich würde es einige geben, die sie bekämpften, was wiederum zu einem Bürgerkrieg führen könnte. Nein, diesen Weg würde sie nicht gehen. Und das Angebot der Chinesen? Nein, auch die Chinesen würden langfristig ebenfalls von den Mitgliedern des stolzen Isaaq-Clans als Eindringlinge angesehen werden. Fatima wollte ihren eigenen Weg einschlagen, und hierfür brauchte sie eine Finanzierung. Geld ohne Gesicht, Geld ohne Einflussnahme.

Wie wäre es denn, wenn sie Waffen von den Amerikanern annehmen und diese in die Ukraine oder in den Jemen verkaufen würde? Mit den Erlösen könnten sie das Solarkraftwerk wieder aufbauen. Aber war das wirklich eine Option? Dann wäre sie nicht besser als die anderen. Fatima seufzte und trat mit verschränkten Armen an das geöffnete Fenster. Morgen würde sie auf jeden Fall Chris im Gefängnis besuchen und sich selbst ein Bild machen.

Kapitel 30

Chris saß in seiner kahlen Zelle und war verzweifelt. Ihm wurde von der verdammten CIA die Planung und Durchführung eines terroristischen Anschlags zur Last gelegt. Und Mord und versuchter Mord. Sie würden ihn hier so lange foltern, bis er gestand oder tot war. Im besten Fall würden sie ihn nach Amerika bringen und ihn lebenslänglich in irgendeinen Knast oder gleich nach Guantánamo stecken. Rufus war tot, Zola würde morgen verstümmelt und dann diesen Major Ali Tur heiraten. Dessen Worte klangen Chris noch in den Ohren. Dabei hatte er doch um Zolas Hand anhalten wollen. Das war noch keine zwei Wochen her. Der Tag der Eröffnung sollte der glücklichste Tag in seinem Leben werden. Aber dieses Leben – konnte es noch schlimmer kommen?

Plötzlich vernahm er ein Krachen, als wenn eine massive Eisentür zugeschlagen wird. Dann hörte er schwere Schritte von Stiefeln auf blankem Beton. Er lief zur Zellentür und sah durch die dicken Eisengitter, wie zwei Soldaten einen großen Mann auf ihren Schultern schleppten. Chris erkannte John Brukner, der sich daran machte, die Zelle aufzuschließen, und Chris wich wieder zurück. Die anderen beiden Männer warfen den übelriechenden und blutenden Körper in die Zelle.

„So sieht ein Mann aus, der zum zweiten Mal verhört wurde", sprach Brukner. „Sieh ihn dir genau an. Du hast noch vierundzwanzig Stunden Zeit. Dann will ich von dir wissen, wo sich Selowane versteckt."

Mit diesen Worten verließ der Agent die Zelle und schloss sie geräuschvoll ab. Während sich die schweren Schritte auf dem Gang entfernten, hustete der Mann auf dem Boden. Er lag auf dem Bauch, und das gurgelnde Geräusch klang besorgniserregend. Chris hockte sich neben ihn und überwand seinen Ekel, nahm den Kopf des Mannes und drehte ihn zur Seite. Er richtete sich tatsächlich leicht auf, hustete erneut und spuckte eine Menge Blut aus. Mit einem tiefen Schnaufen, das ihm in den Lungen rasselte, lehnte er sich gegen Chris.

Der Mann musste so alt wie er sein, dachte Chris nach einem näheren Blick auf ihn. Er hatte nur eine dunkle Hose an. Sein Oberkörper war durchtrainiert und voller Prellungen, die schwarzen Rastalocken hingen ihm über die Schultern. Dann erblickte Chris den rechten Arm, den der Mann sich vor die Brust hielt, und ein Blitz durchfuhr ihn. Nein, das kann nicht wahr sein! Da war dieselbe Narbe wie seine! Chris' Herzschlag und Atmung beschleunigten sich, und ihm entfuhr ein Keuchen. Das musste tatsächlich Simba sein! Er klatschte dem Mann leicht auf die Wangen: „Simba! Simba, komm zu dir!"

Er rührte sich leicht und brummte schwach, zeigte sonst aber keine Reaktion. Also stand Chris auf und holte die Schüssel mit abgestandenem Wasser, die auf dem kleinen Tisch neben dem Waschbecken stand. Mit einem Schwall goss er das Wasser über das Gesicht seines Freundes. Simba fuhr laut prustend hoch, griff sich an die Brust und öffnete die Augen. Es dauerte einige Zeit, doch Chris konnte sehen, wie sich sein Verstand wieder aktivierte und seine Augen ihn schließlich fokussierten. Chris zog den Ärmel zurück und hob seinen Arm, um ihm die Narbe zu demonstrieren. Sofort verzogen sich Simbas Lippen zu einem Lächeln. „Tayo, bist du es? Ich dachte, du wärst tot", waren seine ersten Worte.

„Ich lebe", sagte Chris leise, „und du auch. Ich bin so glücklich, dich zu sehen." In ihm kamen so viele Gefühle auf. Doch Chris besann sich wieder. „Wir leben. Und stehen unter Terrorverdacht. Aber ich bin unschuldig. Was ist mit dir?"

Er wollte den Gedanken, dass sein Kindheitsfreund etwas mit dem Anschlag zu tun hatte, nicht zulassen. Simba antwortete in seiner für Chris sofort wieder so vertrauten unbekümmerten Art: „Ha, gute Frage, nächste Frage. Unschuldig an was?"

„Na, an der Explosion des Solarkraftwerks vor zwölf Tagen", sagte Chris.

„Vor zwölf Tagen war ich in Puntland in meinem kleinen Haus mit meinen zwei Ziegen", kam es brummend von Simba. Dann warf er einen langen, eingehenden Blick auf Chris. „Ich freue mich, dich wiederzusehen, alter Freund. Auch wenn es sich wie ein Fiebertraum anfühlt. Und du echt beschissen aussiehst."

„Danke, gleichfalls", erwiderte Chris.

„Ich habe seit damals immer gekämpft. Ich habe … viele böse Sachen gemacht. Was hast du gemacht, Tayo? Wo warst du seitdem?"

Als Simba seinen Geburtsnamen aussprach, kam es Chris vor, als würde jemand eine dicke Staubschicht von einem Buch pusten. Langsam krochen die Erinnerungen wieder hervor. „Wir sind von der LRA abgehauen und haben uns durchgeschlagen", begann Chris. „Bis wir den Al-Shabaab-Kerlen in die Hände gefallen sind. Sie haben uns in ein Lager in der Nähe von Mogadischu gebracht und wollten Gotteskrieger aus uns machen. Aber wir hatten einen Plan. Bei einem Botengang hattest du einen Kerl entdeckt, der uns helfen sollte, nach Europa zu kommen. Dort würden wir für seine Organisation arbeiten."

„Genau so war der Plan", bestätigte Simba. „Und dann hat mich der Schweinehund zur Al-Shabaab zurückgebracht, und ich wäre von denen fast erschlagen worden."

„Mir hat er erzählt, du wärst abgehauen!", entrüstete sich Chris.

„Und dann sollte ich einen seiner Männer auf der Reise nach Europa begleiten. Der Typ sprach kein Englisch, und ich sollte für ihn dolmetschen. Aber er hat mich behandelt wie ein Tier. Als wir in Deutschland ankamen, bin ich in der Nacht weggelaufen. Die Polizei hat mich aufgegabelt, und ein paar Tage später war ich in einem Heim. Später hat mich ein nettes Ehepaar adoptiert und mir den Namen Chris gegeben. Ich habe studiert. Bis zur Explosion habe ich die Inbetriebnahme des Solarkraftwerks hier in Berbera geleitet."

Simba pfiff anerkennend durch die Zähne und fragte: „Weißt du noch, als wir bei der LRA waren und du mir immer von den Nachrichten im Radio berichtet hast? Die Politiker redeten vom Kampf gegen die Islamisten und von Freiheit."

Chris nickte. „Ja, aber sie ließen uns bei diesen Bastarden im Busch leiden und verrecken. Keiner befreite uns."

„Ihre Reden sind Feigenblätter, hattest du gesagt", erinnerte Simba sich und seinen Freund gleichermaßen. „Feigenblätter, wie Adam eins vor seinem Schwanz getragen hat. Und Eva vor ihrer Muschi. Die Reden sollten nur vertuschen, sie sollten nicht zeigen, dass wir ihnen in Wahrheit scheißegal waren."

„Wir wollten nie wie diese Erwachsenen werden. Wir wollten immer ehrlich sein", erinnerte sich Chris. „Und dann hast du das Messer genommen und als Zeichen dafür ein Feigenblatt in deinen und meinen Unterarm geritzt."

Simba musste grinsen. „Du hast gejammert wie ein Mädchen."

„Ah ja, hat ja auch scheißenweh getan. Aber dann haben wir unsere Unterarme aufeinandergelegt. Wir waren Blutsbrüder."

„Wir sind Blutsbrüder", sagte Simba bestimmt. „Und nun sind wir hier gefangen."

Chris fühlte, wie wieder ein Angstgefühl in ihm aufstieg und ihn wie ein Zug zu überrollen drohte. Seit dem ersten CIA-Verhör hatte es sich erstaunlicherweise nur selten gemeldet. Dafür war Chris zu abgelenkt und zu entschlossen gewesen, die wahren Verantwortlichen zu finden. Aber wahrscheinlich brach es genau deswegen jetzt wieder unkontrolliert über ihn herein. Jennifer Fox hatte ihm seine Tabletten dagelassen. Chris nahm das Döschen und wollte gerade eine Pille einwerfen, als Simba ihn fragte: „Bruder, was machst du da?"

„Das sind Tabletten gegen die Angst. Die nehme ich schon sehr lange", erklärte er zittrig.

Als er sich die Pille in den Mund warf, kroch Simba zu ihm rüber, packte ihn am Arm und schaute ihm tief in die Augen. „Hey, du bist schlauer als alle, die ich kenne. Warst du schon immer. Und stark bist du auch, sonst hättest du es nicht bis nach Europa geschafft und dort studiert. Und du schluckst Pillen? Bruder, du musst an dich glauben. Du schaffst, was du willst. Los, spuck sie aus!"

Chris zögerte. Dann spuckte er die Pille in seine Hand. Simba klopfte ihm auf die Schulter. „Sehr gut! Ich will aus diesem Loch raus. Los, lass dir was einfallen. Dafür brauchst du keine Pillen."

Chris warf die Pille in den Eimer, der in der Ecke vor sich hin stank, und atmete durch. Seine Gedanken mussten sich wieder sortieren, aber er wusste, was sein Ziel war. „Wir finden den Scheißkerl Samuel Selowane, der hinter dem Anschlag steckt. Und werden dann unsere Unschuld beweisen", entschied er grimmig und warf noch eine Pille in den Eimer.

„Oh ja, das klingt gut", freute sich Simba mit von einem Grinsen gebleckten Zähnen.

„Die Deutschen haben eine Ermittlerin ohne Kompetenzen geschickt ... alles so scheinheilig. Immer wieder Feigenblätter", machte Chris seinem Missmut Luft. Eine weitere Tablette landete in hohem Bogen im Eimer.

„Scheiß auf die Ermittlerin", schnaubte sein Freund. „Du hast doch Freunde, in Deutschland, die dir helfen können, oder? Und sonst, denk mal an dein Herz. Gibt es denn keinen Menschen, den du liebst?"

Chris hielt inne, und sein Herz setzte für einen Schlag aus, als ihn die erdrückende Sorge wieder packte. „Zola. Die liebe ich."

„Wer ist Zola?"

„Sie ist das liebste Mädchen auf der Welt." Chris erzählte Simba, dass Zola beschnitten werden und Major Ali Tur heiraten sollte.

„Sie ist das?", rief Simba mit großen Augen. Auf den fragenden Blick seines Freundes erklärte er: „Um an das Geld für die Hochzeit zu kommen, hat mich dieser Bastard Ali an die Amis ausgeliefert! Aber dem machen wir einen Strich durch die Rechnung. Wir werden die Beschneidung verhindern. Und die Hochzeit natürlich auch."

Chris warf wieder eine Pille, die scheppernd im Eimer landete. Simbas Angriffslust war beinahe greifbar. „Die brauche ich nicht mehr", sagte er mit einem Blick auf die Dose, in der nur noch drei Pillen waren. Mit kämpferischer Entschlossenheit holte Chris eine nach der anderen heraus und schwor: „Die jagen mir keine Angst mehr ein. Ich habe damals die Flucht nach Europa geschafft und mir ein Leben aufgebaut. Also schaffen wir jetzt auch die Flucht aus diesem Loch."

„Wir bleiben zusammen", versicherte Simba ihm. „Auch ich will ein neues Leben anfangen. Gemeinsam schaffen wir das!"

Kapitel 31

Sven lag ausgestreckt auf seinem harten Doppelbett und fühlte sich nicht bloß vom Altbier beschwingt und zufrieden. Vor zwölf Tagen hatte es so richtig gerumst. Er wäre so gerne dabei gewesen, denn er hatte harte acht Monate darauf hingearbeitet. Aber es gab einen Wermutstropfen: Putin hatte ihm die Show gestohlen. Sven hatte damit gerechnet, dass die Medien über seinen großen Coup berichten würden, aber am selben Tag musste dieser Mistkerl die beiden ukrainischen Provinzen als selbstständige Republiken anerkennen. Seine Heldentat gegen die Islamisten war in der Presse unerwähnt geblieben. Noch nicht einmal Eva hatte sich bei ihm gemeldet. Die kluge, sexy Eva ...

Svens Mobiltelefon riss ihn aus seinen Gedanken. Na, das war ja mal ein Zufall!

„Eugen, hier spricht Eva", erklang ihre Stimme am anderen Ende. „Wie geht es dir?"

„Gut, sehr gut! Und dir? Ich habe unsere Sache vorangebracht!", prahlte Sven.

„Welche Sache?", erwiderte sie in einem fragenden Tonfall. Doch ehe er darauf antworten konnte, redete sie weiter: „Ich habe dir doch mal von einer Finanzierung eines Solarfonds in Afrika erzählt. Hast du es etwa irgendjemandem weitererzählt?"

„Erzählt?" Sven lachte betont ungläubig auf. Oh, wie gerne er ihr davon erzählen würde. Wie sehr ihm die Zunge prickelte, ihr zu offenbaren, dass er für den großen Rums mit dem Bums verantwortlich war! Doch er wusste, dass Telefone immer abgehört werden konnten, und er würde nie pikante Informationen auf diesem Weg austauschen. Außerdem hätte es einen viel dramatischeren Effekt, wenn er es ihr persönlich erzählte. Sven stellte sich vor, wie Evas blaue Augen funkeln und sie ihn als Helden feiern würde. Damit würde sie ihm unwiderstehlich verfallen. Die Vorstellung brachte sein Blut in Wallung. Und bot einen Trost, dass er sich mit seinen grandiosen Nachrichten zurückhalten musste. Also sagte er stattdessen: „Nein,

Süße. Du weißt doch, du kannst mir vertrauen. Ich erzähle nie jemandem etwas von unseren Gesprächen. Oder von dem, was wir sonst so miteinander anstellen …"

Am anderen Ende der Leitung atmete Eva geräuschvoll ein und aus. Sven grinste, weil er ganz genau wusste, was ihr in diesem Moment durch den Kopf ging. Dann sagte sie: „Okay, Eugen. Ich bin nächstes Wochenende wieder in Düsseldorf. Wir treffen uns da, wo wir uns letztes Mal gesehen haben. Derselbe Tag, dieselbe Uhrzeit." Sie legte, ohne eine Antwort von ihm abzuwarten, auf.

Sven hätte ihr so gern mehr von seiner Tat erzählt! Aber schon nächste Woche würde er sie wiedertreffen. Sie würde ihn feiern und mit ihm im Bett alles machen, was ihm zustand. Nächste Woche wäre die Sache auch abgeschlossen. Sie hatte doch gesagt: „Nimm ihnen das Geld weg und schalte die führenden Köpfe aus, dann bricht das ganze System zusammen." Das Geld war weg, aber leider hatte sich der führende Kopf irgendwie retten können. Aber Sven wusste, wo er war. Er lag halb verbrannt in diesem Krankenhaus. Eine englische Internetseite hatte über den Anschlag berichtet und Bilder vom Edna Adan Maternity Hospital gezeigt, als ein Scheich mit seinem Hubschrauber dort gelandet war. Sowas war den geldgeilen Sendern natürlich eine Meldung wert. Ich werde nicht mehr tatenlos zusehen, wie diese Islamisten unser Land zerstören. Mein Kampf hat begonnen. Prinz Eugen ist wiedergeboren!

Nächste Woche würde er Eva alles erzählen, vom ursprünglichen Plan und auch vom zweiten Anschlag, den er vor sechs Tagen in Auftrag gegeben hatte. Ein kurzer Chat mit seinem Freund auf seinem TikTok-Account hatte genügt: „Letzte Woche hatte ein Freund von mir einen Unfall und liegt nun schwer verletzt im Krankenhaus. Kannst du ihm bitte einen Blumenstraß von mir vorbeibringen?"

Sein Freund Sam2022 hatte kurze Zeit später geantwortet: „Kein Problem, der Blumenstrauß wird genauso schön wie der letzte. Er wird auch genauso viel kosten. Ich kann ihn aber frühestens nächsten Montag vorbeibringen. Okay?"

Sven hatte dann bestätigt und versprochen, dass er die Blumen wie beim letzten Mal pünktlich bezahlen werde. Nach diesem Chat war er sich sicher gewesen, seine Mission nun beenden zu können. Er musste nur noch die Bezahlung in Auftrag geben. Dafür war er abermals zu Ahmad Ghalib, dem als Restaurantbesitzer getarnten Geldhändler, gegangen. Sven hatte sich seinen Triumph schwer verkneifen müssen und innerlich darüber gelacht, dass der alte Kameltreiber ihn so ahnungslos wie einen guten Kunden behandelte. Wie gut es doch tat, das Schleppernetzwerk völlig unbemerkt zu Fall zu bringen!

Kapitel 32 – Montag, 7. März 2022

Die Nacht in der verdreckten Zelle war ruhig gewesen. Zumindest für Simba, der wie ein unschuldiges Kind tief und fest geschlafen hatte. Chris' Nacht war hingegen weniger friedlich verlaufen, denn er war einige Male aufgewacht. Er musste Zola retten, und zwar heute noch. Die Zeit rann ihm mit jedem Moment, den er in diesem elenden Kellerloch verbrachte, wie Sand durch die Finger. Er hörte inmitten der völligen Stille, wie die Minuten ihn verhöhnten. Wie ihn diese innere Uhr verspottete und jedes Mal, wenn er kurz wegnickte und wieder aufwachte, sofort wieder laut tickend in seinem Kopf pochte. Was mit Zola geschehen würde, wenn er es nicht schaffte, sie rechtzeitig zu retten ... Nein, er weigerte sich, diesen Gedanken zuzulassen!

Doch Zola zu retten, war nicht die einzige schier unlösbare Aufgabe, die ihm bevorstand. Denn nachdem Zola in Sicherheit war, musste Chris diesen Selowane finden und ihn zu einem Geständnis bringen. Wie um alles in der Welt sollte er das schaffen? Er musste raus aus diesem Drecksloch in diesem von Gott und der Welt vergessenen Fleck der Erde. Er und Simba mussten hier raus, doch wie? Sie waren nur zu zweit. Aber die Wachen waren korrupte, verschlafene Gestalten, da musste sich eine Lösung finden. Während sich die Gedanken und Ideen in seinem Kopf überschlugen, wurde es endlich hell und die spottende Uhr in Chris' Kopf gab endlich Ruhe. Er kroch zu Simba rüber und rüttelte an seiner Schulter: „Simba! Simba, bist du wach?"

Sein Zellengenosse riss die Augen auf und war sofort ganz bei Verstand. „Ich weiß, wie wir hier rauskommen. Ich tue so, als ob ich dich erwürge. Und du schreist um Hilfe." Mit einer schnellen Bewegung hockte Simba plötzlich hinter Chris und sein kräftiger Oberarm lag um Chris' Hals.

Allein schon vor Überraschung ob der Schnelligkeit seines alten Freundes schrie Chris wie auf Knopfdruck: „Hilfe, Wache, HILFE!" Aber die Wache kam nicht, und auch sonst war nirgendwo auch nur das kleinste Geräusch zu hören.

„Dieser Ali, er kennt seine Männer", schlussfolgerte Simba, nachdem er durch die Eisengitter der Zelle einen Blick in den Vorraum geworfen und die schwere Eisentür am Ende des Ganges erspäht hatte. „Hier unten wird uns niemand hören, und selbst wenn, haben sie mit Sicherheit Anweisung erhalten, den Keller nicht unerlaubt zu betreten. Wir brauchen noch etwas Geduld."

Chris musste seine gesamte Willenskraft aufbringen, um nicht vor Sorge um Zola den Verstand zu verlieren. In jeder einzelnen Minute, die er hier untätig festhing, kam der unaussprechliche Horror, der ihr blühte, immer näher auf sie zu. Wie es ihr wohl gerade ging? Wenn er schon völlig krank vor Sorge und voller Wut wegen seiner Untätigkeit und Ohnmacht war, was für eine Angst machte sie wohl erst durch? Allein die Vorstellung an das Grauen, das sich hinter der Fassade des Krankenhauses abspielte, ließ Chris' Magen revoltieren.

Er konnte nicht stillsitzen und lief wie ein Tier im Käfig in der Zelle auf und ab. Sein Freund saß mit dem Rücken an die Wand gelehnt und hatte die Augen geschlossen. Irgendwann versuchte Chris, es ihm gleichzutun, doch das Karussell in seinem Kopf drehte sich unaufhörlich weiter und ließ ihn nicht stillsitzen. Nachdem Simba ihm irgendwann freundschaftlich in die Schulter boxte, atmete er tief durch und versuchte, sich zur Ruhe zu zwingen. Es gab nichts, was er jetzt tun konnte. Und es wäre fatal, seine Energie jetzt zu verballern, wenn sie ihm im alles entscheidenden Moment später fehlte. Also stützte er den Kopf in die Hände und zählte von hundert runter. Immer und immer wieder, während er gleichzeitig versuchte, seine Atmung unter Kontrolle zu bekommen.

Nach einer gefühlten Ewigkeit rasselte das Schloss, und die beiden jungen Männer hörten wieder das dumpfe Geräusch schwerer Stiefel auf Betonboden. Sie sprangen auf und schielten, eng aneinandergedrückt, durch die Gitterstäbe hindurch. So erkannten sie, wie vier Gardesoldaten eine in edlen Schleiern verhüllte Frau geradewegs auf ihre Zelle zu eskortierten. „Öffnet die Tür."

Chris erkannte die Frauenstimme und wilde Hoffnung flammte in ihm auf. Er und Simba traten zur Seite, während einer der Soldaten die Zelle aufschloss. Dann betraten zwei seiner Kollegen die Zelle und richteten ihre Gewehre auf Chris und Simba: „Nehmt die Hände über den Kopf und stellt euch in die hintere Ecke", befahl einer von ihnen. „Wir werden euch bei der kleinsten Bewegung erschießen."

Sie taten wie geheißen, und erst jetzt betrat die Frau die Zelle. Noch bevor sie den Schleier vom Gesicht nahm, hatte Chris die dunklen Augen von Fatima erkannt. Als sie ihn dann ansah, trat ein Strahlen in ihren Blick. „Du lebst, Chris! Die CIA ist so hinterhältig. Du genießt meinen Schutz, und sie haben dich aus dem Palast geradezu entführen lassen." Da realisierte sie, dass Chris nicht der einzige Gefangene in der Zelle war. Stirnrunzelnd fragte sie: „Wer ist denn der Kerl neben dir? Dem haben sie aber schrecklich zugesetzt."

„Fatima, das ist ein alter, sehr alter Freund von mir, Simba Ongwen. Er wird auch unschuldig verdächtigt. Sie wollen mich heute genauso zurichten wie ihn. Ich soll etwas gestehen, was ich gar nicht getan habe. Die CIA verhört uns hier völlig zu Unrecht!" Aus Chris sprudelte es geradezu heraus.

„Die CIA hat Beweise, dass du und zwei Weitere zu einer extrem gefährlichen Terroristengruppe gehört. Chris, ist das wahr?" Ihm entging nicht der wachsame Unterton in Fatimas Stimme.

„Nein, alles Bullshit! Dieser Selowane hat den Anschlag verübt, und wir wissen nicht, was dahintersteckt. Holst du uns hier raus?"

Sie reagierte zunächst nicht, sondern bedachte ihn mit einem intensiven, besonnenen Blick. Als sie schließlich sprach, spürte Chris erst, wie angespannt seine Schultern waren. „Ich glaube dir. Aber ich kann dich hier nicht rausholen. Draußen stehen noch zwei schwer bewaffnete CIA-Agenten, und die Wachen haben den Befehl, bei einem Fluchtversuch sofort zu schießen."

Nein, es musste eine Möglichkeit geben! „Aber Zola soll heute verstümmelt werden. Wir müssen ihr helfen!"

„Was, wieso verstümmelt?", erschrak Fatima.

„Dein Neffe will sie zur Frau – und er will sie als ‚reine' Frau", sagte Chris.

„Nein, das darf nicht sein ..." Fatimas Stimme war zu einem Flüstern geworden. Sie schloss die Augen und fuhr sich mit der Hand über das schmale Gesicht.

Doch Chris gab ihr nicht den Luxus einer Denkpause. „Wir müssen zum Edna Adan Maternity Hospital, und du bist die Einzige, die uns hier rausholen kann, Fatima. Es gibt leider nur eine Möglichkeit."

Seine Worte waren klar. Das Begreifen stand deutlich in Fatimas Augen, als sie wieder zu ihm blickte. Auch Simba hatte sofort verstanden, was Chris vorhatte. Sein Freund rührte sich leicht, und Chris spürte, wie sich dessen Wachsamkeit zu Bereitschaft wandelte.

„Es tut mir leid, aber es muss sein", flüsterte Chris der Präsidentin zu. Sein Plan könnte klappen, wenn Simba mitspielte. Er blickte zu seinem Freund, der kaum merklich nickte. Auch ihm war klar, dass Fatima ihre große Chance war.

Chris nahm die Arme runter und sprang auf Fatima zu. Mit der linken Hand packte er sie bei der Schulter, drehte sie mit dem Rücken zu sich und legte ihr den rechten Arm um den Hals. So stand sie nun genau zwischen ihm und den Gewehrschützen. Sie keuchte auf, und ihre schlanken Finger umklammerten seinen Arm. Für die Wachen kam dieser Angriff überraschend, und sie richteten ihre Gewehre mechanisch auf Fatima. Im selben Moment sprang Simba auf den Soldaten, der vor ihm stand, riss ihm das Gewehr aus der Hand und schlug mit dem Kolben den anderen Soldaten mit einem Schlag bewusstlos. Die beiden Soldaten außerhalb der Zelle richteten ihre Gewehre auf Simba, doch dieser sprang hinter Fatima und Chris und hielt der Präsidentin die Gewehrmündung an den Hinterkopf. Chris rief: „Lasst euere Gewehre fallen und legt sie auf den Boden! Sofort, sonst ist eure Präsidentin tot!"

Die Soldaten zögerten, gehorchten dann aber doch und legten langsam ihre Gewehre auf dem Boden ab.

„Eure Pistolen auch." Die Anweisung kam von Simba, und zwar in einem Ton, der Chris das Blut in den Adern hätte gefrieren lassen, wenn es in diesem Moment nicht schon so in Wallung gewesen wäre. Zum Glück dachte Simba mit, denn Chris erblickte die Handfeuerwaffen erst, als die Männer sie aus den Halftern zogen und zu den Gewehren legten.

„Sehr gut, und jetzt die Hände hinter den Kopf!", befahl Chris.

Sie taten wie geheißen. Dem Mann, dem er das Gewehr abgenommen hatte, signalisierte Simba mit einer barschen Kopfbewegung, ebenfalls seine Pistole abzulegen. Der Mann legte die Waffe vor sich hin und nahm beim Aufrichten die Hände hinter den Kopf. Während Simba ihn sehr genau im Auge behielt, setzte Chris sich mit Fatima in Richtung Zellenausgang in Bewegung. Auf Höhe der Pistole angekommen, ging er in die Hocke und griff nach der Waffe. Dabei ließ er den Arm um Fatimas Hals nicht locker, sodass sie sich mit ihm herunterbeugen musste. Ihr Gewicht sackte gegen Chris, und sie verstärkte den Griff um seinen Arm. Simba ließ das Gewehr weiter auf ihren Kopf gerichtet.

Zu dritt verließen sie die Zelle. Draußen angekommen, bedeutete Simba mit seinem Gewehr den anderen beiden Männern, in die Zelle zu treten. „Rein mit euch!" Sein Ton duldete keine Widerworte, und die Männer gehorchten. Kaum waren sie in der Zelle, schloss Simba sie darin ein, und Chris ließ Fatima los. „Das war aber eine feine Aktion", lobte Simba und klopfte seinem alten Freund anerkennend auf die Schulter. „Jetzt müssen wir nur noch hier rauskommen."

„Nehmt mich als Geisel", schlug Fatima im Flüsterton vor. Sie rieb sich den Hals und zitterte am ganzen Körper. Die Gewissensbisse, die er die ganze Zeit hatte unterdrücken können, wallten bei ihrem Anblick sofort in Chris auf. Gerade als er zu einer Entschuldigung für seine Grobheit ansetzte, reckte Fatima das Kinn. Aus ihren Augen fuhr Chris pure Entschlossenheit entgegen, und ihre Stimme war mit einem Mal wieder ganz Präsidentin: „Mein Escalade steht direkt auf dem Hof. Alis Leute und die CIA-Agenten werden es nicht wagen, auf die Präsidentin des Landes zu schießen."

Chris nickte. Die drei tauschten kurze Blicke aus, und Fatima holte tief Luft, als sie sich mit dem Gesicht in Richtung Ausgang wandte. Chris legte ihr wieder den Arm um den Hals, sein Bauch drückte sich fest an ihren Rücken, und er hielt ihr die Pistole an die Schläfe. Vorhin waren ihm noch nicht so viele unangenehme Gedanken durch den Kopf gegangen, da hatte er ganz im Affekt gehandelt. Jetzt war es vorsätzlich. Ehe Chris die Gelegenheit bekam, sich in seinem Kopf zu verrennen, raunte Fatima ihm zu: „Na geh schon, los!"

Sie setzten sich in Bewegung, dicht gefolgt von Simba mit dem Gewehr im Anschlag. Als Fatima mit der flachen Hand auf die Tür schlug, war von draußen das Scharren von Stiefeln zu hören. Ein Wärter öffnete die Tür, und seine Augen weiteten sich augenblicklich.

„Aus dem Weg, sonst schieße ich eurer Präsidentin in den Kopf!", brüllte Chris sofort.

Die CIA-Agenten sprangen von ihren Posten auf, es erklangen aufgeregte Rufe. Simba kam hinter Chris hervor und schleuderte den Mann an der Tür zu Boden. Dem Agenten, der auf sie zugerannt kam, schmetterte er wieder den Gewehrkolben gegen den Kopf, sodass der Mann reglos am Boden liegen blieb. Das wirkte auf seinen Kollegen abschreckend genug, dass er sich dem Trio nicht weiter näherte. „Macht uns den Weg frei!", dröhnte Simba in Richtung der herbeilaufenden Wachen, die aus dem Weg sprangen, als er das Gewehr entsicherte.

Chris folgte ihm mit Fatima auf dem Fuß und blickte sich dabei immer wieder um. Der Agent folgte ihnen in respektablem Abstand, griff aber nicht weiter ein. Sie nahmen eine Treppe und gelangten in eine Halle, in der es vor Wachen nur so wimmelte. Es brach ein Tumult aus, Stimmen gellten wirr durcheinander. Mit einem Mal ließ Simba einen Schuss in die Decke ab. Fatima schrie, und auch Chris zuckte zusammen. Bis auf Simbas unheilvolles Brüllen war die Halle mit einem Mal in Schweigen gehüllt: „Wenn ihr nicht wollt, dass eurer Präsidentin das Hirn weggepustet wird, lasst ihr uns sofort hier raus!"

„Macht, was er sagt!", ertönte Fatimas zitternde Stimme. Natürlich war klar gewesen, dass sie nicht einfach aus dem Gefängnis herausspazieren konnten. Dass er nun auch Fatima da reingezogen hatte und sie die Flucht mit ihm und Simba durchmachen musste, lastete schwer auf ihm.

Jetzt hatte er aber keine Zeit, darüber nachzudenken. Sie mussten hier so schnell wie möglich raus. Simba marschierte los. Chris eilte mit Fatima hinterher. Ein Wärter öffnete ihnen die Eingangstüren, und sie traten in den Gefängnishof. Chris musste die Augen zusammenkneifen, als er nach zwei Tagen im Keller zum ersten Mal wieder die gleißende Sonne Somalilands sah.

Wie Fatima gesagt hatte, stand ihr riesiger, weißer SUV vor dem Gebäude. Simba riss die Fahrertür auf und warf den Chauffeur mühelos aus dem Fahrzeug. Während er sich ans Steuer setzte, öffnete Chris eine der hinteren Türen und schob Fatima hinein. Kaum war er in den Wagen gestiegen und schlug die Tür hinter sich zu, ließ Simba den Motor aufheulen und fuhr in halsbrecherischem Tempo los. Die Wachen an den Gefängnistoren mussten Anweisungen erhalten haben, denn Chris sah schon von Weitem, wie die beiden massiven Tore geöffnet wurden. Der Cadillac verließ mit quietschenden Rädern den Gefängnishof.

„Oh Mann, wir haben es geschafft!", keuchte Chris. Ihm war schwindelig, sein Kopf dröhnte und er merkte erst jetzt, dass sein Shirt an ihm klebte. Sie waren wirklich draußen!

„Freu dich nicht zu früh", warnte Simba und deutete auf den Rückspiegel.

Chris blickte sich um und sah drei Militärjeeps hinter ihnen. „Scheiße!", fluchte er.

„Konzentrier dich, Mann! Dass sie uns verfolgen würden, war klar. Denk nicht dran, mir fällt dazu etwas ein. Jetzt müssen wir deine Freundin retten!"

Zola. Ihr Name hallte durch Chris' gesamtes Bewusstsein. Simba hatte recht: Sie war jetzt alles, was zählte. Sein Herz krampfte sich zusammen und begann wieder, wie wild zu trommeln. Wenn sie es nicht mehr rechtzeitig schafften …

Da ergriff Fatima fest seine Hand. Chris schaute in ihr grimmiges Gesicht. Der Ausdruck in ihren Augen brannte sich ihm förmlich ins Gehirn, als sie mit einer Stimme, die vor Entschiedenheit vibrierte und so fest war, wie ihr Händedruck, sprach: „Wir werden Zola retten."

Chris schluckte, und er drückte Fatimas Hand. Ihre dunklen Augen schwenkten nach vorn, und sie dirigierte Simba durch den dichten Verkehr von Hargeisa. Hupend rasten sie immer weiter in Richtung Süden, in Richtung Edna Adan Maternity Hospital. Immer näher in Richtung Zola.

Kapitel 33

Zola saß in dem modern ausgestatteten Patientenzimmer mit dem Rücken an die Wand gelehnt auf dem Boden. Die Panik schnürte ihr die Kehle zu, ihre Brust fühlte sich an, als wäre sie in einer schweren, viel zu engen Rüstung eingequetscht. Das ganze Wochenende war sie hier eingesperrt, allein mit ihren Gedanken. Die einzigen Menschen, die sie zu Gesicht bekommen hatte, waren die Wachen vor ihrem Zimmer und Schwestern, die ihr nur schnell das Essen in den Raum schoben und dann sofort auf dem Absatz wieder kehrtmachten, ehe die Tür wieder verriegelt wurde. Am ersten Tag hatte sie noch geschrien, bis ihr die Stimme versagte und ihre Kehle sich anfühlte, als würde sie von innen reißen. Doch sie musste schnell begreifen, dass niemand ihr helfen würde.

Wie konnte ihre eigene Familie ihr das nur antun? Wie konnten ihre Tante und ihr Onkel nur so grausam sein? Ja, sie war nun mal nicht in Deutschland. Sie war umgeben von der Kultur und den Traditionen, gegen die sie sich schon ihr ganzes Leben lang aufbäumte. Sie wusste, dass in ihrem Heimatland alles anders lief und die Frauen eine unterlegene Position in der Gesellschaft hatten. Aber es war eine Sache, theoretisch davon zu wissen, und eine andere, davon direkt betroffen zu sein. Sie fühlte sich wie in einem Albtraum.

Dass ihre Eltern sie so auslieferten, brach ihr das Herz mehr als alles andere. Onkel Ibrahim war zwar das Familienoberhaupt, aber auch er konnte doch keine Entscheidungen treffen, die das Leben der Tochter seines Bruders betrafen. Das war nach wie vor Ahmads Entscheidung, und selbst im krassesten Fall hatte er mindestens ein Mitspracherecht. Und ihre Eltern hatten sich gegen die Beschneidung ausgesprochen, also konnten sie doch unmöglich wollen, dass man ihr das jetzt antat ..., oder?

So viel wie in den letzten Tagen hatte Zola noch nie geweint. Was sollte sie bloß tun? Sie konnte sich nicht wehren, nicht mal mit jemandem sprechen. Unaufhörlich hatte sie darum gebeten, dass sie mit ihrer Familie reden dürfte, aber all ihre Bitten und ihr Flehen wurden unkommentiert ignoriert. Irgendwann hatte sie den Fernseher eingeschaltet und auf einem willkürlichen Programm laufen lassen, einfach nur, um nicht von kompletter Stille umgeben zu sein. Leider übertönte die frenetische Achterbahn in ihrem Kopf jedes andere Geräusch, sodass Zola vor Angst und Verzweiflung den Verstand verlor.

Tagelang hatte sie sich den Kopf darüber zerbrochen, ob es einen Ausweg gab. Sie hatte mehr als genug Zeit, sich in den kunterbuntesten Farben und allen Details auszumalen, was man mit ihr machen und wie sie für den Rest ihres Lebens verstümmelt sein würde. Beim Gedanken an die Geburt von Ifras Tochter wurde sie von der Erinnerung an die grausame Operation überflutet. Die Bilder hatten sich ihr für immer ins Gedächtnis gebrannt. Sie wollte nicht, dass ihr dasselbe passierte!

Als Zola am Morgen von den ersten Sonnenstrahlen geweckt worden war, dachte sie als Erstes etwas Unaussprechliches. Sie wollte nicht beschnitten werden. Sie wollte nicht daran denken, wie ihr Leben danach aussehen würde. Nichts wäre jemals wie vorher. Und so ein Leben würde sie nicht führen, auf keinen Fall, und schon gar nicht als Frau von diesem ekelhaften Major Ali Tur. Nachdem sie tagelang nur aus Emotionen bestanden hatte, wurde Zolas Verstand in diesem Moment einfach nur ruhig. Nüchtern und logisch ermittelte ihr Kopf, dass es einen ganz simplen Weg gab, ihrem Schicksal zu entkommen.

Ein Blick auf das Tablett vom Abendessen schloss eine Möglichkeit direkt aus: Das Messer war zu stumpf, als dass es für dieses Vorhaben einen Nutzen gehabt hätte. Im Bad fanden sich auch keine geeigneten Utensilien, und die Handvoll Kleiderbügel waren mit der Garderobenstange im Schrank fest verschraubt. Zola strich mit den Händen über ihre Kleidung und untersuchte das Zimmer im Hinblick auf Konstruktionen, die hoch genug wären, ohne fündig zu werden. Zugang zu Medikamenten oder anderen Substanzen hatte sie nicht, und die wenigen Körperpflegeprodukte würden dafür auch nichts nützen.

Zola verbrachte eine ganze Weile in diesem rational-analytischen Tunnel. Dann, als hätte jemand sie gekniffen, realisierte sie schlagartig, worum sich ihre Gedanken da drehten. Mit einem zeternden Schrei sackte sie mit dem Rücken gegen die Wand und ließ sich zu Boden gleiten. Es war ausweglos! Zolas Finger gruben sich ihr in die Haare, ihr Kopf lag auf den Knien ihrer angezogenen Beine. Sie wollte doch nicht sterben, wie hatte sie da überhaupt ernsthaft drüber nachdenken können! Aber die Beschneidung kam im Grunde einem Todesurteil gleich, denn ihr Leben wäre danach grausamer, als es der schlimmste Tod jemals sein könnte. Sie weinte unkontrolliert, hatte das Gefühl, an ihrer eigenen Atmung ersticken zu müssen. Sie war allein, niemand würde ihr helfen, es gab niemanden, dem sie vertrauen könnte oder der sie retten würde.

Inmitten ihrer übermächtigen Angst hörte Zola nicht, wie die Tür von ihrem Zimmer aufging. Plötzlich wurde sie an den Armen gepackt und grob hochgezogen. Sie schrie und begann, wild um sich zu schlagen, doch ihr wurden die Arme auf den Rücken gedreht. „Lasst mich los! Lasst mich gehen, lasst mich zu meiner Familie!"

Zolas schrilles Kreischen ließ die drei Frauen hinter ihr völlig unbeeindruckt. Die Schwestern, die mit einem OP-Bett ins Zimmer kamen, machten sich unbeirrt an die Arbeit. Auf Zolas verzweifeltes Geheul und inständiges Flehen reagierten sie nur mit mitleidsvollen Blicken. „Wovor hast du denn solche Angst? Mach dir keine Sorgen, wenn du erst mal wieder wach bist, wirst du merken, wie all das Leid von dir abfallen wird. Sobald du zu einer ‚reinen' Frau geworden bist, wird es keine Qualen und Kummer mehr geben. Du wirst deinen Frieden finden", redete eine der Schwestern auf sie ein, während die beiden anderen Zola zum Bett schoben.

Egal wie sie sich aufbäumte und versuchte entgegenzustemmen, die drei waren viel stärker als sie. Sie hoben sie auf das Bett, und während zwei sie niederdrückten, fixierte die dritte Schwester erst Zolas Beine und danach ihre Arme mit Gurten am Bett. Nachdem auch um ihre Taille ein Gurt festgezurrt war, konnte sie sich gar nicht mehr bewegen. „Ihr Monster! Ich will nicht beschnitten werden! Bindet mich los!"

„Es ist doch ganz normal, Kind. Allah will es so", sprach eine andere, ältere Schwester mit einer beruhigenden Stimme.

Plötzlich spürte Zola, wie ihr etwas in die Ellenbogengrube gestochen wurde. „Nein! Hört auf! Lasst mich los!"

„Es ist alles gut, du musst keine Angst haben. Bald ist es schon vorbei und du wirst als ‚reine' Frau aufwachen."

Noch während Zola schrie und weinte und den Kopf hin- und herwarf, setzte sich ihre Eskorte in Bewegung und sie wurde aus dem Zimmer gerollt. Ihr Kopf begann, sich schwer anzufühlen, und ihre sich bis eben noch überschlagenden Gedanken wurden von Trägheit erfasst. Zola sah benommen dabei zu, wie die Lampen an ihr vorbeizogen.

„Siehst du, es ist alles gut. Hab keine Angst. Allah will es so."

Simba fuhr wie vom Teufel besessen über den Waheen Highway. Es grenzte an ein Wunder, dass er niemanden überfahren hatte.

„Jetzt rechts, wir sind fast da!", wies Fatima ihn bei einem Kreisverkehr an.

Simba riss das Lenkrad herum und bog mit quietschenden Reifen ab. In jedem anderen Fahrzeug wären sie bei dieser Fahrweise schon in der nächsten Hauswand gelandet, aber der Escalade fuhr wie ein Panzerwagen. Die Militärjeeps waren ihm allerdings nicht unterlegen, denn als Chris sich in der Kurve umblickte, konnte er sie noch in Sichtweite ausmachen.

„Wir regeln das, ich bin nach wie vor eure Geisel", hörte er Fatima sagen, deren Augen auf die Straße vor ihnen geheftet waren. „Du befreist Zola. Da vorne ist die Einfahrt zum Krankenhaus!"

Während Simba durch die Einfahrt bretterte und auf das Hauptportal zusteuerte, öffnete Chris schon die Tür. Noch bevor der Wagen vor dem Eingang zum Stehen gekommen war, sprang er heraus und stürmte die Treppe hoch ins Krankenhaus. Simba sprang über den Fahrersitz in den Fond und setzte sich neben Fatima, die schon die Tür hinter Chris geschlossen und das verdunkelte Seitenfenster auf ihrer Seite heruntergelassen hatte. Er hielt ihr das Gewehr an die Schläfe. „Nichts für ungut, Präsidentin."

Als die drei Militärjeeps auf den Platz vorfuhren und den Straßenstaub aufwirbelten, drückte Simba Fatima nach vorne, sodass sie gegen die Tür gequetscht war, und ihren Kopf mit dem Gewehr gegen das Kopfteil vom Sitz. Die Türen der Jeeps flogen gleichzeitig auf, und bewaffnete Soldaten strömten heraus. Durch ihre gellenden Befehle hindurch brüllte Simba: „Wenn auch nur einer von euch noch näher kommt, ist eure Präsidentin tot!"

Fatima schrie und klammerte sich dabei an den Scheibenrahmen: „Bleibt, wo ihr seid! Er meint das ernst!"

Unterdessen rannte Chris durch den Eingangsbereich und musste sich schnell orientieren. Wo sind die OP-Säle? Von Zolas Beschreibung wusste er, dass im Erdgeschoss operiert wurde. Er hielt die Pistole vor sich und rief: „Dr. Abdullah? Wo operiert Dr. Abdullah?"

Einige Patientinnen und Mitarbeiterinnen schrien. Eine furchtlose Schwester kam hinter dem Tresen hervor und winkte ihm zu. Er folgte ihr einen Gang entlang, wo sie eine Klapptüre aufschwang. Der Geruch von Desinfektionsmittel und Linoleum stieg Chris in die Nase, und als die Schwester die zweite Tür aufdrückte, standen sie im OP-Bereich. Es war ein blau gekachelter Flur, von dem zu den Seiten mehrere Türen abzweigten.

„Zola! Zola wo bist du?", hallte Chris' Stimme durch den OP.

Die Schwester deutete auf einen der hinteren Säle, und Chris schoss dorthin. Er trat die Schwingtür auf und stürmte rein. Das Bild, das sich ihm bot, ließ ihn erstarren. Um die OP-Liege herum standen drei Schwestern und ein Mann in OP-Kleidung und mit Maske. Eine der Schwestern half dem Mann gerade dabei, die Handschuhe anzuziehen, und eine andere zog eine Spritze auf. Die dritte hatte eine Sauerstoffmaske in der Hand, die sie Zola in diesem Moment hatte anlegen wollen, doch als sie Chris sah, machte sie schreiend einen Satz nach hinten.

„Was machen Sie hier?", hörte Chris den Mann entrüstet fragen.

Doch er ignorierte ihn, weil sein Blick in diesem Moment nur auf Zola fiel. Sie war am Bett mit mehreren Gurten festgeschnallt und lag schon unter der gleißenden OP-Lampe.

„Stopp, legt die Spritze weg! Macht sie los!", rief Chris. Zur Untermalung seiner Forderung hob er die Pistole und richtete sie auf die Schwester mit der Spritze. In den Augen der Frau stand Panik, doch sie reagierte nicht. Erst als er einen Schritt mit der erhobenen Pistole auf sie zuging, warf sie die Spritze mit der Ampulle auf den Beistelltisch und ging ihm schnell aus dem Weg. Der Mann war indes beschwichtigend auf Chris zugetreten, also schwenkte er die Pistole mit einem Ruck zu ihm, sodass der Mann wieder stehenblieb.

„Mach sie los!" Chris' Stimme bebte vor Wut. Allein der Gedanke daran, dass er nicht eine Minute später hätte hier sein dürfen, brachte seine Hände zum Zittern.

Der Mann öffnete schließlich die Gurte um Zolas Beine und Arme. Die drei Frauen hatten sich an die Wand hinter dem Kopfende der OP-Liege gestellt und klammerten sich ängstlich aneinander. Chris ging zur Liege und realisierte erst in diesem Moment, dass Zola noch bei Bewusstsein war. „Oh mein Gott, Zola! Hörst du mich?"

„Chris?", hörte er die Stimme, die er schon so lange vermisst hatte und die jetzt schwach und kraftlos klang.

„Ich bin es, ich hole dich jetzt hier raus!"

Nachdem der Mann auch den Gurt um Zolas Taille gelöst hatte, bedeutete Chris ihm mit der Pistole, sich zu den Frauen an die Wand zu stellen. Dann hob er Zola mit einem Ruck hoch und rannte mit ihr auf den Armen hinaus. Er rannte so schnell, wie ihn seine Beine trugen, und blickte sich nicht mehr um. Er drückte Zola eng an sich. Jetzt, wo er sie endlich wiederhatte, würde er sie um keinen Preis dieser Welt mehr loslassen.

Schon waren sie wieder im Eingangsbereich des Krankenhauses. Chris fasste den Ausgang ins Auge und erblickte jetzt erst die zwei Bodyguards, die an der Tür standen. Männer des Scheichs. Doch warum hatten sie ihn nicht schon vorhin aufgehalten? Chris zögerte kurz, denn er war sich sicher, dass sie ihn erkennen und aufhalten würden. Aber dann sah er, wie einer der Männer zur Tür griff und sie ihm aufhielt. Sie waren im Auftrag ihres Scheichs hier, dachte Chris. Für Männer, die Frauen aus dem Krankenhaus entführten, waren sie nicht zuständig. Also stürmte er mit einem Kopfnicken an den Männern vorbei.

Auf der Treppe angekommen, erblickte Chris die Jeeps mit den davor positionierten Soldaten der Garde, allesamt mit ihren Gewehren im Anschlag. Scheiße, ging es ihm unvermittelt durch den Kopf, doch er sprintete die Stufen runter, ohne zu beachten, dass einige der Soldaten zu gestikulieren anfingen. Die hintere Autotür flog auf. Chris setzte Zola im freien Sitz ab und zwängte sich in den Spalt zwischen den beiden Rücksitzen, während Simba schon auf den Fahrersitz kletterte. Fatima warf einen schnellen Blick auf Zola, und als ihre und Chris' Blicke sich trafen, erkannte er darin ihre Erleichterung. Der Motor heulte auf, und der Wagen setzte sich in Bewegung, kam dann aber sofort wieder abrupt zum Stehen.

„Was zum ...", setzte Chris an.

„Da, im Gestrüpp, da hockt ein Kerl. Somali-Construction-Uniform. Er hat was in der Hand", sprach Simba knapp und mit gerunzelter Stirn.

Chris sah zu den Büschen an der Hauswand des Krankenhauses und erblickte den Mann. „Scheiße, das ist Selowane!" Sein Blick fiel auf den Gegenstand in Selowanes Hand. Sein Atem stockte. „Das ist ein Zünder." Kaum hatte er das begriffen, wurde er von der nächsten Erkenntnis beinahe erschlagen. „Fuck, er hat eine Bombe. Alles in Deckung, eine Bombe!", schrie Chris so laut er konnte.

Doch anstatt, dass Simba den Rückwärtsgang einlegte, sprang er aus dem Wagen und ignorierte die ungläubigen Rufe seines Freundes. „Scheiße, Mann, was tust du da?!"

Dich kriege ich, du bist unsere Rettung. Diesmal kommst du nicht davon, dachte Simba, während er mit einem riesigen Hechtsprung auf Selowane zuflog. Er war zwar kleiner und schmaler als Simba, aber dennoch ein harter Gegner, Samuel Selowane hatte nicht grundlos seinen Job bisher überlebt. Simba stürzte sich auf ihn. Keuchend kämpften sie miteinander. Selowane zückte ein Messer aus dem Stiefel. Noch bevor Simba reagieren konnte, schnitt Selowane ihm ins Bein. Er schrie auf, griff nach Selowanes Hand. Dann schlug er sie so lange auf einen Stein, bis Selowane das Messer fallen ließ. Simba setzte sich rittlings auf den auf dem Rücken liegenden Selowane. Er legte beide Hände um Selowanes Hals und drückte zu. Wie ein Schraubstock umschlossen seine Hände dessen Kehle. Selowane bekam keine Luft mehr, seine Augen traten hervor, und er ließ den Fernzünder fallen.

Seine Hände umklammerten Simbas Handgelenke. Aber Simba wollte ihn nicht töten. Samuel Selowane war schließlich der Einzige, der den Auftraggeber kannte. „Wer hat dich bezahlt?", knurrte Simba. Er drückte Selowanes Hals noch fester. „Sprich, du Wurm!"

Als der Mann nicht reagierte, drückte Simba wieder fester zu. Schließlich entkam aus Selowanes Mund ein leises „Ibrahim, der Fette".

Eine schnelle Bewegung am Rand seines Blickfelds lenkte Chris' Aufmerksamkeit nach rechts, sodass er Major Ali Tur mit gezogener Waffe auf die am Boden ringenden Männer zulaufen sah. Fatima schien es im selben Moment gesehen zu haben, denn sie packte Chris am Arm und ihr ganzer Körper versteifte sich.

„Ihr seid beide festgenommen, Hände hoch!", spie der Major barsch aus. Ehe Simba sich überhaupt zu ihm umdrehen konnte, zückte Chris seine Pistole und drückte sie, ohne einen Gedanken daran zu verschwenden, wieder gegen Fatimas Schläfe.

„Major Ali Tur!", schrie er aus dem Heckfenster heraus. Der Kopf des Majors fuhr herum. Sein Blick fiel erst auf die Waffe an Fatimas Kopf und ihre zusammengekniffenen Augen und schwenkte dann zu Chris. Der Hass in seinen Augen weidete Chris förmlich aus, aber das interessierte ihn in diesem Moment nur wenig. „Wenn ihr schießt, ist eure Präsidentin tot. Lasst die Männer zum Wagen gehen, beide. Und nicht schießen!" Er konnte Simba nicht verlieren. Nicht, nachdem er ihn nach all den Jahren ausgerechnet in diesem Dreckskellerloch wiedergefunden hatte. Und Selowane war ihre Rettung. Er war der Täter, er war verantwortlich für die Explosion und diesen ganzen Albtraum. Wenn sie ihn an die CIA auslieferten, wäre Chris ein freier Mann und seine Unschuld bewiesen.

Während ihm das alles durch den Kopf schoss, ließ Ali mit mahlenden Kiefern seine Waffe sinken und trat einen Schritt zurück. Eine Handfläche in Richtung der Soldaten ausgestreckt, die sich in seine Richtung in Bewegung gesetzt hatten und sofort wieder zum Stehen kamen, drehte er den Kopf zurück zu Simba. „Na los, geht."

Simba stand auf und packte Selowane am Arm. Humpelnd schubste er ihn in Richtung ihres Wagens. Als sie auf Höhe des Seitenspiegels waren, wollte Chris gerade Platz für ihren neuen Fahrgast machen und begann, über die Mittelkonsole nach vorne zu klettern. Diesen kurzen Moment, in dem er nicht mehr nach vorne blickte, nutzte der Major kaltblütig aus. Innerhalb von Sekundenbruchteilen erhob er seine Pistole und feuerte zwei Mal ab. Fatima schrie auf, und Chris riss den Kopf voller Panik hoch. Angst packte seine Kehle. Dann sah er, wie Selowane zusammensackte. Ali Tur hob erneut seine Pistole, doch Simba war schon zur Hintertür gehumpelt, riss sie auf und zog sich ins Fahrzeug. In diesen paar Herzschlägen kehrte Chris' Reaktionsvermögen zurück. Er zog sich am Lenkrad auf den Fahrersitz und fuhr los, während Fatima das Fenster schloss.

„Scheiße, Scheiße, Scheiße!" Er raste an dem Major vorbei, der zum Fernzünder gehechtet war und diesen gerade aufhob, und vollführte einen wilden Schlenker. Zum Glück hatte keiner der Jeepfahrer daran gedacht, die Krankenhauseinfahrt zu blockieren. Chris sah einen freien Spalt und raste darauf los. Die beiden Frauen schrien auf, als Schüsse ertönten und die Kugeln mit dumpfen Schlägen in den Escalade knallten.

Im Rückspiegel sah Chris, wie Major Ali Tur zu einem der Jeeps lief und die Kolonne aus G-Modellen sich wieder in Bewegung setzte. Er drückte das Gaspedal durch und richtete den Blick wieder auf die belebte Straße vor ihnen. Durch die Aufregung und den Lärm war auch Zola in der Zwischenzeit wieder mehr zu sich gekommen. In der unübersichtlichen Situation hatte sich beim Anblick des verletzten Simba sofort ihr Instinkt eingeschaltet, und sie besah sich die Wunde an dessen Bein, während er sich schnaufend zwischen den beiden Rücksitzen auf den Boden gelegt hatte.

„Das ist nicht so schlimm, muss aber genäht werden." Zola kniete sich zwischen die Sitze und riss ein Stück aus dem Saum ihres langen OP-Hemds. Dann wickelte sie es um die Wunde und zog kräftig zu.

„Chris, woher wusstest du, wo ich bin? Oder was sie mit mir machen wollten? Wer ist der Mann mit der Wunde? Und warum ..." Als sie sich auf ihren Sitz zog, fiel ihr Blick auf Fatima, und da erkannte sie erst, um wen es sich bei ihrer Mitfahrerin handelte. „Oh, mein Gott, Sie sind Fatima Ali Tur! Die Präsidentin von Somaliland!"

„Zola, ich erkläre dir alles später, jetzt brauchen wir erst mal einen Plan. Wir müssen unsere Verfolger abschütteln. Wohin sollen wir denn fahren?", rief Chris, während er mit Vollgas durch Hargeisa raste.

„Fahr bei der nächsten Kreuzung links und dann immer geradeaus", reagierte Fatima sofort. „Ich habe eine Idee." Sie navigierte ihn durch enge Straßen und ärmliche Wohnviertel. Dass die Straßen immer voller wurden, hielt ihre Verfolger leider nicht davon ab, ihre Jagd gnadenlos fortzuführen. Als sie über den Hauptmarktplatz fuhren, kamen sie so gut wie gar nicht mehr vom Fleck.

„So ein Mist!" Chris hupte. Zu seinem Erstaunen drehten sich die Menschen nicht nur um und machten Platz, sondern winkten ihrem Auto zu. Es erklangen freudige Rufe, und immer mehr Menschen stimmten darin ein. Sie kannten das Fahrzeug ihrer Präsidentin. Während er den Escalade vorsichtig durch die Menge manövrierte, liefen vor allem Frauen neben ihnen her, legten die Hände auf die Scheiben und Karosserie und bildeten eine Traube um das Heck. Als sie sich der anderen Seite des Platzes näherten, blieb die Menschenmasse stehen und winkte ihnen fröhlich hinterher. Auf das ungestüme Hupen der Militärjeeps hinter ihnen schien niemand zu achten.

„Chris, im Handschuhfach liegt eine Fernbedienung. Kannst du sie mir schnell geben?", bat Fatima. Chris beugte sich zur Seite, öffnete das Fach und warf ihr das kleine Plastikgehäuse zu. Sie drückte den Knopf und rief: „Stopp, halt hier an." Da sah Chris, wie sich inmitten einer Häuserreihe ein Stahltor öffnete. „Schnell, hier rein", wies Fatima ihn an und drückte den Knopf der Fernbedienung erneut, noch während er in die Einfahrt einbog.

Als der Wagen in einer großen Halle zum Stehen kam, atmeten alle vier wie in einem Atemzug tief aus. Chris legte die Arme auf das Lenkrad und ließ den Kopf darauf fallen. Erst jetzt realisierte er, wie wild sein Herz hämmerte und dass er am ganzen Körper zitterte. Durch das Rauschen des Blutes in seinem Kopf hindurch hörte er dumpf, wie Fatima Zola fragte, wie es ihr ginge. Gerade als er den Kopf wieder hob und seine Ohren nicht mehr belegt waren, war das laute Hupen zu hören, mit dem die Militärfahrzeuge an ihrem Versteck vorbeirasten.

„Wir haben es geschafft", sagte Fatima und legte Chris eine Hand auf die Schulter.

„Ja." Chris stieß die Luft aus und lachte nervös auf. Sie hatten es wirklich geschafft!

„Und was jetzt?" Die Frage kam von Simba, der ächzend versuchte, sich an den Lehnen der Rücksitze auf die Beine zu ziehen, und dabei das Gesicht verzog.

„Nehmt den Van hier nebenan und fahrt zum Sundown Hideaway. Dort seid ihr erst mal sicher", empfahl ihnen Fatima. „Wenn ihr weg seid, warte ich noch ein paar Minuten und fahre dann mit dem Escalade zum Palast zurück. Ich sage, dass ihr mich freigelassen habt."

„Warum helfen Sie uns?", wollte Zola wissen.

Fatima lächelte sie an. „Das ist eine lange Geschichte. Aber ich bin davon überzeugt, dass Chris unschuldig ist. Und dich müssen wir für den Moment erst mal auch in Sicherheit bringen. Ich informiere Ray, dass ihr unterwegs seid."

„Selowane ist tot, der Major hat ihm in den Rücken geschossen. Damit ist die einzige Hoffnung, an die wahren Täter hinter dem Anschlag zu kommen, auch dahin", sagte Chris geknickt.

„Ist sie nicht", konterte Simba. Seine Mundwinkel verzogen sich triumphierend, als alle Gesichter sich auf ihn richteten. „Ich habe noch etwas aus diesem stinkenden Sack rausgequetscht bekommen. Er sagte, ‚Ibrahim, der Fette' hätte ihn bezahlt."

„Ibrahim, der Fette?", wiederholten Chris und Zola wie aus einem Mund. Dann ging Zola in einem Wimpernschlag ein Licht auf und sie flüsterte aufgelöst: „Mein Onkel?" Chris sah zu ihr, und auch in seinem Kopf begannen die Rädchen, sich zu drehen. „Ibrahim Ghalib? Aber warum sollte er …?"

„Er ist der reichste Geschäftsmann in Somaliland", gab Fatima zu bedenken, „und der Kopf des Hawala-Systems. Dass Zahlungen über ihn abgewickelt werden, ist naheliegend. Die Frage wäre, inwieweit er persönlich in die Sache involviert ist – und ob überhaupt."

Fatima legte ihre Hand auf Zolas und drückte sie aufmunternd. Es folgte eine kurze Stille, in der jeder in seinen Gedanken versank.

Chris fasste sich als Erster wieder und kam auf ihre unmittelbare Vorgehensweise zurück. „Wie kommen wir zum Sundown Hideaway?", fragte er, an Fatima gerichtet. „Ray hatte zwar erzählt, dass er von dort entführt wurde, aber ich weiß nicht, wo seine Villa liegt. Wie sollen wir den Weg finden?"

„Richtung Berbera am Strand. Der Van hat ein Navigationssystem, es ist da eingespeichert. Zieht die Sachen im Van an." Dann blickte Fatima sich in der Runde um und setzte ein kämpferisches Lachen auf. „Viel Glück."

Sie stiegen aus dem Wagen. Chris und Zola halfen Simba beim Aussteigen und gingen zu dem weißen Mercedes-Elektro-Van mit den Somali-Utility-Aufklebern auf den Türen, der an einer Ladestation hing. Währenddessen setzte sich Fatima hinter das Lenkrad des Escalade. Chris öffnete die Heckklappe des Vans und fand zwei Monteuranzüge sowie zwei Umhänge mit Kopftüchern für weibliche Arbeiterinnen. Als er Zola den Umhang mit dem Kopftuch anreichen wollte, holten ihn die grausamen Bilder aus dem Krankenhaus plötzlich ein. Zola hätte sterben können. Von seinen Gefühlen überwältigt und ohne auch nur einen weiteren Gedanken zu verschwenden, schmiss er die Sachen hin und zog Zola in eine feste Umarmung. „Ich bin so unglaublich froh, dass es dir gut geht", flüsterte er.

Zola klammerte sich an ihn. Er spürte, wie ihr Herz pochte und sie das Gesicht an seine Brust drückte. „Ich hatte eine solche Angst."

„Hey, Zola, es ist vorbei. Hörst du? Dir kann nichts mehr passieren." Sie schluchzte leise. Chris schlang seine Arme noch fester um sie und hielt sie ganz fest. „Es ist alles gut." Unter keinen Umständen würde er zulassen, dass sie diesem Ali oder irgendwelchen anderen Arschlöchern in die Hände fiel. Er würde sie mit allen Mitteln beschützen und sicher wieder nach Hause bringen, das schwor Chris sich.

Nach einer Weile schniefte Zola und hob den Kopf, um ihn anzusehen. Es war ihr egal, dass ihr Gesicht gerade wahrscheinlich komplett tränenverschmiert war. Genauso, wie es ihr egal war, dass sie, bis auf das OP-Hemd, nichts anhatte. Unter normalen Umständen wäre sie schon längst vor Scham gestorben. Aber es waren ja keine normalen Umstände, sie war einfach nur überglücklich, dass Chris lebte und dass sie endlich beieinander waren. „Aber was ist mit dir?" Mit leichten Fingern berührte sie die noch nicht verheilten Stellen in seinem Gesicht. „Wie will Fatima deine Unschuld beweisen?"

„Darüber zerbrechen wir uns später den Kopf. Erst mal müssen wir hier raus." Chris strich Zola flüchtig über die Wange, und sie legte ihre Hand auf seine, während sie ihn aus dunkel funkelnden, gefühlstiefen Augen ansah.

„Hey, ihr Turteltäubchen! Wir haben nicht den ganzen Tag Zeit!", ruinierte Simba den innigen Moment.

„Ist ja gut!", verdrehte Chris genervt die Augen.

Zola errötete und löste sich von ihm. Dann warf sie sich den Umhang über das OP-Hemd und legte das Kopftuch an. Derweil zog Chris sich das hellblaue Hemd an und setzte die gelbe Baseballkappe mit dem Somali-Utility-Logo auf, womit er und Simba das gleiche Outfit hatten. Dann stiegen die drei gemeinsam in den Van, wobei Chris sich hinter das Steuer setzte und Zola Simba beim Einsteigen stützte. Von innen sah es gar nicht aus wie das Arbeitsfahrzeug eines Monteurs. Es war blitzsauber, keine Werkzeuge oder Ersatzteile drin, und statt einer Ladefläche befanden sich bequeme Sessel im hinteren Fahrzeugteil. Chris stutzte, ließ sich von dieser Beobachtung aber nicht weiter irritieren. Er tippte im Navigationsgerät herum und fand tatsächlich den Sundown Hideaway. „Na dann", meinte er.

Simba lachte auf und schlug ihm mit seiner Pranke auf den Oberschenkel.

Kapitel 34 – Dienstag, 8. März 2022

Jennifer Fox recherchierte, im Gegensatz zu ihrem Kollegen Bruckner, immer noch in alle Richtungen. Irgendetwas passte da einfach nicht zusammen. Ihr Instinkt sagte ihr, dass der junge Deutsche ungünstig zwischen die Fronten geraten war. Gut, seine Verbindung zu Simba Ongwen ließ sich nicht wegargumentieren und sie waren ihnen gestern gemeinsam entflohen. Aber die anderen Puzzleteile um ihn herum sahen stark nach einem Kollateralschaden aus. Wenn dieser Chris wirklich nur zufällig in alles reingestolpert ist, wer hätte sonst ein Interesse an diesem Land? Sie blickte auf die große Mindmap an der Wand. Welche Akteure waren denn schon involviert? Die Saudis hatten den Hafen gekauft und ins Solarkraftwerk investiert. Wenn sie die Aktion angeleiert hätten, würden sie damit sich selbst sabotieren. Wer kam noch infrage? Könnte Somaliland selbst ein schwarzes Schaf verstecken? Das wäre zwar geradezu absurd, aber bei dieser fundamentalistischen Gesellschaft eigentlich auch nicht völlig wegzudenken, dass die fortschrittliche Herangehensweise der Präsidentin einem der Stammesältesten oder jungen Wilden missfiel. Würden sie aber wirklich das Wachstum ihres Landes aufs Spiel setzen? Das wiederum war ein Punkt, der Somalia ein großer Dorn im Auge war. Denn für sie, wie auch dem Rest der Welt, war Somaliland nie zu einem souveränen Staat geworden. Allein der Hafendeal war dem somalischen Präsidenten aufgestoßen. Wenn dann auch noch das Solarkraftwerk ausgebaut und Somaliland somit noch unabhängiger und finanziell stabiler wird – das kann Somalia natürlich unmöglich gefallen. Allerdings waren keine Somalis anwesend, und so fehlte an dieser Stelle ein greifbarer Verdächtiger.

War da nicht eine Chinesin auf der Eröffnungsfeier? Warum war diese Shixin Wang überhaupt bei der Eröffnung? Dass sie eingeladen war, bedeutete, dass die Chinesen in irgendeiner Form in Somaliland aktiv waren oder mindestens ihre Fühler ausstreckten. Es war noch gar nicht so lange her, dass sie eine Militärbasis im benachbarten Dschibuti errichtet hatten. Das allein war schon bemerkenswert genug, da es die erste und einzige ausländische Militärbasis Chinas war. Und Grund genug für einen Verdacht. Jennifer kam zu dem Schluss, dass sie mit Shixin Wang reden musste, und bestellte sie kurzerhand in die CIA Kommandozentrale ein. Nachdem sie die Geschäftsfrau mit dem üblichen formellen Geplänkel begrüßt und ihr einen Tee angeboten hatte, kam Jennifer schnell zum Thema: „Was macht ihr Chinesen eigentlich in Somaliland?"

Shixin schenkte Jennifer ein glatt poliertes, höfliches Lächeln. „Wir befinden uns in fortgeschrittenen Verhandlungen bezüglich des Baus einer Fabrik für die Herstellung von Arzneimitteln."

„Sind die Produktionskosten in eurem eigenen Land etwa plötzlich so in die Höhe geschossen? Gerade mit der Pandemie solltet ihr eure Monopolstellung in der Hinsicht doch wohl mehr als sichergestellt haben, oder nicht?" Im Honig-ums-Maul-Schmieren war Jennifer noch nie sonderlich gut gewesen. Aber sie war ja auch keine Diplomatin, sondern Agentin. Bei diesen raffinierten und undurchsichtigen Chinesen würde sie auf die feinfühlige Tour nicht weiterkommen.

Ihre Verdächtige ließ sich davon jedenfalls nicht aus der Ruhe bringen. Das Lächeln um ihre Mundwinkel wurde breiter. „Auch die USA sollten gerade mit der Pandemie in medizinischer Hinsicht ihre Stellung massiv ausgebaut haben, oder nicht? Der Siegespokal für das weltweit zuerst zugelassene Vakzin ging schließlich nicht zu Unrecht an euch."

Jennifer grinste und überschlug die Beine. Diese Wang wollte also mit ihr spielen. „Immerhin haben wir es nicht nötig, die militärischen Muskeln am Horn von Afrika spielen zu lassen."

„Ach, ich bitte Sie, Mrs. Fox." Mit diesen Worten lehnte Shixin Wang sich in ihrem Stuhl zurück. „Was Muskelspielchen angeht, kann den USA keine Nation der Welt das Wasser reichen. Ihr seid immer noch die Cowboys. Nur viel schlimmer. Ihr befeuert jeden Konflikt, liefert die Waffen in ein Land und möchtet dieses ausbeuten. Was da gerade in der Ukraine passiert, ist nur das neueste Beispiel dafür. Ihr besiedelt die vermeintliche Wildnis mit eurem schwarz-weißen Weltbild und denkt nur in den Kategorien Gut oder Böse."

Und schon hatte sie sie am Haken hängen, triumphierte Jennifer in Gedanken. „Das sind aber harte Worte, Mrs. Wang. Wenn ich es nicht besser wüsste, würde ich fast schon sagen, dass da der Neid spricht."

Wieder dieses aalglatte Lächeln. Aber die schmalen, mandelförmigen Augen sprühten herausfordernd, und die Chinesin ging mit einem Mal in die Offensive. „Ganz klassische Projektion, da wart ihr Amerikaner schon immer gut drin."

„Was wollen Sie mir damit sagen?"

„Es ist doch so offensichtlich, wie sehr es euch aufstößt, dass die Araber den Hafen in Berbera gekauft haben. Und dass die Deutschen sich mit einem so brisanten Projekt in der Region zu etablieren versuchen. Da bleibt nicht mehr so viel vom Kuchen übrig, wie ihr es gerne hättet, und das auch noch in einem lost country, für das sich doch keineswegs irgendwer interessieren würde."

Jennifer schnaubte verächtlich. „Wohl eher sind die Araber euch zuvorgekommen, und die Deutschen sind euch ein weiterer Dorn im Auge."

Dieses geschliffene Lächeln hätte sie der Chinesin am liebsten aus dem Gesicht gewischt. „Die Deutschen hatten einfach nur die Nase vorn, und Ray Klein hat die Präsidentin für sich gewinnen können. Wir hätten hier genauso wie in Dschibuti eine Militärbasis errichtet und Geld ins Land gebracht, aber sie hat abgelehnt und sich für die Deutschen entschieden. Und die Araber können den Hafen ruhig haben, der ist in dreißig Jahren eh überschwemmt. Bis dahin werden wir einen neuen Hafen bauen und uns die Fischereirechte dafür besorgen. Und wenn wir schon beim Thema Infrastruktur sind, ließe sich ein Elektrobus-Pilotprojekt Chinas fantastisch hier in Afrika testen. Im nächsten Schritt würde die Lizenz für das städtische Busnetz folgen, zukünftig für ein Überlandbusnetz. So viele Visionen, für die den Amerikanern die Fantasie fehlt. Aber das allein ist nicht der Schlüssel zu unserem Erfolg." Shixin Wang legte die Ellbogen auf ihren Oberschenkeln ab und lehnte sich zu Jennifer Fox vor. „Und wissen Sie, warum wir gewinnen?"

„Ja, ihr habt ein effizientes System", sagte Jennifer nüchtern.

„Christentum, Judentum, Islam ... das ist uns doch egal, an welchen Gott diese Leute glauben. Es hängt nur davon ab, was Eltern ihren Kindern erzählen, denn das glauben sie dann später auch. Ihr gesamtes Weltbild bildet sich in den ersten sieben Lebensjahren. Die Gehirne funktionieren doch bei allen Menschen gleich, und das schon seit mindestens dreihunderttausend Jahren."

„Aber warum siegt ihr?", hakte Jennifer nach.

„Wir werden der jungen Generation unser Weltbild, ein Weltbild der Gleichheit und Solidarität vorstellen."

Gleichheit und Solidarität? Dass sie nicht lachte. „Und was ist mit der Freiheit? Ihr schränkt doch die Freiheit in China stark ein."

Shixin schenkte ihr ein verschwörerisches Lächeln. „Freiheit kommt später. Erst muss der Aberglaube aus der Gesellschaft verschwinden, der Rest folgt danach." Sie lehnte sich wieder zurück und hob beschwichtigend die Hände. „Aber ich bin nur eine kleine Investorin, die etwas Geld gespart hat. Wenn Sie mehr darüber wissen wollen, was China an Somaliland interessiert, müssen Sie mit den Funktionären der Partei sprechen. Dann bekommen Sie auch eine diplomatischere Antwort."

Nach diesem wenig fruchtbaren Gespräch war Jennifer in ihren Ermittlungen nicht wirklich weitergekommen. Einerseits hätten die Chinesen ein Motiv – die Deutschen beim Ausbau der Förderung von Solarenergie am Horn von Afrika oder dem ganzen Kontinent aus dem Rennen zu kicken. Andererseits hatten sie genug andere Interessen und Investitionsmöglichkeiten im Land, und auf dem Kontinent sowieso. Welcher Blickwinkel ergab in dieser Sache denn nun mehr Sinn? Somalia hätte eindeutig die stärkeren Motive, dem Fortschritt Somalilands Einhalt zu gebieten. Jennifer seufzte und rieb sich die Schläfen. Sie brauchte eine Denkpause, und was kam da gelegener, als an einer anderen Baustelle weiterzumachen. Sie seufzte noch mal, holte tief Luft und rief mit mulmigem Gefühl ihren Chef in Langley zum Rapport an.

„Wie konnte das passieren?", fragte ihr Vorgesetzter die CIA-Agentin Fox hörbar erzürnt. „Gestern hatten Sie noch zwei Topterroristen gefangen, und jetzt sind sie geflohen?"

Jennifer antwortete kleinlaut: „Der dritte Verdächtige ist tot. Major Ali Tur hat den Attentäter Samuel Selowane überwältigt und getötet. Und ja, für den Zünder wurde in der Tat unser Spezialstoff genutzt."

„Was ist da unten bloß los? Unsere Mission ist beendet. Abbruch. Azikiwe kommt auf die Liste der Topislamisten. Nr. 29, genau hinter Ongwen. Wir erleben heute den zwölften Kriegstag in der Ukraine. Die Russen haben zweihunderttausend Soldaten in der Ukraine im Einsatz und bombardieren Kiew. Wir benötigen alle Kräfte zur Unterstützung der Ukraine: Aufklärer, Ausbilder, Logistiker. Ferner könnte China bei schnellen Erfolgen dazu ermutigt werden, sich Taiwan einzuverleiben. Wir müssen für die Freiheit kämpfen und einen dritten Weltkrieg mit Atomwaffen verhindern. Abbruch. Sie kommen heim."

Jennifer hörte in ihrem Kopf prompt wieder die Stimme von Shixin Wang. Außerdem hatte Somaliland wirklich erstaunliche Fortschritte gemacht und wurde durch die Zerstörung des Solarkraftwerks um Jahre zurückgeworfen. Mit einer Aufnahme in die NATO könnte der kleine Staat den Big Playern der Welt einiges nützen. „Meinen Sie, es wäre möglich, Somaliland unter den Schutzschirm der NATO zu nehmen?", fragte Jennifer daher ihren Vorgesetzten.

„Sind Sie jetzt Politikerin geworden, Fox? Sie sind Soldat. Kommen Sie nach Hause."

Am nächsten Morgen frühstückten Chris, Zola, Simba und Ray zusammen auf der Terrasse des Sundown Hideaway. Gerade nach den Tagen in Gefangenschaft und den gestrigen Erlebnissen fühlten sie sich hier wie in einer anderen Welt. Die dreistöckige, weiße Sandsteinvilla hatte im zweiten Stockwerk vier Gästeschlafzimmer, jedes mit einem luxuriösen Bad und Kingsize-Doppelbett mit direktem Meerblick und einem eigenen, kleinen Balkon. Die Terrasse bestand aus quadratischen Sandsteinplatten und lag unter einem Dach, das Schatten bot. Von den bequemen Sesseln hatte man einen fantastischen Blick über den fünfzehn Meter langen Pool, den dahinterliegenden weißen Sandstrand und auf das blaue Meer, das genauso aufgewühlt war wie die vier am Tisch. Rays junge Gäste waren nach der gestrigen Flucht noch ziemlich gerädert, konnten aber zumindest wieder durchatmen und waren heilfroh über die Sicherheit, die seine Villa ihnen fernab der Hauptstadt bot.

Simbas Wunden und Prellungen aus dem CIA-Verhör schmerzten etwas, aber er war hart im Nehmen. Als Zola die Messerwunde gestern kurz nach ihrer Ankunft desinfiziert und genäht hatte, hatte er kaum mit der Wimper gezuckt. Dafür war ihm schon bei der Ankunft vom Anblick des ganzen Luxus um ihn herum der Kiefer heruntergeklappt. Er hatte noch nie in einem so großen, bequemen Bett geschlafen oder in einer so riesigen Dusche mit zig Flaschen gut duftender Produkte gestanden. Als Simba vorhin auf die Terrasse gekommen war, waren ihm, im Gegensatz zu Chris und Zola, nicht vom herrlichen Ausblick die Augen aus dem Kopf gefallen, sondern vom üppigen Frühstückstisch. Denn die Köchin und Haushälterin Nimo hatte den Tisch mit größter Liebe gedeckt: Orangensaft, Omelette mit Schinken und Käse für Chris; Müsli mit leckeren Nüssen, Haferflocken und süßen Datteln für Zola; Croissants und die eigens eingeflogene Schwartau-Himbeermarmelade durften nicht fehlen, darauf bestand Ray.

Fatima hatte ihn gestern kurz angerufen und die drei Flüchtigen angekündigt. Als der Wagen von Somali Utility in die Auffahrt einbog und Chris ausstieg, war Ray so erleichtert, dass er nicht anders konnte, als seinen Schützling kräftig an sich zu ziehen. Das Martyrium der letzten Woche stand ihm deutlich ins Gesicht geschrieben. Umso mehr freute es Ray, wie sich Chris in der kurzen Zeit gewandelt hatte. Er ging heute deutlich aufrechter, mit gereckter Brust, was seine volle Körpergröße offenbarte, und der Blick seiner klugen Augen richtete sich leicht nach oben. Er würde all die Geschehnisse noch verarbeiten müssen. Doch allein die Tatsache, dass er und Simba aus dem Gefängnis fliehen und Zola retten konnten, gab ihm Zuversicht. Voller Dankbarkeit schaute Chris zu ihr herüber und spürte, wie es ihm bei ihrem Anblick sofort warm ums Herz wurde. Zola hatte ihr Kopftuch abgenommen und trug ihre Haare in ihrer ungebändigten Pracht offen.

„Und Ali hat Selowane erledigt? Zwei Schüsse in den Rücken?",
fragte Ray ungläubig nach und rückte seine schwarze Sonnenbrille
zurecht.

„Er kannte Selowane", vermutete Chris.

„Die steckten unter einer Decke. Ali ist doch der größte Waffen-
schieber in Somaliland. Er hat mir auch schon Sprengstoff besorgt",
ergänzte Simba mit vollem Mund. Zwar hatte er sich zurückhalten
können, bis die anderen am Tisch Kaffee und Tee eingeschenkt hatten,
doch danach war es um seine Selbstbeherrschung geschehen. Simba
beobachtete, wie Ray das Croissant aufschnitt und die Himbeermarmelade darauf verteilte, also tat er es ihm nach. Der erste Bissen
des krossen, buttrigen Gebäcks schmolz ihm förmlich auf der Zunge,
und mit dem zweiten Bissen verschwand der Großteil des Croissants
in seinem Mund. So etwas hatte er noch nie gekostet. Er wusste nicht
mal, wie die Sachen hießen, die er da aß, aber das war ihm herzlich
egal. Die Himbeermarmelade tropfte auf den Teller, lief ihm den
Mundwinkel hinab und bekleckerte seine Finger. Als Simba sich ver-
zückt in seinen Sessel zurücklehnte, bemerkte er, wie Nimo ihm eine
Serviette reichte. Die kleine Frau mit den weiblichen Proportionen
war von Ray Kleins Gästen anderes Benehmen gewöhnt und sah ihn
verstohlen, vielleicht etwas zu lange an.

Ob Fatima weiß, dass ihr Neffe Waffen verkauft, fragte sich Ray.
Er war zu sehr in Gedanken, als dass ihm Simbas Verhalten aufgefallen wäre, geschweige denn gestört hätte.

„Wir sind alle vier am Arsch", stellte Chris fest, als er den letzten
Bissen seines Omeletts heruntergeschluckt hatte. „Simba und ich sind
gesuchte Terroristen. Zuerst das Solarkraftwerk, und dann noch der
Versuch, das Krankenhaus in die Luft zu sprengen, den wird man
uns genauso anhängen. Ray kriegt die Hand abgehackt, und Zola
hat keinen Pass und kommt hier auch nicht weg. Ali Tur sucht sie
bestimmt überall."

„Scheiße, Mann, ja", grunzte Simba. „Aber so was von am Arsch."

Es hatte Ray mit Schrecken und Ungläubigkeit erfüllt, als er von
Chris erfahren hatte, was der jungen Frau um ein Haar widerfahren
wäre. Zu sagen, dass sie ihm leidtat, wäre untertrieben. Und als Vater

konnte er sich allzu gut ausmalen, wie es ihren Eltern in den letzten Tagen ergangen sein musste. Zola rutschte unruhig in ihrem Sessel und fragte unsicher: „Woher habt ihr eigentlich gewusst, dass das Krankenhaus in die Luft fliegt? Seid ... seid ihr doch die Terroristen?"

„Intuition und Zufall. Simba hat Selowane entdeckt, und ich habe ihn erkannt und die Funkfernbedienung in seiner Hand gesehen. Und dann hat Simba hier den Helden gespielt", erklärte Chris.

„Hey!", mampfte sein Freund empört und hob anklagend die Überreste eines vor Marmelade überquellenden Croissants. „Der Typ war dein Ticket in die Freiheit! Man hängt dir hier irgendwelche Scheiße an!"

Zola war verzweifelt und brütete über ihrer Kaffeetasse. Wie hatte die Lage nur so eskalieren können? Sie sollte beschnitten und an den Major zwangsverheiratet werden, Chris stand unter Terrorverdacht und hatte aus dem Gefängnis fliehen müssen. Das war einfach alles zu surreal! Sie wollte nach Hause, ins sichere Düsseldorf. Von ihrer Heimat hatte sie eindeutig genug gesehen.

„Kann ich meine Eltern anrufen? Es ist so lange her, dass ich mit ihnen reden konnte, sie haben sich bestimmt schon Sorgen gemacht", fragte Zola plötzlich.

Ray reagierte prompt und klappte seinen Laptop auf. Er hatte eine stabile Internetverbindung über Starlink in seinem Hideaway. „Skype oder Facetime?", fragte er Zola.

Sie rückte zu Ray heran, und sie wählten Ahmad Ghalib über Skype an. Während es klingelte, wippte sie nervös mit dem Fuß und trommelte mit den Fingern auf ihrem Oberschenkel. Als das Gesicht ihres Vaters endlich auf dem Bildschirm auftauchte, schnellte Zola wie eine Sprungfeder hoch und rief glückstrahlend: „Oh, Papa! Ich bin so froh, dich zu sehen!"

„Zola? Alhamdulillah, endlich!" Der Mann mit den kurzen, grauen Haaren und ebenso grauem Bart hob die Hände mit den Handflächen nach oben, während er den Kopf mit geschlossenen Augen senkte. Als er sie wieder öffnete, waren seine Emotionen selbst über die Skype-Verbindung mit Händen greifbar. „Wie geht es dir, mein Engel?"

„Gut, Papa, mir geht es gut", versicherte Zola weinend.

„Nachdem Yusuf mir von deinem Anruf erzählt hat, wollte ich sofort mit Ibrahim sprechen. Er hat zuerst doch wirklich so getan, als wäre alles in bester Ordnung! Bis ich ihm dann alles vor den Kopf geknallt habe, was ich von Yusuf wusste, und selbst dann hat er versucht, sich aus allem herauszureden!" Ahmad Ghalib war mit jedem Wort lauter geworden und holte nun tief Luft. Sein Blick wurde wieder weich, als Zola sich mit einer Serviette, die Ray ihr reichte, die Tränen aus den Augen wischte. „Meine Kleine, es tut mir so unendlich leid. Bitte glaub mir, dass ich das nie gewollt habe. Das hätte dir niemals passieren dürfen."

Seine Tochter schluckte und nickte. Dann reckte sie das Kinn und überraschte die Männer am Tisch wie auch am anderen Ende der Leitung mit ihrem unerwartet energischen Ton: „Lass uns jetzt nicht darüber sprechen, Papa. Es gibt da ein paar andere Dinge, bei denen du uns vielleicht helfen könntest."

„Natürlich. Sag mir, was ich tun kann."

Zola holte tief Luft und verzichtete auf eine schonende Einführung. „Bei der Flucht aus dem Krankenhaus hat Major Ali Tur einen Mann erschossen, Selowane. Er hat aber kurz vorher noch sagen können, dass ,Ibrahim, der Fette' ihn bezahlt hätte. Hat er damit Onkel Ibrahim gemeint?"

Ahmad Ghalibs fassungsloses Gesicht starrte ihnen vom Bildschirm entgegen. Alles, was er stammelnd herausbrachte, war ein ungläubiges „Woher ...?".

„Wir wissen, dass Ibrahim Ghalib mehr als ein Geschäftsmann mit einer weißen Weste ist", klinkte sich Ray in das Gespräch ein. „Und wir wissen auch, dass Ihr Restaurant Hargeisa die Zentrale für Ihre Geldtransaktionen in Deutschland ist."

Erst jetzt schwenkte Ahmads Kopf zur Seite, denn Ray hatte er beim Anblick seiner Tochter bisher gar nicht beachtet. Seine Verwirrung stieg ins Unermessliche, und seine Augenbrauen ragten förmlich über den Bildschirmrand hinaus, als er seinen Stammgast und den Großinvestor in seinem Heimatland erkannte. „Herr Klein? Was haben Sie denn mit alldem zu tun? Warum ist Zola bei Ihnen?"

Doch Ray ignorierte Ahmads Fragen und führte stattdessen sein eigenes Verhör weiter: „Ahmad, was ist hier los? Gibt es etwas, das ich wissen muss?"

Ahmad war anzusehen, wie er innerlich mit sich rang. Es war offensichtlich, dass Rays Präsenz ihn in noch größere Erklärungsnot brachte als seine Tochter.

„Herr Ghalib, ich möchte Ihrer Tochter gerne helfen und werde auch weiterhin mein Wissen geheim halten. Aber wenn Ihnen etwas aufgefallen ist, dann sagen Sie es, bitte", forderte Ray bestimmt. Einige Sekunden war es still, und Ray sah Ahmad dabei unentwegt in die Augen.

„Bitte, Papa, sag was", flehte Zola.

„Ist Ihnen in den letzten Wochen irgendetwas aufgefallen? Hatten Sie neue Kunden, gab es Stress oder ungewöhnliche Transaktionen?", bohrte Ray unerbittlich weiter.

Sein Gegenüber starrte nachdenklich vor sich, ehe er sich räusperte und endlich sprach: „Vor etwa einem Monat war ein junger Kerl mit einem dicken Bündel Bargeld bei mir. Ganz normale Transaktion, klassischer Auftrag, Ibrahim hatte alles, wie immer, bestätigt. Etwa eine Woche später kam der Kerl noch mal für eine Zahlung in gleicher Höhe. Selber Ablauf, alles völlig normal. Als er das dritte Mal kam ... wurde es kurz unangenehm."

„Warum, was wurde unangenehm?", trieb Ray Ahmad an.

Der grauhaarige Mann seufzte. Dann verschränkte er die Hände vor sich auf dem Tisch. „Als er das dritte Mal kam, habe ich ihn schon wie einen guten Freund begrüßt. Immerhin war er zum wiederholten Mal Kunde, so gehört sich das. Aber Yusuf war mit mir im Büro. Und er vergaß plötzlich alle Manieren und meinte zu mir: ‚Mit dem wollen wir keine Geschäfte machen, Vater.' Bevor ich etwas sagen konnte, fragte er den Mann, was er bei uns will und ob er nicht schon genug Andenken an uns hätte. Ich befahl Yusuf, den Mund zu halten, so reden wir doch nicht mit unseren Kunden. Zum Glück hatte der Mann nur gelächelt und sich davon nicht weiter stören lassen. Ich entschuldigte mich in aller Form bei ihm und wickelte die Zahlung ab." Ahmad Ghalib holte Luft. Er wirkte mit einem Mal noch angespannter. „Als er weg war, wollte ich Yusuf für sein geschäftsschädigendes Verhalten zurechtweisen. Doch dann erzählte er mir, dass dieser Kerl im letzten Frühjahr Zola belästigt und bis zu unserem Haus verfolgt hatte."

In diesem Moment wurde Zola bleich wie eine Wand. „Papa, kannst du uns sagen, wie er aussieht?"

„Ein junger Mann, Deutscher. Braune Augen, helle Haut, klein und robust, braune Haare. Und eine lange Narbe auf der rechten Backe."

Chris, der hinter Zola getreten war, wunderte sich: „Aber der Typ, der dich belästigt hat, hatte doch keine Narbe im Gesicht."

In Zolas Gesicht stand das emotionslose Begreifen, und sie erwiderte abwesend: „Doch, die hat er von meinem Bruder verpasst bekommen."

„Zola, wer ist denn das?", fragte ihr Vater mit Skepsis in der Stimme.

„Entschuldigen Sie, bitte, Herr Ghalib! Mein Name ist Chris Azikiwe", stellte Chris sich mit einem Blick in die Laptopkamera vor.

„Er hat mich im Füchschen vor diesem Kerl verteidigt. Und hier vor der ... aus dem Krankenhaus gerettet", ergänzte Zola. Beim zweiten Teil zitterte ihre Stimme für einen Augenblick, und sie presste die Lippen aufeinander.

„Und er ist mein Mitarbeiter", fügte Ray hinzu, „und ebenfalls zur Verschwiegenheit verpflichtet."

„Ah, das ist der junge Mann, der die Inbetriebnahme des Solarkraftwerks geleitet hat! Ibrahim hat mir von ihm erzählt."

„Was wissen Sie noch über diesen Typen mit der Narbe?", hakte Chris vorsichtig nach.

Ahmad berichtete weiter: „Yusuf hatte ihn ein paar Mal vor unserem Haus gesehen und Nachforschungen angestellt. Er heißt Sven Schmidt und ist der Anführer der Kameradschaft Düsseldorf. Ein übler Haufen von Nazischlägern."

„Aber warum hat er Geld nach Somaliland überwiesen? Könnte es sein ... kann er hinter dem Anschlag stecken? Was hat ein Nazi von einer Explosion in Somaliland?", überlegte Ray laut.

„Das weiß ich nicht", antwortete Ahmad. „Ihr müsst Ibrahim fragen, aber sagt ihm bloß nicht, dass ich euch etwas verraten habe. Unsere Geschäfte sind höchst vertraulich."

„Wir reden mit Ibrahim, da können Sie sich sicher sein", sprach Chris. Glücklicherweise überhörte Ahmad Ghalib die schwer unterdrückte Verärgerung in seiner Stimme, denn er wandte sich direkt an Ray: „Herr Klein, bringen Sie mir bitte meine Tochter sicher nach Hause zurück, Sie haben es versprochen!" Seine Stimme wurde mit einem Mal weicher, als er zu Zola schaute. „Mein Engel, ich bin so froh, dass es dir gut geht."

„Der nächste Flieger geht am Montag", eröffnete Ray.

Zolas Augen leuchteten für einen Moment hoffnungsvoll auf, ehe sie mit einem Schlag betrübt in ihren Sessel sank. Mit zitternder Stimme stellte sie fest: „Aber Onkel Ibrahim hat meinen Pass. Ohne den bekomme ich doch keinen Flug."

Chris schaltete sich wieder ins Gespräch ein und tröstete Zola: „Den Ausweis holen wir uns bei ihm. Der hat uns eh eine ganze Menge Fragen zu beantworten. Und dann fliegst du mit Ray nach Deutschland zurück."

Nachdem sie aufgelegt hatten, versuchte jeder der Anwesenden seine Gedanken zu sortieren. Chris sprach als Erster wieder. Wenn er laut nachdachte, verbanden sich die Ideen in seinem Kopf immer am besten. „Also, wenn dieser Sven Schmidt tatsächlich den Anschlag beauftragt hat – wieso hätte er das tun sollen? Rache für den Rausschmiss aus dem Füchschen und die Narbe im Gesicht? Dafür müsste er doch keine großen Geldsummen in die Hand nehmen und einen Attentäter in Somaliland beauftragen. Er hat eine Kompanie Schläger unter sich. Sie hätten Yusuf, Zola und mir doch auflauern und uns zusammenschlagen können."

„Hm, ja, das stimmt", führte Ray den Gedanken weiter. „Yusuf und Zola haben auch gar nichts mit dem Solarkraftwerk zu tun."

„Aber vielleicht hatte Schmidt irgendwie herausgefunden, dass Rufus und ich, die wir ihm im Füchschen die Show gestohlen haben, hier den Bau des Kraftwerks verantworten?", mutmaßte Chris. „Aber auch da hätte es doch einfachere Mittel und Wege gegeben, sich an uns zu rächen."

„Das ist alles Spekulation, Chris. Ich erkenne kein Motiv", wandte Ray ein.

„Wenn das ein kleiner Dreckspisser mit 'nem Ego-Problem ist, wäre das Motiv genug", warf Simba ein.

Doch Ray winkte kopfschüttelnd ab. „Der Präsident von Somalia, der hat ein Motiv. Er benötigt Geld, um seine Wiederwahl zu kaufen. Und daher hat er Fatima erpresst, dass sie das Geld vom Hafendeal mit ihm teilt. Gier und Neid, das sind valide Motive. Nur, wie kommen wir an Informationen?"

Chris, der sich gerade auch an das Gespräch erinnerte, in dem Fatima ihnen von der Erpressung durch ihren Amtskollegen erzählt hatte, kam eine Idee: „Was ist mit dieser Frau Seidel vom BND? Die Geheimdienste kooperieren doch alle, vielleicht hat sie neue Infos von der CIA?"

Ray nickte nachdenklich. „Das könnte eine Idee sein, Chris. Ich weiß zwar nicht, inwieweit sie uns da helfen kann, aber immerhin wurde sie ja nach Somaliland geschickt, also ist es einen Versuch wert. Ich werde gleich versuchen, sie zu erreichen."

Zola hatte das Gespräch schweigend und mit tiefem Stirnrunzeln verfolgt. „Aber mein Onkel Ibrahim, der muss doch was wissen. Da müssen wir auch hinfahren."

„Das tun wir auch noch", versicherte Chris ihr. „Erst mal versuchen wir, etwas aus den offiziellen Kanälen herauszuziehen. Und übermorgen fahren wir alle zu ‚Ibrahim, dem Fetten'. Und wenn er nichts sagt, dann prügeln wir es aus ihm heraus."

Kapitel 35 – Mittwoch, 9. März 2022

Am nächsten Morgen traf sich Ray mit Marie Seidel. Er wollte wissen, ob sie vielleicht von der CIA neue Erkenntnisse zur Verwicklung vom Präsidenten Somalias in die Sprengung hätte. Im Gegenzug wollte er die Überlegungen in Bezug auf die Neonaziszene mit ihr teilen. Der Täter musste doch ermittelt werden, um Chris' Unschuld zu beweisen. Ray hoffte, einige neue Informationen zu erhalten, vielleicht sogar dazu, ob sich Sven Schmidt im Zeitraum um den Anschlag für Zahlungen an Ahmad Ghalib gewandt hatte.

Als Ray bei der Ankunft im Foyer des Somali Regent Hotels in Hargeisa auf Marie Seidel zuging, war er jedenfalls zuversichtlich, dass er mit den fehlenden Puzzleteilen und guten Nachrichten in den Sundown Hideaway zurückkehren würde.

„Guten Morgen Frau Seidel. Vielen Dank, dass Sie sich die Zeit für mich nehmen", begrüßte Ray die Bundesbeamtin. Sie nahmen im Loungebereich Platz. „Frau Seidel, ich habe um ein Treffen gebeten, weil ich nicht untätig gewesen und an ein paar Informationen gekommen bin, die Ihren Ermittlungen möglicherweise zugutekämen."

„Was Sie nicht sagen", erwiderte sie trocken.

„Haben Sie denn schon Informationen bezüglich einer möglichen Beteiligung des somalischen Präsidenten an der Tat? Präsidentin Ali Tur hat ja angedeutet, dass Präsident Talha Hussein Mohamed sie erpresst, um an eine Wahlkampfspende zu kommen."

„Sind das Ihre neuen Erkenntnisse, Herr Klein? Aber nein, ich kann da nicht weiterhelfen. Die CIA bleibt bei ihren Tatverdächtigen."

„Aber ...", Ray wollte gerade ansetzen und seine Vermutung wiederholen, ahnte aber in diesem Moment, dass es nicht zielführend sein würde. Stattdessen tippte er mit dem Zeigefinger an seine Brille, um sie näher auf die Nase zu rücken, und berichtete: „Ich habe gehört, dass die Sprengung wohl über Ibrahim Ghalib bezahlt wurde. Ein deutscher Neonazi könnte der Auftraggeber sein. Halten Sie das für realistisch?"

Marie Seidel runzelte die Stirn, und ihre Augen verengten sich vom intensiven Blick, mit dem sie Ray bedachte. „Das halte ich für sehr unwahrscheinlich. Woher haben Sie diese Informationen?"

Warum so hellhörig, wenn es so unwahrscheinlich ist, fragte sich Ray. Doch er ließ sich nichts von seiner eigenen Wachsamkeit anmerken und wich der Frage aus. „Das darf ich Ihnen leider nicht sagen, Frau Seidel."

Sie presste kurz ihre Lippen zusammen und nickte langsam, während sie Ray weiter musterte. Dann fasste sie die Lage kurz zusammen: „Also, Herr Klein, der Mörder von Rufus Wagner und dem US-Botschafter ist tot. Osama bin Hakim ist am Leben und wird in seiner Heimat weiterbehandelt. Simba Ongwen steht auf der Terroristenliste der Amis, und Chris Azikiwe wird dort sicherlich in Kürze auch landen. Ich werde mich für ihn in Deutschland einsetzen, kann aber nichts versprechen. Die CIA hört leider nicht auf uns. Um Ihren Vermögensschaden müssen Sie sich selbst kümmern, da wird Ihnen auch diese unhaltbare Nazigeschichte nicht weiterhelfen."

Verwirrt von ihrer abweisenden Reaktion, versuchte es Ray mit einer weiteren Frage: „Aber was ist denn mit Ihren Ermittlungen hinsichtlich der Auftraggeber?"

„Wie ich Ihnen schon bei unserem letzten Treffen gesagt habe: Sie arbeiten mit schmutzigem Geld. Mit Geld, das Schleuser verdienen, die Menschen nach Europa bringen", entgegnete sie. „Anstatt uns mit dubiosen Investoren und korrupten Regierungen zu verbrüdern, müssen wir dafür sorgen, dass unsere Grenzen besser bewacht und Flüchtlinge zurückgewiesen werden. Wir müssen den hart arbeitenden Steuerzahlern in unserem Land helfen und dürfen unsere Steuergelder nicht für die Neger und Möchtegernvorzeigeprojekte in der Wüste am Arsch der Welt verschleudern."

Ray wäre vor Erstaunen und Perplexität bei diesen Ausführungen um ein Haar das Kinn heruntergeklappt. Wie konnte eine Bundesbeamtin solche Ansichten vertreten und einer Zivilperson auch noch so offen präsentieren? Doch er ließ sich nicht darauf ein und ignorierte den persönlichen Affront.

„Ich fürchte, da muss ich Ihnen widersprechen, Frau Seidel. Wir brauchen die afrikanischen Staaten, denn sie verfügen über die einzige wirklich verlässliche Energiequelle: die Sonne. Wenn wir weiter fossile Energie nutzen, verwüsten wir unsere Erde komplett."

Sie lachte schnaubend auf. „Der Klimawandel ist doch eine ganz natürliche Veränderung. Abgesehen davon, haben wir in Deutschland genug Wasser und könnten etwas mehr Sonne und wärmere Temperaturen ganz gut vertragen. Wenn wir die Kohleförderung stoppen, benötigen wir wieder Kernenergie. Ihre Sonne nützt uns nachts wenig, wo der Strom benötigt wird, um die dunklen Gassen mit dem ganzen Gesindel zu beleuchten. Wer soll denn das alles zahlen, hm? Das bleibt alles an der Generation unserer Kinder hängen." Ray kam sich vor wie in einem falschen Film. Was war aus der Ermittlerin geworden, mit der sie vor gerade mal einer Woche gesprochen hatten? Beinahe wirkte es so, als wäre Marie Seidel durch eine Doppelgängerin ersetzt worden. Ein ungutes Gefühl beschlich Ray, und auch wenn er die Ursache dafür nicht begriff, hatte er gelernt, in solchen Momenten darauf zu hören. Deswegen entschied er sich dazu, den Mund zu halten. Mit solchen Parolen war Marie Seidel ihnen keine Hilfe, er verschwendete hier nur wertvolle Zeit. „Frau Seidel, Sie argumentieren genau wie die Leute, die in Deutschland vor den Wohnheimen Feuer legen", brachte Ray seine Bestürzung zum Ausdruck. „Das ist doch alles nur ein großes Missverständnis. Die Bundesrepublik muss da doch weiterhelfen können."

Aber für Marie Seidel schien der Fall abgeschlossen. Sie bedachte ihn mit einem hochmütigen Lächeln und stand auf. „Ich wünsche Ihnen viel Erfolg bei der Suche nach den Hintermännern des Anschlags. Ich nehme den nächsten Flieger nach Hause, Montag um vierzehn Uhr. Wenn Sie hier nicht John Wick spielen wollen, empfehle ich Ihnen, das Gleiche zu tun."

Während Ray in Hargeisa hart daran arbeitete, nicht seine Fassung zu verlieren, versuchte das im Sundown Hideaway zurückgebliebene Trio, sich zu entspannen. Dank Nimo hatten Chris, Simba und Zola neue Kleidung zum Wechseln und sogar Badesachen.

„Wir können im Moment doch sowieso nichts machen. Bis Ray zurückkommt, wird es schon Zeit fürs Abendessen sein. Also, was wollt ihr die ganze Zeit den Verstand verlieren, für nichts? Lasst uns lieber das Beste draus machen", entschied Simba, dem Nimo gestern einen neuen Haarschnitt verpasst hatte. Statt der wirren Rastalocken und dem langen Bart war seine Frisur jetzt ordentlich gestutzt. Mal davon abgesehen, dass er den vom Himmel gefallenen Luxus auskosten wollte, sah er die Angelegenheit so pragmatisch, wie er es den anderen beiden sagte. Es gab für alles eine Zeit, und jetzt war nun mal eine Phase des Wartens. Das konnten sie nicht ändern, sie mussten sich gedulden. Und da konnte man seiner Meinung nach auch getrost in den Pool springen. Also zog er sich seine neuen Badesachen an und tat genau das.

Während Simba seine Runden drehte, kam Chris wieder auf die Terrasse.

„Ist das wirklich so eine gute Idee? Immerhin hast du noch eine genähte Wunde", äußerte sein Freund seine Skepsis.

„Ach was, meinem Bein geht es fantastisch. Bin ja nicht so eine Pussy wie du. Außerdem haben wir hier unsere private Krankenschwester."

„Na, die wird sich ja freuen, wenn sie dich wieder zusammenflicken darf."

„Kommst du jetzt ins Wasser oder willst du den ganzen Tag da rumstehen und mir auf den Sack gehen?"

Die Provokation ließ Chris nicht auf sich sitzen: „Na warte!"

Schon sprang er zu Simba ins Wasser, und die beiden lieferten sich eine leidenschaftliche Rangelei. Sie rauften, versuchten, sich gegenseitig unter Wasser zu drücken, und kebbelten sich wie zwei Halbwüchsige. Vor lauter Lachen und dem ständigen Auf-und-ab-Tauchen hatten sie zwischendurch das Gefühl, das halbe Wasser aus dem Pool geschluckt zu haben. Doch es tat so gut. Für kurze Zeit waren sie wieder die zwei Jungen, die an nichts anderes denken mussten als an die Hausaufgaben für morgen und die nächste Klassenarbeit. So, als wären sie nie voneinander getrennt gewesen und als hätte es die Entführung und Schrecken der Lord's Resistance Army nie gegeben. Als gäbe es keinen Selowane, keinen Schmidt, keine CIA und keine Terroranklage. Nur kurz brachen sich diese Punkte in Chris' Bewusstsein und versetzten ihm einen Stich, doch er schob sie energisch von sich. Er würde die Zeit mit seinem Freund aufs Vollste auskosten. Dem Freund, den er für immer verloren geglaubt und dem er so lange nachgetrauert hatte.

Als sie sich schnaufend und lachend am Beckenrand festhielten, sahen Simba und Chris, dass Zola es sich mittlerweile auf einer der Liegen bequem gemacht hatte. In dem rapsgelben Badeanzug kam ihre Figur wunderbar zur Geltung, und Chris erhaschte zum ersten Mal einen Blick auf ihre nackten, gertenschlanken langen Beine. Ihre nussbaumfarbene Haut glänzte in der Sonne. Er hatte sie von Anfang an schön gefunden, doch jetzt sah Zola in seinen Augen aus wie eine Göttin. Simba grinste und boxte seinen Freund unter Wasser in die Seite.

„Ich werde deine Wunde nicht wieder nähen, wenn die Nähte vom ganzen Chlorwasser aufweichen", rief Zola Simba zu.

„Aaaach, was stellt ihr Deutschen euch denn so an! Ich habe die Haut eines Nashorns! Ihr seid einfach zu empfindlich und verweichlicht", feixte er zurück. „Komm lieber zu uns ins Wasser und spiel mit deinem Freund."

„Hey, Mann, jetzt übertreib's mal nicht", warnte Chris ihn halblaut.

Beim Anblick seines ganz in Verlegenheit geratenen Freundes lachte Simba lautstark auf. Auch Zola war errötet und hatte die Beine am Körper angewinkelt, holte aber zum Gegenschlag aus: „Wenn ihr so weitermacht, ist in dem Pool nicht mehr genug Wasser zum Schwimmen."

„Ja, Frau Bademeisterin, Sie haben ja völlig recht", lenkte Simba mit gespielter Demut ein und kletterte lachend aus dem Pool. „Ich sollte mir sowieso ein bisschen die Beine vertreten, bevor mir hier noch Schwimmflossen wachsen. Apropos Beine", er stolzierte auf Zola zu und führte ihr demonstrativ das genähte Bein vor, „wie Sie sehen, alles in bester Ordnung, Frau Doktor!"

„Das freut mich außerordentlich", witzelte Zola augenrollend, auch wenn sie das Zucken ihrer Mundwinkel nicht ganz verbergen konnte.

Mit lautem Lachen schnappte Simba sich ein Handtuch von einer Liege und joggte in Richtung Strand davon. Zola schaute ihm kopfschüttelnd hinterher, während Chris sich ein Schmunzeln nicht verkneifen konnte.

„Er war schon immer der unbekümmerte Draufgänger", erklärte er Zola.

„Er muss dir sehr gefehlt haben", überlegte sie laut und blickte nachdenklich zu ihm.

„Ich habe mich lange gefragt, was aus ihm geworden ist. Was an dem Tag passiert war, warum er nicht mit mir geflohen war. Ob er überhaupt noch lebte. Aber die Fragen plagten mich nicht mehr tagein, tagaus."

Simba und er hatten Ray und Zola schon am ersten Abend im Sundown Hideaway erzählen müssen, woher sie sich kannten. Dabei waren sie auch nicht um ihre Vergangenheit als Kindersoldaten herumgekommen. Chris hatte ein schlechtes Gewissen, dass Zola nach ihren eigenen traumatischen Erfahrungen auch noch mit seinem Trauma konfrontiert wurde. Auch Ray hatte er angesehen, wie sehr ihn diese neue Information über seinen Schützling bewegt hatte und wie ihn das Begreifen über Chris' anfängliche Ablehnung der Projektübernahme in Somaliland überkam. Trotzdem war Chris froh, dass die beiden nun davon wussten, denn sie waren für ihn nach seinen Adoptiveltern die zwei wichtigsten Menschen in seinem Leben.

Gerade als ihm diese Erkenntnis kam, stieg Zola über die Treppenstufen in den Pool, sodass er aus seinen Grübeleien gerissen wurde. In dem Moment, wo sie bis zum Kinn im Wasser war, schloss sie kurz die Augen und seufzte wohlig auf. „Simba hatte nicht unrecht damit, uns zum Entspannen zu überreden", stellte sie genussvoll fest und ließ sich auf dem Rücken auf dem Wasser treiben.

Chris blieb zuerst am Beckenrand, bis Zola sich wieder herumdrehte und gemächlich durch den Pool schwamm. Es war Ewigkeiten her, seit sie allein gewesen waren, wobei sich selbst dann immer Menschen um sie herum befunden hatten. Diese Feststellung machte Chris wie auf Knopfdruck nervös, auch wenn es ihn natürlich freute, endlich mit Zola allein sein zu können. Doch wenn er schon spürte, wie sein Herz zu pochen anfing, wie ging es ihr dann wohl erst? Sie hatten sich zwar schon geküsst, aber das war nur das eine Mal und in einem aus anderen Gründen aufgewühlten Moment gewesen. Chris wollte nichts überstürzen. Schließlich fasste er sich ein Herz und schwamm langsam zu ihr.

„Wie geht es dir?", fragte er sanft.

Zola seufzte, lächelte ihm aber zu. Wassertropfen sammelten sich in ihren Haaren und zogen sie leicht herab, doch weil ihre Naturlocken so dick und ungebändigt waren, würde es noch eine ganze Weile dauern, bis sie komplett durchtränkt wären. „Es fühlt sich immer noch nicht real an. Nichts davon. Aber uns geht es gut, und wir haben eine Spur, und bekanntlich gibt es für jedes Problem eine Lösung. Zumindest versuche ich, mir das so zu sagen. Und dir?"

„Dito, würde ich sagen. Zumindest sind wir nicht allein und müssen das nicht jeder für sich durchstehen. Gemeinsam sind wir stark."

Sie lächelten sich an, und Zola schwamm zum Beckenrand. Dann fragte sie: „Wer ist eigentlich dieser Ray? Also, ja, er ist dein Chef. Aber warum hilft er dir?"

Chris schwamm zu ihr und lehnte sich neben sie mit den Unterarmen an den Beckenrand. „Weißt du, wie die Leute ihn hier nennen: ‚Der Große Ray'. Das klingt vielleicht übertrieben, aber wenn man ihn ein wenig kennt, versteht man das besser. Er hat nicht nur wahnsinnig viel Erfahrung in der Investment- und Private-Equity-Welt und stand schon als Ebenbürtiger einigen bekannten Persönlichkeiten gegenüber. Er ist auch ein Visionär. Ihm ist es egal, wenn andere Leute seine Meinung nicht teilen oder ihm Steine in den Weg legen, wenn er von seinen Ideen und davon, dass sie die Welt verbessern werden, überzeugt ist. Dann verfolgt er sie und setzt sie in die Tat um, macht aus bloßen Vorstellungen Realität. Erschafft etwas aus dem Nichts. Der technologische Fortschritt in Somaliland ist nur eines von vielen Beispielen."

„Du bewunderst ihn wirklich sehr", merkte Zola an. In ihrer Stimme lag eine solche Wärme, dass sie sich anfühlte wie die Sonne auf seiner Haut.

„Oh ja, das tue ich", gestand Chris ohne zu zögern. „Ich bewundere diesen Mann. Für alles, was er erreicht hat, für seinen Verstand, für seine professionelle, aber dennoch überaus menschliche Art. Und ich bin ihm dankbar, dass er an mich geglaubt hat. Dass er mir als Werkstudent nicht nur eine Chance gegeben, sondern mir schon sehr früh Verantwortung übertragen hat. Und dass er mich ermutigt hat, das Projekt hier vor Ort zu übernehmen, auch wenn er mich damit wirklich ins kalte Wasser geschmissen hat. Aber er wusste, was er tat und dass ich es schaffen würde, obwohl ich es nicht sehen wollte." Nach einer kurzen Denkpause, in der Chris spürte, wie Zolas Blick auf ihm ruhte, fügte er hinzu: „Die meisten meiner Freunde finden es komisch, mich so über meinen Chef reden zu hören. Oder wenn ich erzähle, dass wir mit Kollegen abends ausgehen oder Ray mich zum Essen einlädt. Aber ich empfinde es nicht so, weil ich in ihm mehr als nur meinen Chef sehe. Er ist für mich ein Vorbild und Lehrer und Ratgeber zugleich."

„Das finde ich unglaublich schön", bestärkte Zola ihn. „Und ich finde, er hat zu Recht erkannt, dass du deine neue Rolle ganz wunderbar meistern würdest. Er mag ‚Der Große Ray' sein, aber du solltest dich deswegen nicht kleinreden. Du bist mindestens genauso toll wie er." Als Chris den Kopf zu ihr drehte, errötete sie und schaute schnell weg.

„Danke für das Kompliment", sagte Chris ehrlich berührt und drehte sich komplett zu ihr um. Sie waren sich jetzt so nah, dass er sehen konnte, wie schnell sich Zolas Brust hob und senkte. „Wobei ich das nur genauso zurückgeben kann."

Ein leises Glucksen stieg ihr die Kehle hoch, und sie strich sich voller Verlegenheit die Haare zurück. Zola spürte, wie ihr das Herz im Halse hämmerte und sich das kühle Wasser um sie herum plötzlich viel zu warm anfühlte. So nah war sie Chris noch nie gewesen, oder überhaupt einem Mann, schon gar nicht mit so wenig Kleidung und nichts weiter als ein paar Zentimetern Wasser dazwischen. Ihr kam unweigerlich das Strandfoto von Instagram in den Sinn, und sie realisierte erst jetzt, dass sie ihn nicht bloß auf einem Foto, sondern unmittelbar vor sich sah. Chris hatte eine straffe, schön gewölbte Brust, ausgeprägte, starke Schultern und ein sich sehr dezent abzeichnendes Sixpack. Nicht dass sie jemals konkrete Vorstellungen vom Traumbody ihres Traummannes entwickelt hätte oder überhaupt hätte beschreiben können, was eigentlich ihr Typ Mann wäre. Doch sie fühlte sich magnetisch zu Chris hingezogen und spürte, wie ihr Körper sehr deutlich auf seine Attraktivität reagierte.

„Weißt du eigentlich, dass du mir seit dem Abend im Füchschen nicht mehr aus dem Kopf gegangen bist?", fragte Chris leise. Er kam einen Schritt auf Zola zu, sodass zwischen ihren Körpern nur noch wenige Millimeter lagen. Sie wirkte auf ihn so zart, mit ihren klar konturierten Gesichtszügen, den zierlichen langen Gliedmaßen und den genau an den richtigen Stellen platzierten Rundungen. Er sah, wie angespannt sie war, doch er erkannte auch das wachsame, erwartungsvolle Funkeln in ihren Augen.

„Ich habe auch nur an dich denken können", hauchte sie.

Chris nahm eine Hand sachte an ihre Wange, und wie automatisch legte sie eine Hand auf seine Brust. Sie sahen sich tief in die Augen.

„Darf ich dich küssen?", fragte er heiser.

„Darfst du", antwortete sie kaum hörbar.

Chris zog sie mit der anderen Hand am unteren Rücken zu sich, beugte sich zu ihr herunter und küsste sie zärtlich. Mit einem Seufzen schloss Zola die Augen und gab sich dem Gefühl seiner Lippen auf ihren hin. Ihr Körper fühlte sich an, als würde sie zerschmelzen. Chris spürte, dass Zola ganz leicht zitterte. Deswegen widerstand er dem Drang, sie direkt weiterzuküssen, und schaute sie wieder an. Sie öffnete blinzelnd die Augen, die ihn, gleich zwei Kastanien und leicht verunsichert, ansahen.

„Fühlst du dich so wohl, oder kann ich etwas anders machen? Ich möchte, dass es dir gut geht."

„Das tut es", versicherte sie ihm. Dann presste sie die Lippen leicht aufeinander und senkte den Blick, ehe sie ihn wieder hob, ohne ihn jedoch direkt anzusehen. Ihre Finger fuhren ganz leicht über seine Brust, als sie weitersprach. „Es ist nur ... vor dir hat mich noch nie jemand geküsst. Und ich habe auch noch nie jemanden ... so berührt. Ich weiß nicht, ob ich weiß, was ich tun soll ..."

Genau das hatte Chris sich schon von Anfang an gedacht. „Aber das ist doch nicht schlimm, Zola", ermunterte er sie. Er legte die

Finger unter ihr Kinn und bedeutete ihr mit sachtem Druck, ihn anzusehen. Sein Herz machte einen Satz, als er die Scham in ihren Augen sah. „Das ist doch nichts, wofür du dich zu schämen brauchst. Ich möchte, dass du dich wohlfühlst und mir alles offen sagst. Hab keine Angst. Sag mir, wenn ich zu schnell bin oder wenn du etwas anders haben möchtest. Hör auf das, was sich für dich gut anfühlt."

„Okay", flüsterte sie. Nach kurzer Überlegung fügte sie hinzu: „Dann möchte ich, dass du mich noch mal küsst."

„Nichts lieber als das", freute er sich und zog sie in eine enge Umarmung.

Zola legte beide Hände auf Chris' Brust ab und lehnte sich in seine starken Arme. Sie ließ sich komplett von dem wohligen Wirbel vereinnahmen, der in ihrer Brust und ihrem Bauch tanzte, und von dem Gefühl von Chris' warmem Körper an ihrem. Diese ungewohnten Empfindungen waren noch viel schöner, als sie es sich jemals vorgestellt hatte. Sie war perplex, als Chris mit dem Daumen behutsam ihre Unterlippe herunterzog, ließ ihn aber gewähren und öffnete instinktiv den Mund. Kaum spürte sie seine vollen, weichen Lippen über ihre streichen, folgte auch schon seine Zunge und fand die ihre. Wie von allein folgte Zola seinen Bewegungen. Es gefiel ihr, Chris zu schmecken, und sie war ganz eingenommen von dem kräftigen Ranken ihrer Zungen. Zwischendurch, wenn ihre Münder sich für Wimpernschläge voneinander entfernten, entwich ihr Atem in leisen Seufzern, ohne dass sie Kontrolle darüber gehabt hätte. Auch Chris verlor sich in ihren Liebkosungen, wobei er dennoch darauf horchte, wie Zola sich in seinen Armen anfühlte. Er wollte, dass sie sich sicher und verwöhnt fühlte, wollte ihr zeigen, dass sie sich für nichts schämen sollte und fallen lassen konnte. Zwar war ihm vom ersten Moment an bewusst gewesen, dass er die Führung übernehmen müsste, doch er würde Zola die Möglichkeiten zeigen und ihr die Entscheidung überlassen, wozu sie wann bereit wäre. Nach einer gefühlten Ewigkeit schaute Chris sie wieder an. Lächelnd streichelte er ihre Wange, und Zola tat es ihm gleich. Vorsichtig zeichnete sie mit den Fingern die Linien seiner Wangenknochen nach, strich ihm über die Brauen, fuhr an den Schläfen seinen Haaransatz entlang und folgte der Linie bis auf seinen Hals. Dann hielt sie inne, weil sie sich dabei ertappte, wie sie die Bewegungen völlig unbewusst tat.

„Du darfst mich ruhig überall anfassen und alles erkunden, was du möchtest", ermutigte Chris sie, als er ihre Verunsicherung bemerkte. Und weil ihre federleichten Berührungen seine Haut zum Prickeln brachten. Zola schluckte. Und wie sie das wollte. Doch sie spürte auch etwas, was sie noch nie zuvor gespürt hatte: ein kaum kontrollierbares Verlangen, eine geradezu übermächtige Sehnsucht danach, von Chris berührt zu werden. Sie sah, wie er sie aufmerksam beobachtete, und auch wenn sie sich nie unwohl in seiner Nähe gefühlt hatte, überkam sie in diesem Moment wie eine Welle die wohlige Gewissheit, dass sie in den Armen dieses Mannes immer in Sicherheit sein würde.

„Und wenn ich mir wünschen würde, dass du mich überall anfasst und erkundest?", fragte sie ihn und war selbst fast schon erschrocken über ihre Worte. In seinen Augen flackerte Überraschung auf, doch dann lachte er vergnügt auf und gab zwischen zwei Küssen zu: „Nichts lieber als das."

Der letzte Kuss fiel schon fordernder aus, als die vorherigen. Chris zog sie fester an sich heran und legte seine Hand in ihren Nacken, während seine Zunge sich wieder einen Weg in ihren Mund bahnte. Doch Zola machte es nichts aus, im Gegenteil. Es spiegelte wider, wie jede Faser in ihr nach mehr verlangte. Sie fühlte sich wie in Trance, als wäre sie leicht angetrunken, mit dem Unterschied, dass sie ganz klar wusste, dass sie Chris' Nähe spüren wollte. Erfahren wollte, wie es sich anfühlte, wenn er sie berührte. Als er fragte, ob sie nach oben gehen wollten, bejahte Zola ohne Umschweife.

Doch gerade als Chris ihr noch einen zärtlichen Kuss auf die Lippen hauchte und sich von ihr löste, ertönte Simbas dröhnende Stimme: „Hey, schaut mal, was ich am Strand gefunden habe!"

Zola zuckte vor Schreck zusammen.

„Das ist jetzt nicht sein Scheißernst ...", knurrte Chris und drehte sich um.

Simba stand mit einem breiten Grinsen am schräg gegenüberliegenden Beckenrand und warf einen verdreckten Volleyball immer wieder hoch. „Ist das nicht cool? Den können wir direkt ausprobieren!"

„Alter, das ist jetzt nicht dein fucking Ernst?!", fauchte Chris ihn wütend an.

Doch Simba lachte nur und schmetterte ihm den Ball entgegen. Chris warf sich vor Zola, die aufschrie und sich an seine Arme klammerte, und fing den Ball ab.

„Was ist denn mit dir los? Kannst du keinen Ball mehr fangen?", feixte Simba.

Chris versuchte, kontrolliert auszuatmen. „Es tut mir so leid", flüsterte er Zola zu, die ihm über seinen mahlenden Kiefer strich und leise giggelte. Ihr unschuldiger, von abfallender Aufregung durchzogener Blick und ihr vergnügtes Lächeln besänftigten kurz seine Wut. Und dass sie ihn in diesem Moment vorsichtig küsste, versetzte seinem Herz und Eingeweiden einen großen Hüpfer.

Sie wollte gerade etwas sagen, als sie ein schweres Platschen hörte. Simba war in den Pool gesprungen, hatte sich den Volleyball gegriffen und machte Anstalten, Chris wieder damit abzuwerfen. „Zeig mir, dass du es noch draufhast, sonst muss ich mir ernsthaft Sorgen um dich machen!" Er warf Chris den Ball gegen die Brust, der sich schon umgedreht hatte und auf ihn zuschritt, und kletterte in gespielter Furcht und lautstark lachend wieder aus dem Wasser.

„Komm bloß her, ich reiße dir deinen blöden Riesenschädel ab, du Idiot!" Mit diesen Worten sprang Chris aus dem Pool und jagte Simba hinterher. Währenddessen wickelte sich Zola in ein Handtuch ein, setzte sich auf eine Liege und sah den beiden kichernd dabei zu, wie sie sich im weißen Sand wälzten und miteinander rangen.

Kapitel 36 – Donnerstag, 10. März 2022

Am nächsten Morgen fuhren Chris, Simba, Ray und Zola nach Hargeisa. Nachdem Ray ihnen beim Abendessen frustriert von seinem Gespräch mit Marie Seidel erzählte, das mehr Fragen aufgeworfen als Antworten eingebracht hatte, war ihre einzige Option Ibrahim Ghalib. Also legten Chris und Simba wieder ihre Handwerkermonturen an und setzten sich große Pilotensonnenbrillen auf. Ray beließ es bei seiner normalen Freizeitkleidung. Da Zola ihrem Onkel nicht gegenübertreten wollte und die Männer sie auch nicht im Sundown Hideaway allein lassen wollten, setzten sie sie auf ihrem Weg im Präsidentenpalast ab. Den Vorschlag hatte Fatima Ray selbst unterbreitet, weil sie nach seiner Villa bei ihr am sichersten aufgehoben wäre und weil sie nach der hektischen Flucht gerne Gelegenheit hätte, in ruhiger Atmosphäre mit der jungen Frau zu sprechen. Also begleitete Ray Zola in das Innere des Palastes und gab sie in Fatimas Obhut, ehe er mit Chris und Simba zum Modulhändler weiterfuhr.

Fatima begrüßte Zola herzlich.

„Unser Kennenlernen verlief leider etwas hitzig, deswegen freue ich mich, dich bei mir zu Gast zu haben. Und ich bin erleichtert, dass du gesund und unverletzt bist. Chris und Ray haben schon so viel über dich erzählt."

„Es ist mir etwas unangenehm, dass ich Sie nicht angemessen gegrüßt hatte", entschuldigte sich Zola beschämt, „denn es ist mir wirklich eine große Ehre, Sie kennenlernen zu dürfen."

„Unsinn, das braucht dir nicht unangenehm zu sein, schon gar nicht in der Situation. Und nenn mich, bitte, Fatima", lächelte die Präsidentin milde.

Sie setzten sich auf der Terrasse an einen Tisch, der mit Obstkörben, Tellern voll zuckrigem Gebäck, einem Saftkrug und einer Kaffeekanne aus Edelstahl gedeckt war.

„Ich hoffe, das Gespräch mit meinem Onkel wird uns weiterbringen als das mit Frau Seidel", äußerte Zola ihre Gedanken. „Sonst stehen wir wieder am Anfang und haben keinen Beweis, dass Chris unschuldig an der Explosion und den Todesopfern ist."

„Es muss eine Möglichkeit geben", ermutigte Fatima sie, während sie ihnen Kaffee eingoss. „Ich bin davon überzeugt, dass er nichts mit dem Attentat zu tun hat. Und dass es einen Weg gibt, das zu beweisen. Aber dafür müssen wir herausfinden, wer der Drahtzieher hinter dem Ganzen ist. Ich meine, hier vor Ort, in Somaliland. Denn auch wenn dieser Sven Schmidt alles in Auftrag gegeben hat, muss es jemanden hier geben, der Selowane unterstützt hat. Ibrahim Ghalib mag für die Finanzen verantwortlich sein, aber die eigentliche, dreckige Arbeit wird da schon außerhalb seines Wirkungskreises liegen. Bleibt nur die Frage, in wessen."

„Darüber haben wir uns auch schon den Kopf zerbrochen, aber bis auf meinen Onkel kommt bisher niemand infrage", sagte Zola. Sie wollte nicht ansprechen, dass Simba Major Ali Tur schon als Waffenhändler benannt und sie gestern Abend in der Runde schon über seine möglichen Motive nachgedacht hatten, weil sie Fatima nicht zu nahe treten wollte. Ihr war bekannt, dass er ihr Neffe und der Befehlshaber ihrer Präsidentengarde war.

Doch Ray hatte ihre Überlegungen bereits mit Fatima geteilt, weswegen sie die junge Frau wieder anlächelte. „Neben deinem Onkel gibt es noch ein paar einflussreiche Männer in Somaliland. Und auch wenn ich über diese Möglichkeit wirklich nur ungern nachdenken möchte, muss ich meinen eigenen Neffen leider auch als möglichen Beteiligten in Betracht ziehen."

„Das tut mir wirklich leid", bekundete Zola.

„Nein, mir tut es leid", erwiderte Fatima und legte eine Hand auf Zolas Arm. „Ich weiß, dass er dich zur Frau will und du deswegen im Edna Adan Maternity Hospital festgehalten wurdest."

Fatima hatte selbst eine Weile gebraucht, sich von dieser Information zu erholen. Sie kannte die Riten und die damit verbundenen Schrecken und kämpfte schon vor ihrem Amtsantritt mit Gleichgesinnten gegen diese barbarische Praktik. Umso mehr hatte es sie erschüttert, dass einer der angesehenen Ärzte ausgerechnet im Edna Adan Maternity Hospital diese Operation vollzogen hätte. Fatima wollte Zola nicht mit dem Erlebten allein lassen und es ihr leichter machen, über ihre traumatische Erfahrung berichten zu können. Natürlich war sie bei Ray in guten Händen, und Chris hatte ohne jeden Zweifel auch nur Zolas Wohlergehen im Sinn. Doch Fatima war sich sicher, dass ihre junge Gesprächspartnerin über dieses Thema lieber mit einer Frau sprechen würde. Bei ihren Worten hatte sich Zolas ganzer Körper wie auf Knopfdruck angespannt, ihre Augen hatten sich geweitet und sie musste schlucken. Fatima strich ihr beruhigend über den Arm und drängte sie nicht. „Ich verspreche dir, dass du in Sicherheit bist. Und ich möchte, dass du weißt, dass du damit nicht allein zurechtkommen musst."

Zola nickte und brachte ein zittriges „Danke" hervor. Obwohl sie vollkommen sicher war, dass sie mit Chris darüber jederzeit sprechen könnte, hatte sie es bisher nicht übers Herz gebracht. Er wurde einer Terrortat verdächtigt und von der CIA international gesucht. Und hatte seinen Kindheitsfreund wiedergefunden. Er hatte genug andere Sorgen und akutere Probleme zu lösen, als dass sie ihn jetzt als Psychiater beanspruchen würde. Nachdem sie ein wenig auf ihrer Lippe gekaut hatte, nahm sie das offene Ohr der Präsidentin dankend an und sprach leise weiter: „Es war schrecklich, mich nicht dagegen wehren zu können. Von anderen Frauen so behandelt zu werden. Dass meine eigene Tante mit ihren Dorfhexen zu so etwas fähig war. Und dass nicht einmal die Zuflucht wirkliche Sicherheit geboten hat, das war nicht das Schlimmste. Dass meine Eltern nichts dagegen getan haben, das war das Schlimmste. Wobei mein Vater mir vorgestern versichert hat, dass er das niemals gewollt hätte. Aber ich weiß schon gar nicht mehr, was ich glauben kann und was nicht. Er und mein Bruder sind Teil des Hawala-Systems, das ist noch schlimmer, als wenn nur Onkel Ibrahim zwielichtige Geschäfte treibt und sich über mich hinwegsetzt. Meine Familie ist kriminell und interessiert sich nicht für mein Recht auf Selbstbestimmtheit."

Je mehr sie sprach, desto mehr sprudelte es aus Zola heraus. Ihr Atem war zu einem Keuchen geworden. Mit dem Zipfel ihres Dirac wischte sie sich über die Augen, und Fatima nahm sie tröstend in den Arm. „Seit ich mich erinnern kann, war ich anders. Anders als die anderen Kinder im Kindergarten und in der Schule, anders als meine Cousins und Cousinen, anders als meine Familie. Ich habe nie irgendwo reingepasst. Aber zu meiner Familie wollte ich irgendwann auch gar nicht mehr passen. Ich wollte frei sein, meine eigenen Entscheidungen treffen. Wenn ich erst mit der Ausbildung durch bin, dann werde ich auf eigenen Beinen stehen und mir mein Leben nach meinen Vorstellungen aufbauen, habe ich gedacht. Aber irgendwie habe ich es noch nicht geschafft, mich von meiner Familie zu lösen. Egal wie schwer es war, sie waren doch meine Familie. Und innerlich hatte ich immer einen leisen Ruf, das Bedürfnis, zu verstehen, wo meine Wurzeln liegen, und die Kultur zu erleben. Um so vielleicht auch meine Eltern besser zu verstehen. Also habe ich mich sogar über das angebotene Praktikum hier gefreut, ich wollte nach Somaliland. Und auch wenn mir klar war, dass ich weniger frei sein würde als in meinem Elternhaus, hätte ich mir niemals ausmalen können, was passieren würde ..."

Zola blickte betroffen zu Fatima. „Ehrlich gesagt, hatte ich nichts davon gewusst, was Frauen angetan wird. Das erste Mal, dass ich überhaupt damit konfrontiert wurde, war bei einer Geburt hier im Edna Adan Maternity Hospital. Ich war während meiner Ausbildung schon bei einigen schlimmen Operationen anwesend, habe ein abgetrenntes Bein und einen zu mehr als die Hälfte zertrümmerten Schädel gesehen, aber was ich bei der Geburt gesehen habe ..." Sie erschauerte und versuchte, die Bilder, die ihr unweigerlich in den Kopf drangen, schnell abzuschütteln. Fatima strich ihr aufmunternd über die Oberarme, und die Berührung half ihr, sich von der Erinnerung zu lösen und sie ins Hier und Jetzt zurückzubringen. Sie atmete tief durch und sprach weiter. „Das hat mir gezeigt, wie behütet ich aufwachsen durfte. Und dass ich allen Fesseln zum Trotz ein weitaus freieres Leben führe als so viele Frauen. Und auch wenn ich gerade nicht weiß, wie viel ich von dem glauben kann, was mir meine Familie erzählt, hat mein Vater offenbar wirklich nicht gewollt, dass mir das angetan wird. In dem Punkt bin ich geneigt, ihm zu glauben, denn sonst hätte man mich schon als Mädchen beschnitten."

„Mein Vater hat mich auch vor der Beschneidung bewahrt", erzählte Fatima. „Aber ich konnte keinen Mann aus Somaliland heiraten, weil ich ja keine ‚reine' Frau war. Dafür kämpfe ich mit Edna und allen aufgeklärten Frauen in Somaliland gegen dieses hässliche Ritual."

„Du kennst Edna Adan?", fragte Zola ehrfürchtig. Im nächsten Moment rügte sie sich selbst innerlich für diese unsinnige Frage. Natürlich kannte die Präsidentin von Somaliland berühmte Persönlichkeiten, vor allem Frauen, die sich genauso wie sie für Frauenrechte in Afrika und weltweit einsetzten.

„Oh ja, sie ist ein unglaublich inspirierender Mensch", schwärmte Fatima. „Sie wurde in früher Kindheit beschnitten und hat immer darunter gelitten. Aber sie hat sich darüber erhoben, indem sie den Betroffenen die bestmögliche Hilfe bieten wollte. Nicht nur durch den Kampf für Frauenrechte, sondern allen voran durch den Aufbau einer Anlaufstelle und medizinische Versorgung. Deswegen hat sie das Hospital gegründet."

„Aber wie kann es dann sein, dass ...", begann Zola zögerlich. Bis zu diesem Moment war sie nicht auf den Gedanken gekommen, zu hinterfragen, warum ihr ausgerechnet an dem Ort, der für die gesundheitliche Versorgung von Frauen einstand wie kein anderer, beinahe eine solche Misshandlung widerfahren wäre.

„... dass ausgerechnet dort eine Beschneidung durchgeführt worden wäre?", beendete Fatima Zolas Satz. Sie drückte wieder ihren Arm und seufzte kopfschüttelnd. Doch der niedergeschlagene Ausdruck, der ihren Blick kurz verdunkelte, wich sofort wieder purer Entschlossenheit. „Ich weiß es nicht, aber ich werde es herausfinden. Genauso wie ich mir mit Nia Gedanken darüber machen werde, wie wir die Frauenzufluchtsstelle zukünftig deutlich besser schützen können. In diesem Land herrscht allem Fortschritt der letzten Jahre zum Trotz noch zu viel Korruption."

Die Präsidentin reichte Zola ihre Kaffeetasse und lehnte sich mit ihrer eigenen gegen die Lehne ihres Sessels. Nachdem sie ein paar Schlucke genommen hatte, führte sie ihre Überlegungen weiter aus. „Ich glaube, wir haben eine gute Chance. Wir sind in einer guten Ausgangslage, in der Frauen in diesem Land und überall in Somalia und in ganz Ostafrika endlich offen über das Thema reden können. Zuvor war es ein Tabu, es wurde als unzivilisiert angesehen, wenn man die Verstümmelung auch nur erwähnte. Nun gibt es Radio- und Fernsehprogramme, Zeitungsartikel, wir sehen Dialoge in den Gemeinden, Stammesälteste und Männer, die Teil der Bewegung geworden sind und gemeinsam an der Seite der Frauen sagen, dass das falsch ist. Dass es ein schlechter Teil unserer Kultur, nicht Teil unserer Religion ist und geändert werden muss. Aber ich bin überzeugt, dass wir es schaffen werden, die Welt und das Leben so vieler Frauen zu verbessern."

In diesem Moment überkam Zola die Einsicht, warum Chris Ray so bewunderte. Diese Frau war stark und visionär. Denn sie kämpfte in einer Männergesellschaft für ihr Land, für eine bessere Zukunft, und hatte dabei gegen viel mehr anzukämpfen, als es ein Mann in ihrer Position müsste. Ein Gefühl der Ehrfurcht ergriff Zola, und sie wurde von immenser Dankbarkeit erfüllt. Wären die grässlichen Ereignisse der letzten Wochen nicht passiert, hätte sie Fatima Ali Tur nie kennengelernt und hätte nie aus der Energie dieser einmaligen Frau neuen Mut und Kraft schöpfen können. „Ich bin jedenfalls überzeugt, dass es Ihnen – dir – gelingen wird", äußerte Zola ihre Zuversicht und Bewunderung. „Ich kenne mich zwar nicht mit Politik aus, aber ich habe genug gehört, um zu wissen, dass du Somaliland zu einem viel lebenswerteren Ort gemacht hast."

Fatima lächelte sie an und gestand ein: „Ohne Unterstützung wäre das nicht möglich gewesen. Man muss nur die richtigen Partner finden." Während Zola nickend ihren Kaffee trank, versank Fatima kurz in Gedanken. Trotz, oder wohl eher gerade aufgrund der jüngsten Ereignisse erblühte eine innere Stärke in der jungen Frau. Fatima spürte sie wie eine feine Note, sah sie in Zolas gedankenvollen Augen. Auch wenn sie keinen Vergleich zu ihr vor ihrer Ankunft in Somaliland hatte, wusste Fatima, dass ihr Gast sich in einem Wachstumsschub befand. Wobei das leise Strahlen auch unverkennbar für etwas anderes stand. „Wenn wir schon von Partnern sprechen", zwinkerte sie Zola zu, die augenblicklich errötete, „kämpfe für dein Herz. Er liebt dich."

Durch ihre Verlegenheit hindurch sah Zola, wie ein wehmütiger Ausdruck in Fatimas Augen trat, ehe sie weitersprach. „Ich hatte, als ich so alt war wie du, auch einen Verehrer. Aber mein Vater hat mich damals aus Berlin abgeholt und mit dem Wiederaufbau unseres Landes begonnen, was auch mein Lebensmittelpunkt wurde. Ich habe den Mann erst viele Jahre später wiedergetroffen. Wir hatten beide unsere Leben aufgebaut, für Kinder war es zu spät."

„Das tut mir so leid", flüsterte Zola ergriffen.

Doch Fatima lächelte sie prompt an, und es begegnete Zola wieder der gutherzige, warme Blick aus den strahlenden Augen der Präsidentin. „Das Leben hat keinen Plan, weißt du. Das Leben ist eine Aneinanderreihung von Zufällen oder Gelegenheiten. Du triffst jeden Tag Entscheidungen. Gehe ich nach rechts oder nach links? Und das ist es. Du sitzt in einer Eisenbahn und entscheidest bei jeder Weiche, ob du nach rechts oder nach links fährst. Zurück fährt dein Zug niemals. Die einen fahren schneller, die anderen langsamer. Manchmal steigen Menschen zu dir ins Abteil oder steigen wieder aus. Aus dem Fenster siehst du blühende Landschaften oder Elend. Der Zug fährt weiter bis zur Endstation. Dann ist Schluss. Wo und wann das sein wird, weißt du nicht, aber du entscheidest dich immer für eine Richtung, ohne zu wissen, welcher der schönere Weg ist."

„Aber ich habe doch einen Plan. Ich möchte Ärztin werden und den Menschen helfen. Am liebsten hier in Somaliland. Und ich möchte einen Mann heiraten, der mich als Partnerin versteht und mich ernst nimmt. Keinen, der mich als Trophäe in seinem Haus ausstellen oder gegen meinen Willen formen möchte", schwappten die Worte aus Zola heraus.

„Dann verfolge deine Ziele. Du musst es nur wirklich wollen und dran glauben. Dann wirst du jedes Hindernis, das dir unterwegs begegnet, aus dem Weg räumen. Halte dir deine Ziele immer vor Augen und lass dich von niemandem, schon gar nicht von einem Mann, davon abbringen. Der richtige Partner wird dir eine Stütze sein und dich bestärken, doch alle anderen haben keinen Platz an deiner Seite verdient", ermutigte Fatima die junge Frau. „Wobei ich denke, dass du dir bei Chris da keine Sorgen zu machen brauchst. Er sieht in dir die Frau, die du bist und zu der du bereits heranwächst, und bewundert dich dafür. Ich bin mir sicher, dass er dich nicht nur auf Händen tragen, sondern dich immer auf deinem Weg unterstützen wird."

Zola spürte, wie ihr Gesicht wieder rot anlief. Doch auch wenn sie von Fatimas Ratschlägen peinlich berührt war, war sie davon mindestens genauso ergriffen. Es war das erste Mal, dass sie überhaupt so offen mit jemandem sprechen konnte, was für sich allein schon unglaublich guttat. Und dann war ihre Ratgeberin auch noch eine Präsidentin, die offen von ihren eigenen Erfahrungen sprach und ihr mehr Fürsorge entgegenbrachte als ihre eigene Mutter. „Danke", sagte Zola. Sie hätte ihrer Dankbarkeit gerne mehr Ausdruck verliehen, aber dafür ging in diesem Moment zu viel in ihr vor.

Doch es war auch nicht nötig. Fatima nahm sie einfach wieder milde lächelnd in den Arm. „Ich bin gerne für dich da, wenn du mich brauchst."

Kapitel 37

Simba hielt vor dem beeindruckenden Bürogebäude im Zentrum von Hargeisa, zu dem Ray ihn gelotst hatte. Chris packte schon den Türgriff, als Ray ihm die Hand auf die Schulter legte und ihn mit leichtem Druck zurückhielt. „Ich weiß, dass du Ibrahim am liebsten ein paar aufs Maul geben würdest. Bewahr dir diese Energie, die könnte uns später noch nutzen. Für den Anfang lass mich reden."

Die beiden Männer sahen sich fest in die Augen. Chris war bewusst, dass er sich zurückhalten musste und nicht von der wallenden Wut in ihm übermannen lassen durfte. Nur fiel es ihm gerade unsagbar schwer, Herr über seine Emotionen zu bleiben. Er nahm einen tiefen und beherrschten Atemzug, zählte innerlich von fünf runter und nickte Ray dann zu. Der entließ seine Schulter mit einem bekräftigenden Klaps, und die drei Männer stiegen aus dem Fahrzeug.

Chris und Simba folgten Ray durch den Eingangsbereich und die Treppe hoch bis in den dritten Stock. Oben angekommen, traten sie durch eine Glastür hindurch und fanden sich vor einer kleinen Rezeption wieder. „Wir möchten zu Ibrahim Ghalib", sagte Ray zu der Sekretärin, die mit einem freundlichen Lächeln aufgesprungen war.

„Das tut mir sehr leid, Herr Ghalib ist heute leider nicht im Haus."

Chris schaute sich um und erblickte einen Mann in Uniform unweit zu ihrer Rechten, der die Hände vor den Bauch hielt, die Schultern straffte und sie eingehend musterte. Er konnte spüren, wie Simba seine Körperhaltung hinter ihm veränderte, und auch in Chris spannte sich instinktiv alles an.

„Ich bitte um Verzeihung, aber der Kollege da vorne steht wohl kaum dekorativ in Herrn Ghalibs Abwesenheit vor der Tür", artikulierte Ray Chris' Gedanken höflich. „Wir müssen ihn wirklich dringend sprechen."

„Leider kann er heute niemanden empfangen", wies die Sekretärin ihn erneut zurück. Auch wenn ihr Lächeln professionell blieb, war darin dennoch ihre wachsende Verunsicherung zu sehen.

„Dann lassen Sie ihn bitte wissen, dass Ray Klein hier ist und nicht gehen wird, ehe er mit ihm gesprochen hat", versuchte Ray es ein letztes Mal. Doch als die Sekretärin nur eine hilflose Geste machte und keine weitere Initiative zeigte, kam von Simba ein gereiztes Schnauben. „So hat das keinen Sinn." Mit diesen Worten drehte er sich um und stampfte resolut auf den uniformierten Mann zu. Ibrahim Ghalibs Sekretärin entfuhr ein überraschter Ausruf, als Simba ihn scheinbar mühelos mit dem Unterarm an dessen Brust gegen die Wand drückte. „Bleib einfach, wo du bist, von dir wollen wir sowieso nichts", meinte Simba in lockerem Ton.

Währenddessen war Chris schon zur Tür gegangen und öffnete sie. Er hielt sich zurück und ließ Ray als Ersten eintreten, ehe er ihm hinterherging, Simba ihm folgte und die Tür hinter ihnen schloss. Ibrahim Ghalib fuhr halb von seinem Stuhl hoch, aber sein Gewicht drückte ihn wieder in den Sitz hinein. Panik stand in seinem Gesicht, und er hob defensiv die Hände. „Ich bin ein ehrlicher Händler!"

„Wir wissen alles über dich, Ibrahim", erwiderte Chris und baute sich demonstrativ vor ihm auf. Seine Stimme vibrierte vor Zorn, und er ballte die Hände zu Fäusten. So sehr er sich an Rays Anweisung halten wollte, hatte seine Vernunft sich in Luft aufgelöst, als er Zolas Onkel erblickt hatte. Doch Ray hielt ihn nicht zurück, sondern setzte sich mit überschlagenen Beinen in einen der Sessel Ibrahim gegenüber. Also fuhr Chris fort: „Du wolltest Zola an diesen Mistkerl Ali verheiraten und warst bereit, sie dafür auch noch zu verstümmeln!"

„Ali ist ein ehrbarer Mann und wird vielleicht bald Präsident. Eine Präsidentengattin als Nichte ist doch absolut zuträglich für mein Geschäft."

„Du verkaufst Sprengstoff, dem du diesem künftigen Vielleicht-Präsidenten abkaufst, und hast die Bezahlung für Selowane koordiniert", setzte Simba die Liste fort.

„Wer ist Selowane?"

Spätestens jetzt hätte Chris Ibrahim am liebsten in seine scheinheilige Visage geschlagen. „Selowane ist der Attentäter, der meinen Freund Rufus auf dem Gewissen hat. Und du hast Mitschuld an seinem Tod", kam es von Ray.

„Damit habe ich nichts zu tun! Ihr könnt mir nicht ..."

Ohne überhaupt mitbekommen zu haben, wie er um den Tisch herumgegangen war, packte Chris Ibrahim am Kragen. Er schäumte vor Wut, der letzte Satz hatte das Fass für ihn endgültig zum Überlaufen gebracht. „Entweder du erzählst jetzt, wie dein Geschäft mit Selowane gelaufen ist, oder du fliegst gleich aus dem Fenster!", drohte Chris.

Simba öffnete zur Untermalung das Fenster, vor dem er stand, und sah nach unten. Durch das heftige Pochen in seinem Kopf drang der Verkehrslärm zu Chris vor. Mit einer berechnenden Grimasse drehte sein Freund sich zu ihnen um und sinnierte: „Drei Stockwerke, auf der Straße wird ein riesiger Fettfleck sein, was Chris? Oder meinst du, unser Freund hier bekommt Flügel?"

Ibrahim wurde blass. Chris bedachte ihn mit einem Blick, von dem er sicher war, dass er den Teufel höchstpersönlich zum Blinzeln gebracht hätte. Also ließ er das schwer atmende Ekelpaket unsanft los und trat einen Schritt zurück. Ibrahim Ghalib strich sich hastig den Kragen glatt und griff mit zitternden Händen zu einer Schale auf dem Tisch. Dann stopfte er sich eine Dattel in den Mund, kaute energisch und schluckte sie geräuschvoll herunter. „Wollt ihr einen Tee?", fragte er kleinlaut. Als keiner reagierte und ihn stattdessen die Blicke aus drei Augenpaaren durchbohrten, hob er wieder, als Zeichen seiner Niederlage, die Hände und brabbelte los: „Ich wollte das doch alles nicht! Ich bin doch Geschäftsmann! Nichts liegt mir ferner, als Dinge zu unterstützen, die mir oder meinen Geschäftspartnern schaden könnten, das müsst ihr mir glauben! Es tut mir so leid, was geschehen ist!"

Simba schwenkte demonstrativ den Fensterrahmen von einer Handfläche zur anderen und tat so, als würde er vor Langeweile gähnen. „Erspar uns dein Geschwätz und komm zur Sache. Meine Hände jucken gerade, und das könnte auf meinen Freund hier überspringen."

Ghalib wischte sich mit einem Stofftaschentuch den Schweiß von der Stirn. Dann blickte er zu Ray, der durch sein stoisches Auftreten einen weniger impulsiven Eindruck vermittelte, und berichtete, dass Selowane zweimal bei ihm war. Beim ersten Mal direkt am Abend nach dem Anschlag auf das Solarkraftwerk. Ghalib hatte ihm das

Geld gegeben, nachdem sein Bruder Ahmad es ihm aus Düsseldorf freigegeben hatte. „Als er dann das zweite Mal kam, wurde ich ein bisschen stutzig. Eine Zahlung in dieser Höhe innerhalb von weniger als zwei Wochen für die gleiche Person ist eher unüblich. Als Ahmad mir wieder die fünfundzwanzigtausend freigegeben hat, habe ich ihn gefragt, ob es auf seiner Seite auch wieder die gleiche Person war. Er hat es bestätigt, verstand meine Verwunderung aber nicht, Kunde ist Kunde und Geld ist Geld, ist doch super, wenn das Geschäft so gut läuft. Da konnte ich ihm natürlich nicht widersprechen."

„Dein gutes Geschäft hätte deine eigene Nichte das Leben kosten können!", unterbrach Chris wutentbrannt seine Ausführungen.

„Ich wusste doch nicht, dass er das Krankenhaus sprengen wollte!", verteidigte Ibrahim sich vehement. „Du kannst von mir halten, was du willst, Junge, aber wenn ich das gewusst hätte, hätte ich Zola niemals ins Krankenhaus gefahren!"

Chris gefror das Blut in den Adern. „Du hast sie ins Krankenhaus gefahren?" Hätte Simba ihn in diesem Moment nicht am Arm gepackt, wäre Chris Ibrahim Ghalib an den schwabbeligen Hals gesprungen und hätte ihn mit bloßen Händen erwürgt. Seine Mordlust muss ihm über das ganze Gesicht gezogen sein, denn Ibrahim klammerte sich an die Lehnen seines Stuhls und starrte ihn aus vor Schreck aufgerissenen Augen an.

„Ist dir noch etwas anderes aufgefallen, außer der unüblichen Wiederholung?", lenkte Ray das Gespräch wieder in die richtige Spur zurück. Er warf Chris nur einen kurzen Seitenblick zu, ehe er den zwielichtigen Geschäftsmann wieder durch seine runden Brillengläser taxierte.

Ibrahim nickte hastig, nachdem er seine Nerven wieder mit einer Dattel beruhigt hatte. „In meinem Geschäft lernt man schnell, Menschen zu lesen. Diesem Selowane war anzusehen, wie zufrieden er war, als er das erste Mal kam. Abgesehen davon konnte ich mir schon selbst zusammenreimen, dass er etwas mit dem Anschlag auf das Solarkraftwerk zu tun gehabt haben musste."

„Und woher hatte er den Sprengstoff? Ibrahim, du weißt es. Los, raus mit der Sprache."

„Ali verkauft Waffen, Munition und Sprengstoff aus den Armee-beständen. Selowane könnte das gewusst haben und hat ihn vielleicht bei ihm gekauft. Das weiß ich aber nicht. Mein Geschäft ist doch nur die Ein- und Auszahlung von Bargeld. Wenn Geld aus Deutschland kommt, ruft Ahmad mich an und bestätigt, dass er das Geld erhalten hat und an wen es gehen soll, und ich zahle es dann hier in Somaliland an den genannten Empfänger aus. Und das war Selowane."

Chris hatte sich wieder in Bewegung gesetzt, was die Panik wie auf Knopfdruck in Ibrahim Ghalibs Augen zurückbrachte und seine Stimme schriller werden ließ. „Wenn du etwas von Ali Tur gehört hast und es nur jetzt nicht sagst ..."

„Ich habe solche Details noch nie von Ali bekommen! Er hat seine eigenen Vorgehensweisen und Leute, und wir halten unsere Kanäle strikt getrennt voneinander!", versicherte Ibrahim.

„Das stimmt, und normalerweise hält der Schweinehund sich an Abmachungen und verrät keinen seiner Kontakte", knurrte Simba.

„Hast du danach noch mal mit Ahmad gesprochen?", fragte Ray.

„Ja, und er schien meine Vorsicht da schon begriffen zu haben. Aber alles, was er sagte, war, dass Yusuf ein Auge auf die Situation hat. Mehr weiß ich nicht."

Chris beobachtete, wie Ray sein Gegenüber mit einem langen, abwägenden Blick bedachte. Dann stand er auf und nickte ihm und Simba zu. „Gib uns Zolas Pass, sofort", befahl Chris.

Ibrahim richtete sich verängstigt auf, hievte sich hoch, watschelte schwerfällig zum Tresor und kramte darin herum. Schließlich drehte er sich um und ging zögerlich auf Chris zu. Noch bevor er an ihn herantreten konnte, pflückte Chris Zolas Pass aus der Hand ihres Onkels. „Ich weiß noch nicht, was wir mit dir machen werden, aber halte dich bereit. Wir kommen wieder", sagte Chris, als er sich abwandte und an Rays Seite trat.

„Ach, und unser Besuch bleibt unser Geheimnis. Wenn du Ali sagst, dass du uns gesehen hast, besuchen wir deine Familie in Düsseldorf", drohte Simba im Vorbeigehen.

„Wenn den beiden hier was passiert, werde ich dafür sorgen, dass dein Hawala-Netzwerk in Deutschland ein Ende hat", fügte Ray als weitere Drohung hinzu.

„Das ist unser Geheimnis", verabschiedete Ibrahim die drei heftig nickend und ließ sich völlig erschöpft in seinen Ledersessel plumpsen. Er wischte sich mit seinem Stofftaschentuch die Schweißperlen von der Stirn, während Ray, Chris und Simba an dem uniformierten Mann vorbei aus dem Büro marschierten und das Gebäude verließen.

„Glaubt ihr ihm?", fragte Chris im Wagen seine Freunde.

„Prinzipiell glaube ich kein Wort", sagte Ray, „aber, na ja, Ahmad hat ja dasselbe berichtet. Entweder sie haben sich abgestimmt, oder es ist die Wahrheit."

„Die Ghalib-Brüder kümmern sich nur um die Finanzen. Sie können nicht sagen, ob oder was Schmidt und Selowane verbindet, weil sie sonst keine Beziehung zu ihnen haben", befand Simba und ließ den Wagen anspringen. „Aber das ganze System würde nicht funktionieren, wenn die Beteiligten sich nicht sicher sein könnten, dass das Geld vom richtigen Absender bei dem von ihm gewünschten Empfänger landet. Der Punkt muss also stimmen."

Die Rädchen in Chris' Kopf ratterten, als er sich zu Ray drehte und dessen grübelndem Blick begegnete. Während Simba sich in den Verkehr einfädelte, sprach sein Mentor wieder die gleiche Frage aus, um die sie schon die letzten Tage kreisten: „Was hat ein Neonazi davon, einen Attentäter zu beauftragen und ein Solarkraftwerk in einem nicht mal offiziell anerkannten Land sprengen zu lassen? Was ist sein Motiv?" Nach einer kurzen Denkpause fragte er Chris: „Was meinst du? Kann man den Ghalibs glauben?"

„Ich glaube ihnen. Ahmad Ghalib würde sein Wort dir gegenüber nicht brechen, weil er damit Zolas sichere Rückkehr aufs Spiel setzen würde. Und Ibrahim Ghalib hat sich fast in die Hose gemacht. Der Schwätzer hat ein Riesenmaul und viel Kohle – aber die Eier, dir einen Bären aufzubinden ...? Wohl kaum. Aber ja, es bleibt die Frage, warum dieser Nazi das alles beauftragt hat."

Das Gespräch zwischen Fatima und Zola wurde von einem Angestellten unterbrochen: „Entschuldigen Sie, Präsidentin. Major Ali Tur möchte sich nicht abweisen lassen."

Zola erschrak, und eine Welle der Panik überkam sie, mit dem übermächtigen Drang, die Flucht zu ergreifen. Sie sprang mit wild pumpendem Herzen auf, wurde aber von Fatima am Arm gepackt und sanft wieder zurückgezogen. Sie redete beruhigend auf Zola ein, wobei in ihrer gemäßigten Stimme eine gewaltige Überzeugungskraft lag. „Er kann dir nichts anhaben und er wird dich niemals in die Hände kriegen. Darauf gebe ich dir mein Wort. Ich lasse nicht zu, dass du als Opfer durchs Leben gehst. Deswegen bekommt er jetzt, was er verdient. Und danach wirst du erhobenen Hauptes und ohne Angst in die Zukunft sehen. Du musst nie wieder Angst vor ihm haben."

Zolas Atem zitterte und sie spürte, dass ihre Hände eiskalt geworden waren. Doch Fatimas Worte hatten ihre Angst gebändigt. Sie war nicht allein, die Präsidentin von Somaliland war an ihrer Seite. Und sie wollte gar nicht weglaufen. Ganz zaghaft regte sich die Entschlossenheit in ihr, dass sie sich von Ali Tur nicht zum Opfer degradieren lassen und ihm ins Gesicht blicken würde. Die Präsidentin drückte Zolas Hand mit einem Mut zusprechenden Lächeln, das sofort verschwand, als sie sich zu ihrem Angestellten drehte. „Bringen Sie ihn rein, ich wollte sowieso mit ihm reden."

Der Major polterte auf die Terrasse. In seinen Augen loderte Wut, und er warf sämtliche Vorschriften und Anstandsregeln über Bord, als er Fatima anschrie: „Wie kannst du es wagen, meine Braut vor mir zu verstecken?! Und sie auch noch als Gast zu empfangen, ohne mich darüber in Kenntnis zu setzen?!"

„Sie ist nicht deine Braut", stellte Fatima klar. Ihre Stimme war kälter als Eis. „Und weder sie noch ich sind dir Rechenschaft schuldig."

Ali tobte und kam einen Schritt auf Fatima zu. Zola zuckte unwillkürlich zusammen, doch die Präsidentin blieb, ohne mit der Wimper zu zucken, zwischen ihr und ihrem Neffen auf derselben Position stehen. „Es gibt eine Vereinbarung mit Ibrahim Ghalib! Wenn du sie missachtest, ziehst du die Ehre unserer Familie in den Dreck!"

„Du bist derjenige, der die Ehre unserer Familie in den Dreck zieht, Neffe", rügte Fatima ihn vor Zolas Augen. Ihre Stimme wurde mit jedem Wort von wachsender Wut erfüllt, und aus ihrem Blick schoss pure Verachtung auf Ali. „Indem du auf einer Genitalverstümmelung bestehst, wirfst du die Ehre der Familie, die Ehre deines Großonkels und Vaters unserer Nation in den Staub!"

„Jetzt übertreibst du es aber!", versuchte Ali sich zu wehren. Der Verweis auf den großen Ahmad Ali Tur brachte seine Rechthaberei ins Wanken und Zola sah, wie ihn der Schlag traf.

Doch Fatima holte erst noch aus. „Aber genau das wolltest du doch, oder? Eine ‚reine' Frau für den ehrenwerten Major. Sag mir, Ali, mit wie vielen jungen Mädchen hast du schon geschlafen? Willst du wirklich, dass sie keine Lust mehr empfinden, dass sie Angst vor jedem intimen Moment haben?"

Major Ali Tur lief knallrot an. „Wie wagst du es, über Ehre zu urteilen, wenn du selbst so ehrlos sprichst! Es gehört sich nicht, und schon gar nicht für eine Frau! Ob du nun meine Tante oder die Präsidentin bist, du hast nicht das Recht, mir solche Fragen zu stellen!"

„Oh, und ob ich das habe! Wer zu verklemmt ist, über Liebe, Sex und Lust zu sprechen, der fördert auch Unterdrückung, Vergewaltigung und Beschneidung. Und das kann ich nicht zulassen, schon gar nicht in meiner eigenen Familie. Also reden wir jetzt, Neffe." Dann beschrieb Fatima ihm in gnadenlosen Details, was mit den Frauen gemacht wird. Zola wand sich innerlich. Doch sie zwang sich dazu, ruhig zu bleiben und sich nichts anmerken zu lassen. Indessen bereitete es ihr tiefe Genugtuung, zu sehen, wie der eben noch rotgesichtige Ali immer blasser wurde und sich vor Scham und Fassungslosigkeit unter dem Bombenhagel aus Fatimas Augen und Mund krümmte. „Und nachdem sie diese Höllenqualen erlitten hat und aus ihrer empfindlichsten Stelle ein Narbengewebe geworden ist, willst du sie dann in der Hochzeitsnacht mit einer Rasierklinge aufschneiden und gewaltsam in sie eindringen. Sag mir, Ali, ist es das, was dir an Sex gefällt?" Ihr Neffe zuckte wie von einem Peitschenhieb zusammen, doch Fatima redete unbeirrt weiter: „Wenn du bereit bist, eine Frau auf diese Weise zu misshandeln und sie dem Wunsch nach

Intimität und Lust zu berauben, wird es dir also Lust bereiten, ihr noch mehr Grauen anzutun?"

Zola beobachtete, wie Ali die Hände hinter dem Rücken verschränkte und seine Züge wieder hart wurden. Gerade als sie dachte, dass er zum Gegenschlag ausholen würde, senkte er den Kopf und schüttelte ihn mit zusammengekniffenen Augen. In Fatimas Gesicht spiegelte sich leiser Triumph. Doch Zola erkannte darin auch eine gewisse Erleichterung, die sofort wieder ins Wanken geriet, als Ali sich wieder aufrichtete und sprach: „Aber es sind unsere Traditionen. Es war schon immer so und es gehört sich so. Und auch wenn einzelne Männer es nicht verlangen werden, so werden es doch alle anderen tun. Was willst du dagegen machen?"

„Nur weil es schon immer so war, heißt es nicht, dass es sich so gehört. Nur weil es Tradition ist, heißt es nicht, dass es gut ist und beibehalten werden muss. Nur weil alle anderen etwas tun, heißt es nicht, dass der Einzelne es genauso tun muss. Schon gar nicht, wenn er weiß, wie falsch es ist. Und erst recht nicht, wenn immer mehr Menschen anfangen, mit gutem Beispiel voranzugehen. Jeder Mensch hat ein Recht auf körperliche Unversehrtheit. Kein Gott, keine Religion, keine Traditionen oder überlieferten Rituale rechtfertigen die Verstümmelung eines Menschen. Punkt."

Der felsenfeste Blick, den die Präsidentin auf ihren Neffen richtete, verfehlte seine Wirkung nicht. In Alis stoischer Miene regte sich etwas, was selbst in Zola eine leise Hoffnung weckte. Das nahm auch Fatima zum Anlass, ihre Predigt fortzuführen: „Mein Vater mag ein frühes Vorbild in dieser Hinsicht gewesen sein, doch er hatte zu viele andere Probleme anzugehen und war diesbezüglich nie öffentlich aufgetreten. Sein Wirken fand in kleinem Rahmen statt und erstreckte sich nicht auf sein Land. In anderen Ländern, wie Deutschland, werden die Täter, die Frauen beschneiden, für mindestens ein Jahr eingesperrt. Das sollten wir uns zum Vorbild nehmen und weiter dagegen kämpfen. Schon 1997 hat eine stolze Somali, Waris Dirie, vor der UN in New York die Genitalverstümmelung angeklagt. Doch während es in den westlichen Ländern immer mehr ins Bewusstsein rückt und geahndet wird, wird es in vielen afrikanischen Ländern immer noch mit Tradition rechtfertigt. Es ist an der Zeit, dass sich endlich etwas ändert. Und diese Veränderung beginnt in den Köpfen Einzelner."

Mit diesen Worten warf sie Ali einen langen, schneidenden Blick zu und trat an Zola heran. All seinem Protest zum Trotz merkten die Frauen, dass die Worte seiner Tante ihn nicht unberührt gelassen hatten. Fatima schwieg und beobachtete, wie sich im Gesicht ihres Neffen neue Gedanken und Gefühle regten. Sie gab diesem wertvollen, empfindlichen Saatgut ein wenig Zeit, um erste Wurzeln zu schlagen, ehe sie zum finalen Schlag überging: „Du wirst diese reizende junge Frau nicht heiraten! Hast du das verstanden, Neffe?"

Prompt verhärteten sich seine Augen, und seine Mundwinkel zuckten vor Empörung. Doch als er sprach, erklang nur noch matter Protest. „Wie willst du das Ibrahim Ghalib erklären? Er hatte alles schon lange arrangiert."

Zola horchte auf. Was sollte das heißen? Doch sie wollte ihrem Möchtegern-Bräutigam keine Angriffsfläche oder gar Grund zu einer anderen Art von Sieg über sie bieten und wagte nicht, die Frage offen auszusprechen. Glücklicherweise war es Fatima auch aufgefallen. „Offensichtlich hat Ibrahim Ghalib außer Acht gelassen, dass Eheschließungen auch von den Frauen beider Familien abzusegnen sind. Erst recht, wenn es sich dabei um die künftige Gattin des möglicherweise künftigen Präsidenten handelt."

„Imana Ghalib hat mir selbst gesagt, dass ihre Schwägerin der Vereinigung zugestimmt hat", verteidigte Ali sich.

Es kam Zola vor, als hätte sich unter ihr ein Abgrund aufgetan. Ihre Mutter hatte der Ehe, ihrer Misshandlung zugestimmt? Das konnte nicht stimmen!

„Aber deine Mutter hat sich nicht mit mir beraten. Unabhängig davon, ob du mit ihr darüber gesprochen hast oder nicht, habe ich ein Vetorecht. Mehr brauche ich dem wehrten Ibrahim Ghalib nicht zu erklären", entgegnete Fatima.

„Aber ich habe doch schon für sie bezahlt."

Fatima schnaubte verächtlich auf. „Dann soll dir das eine Lehre sein. Woher hast du eigentlich das viele Geld?"

„Ich habe ein Kopfgeld für den Islamisten Simba Ongwen von den Amis kassiert", redete Ali sich heraus.

„Dessen Aufenthaltsort du nur kanntest, weil du früher schon mit ihm zusammengearbeitet hast", drängte Fatima ihren Neffen endgültig in die Ecke. „Wenn du Präsident meiner Garde bleiben und eines Tages eine Chance auf meinen Posten haben willst, schlage ich vor, dass du deinen Nebenverdienst überdenkst. Bis dahin will ich einen monatlichen Rapport über unsere Bestände und genaue Aufzeichnungen darüber, wem wann was ausgehändigt wurde. Und zwar nicht von irgendeinem deiner Soldaten, sondern von dir höchstpersönlich."

Ali salutierte mit gerecktem Kinn und verließ die Terrasse, ohne Zola eines einzigen Blickes zu würdigen. Als er außer Sichtweite war, sackte sie gegen die Lehne ihres Sessels zurück und stieß die Luft in einem heftigen, zitternden Atemzug aus. Dankbar ließ sie sich von Fatima in den Arm nehmen.

Kapitel 38 – Montag, 14. März 2022

Zola war erleichtert, als sie mit Ray ins Flugzeug stieg. Den ganzen Weg zum Flughafen war ihr flau gewesen, und beim Check-in und der Passkontrolle hatte sie ständig den Drang unterdrücken müssen, sich panisch umzusehen. Sie war nicht terrorverdächtigt und hatte ja wieder ihren Reisepass. Die formale Seite der Reise bereitete ihr keine Bedenken, zumal sie nicht einmal das Ticket hatte bezahlen müssen. Ray hatte darauf bestanden, dass die Kosten von Ray Capital übernommen würden, und weder auf ihren noch Ahmad Ghalibs Protest gehört. Aber was wäre, wenn ihr Onkel oder der Major im letzten Moment auf die Idee kämen, sie doch noch zurückzuhalten, und vor ihr erschienen? Selbst als sie schon auf ihren Plätzen saßen, wollte die Anspannung Zola nicht loslassen. Erst nachdem das Flugzeug abgehoben war und sie Hargeisa nicht mehr unter sich sah, konnte sie den ersten freien Atemzug nehmen. Sie waren unterwegs, endlich auf dem Weg nach Hause! Zola wurde von einer ungeheuren Welle der Erleichterung übermannt und musste sich die Hände vor den Mund legen, um nicht laut aufzuschluchzen. Vor den anderen Passagieren und vor allem vor Ray wollte sie auf keinen Fall überemotional werden, doch es fiel ihr schwer, den Wirbelwind an Gefühlen im Zaum zu halten. Ray tätschelte aufmunternd ihren Arm, und sein fürsorglicher Blick blies ihre Scham weg.

„Meinst du, wir haben eine Chance, Chris' Unschuld zu beweisen und ihn nach Deutschland zurückzubringen?", fragte Zola ihn bekümmert. Kaum hatte sich ihre Angst, Somaliland doch nicht verlassen zu können, gelegt, verlagerte sich ihre Sorge sofort auf Chris. Er war mit Simba im Sundown Hideaway zurückgeblieben und für den Moment zu Untätigkeit verdammt. Solange sie keine stichhaltigen Beweise zu Sven Schmidt und seiner Beteiligung an der Explosion hatten, mussten die beiden die Füße stillhalten. Zola war klar, dass es ein notwendiges Übel war. Aber allein die Tatsache, dass sie Chris zurücklassen musste, während sie nach Hause konnte, lag ihr schwer auf der Seele.

„Ich werde jedenfalls alles in Bewegung setzen, was in meiner Macht steht", sagte Ray zuversichtlich. „Morgen gehen wir erst mal zur Polizei, und von da aus sehen wir weiter."

Zola nickte eifrig. „Vielleicht bekommt die Polizei auch Informationen vom BND, die diese Agentin dir nicht geben wollte oder durfte."

„Abwarten, ein Schritt nach dem anderen."

Sie waren am Flughafen Marie Seidel begegnet. Die BND-Agentin hatte Ray mit einem blasierten Lächeln bedacht und war nach der Passkontrolle auf ihn zugetreten. „Freut mich, zu sehen, dass Sie meinen Rat beherzigt haben, Herr Klein. Ich hoffe, Sie konnten noch alles erledigen, was Sie sich vorgenommen hatten, und sind mit Ihren Ermittlungen auch vorangekommen." Mit einem neugierigen Blick auf Zola fügte sie hinzu: „Wie ich sehe, müssen Sie die lange Reise nicht allein verbringen."

„Danke der Nachfrage, Frau Seidel. Wir werden sehen, wie die Ermittlungen in Deutschland weitergehen. Aber erst mal wünsche ich Ihnen einen guten Flug", war Rays knappe, in ein professionelles Lächeln gehüllte Erwiderung.

Nicht nur Zola hatte den Rückflug nach Düsseldorf unter Hochspannung und mit gemischten Gefühlen angetreten. Neben der Sorge um seinen Schützling, die Grübelei über die wahren Täter, den drohenden Verlust seiner rechten Hand und die Finanzierung des Wiederaufbaus hatte Ray zum ersten Mal seit Wochen wieder mit seinen Gefühlen zu kämpfen. Da es Rufus' Wunsch gewesen war, verbrannt und unter einer alten Eiche in seiner Heimat vergraben zu werden, hatte Ray keinen Rücktransport für ihn arrangiert, sondern ihn in Absprache mit Rufus' Familie in Somaliland einäschern lassen. In all den Wochen hatte Ray sich in das Chaos und seine Pflichten gestürzt. Jetzt, wo er im Flugzeug zu einer Zwangspause gezwungen und die Urne mit der Asche seines alten Freundes im Handgepäckfach über ihm lag, überkam Ray endlich die Trauer. Er hatte sich ihr nicht bewusst entzogen. In seinem Geist waren einfach weder Zeit noch Platz für sie gewesen, es galt, sich um die Lebenden zu kümmern. Doch in diesem Moment kam das

Unvermeidbare, und Ray konnte sich vor seinen Emotionen nicht mehr verschließen.

Erst versuchte er noch, die Tränen wegzublinzeln. Es ging nicht. Ray nahm seine Brille ab und umklammerte die Bügel mit den Händen, als er an seinen alten Weggefährten dachte. Sie hatten damals gestritten, als er ihm seine Idee von Somali Solar präsentierte. Rufus war wie stets der Pragmatiker. „Die Investoren werden diese Kröte nicht schlucken. Keine Versicherung. Keine Finanzierung", hatte er gesagt.

„Dann müssen wir uns was anderes ausdenken. Der Köder muss nicht dem Angler, sondern dem Fisch schmecken. Exitgarantie mit überdurchschnittlichem Return. Wie wäre das? Verkauf, wenn das Projekt fertig ist. Hohe Risikoprämie", war Rays Vorschlag gewesen. Er hatte auch immer pragmatisch gedacht, aber ging dabei mehr um die Ecke und hatte auch schon immer die idealistischeren Züge gehabt. Die Idee des Solarbelts war in seinen Augen kein träumerisches Hirngespinst. Es war umsetzbar, wenn man die richtigen Köpfe mit den richtigen Investoren verband. Nur lag eben genau da das Problem, an dem sie sich die Zähne ausbissen. Doch seit Fatima wieder in sein Leben getreten war, hatte Ray neue Kraft geschöpft und sich verbissener denn je mit den Finanzhaien ins trübe Wasser des Fundraising begeben.

Rufus äußerte seine Zweifel: „Das Risiko für die Firma ist zigfach größer, als die Prämie es rechtfertigen könnte. Bei dem Einsatz stecken wir bis zur Hüfte in diesem verdammten Wüstensand. Ein kleiner Fehler, und uns fliegt alles um die Ohren. Von unserem Ruf, unserem nachgewiesenen gemeinsamen Investmenterfolg ganz zu schweigen."

„Stell dir für einen Moment mal vor, was wäre, wenn es klappt. Dann geht es hier nicht mehr um Geld, um Risiko, um unseren proven track record. Es wäre eine Revolution. Dieses Kraftwerk würde die Welt verändern, wäre wegweisend für den großflächigen Einsatz erneuerbarer Energien. Und wenn wir uns das auf die Fahne schreiben, dann können China und alle anderen einpacken", ließ Ray seinem Enthusiasmus freien Lauf.

„Das ist eine tickende Zeitbombe, Ray. Warum willst du das nicht sehen? Ich hinterfrage nicht die Technologien und auch nicht deinen Verstand. Verdammt, deswegen sind wir ja überhaupt hier und führen diese Diskussion. Aber es ist zu riskant. Die Region ist zu gefährlich, da haben zu viele Leute ihre dreckigen Finger am Abzug. Deine Weitsicht leidet unter deinem neuen naiven Weltverbesserersyndrom."

Die Worte seines Freundes und Businesspartners hatten Ray gekränkt. „Dieses idealistische Weltverbesserersyndrom ist nicht neu, Rufus, sonst wären wir gar nicht erst hier. Du sagtest es doch gerade selbst. Zur Weitsicht gehört nicht nur die Ratio, sondern immer auch eine gute Portion Risiko. Sonst wäre jeder erfolgreich."

„Wir sind hier nicht beim Poker, nicht bei diesen Summen! Wenn du deine Zukunft und die unserer Firma aufs Spiel setzen willst, ist das nicht allein deine Sache. Aber ich kann dir keinen Rat geben, wenn du es sowieso besser weißt. Und ich kann auch nicht guten Gewissens mitmachen."

„Wenn du mir damit sagen willst, dass du dann raus bist – bitte schön, ich werde dich nicht davon abhalten. Aber du wirst derjenige sein, der sich in den Arsch beißen wird, wenn ich recht behalte."

An diesem Abend hatte Ray vor Bestürzung und hilfloser Wut gekocht. Natürlich schätzte und brauchte er Rufus' Korrektiv, seine Stimme der Vernunft. Und natürlich hatte er recht, dass das Risiko immens war, wie auch damit, dass er zu idealistisch dachte. Aber Ray war überzeugt davon, dass Somali Solar der Heilige Gral für die Zukunft der Solarindustrie war. Und da war noch seine Fatima, seine alte Liebe, die nun als Präsidentin sein Projekt unterstützte. War es denn nicht ein Wink des Schicksals? Nein: War eben das sein Schicksal? Wie oft man ihn schon für seine Visionen belächelt hatte, und wie oft seine Projekte allen Zweiflern zum Trotz doch von Erfolg gekrönt waren. Und gerade dieses Mal ging es um mehr als um Erfolg, das musste doch auch Rufus sehen.

Am nächsten Morgen hatte Ray noch grübelnd mit der Kaffeetasse in der Hand auf seiner Terrasse gestanden, als Rufus ihn anrief. „Ich habe eine Idee, für wen die Exitgarantie lukrativ wäre", hatte er ihm anstelle eines Guten-Morgen-Grußes gesagt. „Es darf aber nichts schiefgehen. Und wir können uns nicht komplett rausnehmen, wir müssen mit zehn Prozent mitgehen. Für mich wären das fünf Millionen, all in. No risk, no fun."

Nicht nur das! Rufus hatte dann als Partner die Projektverantwortung übernommen. Sein treuer Freund war ein wahrer Pfundskerl. Und jetzt brachte Ray seine Asche nach Deutschland zurück, weil sich seine Befürchtung bewahrheitet hatte. Irgendein Arschloch hatte mit seinen dreckigen Fingern den Abzug gedrückt, dass ihnen alles um die Ohren geflogen ist und Rufus sein Leben für Rays Vision gelassen hatte. Diesen Preis hätte Ray um nichts in der Welt gezahlt, und doch fühlte er sich, als klebte das Blut seines Freundes auch an seinen Händen.

Eine behutsame, warme Berührung an seinem Arm riss Ray aus seinen Gedanken. Er blinzelte, schwenkte den Kopf zur Seite und sah geradewegs in Zolas mitfühlende, dunkle Augen. Sie hielt ihm ein Taschentuch hin und murmelte: „Wir sind im Landeanflug auf Dubai."

Ray räusperte sich und wischte sich über Augen und Gesicht. Sein Gefühlsausbruch war ihm nicht unangenehm, doch gerade vor Zola hätte er ihn verbergen wollen. Die junge Frau hatte in den letzten Wochen schon genug mitmachen müssen, als dass sie mit noch mehr Ballast konfrontiert werden sollte. Als er sich die Brille wieder aufsetzte und sich bei ihr entschuldigte, schenkte sie ihm ein Lächeln voller Anteilnahme. „Du musst dich nicht entschuldigen. Irgendwie sind wir doch alle füreinander da, wobei auf deinen Schultern die meiste Verantwortung lastet. Ich hoffe, du kannst dich gebührend von deinem Freund verabschieden, wenn das alles vorbei ist."

Die simple Echtheit ihrer Worte und die Güte in ihrer Stimme erinnerten Ray für einen kurzen Augenblick an Fatima und nahmen dem Brocken, der auf ihn herabgefallen war, die Schwere.

Kapitel 39 – Dienstag, 15. März 2022

Der Flieger aus Dubai war erst um zweiundzwanzig Uhr in Frankfurt gelandet. Als wären Ray und Zola nicht schon erschöpft genug, bescherte der ICE Richtung Düsseldorf ihnen zwei Stunden Verspätung – alles andere hätte sie bei der Deutschen Bahn überrascht. Im Gegensatz zu Ray, der während der Fahrt immer wieder wegdöste, konnte Zola kaum stillsitzen. In Düsseldorf angekommen, bestand Ray darauf, Zola trotz der kurzen Entfernung mit dem Taxi bei ihren Eltern sicher abzusetzen. Sie war zu geschafft von der Reise, um dagegen zu protestieren. Da sie erst mitten in der Nacht im heimischen Rheinland angekommen waren, vereinbarten sie, dass Ray sie mittags abholen und sie gemeinsam zur Polizei fahren würden. Zola hatte ihre Eltern direkt nach der Landung angerufen und ihnen unterwegs geschrieben, dass der ICE Verspätung hatte, damit sie nicht aufbleiben und auf sie warten sollten. Doch als sie ihren Koffer kraftlos die Treppe hochschleppte, kam ihr Vater ihr entgegen und nahm sie von Emotionen überwältigt in die Arme. „Mein Engel, herzlich willkommen zu Hause! Endlich!"

Die tränenerstickte Stimme ihres Vaters bewegte Zola mehr, als ihr in diesem Moment lieb war. Sie war froh und erleichtert, endlich wieder in Deutschland zu sein, doch auch nach wie vor misstrauisch wegen der geplanten Ehe und Beschneidung. Dennoch war Zola zu erschöpft, um gegen die Umarmung ihres Vaters zu protestieren. „Ich bin auch froh, wieder hier zu sein", war ihre matte Erwiderung auf seine Begrüßung.

Ahmad Ghalib küsste seine Tochter auf die Stirn, und sie löste sich von ihm. Dann trug er ihren Koffer in ihr Zimmer, das ihr noch nie so heimelig vorgekommen war wie heute, und wünschte ihr mit einem müden, aber glücklichen Lächeln eine gute Nacht. „Geh schlafen, erhol dich. Wir sehen uns morgen."

Als sie am nächsten Morgen aufwachte, brauchte Zola eine ganze Weile, bis sie verstand, dass sie in ihrem eigenen Bett lag. Die ungestüme Dankbarkeit, die sie prompt ergriff, bekam aber eine Abkühlung, als ihr einfiel, dass sie Chris in Somaliland hatte zurücklassen müssen. Sie griff nach ihrem Handy und schrieb ihm, dass sie gut angekommen waren und sie in der Nacht zu müde zum Schreiben gewesen war. Keinen Wimpernschlag später wurden die zwei grauen Häkchen blau und ein eingehender Anruf erschien auf ihrem Display.

„Guten Morgen Zola!", grüßte Chris sie überschwänglich.

„Guten Morgen", nuschelte sie verschlafen, aber mit einem innigen Lächeln.

„Es ist so schön, deine Stimme zu hören!"

„Deine hat mir auch schon gefehlt."

„Gab es unterwegs Probleme?"

„Nein, beim Fliegen lief alles super. Nur die Bahn war natürlich verspätet. Entschuldige bitte, dass ich dir nicht sofort geschrieben habe. Ich wollte nicht, dass du dir Sorgen machst."

„Alles gut! Ich bin einfach froh, dass du sicher in Düsseldorf angekommen bist."

„Ich wäre glücklicher, wenn du auch hier wärst", flüsterte sie zerknirscht.

„Wir sehen uns bestimmt bald wieder, Zola. Mach dir nicht zu viele Sorgen", versuchte Chris, sie zu beruhigen.

„Wie könnte ich?", erwiderte sie und spürte die Angst in sich aufwallen und ihr mit den kalten Klauen die Kehle zudrücken. „Natürlich mache ich mir Sorgen um dich. Und darum, wie es jetzt weitergeht. Und ob dieser Sven in der Zwischenzeit nicht noch irgendeine Gemeinheit plant."

Am anderen Ende der Leitung erklang ein Seufzen. „Genauso sorge ich mich auch um dich. Du bist zwar jetzt weit genug weg von deinem Onkel und dem schmierigen Major, aber auch wieder in Greifweite von diesem Naziarsch. Denkst du, es macht mich nicht halb wahnsinnig, das zu wissen und nicht bei dir sein zu können?"

„Mich macht es auch total fertig, dass dir nichts anderes übrigbleibt, als abzuwarten und Däumchen zu drehen und dich verstecken zu müssen, in der Hoffnung, dass sich hier etwas tut, während ich wieder normal leben kann."

„Ach, Zola", sprach Chris sanft. „Es geht mir gut. Ja, ich kann nicht abstreiten, dass ich gerne in Deutschland wäre und die Dinge selbst anpacken würde. Aber du und Ray werdet Himmel und Hölle in Bewegung setzen, das weiß ich. Und ich vertraue Ray und auf seine Beharrlichkeit. Ich habe also die beste Unterstützung, die ich mir überhaupt wünschen könnte."

Zola atmete tief durch. „Du hast recht. Ray und ich gehen heute zur Polizei und werden alles erzählen."

„Siehst du, es geht also vorwärts. Wir müssen eben so gut es geht Geduld bewahren und nicht die Hoffnung verlieren."

„Trotzdem hätte ich dich gerne bei mir", murrte Zola. „Du fehlst mir jetzt schon so sehr. Und ich weiß nicht, wie ich das aushalten soll, wenn ich nicht mal weiß, wann ich dich wiedersehen werde. Wenn ich ein klares Datum vor Augen hätte, würde es mir schon leichter fallen."

„Das verstehe ich, Zola, mir geht es ganz genauso. Aber wir werden das schaffen. Wir waren schon so lange voneinander getrennt und haben schon so viel überstanden, dann werden wir das jetzt auch überstehen."

Die Zuversicht in seiner Stimme brachte sie wieder zum Lächeln, und sie spürte, wie Mut und Hoffnung wieder Einzug in ihre Gedanken fanden. „Du hast recht, Chris. Wir werden es schaffen."

„Das klingt schon mehr nach meiner Zola", bestärkte er sie liebevoll.

„Ich liebe dich", flüsterte sie.

„Ich liebe dich auch!"

Aus Chris' Stimme hörte sie die Überwältigung und eine Prise Verwunderung heraus. Es war zwar noch nicht einfach für sie, ihre Schüchternheit abzulegen, doch seine Reaktionen, wenn sie es tat, bereiteten ihr unbeschreibliche Freude. „Ich melde mich, wenn ich wieder zu Hause bin."

„Ich kann es jetzt schon kaum erwarten. Pass bitte auf dich auf!"

Zola legte auf und drückte mit einem Seufzen das Handy an ihre Brust. Sie schloss die Augen und schwelgte in Gedanken an die schönen Stunden, die sie im Sundown Hideaway mit Chris hatte verbringen können. Ein zartes Summen durchströmte sie, und ihre Haut prickelte an den Stellen, wo ihre Lippen und Körper sich berührt hatten. Sie hatten die letzte Nacht zusammen verbracht und dort weitergemacht, wo sie im Pool aufgehört hatten. Nur noch in Unterwäsche lagen sie Arm in Arm im Bett, und Zola entdeckte ihren Körper durch die sanften Berührungen und Küsse von Chris. Sie fühlte sich federleicht und bleischwer zugleich und genoss das Gefühl seines kräftigen, warmen Körpers an ihrem. Und tatsächlich hätte sie es sich vorstellen können, schon einen Schritt weiterzugehen.

„Glaub mir, das würde ich nur allzu gern. Aber wir wissen nicht, wann genau wir uns wiedersehen werden. Es fühlt sich für mich nicht richtig an, dich jetzt auf das Intimste zu berühren und dann für wer weiß wie lange allein zu lassen", hatte Chris dann aber entschieden.

Zola war von seinen Worten im ersten Augenblick etwas enttäuscht. Ihr ganzer Körper sehnte sich nach mehr. Doch gleichzeitig hatte sich von seiner Rücksicht und Zurückhaltung eine wohltuende Wärme in ihrem Herzen ausgebreitet. Stunden später war Zola glücklich in Chris' Armen eingeschlafen.

Auch wenn sie ungerne die Erinnerungen unterbrach, mahnte ihre innere Stimme, dass sie erst wieder in den Genuss von Chris' Nähe kommen würde, wenn seine Unschuld bewiesen war und er als freier Mann nach Deutschland zurückkehren konnte. Deswegen schob sich ihre Entschlossenheit vor ihre Schwärmerei, und Zola stand auf. Während sie sich im Bad fertig machte, war es auch diese Entschlossenheit, die ihr noch etwas anderes in Erinnerung rief. Nämlich die quälende Frage danach, welchen Einfluss ihre Eltern auf das Arrangement der Ehe mit Ali Tur gehabt haben. Die Worte des Majors, dass ihr Onkel das schon längst vereinbart und ihre Mutter dem zugestimmt hatte, klangen ihr wieder in den Ohren. Sie war froh und dankbar, wieder im sicheren Hafen ihres Zuhauses zu sein. Doch Zola war auch klar, dass sie ihren Eltern nicht wieder in die Augen sehen konnte, ohne Gewissheit darüber zu bekommen, was hinter ihrem Rücken gelaufen war. Ganz zu schweigen davon, dass ihr Vater und ihr Bruder zum Hawala-Netzwerk gehörten und damit kriminell waren. Also, wenn schon, müsste ihre Familie froh und dankbar sein, dass sie überhaupt noch ein Wort mit ihnen wechseln wollte, versuchte Zola sich zu sagen. Als sie die Küchentür passierte, ließ ihre Mutter sie gar nicht in den Raum treten, weil sie sie in der Türschwelle an ihre Brust drückte. „Zola, mein Kind! Alhamdullilah, was bin ich glücklich!"

Ungeachtet der inneren Unruhe und Zweifel legte Zola die Arme um sie und drückte ihre Schläfe gegen die ihrer Mutter. „Ich habe dich auch vermisst, Mama."

Ihr Vater, der am Tisch gesessen hatte, trat zu ihnen und nahm sie beide in die Arme. Kurz war es, bis auf das Brutzeln auf dem Herd, komplett still in der Küche, bis Ahmad Ghalib sagte: „Komm, Ayan, lassen wir Zola etwas Luft holen."

Ihre Mutter entließ sie mit wässrigen Augen und feuchten Wangen und eilte zurück zum Herd. Zola setzte sich an den Tisch und ließ sich von ihrem Vater eine Tasse gesüßten Tee hinstellen. „Hast du gut geschlafen? Du bist schon früh wach, dafür, dass du so spät angekommen bist."

„Wie ein Stein", versicherte Zola ihm und nahm einen Schluck Tee.

„Ich hoffe, Herr Klein hat dich nicht allein vom Bahnhof hier hinlaufen lassen?", fragte Ayan Ghalib mit strengem Unterton.

Ehe Zola ihr das Gegenteil versichern konnte, empörte sich ihr Vater: „Dass du überhaupt auf den Gedanken kommst, so etwas zu fragen! Natürlich hat er sie sicher nach Hause gebracht!"

„Ich werde ja wohl fragen dürfen, ob unsere Tochter angemessen behandelt wurde!", hielt seine Frau dagegen und stellte eine dampfende Pfanne mit Eiern in Tomaten-Zwiebel-Soße neben den Teller mit fluffigem Canjeero, einem pfannkuchenähnlichen Fladenbrot.

Während Zola ihrer Mutter dabei zusah, wie sie ihre Teller großzügig füllte, hallten ihre Worte in ihrem Kopf wie ein Echo wider. Eigentlich hatte sie bis nach dem Frühstück warten wollen, ehe sie ihre Eltern zur Rede stellte, doch sie spürte den Zorn bedrohlich in ihrem Bauch gären. Deswegen sagte sie völlig unverhohlen, kaum dass ihre Mutter sich gesetzt hatte: „Du meinst, genauso angemessen, wie mich meine eigene Familie in unserem Heimatland behandelt hat?"

Ihren Eltern fiel alles aus dem Gesicht. Zola hatte zwar schon früher Widerworte gegeben und sich immer seltener kommentarlos dem Willen ihrer Eltern gefügt. Doch mit einer Kälte wie heute hatte sie noch nie gesprochen. „Ich hatte eine Stelle auf der chirurgischen Intensivstation an der Uniklinik in Aussicht. Aber weil ihr ganz genau wusstet, wie gerne ich mich ehrenamtlich in einem Entwicklungsland nützlich machen wollte, habt ihr die ideale Gelegenheit gesehen, um mich nach Somaliland zu locken, damit ich als ‚reine' Frau im Haus eines ekelhaften Mannes ende."

Ahmad Ghalib fand als Erster seine Sprache wieder. „Ibrahim ist das Oberhaupt unserer Familie, und du solltest Teil dieser Familie sein, hatte er gesagt. Er hat mich damals nach Deutschland geschleust, damit ich hier unser Hawala-System aufbaue. Wir müssen alle Opfer bringen. Hawala ist unser Business. Unser Restaurant Hargeisa ist doch die Zentrale für ganz Deutschland."

„Also wurde über meinen Kopf hinweg entschieden, dass ich mein Leben und meinen Körper für die Familie und das Business opfern soll?", fragte Zola. Sie spürte selbst, dass die Worte, die aus ihrem Mund kamen, hart und kalt wie Stahl waren. Doch sie hielt das Schwert nun in den Händen und würde keinen Schritt mehr zurückweichen.

Ihr Vater lehnte sich leicht über den Tisch, und ein gequälter, beschwörender Ausdruck trat in seine Augen. „Du solltest niemals Opfer bringen müssen, Zola. Ich wurde zwar hier hingeschleust, aber ich war auch dankbar dafür, ein Leben in Deutschland führen zu können. Ich wusste, dass meine Familie und meine Kinder hier ein freieres und besseres Leben haben würden. Auch wenn es damals nicht meine eigene Entscheidung gewesen war, habe ich die Chance ergriffen. Ich habe mich mit Freude und Stolz in Deutschland integriert."

„Wie kannst du sagen, dass du hier integriert bist und ein besseres Leben für deine Kinder wolltest, wenn du der Kopf eines kriminellen Netzwerks bist? Dadurch bist du nicht nur auf die schlimmste Weise mit deinem Heimatland verbunden, sondern sabotierst auch das Land, in das du dich angeblich integriert hast!", zischte Zola.

„Wie sprichst du mit deinem Vater?", regte sich ihre Mutter auf, doch sie blickte unentwegt ihrem Vater über den Tisch hinweg in die Augen. Sie hatte es satt, sich aus bloßem Respekt vor den Älteren fügen zu müssen und sich anzuhören, wie gut sie doch integriert seien. Im Vergleich zu anderen Familien mochte es stimmen, aber das hatte Zola trotzdem nicht vor konservativen Ansichten und Traditionen bewahrt.

Ahmad Ghalib verzog den Mund und schüttelte hölzern den Kopf. „Alles, was ich getan habe, habe ich stets für unsere Familie getan. Ich erwarte nicht, dass du mir verzeihst. Aber vielleicht wirst du mich eines Tages verstehen."

Es brach Zola das Herz, den schmerzerfüllten Blick ihres Vaters zu sehen. Innerlich wurde sie in diesem Moment in Stücke gerissen, weil es ihr Frontalangriff war, der ihm diesen Schmerz zufügte. Doch sie hatte auch gelitten. Sie sah zu ihrer Mutter, deren feuriger, aber nicht minder trauriger Blick Zola regelrecht durchbohrte. „Du wolltest doch immer, dass ich einen muslimischen Mann heirate und Kinder bekomme. Als Onkel Ibrahim den Neffen der Präsidentin als Bräutigam für mich vorgeschlagen hat, wird dir bestimmt das Wasser im Mund zusammengelaufen sein, nicht wahr?"

Dass Ayan Ghalib es nicht einmal mit Gegenwehr versuchte, kam für Zola einem Schlag ins Gesicht gleich. „Hier sind wir nur eine Familie von Einwanderern aus einem Land, das auf keiner Karte offiziell existiert. Ein paar unbedeutende Ameisen in einem gigantischen Haufen, eins von so vielen dunklen Gesichtern, die die Deutschen sofort in eine Schublade stecken. In Somaliland hat der Name Ghalib aber Gewicht. Das ist ein Name, der sofort Respekt und Achtung hervorruft. Eine Ghalib-Frau zu heiraten, ist eine Ehre für jeden Mann. Ibrahim und Imana haben dir den Besten unter den Besten ausgesucht, denn eine bedeutendere Familie als die Ali Turs gibt es in Somaliland nicht. Ganz davon abgesehen, dass Ali jung und gutaussehend und der Traum jedes Mädchens ist, befehligt er die Präsidentengarde und ist der wahrscheinlichste Kandidat für den Nachfolger der Präsidentin. Du hättest ein traumhaftes Leben mit ihm haben können."

„Daran ist nichts traumhaft!", schrie Zola auf. Ihre Eltern zuckten mit schreckgeweiteten Augen zusammen. Sie konnte keine Sekunde länger ertragen, dass man ihr ihr ganzes Leben lang vorgeschrieben hatte, mit wem sie Kontakt zu haben, was sie zu wollen und was sie zu denken hatte. Und dass man alles, was sich auch nur einen mikroskopisch kleinen Schritt daneben befand, diktatorisch abschmetterte.

„Niemand von euch hat das Recht, an meiner Stelle zu entscheiden, was mit meinem Leben passiert! Meine Kleidung, meine Freunde, meine Interessen, meine Gedanken – nichts davon ist eure Entscheidung! Und schon gar nicht ein Mann in einem Land, das zwar meine Heimat, aber nicht mein Zuhause ist! Für den ich nichts weiter als eine hübsche Gebärmaschine wäre und der mich jedes Mal, um ein neues Kind in mich einzupflanzen, mit einer Rasierklinge aufschneiden würde!"

Ihre Eltern waren wie zu Statuen erstarrt und blickten zu ihr hinauf, als wäre sie der gestaltgewordene Satan. Wahrscheinlich war sie das auch. Doch es war ihr egal. Was sie gesagt hatte, hatte gesagt werden müssen. Dennoch versetzte der Anblick ihrer Eltern Zola einen schmerzvollen Stich ins Herz. Sie wollte nicht, dass sie litten. Sie liebte ihre Eltern, und sie wusste, dass sie sie liebten. Allerdings machte genau dieses Wissen alles, was passiert war, umso unbegreiflicher.

Wieder war Ahmad der Erste, der sprechen konnte. Mit zitternder Stimme fragte er: „Was sagtest du gerade?"

„Tu nicht so, als hättest du mich nicht verstanden!", fauchte Zola.

Ayans Lippen zuckten schwach, doch auch ohne die versöhnlich erhobene Handfläche ihres Mannes brachte sie es offensichtlich nicht mehr über sich, ihre Tochter zurechtzuweisen. „Ich habe dich gehört, mein Kind. Aber deine letzten Worte …" Er kniff die Augen zusammen und schluckte schwer. „Ich muss wissen, ob ich sie richtig verstanden habe."

„Oh, und wie du das hast", gab Zola gnadenlos zurück. Mit einem sengenden Blick sah sie ihrer Mutter ins Gesicht. „Du kannst mir nicht erzählen, dass dir bei deinem noblen Wunsch nach dem Traumprinzen für mich nicht klar gewesen war, was man mit mir vor der Hochzeit machen würde. Wie man mich für den Rest meines Lebens verkrüppeln würde. Dass Intimität unmöglich wäre, unter welchen Qualen ich Kinder empfangen und gebären würde. Ich musste eine solche Geburt mit eigenen Augen sehen."

Neben Zorn und Fassungslosigkeit stieg in Zola ein ihr bis jetzt unbekanntes Gefühl wie die pilzförmige Wolke nach einer atomaren

Explosion auf. Ihre Brust drohte von dieser Wolke zu bersten, und ein bitterer Geschmack trat ihr in den Mund. Doch es fühlte sich gleichzeitig auf eine beängstigende Weise befreiend an, als würde die nukleare Wolke sie anheben. Es war Hass, was sie fühlte. Kaum hatte sich das Begreifen einen Weg durch den Nebel in ihrem Kopf gebahnt, wurde Zola vom Schock darüber erfasst, was sie da gerade empfand. Ehe sie sich weiter damit auseinandersetzen konnte, drang die Stimme von Ayan Ghalib in einem fremdartig leisen, verzweifelten Ton an ihr Ohr: „Eben weil ich zu gut weiß, was all diese Dinge bedeuten, hätte ich mein Leben dafür gegeben, damit sie dir niemals passieren."

Zola ließ sich wieder auf ihren Stuhl fallen. Ihr ganzer Körper fühlte sich an, als hätte man ihn mit Blei ausgegossen, und sie konnte ihre Mutter nur noch ausdruckslos ansehen. „Erst wollte Tante Imana mich mit ihren Dorfhexen beschneiden. Aber ich konnte weglaufen und mich in einem Frauenhaus verstecken. Leider hat Onkel Ibrahim mich gefunden und ins Krankenhaus gefahren, wo ich mehrere Tage eingesperrt war. Ich lag schon im OP-Saal und war durch Beruhigungsmittel sediert. Chris hat mich in letzter Sekunde gerettet." Ihre Stimme war völlig tonlos, und sie fühlte sich innerlich genauso leer. Selbst als sie zusah, wie ihre Mutter die Hände vor das Gesicht nahm und weinte, rührte sich nichts in Zola. „Wenn ihr das nie gewollt habt, warum habt ihr der Heirat zugestimmt?", fragte sie Ahmad.

„Das war mein Fehler", gestand er. „Ich habe nicht nachgedacht. Deine Mutter und ich haben uns gegen die Beschneidung unserer Kinder entschieden, und es wäre mir nie in den Sinn gekommen, dass man das als makabre Hochzeitsvorbereitung tun würde. Wir hätten dem nie zugestimmt, das musst du mir glauben!"

„Fühlt sich scheiße an, wenn jemand Entscheidungen über deinen Kopf hinweg trifft, oder?" Die Worte waren genauso nüchtern aus Zola herausgekommen, wie die Feststellung, für die sie standen. Doch als sie in die elenden, plötzlich wie um Jahrzehnte gealterten Gesichter ihrer Eltern sah und beobachtete, wie ihr Vater tröstend den Arm um die Schultern ihrer haltlos weinenden Mutter legte, brachen die Unmengen angestauter Emotionen einem berstenden Staudamm gleich aus ihr selbst heraus. Zola stütze die Ellbogen auf den Tisch, und ihr Kopf fiel wie von allein in ihre Handflächen. Sie weinte um das kleine Mädchen, das von Kindergarten an eine Außenseiterin war; um den Teenager, dessen Versuche einer autonomen Entwicklung immer wieder zerschlagen wurden; um die Frau, die naiv ins Flugzeug in ihre Heimat gestiegen war und sich dort auf die schlimmste denkbare Art hatte behaupten müssen; um Ifra und ihr traumatisches Geburtserlebnis; um Chris, den Mann, den sie liebte und dessen Leben drohte, zerstört zu werden; um den unfairen und sinnlosen Tod von Rufus Wagner; und um ihre Eltern, die sie auf die einzige für sie bekannte Art und nach Kräften in einem fremden Land großgezogen hatten.

Eine Hand auf ihrem Knie ließ sie aufschrecken. Zola drehte sich um und schaute zu ihrem Vater, der auf dem Boden neben ihr kniete. Er legte sanft die Hände an ihre Wangen und blickte sie voller Liebe an. „Wir lieben dich, Zola. Auf dieser Welt gibt es nichts Kostbareres, als deine Gesundheit und dein Glück. Egal wie du entscheidest, dein Leben zu leben, wir bleiben immer deine Eltern und wir werden dich immer lieben."

Zola kullerten die Tränen unentwegt über das Gesicht. Der erste Impuls in ihrem Inneren hätte sie fast dazu gebracht, die Arme um Ahmads Hals zu schlingen und sich in der Wärme und dem Trost der väterlichen Umarmung zu verlieren. So, wie es ihr ihr ganzes Leben lang das Gefühl von Zuhause und Geborgenheit vermittelt hatte. Doch als ihre Mutter auch an sie herantrat und die Arme nach ihr ausstreckte, sprang Zola von ihrem Stuhl auf. Schluchzend und mit vor ihre Brust gelegten Armen entzog sie sich ihren Eltern. Sie konnte diese Nähe gerade nicht ertragen. Zola versuchte, etwas zu sagen, doch sie fand keine Worte, die dem Tumult in ihrem Herzen hätten Ausdruck verleihen können. Ihre Lippen öffneten sich mehrmals, ohne dass ein Ton aus ihrem Mund herauskam. Sie schüttelte bloß den Kopf und verließ mit einem Schluchzen die Küche.

Kapitel 40

Um zwölf Uhr hielt Ray wie vereinbart vor dem Restaurant Hargeisa. Zola kam direkt aus dem Haus, dicht gefolgt von ihrem Vater. Ahmad Ghalib ging um den Wagen herum, und Ray trat zu ihm heraus. „Ich wollte es mir nicht nehmen lassen, mich persönlich bei Ihnen zu bedanken", sagte der grauhaarige Mann achtungsvoll. „Danke, dass Sie meine Tochter sicher nach Hause gebracht haben, Herr Klein. Und dafür, dass Sie sich noch in Somaliland um sie gekümmert haben. Ganz zu schweigen von den Flugtickets. Ich stehe tief in Ihrer Schuld. Bitte lassen Sie mich wissen, wie ich mich bei Ihnen revanchieren kann."

„Es könnte gut sein, dass ich schon bald darauf zurückkommen werde", erwiderte Ray und schüttelte Ahmads ausgestreckte Hand.

„Nur allzu gern! Sie wissen ja, wo Sie mich finden."

Ray stieg wieder ein, als Zola sich gerade anschnallte. Sie fuhren zur Polizeidienststelle in der Altstadtwache und sprachen unterwegs nur wenig. Ray merkte, wie angespannt und nervös Zola war. Genauso, wie ihm nicht entgangen war, welche Kälte sie ihrem Vater gegenüber ausgestrahlt und wie gequält Ahmad gewirkt hatte. Er vermutete, dass Zola ihn bereits zur Rede gestellt hatte, wollte sie aber nicht darauf ansprechen. Gerade bei dem bevorstehenden Besuch auf der Polizeiwache wollte Ray seine junge Begleiterin nicht noch mehr aufwühlen. Auch er fragte sich, wie ihr Gespräch mit der Polizei gleich ablaufen und wie es von da an weitergehen würde. Jetzt lag es an ihnen, die Ermittlungen voranzutreiben, damit Chris vom Terrorverdacht freigesprochen werden und nach Hause zurückkehren konnte. Das Gespräch mit den Beamten bereitete Ray keine Kopfschmerzen, da war er weitaus andere Gesprächspartner gewohnt. Immerhin ging es hier um ein Attentat mit Todesopfern, darunter ein deutscher Staatsbürger, in dem die CIA ermittelte. Außerdem hatte Ray Capital als deutsche Firma einen Sachschaden in Millionenhöhe erlitten. An dieser Stelle war unerheblich, dass das Kraftwerk unversichert war, denn es ging erst mal um die Deklaration des Schadens als solchen. Nachdem sie geparkt hatten und aus dem Auto stiegen, holte Ray tief Luft. Der Frühling hielt langsam Einzug, und sie hatten ein paar Strahlen afrikanischer Sonne ins Rheinland gebracht. Auch Zola nahm einen tiefen Atemzug und versuchte sich nichts von ihrer Unruhe anmerken zu lassen. Doch Ray sah, wie sie auf dem Weg zur Polizeiwache ihre Tasche umklammerte und wie ihre Gesichtszüge sich verhärteten. Er lächelte ihr aufmunternd zu und drückte auf den Klingelknopf neben der gläsernen Eingangstür. Ein Summen ertönte, und sie traten hindurch. Ein uniformierter Mann mit Schutzweste bat sie um die Ausweise und fragte nach dem Grund ihres Besuchs. Zolas Mund war vor Aufregung wie ausgetrocknet, aber es war ohnehin besser, Ray sprechen zu lassen.

„Wir möchten einen Sachschaden und Todesfall, die sich beide im Ausland ereignet haben, melden und Anzeige gegen einen Verdächtigen erstatten", sagte Ray.

„Haben Sie es nicht schon im Ausland gemeldet?", fragte der Beamte nach und reichte ihnen die Ausweise zurück.

„Doch, aber die Zuverlässigkeit der dortigen Behörden lässt zu wünschen übrig."

Zola entging nicht der Blick, mit dem der Beamte sie streifte, ehe er wieder zu Ray sah. Sie kannte diesen Blick nur allzu gut und wusste, dass er sie trotz ihres deutschen Ausweises sofort in eine Schublade gesteckt hatte. Nur Rays Anwesenheit passte nicht in sein Schubladendenken. Es bereitete Zola heimliche Genugtuung, zu sehen, wie der Polizist versuchte, sich eine Erklärung für ihr gemeinsames Erscheinen auszumalen. Zumindest ließ er sie eintreten und deutete auf einen Wartebereich. „Man wird Sie gleich aufrufen."

Ein wenig verstohlen ließ Zola den Blick durch den Raum schweifen. Sie war noch nie in ihrem Leben auf einer Polizeiwache gewesen und war fasziniert vom geschäftigen Treiben dort. Es gab eine Theke und verglaste Büroräume, in denen sie mit Bildschirmen und Akten zugestellte Schreibtische sah. Männer und Frauen in Uniformen sprachen am Telefon oder unterhielten sich miteinander, andere verschwanden in einem der Gänge, die hinter weiteren Türen vom Wartebereich abzweigten. Es dauerte nicht lange, bis ein streng dreinblickender, bebrillter Polizeibeamter mit sich lichtendem Haar und Schnauzbart zu ihnen kam. Er stellte sich als Polizeihauptmeister Günther Ruddeck vor und führte sie zu einem Büro.

„Also, Sie wollen Vorfälle aus dem Ausland melden und Anzeige erstatten?", begann Günther Ruddeck das Gespräch. Er setzte sich an seinen Computer und bedeutete Ray und Zola, auf der anderen Tischseite Platz zu nehmen.

„Das ist richtig", bestätigte Ray.

„Um was für Vorfälle handelt es sich und wo genau sind sie passiert?"

„Ich bin Geschäftsführer der Investmentgesellschaft Ray Capital. Vor etwa drei Wochen wurde ein von uns errichtetes Solarturmkraftwerk in Somaliland in die Luft gesprengt. Dabei kam mein Freund und Firmenpartner Rufus Wagner ums Leben. Deswegen möchte ich Anzeige gegen den Täter erstatten."

Zola hatte dabei zugesehen, wie Günther Ruddecks buschige Augenbrauen mit jedem von Rays Worten Millimeter um Millimeter seine Stirn hochgeklettert waren. Das konnte kein gutes Zeichen sein. Ray hatte es ebenfalls beobachtet, tat es aber vorerst als normale Reaktion ab. Für Außenstehende musste die Geschichte völlig bizarr klingen. „Also, wenn Ihre Firma zu Schaden gekommen ist, ist es doch ein Versicherungsfall", war das Erste, was dem Polizeibeamten einfiel. „Oder ein Fall für Ihre Anwälte."

„Um diese Seite kümmere ich mich bereits", erwiderte Ray. „Das ist aber nicht der springende Punkt. Es war ein Attentat, und ich möchte, dass der Verantwortliche die Konsequenzen trägt."

„Also wurde der Täter nicht gefasst, in ... Somalia?"

„Der Attentäter selbst wurde tatsächlich erschossen. In Somaliland. Aber sein Auftraggeber sitzt hier in Düsseldorf."

Ruddecks Augenbrauen sahen aus, als hätte man sie an seinem zurückweichenden Haaransatz festgetackert. „Also, es ist der Job der Behörden von Somalia, den Täter ausfindig zu machen. Da sind uns hier die Hände gebunden, Herr Klein."

„Weil auch der amerikanische Botschafter zu den Opfern des Anschlags gehört, hat die CIA in Somaliland Ermittlungen eingeleitet. Auch eine Agentin des BND war vor Ort."

„Also, dann ist doch bereits alles in die Wege geleitet."

„So gut, wie es klingt, läuft es aber leider nicht." Das abweisende Verhalten von Polizeihauptmeister Schnauzbart fing an, Ray zu reizen.

„Also, den Tod ihres Firmenpartners hat der BND sicherlich bereits erfasst. Da es sich um einen Todesfall während einer Geschäftsreise handelt, müssen Sie ihn aber zusätzlich als Versicherungsfall deklarieren und ..."

„Das habe ich bereits, das brauchen Sie mir nicht zu erklären", unterbrach Ray ihn genervt.

„Also, Herr Klein, Sie sagten doch selbst, dass die Ermittlungen schon aufgenommen wurden in Somalia ..."

„Somaliland", wurde Günther Ruddeck diesmal von Zolas weniger souveränen, aber dennoch verärgerten Stimme unterbrochen. Er sah sie verständnislos an, also wiederholte sie: „Somaliland. Das ist eine autonome Republik Somalias. Sie sollten die Fakten schon richtig aufnehmen." Sie war verärgert darüber, dass der Polizist sie nicht ernst nahm und nur nach Gründen suchte, sich nicht um ihr Anliegen zu kümmern. Aus dem Augenwinkel sah sie, wie Ray sie überrascht, aber amüsiert musterte.

Polizeihauptmeister Ruddeck räusperte sich und fuhr mit dem Blick gen Ray fort. „Also, die Ermittlungen wurden jedenfalls bereits von zwei Geheimdiensten aufgenommen. Sie sind hier gerade bei der Polizei. Unser Ermittlungsbereich erstreckt sich nicht auf das Ausland."

„Deswegen will ich ja auch Anzeige gegen jemanden erstatten, der hier in Düsseldorf wohnt."

Ihr uniformiertes Gegenüber schien endlich begriffen zu haben, dass sie nicht so schnell von ihm ablassen würden. Mit einem missmutigen Seufzen wandte er sich zum Bildschirm und begann, mit einem Finger etwas in seine Tastatur zu tippen. „Und um wen genau handelt es sich da?"

„Sven Schmidt."

Der Finger blieb über der Tastatur schweben, und Günther Ruddeck sah Ray über den Rand seiner Brille hinweg entnervt an.

„Also, da müssen Sie mir schon ein bisschen mehr Infos geben, Herr Klein."

„Der Anführer der Kameradschaft Düsseldorf", hielt Ray ihm, nicht weniger entnervt, entgegen.

Die buschigen Augenbrauen verschmolzen wieder mit dem lichten Haaransatz. „Also wollen Sie mir sagen, dass ein Nazi ein Kraftwerk in Afrika gesprengt hat?" Da weder Ray noch Zola etwas sagten, ihn aber aus funkensprühenden Augen ansahen, sah er wieder auf seinen Bildschirm. Kopfschüttelnd tippte er mit einem Finger weiter.

Zola hätte ihn am liebsten angeschrien und am Kragen seines blauen Hemds geschüttelt. Stattdessen neigte sie den Kopf zu Ray und flüsterte: „Was ist mit Chris?"

„Du siehst doch, wie viel Sinn das hier ergibt", gab er mit nur mühsam zurückgehaltenem Groll zurück.

Zola verließ der Mut. Wenn Ray schon resignierte, waren ihre Chancen, Chris' Unschuld zu beweisen, gleich null. Ihre Hände begannen zu zittern, und sie umklammerte die Tasche in ihrem Schoß. Nein, so durfte sie nicht denken.

„Also", sagte Ruddeck gedehnt und strich sich durch seinen Schnauzbart, „ich habe Ihre Anzeige aufgenommen, Herr Klein. Haben Sie denn irgendwelche Beweise, die Sie mir als Grundlage für die Anzeige vorlegen können?"

„Wäre ich Ihrer Meinung nach dann hier?", fragte Ray. Und würde wertvolle Zeit in den Wind schlagen, hätte er am liebsten hinterhergesetzt, hielt sich aber gerade noch zurück.

„Also, dann kann ich Ihnen jetzt schon sagen, dass Ihnen Ihre Anzeige wenig bringen wird", seufzte der Polizeibeamte bedauernd. „Dafür muss es schon eine Grundlage geben."

„Reicht nicht die Tatsache, dass gegen den Kerl schon Anzeigen vorliegen?", wandte Ray ein. Es war mehr eine Vermutung. Aber bei der Szene im Füchschen und dem Überfall vor dem Hargeisa war es eigentlich naheliegend, dass Sven Schmidt schon auffällig geworden sein musste.

„Das reicht leider nicht", kam die kopfschüttelnde Antwort. „Eine neue Anzeige allein ist kein Grund für die Einleitung von

Ermittlungen. Zumal, wie schon gesagt, Ermittlungen eingeleitet wurden."

Ray atmete geräuschvoll ein und aus. Sie würden hier nicht weiterkommen. Er hatte zwar nicht damit gerechnet, dass sie am Ende des heutigen Tages dabei hätten zusehen können, wie Schmidt in Handschellen abgeführt werden und er für Chris ein Rückflugticket buchen würde. Aber das Level an Lethargie, das man ihnen entgegenbrachte, und wenn es nur Verschrobenheit oder Angst war, übertraf jegliche Vorstellungskraft. Günther Ruddeck fügte, vermeintlich beschwichtigend, hinzu: „Also, den Todesfall nehmen wir selbstverständlich auf und leiten Ihre Meldung auch an das Standesamt weiter. Aber mehr kann ich nicht für Sie tun, Herr Klein."

Ray bedachte ihn mit einem langen, geringschätzenden Blick und erhob sich. „Nach diesem Gespräch nehme ich die Meldung am besten gleich selbst vor. Komm Zola, wir gehen. Den Ausgang finden wir auch ohne Ihre Hilfe." Sie war bereits aufgestanden, und gemeinsam ließen sie einen völlig verdatterten Ruddeck an seinem Platz zurück. Draußen angekommen, blieben sie erst mal stehen und sahen sich an. Zola erkannte an Rays Gesichtsausdruck, dass er trotz seiner Fassungslosigkeit schon an den nächsten Schritt dachte. Sie war dazu leider nicht in der Lage, denn ihr Inneres bestand wieder aus einem sorgenvollen Knoten. Also verlagerte sie ihr Gewicht von einem Fuß auf den anderen und verschränkte die Arme vor der Brust. Sie sagte nichts, weil sie Rays Überlegungen nicht stören wollte.

Schließlich strich sich Ray die vollen, goldblonden Haare zurück, zückte sein Handy und sagte mit kampfeslustiger Stimme: „Dann eben Plan B." Kurz darauf lachte er auf. „Freut mich auch, dich zu hören, Isabelle. Kannst du Zeit für mich entbehren? Ich bin gerade sowieso in der Nähe der Staatsanwaltschaft."

Zola machte große Augen. Nur kurz nach dem Besuch der Polizeiwache sprach Ray mit einer befreundeten Staatsanwältin. Die würde ihnen bestimmt weiterhelfen können!

„Na, das hätte gar nicht besser kommen können. Danke, Isabelle, bis gleich!"

Ray nickte Zola zu, und sie überquerten, nur einen Steinwurf vom Füchschen entfernt, die Ratinger Straße. Als sie auf das imposante Gebäude mit der hellen Fassade und dem Sockel aus dunklen Ziegelsteinen zugingen, bestaunte Zola es ehrfürchtig. Hinter den gläsernen Eingangstüren erwartete sie eine Sicherheitskontrolle mit wachsamen, aber freundlichen Mitarbeitern, sodass Zola sich gleich hoffnungsvoller fühlte.

„Wir werden von Isabelle Kaufmann erwartet", erklärte Ray einem Beamten.

Nachdem sie durch die Kontrolle getreten waren, kam ihnen schon eine große, schlanke Frau in dunkelblauem Hosenanzug, die Zola auf Mitte vierzig schätzte, entgegen. Sie trug die voluminösen dunklen Haare in einem strengen Dutt, doch ihre Lippen verzogen sich zu einem herzlichen Lächeln, als sie Ray begrüßte. Er stellte die Frauen einander vor, und Isabelle führte sie durch die Hallen und Gänge in ihr Büro.

„Deiner Stimme nach zu urteilen, ist es etwas Dringendes", stellte sie fest, als sie alle Platz genommen hatten. Ray kam ohne Umschweife zum Thema und berichtete ihr, mit Ergänzungen von Zola, von der Situation und der Abweisung durch die Polizei. Isabelle hörte aufmerksam zu und stellte nur kurze Zwischenfragen. Nachdem Ray seine Ausführungen beendet hatte, hielt Zola unwillkürlich die Luft an. Würde die Staatsanwältin ihnen glauben? Und wenn ja, in welcher Weise könnte sie helfen? Sie beobachtete, wie Isabelle Kaufmann sich mit verschränkten Armen in ihrem Stuhl zurücklehnte und mit nachdenklicher Miene aus dem Fenster sah.

„Was uns natürlich leider fehlt, sind handfeste Beweise. Und Schmidts Motiv konnten wir uns bislang auch nicht erklären", fügte Ray nach einer kurzen Weile hinzu.

Isabelle nickte und drehte sich wieder zu ihnen.

„Ja, das würde die Sache natürlich einfacher machen. Aber ich glaube euch. Und ich habe eine Idee, was wir tun und wie wir an Beweise kommen könnten. Die Kameradschaft Düsseldorf ist polizeilich bei Weitem nicht unbekannt und wird schon seit einem Jahr beobachtet. Die sind sehr aktiv. Aktivitäten in der Neonaziszene,

Ausschreitungen in Stadien oder bei Demos sind aber eine Sache. Der Anführer der Kameradschaft ist auch schon wegen möglicher Steuerhinterziehung in Verdacht geraten. Sven Schmidt scheint nämlich über Vermögen zu verfügen, hat aber jahrelang keine diesbezüglichen Steuererklärungen beim Finanzamt eingereicht." Ihr Gesichtsausdruck vernebelte sich vor Konzentration, als sie sich zum Bildschirm wandte und nach etwas suchte. Nachdem sie etwas durchgelesen hatte, fuhr sie fort: „Er steht im Grundbuch des Hauses der Kameradschaft in der Kölner Landstraße im Stadtteil Wersten. Das Haus hatte er vor zehn Jahren gekauft und beim Notar in bar bezahlt. Danach hat er darin ein Boxstudio eröffnet, was ihm auch als Einnahmequelle dienen dürfte. Allerdings lebt er gleichzeitig von Hartz IV. Die Immobilie ist außerdem das Kameradschaftshaus der Kameradschaft. Dort finden nicht nur nachweislich Treffen statt, sondern es wird von einigen Kameraden scheinbar auch als Unterkunft genutzt und dient als Ausgangspunkt für sämtliche ihrer Aktivitäten. Also, die Liste ist so schon nicht gerade kurz, aber Mordverdacht wäre neu."

Isabelle lehnte sich wieder zurück, stützte die Ellbogen auf die Stuhllehnen und drückte das Kinn gegen ihre ausgestreckten Finger. Ray und Zola blickten sie beide gebannt an. Wenn er schon auf dem Radar von Polizei und Staatsanwaltschaft ist, müsste sich im Licht der neuen Informationen doch ein weiterer Grund für Nachforschungen über Sven Schmidt und seine Kameradschaft ergeben. Tatsächlich funkte Energie in den braunen Augen der Staatsanwältin, und sie verkündete: „Also gut. Ich werde eine Razzia organisieren, einen Haftbefehl erstellen und Sven Schmidt festnehmen lassen. Terrorverdacht, Anstiftung zum Mord, also Gefahr im Verzug, wir müssen schnell sein."

Zola wäre um ein Haar von ihrem Stuhl hochgesprungen, und Ray jubelte: „Das klingt großartig, Isabelle!"

Sie bremste die Euphorie der beiden, konnte ihre eigene Angriffslust aber auch nicht komplett verbergen. „Donnerstagmorgen um sechs Uhr könnten wir frühestens losschlagen. Dann sehen wir weiter."

Kapitel 41 – Donnerstag, 17. März 2022

Sven wachte von lautem Poltern und gellenden Schreien auf. Sein Verstand war mit einem Mal hellwach, und er saß kerzengerade im Bett. Das schwach beleuchtete Display des Radioweckers zeigte 6.03 Uhr. Er sprang auf die Beine und riss die Tür zum Flur auf. Die Rufe wurden lauter. Der Flur und das Treppenhaus waren düster, doch Sven erkannte die huschenden Lichtkegel von Taschenlampen und dunkel gekleidete Gestalten. Was ging hier vor?

Gerade als er zur Treppe stürmte, um nach seinen Kameraden zu sehen, sprang jemand aus dem Schatten auf ihn zu. Plötzlich blickte Sven in grelles Licht. Mit einem Schrei hielt er sich die Hände vors Gesicht und kniff die Augen zusammen. Doch schon im nächsten Moment wurden seine Handgelenke gepackt und seine Arme auf den Rücken gedreht. Sven versuchte, sich aus dem Griff zu entreißen, aber jemand legte ihm Handschellen an. Das Licht ging an. Sven blickte geradewegs auf einen Polizisten in schwarzer Montur mitsamt Helm und Schutzweste.

„Sind Sie Sven Schmidt?"

„Was wollt ihr von mir? Verpisst euch aus meinem Haus!"

Da trat eine hochgewachsene, rothaarige Frau hinter dem Polizisten hervor und hielt ihm ein Schreiben mit nordrhein-westfälischem Wappen im Briefkopf vor das Gesicht.

„Ich bin Kommissarin Annegret Schuster. Gegen Sie liegt ein Haftbefehl vor, Herr Schmidt. Sie kommen jetzt mit uns mit."

„Einen Scheiß werde ich!", brüllte Sven und versuchte wieder, sich aus den Armen des Mannes zu winden, der ihn festhielt.

„Widerstand ist zwecklos. Wenn Sie mich nun entschuldigen, ich habe einen Einsatz zu leiten", erwiderte die Kommissarin resolut und drehte sich auf dem Absatz um.

Obwohl er sich nach Kräften wehrte, packten zwei Polizeibeamte Sven und bugsierten ihn zur Treppe und die Stufen hinunter. Er sah, wie einige seiner Kameraden in Handschellen von anderen Polizisten abgeführt wurden, und hörte ihre wütenden Protestschreie. „Lasst meine Kameraden los!", schrie Sven. „Verdammt noch mal, was wollt ihr von uns?!" Niemand gab ihm Antwort. Draußen angekommen, kniff Sven vom Blaulicht wieder die Augen zusammen. Dann wurde er von den Männern in einen Polizeiwagen gepackt, und die schwere Schiebetür rastete mit einem wuchtigen Knall ein.

Während die Polizeibeamten in Düsseldorf Kartons mit sichergestellten Gegenständen aus dem Haus der Kameradschaft trugen, stand Marie Seidel pünktlich um neun Uhr am Pult eines der zahlreichen Konferenzräume der BND-Zentrale. Sie war gerne hier, in diesem Gebäude mit der schimmernden Fassade im Herzen Berlins. Und sie brannte darauf, endlich ihren Bericht mit den Erkenntnissen ihres Auslandseinsatzes zu halten.

„In Somaliland herrscht nach dem Attentat großes Chaos. Nichts funktioniert. Es gibt keinen Strom und kein Wasser. Alles, was in den letzten Jahren dort mühselig mittels europäischer Investitionen aufgebaut wurde, hat sich in Luft aufgelöst. Das zeigt, dass die Menschen dort nach wie vor keine nötige Bildung erhalten und tatsächlich selbst immer alles zerstören werden. Jeder Euro, den die Bundesrepublik investiert, ist herausgeworfenes Geld. Unsere Steuern werden dort von Islamisten in die Luft gesprengt. Und das Schlimmste ist: Die Urheber sitzen hier in Deutschland." Mit tiefem Triumph blickte Marie in die Runde der überwiegend männlichen Anzugträger und klickte weiter durch ihre PowerPoint-Präsentation.

„Die Spur des Geldes führt nach Düsseldorf. Die Islamisten in ganz Ostafrika werden von ihren Familienmitgliedern, die hier illegale Shishabars, Restaurants und Bordelle betreiben, finanziert. Meine Abteilung wird die Staatsanwaltschaft in Düsseldorf heute noch über diese kriminellen Hawala-Strukturen informieren. Sie werden Beweise sichern, die Anführer in Haft nehmen und verhören. Der Hauptdrahtzieher ist ein ehemaliger minderjähriger Flüchtling, der hier Elektrotechnik studiert hat. Er gehört zur Düsseldorfer Hawala-Bande und hatte als Projektleiter Zugang zum Kraftwerk, sodass er die Sprengsätze legen konnte. Er nutzte einen neuen Sprengstoff, der wahrscheinlich aus Botswana nach Somalia kam. Außerdem hat der Attentäter amerikanische Sicherheitskräfte kurz vor dem Attentat durch somalische ersetzt. Der Tod des US-Botschafters geht auf seine Rechnung. Allerdings wissen wir nicht genau, wo er sich derzeit aufhält. Aber die CIA hat ihn bereits auf ihre Most-wanted-Liste aufgenommen, und er wird mit internationalem Steckbrief gesucht. Nach unserer Meldung wird ihn auch unsere deutsche Staatsanwaltschaft zur Fahndung ausschreiben. Sie finden eine Zusammenfassung der CIA-Ermittlungen im Handout. Einmal radikal, immer radikal."

„Gute Arbeit, Frau Seidel", lobte ihr Vorgesetzter nach dem Meeting. „Da haben Sie einiges zusammengetragen. Das ist in der Tat allerhand. Dann hat sich die teure Dienstreise ins Niemandsland jedenfalls ausgezahlt. Setzen Sie sich umgehend mit der Düsseldorfer Generalstaatsanwaltschaft zusammen. Wir müssen dieser Truppe Einhalt gebieten."

„Schon erledigt", sagte Marie und machte sich beschwingten Schrittes auf den Weg zu ihrem Büro. Den gehässigen Kommentar hätte sich der Blödmann zwar sparen können, zumal ihre Dienstreisen in der Regel ertragreicher verliefen als die der meisten Kollegen. Aber davon würde sie sich ihren Erfolg gerade nicht nehmen lassen. Endlich hatte sie es den Besserwissern gezeigt! Doch als sie endlich zum Generalstaatsanwalt von Düsseldorf durchgestellt wurde, schlug ihr Unverständnis entgegen.

„Ein Hawala-Netzwerk soll für den Anschlag verantwortlich sein?"

„Ja, mein Team lässt Ihnen gleich sämtliches Beweismaterial zukommen."

„Das ist ja kurios."

„Was ist daran kurios?", fragte Marie und hielt nur mühsam ihre Verwunderung zurück.

„Weil wir eine Razzia bewilligt haben, die erst vor wenigen Stunden stattgefunden hat. Der Hauptverdächtige für den Anschlag auf das Solarkraftwerk ist der Anführer der Düsseldorfer Kameradschaft, Sven Schmidt. Er wird soeben verhört."

Sie hielt den Atem an. Mit einem Mal stieg in Marie wieder dieses seltsame Gefühl auf, das sie schon im Präsidentenpalast in Hargeisa beschlichen hatte, als Chris Azikiwe von ihr wissen wollte, wer noch von den Investorenhintergründen wüsste. Bei dem, was jetzt passierte, musste dieser Möchtegernweltverbesserer Ray Klein seine Finger im Spiel haben. Er hatte ihr doch im Somali Regent von seinen angeblichen Hinweisen erzählt. Also hatte er jetzt mit Sicherheit der Staatsanwaltschaft irgendeinen Schwachsinn gesteckt, um seinen kleinen Projektleiter zu schützen und damit seinen eigenen Arsch und den seiner Firma zu retten.

„Sie halten es also nicht für kurios, dass ein deutscher Naziring hinter dem Anschlag stecken soll, wo ein muslimisches Hawala-Netzwerk allein, rein logisch betrachtet, deutlich mehr Sinn ergibt?", ließ Marie ihre Ungläubigkeit heraus.

„Wir müssen allen Spuren nachgehen", war die trockene Antwort.

„Dann schlage ich vor, dass Sie sich gleich gründlichst mit den Spuren beschäftigen, die unsere umfassenden Ermittlungen ergeben haben", entgegnete sie forsch, zwang sich aber dazu, ihre Stimme ruhig zu halten. „Daraus werden Sie entnehmen können, dass Chris Azikiwe und Simba Ongwen, beide auf der CIA-Most-wanted-List, für den Anschlag und die Todesopfer verantwortlich sind. Zusammen mit dem bereits ausgeschalteten Samuel Selowane haben sie eine terroristische Vereinigung gegründet. Yusuf Ghalib, der Sohn des Kopfes vom deutschen Hawala-Netzwerk, ist mit hoher Wahrscheinlichkeit ebenfalls Teil dieser Vereinigung. Sven Schmidt kann mit der ganzen Sache nichts zu tun haben."

„Ich werde Ihr Beweismaterial gerne in die laufenden Ermittlungen aufnehmen, Frau Seidel", kam vom Generalstaatsanwalt.

„Nicht bloß aufnehmen, sondern auf der Stelle sichten", wies Marie ihn entschieden zurecht. „Wir müssen davon ausgehen, dass die wahren Attentäter hinter den falschen Vorwürfen stecken. Je länger Sie warten, desto mehr Zeit haben sie, ihre Hawala-Tätigkeiten unter den Teppich zu kehren. Und dieses Däumchendrehen gefährdet jahrelange Recherchen des BND. Also konzentrieren Sie sich jetzt auf die veränderte Beweislage. Und danach melden Sie sich sofort bei mir."

Kapitel 42 – Freitag, 18. März 2022

„Ich habe keine guten Nachrichten", sagte Isabelle am nächsten Morgen unumwunden zu Ray. „Die Razzia im Haus der Kameradschaft hat zwar stattgefunden. Es wurden Schlagstöcke, Wurfsterne und ein Hitler-Plakat beschlagnahmt. Aber auf den Laptops und Handys haben sich keine Beweise für einen Anschlag gefunden. Sven Schmidt wurde festgenommen und verhört. Er hat aber nichts zugegeben, und von Somaliland hat er noch nie etwas gehört."

„Aber er ist ein Mörder!", warf Ray ein. „Dieser Kerl hat Rufus auf dem Gewissen, hat andere Menschen schwer verletzt und einen Finanzschaden von Hunderten von Millionen verursacht! Er ist ein Psychopath! Natürlich wird er alles abstreiten! Er gehört lebenslänglich hinter Gitter!"

„Solange es keine Beweise gibt, gilt: Im Zweifel für den Angeklagten. Das war aber noch nicht die schlechte Nachricht, fürchte ich", seufzte Isabelle am anderen Ende der Leitung. „Gestern ging eine Information aus hoher Instanz bei unserem Generalstaatsanwalt ein. Man hat uns auf die Existenz eines Hawala-Netzwerks in Düsseldorf hingewiesen, das von Familie Ghalib betrieben wird und die Zentrale für ganz Deutschland zu sein scheint. Es tut mir leid um die nette Zola, aber ich muss dem leider nachgehen."

Ray war sprachlos. Jedes Mal, wenn er dachte, dass es nicht schlimmer kommen könnte, eskalierte alles noch weiter. „Es gibt aber keine Beweise! Ich habe schon selbst mit Ahmad Ghalib gesprochen, er ist nicht bereit, auszusagen. Und wenn er und seine Familie Hawala-Vertraute sind, unterliegen sie familiär einer sehr strikten Geheimhaltungspflicht."

„Lass mich ganz klar sein: Dein persönlicher Eindruck entlastet ihn nicht. Und was Schmidt angeht ... hör zu – was soll ich noch tun, Ray? Es gibt nichts, was gegen Schmidt verwendet werden kann."

„Okay, wir brauchen Beweise. Und scheinbar müssen wir selbst auf die Suche danach gehen", fasste Ray grimmig zusammen.

Kurz nach dem Telefonat mit Ray wurde Isabelle Kaufmann zum Generalstaatsanwalt gerufen. Sie erschien pünktlich um vierzehn Uhr in der Sternwartstraße im Düsseldorfer Stadtteil Bilk. Der Generalstaatanwalt teilte ihr mit, dass Chris Azikiwe der Hauptverdächtige für den Mord an Rufus Wagner und den Anschlag auf das Solarkraftwerk war und sie ihn sofort zur Fahndung ausschreiben solle. Ebenso lagen schwere Vorwürfe gegen Ahmad und Yusuf Ghalib vor, weswegen sie eine Razzia im Restaurant Hargeisa in der Worringer Straße organisieren solle. Da keine Beweise für eine Beteiligung Sven Schmidts am Solarkraftwerksattentat gefunden werden konnten, galt er als unschuldig und war sofort auf freien Fuß zu setzen.

Keine Stunde später trat Sven auf die Straße und atmete tief die kühle Frühlingsluft ein. Man hatte ihn gestern in einem kleinen, muffigen Raum stundenlang warten lassen, bis ein großer Schönling von Kommissar reinkam und ihn verhören wollte. Sven hatte seine Wut da schon wieder im Griff und verweigerte stoisch jegliche Aussage in Abwesenheit eines Anwalts. Dann war irgendwann im Laufe des Tages ein Pflichtverteidiger erschienen. Ein älterer Schlipsträger von der Sorte, der Sven nicht über den Weg traute. Aber der Mann verdiente sich seinen Respekt, nachdem er streng forderte, dass man seinen Mandanten freizulassen habe, wenn gegen ihn nichts vorliege. Gestern hieß es noch, es würde noch dauern, bis das gesamte Beweismaterial gesichtet sei. Aber vorhin war sein Pflichtverteidiger endlich erschienen und hatte ihn als freien Mann hinausbegleitet.

„Passiert jetzt noch irgendwas, was ich wissen muss?", fragte Sven ihn.

„Eigentlich nur Papierkram. Sie sollten in der nächsten Woche ein Schreiben bekommen und müssen noch mal in meinem Büro vorsprechen. Sie werden sich für die gefundenen Waffen und neonazistische Propaganda verantworten müssen. Aber da der ursprüngliche Tatverdacht des Attentats sich im Lichte neuer Erkenntnisse verlagert hat, sollte es das gewesen sein."

„Welche neuen Erkenntnisse?", wollte Sven interessiert wissen.

„Die Details hat man mir auch nicht genannt. Ich weiß nur, dass die Generalstaatsanwaltschaft noch während der Razzia in der Kölner Landstraße wichtige Informationen aus Ermittlungen des Bundesnachrichtendienstes erhalten hat. Für den Anschlag soll eine Terrorgruppe mit engen Beziehungen zum deutschen Hawala-Netzwerk verantwortlich sein. Demnach kommen Sie als Täter nicht mehr infrage und waren umgehend freizulassen."

Sven grinste breit. Das war Evas Werk. Sie hatte den Behörden die schwarzen Dreckspisser zum Fraß vorgeworfen. Ihre Rolle als toughe Agentin hatte sich also gleich doppelt für ihn ausgezahlt: Erst hatte er wertvolle Informationen von ihr bekommen, mit dem ihm sein großer Coup gelungen war. Und nun hatte sie nicht zugelassen, dass man ihn dafür belangte. Gut, die schnüffelnden Möchtegernweltretter hätten so oder so keine Beweise gegen ihn gefunden. Dafür hatte er von Anfang an Sorge getragen. Aber dass der ergraute Scheißmigrant mit seinem Messerstechersohn jetzt auch büßen würde, war die Spitze. Morgen würde er den Erfolg mit Eva gemeinsam auskosten ... und sie möglicherweise für ihre Treue belohnen.

„Hier haben Sie meine Nummer", unterbrach der Anwalt Svens Gedanken und reichte ihm seine Visitenkarte. „Rufen Sie mich an, sobald Sie das Schreiben von der Staatsanwaltschaft erhalten haben. Jetzt erst mal ein schönes Wochenende."

„Danke, gleichfalls", verabschiedete sich Sven, und sein Grinsen vertiefte sich.

Kapitel 43

Im Sundown Hideaway ließ Simba es sich so richtig gut gehen. Er hatte noch nie in seinem Leben so lange Zeit an einem so satten und ruhigen Ort verbracht. Erst recht seit Ray und Zola abgereist waren, bestanden die Tage für ihn aus Schlemmerei und Schampus.

„Du futterst und säufst den halben Tag und liegst die andere Hälfte in der Sonne rum", stellte Chris fest, der neben Simba am Frühstückstisch auf der Terrasse saß. Nimo stellte gerade einen Teller mit einem saftig glänzenden Käse-Omelett vor ihn hin und ging wieder an Simba vorbei zurück ins Haus.

„Nein, ich mache mir hier inmitten der ganzen Annehmlichkeiten auch Gedanken über den Ernst des Lebens", erörterte Simba gespielt hochnäsig und schenkte sich großzügig Champagner nach.

„Na, da bin ich ja mal jetzt gespannt."

„Mach dich ruhig lustig über mich", kam schlürfend zurück. „Und stärk dich mal schön. Gleich werde ich dir paar Sachen beibringen, die dir demnächst alles andere als schaden werden."

Chris sah ihn beim Kaffeeeingießen mit einer hochgezogenen Augenbraue an, worauf Simba ihm mit einem verschwörerischen Grinsen zuprostete. Nach dem Frühstück verschwand Simba kurz in seinem Zimmer und kam mit einer Handvoll Kabelbinder und einer Rolle Panzerband zurück. Als er das erstaunte Gesicht seines Freundes sah, lachte er so laut, dass Chris meinte, den Stuhl unter sich dröhnen zu fühlen.

„Planst du was für unseren nächsten Besuch bei dem fetten Ghalib, oder für wen sind die Goodies gedacht? Und wo hast du die überhaupt her?", fragte Chris.

„Eine ganz hervorragende Idee!", lachte Simba, „Aber nein, die sind für uns, oder für dich, zum Üben. Ey, sieh mich nicht so an! Du bist zwar um das Hardcore-Verhör bei der CIA noch herumgekommen, aber das Glück wird dir vielleicht nicht immer so treu sein. Deswegen musst du wissen, wie du dich aus solchen Dingern befreist."

Chris sah ihn skeptisch an, musste Simba aber zustimmen. Wer weiß, wofür das Wissen ihnen noch nützen würde. Also stand er auf und ging auf seinen Freund zu, der sich mit einem der Kabelbinder etwas abseits hingestellt hatte.

„Verbind mir die Hände, dann zeige ich dir, was man machen kann."

Er nahm den schwarzen Plastikstreifen, und Simba hielt ihm die aneinandergelegten Hände entgegen. Chris legte den Streifen um seine Handgelenke und zurrte ihn fest zu.

„Die Idealsituation wäre, wenn man Zeit hat und unbeobachtet ist", begann Simba. „Denn dann kannst du dich nach Hilfsmitteln umsehen, und sei es eine Ecke oder Fensterbank, egal. Irgendwas, woran du das Teil zerreiben kannst. Du kannst sie auch mit deinen Schnürsenkeln zerschneiden. Aber was machst du, wenn solche Versuche nicht klappen oder du keine Zeit hast? Weil das hier ..." Simba bewegte die Hände vor und zurück, drehte sie, ballte sie zu Fäusten. „Das bringt dich nicht weiter. Also, was kannst du tun?"

Chris überlegte kurz, zuckte aber schließlich die Schultern. Simba trat einen Schritt zurück. „Explosionskraft ist das Zauberwort", erklärte er. „Die Verschlüsse der Kabelbinder sind deren Schwachpunkt. Also musst du die anvisieren. Und zwar so." Mit einem heftigen Ruck zerriss Simba den Kabelbinder, als wäre er ein Streifen Papier. Chris machte große Augen. „Wenn deine Arme vorne sind, ist das natürlich einfacher, weil du so viel mehr Kontrolle hast und mehr Kraft ausüben kannst. Mit den Armen auf dem Rücken ist es deutlich schwerer, aber auch machbar. Verbind mir noch mal die Hände."

Chris schnappte sich einen zweiten Kabelbinder und zurrte Simba, der sich schon mit hinter dem Rücken verschränkten Armen zu ihm umgedreht hatte, wieder die Handgelenke fest.

„Hierbei brauchst du die volle Konzentration. Du ziehst die Schultern hoch und musst dann die Arme mit ganzer Kraft nach vorne ziehen, als würdest du dir in die Hände klatschen wollen." Simba deutete die Bewegungen ein paarmal an, ehe er sich wieder mit einem Ruck befreite. „Jetzt bist du dran."

Simba fesselte Chris erst die Arme vorne. Er brauchte ein paar Anläufe, aber er schaffte es.

„Sehr gut, Bruder!", lobte Simba und klopfte ihm auf die Schulter. „Und jetzt mit den Armen hinter dem Körper. Denk dran, erst die Schultern hoch und dann erst die Arme nach vorne. Sonst hast du nicht genug Kraft zum Hebeln."

Doch egal wie sehr Chris sich abmühte und darauf konzentrierte, die Kraft gesammelt nach vorne zu reißen, er schaffte es einfach nicht.

„Das ist auch ziemlich schwer. Komm, wir kühlen uns eine Runde ab und danach probieren wir das mit dem Panzerband", beschwichtigte Simba ihn mit einem Schulterklopfen und befreite ihn vom Kabelbinder. Mürrisch rieb sich Chris die schmerzenden Handgelenke und wischte sich den Schweiß aus dem Gesicht. Gegen eine Abkühlung im himmelblauen Pool hatte er nichts einzuwenden. Die beiden Männer lenkten ihre Energie in ein Wettschwimmen, bei dem Chris Simba gnadenlos abzog, und fläzten sich schnaufend auf die Liegestühle.

„So hat halt jeder seine Talente", feixte Simba.

Chris lachte. Er genoss die Zeit mit seinem Freund. Wer wusste schon, wie es weitergehen und in welchen Umständen sie sich bald befinden würden? Gestern sollte die Razzia gegen die Kameradschaft gelaufen sein, und Chris wartete sehnsüchtig auf Nachricht von Zola oder Ray. Er mahnte sich zur Geduld. Denn immerhin hatte er in dem ganzen Chaos seinen Kindheitsfreund wiedergefunden. Und aller Fragen und Ungewissheit zum Trotz konnte Chris sich auf die Unterstützung seines Chefs verlassen, der jetzt schon ganze Berge versetzte. Als wäre das nicht schon Geschenk genug, konnte er sich auch noch der Liebe Zolas sicher sein.

Das Klingeln seines Handys riss Chris aus seinen Gedanken. Rays Name prangte auf dem Display. Chris nahm den Anruf sofort an und stellte ihn auf laut, damit Simba mithören konnte.

„Ich habe Scheißnachrichten", hörten sie ihn vor Wut schnauben. „Sven ist wieder auf freiem Fuß."

„Was? Und warte, warum wieder?", fragte Chris ungläubig.

Nachdem Ray seinem Ärger Luft gemacht hatte, erzählte er von den Ergebnissen der Razzia. „Die Beweise würden nicht ausreichen. Es ist ein internationaler Haftbefehl für euch beide erstellt worden. Jetzt ist nicht nur Simba ein bekannter Islamist und die CIA hat ihren Willen durchgedrückt, was Chris nun auf die Most-wanted-Liste bringt, zur Krönung habt ihr mit Yusuf Ghalib angeblich eine terroristische Vereinigung gegründet. Herzlichen Glückwunsch."

„Was?!", rief Chris entsetzt.

„So eine verdammte Scheiße!", knurrte Simba ungehalten.

„Ich verstehe einfach nicht, wie die ganze Aktion so nach hinten losgehen konnte!", wütete Ray. „Irgendetwas ist gewaltig faul an der ganzen Sache. Ich bekomm's noch nicht zusammen, wo der Hase begraben ist. Ich kann mir nicht vorstellen, dass die CIA den deutschen Behörden einfach ihren Willen aufdrückt und kein anderer Verdacht weiterverfolgt wird. Da stimmt doch was nicht."

„Jetzt mach dich nicht so fertig, Ray. Du hast schon mehr für mich getan, als menschenmöglich ist", versuchte Chris ihn zu besänftigen.

„Trotzdem kann es nicht sein, dass wir hier überall nur auf Granit beißen. Wir wissen doch, dass dieser Sven dahintersteckt."

„Wenn Ahmad Ghalib aussagt, wäre das doch ein Beweis, oder nicht?", warf Simba ein.

„Lass Zolas Familie raus, sie hat schon genug durchgemacht", wies Chris entschieden ab.

„Wenn gegen ihren Bruder jetzt auch ein Verdacht besteht, hätte ihr Vater sowieso noch einen guten Grund mehr, die Karten auf den Tisch zu legen", gab Simba ruhig zu bedenken. „Allerdings steht der feine Hawala-Kodex dem Ganzen im Weg."

„Solange sich ein Weg findet, Zola da rauszuhalten, müssen wir diesen Weg gehen."

Sie beendeten das Gespräch. Chris stützte die Ellbogen auf die Knie und legte den Kopf in die Handflächen. Es war zum Schreien. Warum kamen sie nicht an diesen Sven heran? Dieser Naziproll entpuppte sich als gerissen und schien irgendwie gut vernetzt zu sein. Trotzdem erklärte das nicht, warum nicht einmal die Staatsanwaltschaft etwas gegen ihn ausrichten konnte. Während Chris grübelte, tigerte Simba wie elektrisch aufgeladen um den Pool herum. Als sein Freund sich seiner Energie entledigt hatte und auf die benachbarte Liege warf, äußerte Chris den Gedanken, zu dem er schlussendlich kam: „Ich muss mich stellen."

„Alter, was redest du da für einen Scheiß?", blaffte Simba.

„Ich kann nicht als Terrorist leben und jeden Tag Angst haben, dass mich die Amerikaner schnappen und einsperren. Ich will ein freier Mensch sein."

„Du kannst auch mit mir nach Puntland kommen. Ich habe dort ein kleines Steinhaus, Ziegen und Schafe. Leider sind die Amerikaner jetzt weg, und wir können sie nicht mehr überfallen. Ehrliche Arbeit gibt es da nicht. Aber wir werden dann schon etwas finden."

„Nein, so ein Leben ist nichts für mich."

„Ah ja, eindeutig die bessere Alternative, als sich weißen Amis auszuliefern, wenn man unschuldig ist. Aber wenn du meine Idee schon abschmetterst, verstehst du vielleicht, wie idiotisch deine Option klingt."

Chris seufzte und drehte den Kopf zu Simba, dessen Blick ihn durchbohrte. „Ich habe den Duft der Freiheit, des Wohlstands und des Luxus eingeatmet. Dafür habe ich jeden Tag seit meinem Neuanfang in Deutschland geackert, und das will ich nicht wegwerfen. Außerdem möchte ich Zola wiedersehen. Sie ist meine Traumfrau. Ich liebe sie, und ich will sie schützen. Also werde ich mich den Behörden in Deutschland stellen und alles aufklären."

„Aber wenn du das tust, wirfst du dein Leben weg, Mann!", herrschte Simba ihn an. „Alles, was du dir erarbeitet hast, und die Chance auf eine Zukunft mit deiner Traumfrau gleich mit! Sie werden dich für zwanzig Jahre einsperren. Das will ich nicht für dich, auf keinen Fall!" Er setzte sich auf und schlug sich nachdrücklich gegen die muskulöse Brust. „Ich habe damals die falsche Entscheidung getroffen und mein Leben weggeworfen. Aber du konntest dir für dich ein besseres Leben aufbauen, und darum bin ich froh. Davon hätten wir als Jungen nicht zu träumen gewagt. Deswegen kann ich nicht zulassen, dass du deinen Dickschädel durchsetzt und dich opferst!" Chris wusste nichts auf Simbas Worte zu erwidern. „Es geht nicht an, dass du dich als Unschuldiger auslieferst. Der wahre Täter gehört hinter Gitter, nicht du. Also müssen wir diesen Mistkerl Sven überführen", überlegte Simba nach einer kurzen Verschnaufpause. „Vielleicht macht ja Zolas Vater doch eine Aussage?"

Auch Chris hatte sich wieder gesammelt. Er nickte und sagte: „Es gibt immer nur zwei Möglichkeiten – leben oder sterben. Sven oder ich. Du hast recht, ich bin unschuldig. Wir sind unschuldig. Wir müssen den wahren Schuldigen schnappen."

Simba grinste ihn an und gab ihm mit seiner Pranke einen Hieb auf den Oberarm. „Willkommen zurück im Land der Vernunft."

Chris erwiderte den freundschaftlichen Schubser. „Um diesen Sven Schmidt dranzukriegen, muss ich nach Düsseldorf", entschied er. „Dort lebt dieser Kerl, und es ist auch mein Zuhause. Ich muss zurück!" Nach kurzer Überlegung hatte er einen Einfall. „Mit einem falschen Pass sollte sich doch ein Flug organisieren lassen. Das wird doch ,Ibrahim, der Fette' besorgen können, oder?"

„Darauf kannst du Gift nehmen", war Simbas angriffslustige Antwort.

„Das Einzige, was uns hilft, ist ein Geständnis von diesem Verbrecher", fasste Chris die vielen Gedanken in seinem Kopf zusammen. „Die Staatsgewalt hat hier versagt. Also muss ich mir das Geständnis von ihm selbst holen."

„Mein Freund, du bist nicht allein. Wir gehen zusammen. Wir grillen den Kerl so lange, bis wir sein Geständnis auf Video haben. Und zwar mit Zeugen. Diese Schlacht ist noch lange nicht verloren."

Kapitel 44 – Samstag, 19. März 2022

Samstagabend um 18.45 Uhr saß Marie Seidel in Düsseldorf bei ihrem Lieblingschinesen und wartete sehnsüchtig auf Eugen. Ihr letztes Treffen war schon Monate her, und auch seit ihrem letzten Telefonat mit ihm waren wieder zwei Wochen vergangen. Gedankenversunken nippte sie an ihrem Weißwein. Allein in dieser Zeit ist viel passiert. Am Montag war sie aus Somaliland zurückgekehrt und hatte am Donnerstag ihren offiziellen Bericht im Führungskräfte-Meeting vorgestellt. Quasi zeitgleich lief die Verhaftung und später die Freilassung ihres ehemaligen V-Manns. Marie glaubte schon lange nicht mehr an Zufälle. Daher musste sie unwillkürlich an den selbstgefälligen Ray Klein und seine abstruse Theorie denken, dass ein deutscher Neonazi hinter dem Anschlag auf das Solarkraftwerk steckte. Die Kontakte dieses Mannes reichten weit genug, dass er die Razzia und die Verhaftung in die Wege leiten konnte. Aber warum hätte Ray Klein es auf Eugen abgesehen? Und selbst wenn er einen berechtigten Grund hätte, warum sollte Eugen in ein solches Attentat involviert sein? Es blieb natürlich der Umstand, dass der Anschlag zu perfekt für einfache Islamisten war, zumal das für sie klassische Bekennervideo nie aufgetaucht war.

Das Ganze sieht eher aus wie eine groß angelegte Destabilisierung, dachte Marie. Den Amerikanern kann man so eine Sprengung zutrauen. Der Sprengstoff und der Zünder kamen aus ihren Beständen. Aber auch die Chinesen haben geopolitische Interessen in Afrika. Die Übernahme der Solarkraftwerke und des gesamten Stromnetzes könnte ihr Ziel sein. Und dem somalischen Präsidenten schmeckt das schon mal gar nicht.

Aber da war auch das letzte Gespräch mit Eugen und der eine kleine Satz, den er gesagt hatte. Wie hatte er es formuliert? Er hätte ihre Sache vorangebracht. Das ungute Gefühl, das sie bei dieser Aussage beschlichen hatte, war ihr prompt bei dem Treffen mit Ray Klein in der Lobby vom Somali Regent wieder hochgekommen. Auch jetzt kam sie wieder ins Grübeln, während sie ihre Perlenkette zwischen ihren

Fingern hin- und herdrehte. Wie stark war Eugen in die Sprengung des Solarkraftwerkes wirklich verwickelt? Er war doch die ganze Zeit in Düsseldorf. Auf seine Informationen konnte sie sich bisher immer verlassen. Er hatte einen militärischen Hintergrund und war extrem in seinen Ansichten, das schon. Aber so etwas Großes, nein, das glaube ich nicht. Trotzdem fand sie Eugen verdammt scharf und sehnte sich nach seiner Umarmung. Marie hatte sich noch nie in ihrem Leben so fallen lassen und einfach sie selbst sein können bei einem Mann. Sie versuchte, ihren Herzschlag und ihren Kopf wieder ins Lot zu bringen, indem sie einen großen Schluck von ihrem Wein nahm.

Pünktlich um neunzehn Uhr betrat Sven das Lokal. Er wartete nicht, bis die freundliche Chinesin ihn begrüßen würde. Er kannte ja ihren Stammplatz. Also ging er zum Tisch, an dem Eva saß, und spürte, wie seine Lippen sich fast wie von selbst zu einem freudigen Lächeln verzogen. Er hatte sie schon zu lange nicht mehr gesehen. „Hallo Eva", begrüßte er sie.

„Hallo Eugen!" Sie erhob sich, und ihre hellen Augen leuchteten wie jedes Mal auf, wenn sie ihn sah. Dass er sie in diesen Bann zog, trotz der langen Trennungszeiten, erfüllte ihn mit tiefer Zufriedenheit. Sven war ganz dicht an sie herangetreten, legte Eva eine Hand in den Nacken und die andere an die Hüfte. Dann packte er fest zu und zog sie hart an sich heran, um ihren Mund forsch zu erobern. Er konnte fühlen, wie ihr Körper für einen Augenblick seine Spannkraft verlor und sie sich nur noch von seinen Händen halten ließ. Als er sie freigab, entkam ihr Atem als flaches Keuchen und sie blinzelte mehrmals, ehe sie ihn mit Lust musterte. Sven hatte sie noch nie so temperamentvoll begrüßt. Aber heute war auch ein besonderer Tag, und ihm war danach.

Er bestellte ein Alt bei der Kellnerin und lehnte sich verschwörerisch zu Eva über den Tisch. „Ich finde es ziemlich sexy, wie du mich aus dem Polizeirevier rausgehauen hast. Vor allem, weil jetzt die Kameltreiber den Preis für ihre jämmerliche Racheaktion gegen mich zahlen. Das gibt dem Ganzen eine besonders nette Note."

Zu Svens Verwunderung wurde die Freude über sein Kompliment in Evas Augen schnell von etwas gänzlich anderem überlagert.

Plötzlich befand sich wieder die eiserne BND-Agentin mit dem rasiermesserscharfen Verstand vor ihm. „Möchtest du mir erklären, warum diese Kameltreiber dir so wichtig sind? Und was für eine Sache du vorangetrieben hast?"

Er grinste sie unverhohlen an und lachte leise. Sven wusste, dass Eva ihre berufliche Seite nicht gänzlich abschalten konnte, Agentin war – und blieb Agentin, zumindest so lange, bis sie sich anstandslos und willig in seine Arme begab. Endlich konnte er ihr alles erzählen und seinen Triumph mit ihr auskosten. Nachdem die Kellnerin sein Alt gebracht und ihre Bestellung aufgenommen hatte, lehnte sich Sven wieder mit den Ellbogen auf dem Tisch vor. Er tippte auf die Narbe in seinem Gesicht.

„Zuerst war da dieser kleine miese Messerstecher, der mir diese Narbe verpasst hat. Danach habe ich das Restaurant beobachtet und dort häufig gegessen. Ich konnte beobachten, wie viele Neger da ein- und ausgehen. Nicht zum Essen, Bargeld wechselte die Hände. Auch schwarze Limousinen hielten häufig davor, und es wurden schlanke Geldkoffer übergeben. Als du dann im Sommer dieses Schattenbanksystem erwähntest, hat es bei mir klick gemacht. Das ist keine einfache kleine Bande, habe ich gedacht. Die sind bestimmt Teil vom Hawala-System. Und ich hatte recht." Sven nahm einen großen Schluck von seinem Alt und wischte sich mit dem Handrücken über den Mund: „Aber ich habe nicht nur kapiert, was die lackschwarzen Visagen da betreiben. Ich habe deren eigenes dreckiges System benutzt, um sie so richtig in den Arsch zu ficken." Eine Welle der Freude und tiefer Befriedigung erfasste ihn, und er grinste über das ganze Gesicht. „Und du hast mir den perfekten Anreiz dafür gegeben, meine Süße."

Eva zog erstaunt die Augenbrauen hoch. Obwohl sie sich schnell wieder fing, entging Sven nicht, wie ihre toughe Fassade bei seinen Worten wie ein Vorhang im Wind flatterte. Dahinter war für einen Augenblick wieder die sehnsüchtige Eva, die einfach nur gesehen und von einem starken Mann getragen werden wollte. Und endlich hatte er sie nicht nur am Haken. Mit der Enthüllung würde er sie endgültig ins Boot holen, und sie würde ihm komplett verfallen. „Ich? Habe dir den Anreiz gegeben?", fragte sie mit verblüffter Stimme.

„Aber ja. Du warst so entrüstet darüber, wie unsere Banken Schleusergeld waschen und dass mit unseren Steuergeldern im hinterwäldlerischen Busch unwürdigen Affen zu einem besseren Leben verholfen wird. Du hattest doch selbst gesagt, du findest, dass Somali Solar in die Luft gesprengt gehört. Ich konnte dir deinen Wunsch zwar nicht von den Lippen ablesen, aber das kommt schon verdammt nah dran, oder? Ich wollte dir helfen. Du solltest den besten V-Mann des BND haben."

Er hatte zwar nicht gleich mit Ehrerbietung gerechnet, aber doch mit mehr Enthusiasmus von Evas Seite. Dennoch sah Sven deutlich, dass die schiere Überwältigung in ihrem Gesicht nicht rein geschockter Natur war. Es gefiel ihr, dass er ihre Worte nicht ungehört gelassen und Taten hatte walten lassen. Die hohen Tiere der Regierungskreise hatten sie nicht hören wollen und waren tatenlos geblieben. Er hatte den Missstand mitsamt Wurzel ausgerissen und ihr Beachtung geschenkt. Die Rührung darüber drang unübersehbar tief, auch wenn die BND-Eva sich wieder vorschob. Trotzdem entging Sven nicht, dass ihr Ton nicht mehr forsch und kalkuliert, sondern schlichtweg ungläubig und überrascht war. „Aber wie hast du denn den Anschlag organisiert? Wie hast du den Attentäter gefunden? Und wie hast du ihn bezahlt? Woher hast du so viel Geld?"

Das Grinsen kerbte sich Sven tiefer ins Gesicht. Sie wollte die Details wissen. Genau damit hatte er schon gerechnet, schließlich möchte jede Frau Details kennen. Und es war für ihn eine große Freude, ihr alles zu erzählen, bis ins letzte Detail. „Na ja, ich hatte doch den Kredit für die Renovierung des Dachs vom Vereinshaus beantragt. Das war aber nur ein Vorwand. Denn das Geld habe ich nicht für die Renovierung genommen, sondern für das Attentat. Das war ein genialer Hebel. Hunderttausend investiert, vier Milliarden vernichtet. Das war Faktor vierzig. Der Staat hat den Rums bezahlt. Endlich mal gut investierte Steuergelder. Und einen geeigneten Typen dafür zu finden war auch nicht schwer. Im Darknet findet sich alles, was das Herz begehrt. Und wo ein Wille ist, ist bekanntlich auch ein Weg, oder?"

Das Essen wurde serviert, und sie baten beide um weitere Getränke. Sven langte zu und sah auf Eva, die plötzlich nachdenklich schaute. „Hat dir meine Überraschung etwa nicht gefallen?", fragte er und bemühte sich um einen sachten Ton. Sven erkannte, wie bewegt sie war. Genauso, wie er wusste, dass sie im Sommer nicht aus bloßem Frust gegen die illegalen Deals und wahnwitzigen Auslandsprojekte gewütet hatte. Eva teilte seine Ideologie – noch – nicht, oder zumindest nicht auf die gleiche Weise. Aber der Samen war lange vor ihrer Bekanntschaft gesät und hatte nun zu keimen begonnen. Wie sehr ihn das allein befriedigte, ließ sich kaum in Worte fassen. Trotzdem funkte ihr Verstand noch dazwischen. Deswegen schaltete Sven wieder einen Gang runter.

„Du machst mich sprachlos", sagte Eva. Eine Antwort, die wohl aus beiden Seelen stammte, die vor seinen Augen in ihr kämpften. Dann legte sie die Gabel zur Seite und verschränkte die Hände zwischen ihrer Brust und ihrem Teller auf dem Tisch. „Den Drecksinvestoren und Möchtegernweltverbesserern hast du richtig aufs Maul gegeben, das ist dir echt gut gelungen. Und Schmugglern sollten jetzt für eine Weile auch die Beine unterm Körper weggebrochen sein." Zufrieden streckte Sven den Rücken durch. Ihre Worte klangen trotz ihrer Zurückhaltung wie Musik in seinen Ohren. „Das Problem an der ganzen Sache ist nur, dass dabei zwei Menschen, einer davon Deutscher, ermordet wurden. Und wenn es um Mord geht, kann ich dich nicht decken."

Argwohn stieg in Sven auf. Er legte sein Besteck weg und studierte Eva und jede Regung in ihrem Gesicht genau. Dann entschied er sich für eine andere Taktik. Mit einer Mischung aus Trauer und Wut forderte er sie heraus: „Ich ... ich habe alles für dich gemacht. Und nun willst du mich einfach fallen lassen?"

Ihr ohnehin schon gequältes Gesicht wurde von nackter Panik überzogen. „Was? Nein! Um Himmels willen! Nein, ich will dich nicht verraten, das würde mir niemals in den Sinn kommen!", beschwor Eva ihn. Zu Svens Erheiterung füllten ihre Augen sich sogar mit Tränen. „Ich würde dich weder fallen lassen noch ausliefern. Ich wollte dir damit nur sagen, dass ich schon alle Register gezogen habe und keine weitere Möglichkeit mehr haben werde, dich zu schützen. Wenn irgendwie ans Licht kommt, dass du den Attentäter beauftragt hast, auch nur der geringste Beweis ... dann sind mir die Hände gebunden. Ich wollte bloß, dass du das weißt. Ich stehe doch auf deiner Seite. So wie du auf meiner."

Es kostete Eva offensichtliche Mühe, die Tränen zurückzuhalten. Er kostete den Moment kurz aus, dann brach Sven den Bann. „Nicht doch, Süße, so hatte ich es nicht gemeint. Das sollte nicht so hart rauskommen." Über den Tisch griff er nach ihrer Hand und strich ihr über die Knöchel.

Mit einem zitternden Seufzer sackte sie erleichtert gegen die Lehne ihres Stuhls und schluckte schwer.

„Ich habe es auch nicht so gemeint, Eugen. Bitte entschuldige."

„Schon okay. Wir sind eben beide etwas aufgewühlt. Es ist ja auch eine echt große Sache."

Eva nickte und wischte sich mit der freien Hand über die Augenränder. „Oh ja. Das kannst du wirklich laut sagen."

Er drückte ihre Hand und ließ sie wieder los. Dann nahm er sich wieder sein Besteck und aß weiter. Sven wollte Eva etwas Zeit geben, sich wieder zu sammeln. Wobei er sich nun sicher war, dass die BND-Eva höchstens noch mit leisen Hinweisen zur Sprache kommen würde. Vor ihm saß nun wieder die Eva-Eva, die ihm zwischen Bissen von ihrem Gericht ganz hingerissene Blicke zuwarf.

Sie nahm ihr Weinglas, und Sven beobachtete schmunzelnd, wie sie es betont langsam an ihre Lippen führte und wie sich ihre Kehle durch die kleinen Schlucke bewegte. Als sie das Glas wieder abstellte, sich die Tropfen von den Lippen leckte und ganz leicht in die Unterlippe biss, sah er ihr tief in die Augen. Nach ein paar Momenten intensiven Blickkontakts, in denen nicht nur Sven wärmer geworden war, blitzte es plötzlich in Evas Augen. Er hatte die Agentin zwar kurz darin gesehen, doch als sie jetzt voller Euphorie sprach, war sie ganz eindeutig seine Eva. „Ich glaube, ich habe eine Idee, wie wir dich aus weiteren Ermittlungen raushalten können."

„Oh, wirklich? Na, dann schieß mal los!"

„Die Staatsanwaltschaft hat vom BND genug Informationen zu den Ghalibs erhalten, dass sie Ermittlungen einleiten. Außerdem habe ich ihnen nahegelegt, dass es sich bei Yusuf Ghalib um das Mitglied einer terroristischen Vereinigung handelt."

„Mein schlaues Mädchen", grinste Sven.

„Hawala steht zwar für kompromisslose Verschwiegenheit, aber man weiß nie, wer unter welchen Umständen nicht doch anfängt, zu singen. Wenn er oder sein Vater also doch auf die Idee kommen, auszusagen, wird es problematisch. Aber dem kann man vielleicht vorbeugen."

„Was schlägst du also vor?" Sven gefiel es, wie Eva dachte. Natürlich war sie schon immer clever und irgendwie auch listig gewesen. Aber dass sich eine Durchtriebenheit in ihr regte, die sich auf seine Seite und gegen den Staat schlug – das turnte ihn mehr an denn je.

„Yusuf hat eine Schwester, Zola Ghalib. Ich weiß nicht, wie oder ob sie da überhaupt in das System involviert ist. Jedenfalls dürfte es kein Zufall gewesen sein, dass sie mit dem deutschen Investor hinter dem Solarkraftwerk im gleichen Flieger wie ich zurückgeflogen ist. Mehr noch, sie ist die Flamme von dem Kerl, der von der CIA als Hauptverdächtiger festgenommen wurde. Er konnte aus dem Gefängnis in Hargeisa entkommen und ist seitdem verschwunden."

„Hm, wie interessant ..." Das ließe sich doch bestimmt zu seinem Vorteil nutzen. Wenn der Freund dieser kleinen schwarzen Schlampe von der CIA gesucht wurde, wäre sie das ideale Druckmittel. So oder so, ihr Bruder hatte sie schon einmal verteidigt und würde es auch wieder tun. Daraus könnte man mit Sicherheit etwas Passendes drehen. „Mir gefällt, wie du denkst", lobte Sven.

Wie auf Knopfdruck verzogen sich Evas Lippen zu einem glücklichen Lächeln. Ihre schlanken Finger wanderten über den Tisch, und sie strich federleicht über seine Hand. Mit geneigtem Kopf und dem für sie so charakteristischen Augenaufschlag blickte sie zu ihm und hauchte: „Ich tue, was ich kann."

Spätestens jetzt war unmissverständlich klar, dass er sie voll und ganz in der Hand hatte. Sven spürte die Macht, die süße Macht, die nun auch seine Lenden erreichte. „Oh, das weiß ich, Süße", raunte er ihr zu. „Das hast du mir schon so oft und brav bewiesen."

Wenn er es in diesem Moment von ihr verlangt hätte, hätte sie sich ihr Kleid vom Leib gerissen und sich vor aller Augen auf dem Tisch von ihm nehmen lassen. Doch auch wenn sich sein Verlangen gerade nur schwer bändigen ließ, wollte er sie ganz für sich allein haben. Sven winkte der Kellnerin zu und zahlte. Sie leerten ihre Gläser in einem Zug und verließen das Restaurant. Draußen legte Sven den Arm um Evas Hals und zog sie seitlich in einen flammenden Kuss. Sie legte die Arme um seine Taille und stöhnte auf. Nach ein paar Schritten in dieser Schieflage drückte er Eva wieder von sich weg und schlang stattdessen den Arm um ihre Taille. Benebelt von Alkohol und Verlangen lehnte ihr Körper schwer gegen seinen, und der Glanz ihrer hellen Augen war vor Lust gedimmt. Glücklicherweise hatten sie es nicht weit, nur über zwei kaum befahrene Straßen des Medienhafens, dann über die Hafenbrücke, und schon waren sie beim Hyatt Regency Hotel. Im Aufzug drückte Sven Eva gegen die Wand, noch ehe sich die Türen geschlossen hatten. Er biss ihr in den Hals, und sie legte ihm mit einem genussvollen Schrei die Arme um die Schultern. Mit den Knien spreizte er ihre Beine und langte ihr mit der Hand in den Schritt. Sie keuchte seinen Namen und krallte sich ihm in den Nacken, während er ihr ohne Umschweife unter das kleine Stück Stoff griff und mit zwei Fingern in ihre feuchte Spalte glitt. Ein besitzergreifendes Knurren entkam seiner Kehle. „Du bist ja schon bereit für mich."

„Immer", hauchte sie zitternd und stöhnte, als er seine Finger tief in ihr bewegte. Evas ganzer Körper bebte, und ihr Gewicht drückte sich schwer gegen seine Schultern und Beine. Sven versenkte die Zähne wieder in ihrem Hals und beschleunigte das Tempo und die Härte, mit dem er ihr Innerstes massierte. Das gedehnte lustvolle Wimmern, das aus ihrem Mund drang, machte ihn vor Verlangen wie besessen nach ihr.

Als der Aufzug anhielt, zog er seine Finger aus ihr heraus. Eva zuckte mit einem Stöhnen auf und sah ihn aus nur einen spaltbreit geöffneten Augen an, während er sich die Finger ableckte und ihr tief in die Augen sah. Dann packte er ihre Hand und zog sie hinter sich auf den Flur. Unterwegs zu ihrem Zimmer bogen sie um eine Ecke, wo Sven nicht widerstehen und Eva mit den Händen an ihren Hüften wieder gegen die Wand pressen musste. Sie spreizte sofort die Beine für ihn. In ihrem ekstatischen Gesicht stand deutlich, dass sie kaum mehr denken konnte, und sie stemmte den Hinterkopf gegen die Wand. Langsam führte er seine Hand ihre Oberschenkelinnenseite hoch. Sven lachte kehlig auf, als er spürte, dass ihr Saft ihr schon die Beine hinablief. Diesmal strich er nur sachte über ihr durchnässtes Höschen und packte dann kraftvoll ihren Oberschenkel. Eva zuckte und reckte ihm die Hüften entgegen. Danach griff er wieder ihren Arm und zog sie von der Wand fort und den Gang entlang. Endlich kamen sie vor ihrem Zimmer an, und Eva schaffte es kaum, die Zimmerkarte aus ihrer Tasche zu ziehen, so sehr zitterte sie. Als endlich das Surren des Türschlosses erklang, fielen sie beinahe in den Raum. Sven ließ die Tür hinter sich ins Schloss fallen, und Eva schmiss ihre Tasche von sich. Er war schon dabei, nach ihren Schultern zu greifen, als sie sich von selbst auf die Knie herabließ und ihn dabei unverwandt ansah. Aus dem Blau ihrer Augen waren lodernde, nackte Flammen geworden, und sie riss begierig seinen Gürtel auf. Sven lachte und vergrub eine Hand in ihrem dichten, blonden Haar. Er sah dabei zu, wie Eva ihm erst die Hose und dann seine Boxershorts von den Hüften zog. Und wie sie sich in die Lippen biss, als sein Schwanz hervorschnellte. Doch gerade, als sie zupacken wollte, zog er ihren Kopf mit einem Ruck nach hinten und weiter runter, damit sie ihn wieder ansah.

„Bist du meine kleine Schlampe?", fragte er. Er hörte selbst, wie tief seine Stimme mit einem Mal war.

„Das bin ich", wisperte Eva.

Sven wusste, dass er alles mit ihr machen konnte. Eva gehörte ihm, und ihm allein. Heute würde er diese Macht auskosten und zelebrieren, wie noch nie zuvor. „Ich will hören, wie du es sagst."

„Ja, ich bin deine kleine Schlampe."

„Lauter", forderte er gierig.

„Ich bin deine kleine Schlampe."

Der Klang ihrer Stimme war willig und ergeben zugleich. Sven spürte die wallende Erregung in seinen Eingeweiden und die pulsierende Forderung seines steinharten Schwanzes. Er grinste vor übermächtiger Lust. „So ist es brav."

Mit der freien Hand strich er zärtlich über ihre Wange und Lippen. Eva lächelte beseelt und brach den Blickkontakt erst ab, als er mit der anderen Hand wieder fest zupackte und ihren Kopf zu seinem Schwanz führte. Dann griff sie umgehend nach dem Schaft und nahm ihn mit einem Mal komplett in ihrem Mund auf. Sven stöhnte vor Lust. Sie wusste, wie er es am liebsten hatte. Er ließ die Hände an ihrem Hinterkopf, obwohl er sie gar nicht zu dirigieren bräuchte. Evas eigene Gier war wild genug. Sie stützte sich mit einer Hand an seine Hüfte und hatte mit der anderen seine Eier in einem angenehm festen Griff. Ihre Zunge hatte sie so platziert, dass sie mit jedem kraftvollen Ruck über die Unterseite seiner Eichel glitt, und ihr Mund war eine heiße, nasse, druckgeladene Höhle der Lust für ihn. Sven spürte, wie sein Atem mit jedem Atemzug lauter und härter in seinen Lungen rasselte. Wie seine Eier unter Evas Fingern immer fester wurden und wie sein Schwanz mit jeder ihrer kräftig saugenden Bewegungen sich immer mehr anspannte. Sie brachte ihn in einen Zustand purer Ekstase, und Sven gab sich diesem prickelnden Hochgefühl hemmungslos stöhnend hin.

Kapitel 45 – Sonntag, 20. März 2022

Mit einem ausgiebigen Gähnen rieb sich Marie am nächsten Tag die Augen. Sie saß wieder im Flieger nach Berlin und hatte sich vor dem Boarding einen Cappuccino mit einem doppelten Shot Espresso bestellt. Aber nach der letzten Nacht brachte auch das keine Abhilfe. Ihr ganzer Körper war noch von der vergangenen Nacht erfüllt. Der Sex mit Eugen war immer etwas Besonderes für sie gewesen, doch dieses Mal war es noch lustvoller, noch intensiver, noch hemmungsloser. Marie war überwältigt und bekam die vor ihrem inneren Auge kreisenden Bilder gar nicht mehr aus dem Kopf. Auch ihre Muskeln und Nerven vibrierten noch nach den gemeinsamen Stunden mit ihm. Die letzte Nacht mit Eugen war einfach phänomenal gewesen.

Aber einen Gedanken konnte sie nicht ganz wegschieben, er kam immer wieder, und nachdem das Flugzeug abgehoben hatte, hörte sie die für gewöhnlich sehr präsente Stimme der Vernunft in sich wieder sagen, dass sie einen Verbrecher deckte. Dieser Mann ist ein kaltblütiger Mörder. Und du hast ihm alles ermöglicht. Marie setzte sich abrupt in ihrem Sitz auf. Die Erschöpfung und Besinnungslosigkeit der letzten Nacht und alle Gedanken daran, wie Sven sie genommen hatte, waren mit einem Mal wie weggeblasen. Es war nicht richtig. Ganz zu schweigen davon, dass sie sich niemals auf ein Verhältnis mit einem V-Mann hätte einlassen dürfen, war Eugen schon zu Zeiten ihres Kennenlernens abseits der legalen Pfade unterwegs gewesen. Gut, damals war das gewollt und hatte den vom BND gewünschten Mehrwert. Da hätte sich selbst die intime Ebene noch irgendwie begründen lassen können. Aber er war schon seit Jahren kein V-Mann mehr. Wobei das im Grunde etwas Gutes war, denn so war ihr Verhältnis mit ihm rein privater Natur, für das sie niemand belangen konnte.

Nur hatte sich die Lage jetzt komplett gewandelt. Sie war unvorsichtig gewesen. Komme, was wolle, sie durfte um keinen Preis keiner Menschenseele auch nur das kleinste Bisschen ihrer Arbeit und ihres Wissens preisgeben. Schon gar nicht einem ehemaligen V-Mann. Ihr

Hals hing ganz tief in der Schlinge. Sie konnte sich nicht mehr an alle Details des Gesprächs im Sommer erinnern, doch das war sowieso unerheblich. Sie wusste noch genug, um beurteilen zu können, dass sie zu emotional gewesen war. Dabei war Marie immer stolz auf ihre Rationalität und ihr scharfes Kalkül gewesen. Aber Sven öffnete was in ihr. Es gab auch diese Sehnsucht nach Ekstase, die sie in solchen Momenten nicht mehr im Griff hatte. Bei Sven fühlte sie sich sicher genug, diese knallharte, dominierende Seite an sich ablegen und von seiner Stärke umhüllen lassen zu können. Kein einziger Mann, niemand zuvor hatte ihr dieses Gefühl gegeben.

Aber hatte Eugen vielleicht genau darauf spekuliert? Es war nicht Eugens Initiative entsprungen, dass sie ihm Details ihrer Recherchen ausgeplaudert hatte. Und es war auch nicht seine Schuld, dass sie jetzt Gewissensbisse hatte. Er hatte Tote und Schwerverletzte auf dem Gewissen, und sie trug die Mitschuld daran. Wobei ... waren die Opfer denn so unschuldig? Osama bin Hakim war ein schmieriger, steinreicher Investor und tief in die Abgründe seiner Schwarzgeldmafia verwickelt. Stephen Weiss hatte mit Sicherheit auch keine rein weiße Weste. Und Rufus Wagner hatte sich darauf eingelassen, auch wenn er an einen guten Zweck dahinter geglaubt haben mochte. So schlimm und falsch diese Opfer also vielleicht waren, war es doch irgendwie auch Karma, dass sie bekommen hatten, was ihnen zustand. Zumal Marie den Gedanken unausstehlich fand, dass ins gottverfluchte Horn von Afrika Milliarden reingepumpt wurden, während sich die hinterwäldlerischen Idioten da unten alle nur gegenseitig in die Luft sprengten. Und als ob so einem Pinkel wie Ray Klein nicht genug Möglichkeiten eingefallen wären, sein Vermögen zum Wohl seines eigenen Landes zu nutzen ...!

Aber sie hätte Eugen niemals interne Informationen weitergeben dürfen. Er war ein Verbrecher. Zwar hatte er die zwei Opfer nicht eigenhändig getötet, aber den Attentäter beauftragt, noch dazu mit staatlichen Geldern. Daraus folgte, dass sie ihn keinesfalls weiter decken konnte. Theoretisch bedeutete das, dass er seine Taten einsehen und dafür bestraft werden müsste. Aber dann müsste auch sie mit Konsequenzen rechnen. Sie hatte immerhin dem Generalstaatsanwalt die Ghalibs auf dem Silbertablett ausgeliefert. Ahmad Ghalib war der Kopf des deutschen Hawala-Netzwerks, und es gab dafür genug Beweise. Dass sein Sohn terroristisch aktiv war, war nur eine kleine Ausschmückung ihrerseits und untermalte seine Schuld bloß. Chris Azikiwe war unschuldig zwischen die Fronten geraten, doch das kam nicht auf Maries Initiative und war auch nicht Eugens Schuld. Abgesehen davon, war er mit dem gesuchten Islamisten Simba Ongwen befreundet. Wer konnte also schon sagen, ob sich da nicht doch eine kleine Prise Mitschuld finden würde?

Kapitel 46

Auf der Fahrt nach Hargeisa herrschte im Wagen grimmige Stille. Simba saß wieder am Steuer und hatte den Arm an das offene Fenster gelehnt. Chris hatte sich rasiert und die Haare kurz geschnitten. In seiner Umhängetasche befand sich ein langes Messer, wovon er hoffte, nicht Gebrauch machen zu müssen. Aber wenn es hart auf hart kommt, kriegen die mich nicht mehr so leicht, hatte die kriegerische Stimme in ihm entschieden. Chris war in Gedanken vertieft und blickte auf die staubige Wüstenlandschaft, die an ihnen vorbeizog.

„Weißt du noch, wie wir damals durch diesen schwül dampfenden Wald gestapft sind?", fragte Simba plötzlich. „Es war so dunkel, dass man kaum die eigene Hand vor dem Gesicht sehen konnte. Aber wir hatten uns nicht getraut, eine Taschenlampe zu benutzen, damit man uns nicht sofort wieder einfing."

Und wie Chris es noch wusste. Kaum dass sein Freund die Worte ausgesprochen hatte, fühlte er das morastig schmatzende Laub unter seinen Füßen. Er sah den damals schon größeren und breiteren Rücken Simbas vor sich wie eine dunkle Wand inmitten der Finsternis und hörte das bedrohliche, nächtliche Lied des Urwalds. Selbst der einzigartige Duft stieg ihm inmitten der Erinnerungen in die Nase, als würde er wieder mitten in derselben Szenerie stehen. „Als könnte ich das jemals vergessen", sagte er und sah zu Simba rüber. Ihre Blicke trafen sich für einige Sekunden, in denen die beiden Männer meinten, in die Augen ihres jugendlichen Freundes zu sehen. „Auch wenn ein ganzes Leben dazwischen liegt, fühlt es sich fast noch wie gestern an."

Simba nickte zustimmend und lächelte kurz. Als er wieder auf die Straße schaute, schüttelte er gedankenverloren den Kopf. „So viele Jahre, Mann."

„Du hast mich immer beschützt", murmelte Chris. „Du warst wie ein großer Bruder."

„Und du hast immer versucht, mich aus meinem eigenen Schlamassel rauszuholen", lachte Simba kurz auf, ehe ein zerknirschter Ausdruck in sein Gesicht trat. „In all dieser Zeit habe ich immer gedacht, ich hätte dich im Stich gelassen. Dass man dich doch noch geschnappt hatte, weil ich nicht gut genug auf dich aufgepasst hatte. Du hattest dich immer auf mich verlassen, doch im alles entscheidenden Moment war ich nicht mehr für dich da."

Mit einem verwunderten Stirnrunzeln schwenkte Chris den Kopf in Simbas Richtung. Es sah dem Hünen überhaupt nicht ähnlich, in Melancholie oder Gefühlsduselei zu versinken. „Sag das nicht, alter Freund. Ohne dich hätte ich die LRA vermutlich gar nicht überlebt."

Simba schüttelte vehement den Kopf. „Na, du warst schon immer der Schlauere von uns. Ja, ich war stark und wusste mich zur Wehr zu setzen. Aber du warst derjenige, der wusste, wann man den Mund zu halten hatte. Abgesehen davon, hattest du damals wie heute das hellere Köpfchen von uns und hattest damit den größeren Nutzen für diese Schweine. Kämpfer wie mich konnten sie jederzeit finden, oder zu hirnlosen Maschinen ausbilden. Aber Jungen wie du waren für sie der wahre Schatz."

„Und du warst es für mich", sagte Chris bestimmt. Simbas Worte berührten ihn tief. „Ich hatte gehofft, dass wir gemeinsam fliehen und ein neues Leben anfangen könnten."

Simba sah ihn in einer Mischung aus Trauer und Verblüffung an. Sie sprachen zum ersten Mal über ihre Gefühle. Damals waren sie noch zu jung, um sie mit einer solchen Tiefe zu erfassen. Dennoch hatten sie immer gewusst, wie stark ihre Freundschaft war. Die Feigenblätter zierten ihre Unterarme nicht ohne Grund.

„Ich habe mir so lange vorgeworfen, dass ich dich nicht genug beschützt hatte", flüsterte Simba nun, als er zurück auf den in der Hitze Somalilands flirrenden Asphalt blickte. „Und mir vorgehalten, dass ich feige gewesen und den einfacheren Weg gewählt hatte. Als die Söldner mir sagten, sie hätten einen Platz in ihren Reihen für mich, hatte ich nicht weiter überlegt. Ich war an dieses Leben gewöhnt. Dann ist es eben das Holz, aus dem ich geschnitzt bin, hatte ich mir gesagt. Und auch wenn ich Angst hatte, an ein anderes Szenario zu denken, hatte ich gehofft, dass du einen besseren Weg eingeschlagen hattest. Und dass es dir ohne mich gut ging und du in Sicherheit warst."

Chris legte ihm eine Hand auf den Arm. „Und ich habe mich all die Jahre gefragt, ob du noch lebst und was passiert war. Lassen wir die Vergangenheit, wo sie hingehört, Simba. Für mich zählt gerade nur, dass wir uns wieder gefunden haben und wie wir aus diesem Loch wieder rauskommen. Und ich verspreche dir, dass ich alles daransetzen werde, dass wir uns nicht schon wieder aus den Augen verlieren."

Wieder streifte ein ungeahnt emotionaler Blick den seinen. Dann räusperte Simba sich und tätschelte leicht Chris' Hand. „Wir sind nicht mehr die hilflosen Jungen von damals. Und du weißt mittlerweile ziemlich gut auf dich selbst aufzupassen. Wir werden es den Hundesöhnen auf beiden Seiten der Macht zeigen. Und dann heiratest du deine süße Traumfrau, und ich werde Onkel Simba."

„Okay, okay, immer schön langsam!", bremste Chris ihn, konnte aber nicht anders, als herzlich zu lachen. Die Vorstellung von Simba als albernem Onkel war einfach zu gut.

Als sie sich Hargeisa näherten, wurden die jungen Männer wieder ernst und konzentriert. Chris atmete tief durch, während sie sich durch den Verkehr in Richtung des Gebäudes schlängelten, in dem Ibrahim Ghalib sein Büro hatte. Diesmal war Rays ruhige Präsenz nicht an seiner Seite, und er würde sich noch mehr beherrschen müssen, dem fetten Arsch nicht in die Fresse zu schlagen. Wobei er mit ziemlich hoher Wahrscheinlichkeit eher Simba davon abhalten und dessen Temperament im Zaum halten müssen würde. So oder so würden sie Ibrahim dazu zwingen, ihnen Pässe zu besorgen, die Reise zu organisieren und die Kosten zu übernehmen. Ob jetzt mit oder ohne polierte Fresse, aber sie mussten das schmierige Stück Abfallprodukt dazu bringen, ihnen zu geben, was sie wollten.

Simba ließ den Wagen wieder vor dem Bürogebäude stehen, und sie gingen ohne Umschweife in den dritten Stock. Als die Sekretärin sie durch die Glastür kommen sah, wich sie sofort einen Schritt zurück. „Ist Ibrahim Ghalib heute da?", fragte Chris ruhig. Sie nickte so heftig, dass er kurz Angst um ihren Nacken bekam, setzte sein freundlichstes Lächeln auf und bedankte sich bei ihr. Simba hatte in der Zwischenzeit mit demselben als Wachhund postierten Mann zu kämpfen, der sich ihm resolut in den Weg stellte. Doch Simba machte mit ihm kurzen Prozess, indem er ihn am Kragen packte und unsanft gegen die Wand drückte. Danach war der Weg in Ibrahims Büro für sie freigeräumt.

Chris trat ohne anzuklopfen durch die Tür und registrierte genussvoll die Panik in Ibrahim Ghalibs Gesicht. „Hallo Ibrahim", grüßte er, „hast du uns vermisst?"

„Was wollt ihr?" Hätte der Kerl gestanden, hätten ihm die Knie geschlottert wie die krummen Beinchen eines frisch geborenen Fohlens.

„Wie schön, dass du von selbst fragst", hofierte Chris überflüssigerweise. „Wir wollen nach Deutschland und dachten uns, du bist genau der Mann, der uns das organisieren kann."

Dem fetten Ghalib war der Schweiß auf die Stirn getreten, und er griff wieder zur Dattelschale auf seinem Tisch. Chris setzte sich in einen der Sessel ihm gegenüber. Simba folgte seinem Beispiel und ließ sich geräuschvoll in den zweiten Sessel fallen. Für kurze Zeit waren nur die Kaugeräusche zu hören, bis ihr Gegenüber sich wieder gesammelt hatte. „So ein Ausflug nach Deutschland kann teuer werden", sagte er dann.

„Deswegen sind wir ja auch hier", stellte Chris fest.

Ibrahim Ghalib dachte nach. „Und warum glaubt ihr, dass ich den Reiseplaner für euch spiele?"

Kaum hatte er die Frage beendet, erhob Simba sich und lehnte sich leicht über den Tisch. Er kniff die Augen zusammen und legte demonstrativ eine Hand ans Ohr, während er den Kopf leicht schräg legte. „Hm, ich merke, dass ich langsam doch älter werde. Könntest du die Frage noch mal wiederholen, alter Mann?"

Der Angesprochene hatte sich synchron zu Simbas Bewegung in die Lehne seines Stuhls gedrückt.

„Er will wissen, warum er den Reiseplaner für uns spielen soll", wiederholte Chris betont laut und langsam.

„Aaaaaah!" Simba richtete sich lachend auf, ehe er schlagartig verstummte und Ibrahim mit einem bedrohlichen Blick fixierte. „Weil wir dein komplettes Hawala-Netzwerk auffliegen lassen werden, wenn du es nicht tust."

„Da kannst du Gift drauf nehmen", pflichtete Chris seinem Freund bei. „Ich kenne einflussreiche Menschen in Deutschland. Dein Bruder wird mit Sicherheit hinter Gitter gehen. Und wenn du mir nicht glaubst: Vergiss nicht, für wen ich arbeite."

Ob es nun Simbas unübersehbare Muskeln oder die Erinnerung an Chris' Rohheit bei ihrem letzten Besuch oder doch die Anspielung auf den ‚Großen Ray' war, spielte keine Rolle. Ibrahim Ghalib musste eingesehen haben, dass es den beiden ernst war. Mit einem scheinbar resignierten Nicken willigte er ein. „Für die Reise braucht ihr Pässe."

„Das hast du gut erkannt", bestätigte Chris in einem lässigen Ton.

„Gute Pässe sind nicht einfach zu bekommen. Und kosten entsprechend."

„Da du genug Erfahrung mit solchen Angelegenheiten und mehr als genug Kohle hast, wird das ja kein Problem darstellen, oder?", fragte Simba drohend und richtete sich zu seiner vollen Größe auf. Ghalib schluckte. „Ich schleuse Menschen, die hier wegwollen, ja. Das ist auch eines meiner Geschäfte. Es gibt andere in der Stadt, die arbeiten mit dem Scheich zusammen. Sie verkaufen Arbeitssklavinnen nach Qatar, Abu Dhabi und Riad. Aber ich bin ein ehrlicher Händler."

Simba lachte wild und schallend. „Na, Gott sei Dank sind wir an dich geraten, du ehrlicher Händler! Sonst würden mein Freund und ich hier noch als Sklavinnen im Hause eines Scheichs enden, oh, Gott bewahre!", prustete Simba.

„Was mein Freund damit sagen möchte: Wenn jemand hier im Umkreis der Experte auf diesem Gebiet ist, dann bist das doch wohl du", setzte Chris belustigt hinterher, während Simba sich mit Mühe wieder beruhigte. Er war nie ein schadenfroher Mensch gewesen, aber es bereitete Chris gerade das größte Vergnügen, Zolas verachtenswerten Onkel wortwörtlich schwitzen zu sehen.

Gleich zwei Datteln verschwanden in Ibrahim Ghalibs Mund, damit er sich sammeln konnte. „Die Pässe kann ich euch besorgen."

„Klingt super, dann können wir ja morgen schon fliegen!", sagte Simba feierlich und ließ sich wieder in den Sessel fallen.

„Das geht nicht!", widersprach Ibrahim.

Nicht einmal Chris konnte schnell genug gucken, so plötzlich sprang Simba wieder auf die Beine. Zolas Onkel sank tief in seinen Stuhl und hob flehend die Hände. „Die Pässe werden nicht bis morgen fertig sein! Ein Freund von mir muss erst noch schöne Fotos von euch machen. Ich gehe davon aus, dass ihr deutsche Pässe haben wollt, oder amerikanische? Vor Mittwoch wird das nichts. Leider!"

„Ich nehme einen deutschen Pass. Den Namen muss ich mir noch überlegen", sagte Chris in ruhigem Ton, während Simba mit angespannten Muskeln stehen blieb. Ibrahim nickte und atmete auf.

„In Ordnung. Was ist mit dir, Simba?"

Dieser bedachte Ghalib mit einem bohrenden Blick: „Ich kann kein Deutsch, also nehme ich einen amerikanischen. Damit komme ich ja problemlos nach Deutschland."

„Okay, ihr geht zu Mohamad El Khaloof in die Aareh Road und fragt nach Hassan Abdul Ibrahim. Bis dahin habt ihr euch einen Namen ausgedacht. Er macht die Fotos und die Pässe. Vertraut mir. Ich werde ihn informieren, dass ihr kommt."

„Sind die Pässe denn so gut, dass wir damit fliegen können?" Chris beschlich ein Zweifel.

„Die werden funktionieren, die Kontrolle in Dubai ist nicht so streng", meinte Ibrahim.

„Also, wir fliegen über Dubai? Wann?", wollte Chris wissen.

„Es gibt nur einen Flieger nach Dubai, und der geht immer montags", gab Ibrahim Ghalib zu bedenken.

In Simbas Brust brodelte ein unheilvolles Geräusch, doch Chris packte ihn am Handgelenk. Er traute dem Fettsack auch nicht. Nur, bei der Menge an Drohungen würden in ganz Hargeisa noch die Datteln ausgehen, ohne die Zolas Onkel einen Herzinfarkt bekommen würde. Und sie brauchten ihn schließlich noch.

Scheinbar hatte die letzte Portion Datteln Ghalibs Nerven wieder ausreichend beruhigt, denn er versuchte es mit einem leisen Protest. „Das schon. Aber ihr müsstet nicht nur eine Woche warten, die Route über Dubai ist auch noch die teuerste."

„Da du genug Kohle hast, kannst du dir das Kopfzerbrechen sparen", knurrte Simba. In seiner Stimme schwang eine unüberhörbare Kampfansage.

„Ich wollte nur zu bedenken geben, dass vielleicht auch andere Möglichkeiten infrage kommen könnten", erwiderte Ibrahim.

„Dein Spatzenhirn versteht doch von allein, welche Option wir nehmen, oder? Oder brauchst du einen kleinen Denkanstoß?"

Chris sah, wie Ibrahims Kiefer unter der schlabbrigen Fettschicht seiner Wangen mahlten und er zu Gegenwehr ansetzen wollte. Da schlug Simba mit solcher Kraft mit den flachen Händen auf die Tischplatte, dass die Dattelschale hochsprang und Chris meinte, Holz knirschen zu hören.

„Fettwanst, du zahlst, verstanden? Sobald unsere Pässe fertig sind, nehmen wir den ersten Flieger nach Dubai! Und du hast alles so reibungslos organisiert, wie dir grad dein stinkender Schweiß dein hässliches Gesicht runterläuft! Hast du mich verstanden? Sonst nehme ich nicht nur dich auseinander, sondern deine gesamte Familie auf dieser und der anderen Seite der Grenze! Ist das klar genug?"

„Klar", kam es nur noch krächzend aus ihrem Gegenüber raus.

Simba richtete sich wieder auf und sah zufrieden zu Chris, der den imaginären Hut vor ihm zog. Dann schritt Simba zum Tresor an der hinteren Wand des Büros und drehte sich wieder zu Ibrahim Ghalib um. Der war mit den Händen über dem Kopf im Stuhl zusammengesunken, weil er dachte, dass der Hüne auf ihn losgehen würde. Als Simba ihn herausfordernd ansah und auf den Tresor deutete, rappelte er sich mit Mühe auf und watschelte zu ihm. Als die Tür aufsprang, schob Simba Ibrahim unsanft zur Seite und nahm sich einige Bündel Bargeld heraus. „Cash ist King, das wirst du doch verstehen", zwinkerte er Ibrahim zu und ging gemächlich zurück zu Chris, der bereits aufgestanden war. „Donnerstag sehen wir uns wieder, Ibrahim, und holen uns die Flugtickets und Pässe bei dir ab. Gnade dir Allah, wenn du nicht Wort hältst."

Der fette Mann hob beschwichtigend die Hände. „Ich werde mich sofort um alles kümmern", versicherte er zittrig. „Und ihr macht euch am besten jetzt auf den Weg zu Hassan für die Passfotos."

Chris nickte zufrieden, und Simba stieß ein Geräusch zwischen Schnauben und Grollen aus. „Wehe, die Pässe taugen nichts, Fettwanst."

Ibrahim Ghalib wartete ab, bis Chris und sein Hüne von Freund die Büroräume verlassen hatten, und ließ sich von seiner Empfangsdame einen extra stark gesüßten Tee bringen. Was fiel diesen beiden Burschen eigentlich ein, sich so aufzuführen! Ihm zu drohen, ihn anzufassen und dann auch noch zu bestehlen! Er war immer noch einer der respektabelsten Männer von Somaliland! Während er seinen Tee schlürfte, entschied Ibrahim, ihnen ihr respektloses Verhalten heimzuzahlen. Er nahm sein Handy und wählte die Nummer von Ali Tur. „Ich will, dass du die beiden nächsten Montag am Flughafen von Hargeisa festnimmst!", verlangte er vom Major, nachdem er ihm von dem unfassbar ehrabschneidenden Verhalten seiner Besucher erzählt hatte.

„Selbst mit gefälschten Pässen haben sie schlechte Aussichten aus Dubai rauszukommen", meinte Ali. „Die CIA lässt international nach ihnen fahnden. Auch mit den guten Fälschungen würden in Dubai am Flughafen alle Warnsysteme anspringen. Das wäre fast noch schöner, dass ihnen ein saftiger Strich durch die Rechnung gemacht wird, wenn sie sich schon halb in Sicherheit wiegen."

„Vielleicht, vielleicht auch nicht. Das ist mir nicht sicher genug. Ich will, dass sie hier gar nicht erst rauskommen. Dann kannst du sie höchstpersönlich der CIA übergeben."

„Wozu noch über eine Woche warten? Wenn sie sowieso am Donnerstag wegen der Pässe und Tickets zu dir kommen, könnten wir sie doch gleich schnappen und dir weitere Kopfschmerzen ersparen", schlug Ali vor.

„Nein, ich will da nichts mit zu tun haben", wies Ibrahim den Vorschlag zurück. „Am Flughafen reicht völlig. So viel Geduld habe ich auch noch. Hauptsache die zwei Möchtegerndjangos bekommen, was sie verdienen."

Kapitel 47 – Montag, 21. März 2022

Sven lag nach dem mehrstündigen Boxtraining frisch geduscht im Bett und hatte die Musik laut aufgedreht. So konnte er am besten nachdenken. Er rief sich das vergangene Treffen von vor zwei Tagen mit Eva vor Augen, und prompt wurde sein Schwanz hart. Nach all den Jahren hatte Sven sie ganz unter seiner Kontrolle. Endlich hatte sie sich ihm ohne zu zögern gefügt und widerstandslos in seine Arme begeben. Mal abgesehen vom tiefen Triumphgefühl, war die letzte Nacht mit Eva auch der pure Genuss gewesen. Sie war einfach verdammt heiß, erst recht, wenn sie alle Hemmungen vergaß und sich treiben ließ. Nur hielt die Schwelgerei nicht lange an. Denn Sven rekapitulierte das Gespräch und Evas Verhalten im Restaurant. Trotz ihrer rührseligen Reaktion und den doch noch in die richtige Richtung gelenkten Gedankengängen überkamen ihn Zweifel. Sven grübelte hin und her und schlussfolgerte, dass Eva, wenn es hart auf hart käme, nicht zu ihm stehen würde. Oder doch? Es kam ganz darauf an, welche der beiden Seelen in ihr die Entscheidungsgewalt erhalten würde. Wird sie mich weiter decken? Hundert Prozent sicher bin ich mir nicht.

Er wollte nicht hinter Gitter. Zumal er nur seine vaterländische Pflicht getan hatte. Abgesehen davon, dass die deutschen Behörden ihm trotz Freilassung im Nacken saßen, gab es noch diverse Gegenspieler im Ausland. Allen voran die CIA, die wegen ihres toten Botschafters die aktivsten Ermittler zur Sprengung waren. Aber auch die Araber waren sauer und durften nicht unterschätzt werden, da er ihre Geldquelle in die Luft gejagt hatte. Ganz auf sich allein gestellt, war das nur schwer zu managen. Sven seufzte und rieb sich die Augen und Schläfen. Die deutsche Polizei war im Moment eher ungefährlich, aber ein Anfangsverdacht war vorhanden. Dieser Finanzjongleur Klein hatte gute Kontakte, wie Eva ihm versichert hatte. Wenn die mich noch mal festnehmen und mich Eva nicht deckt, bin ich am Arsch. Ich brauche einen Schuldigen.

Ghalib ist der Zeuge. Bei ihm hatte er drei Zahlungen in Auftrag gegeben, und beim dritten Mal würde es auch noch sein mieser Messerstecher von Sohn bezeugen können. Ihr Hawala-Kodex war ihnen zwar heiliger als ihr Koran, aber Sven konnte keine Risiken eingehen. Wenn er als Kronzeuge wahrheitsgemäß aussagt, sind die Indizien gegen mich. Und gerade Ghalib Junior wird garantiert einer dabei abgehen, wenn er mir eins auswischen kann. Aber dank Eva hat die Staatsanwaltschaft ja noch die zwei Hauptverdächtigen der CIA auf dem Schirm. Wenn der Kameltreiber also gegen sie aussagt, würden es alle glauben. Chris Azikiwe und Simba Ongwen wurden ja schon von allen gesucht, und eine Aussage gegen sie würde nur als weiterer Beweis gelten, den niemand weiter hinterfragen würde. Der Haken bestand nur darin, dass Ghalib keinen Grund hatte, gegen sie auszusagen. Noch nicht, dachte Sven entschieden. Wie kann ich Ghalib dazu bringen, auszusagen?

Was hatte Eva über die Ghalib-Tochter gesagt? Die schwarze Schlampe war das Täubchen von diesem Chris. Noch war sie den Behörden aber nicht weiter bekannt. Allerdings könnte sich das ganz schnell ändern. Wenn bei der Staatsanwaltschaft ein anonymer Hinweis eingeht, dass sie Kontakt zu dem verschwundenen Hauptverdächtigen der CIA hat und die beiden vielleicht sogar unter einer Decke stecken, wäre bei den Ghalibs die Kacke so richtig am Dampfen. Und das würde ihr alter Mann doch bestimmt nicht wollen. Aber das allein reichte nicht. Es eignete sich als Zwischenschritt oder zusätzliche Maßnahme, würde Ghalib aber womöglich eher von einer Aussage gegen den Schwarm seiner Tochter abhalten. Sven brauchte keine kleine Drohung, er brauchte ein Ultimatum: Entweder Ahmad Ghalib sagt aus, dass Chris die Explosion in Auftrag gegeben hat, oder ... ja, oder was? Oder sein Sohn oder seine Tochter oder beide sind tot. Ganz einfach. Die Idee gefiel Sven. Sie oder ich. Diesmal endgültig.

Am nächsten Morgen schnappte sich Sven vier seiner Schlägerjungs und stattete den Ghalibs einen Besuch ab. Es war elf Uhr und das Hargeisa hatte noch nicht geöffnet. Die Tür war daher noch verschlossen, doch Sven hämmerte so lange dagegen, bis im Innenraum eine Gestalt zu sehen war, die ihm öffnete. Von drinnen sah ihm das fassungslose Gesicht des Messerstechers entgegen, dessen Züge sich innerhalb von einem Sekundenbruchteil verhärteten. Ehe er etwas sagen konnte, grinste Sven ihm provozierend entgegen. „Genau dich wollte ich haben."

In dem Moment, in dem Yusuf ausholte, packte Henri, Svens vielversprechender Schwergewichtsboxer, ihn am Arm, drehte ihn herum und presste ihn mit einem kräftigen Stoß gegen die Wand. Sven trat zu ihm und sah in sein unsanft an die Wand gequetschtes Gesicht, aus dem ihn vor Wut blitzende Augen anstarrten. „Ohne dein Messer bist du plötzlich nur ein kleiner Schwächling", hauchte Sven ihm voller Genugtuung entgegen. Er lachte, als Yusuf erfolglos versuchte, sich aus dem Griff von seinem Widersacher zu befreien.

„Was ist hier los?", ertönte die herrische Stimme von Ahmad Ghalib. Sven wandte sich gemächlich zu ihm um. Als der alte graue Mann ihn erkannte, weiteten sich seine Augen. Dem Befehlston in seiner Stimme tat das jedoch keinen Abbruch. „Lass meinen Sohn los."

„Ich hörte von den Ermittlungen", begann Sven unbeeindruckt im Plauderton und ging ein paar Schritte in Ahmads Richtung. „Noch sind du und dein Sohn auf freiem Fuß. Aber spätestens wenn die polizeilichen Verhöre beginnen, wird sich das ganz schnell ändern Der Knast wartet auf euch."

„Darüber hast du nicht zu entscheiden."

„Das brauche ich auch gar nicht. Es spielt keine Rolle, ob oder was du denen vorsingen wirst, es läuft so oder so auf das Gleiche hinaus. Ich bin aber gekommen, um dir einen Denkanstoß zu geben, wie du die Situation für den Rest deiner Familie etwas erträglicher gestalten kannst." Der Triumph, den Sven beim Anblick von Ahmad Ghalibs bröckelnder Gefasstheit empfand, breitete sich in ihm aus wie süßer Rausch.

„Was willst du von uns?", fragte Ahmad argwöhnisch.

„Keine Sorge, es ist wirklich ganz einfach", sprach Sven belustigt. Er trat weiter in den Raum und lehnte sich mit verschränkten Armen gegen einen der bunt gedeckten Tische. „Wie genau du es anstellen möchtest, ist dir frei überlassen. Solange die Staatsanwaltschaft Chris Azikiwe und Simba Ongwen als Täter hinter dem Anschlag zu fassen bekommt."

„Du hinterhältiges Arschloch!" Die mädchenhafte, vor Zorn verzerrte Stimme gehörte zu der kleinen Schlampe, wegen der sein Gesicht verunstaltet war. Sie war hinter der Tür hervorgekommen, die zur Küche führte, und wollte an ihrem Vater vorbei. „Zola! Du hast hier nichts zu suchen!", herrschte er sie an, packte sie und zog sie energisch an seine Seite.

„Ha, war mir klar, dass ich dich damit kriegen würde", frohlockte Sven, „schließlich würdest du nie zulassen, dass dein Angebeteter in den Knast kommt."

„Er ist unschuldig!", schrie sie. „Du steckst hinter dem Anschlag! Und jetzt sollen wir dir den Arsch retten?!"

„Ganz genau, Püppchen", grinste Sven. Es hätte ihm allzu große Freude bereitet, ihr die Wut aus dem Körper zu vögeln, bis von ihr nichts weiter übrig wäre als ein gebrochenes Häufchen Elend.

„Du bist so ein widerliches Stück!", spie Zola aus, doch ihr Vater brachte sie mit einem Ruck an ihrem Arm zum Schweigen. „Warum sollte ich eine solche Falschaussage abgeben?", fragte er dann an Sven gerichtet.

„Ich dachte, das ist offensichtlich", erwiderte er mit gespielter Verwunderung. Sven stieß sich vom Tisch ab und ging betont langsam zu seinen Männern und dem an die Wand gedrückten Yusuf zurück.

„Wenn du nicht gegen die beiden aussagst, werde ich deinen Sohn umbringen. Und falls dir das keine Lehre sein sollte, werde ich mich danach angemessen um deine Tochter kümmern." Aus einem Impuls heraus drehte er sich schlagartig um und schlug Yusuf die geballte Faust mit voller Kraft in die Seite. Von seiner Schwester kam ein schriller Schrei. Yusuf verzog nur stillschweigend, aber schmerzerfüllt das Gesicht. „Hm", sinnierte Sven anerkennend, „du kannst was vertragen, gut." Seine Jungs lachten, und er beugte sich wieder näher zu Yusuf herunter. „Die Narbe werde ich dir nie vergessen. Du wirst die Gelegenheit bekommen, ohne dein Messer zu kämpfen. Im fairen Boxkampf, jeden Tag, ohne Schutz, mit all meinen Freunden, nacheinander natürlich, es soll ja fair sein. Henri kämpft zwar in einer anderen Gewichtsklasse, freut sich aber über einen kleineren, schnellen Gegner. Oder, Henri?"

Henri grinste hämisch und hebelte Yusufs Arm noch ein wenig höher. Ohne eine Reaktion von Yusuf abzuwarten, drehte Sven sich wieder zu Ahmad Ghalib um, der mit einiger Mühe seine Tochter hinter sich zu schieben versuchte, Sven aber nicht aus den Augen ließ.

„Ich gebe dir zwei Möglichkeiten: Du sagst der Polizei, dass Azikiwe und Ongwen die Explosion des Solarkraftwerks in Auftrag gegeben haben und du es über deinen Bruder erfahren hast. Möglichkeit zwei ist: Azikiwe stellt sich der Polizei und gibt zu, dass er den Anschlag zusammen mit Ongwen geplant und beauftragt hat. Bei beiden Möglichkeiten ist euer Hawala-Netzwerk aus dem Anschlag raus und gerät nicht unter Terrorverdacht. Alles kann für euch dann weiterlaufen. Wir werden in der Zwischenzeit mit deinem Sohn trainieren. Nach ein paar Tagen Boxtraining haben wir eine schöne Portion Fischfutter aus ihm gemacht."

„Und was, wenn ich nicht weiß, wo dieser Chris sich befindet?", entgegnete Ahmad. Sven glaubte ihm nicht für eine Sekunde, dass er es nicht wusste. „Du hast vier Tage Zeit, alter Mann. Wenn bis dahin nichts passiert ist, kommt deine Tochter als Nachfolgerin deines Sohns zum Training in den Ring." Damit blickte Sven eisern in Zolas dunkle Augen. „Und dann werden wir sehen, wie kratzbürstig du wirklich bist, Püppchen."

Hilflos musste Zola mit ansehen, wie ihr Bruder abgeführt wurde. „Das kannst du doch nicht zulassen!", schrie sie ihren Vater an, der sie an den Armen gepackt hielt und sich nicht vom Fleck rührte. Selbst nachdem die Tür schon ins Schloss gefallen war, entließ Ahmad seine Tochter nicht aus seinem festen Griff. Zola schrie und bäumte sich auf, konnte sich aber nicht freikämpfen. Nachdem ein Motor laut aufheulte und sich das Dröhnen hörbar entfernte, gab sie ihren Protest resigniert auf. Ihr Vater ließ sie los und schritt zur Tür, um sie wieder abzuschließen, und Zola sank gegen die Theke. „Wie konntest du nur seelenruhig dabei zusehen, wie sie deinen Sohn entführen?", klagte sie. „Gegen meine Entführung konntest du schon nichts tun, und dann stehst du hier auch noch tatenlos rum?"

„Was hätte ich denn tun sollen, Zola?", erwiderte Ahmad Ghalib niedergeschlagen. „Wenn ich dazwischen gegangen wäre, hätten sie uns alle windelweich geprügelt."

Wieder war nichts von dem, was passierte, in Zolas Macht. Sie heulte unkontrolliert auf und schlug mit den geballten Fäusten gegen die Theke. Anstatt dass dieser Hurensohn Sven Schmidt nach der Razzia als der Verbrecher, der er war, festgenommen wurde und seine gerechte Strafe erhielt, war ihre Familie nun im Blickpunkt der Behörden. Schlimm genug, dass ihr Vater und Bruder kriminell waren, aber jetzt war es auch noch offiziell bekannt. Und anstatt dass ihre Bemühungen bei der Polizei und Staatsanwaltschaft Chris' Unschuld bewiesen hätten, nutzte Schmidt jetzt Zolas Bruder als Druckmittel, um Chris den Behörden zum Fraß vorzuwerfen. „Das ist doch alles einfach nicht möglich!", weinte Zola verzweifelt. „Wie konnte das alles nur passieren? Und jetzt hat er auch noch Yusuf und wird Gott weiß was mit ihm machen!"

Ihr Vater kam an sie heran und wollte die Arme um sie legen, doch sie trat mit ausgestreckten Armen von ihm weg. Gerade war ihr alles zu viel, sie wollte schreien und um sich schlagen und vor allen Dingen nicht von dieser Machtlosigkeit niedergedrückt werden. „Warum hast du nichts getan?", jammerte Zola. Trotz ihrer Wut war ihr klar, dass ihr Vater nicht gegen die fünf Kerle angekommen wäre. Die Polizei zu rufen, hätte alles auch nur noch schlimmer gemacht, und die wäre auch nicht schnell genug da gewesen. Dennoch war sie fassungslos, dass er einfach zugelassen hatte, wie sein Sohn vor seinen Augen geschlagen und entführt wurde.

„Glaubst du wirklich, dass das nichts mit mir gemacht hat?", fragte ihr Vater leise. Er hätte allen Grund gehabt, erbost über die Anschuldigungen seiner Tochter zu sein. Seine Stimme klang schmerzerfüllt und zermürbt. „Ich würde jederzeit mein Leben für euch beide geben. Aber wir müssen die Schlaueren sein. Der Kerl geht ganz offensichtlich planmäßig und brutal vor. Mit impulsiven Reaktionen kommt man dagegen nicht an."

Zola wischte sich mit den Ärmeln über das Gesicht und versuchte, ihr Schluchzen in den Griff zu bekommen. „Was können wir überhaupt tun? Es steht doch gefühlt die ganze Welt gegen uns!"

„Ich weiß es auch noch nicht, mein Kind", murmelte Ahmad resigniert.

Was war das nur für eine kranke Ironie, dass ihr Vater, als Kopf des deutschen Hawala-Netzwerks selbst ein Verbrecher, nichts gegen einen anderen Kriminellen ausrichten konnte! Zola drehte sich abrupt um, rannte durch die Küchentür, durchquerte den Raum und lief die Treppen in die Wohnung ihrer Familie hoch. Dann schmiss sie die Tür zu ihrem Zimmer mit einem lauten Knall zu, griff zu ihrem Handy und warf sich aufs Bett. Sie musste mit Chris sprechen, sonst würde sie den Verstand verlieren. Er konnte zwar selbst nichts tun, das wusste sie, doch allein der Klang seiner Stimme konnte sie jetzt noch beruhigen. Als der Hörer abgenommen wurde, schluchzte sie sofort wieder los: „Sven hat Yusuf entführt und wird ihn umbringen! Er will, dass wir dich als Schuldigen anzeigen oder dass du dich stellst! Und wenn das nicht passiert, will er in vier Tagen kommen und mich als Nächste holen!"

„Scheiße, was?", hörte sie Chris' entsetzte Stimme. „Geht es dir gut? Hat er dir etwas getan? Ich schwöre, wenn der Hurensohn dir auch nur ein Haar gekrümmt hat ..."

„Mir ist nichts passiert", schniefte Zola. „Aber ich weiß nicht, was wir tun sollen! Ich verliere hier noch den Verstand!"

„Zola ..." Der Klang, wie er liebevoll ihren Namen aussprach, fühlte sich an wie eine schützende Umarmung. „Versuch bitte, dich zu beruhigen. Wir finden eine Lösung. Ich lasse dich nicht im Stich. Und ich lasse nicht zu, dass er dir noch mal auch nur nahekommt."

„Aber was willst du tun?" Durch Chris' Worte kam Zola sich nicht mehr so allein in dem unbezwingbaren Chaos vor. Allein schon seine Stimme gab ihr ein Gefühl von Schutz und Hoffnung.

„Mir wird schon etwas einfallen", versprach er, und ein kämpferischer Unterton mischte sich in seine Worte. „Dieses Arschloch hat den Bogen endgültig überspannt."

Während des Gesprächs mit Zola hatten seine Gedanken sich zwar auch schon überschlagen. Doch da hatte Chris sich um ihretwillen beherrscht, sie war auch so schon aufgelöst genug. Er hasste es, dass er nicht bei ihr sein und sie in den Arm nehmen konnte und dazu verdammt war, ihr beim Weinen nur zuzuhören. Zumindest war es ihm gelungen, Zola für den Moment zu beruhigen, auch wenn sein Herz sich beim Gedanken daran verkrampfte, dass sie nach ihrem Telefonat wieder allein mit allem zurechtkommen musste. Sven würde für alles büßen, was Zola hatte durchmachen müssen!

Kaum hatte Chris aufgelegt, ging er aus dem Wohnzimmer zurück auf die Terrasse, wo Simba es sich mit einem Eis gemütlich gemacht hatte. „Was ist passiert?" Chris erzählte ihm von Yusufs Entführung und Svens Forderung. „Das kann doch wohl nicht sein Ernst sein!", empörte sich Simba. „Jetzt reicht es mir wirklich mit diesem Möchtegern-Hitler! Es wird Zeit, dass wir ihm seine hässliche Visage polieren. Danach wird der nicht mehr so schnell auf seine grandiosen Ideen kommen!"

„Wir können nicht auf den nächsten Flieger nach Dubai warten", entschied Chris. „Bis dahin hat dieses Arschloch Yusuf kaltgemacht und sich Zola geholt."

„Dann muss der Fette uns eben einen früheren Flug über eine andere Route organisieren", sagte Simba. „Er hatte doch selber schon davon geredet. Wir werden es auf jeden Fall rechtzeitig nach Deutschland schaffen!" Chris konnte nur grimmig nicken. Simba sprang von seinem Stuhl auf und klopfte seinem Freund aufmunternd auf die Schulter. „Kopf hoch, Mann! Das kriegen wir hin!"

Die Fahrt nach Hargeisa war Chris noch nie so endlos lang vorgekommen. Er stieg aus dem Wagen, noch bevor Simba den Schlüssel gezogen hatte, und war schon auf halbem Weg durch das Foyer marschiert, als Simba ihn mit seinen langen Beinen einholte. Es war schon Abend, deswegen war die Empfangsdame nicht mehr da. Der Wachposten öffnete ihnen diesmal selbst die Tür und kassierte dafür von Simba ein schelmisches „Danke". Ibrahim Ghalib saß wie immer hinter seinem Schreibtisch, machte aber zum ersten Mal einen gefassteren Eindruck.

„Wir müssen sofort nach Düsseldorf. Und wenn ich sofort sage, dann meine ich vor einer Stunde", sagte Chris barsch anstelle einer Begrüßung.

„Sie haben deinen Neffen und schlagen ihn zu Brei. Jede Stunde zählt", setzte Simba hinterher, ehe der Fettwanst mit Widerworten kommen konnte. Zu ihrer beider Erstaunen nickte Ibrahim zustimmend. „Ich weiß schon Bescheid, Ahmad rief mich vorhin an. Ich bin schon mitten in der Organisation. Privatjet von Berbera, Boot in die Festung Europa, dann wieder Privatjet. Ihr könnt es in einem Tag schaffen."

„Das ist ja mal eine zuvorkommende Überraschung, altes Haus!", lachte Simba. „Klingt doch hervorragend! Warum nicht gleich so?"

„Gibt es einen schnelleren Weg?", wollte Chris wissen. Er würde keine halbe Stunde länger als nötig in Somaliland bleiben, er musste zu Zola.

„Der Weg über Syrien ist kürzer und geht auch ohne Pass, ist aber gefährlicher. Ich empfehle die Route über Tanger. Mit dem Flugzeug kann man es in einem Tag schaffen, dafür braucht ihr aber erstklassige Pässe, also echte Pässe", sagte Ibrahim Ghalib.

„Du meinst, die Pässe von Hassan bergen ein Risiko?" Simbas Augen begannen, sich zusammenzuziehen.

„Ganz ruhig, junger Freund", beschwichtigte ihn Ibrahim. „Die Pässe sind okay. Aber mit dem Privatjet könnt ihr alle Passkontrollen umgehen und seid auf jeden Fall auf der sicheren Seite."

„Wie sieht die genaue Reiseroute aus?", hakte Chris nach.

Ibrahim hatte vor sich eine große Karte liegen, in der Linien und rote Punkte einen Weg nach Düsseldorf zeigten. „Ein Privatjet fliegt euch von Berbera nach Tanger, das sind sechstausend Kilometer. Bei etwa achthundert Kilometern pro Stunde Reisegeschwindigkeit benötigt ihr etwa acht Stunden." Dann deutete sein fleischiger Zeigefinger auf die Straße von Gibraltar. „Mit dem Motorboot geht es von Tanger an die spanische Küste zwischen Gibraltar und Cádiz. Das sind sechzig Kilometer, das Motorboot schafft dreißig Knoten, also ist man in einer Stunde da. Von dort aus ist es eine halbe Stunde mit dem Auto zum Flughafen in Jerez de la Frontera. Für die letzten zweitausend Kilometer nehmt ihr einen weiteren Privatjet, und in drei Stunden seid ihr in Deutschland", veranschaulichte Ibrahim detailliert, und sein Zeigefinger lag auf der nordrhein-westfälischen Hauptstadt.

„Bisschen umständlich, aber hey, Hauptsache wir sind so schnell es geht da", fand Simba und grinste zu Chris rüber. „Klingt doch vielversprechend."

„Und was ist mit den Pässen?", fragte Chris weiter.

„Die sind morgen früh fertig. Ihr werdet sie erst in Jerez brauchen, aber die schauen nicht so genau hin."

Simba trat einen Schritt auf ihn zu und hob mahnend den Finger. „Ich schwöre dir, alter Mann, wenn du uns hier nur verarschst ..."

„Bei Allah, ich verarsche euch nicht!", rief Ibrahim vehement. „Dieser Hund hat meinen Neffen! Ich sorge dafür, dass ihr sicher nach Deutschland kommt, damit ihr ihn ausschalten und Yusuf befreien könnt! Er ist doch der zukünftige Kopf unserer Organisation in Europa, ihm darf nichts passieren!" Sein Gesicht war rot angelaufen und er atmete schwer. Zumindest war er Chris noch nie glaubwürdiger vorgekommen, denn in seinen Augen stand die ehrliche Besorgnis um seinen Neffen.

„Ist ja gut, alter Mann", meinte Simba beschwichtigend. „Kein Grund für einen frühzeitigen Herzinfarkt hier."

„Also, wie geht es weiter? Wann geht es los?", lenkte Chris das Gespräch wieder zurück.

„Morgen um sieben Uhr erwartet euch der erste Privatjet am Flughafen von Berbera. Ich werde mit euren Pässen dort sein und euch zum Flieger führen."

Simba sah zufrieden nickend zu Chris. „Das heißt, morgen Abend sind wir auf deutschem Boden."

„Inschallah."

Nach dem Wahnsinn des vergangenen Monats gab es für Chris gerade nichts Surrealeres als die Vorstellung davon, nach Hause zu fliegen. Gut, es war ja auch keine normale Heimreise, denn noch waren Simba und er gesuchte Terroristen. Insofern nahm das Abenteuer jetzt bloß eine neue Wendung, aber endlich würde er vor Ort alles klären können. Ibrahim Ghalib wollte ihnen noch einen Tipp mit auf den Weg geben:

„Solltet ihr in Deutschland erwischt werden, sagt ihr einfach ‚Asyl'. Ihr kommt aus Somalia und habt eure Pässe verloren. Klappt immer in Deutschland. Dann bekommt ihr eine schöne Unterkunft, genug zu essen und einen Deutschkurs, alles gratis. Aber das wird natürlich nicht passieren!"

„Denk an mein Versprechen mit dem Direktflug zu Allah, wenn du dich nicht an deine Versprechen hältst!", knurrte Simba.

„Wir sehen uns morgen früh! Ich werde alles reibungslos organisieren!", versprach Ibrahim zum Abschied.

Kapitel 48 – Mittwoch, 23. März 2022

Ibrahim hielt sein Versprechen. Als Chris und Simba um 6.30 Uhr am Flughafen Berbera ankamen, wartete er bereits mit ihren Pässen auf sie und führte sie zum Privatjet. Das Flugzeug startete pünktlich um sieben Uhr. Trotz seiner Unruhe fiel Chris auf, dass das Rollfeld sehr lang war. Der Pilot erklärte ihm, dass der Flughafen Berbera ursprünglich in den 1970er-Jahren von der Sowjetunion gebaut worden war und über eine vier Kilometer lange Start- und Landebahn, eine der längsten in Afrika, verfügt. In den 1980er-Jahren wurde er deshalb auch von der NASA als Notlandeplatz für das Space Shuttle gemietet, bis 1991 die Unabhängigkeit Somalilands ausgerufen wurde.

Simba war indes vom flugfähigen Luxus der Gulfstream G280 abgelenkt, die sie betreten hatten. Der Jet ließ keine Komfortwünsche offen, und da der Hüne noch nie zuvor geflogen war, war es für ihn in doppelter Hinsicht ein Erlebnis. Chris kam sich vor, als müsste er ein kleines Kind im Süßwarenladen bändigen, und redete auf seinen Freund ein, damit er zumindest für die Dauer des Starts auf einem der weich gepolsterten Ledersitze sitzen blieb und nicht die freundliche und unfassbar geduldige Flugbegleiterin belästigte. Kaum dass sie ihre Flughöhe erreicht hatten, tigerte Simba sofort wieder durch die Gulfstream, sah sich staunend um und entdeckte die großzügige Minibar, noch ehe ihre Begleiterin überhaupt die Chance bekam, ihm vom Champagner einzuschenken.

Währenddessen versuchte Chris, zur Ruhe zu kommen, denn hoch oben in der Luft konnte er sowieso nichts ausrichten. Zumal sie wirklich auf dem Weg nach Deutschland waren und er sich nur noch bis zum Abend gedulden musste, bis er endlich wieder bei Zola und auf heimischem Boden war. Er hatte ihr versprochen, dass er sich bei jedem Zwischenstopp bei ihr melden würde, und sie wollte sie in Mönchengladbach abholen. Chris nahm nur noch am Rande Notiz davon, wie Simba ganz aus dem Häuschen war und kaum stillsitzen konnte.

Sie landeten planmäßig um 14.30 Uhr in Tanger in Marokko, wo sie von einem Fahrer erwartet und in einem großen Bogen am Zoll und der Passkontrolle vorbei zum Hafen gebracht wurden. „Das läuft doch alles wie am Schnürchen", gähnte Simba zufrieden und lehnte sich auf dem Rücksitz des alten Mercedes-Taxis zurück.

Doch als sie am Hafen ankamen, war von ihrem Motorboot weit und breit nichts zu sehen. Die geplante Abfahrtszeit von 15.30 Uhr verstrich, und ihr Fahrer stieg aus dem Wagen, um zu telefonieren. „Hättest du dich mal besser nicht zu früh gefreut", grummelte Chris. Kurze Zeit später kam ihr Fahrer wieder zurück und nahm hinter dem Steuer Platz. „Das Motorboot sollte schon da sein, aber es ist gestern vom Zoll beschlagnahmt worden", erklärte er ihnen. Chris stieß einen saftigen Fluch aus, doch der Fahrer beschwichtigte ihn: „Es wird jetzt ein neues Boot organisiert. Solange warten wir hier. Kein Problem."

„Ist schon gut, Mann", stimmte auch Simba beruhigend ein. „Ich würde dem Fettwanst zwar gerne in seinen dicken Arsch treten, dass er die Reise nicht so reibungslos organisiert hat wie versprochen. Aber Hauptsache, er kümmert sich und wir kommen an."

„Mönchengladbach schließt wegen des Nachtflugverbots um zweiundzwanzig Uhr", erwiderte Chris. Er wurde etwas nervös und fing ungewollt an, mit dem Bein zu wippen. „Falls das zu lange dauert, kommen wir heute also nicht mehr in Deutschland an."

Simba boxte ihm in die Schulter. „Jetzt mach nicht so ein Gesicht und sag lieber deiner Freundin Bescheid. Sie macht sich sonst noch mehr Sorgen als du, und ein nervös klappernder Knochenhaufen reicht mir schon."

Es widerstrebte Chris, Zola Nachrichten zu überbringen, die sie auf jeden Fall beunruhigen würden. Aber es würde sie noch mehr Nerven kosten, wenn er sich gar nicht meldete. Also schrieb er ihr, dass sie auf ein anderes Boot warten mussten und dass er sich noch mal melden würde, sobald sie aus Tanger starteten. Ihr umgehendes „Okay" mit Herzchen-Emoji rang ihm ein Lächeln ab.

Es dauerte über eine Stunde, bis der Fahrer den erlösenden Anruf erhielt, dass das Boot gleich anlegen würde. Um siebzehn Uhr bestiegen sie die weiße Sunseeker Predator 82, die sie von Tanger durch die Straße von Gibraltar an die spanische Küste zwischen

Gibraltar und Cádiz brachte. Für die sechzig Kilometer lange Strecke brauchten sie eine gute Stunde, in der Simba es sich wie ein wahrer Sonnenanbeter auf dem Deck gemütlich machte. Chris entschied sich auch für einen Platz im Außenbereich, ließ sich die Meeresbrise um die Nase wehen und versuchte, nicht an den Zeitdruck zu denken. Immerhin waren sie trotz der unvorhergesehenen Verspätung auf der nächsten Etappe ihrer Reise, was Zola auf sein Update mit einem „Hurra!" quittierte.

Um achtzehn Uhr wartete ein Fahrer am Hafen von Cádiz auf sie und brachte sie in dreißig Minuten zum Flughafen nördlich der Stadt Jerez. Um nicht aufzufallen, hielt er sich immer schön an die Geschwindigkeitsbegrenzung, was eine Geduldsprobe für Chris' Nerven war. Der Fahrer sprach in Somali mit Simba, und die beiden Männer grinsten und lachten viel während der Fahrt. Zumindest hat einer von uns die Zeit seines Lebens, dachte Chris.

Der zweite Privatjet hatte auf sie gewartet, sodass sie unmittelbar nach ihrer Ankunft am Flughafen um 18.45 Uhr abfliegen konnten. Da es ein innereuropäischer Flug war, waren die Grenzbeamten sehr locker und winkten die beiden Privatpassagiere einfach durch. Die erwartete Flugdauer nach Mönchengladbach betrug drei Stunden. Chris informierte Zola und versuchte, sich auf der letzten Etappe ihrer Reise etwas zurückzulehnen. Nur hielt ihn Simba dieses Mal davon ab, weil er jetzt komplett aufdrehte. Er freute sich fast noch mehr als Chris darüber, in Deutschland anzukommen. Obendrein freute ihn die Vorstellung, Sven Schmidt gegenüberzutreten und es ihm heimzuzahlen.

Sie legten um 21.45 Uhr gerade noch eine Punktlandung hin. „Siehst du!", lachte Simba und packte ihn mit seiner Pranke freundschaftlich im Nacken. „Ich habe doch gesagt, wir werden es schaffen!"

Sie gingen durch das kleine, fast menschenleere Flughafengebäude zum Parkplatz, wo Zola ungeduldig im dunkelblauen E-Klasse-Mercedes ihres Vaters wartete. Doch kaum hatte sie sie erblickt, fuhr sie auf die beiden los, sprang aus dem Auto und warf sich Chris in die ausgebreiteten Arme. „Oh, mein Gott, endlich!", rief sie. „Du weißt gar nicht, wie sehr du mir gefehlt hast!"

„Du hast mir genauso gefehlt!", murmelte er und vergrub das Gesicht in ihren Locken. Simba gab ein leises Räuspern von sich, hielt sich dieses Mal aber mit kecken Sprüchen zurück und wartete geduldig, nachdem Chris und Zola erst mal nicht reagierten.

„Na kommt", sagte Zola dann irgendwann. „Ihr seid bestimmt total müde von der langen Reise." Sie hauchte ihm noch einen Kuss auf die Wange, und dann stiegen sie ins Auto. Auf dem Weg nach Düsseldorf konnte Chris im Rückspiegel erkennen, wie sein Freund die Autobahn bestaunte, auf der trotz der späten Uhrzeit noch reger Verkehr herrschte. Die Fahrt über die A52 dauerte knapp eine halbe Stunde, und als von Weitem schon der bunt leuchtende Düsseldorfer Fernsehturm zum Vorschein kam, stellte sich in Chris das überwältigende Gefühl ein, endlich wieder zu Hause zu sein. Zola sah mit einem herzlichen Lächeln zu ihm. „Willkommen zurück."

Als sie die Rheinkniebrücke überquerten, bekam Simba beim Anblick der Düsseldorfer Skyline große Augen. „Wenn die ganze Scheiße vorbei ist, machen wir ordentliches Sightseeing mit dir", sagte Chris und drehte sich zu ihm um. „Düsseldorf ist zwar nicht London oder New York, wo wir immer hinwollten, aber für den Anfang auch ganz nett."

„Es ist der Wahnsinn!", äußerte Simba seine ehrfürchtige Bewunderung.

Sie fuhren zum Hargeisa, und Zola brachte sie ins dritte Obergeschoss. Die Wohnung lag über dem Restaurant und der Wohnung der Familie Ghalib und stand deren Besuchern immer zur Verfügung. Zolas Mutter hatte ihnen in weiser Voraussicht mehrere Schalen mit herrlich duftendem Reis, saftigem Fleisch und geschmortem Gemüse warm eingepackt, und Chris und Simba stürzten sich dankbar darauf. Sie waren unterwegs zwar versorgt worden, doch gerade Chris hatte vor lauter Nervosität den ganzen Tag so gut wie nichts gegessen. Nachdem sie sich sattgegessen zurücklehnten, spürte er, wie müde er war. Für eine Weile saßen alle drei zufrieden am Tisch: Simba reckte und streckte sich; Chris erlaubte seinem Kopf zum ersten Mal seit Ewigkeiten, für einen kurzen Moment einfach nur leer zu sein; und durch Zola strömte unablässig tiefe Dankbarkeit darüber, dass er es aus Somaliland herausgeschafft hatte und endlich wieder in der Heimat war.

Simba sprach als Erster wieder. Trotz der einsetzenden Trägheit war die grimmige Energie in seiner Stimme unüberhörbar. „Also, wie sieht es aus? Fahren wir morgen zu diesem Nazisack und befreien Zolas Bruder?"

Chris wehrte ab: „Sosehr es mir in den Händen juckt, wir müssen uns mehr Gedanken über die Aktion machen. Wir können nicht einfach auf gut Glück zu seiner Kameradschaft fahren. Die werden uns allein zahlenmäßig weit überlegen sein, und die rechnen bestimmt schon damit, dass man ihnen vor Ablauf der Deadline einen Besuch abstattet."

Zola schaute gedankenvoll in die Ferne. Yusuf war schon zwei Tage gefangen. Die Hälfte der Frist, die Sven ihnen gesetzt hatte, war damit schon verstrichen. Aber unüberlegtes Handeln würde alles nur verschlimmern. „Wir brauchen ein Geständnis von Schmidt", sagte sie schließlich.

„Und er braucht einen Schuldigen, damit sein Arsch wieder auf dem Trockenen ist. Deswegen will er ja auch, dass ich mich stelle."

„Aber", fügte Simba hinzu und hob mit vielsagendem Blick einen Finger, „weil er uns braucht, kann er uns nicht umbringen." Während Zola ihn empört anstarrte und sich mit einem scharfen Atemzug aufrichtete, hob er beruhigend beide Hände. „Immer mit der Ruhe, das ist komplett zu unseren Gunsten. Chris ist das Kernstück seines Plans. Also wird er alles daransetzen, ein Geständnis von ihm zu bekommen."

„Oder eine Aussage über seine vermeintliche Schuld von jemand anderem", erhob Zola den besorgten Einwand. „Allen voran von meinem Vater."

„Aber wenn wir ein Geständnis von ihm haben, dann kriegen wir ihn bei seinen haarigen Eiern gepackt", grinste Simba unheilvoll. „Dafür brauchen wir nichts weiter zu machen, als die Handy-Aufnahmefunktion mitlaufen zu lassen, wenn wir deinen Bruder aus seinen ätzenden Fängen befreien."

„Nur, wie wir überhaupt bis an den Punkt kommen, müssen wir uns in Ruhe und vor allem mit frischem Kopf überlegen", gab Chris zu bedenken.

„Vielleicht sollten wir uns morgen Rays Meinung dazu einholen?", schlug Zola vor.

Doch Chris schüttelte den Kopf. „Nein, ich möchte ihn nicht in solche Aktionen reinziehen. Er hat genug um die Ohren und hat schon mehr für mich getan, als er jemals hätte zu tun brauchen."

„Dann lass uns morgen mit meinem Vater sprechen. Er hat sich seit gestern bestimmt schon Gedanken gemacht, und vielleicht hat Onkel Ibrahim ihn noch unterstützen können. Immerhin ist es eine Familienangelegenheit."

„Solange seine Gedanken nicht darin bestehen, Chris und mich der Polizei auszuliefern", sagte Simba mit einem wachsamen Blick in Zolas Richtung.

„Wie kannst du so etwas nur sagen!", zischte sie ihn an.

Chris wollte sich gerade anschließen, als er realisierte, dass sein Freund nicht ganz unrecht hatte. Für Ahmad Ghalib wäre es die einfachste Lösung, der Polizei zu stecken, wo sie sich aufhielten. „Wenn er das wollte, wären wir jetzt schon in einer Zelle, und nicht hier", gab er zu bedenken.

Simba stimmte mit einem Nicken zu. „Ich wollte dich nicht beleidigen, Zola. Aber ich kenne deinen Vater nun mal nicht. Jedenfalls wird es nicht schaden, es morgen mit ihm zu besprechen. Und danach fahren wir dieser Verschwendung von menschlichem Erbgut namens Schmidt den Arsch aufreißen! Aber erstmal wollen wir doch mal schauen, ob die Betten hier genauso bequem sind wie in Rays Haus", zog Simba Zola gerade auf, die schnaubend erwiderte: „Ach, guck an, wie schnell sich ein Wilder aus dem Busch an Luxus gewöhnen kann!"

Simba lachte sein dröhnendes Lachen, in das Chris einstimmte. Zolas Mundwinkel zuckten, während sie kopfschüttelnd den Tisch abräumte. Chris sprang auf, um ihr zu helfen, doch sie bestand darauf, dass die beiden Männer zu Bett gingen und sich ausruhten. Simba machte sich auf Entdeckungstour in der Wohnung, und Chris trat zu Zola: „Das soll, bitte, nicht zur Gewohnheit werden."

„Oh, keine Sorge!", lachte sie auf. „Ich lasse dich schon noch den Haushalt schmeißen."

Nachdem Zola das Geschirr weggeräumt hatte, ging er wieder auf sie zu, nahm ihre Hände und sah ihr in die Augen. Die Anspannung war ihr zwar anzumerken, doch gleichzeitig wirkte sie fröhlich, und ein bisschen verlegen. Bis ihr mit einem Mal sorgenvolle Traurigkeit über das Gesicht zog. Chris umfing ihr Gesicht mit den Händen. „Was hast du denn, Zola?"

„Ich hatte meine Eltern direkt an meinem ersten Morgen wegen der geplanten Heirat mit dem Major und der Beschneidung konfrontiert", antwortete sie nach einem tiefen Atemzug. „Im Grunde muss ich zugeben, dass es besser gelaufen ist, als ich dachte. Dass du und Simba hier wohnen könnt, ist eigentlich auch eine Bestätigung dafür, dass das Thema meiner Freiheit und eigener Entscheidungen nicht auf taube Ohren gestoßen ist. Aber ich bin noch sauer und traurig, und komplett ausgesöhnt haben wir uns deswegen nicht."

„Trotzdem bin ich froh, dass ihr darüber reden konntet", sagte Chris und sah Zola tief in die Augen. „Und mächtig stolz auf dich, wie du das alles durchstehst."

Die Traurigkeit wurde mit einem Mal von einem Lächeln aus Zolas Gesicht verbannt.

„Wenn wir diesen ganzen Spuk hinter uns haben, nehmen wir uns endlich Zeit nur für uns", versprach Chris.

„Das fände ich sehr schön", flüsterte sie und gestand: „Ich würde zu gerne heute Nacht bei dir bleiben. Aber das wäre keine gute Idee ..."

„Ich will mich auch nicht gleich unbeliebt machen bei deinen Eltern", schmunzelte Chris und strich ihr zärtlich über die Wange. „Auch wenn ich dich natürlich allzu gern bei mir hätte."

„Es hat sich so schön angefühlt, wie du mich berührt hast ..."

„Vorsicht, Zola", mahnte er leise. „Wenn du weiterredest, garantiere ich für nichts."

„Verzeihung. Aber ein ordentlicher Gute-Nacht-Kuss ist doch sicherlich drin, oder?"

Kapitel 49 – Donnerstag, 24. März 2022

Sven liebte es, durch das Haus der Kameradschaft Düsseldorf zu schlendern. Früher hatte es einem Chinesen gehört, der unten ein Restaurant betrieben und in den oberen Etagen ein zweites, zwielichtiges Business eingerichtet hatte. Aber Sven hatte das Schlitzauge erfolgreich mit einem dicken Bündel Cash rausgeworfen und das Haus nach seinen Vorstellungen mit Leben gefüllt und umgebaut. Im Erdgeschoss war eine rechte Szenekneipe, in der sich seine Freunde fast jeden Abend trafen, und im ersten Stock ein Boxstudio mit Fitnessraum. Im zweiten Stock lagen seine Wohnung und das Kameradschaftsheim für interne Versammlungen sowie das Büro. Im dritten Obergeschoss befanden sich drei Wohnungen für langgediente Kameraden, und unter dem Dach Mansarden für neue Kameraden in der Probezeit. Sie mussten in der Kneipe Bier zapfen, den anderen Bier bringen, Stiefel putzen und das gesamte Haus mit Kneipe und Boxstudio sauber halten. In der Kneipe im Erdgeschoss fanden regelmäßig Kameradschaftsabende und Skinheadkonzerte statt. Nachdem die ätzenden, unnötigen Corona-Regelungen endlich gelockert worden waren, hatten sie ein Riesenkonzert mit den Bands Eutosi und Hauptkampfsirene organisiert. Der Ansturm war enorm gewesen, und die Stimmung so gut, dass Sven lange nachdenken musste, wann er je so ein geiles Konzert erlebt hatte. Mehr als dreihundert Besucher kamen und haben wie ein Mann synchron den rechten Arm zu den lautstarken Songs der Bands gehoben. Die Kameradschaft Düsseldorf war nun ohne Zweifel der größte Verband, sogar größer als der Thüringische Heimatschutz. Das erfüllte Sven mit Stolz.

In seiner Zeit als V-Mann war es ihm immer zuwider gewesen, im Geheimen gegen seine Kameraden zu arbeiten. Aber er wollte sich nicht die Chance entgehen lassen, vielleicht einen Posten beim BND zu ergattern. Um von der anderen Seite des Glashauses Einfluss zu haben und für das Vaterland zu arbeiten. Deswegen hatte er Eva immer Informationen geliefert und seinen Wert bewiesen. Doch er hatte jedes Mal Sorge dafür getragen, dass es entweder keine nennenswerten Erkenntnisse waren, oder ihr schlichtweg falsche Auskünfte weitergegeben. Und seit dem NSU-Skandal hatte er seine Pflicht und Treue seinen Kameraden und seinem Vaterland gegenüber durch den Aufbau der Düsseldorfer Kameradschaft mehr als wiedergutgemacht.

Seit einiger Zeit organisierten sie für Kameraden aus dem ganzen Land Wehrsportübungen mit Sprengstoff und Gewehren. Viele seiner Leute waren mittlerweile Türsteher in der Düsseldorfer Altstadt und verdienten sehr gutes Geld. Wenn Sven daran zurückdachte, wie klein und unbekannt die Kameradschaft gestartet war und wo sie jetzt standen ... Mit klaren Visionen und den richtigen Leuten ließen sich wahrhaftig Berge versetzen. Und er war noch lange nicht fertig. In seinem Kopf gab es noch so viele Visionen, die er umsetzen wollte. Und diese stinkenden schwarzen Pisser würden ihre Lektion noch lernen. Sven stieg in den Keller hinab, wo in einem für, wie er es gerne nannte, spezielle Zwecke umgebauten Abteil Ghalib Junior eingesperrt war. Zwei der verlässlichsten Kameraden ließen ihn nicht aus den Augen, damit er zwischen den „Boxrunden" gut bewacht war. Nach zwei Tagen Gefangenschaft hätte Sven eigentlich gedacht, dass Yusuf sich in sein Schicksal fügen würde. Doch er hatte den Messerstecher unterschätzt, auch heute glühten seine fast schwarzen Augen ihm entgegen, als Sven vor seine Zelle trat. Und das, obwohl sein Gesicht von Blut verkrustet und geschwollen war und seinen nackten Oberkörper eine ganze Reihe Flecken zierten, die seine dunkle Haut noch schattierter aussehen ließen. So machte es sogar noch mehr Spaß, ihn in den Ring zu schicken. Sven wandte sich an seine Männer:

„Dieser Neger hier ist richtig motiviert, Boxen zu lernen. Sonst hat er immer nur mit einem Messer gekämpft. Aber seht ihn euch an, er scheint Gefallen an einem echten Männersport gefunden zu haben." Die Männer lachten. „Bringt ihn hinauf", befahl Sven, „und holt Henri. Der freut sich schon auf ein Wiedersehen und soll unserem Gast zeigen, wie Deutsche kämpfen. Mann gegen Mann im Ring, wie es sich gehört."

Er beobachtete, wie Yusuf aus seinem Gefängnis gezerrt wurde, und registrierte befriedigt, wie er sich zur Wehr setzte. Heute waren seine Bewegungen allerdings schon weniger koordiniert, und es war offensichtlich, dass seine Kraftreserven sich, langsamer als erwartet, aber doch sicher, ihrem Ende zuneigten. Auf der Treppe hatte er kaum mehr Halt und musste von seinen Wachen hochgeschleift werden. Unwillkürlich verzog sich Svens Mund zu einer hämischen Grimasse, als er mit Abstand hinterherging.

„Komisch, dass noch niemand nach dir sucht, oder?", fragte Sven spöttisch. „Schon traurig, wenn man so auf sich allein gestellt ist. Ich dachte, bei euch Moslems seien die Familienbande so unzertrennbar stark. Blut ist dicker als Wasser, und das ganze Blabla. Da denkt doch niemand zwei Mal drüber nach, einen Fremden an die Geier zu verfüttern. Oder möchte dein Papa das unschuldige Herz deiner süßen Zuckerschnecke von Schwester vor Schaden bewahren? Ist ihm das wichtiger als das Leben seines Sohnes?" Sven lachte zufrieden, als Yusuf sich sichtbar schäumend vor Wut aufrappelte und versuchte, aus dem Ring zu klettern. Dafür kassierte er einen saftigen Hieb und landete klatschend auf dem Rücken.

„Lass dich doch nicht so von mir provozieren, Mann! Spar dir deine Kräfte für den richtigen Kampf!" Als hätte er keine bessere Ansage machen können, kam Yusufs zweiter Gefängniswärter mit Henri, seinem heutigen Gegner, in den Raum. Der fast zwei Meter große, hundertdreißig Kilogramm schwere Henri war einer von Svens liebsten Brüdern. Ohne Umschweife sprang er in den Ring und nahm sich Yusuf vor. Der hatte keine Chance. Auch wenn Sven fast widerwillig Respekt vor ihm hatte und nicht umhinkam, sein Durchhaltevermögen und seinen Kampfgeist anzuerkennen. Denn trotz der Sonderbehandlung der vergangenen Tage war Yusuf immer noch erstaunlich schnell – nur eben nicht schnell genug. Er bekam einige schmerzhafte Schläge ins Gesicht und wurde von Henri gnadenlos in die Mangel genommen. Das Boxstudio füllte sich mit dem Klang dumpfer Schläge, unterdrückter Schmerzensschreie und schwer aufklatschender Körper. Heute meinte Sven sogar, das Knacken brechender Knochen zu hören. Nach einer ausgiebigen Runde, in der Henri nicht einmal nennenswert ins Schwitzen gekommen war, lag Yusuf als zusammengerollter Fleischhaufen auf dem Boden. Selbst vom beherzten Tritt rührte er sich kaum noch. „Bringt unseren Gast wieder in sein Zimmer", beendete Sven die heutige „Boxstunde", „und lasst ihn sich auf den nächsten Kampf freuen."

Während Yusuf von Sven Schmidt und seinen Männern grausam gequält wurde, trafen sich Chris und Simba mit Zolas Familie zum Frühstück bei den Ghalibs. Als Simba mit seiner hünenhaften Gestalt durch die Tür trat, wäre Ayan Ghalib beinahe die schwere Gusspfanne mit Rührei und Gemüse aus der Hand gefallen. Doch als er sie und ihren Mann auf Somali begrüßte und ganz vorbildlich auf einem der für ihn viel zu schmalen Stühle Platz nahm, hellten sich ihre Gesichtszüge wieder auf. Chris und Zola mussten sich beide das Lachen verkneifen.

„Wir hatten uns im Dezember schon mal gesehen, aber da werden Sie sich vermutlich nicht mehr dran erinnern. Ich war mit Ray Klein in Ihrem Restaurant zum Abendessen, und Sie hatten mich zum Tisch gebracht. Vielen Dank für Ihre Gastfreundschaft, Frau Ghalib!", stellte sich Chris vor.

„Du möchtest deine guten Manieren zeigen, junger Mann. Aber ich denke, nach allem, was passiert ist, können wir uns diese Albernheiten sparen. Nenn mich, bitte, Ayan."

In ihrem Blick lag zwar die unverkennbare skeptische Abwägung, mit der eine Mutter nun mal einen jungen Mann inspiziert, doch ihr Ton war herzlich, und ein leichtes Lächeln umspielte ihre Mundwinkel. Zola war so ergriffen, dass sie mit beiden Händen Chris' Oberarm packte. Auch er hätte nie mit so einem Empfang gerechnet. „Danke, Ayan!"

Beim Frühstück wirbelten drei Sprachen in wildem Wechsel durcheinander. Simba sprach zwar kein Deutsch, konnte sich mit Zolas Eltern aber fabelhaft auf Somali austauschen. Wenn Chris oder Zola gerade nicht mit ihm ins Englische wechselten, sprachen sie unter sich oder mit den Ghalibs auf Deutsch.

Nach dem Frühstück wurde die Stimmung wieder ernster. Ayan schenkte allen Kaffee nach, und Ahmad brach mit einem schweren Seufzen den Bann, der sie alle eingehüllt hatte: „Sven Schmidt hat

Yusuf entführt und uns bis übermorgen ein Ultimatum gesetzt. Entweder er oder du, Chris."

Chris runzelte in Erinnerung an Simbas gestrige Vermutung die Stirn. Zola schluckte schwer und ballte ihre Hände in ihrem Schoß zu Fäusten. „Armer Yusuf ... aber Chris ist unschuldig ... das ist so ungerecht!"

„Ich liebe meine beiden Kinder", betonte Ahmad gegenüber Chris. Der Gewissenskonflikt stand dem grauhaarigen Mann ins Gesicht geschrieben. „Ich kann nicht das Leben meines Sohnes aufs Spiel setzen. Aber ich möchte auch nicht gegen dich aussagen oder, dass du dich stellst. Auf diese Weise würde genauso ein junges Leben zerstört werden. Sogar zwei."

„Ich möchte auch nicht, dass Yusuf diesem Schwein zum Opfer fällt", sagte Chris und blickte Zolas Vater entschlossen ins Gesicht. „Aber ich möchte auch mein Leben wieder zurück. Deswegen gibt es nur eine Lösung: Wir müssen Yusuf da rausholen."

„Aber da ist ein ganzes Haus voller Neonazischläger!", rief Zola aus. „Die warten doch nur darauf, dass ihr kommt!"

„Dann müssen wir einen Moment abpassen, wenn das Haus leer ist."

„Aber uns läuft doch die Zeit davon! Wann soll dieser Moment sein? Wir haben nur noch bis übermorgen!"

Während Zola versuchte, die Tränen zurückzuhalten, und Chris den Arm um sie legte, sinnierte Ahmad laut: „Morgen kommt Dynamo Dresden nach Düsseldorf. Neonazis sind doch auch Hooligans. So einen Gegner wie Dynamo lassen sie sich doch nicht entgehen."

„Herr Ghalib, das ist ein sehr guter Vorschlag!", freute sich Chris.

„Ich bin schon, seit ich hier angekommen bin, Fan von der Fortuna. Das Spiel beginnt am Freitag um 20.30 Uhr", ergänzte Ahmad Ghalib.

„Tomorrow is D-Day", erklärte Chris mit einem Blick zu Simba. Dessen Augen leuchteten. Er rieb sich freudig die Hände und grinste so breit, dass sein Gebiss wie bei einem zähnefletschenden Tier zum Vorschein kam.

„Morgen Abend erst? Können wir nicht schon früher los?", fragte Zola. „Ich kann mir gar nicht vorstellen, was mein Bruder durchmachen muss ..."

„Ich verstehe deine Angst", flüsterte Chris und strich ihr zärtlich über die Wange. „Wir befreien deinen Bruder morgen. Versprochen. Und wir bekommen ein Geständnis von diesem Verbrecher Schmidt. Und danach bringen wir ihn zur Polizei." Er überlegte.

„Einfach zur Polizei bringen? Alles klar ... Hast du schon mal darüber nachgedacht, was ist, wenn die Polizei ihn nicht verhaftet und uns nicht glaubt?", setzte Zola unsicher entgegen. „Dann steht Aussage gegen Aussage. Ray und ich wurden letztes Mal schon nicht ernst genommen, und dieser Schmidt ist schon einmal freigelassen worden. Er ist nicht der dumpfe Nazi, den man einfach austricksen kann, der Typ hat doch garantiert Beschützer in den Reihen der Polizei."

„Auf jeden Fall dürfen sie Chris und Simba nicht verhaften. Sie liefern euch den Amerikanern aus", mutmaßte Ahmad. „Ich traue dem Justizsystem in Deutschland auch nicht mehr."

„Also, wenn wir Schmidt nicht an die Polizei ausliefern können, brauchen wir trotzdem hieb- und stichfeste Beweise", fasste Chris die Lage zusammen. „Wir müssen diesen Sven zum Sprechen bringen. Mit einem Geständnis auf Video sollten wir eine Chance haben. Ohne wird es schwierig. Auf jeden Fall schlagen wir morgen zu!"

Kapitel 50 – Freitag, 25. März 2022

Um 20.30 Uhr verließen Zola, Chris und Simba das Haus in der Worringer Straße. So sollten sie genug Zeit für die Befreiungsaktion haben und möglichen Nachzüglern im Kameradschaftshaus, die erst später zum Fußballspiel aufbrechen würden, aus dem Weg gehen können. Zola holte den dunkelblauen Mercedes aus der Garage, und sie fuhren die Kölner Straße entlang in Richtung Wersten.

„Hoffentlich sind sie wirklich alle bei der Fortuna und haben Yusuf dagelassen", hoffte Zola.

„Bestimmt", sagte Chris zuversichtlich, „aber wir müssen trotzdem vorsichtig sein."

Während der Fahrt schwiegen sie. Angespannte Konzentration herrschte.

„Zola, du bleibst wie besprochen hier und passt auf, ob jemand kommt", entschied Simba beim Ankommen, als Zola den Wagen zwei Häuser auf der gegenüberliegenden Seite vom gut sichtbaren fünfstöckigen Kameradschaftshauses entfernt parkte.

Chris beugte sich für einen schnellen Kuss zu Zola und stieg mit Simba aus dem Wagen. Sie probierten erst die Hauseingangstüre, die allerdings verschlossen war. Die ein Stück weiter entfernte Kneipentür gab auf Simbas kräftigen Druck sofort nach. Im Schankraum herrschte dämmriges Licht, die Luft roch nach kaltem Zigarettenqualm und süßlich-klebrigem Bier. Im Hintergrund lief melodieloses Gegröle. Bis auf einen mittelgroßen Burschen, der hinter der Theke ein Altbier zapfte, war die Kneipe leer. Chris und Simba stutzten. Auch wenn alle ausgeflogen waren, mussten doch ein paar Leute hier Wache halten. Da der Kerl sie tatsächlich noch nicht bemerkt hatte, überrumpelte Chris ihn: „Hey du! Weißt du, wo unser Freund Yusuf ist? Wo haltet ihr ihn versteckt?"

Der junge Kerl erschrak und verschüttete einen Teil von seinem Alt. Fluchend sah er hoch und beäugte Chris mit einem leicht duseligen, feindseligen Blick. „Was sucht ihr denn hier? Neger haben hier keinen Zutritt!", lallte er wütend.

„Wir suchen Yusuf", erwiderte Chris unbeeindruckt.

„Seh' ich aus wie'n Yusuf? Ich bin Ralf, und ihr habt hier nix verlor'n! Also raus mit euch, verschwindet!"

Simba hatte genug verstanden. Mit einem Satz hechtete er hinter die Theke und packte den verdutzt blickenden Mann an seinem Hoodie. „Where's our friend?", knurrte er unheilvoll. Der konnte mit vor Panik weit aufgerissenen Augen keine Antwort geben. „Wo ist unser Freund? Du weißt genau, wen wir suchen. Dein Boss hat ihn ungefragt zu Besuch geholt", fügte Chris hinzu.

Simba zog den Typen unsanft hoch und drückte ihn fest gegen die Theke. Mit einem letzten Anflug von Widerstand zischte er: „Euch Niggern werd' ich das bestimmt nicht sagen. Verpisst euch."

Chris nickte Simba zu, der den Kameraden mit einem Ruck fester gegen die Theke drückte und kurz losließ. Der Bursche rutschte zu Boden und wollte ungelenk von Simba wegkrabbeln, doch der zog ihn am Kragen wieder hoch und legte ihm einen Arm wie einen Schraubstock um den Hals.

„Ein letztes Mal: Wo ist er?"

„Im Keller, Tür um die Ecke, zu den Klos runter", keuchte Ralf.

Simba stieß ihn vorwärts. Chris folgte durch den Raum zu einer schweren, mit Postern und Stickern vollgeklebten Tür. Chris drückte die schmierige Klinke herunter und blickte auf eine Treppe, die in dämmrige Tiefe führte.

„Handys", raunte Simba ihm zu.

Chris zog sein Handy aus der Hosentasche und filmte.

„Let's go", meinte Simba dann mit angriffslustiger Miene.

Er dehnte seine Schultern und Arme, was dem Kameraden noch mehr die Luft abschnürte, und sah zu Chris. Nach einem tiefen Atemzug nickte Chris seinem Freund zu. Kurze Zweifel kamen auf. War das hier nicht alles zu einfach? Nicht dass er sich beschweren wollte, aber es kam ihm komisch vor, dass man nur eine angetrunkene Gestalt zurückgelassen hatte.

Sie gingen an den Klos vorbei und erreichten eine braune Holztür.

„Dadurch und dann links", lallte der Kamerad, der kurz seinen Kopf in Simbas Armschlinge erhoben hatte.

Chris drückte die Türklinke nach unten und ging durch die Tür. Er fand einen verschmierten Schalter. Eine schwache Glühbirne leuchtete auf. Im fahlen Schein erkannte er eine schwarz gestrichene Blechtür, die aussah wie die Tür zu einem Heizungsraum. Langsam drückte er die Klinke nach unten. Die Tür war leicht zu öffnen. In dem Raum herrschte dämmriges Licht, und Chris trat vorsichtig ein. An der rechten Seite des Raums erkannte Chris ein klappbares Gästebett. Der Mann, der ans Bett gefesselt war, musste Yusuf sein. Bei seinem Anblick lief es Chris kalt den Rücken runter: Yusufs Gesicht war auf die doppelte Größe angeschwollen, seine Augen so dick, dass sich nicht sagen ließ, ob sie geöffnet oder geschlossen waren, sein Oberkörper und seine Arme mit Prellungen und Flecken übersät. Chris trat weiter in den Raum. Yusuf versuchte stöhnend, den Kopf leicht aufzurichten.

„Scheiße!", entfuhr es Chris. Ohne auch nur einen zweiten Gedanken ging er auf das Bett zu. Und ohne einen Blick hinter die Tür zu werfen, sodass er die Gefahr nicht erkannte. In diesem Moment wurde Simba mit solcher Kraft in den Rücken gestoßen, dass er in den Raum flog. Zusammen mit dem Kameraden, den er noch festhielt, stürzten sie auf den gefliesten Boden. Von dem Lärm drehte Chris sich um und sah geradewegs in den Lauf einer Waffe. Sven war hinter der Tür mit einer Pistole in seiner rechten Hand hervorgetreten. Ralf war während des Sturzes dem harten Griff von Simbas Oberarm entkommen und kroch in Richtung Tür, wo ein gut zwei Meter großer Schlägertyp stand. Simba rappelte sich auf und wirbelte um seine eigene Achse. Gerade als er sich auf den weißen Riesenkerl stürzen wollte, sah auch er den bewaffneten Sven und blieb wie angewurzelt stehen.

„Schön, dass wir uns endlich persönlich kennenlernen. Ich bin Sven Schmidt und der Anführer der Kameradschaft Düsseldorf. Du bist Chris Azikiwe, ich kenne dich aus dem Füchschen. Und dieses Prachtexemplar aus dem Busch muss der gefürchtete Simba Ongwen sein."

Beim Klang seines Namens setzte Simba sich in Bewegung. Sven schwenkte die Pistole zu ihm rüber und entsicherte sie mit einem genussvollen Klicken, was Simba zum Stehen brachte. „Ihr nehmt jetzt ganz brav eure Hände auf den Rücken, damit mein Freund Henri euch ein paar Plastikarmbänder anlegen kann."

Schon zückte der riesige Kerl die Kabelbinder aus seiner Hosentasche und fesselte Simba mit einem kräftigen Zug. Der war noch zu sehr vom Überraschungsangriff eingenommen und setzte sich nicht zur Wehr. Während Sven die Waffe weiter auf ihn gerichtet ließ, ging Henri zum verdutzt dastehenden Chris und legte auch ihm den Kabelbinder an. Danach schritt Sven zu einem Sessel, der neben Yusufs Bett stand, und verlagerte die Ausrichtung der Pistole auf Yusuf.

„So, Jungs", erklang wieder Svens herablassende Stimme. Sein Gesicht leuchtete geradezu vor Vergnügen, und die von Zufriedenheit durchzogene Verachtung verzog seine Mundwinkel. „Jetzt dürft ihr euch schön auf diese Stühle setzen."

Henri holte zwei weiße Klappstühle, die an der Wand lehnten, und stellte sie in einem Abstand von etwa drei Metern von Sven entfernt mitten in den Raum. Chris' Körper fühlte sich taub an. Selbst wenn er gewollt hätte, wäre er nicht imstande, sich vom Fleck zu bewegen. Wie hatten sie das nicht bedenken können? Er war so fassungslos, dass er nicht einmal Angst empfand. Sven wurde ungeduldig und forderte in einem härteren Ton: „Setzt eure schwarzen Ärsche auf die Stühle, sonst schieße ich eurem Freund in seinen hübschen Luftballon."

Chris folgte widerwillig. Wie hatte er nur so dumm sein können? Sie hatten doch gewusst, dass dieser Kerl ein berechnender Hurensohn war. Selbst wenn nicht er höchstpersönlich hier gewesen wäre, hätte er Yusuf natürlich niemals unbewacht gelassen. Wie naiv waren sie denn, bitte? Und jetzt saßen sie fest in diesem Schlamassel, unbewaffnet und gefesselt. Scheiße, scheiße, scheiße!

Sven verlagerte die Pistole in seine linke Hand und ging auf die Freunde zu. Mit leicht schief gelegtem Kopf besah er sie aufmerksam, ehe er zu Chris kam und ihm das Handy aus der Hosentasche zog. Chris fluchte innerlich, während sich Svens Mund wieder zu einer Grimasse verzog und er Henri anwies, Simbas Handy zu nehmen. Es kam Chris vor, als würde der Zorn seines Freundes ihm durch alle Poren kommen, so sehr spürte er dessen Energie aufwallen. Wenn sie nichts aufzeichnen konnten, war es völlig egal, was gleich passierte. Es war vorbei. Sie hatten nichts gegen Sven Schmidt in der Hand. Auch das Messer, das Simba in seiner linken Hosentasche hatte, wurde einkassiert. Henri händigte es zusammen mit Simbas Handy an seinen Boss aus, der sich beide Geräte genauer ansah.

„Oh, ihr habt ein Video laufen, na so was", höhnte Sven. „Schön, dass ihr so mitdenkt und mir die Arbeit abnehmen möchtet. Wirklich nett von euch." Sven schaltete die Aufnahmefunktion aus und löschte alles, bevor er die Handys mit verächtlichem Lächeln auf den kleinen Beistelltisch neben dem Sessel legte. „Bevor wir zu eurem Geständnis kommen, gibt es erst noch ein paar Schläge auf den Hinterkopf. Die erhöhen bekanntlich ja das Denkvermögen."

Sofort spürte Chris den dumpfen Schlag und schloss schmerzverzerrt die Augen. Neben ihm brüllte Simba „Motherfucker!", während wieder Svens ausgiebiges Lachen erklang. Chris musste mehrmals blinzeln, ehe er wieder klarsehen konnte. Sein Kopf dröhnte, und es dauerte eine Weile, bis er Sven in seinem Sessel wieder fokussieren konnte.

„Ich habe von Anfang an gewusst, dass ihr hier auftauchen würdet. Für deine Zuckerschnecke würdest du alles tun, und sie hatte solche Angst um ihren Bruder. Ich wusste, dass ihr den Köder schluckt."

Mit jedem weiteren Wort stieg in Chris die Abscheu hoch.

„Was willst du, du Arschloch? Warum hast du es auf uns abgesehen?"

„Alle reden davon, die Flüchtlingsströme aus Afrika zu beenden. Aber die Schleuser sind daran schuld, dass ihr Neger unser Land überschwemmt. Ich denke da viel weiter als Pegida, Orban oder die AfD. Um so Gestalten wie euch zu stoppen, müssen wir den Schleusern an die Eier, sprich, an deren Geld. Dann werben die keine neuen Flüchtlinge mehr an, können sich keine Schlauchboote oder Lastwagen mehr kaufen. Ohne Schleuser keine Flüchtlinge." Er lehnte den Kopf gegen die Lehne des Sessels. Sein Grinsen wurde noch breiter, der Ausdruck in seinen Augen wirkte wahnsinnig.

„Wisst ihr, ich habe früher für den BND gearbeitet und habe immer noch gute Beziehungen dahin. Als ich erfuhr, wie die Schleuser sich finanzieren, habe ich meine Bestimmung erkannt. Alles hat sich auf einmal zusammengefügt. Ich werde der Kämpfer gegen die muslimische Bedrohung. Ich werde der Prinz Eugen des Abendlandes." Mit einem selbstgefälligen Grinsen ließ Sven die Pistole in seiner Hand durch die Luft kreisen. „Ich erhielt den Kontakt zu Selowane aus dem Pegida-Forum im Darknet. Und dieser Selowane war für fünfzigtausend bereit, alles in die Luft zu sprengen. So einfach. Was für ein Schnäppchen, habe ich mir gedacht. Aber wie bezahlt man so einen Selowane, der sonst in Botswana Diamantenminen sprengt? Tja, ich habe das Geschäft der Ghalibs beobachtet. Den als Restaurant getarnten Geldhandel. Und was hätte da praktischer sein können, als eure eigenen Strukturen für die Bezahlung und meine höheren Zwecke zu nutzen. Ihr seid schon echt bekloppt! Am Anfang hat alles planmäßig funktioniert. Ich habe euer Solarkraftwerk und mehrere Milliarden in die Luft gejagt. Und weißt du, was das Allerbeste daran ist?"

Sven lehnte sich vor, stützte die Ellbogen auf den Knien ab und legte den Kopf leicht schräg. „Mich hat es gar nichts gekostet. Unser schönes Deutschland hat das alles bezahlt. Euer ganzes Drecksgeld ist in Flammen aufgegangen. Das Solarkraftwerk ist in die Luft geflogen. Das Investment der Schleuser war weg. Aber ich wollte ja auch die Drahtzieher, die Banker, die das System schmieren, in die Luft sprengen. Der Scheich im Krankenhaus musste also sterben. Da habe ich noch mal fünfzigtausend eingesetzt. Nur leider hat der Teil dann nicht geklappt. Dieser Major hat Selowane zu früh erschossen. Wie schade. Meine Anzahlung von fünfundzwanzigtausend war weg. Und dann hat auch noch dieser Ray Klein hier alle Behörden verrückt gemacht und mir die Bullen mit der Razzia auf den Hals gehetzt. Aber wie man sieht, bringt ein Arsch voll Geld allein einen auch nicht weiter."

„Du bist wahnsinnig", stellte Chris fest. Doch er kassierte nur ein weiteres unbeeindrucktes, durchdringendes Lachen.

„Es war schon immer das Schicksal wahrlich großer Köpfe, dass andere sie für wahnsinnig hielten. Mir ging es nicht um kleine, nichtsnutzige Aktionen gegen Ausländer. Ich war beim Bund, und ich wollte auch zum BND, um gegen die Schleuserschweine vorzugehen. Aber die lassen sich alle von Politik und Diplomatie und diesem ganzen Blödsinn ausbremsen. Und ich bin auch kein Terrorist. Ich wollte eine große Tat begehen, nicht einfach Ausländer niederballern wie Böhnhardt und Mundlos. Die Lösung besteht darin, die Flüchtlingsrouten zu bekämpfen, die Finanzierung zu bekämpfen. Nenn es Wahnsinn, wenn du willst, aber diese Art von Weitsicht erfordert weitaus mehr, als dein Spatzenhirn begreifen kann."

Chris schnaubte: „Gratuliere. Du hast mit deiner Weitsicht ein paar Milliarden in die Luft gesprengt. Dir ist aber schon klar, dass das für die Kerle, hinter denen du her bist, nichts weiter als Peanuts sind? Du magst einen oder auch ein paar davon ermorden lassen. Trotzdem wirst du nie etwas dagegen ausrichten können, dass das Geld fließt, wie es fließt. Und Deutschland wird immer ein Land der Zuwanderer bleiben. Es ist total egal, was du weitsichtiger Held dagegen unternehmen willst."

Svens selbstzufriedenes Grinsen vertiefte sich noch weiter. Eigentlich hatte er ein Geständnis von diesem Chris erzwingen wollen. Aber während der sein sinnloses Geschwafel vom Stapel ließ, realisierte Sven, dass er gar kein Geständnis brauchte. Der Typ war ihm mit seinem Elefanten von Islamistenfreund freiwillig in die Arme gelaufen. Und da sie sowieso international gesucht wurden, brauchte er sie nur der Polizei ausliefern. So einfach konnte es manchmal sein.

„Die natürlichen Worte eines Scheißausländers. Zu mehr als solchen pseudoschlauen Sprüchen bist du nicht fähig. Meine Visionen sind nichts für verkohlte Köpfe wie deinen. Aber keine Sorge, ich werde dafür sorgen, dass du in deiner Zelle immer druckfrisch von meinen Heldentaten erfährst." Mit diesen Worten zog Sven mit seiner freien Hand sein Handy aus der Hosentasche, tippte kurz etwas ein und nahm es ans Ohr. „Überfall in der Kölner Landstraße, wir brauchen Hilfe!"

„Warum dauert das nur so lange?", murmelte Zola beunruhigt. Irgendwas stimmte nicht. Es mochte ja sinnvoll sein, dass sie draußen geblieben war, aber es brachte sie gerade um den Verstand. Sie musste etwas tun. Sie wusste zwar noch nicht, was genau, aber sie würde nicht tatenlos herumsitzen. Mit einem Ruck öffnete Zola die Autotür und stieg aus. Sie schaute sich aufmerksam in alle Richtungen um, konnte aber keine Menschenseele erkennen. Gut. Sie lief auf die andere Straßenseite und näherte sich vorsichtig dem Haus. Von vorne war alles unauffällig, sie ging zum Gartentor. Zu ihrem Erstaunen war es unverschlossen. Sie trat hindurch und schlich an der Hauswand entlang. Als sie um die Ecke lugte, konnte sie ein Geländer erkennen, an dem es nach unten gehen musste. Zola ging darauf zu und sah tatsächlich eine Treppe, die zu einer grauen Metalltür führte. Es war dunkel, aber sie stieg trotzdem vorsichtig hinab. Der Türgriff war rund und ließ sich nicht drehen, es sah aus, als könnte die Tür nur von innen geöffnet werden. Zola ging wieder hoch und zum anderen Ende vom Haus, wo Mülltonnen standen und eine Mauer war. Von hier aus kam man nicht um das Haus herum, also kehrte sie über den gleichen Weg zurück, wie sie gekommen war. Gerade, als Zola wieder auf die Straße trat, sah sie das Blaulicht eines Polizeiwagens. Zolas Herz machte einen heftigen Satz, und sie sprang wieder hinter die Hausecke. Mit zitternden Händen nestelte sie an ihrer Jackentasche auf der Suche nach ihrem Handy und wählte Chris' Nummer. „Komm schon, geh dran!"

Doch nur die Mailbox ging an. Zola fluchte und spähte um die Ecke. Es war immer noch der eine Wagen, und er stand ganz am Ende der Straße bei der Kreuzung in leichter Schräglage halb auf der Straße. Wartete er auf Verstärkung? Sollte er die Straße blockieren? Wie dem auch sei, Zola musste Chris und Simba warnen, und sie mussten ihren Bruder retten. Der Gedankentornado legte sich so plötzlich, als hätte man einen Schalter gedrückt. Zola trat zurück auf die Straße und bewegte sich schnell auf den Eingang der Kneipe zu, durch den sie Chris und Simba vorhin hatte gehen sehen. Sie drückte die Tür auf und huschte hinein. Dann sah sie sich in dem vermieften Schankraum um. Wo konnten Chris und Simba sein? Zola hatte sie nicht wieder rauskommen sehen, sie mussten also weitergegangen sein. Am anderen Ende des Raums zeigte ein Schild den Weg zu den Toiletten, und da sie keine anderen Türen oder Treppenaufgänge sah, ging sie zielstrebig darauf zu. Als hinter ihr ein „He, was machst du da?" ertönte, konnte sie schon um die Ecke schauen und sah eine Treppe nach unten. Sie ignorierte das zweite „He!", stürmte die Stufen hinunter und durch eine Holztür. Von dort erkannte sie eine weitere, offenstehende Tür und hörte eine männliche Stimme. Da mussten sie sein! Zola rannte hindurch. Und prallte gegen etwas, das sich wie eine Wand anfühlte. Benommen taumelte sie zurück, wurde aber hart gepackt und fand sich in einem stählernen Griff wieder. Sie wartete nicht ab, bis sie sich orientieren konnte, sondern schrie einfach los: „Polizei! Draußen ist die Polizei!"

Chris war geschockt. Zola durfte nicht hier, nicht in solcher Gefahr sein! Als sie von Henri gepackt wurde, sprang er wie ferngesteuert auf die Beine und wollte zu ihr stürmen. Von Adrenalin angeheizt, sprengte Chris mit Explosionskraft zeitgleich mit Simba den Verschluss des Kabelbinders. Sven lachte nicht mehr. Er war aufgestanden und deutete mit seiner Pistole auf Chris und Simba: „Setzt euch wieder. Keinen Schritt weiter. Sonst schieße ich dem kleinen Messerschlitzer ein Loch in den Kopf."

Chris bewegte sich nicht weiter, weil er dem Mistkerl zutraute, den Abzug zu drücken. Auch Simba rührte sich nicht. Doch die Polizei war auf dem Vormarsch, und ihnen lief die Zeit davon. Außerdem war Zola jetzt auch in diesem Kellerloch.

„Was machst du, nachdem du Yusuf in den Kopf geschossen hast? Schießt du auf den kleinen Schwächling oder auf den kampferprobten Islamisten, hm? Auf wen hast du den größten Hass?" Svens dunkle Augen wurden schmal und durchbohrten Chris mit Abscheu. Doch er ließ sich davon nicht irritieren.

„Du musst dich entscheiden, Sven. Wen erschießt du als Erstes? Den wilden Islamisten? Oder den Einwanderer, der sich in Deutschland integriert und einem braven Deutschen den Arbeitsplatz weggenommen hat? Wähle weise. Du musst dich nämlich jetzt entscheiden. Es gibt immer nur zwei Möglichkeiten: leben oder sterben."

Der dreckige Scheißneger wollte ihn provozieren. Aber er hatte nicht unrecht, Sven konnte sie nicht gleichzeitig abknallen. Wer war der Gefährlichste von den dreien? Er musste nicht lange nachdenken, es war definitiv der riesige Islamist. Im selben Sekundenbruchteil, wie seine Entscheidung gefallen war, drehte Sven sich mit einem Ruck herum. Er richtete seine Waffe auf Simba und drückte ab. Ein ohrenbetäubender Knall zerriss die Luft, gefolgt von Zolas schrillem Schrei. Doch Simba war abgetaucht. In einer einzigen, fließenden Bewegung machte er in geduckter Haltung einen riesigen Satz auf Henri zu. Kaum war er vor ihm gelandet, richtete er sich pfeilschnell auf und traf Henri mit seinem Kopf unter dem Kinn. Simbas harter Schädel traf den jungen Burschen völlig unvorbereitet und beförderte ihn in hohem Bogen nach hinten. Er ließ Zola los und fiel mit ausgebreiteten Armen flach auf den Rücken. Zola taumelte, fing sich aber noch, bevor Simba sich schützend vor sie stellte. Unterdessen konnte Chris Sven die Waffe aus der Hand schlagen. Svens Augen schwenkten zurück zu Chris. Ohne nachzudenken, hechtete Chris zur Waffe. Sven sprang fast zeitgleich mit ihm in die Richtung, doch Chris bekam sie als Erster zu packen und wirbelte zu Sven herum, der nur zwei Schritte vor ihm stand. Mit ausgestrecktem Arm richtete er die Pistole auf ihn.

„Du hast keine Vorstellung davon, wie deine Visionen aussehen, sobald sie real werden. Du hast es nie selbst erlebt. Zerfetzte Körper, zur Unkenntlichkeit verbrannte Unschuldige. Oder die ausgemergelten Körper von Kindern, die hungern, weil ihre Väter tot sind. Welche Welt willst du damit erschaffen?"

Da wurde er nach hinten gerissen. Simba packte Chris am Arm und zischte ihn an: „Lass ihn! Das ist mein Job! Ich habe schon so viel Blut an meinen Fingern!"

„Nein!", wehrte Chris sich. „Wir müssen ihm die Schuld nachweisen! Wir sind unschuldig! An unseren Händen soll kein Blut kleben!" Er drehte sich wieder zu Sven und rief: „Du stellst dich der Polizei!"

Doch Sven lachte nur spöttisch. „Mach dich nicht lächerlich! Die Polizei kommt jeden Moment. Dann könnt ihr denen alles erzählen. Sie werden euch festnehmen und verurteilen. Und egal, was Ahmad aussagt, er wird seinen Sohn schützen und daher unglaubwürdig sein. Ihr seid am Arsch!"

Simba brüllte ihn an: „Listen here, you piece of shit. There is so much blood on my hands that one man more or less makes no more difference to me. So, you're going to do exactly what my friend tells you, or I'll come back. And then you're gonna be a dead Nazi. Did you get that, you little wanker?"

Ehe Sven reagieren konnte, wurden die drei von einem schweren, dumpfen Geräusch abgelenkt. Zola hatte den Moment genutzt und war zu dem Beistelltisch geschlichen, auf dem Chris' und Simbas Sachen lagen. Die Handys steckte sie schnell ein und zerschnitt mit dem Messer die Kabelbinder, mit denen Yusuf an das Bett gefesselt war. Zola zwang sich dazu, das Gesicht ihres Bruders nicht anzusehen. Er war bei Bewusstsein und versuchte sofort, sich aufzurichten. Doch als sie ihm den Arm um den Körper legte und mit ihm gemeinsam aufstehen wollte, sackte sein gesamtes Gewicht auf sie. Zola konnte ihn nicht halten und knickte mit Yusuf weg. „Wir müssen weg, Simba! Den Kerl kriegen wir noch!"

Aber Simba konnte es nicht lassen. Während Chris zu Zola rannte und Yusuf von der anderen Seite unter die Arme griff, trat er Sven in den Weg. Dann schlug Simba ihm mit seiner linken Faust mit voller Wucht in den Magen und fast gleichzeitig mit seiner rechten mitten ins Gesicht. Sven sank bewusstlos zu Boden. Ohne ihn eines weiteren Blickes zu würdigen, lief Simba auf seine Freunde zu, packte sich Yusuf und warf ihn sich über die Schulter.

„Es muss hier noch eine Tür geben, die nach draußen führt!", sagte Zola atemlos. Sie lief als Erste aus dem Kellerraum und sah sich hektisch um. Tatsächlich entdeckte sie am Ende vom Gang eine Metalltür in derselben grauen Farbe, wie die, die sie von draußen schon gesehen hatte. Sie rannte darauf zu und schickte ein Stoßgebet gen Himmel, dass sie mit ihrer Vermutung richtiglag. Als die Klinke sich runterdrücken ließ und die Tür sich schwer, aber doch in Bewegung setzte, jubelte sie vor ungeheurer Erleichterung auf.

Sie stürmten die Treppe hoch ins Freie. Zola wollte sie in Richtung Gartentor lotsen, doch Simba rannte in die andere Richtung. „Kommt hier her!", befahl er und setzte Yusuf ab, der sich gegen eine der Mülltonnen lehnte. „Schnell, macht schon!"

Mit den Händen formte Simba eine Räuberleiter. Chris half Yusuf, auf die entstandene Fläche und auf die Tonnen zu treten, ehe er ihm folgte und über die Mauer half. Da wurde Zola schon von Simba regelrecht über die Mauer geworfen. Er kletterte als Letzter hoch, und gemeinsam sprangen sie über die Mauer auf das Nachbargrundstück. Simba packte sich den schwer schnaufenden Yusuf wieder über die Schulter, und die Gruppe lief in entgegengesetzter Richtung von der Straße um die Häuser herum zum Auto. Chris riss die hintere Tür auf, damit Simba Yusuf auf dem Sitz ablegen konnte, und sprang auf den Beifahrersitz, während Zola hinter dem Steuer Platz nahm und den Motor aufdrehte, noch bevor Simba die Tür hinter sich geschlossen hatte.

„Oh mein Gott, wir haben es geschafft!", entfuhr es Zola zwei Kreuzungen später. „Wir sind geflohen! Wir sind vor der Polizei abgehauen!" Ihre Hände zitterten.

„Ich muss schon sagen, Zola, du bist ja eine richtige Räuberbraut geworden!", lachte Simba. „Das ist ja hier besser als Bonnie und Clyde!"

„Du warst absolut unglaublich!", stimmte Chris ein.

„Du warst auch ganz und gar nicht übel, mein Freund!", meinte Simba. „Der Kabelbinder hatte diesmal keine Chance gegen dich! Sehr gut gemacht!"

Bei den Ghalibs angekommen, versorgten Zola und ihre Mutter erst mal Yusufs Wunden. In der Zwischenzeit mussten Chris und Simba Ahmad Ghalib in allen Details von der Rettungsaktion seines Sohnes erzählen. Dessen Gesicht war von Klammerpflastern übersät, doch er ertrug alles stoisch. „Keiner verlässt erst mal das Haus", entschied Ahmad dann.

Kapitel 51 – Samstag, 26. März 2022

Am nächsten Tag saßen Zola, Chris und Simba mit Ray am Küchentisch in der Gästewohnung der Ghalibs. Chris hatte ihn am Morgen angerufen und die Ereignisse der letzten Tage grob umrissen. Es war ihm zu unsicher gewesen, am Telefon mehr zu sagen, und Ray konnte es vor lauter Ungläubigkeit kaum erwarten, Chris wiederzusehen. Die Männer umarmten sich, und dann erzählte das junge Trio Ray alles im Detail. Zwischendurch sah er zu seinem Schützling und musste lächeln. Ray hatte vom ersten Moment an gewusst, welches Potenzial in Chris steckte und dass seine Zielstrebigkeit die Unsicherheiten ausstechen würde. Dass er in kürzester Zeit solchen Widrigkeiten hatte trotzen müssen, hatte einen wahren Quantensprung in seinem Wachstum verursacht. Der Mann, der jetzt neben Ray saß, strahlte Kraft und Entschlossenheit aus und war bereit, es mit der ganzen Welt aufzunehmen. Ray sah keine Spur von den alten Ängsten, die Chris vor Monaten bei der Vorstellung der Projektübernahme überwältigt hatten. Am Ende ihres Berichts legte er ihm daher die Hand auf die Schulter und sagte voller Anerkennung: „Unglaublich, was ihr da geschafft habt."

Chris lächelte zwar, protestierte aber enttäuscht: „Wir sind in Deutschland und konnten Yusuf befreien, das schon. Und wir wissen, dass Sven hinter dem ganzen Chaos steckt. Aber ohne Beweise bringt uns das wenig. Wenn wir doch bloß sein Geständnis als Video hätten!"

„Aber es muss doch etwas geben, das wir tun können!", warf Zola verärgert ein.

„Lasst uns Svens Worte noch mal genauer durchgehen", schlug Ray vor. „Jedes Detail zählt."

Chris nahm nickend Luft und wiederholte die Worte ihres Widersachers Stück für Stück. Zola sah konzentriert in die Ferne, als sie über etwas stolperte und sie wie eine Sprungfeder hochschnellte. Die Männer schauten sie gebannt an, während Zola einen Moment brauchte, um den Geistesblitz in Worte zu fassen.

„Der prahlt ja richtig mit seiner Zeit beim BND und hat angeblich noch immer Kontakte dort", sagte sie langsam und blickte zu Ray. „War diese Frau, die wir am Flughafen getroffen haben, nicht die BND-Beamtin, mit der du dich getroffen hattest? Und die auf einmal so gar nichts für euch tun wollte?" Zola konnte förmlich sehen, wie die Zahnräder in Rays Kopf wild zu rattern begannen. Ihr Puls beschleunigte sich, und sie schaute zu Chris. „Das ist doch kein Zufall, oder?"

„Ich glaube hier gar nicht mehr an Zufälle", erwiderte er nüchtern und setzte an Ray gewandt hinterher: „Was ist, wenn dieser Sven und die Frau Seidel unter einer Decke stecken?"

Ray hatte die Arme vor der Brust verschränkt und verzog nachdenklich die Lippen, ehe er mit einem Nicken ergänzte: „Ja, sie hatte mir jedenfalls offenbart, dass sie unsere Fondsinvestoren kennen würde und dass diese Geld aus Drogenverkauf und Menschenhandel bei uns investiert hätten. Wenn sie diese Vermutung diesem Sven weitererzählt hätte und der sich dann zum Kämpfer gegen die Schleuser aufspielt ... es würde passen."

In Zola stieg die Aufregung hoch. „Ja, genau, und die Frau Seidel hat dafür gesorgt, dass Sven so schnell wieder aus der Untersuchungshaft entlassen wurde. Und dass die Razzia zu nichts geführt hat und man meine Familie stattdessen zum Ziel hatte! Es hieß doch, die Beweise kamen von hoher Instanz."

„Aber woher wissen wir, dass unsere Vermutung stimmt?", fragte Ray.

Doch seine vorsichtigen Worte konnten Zolas Enthusiasmus nicht mehr bremsen. „Wir könnten Marie Seidel anrufen und sie fragen."

Die Männer lachten auf, und Simba klopfte sich auf die Schenkel. „Grandios! Netter Versuch, Zola!"

„Was haben wir denn sonst noch an Möglichkeiten, hm? Außerdem könnte es doch gut sein, dass sie einlenkt, wenn man sie auf frischer Tat ertappt. Sie hat viel zu verlieren", trotzte sie mit empört geschürzten Lippen.

Doch Chris schüttelte den Kopf. „Im schlimmsten Fall wecken wir damit schlafende Hunde und verschaffen Sven einen Vorteil.

Wenn die Vermutung sich bewahrheitet, würde Marie Seidel ihm von unserem Anruf erzählen. Dadurch hätte er einen Vorsprung, und ihre Deckung sowieso. Also, guter Vorschlag, nächster Vorschlag."

„Aber wir können die Chance doch nicht ungenutzt lassen", warf Zola ein.

„Das sehe ich auch so. Wir müssen jedem Hinweis folgen, der sich uns bietet. Ich rufe Isabelle an", entschied Ray und griff zu seinem Handy. „Vielleicht kann sie uns helfen."

Er erreichte sie zwar, doch ehe er von ihrer Vermutung berichten konnte, unterbrach Isabelle ihn mit weiteren schlechten Nachrichten: „Ich habe seit Schmidts Freilassung mein Möglichstes getan, die Ermittlungen gegen Familie Ghalib zu bremsen. Das hat bisher auch gut geklappt, weil die größtenteils ergebnislose Razzia gegen seine Kameradschaft der ideale Grund ist, die neuen Hinweise gründlich auszuwerten, bevor die nächsten Schritte eingeleitet werden. Aber ich bin gestern nicht mehr drum herumgekommen, ein Schreiben an Ahmad Ghalib mit einer Vorladung zu verschicken. Er muss bei der Polizei wegen seiner Rolle im Hawala-Netzwerk aussagen." Die Männer sogen wie aus einer Lunge scharf die Luft ein. „Unabhängig davon, ob er aussagen wird oder nicht, wird man ihn wegen Verdunklungs- und Fluchtgefahr in Untersuchungshaft festhalten können. Je nachdem, wie er sich verhält und was den uns vorliegenden Ermittlungserkenntnissen noch entnommen wird, kann ich das aber vielleicht noch hinauszögern. Denn bis ein Gerichtsverfahren überhaupt stattfindet, wird mindestens ein Jahr vergehen, vor allem mit dem Corona-Rückstau. Und gerade deswegen will sich momentan niemand unnötig Arbeit machen."

„Aber wir wissen jetzt, dass Sven Schmidt wirklich hinter dem Attentat steckt", insistierte Ray und fasste in knappen Worten die neuen Erkenntnisse zusammen.

„Und das hat Sven euch alles persönlich erzählt?", hörten alle Isabelle über Lautsprecher verblüfft fragen. „Unglaublich! Aber könnt ihr das auch beweisen? Ich kann gegen den BND nicht ohne Beweise vorgehen. Aber wenn ihr beweisen könnt, dass Marie Seidel und Sven Schmidt sich kennen und dass sie vielleicht Geheimnisse an ihn verraten hat, wären wir einen entscheidenden Schritt weiter. Wenn wir sie überführen, wird die Fahndung von Chris sicherlich fallengelassen."

Ein wenig zerknirscht bedankte sich Ray bei Isabelle und beendete das Telefonat. Chris sprach als Erster wieder und überlegte laut: „Also gut. Wir brauchen einen Beweis, dass Sven und Marie sich kennen. Lasst uns alles zusammentragen, was wir von beiden wissen." Nach einer kurzen Pause, in der er seine Gedanken sortierte, fuhr er fort. „Wenn sie tatsächlich unter einer Decke stecken, müssen sie sich regelmäßig getroffen haben. Sie ist wahrscheinlich von Berlin nach Düsseldorf gekommen. Und sie wird nicht ins Kameradschaftsheim gegangen sein, das hätte auffallen können. Also werden sie sich in einem Hotel oder Restaurant getroffen haben."

„Sie isst gerne Chinesisch, hatte sie uns doch erzählt. Vielleicht ein chinesisches Restaurant?", mutmaßte Ray.

Während Simba mit einem ungläubigen Kopfschütteln laut lachte und Zola mit einem tiefen Stirnrunzeln zu Ray sah, griff Chris den Gedanken voller Eifer auf. „Ja, beim Treffen im Palast! Ich erinnere mich!" Sein Blick traf Rays, und in diesem Moment ging Chris ein Licht auf. „Ray, war nicht auf der Eröffnungsfeier diese chinesische Investorin mit ihrem Mann? Sie hat mir erzählt, sie würden alle chinesischen Restaurants in Düsseldorf kennen."

Ray verstand, worauf er hinauswollte. „Du meinst Shixin Wang. Ja, sie hat exzellente Kontakte und hat mal in Düsseldorf gelebt."

„Vielleicht ist mein Gedanke jetzt völlig abwegig, aber vielleicht kann uns Shixin Wang helfen."

„Ein kleiner Strohhalm, aber ich rufe sie an. Vielleicht weiß sie wirklich etwas. Der Zufall ist ein Eichhörnchen", sagte Ray und nahm sein Handy wieder vom Tisch, um die eingespeicherte Nummer zu wählen.

Tatsächlich nahm die Chinesin schon nach kurzem Klingeln ab. Ihre Stimme klang freudig, als Ray an sich erinnerte, und sie fragte umgehend nach Chris. Als er ihr versicherte, dass dieser gesund und in Deutschland sei, wirkte ihre Freude unverstellt. Dann sprach Ray über den Grund seines Anrufs, äußerte ihren Verdacht und fragte

Shixin Wang, ob es Aufzeichnungen aus den chinesischen Restaurants in Düsseldorf gäbe. Die Bestätigung kam mit einem leisen, munteren Lachen, und da Ray das Gespräch wieder auf Lautsprecher gestellt hatte, ging ein hoffnungsvoller Ruck durch die ganze Gruppe am Tisch.

„Ich muss schon sagen, Herr Klein, mich wundert, dass Sie sich jetzt erst melden." Vor Verwunderung legte sich Rays Stirn in Falten, doch ehe er nachhaken konnte, sprach Shixin Wang schon weiter: „In der Tat gäbe es da möglicherweise eine Option, wie ich Ihnen helfen könnte. Das sollten wir aber persönlich besprechen. Und die Informationen haben ihren Preis", deutete die Chinesin freundlich an.

„Die Fabrik für Antibabypillen, richtig?", erinnerte Ray sich an das Gespräch vor vier Wochen in Somaliland.

„Ja. Nicht nur der Bau, sondern auch die Lizenz für die Produktion."

Chris sah das kurze abwägende Aufflackern im Blick seines Vorgesetzten, ehe er nickend einwilligte. „Ich werde dafür sorgen, dass Sie beides bekommen."

„Noch dazu würden wir Sie auch wirklich gerne beim Wiederaufbau Ihres Solarturmkraftwerks unterstützen", brachte Shixin Wang wieder den Punkt zur Sprache, den sie bereits vor Wochen in den Raum gestellt hatte.

„Ich erinnere mich an Ihre Forderung", erwiderte Ray knapp. Er schlug vor, dass sie sich am Dienstag in Hargeisa treffen – Shixin Wang willigte ein. Sie verabschiedeten sich, und als Ray den Hörer auflegte, gab Simba ihm über den Tisch hinweg ein schallendes High Five.

Trotz der vielversprechenden Andeutung ermahnte Chris seine Freunde dazu, Ruhe zu bewahren. „Noch wissen wir nicht, was genau Shixin Wang meint und wie uns das helfen könnte. Außerdem sind ihre Forderungen nicht ohne, und Fatima Ali Tur hat zu entscheiden."

„Du hast recht, Chris, aber wir haben wieder eine Suchrichtung", beruhigte ihn Ray zuversichtlich. „Die Chinesen sind zwar ausgefuchst, aber auch da bin ich guter Dinge, dass sich eine brauchbare Option findet." Dafür beschäftigte ihn noch ein anderer, unmittelbarer Umstand. „Am Montag geht der nächste Flug. Bis zu meiner Rückkehr müsst ihr euch in Sicherheit bringen. Die Wohnung der Ghalibs ist zu gefährlich. Hier könnte jederzeit eine Razzia stattfinden. Außerdem kennt Sven Schmidt das Haus und könnte hier wieder mit seinen Schlägern auftauchen. Ich habe mehrere Wohnungen, die meine Hausverwaltung über Airbnb möbliert vermietet." Er schaute in seine App, die ihm immer die Leerstände anzeigte. „In der Pfalzstraße in Pempelfort könnt ihr unterkommen. Da stehen zwei Wohnungen leer."

„Danke, Ray", sagte Chris aufrichtig, worauf Ray ihm lächelnd auf die Schulter klopfte.

„Ich kann euch direkt hinfahren."

„Ahmad soll von der Polizei abgeholt werden, und Yusuf muss damit rechnen, von Sven und seinen Leuten überfallen zu werden", überlegte Chris mit einem Blick zu Zola. Ray sah fragend zu ihr, aber sie schüttelte vehement den Kopf.

„Meine Eltern wollen immer noch nicht gegen Sven aussagen. Sie haben Angst vor den Nazis und Angst davor, in terroristische Angelegenheiten verstrickt zu werden. Der Schaden ist jetzt schon groß genug, und das Restaurant werden sie auch nicht einfach sich selbst überlassen. Aber Isabelle meinte, die Gerichtsverhandlung ist frühestens nächstes Jahr. Bis dahin hat sich der ganze Spuk hoffentlich schon geklärt. Ich wäre aber, ehrlich gesagt, dankbar für etwas Abstand. Yusuf nehmen wir mit. Ich werde ihn weiterhin pflegen", beschloss Zola.

Kapitel 52 – Montag, 28. März 2022

Am Montag flog Ray nach Hargeisa, um sich mit Shixin Wang zu treffen. Doch vor dem Treffen musste er wissen, ob Fatima bereit war, auf die Forderungen der Chinesin einzugehen. Würde sie ihn unterstützen? Er wusste, wie sein Schützling und dessen tapfere Freundin Fatima ans Herz gewachsen waren. Und auch so würde ihr ausgeprägter Gerechtigkeitssinn es nicht zulassen, dass Chris unrechtmäßig verfolgt und die jungen Liebenden auseinandergerissen würden. Trotzdem stand ungeheuerlich viel auf dem Spiel, für sie alle. Es würden also keine leichten Entscheidungen werden. In Hargeisa wurde er von einem Fahrer in Empfang genommen und mit der Limousine zum Präsidentenpalast gebracht. Unterwegs betrachtete Ray aufmerksam die Straßen und Menschen durch die Autofenster, und seine Stimmung trübte sich. Die Explosion war nun schon fünf Wochen her. Doch die Auswirkungen hatten die Hauptstadt Somalilands beinahe in den Zustand zurückgeworfen, in der Ray sie vor vielen Jahren zum ersten Mal erlebt hatte. In den Straßen gab es immer noch keinen Strom. Vielerorts waren wieder die stinkenden Dieselaggregate zu sehen, die die Menschen notgedrungen hervorgeholt hatten. Von seinem Fahrer erfuhr Ray, dass die meisten Leute kein fließend Wasser hatten. Während der Fahrt dachte er an das Gespräch mit der Chinesin am nächsten Tag und ihr Angebot, Ray Capital beim Wiederaufbau des Solarkraftwerks zu unterstützten. Bei dem sich ihm bietenden Anblick war deutlicher denn je, dass er einen Weg finden musste, die Hilfe der Chinesen anzunehmen. Ray war sich sicher, dass Fatima ähnlich fühlen würde. Aber wie sollte sie den Ältestenrat umstimmen?

Bei seiner Ankunft im Palast wurde Ray zu Fatimas Büro geführt. Sie beendete gerade ein Telefonat und bedankte sich mit einem stummen Nicken, während der Angestellte sich zurückzog und die Türen hinter sich schloss.

„Das war Ben Abdul, der Hafenchef", erklärte Fatima, nachdem sie Ray die Arme um die Schultern gelegt und er sie fest an sich gedrückt hatte. „Die Logistik war schon den ganzen Monat über im Grunde kaum existent. Jetzt ist sie komplett zum Erliegen gekommen."

Ray legte eine Hand an ihren Hinterkopf und küsste sie sanft auf die Stirn. Mit einem Mal überzog ein freudiges Strahlen Fatimas Gesicht und der Blick ihrer dunklen Augen wurde weich. „Ich bürde dir nur ungern noch mehr Sorgen auf", sagte Ray widerstrebend. „Aber darin liegt womöglich auch der Schlüssel, wie wir alles wieder ins Lot bringen können."

„Du hast mir noch nie etwas aufgebürdet", versicherte sie ihm aufrichtig und bekräftigte ihre Worte mit einem innigen Kuss. Dann ergriff Fatima Rays Hand und führte ihn zu den bequemen Sesseln, die in Fensternähe standen. Während er ihr von den Erlebnissen in Düsseldorf erzählte, hörte sie aufmerksam und wortlos zu. Doch im Gesicht seiner Freundin war deutlich zu erkennen, dass sie sofort alle Optionen analysierte.

„Es ist unsere letzte Chance, Chris' Unschuld zu beweisen und diesen Sven ins Gefängnis zu bringen", schloss Ray seinen Bericht.

Fatima seufzte schwer auf und schüttelte gedankenvoll den Kopf. „Ray, ich kann die Forderungen der Chinesin nicht erfüllen. Somali Utility ist zu wichtig für unser Land. Wir können hier keine sechzig Prozent abgeben. Die dreißig Prozent an Somali Solar wären ja okay."

„Aber ich muss den Chinesen etwas für ihre Informationen geben. Chris muss entlastet werden. Und der Mörder von Rufus muss bestraft werden."

Bei der Erwähnung seines ermordeten Freundes stiegen in Ray kurz Wut und Kummer hoch, was Fatima nicht entging. Sie legte eine Hand auf seine und streichelte sie liebevoll. Nach einer kurzen Pause erzählte sie Ray, dass sie sofort nach seinem gestrigen Anruf und der Anmeldung seiner Reise mit Bashir Mohammed Egal, dem Vorsitzenden des Ältestenrats, gesprochen hatte. Ray wusste, dass er zu wöchentlichen Audienzen in den Palast kam.

„Seine Enkelkinder wollen wieder Eis und kalte Cola, hatte er von mir gefordert. ‚Ohne Strom kein Eis', sagte ich. Darauf meinte er, die Deutschen sollten den Strom wieder anstellen, weil wir auch wieder Wasser auf den Feldern bräuchten. Also erklärte ich ihm, dass die Deutschen dafür Geld bräuchten, was sie von den Chinesen bekommen könnten, die wiederum die Antibabypillenfabrik möchten." Fatima schnaubte kopfschüttelnd auf. „Der Älteste hat mehr als einmal tief ein- und ausatmen müssen. Das Rattern der verrosteten Zahnrädchen in seinem Kopf war unüberhörbar. Aber schließlich sagte er: ‚Wenn die Kinder wieder glücklich sind, sollen die Chinesen ihre Fabrik bekommen.'" Fatima schmunzelte triumphierend. „Und damit können wir doch etwas anfangen, oder? Mit der Zusage steht der Antibabypillenfabrik mitsamt Produktionslizenz, wie Wang es von dir wollte, nichts mehr im Weg."

Da Fatima noch einiges auf ihrer Agenda hatte, zog Ray sich in die für ihn reservierte Präsidentensuite zurück. Nachdem er geduscht und sich eingerichtet hatte, verbrachte er den restlichen Nachmittag mit Arbeit und der Planung ihres Gesprächs mit Shixin Wang. Ray war über seinem Laptop so in Gedanken versunken, dass er erst mitbekam, dass Fatima durch die geheime Tür eingetreten war, als sie ihm von hinten die Hand auf die Schulter legte. Er drehte den Kopf und blickte auf in ihr lächelndes Gesicht, während sie ihm ein paar seiner blonden Haarsträhnen aus der Stirn strich. Beim Aufstehen registrierte Ray, dass sie sich schon von den edlen Stofflagen befreit hatte, wie sie es gerne tat, und nur noch in knapper, dunkelroter Spitzenunterwäsche und offenen Haaren vor ihm stand.

„Ich will dich spüren, Liebster", forderte sie heiser.

Als sie später Arm in Arm im Bett lagen, überkamen Fatima melancholische Gedanken. Auch wenn sie versuchte, es vor Ray zu verbergen, war ihm die Veränderung ihres Gemüts beinahe im selben Moment aufgefallen, wie ihr selbst. Dafür kannten sie sich zu gut. Also streichelte er ihre Schulter und forderte sie sanft auf, mit ihm zu teilen, was sie betrübte. Sie strich ihm seufzend über die Brust. „Unser Lebenswerk scheint verloren", murmelte sie traurig.

„Nichts ist verloren, Fatima", widersprach Ray milde, aber entschieden. „Wir haben schon so vielen Widrigkeiten getrotzt und werden auch dieses Mal eine Lösung finden."

„Ach, Ray", hauchte sie und küsste ihn auf die Wange. Dann stützte sie sich auf dem Ellbogen ab, sah ihm in die Augen und fuhr ihm mit den Fingern über das Gesicht, durch die lockeren Strähnen seiner hellgoldenen Haare, über die mit zarten Sommersprossen gesprenkelte Brust. „In all den Jahren waren es immer dein unerschütterlicher Glaube und deine Worte, die mir die Kraft gegeben haben, weiterzumachen."

Ray strich ihr über ihre ungebändigte Mähne, die er vom ersten Moment an geliebt hatte. „Und du warst diejenige, die mir neue Kraft und neuen Mut geschenkt hat, Fatima", sagte er. „Ich hatte zwar Ziele, die ich verfolgte. Doch mir ging der Antrieb verloren."

„Ohne ein Ziel zu verfolgen, fühlt sich das Leben wie Zeitverschwendung an", sinnierte Fatima. „Bevor ich an der Macht war, habe ich oft darüber nachgedacht. Aber ich hatte immer ein klares Ziel vor Augen: Somaliland sollte sich weiterentwickeln, der Wohlstand für alle steigen, die Frauen nicht mehr verstümmelt werden, jeder Zugang zu frischem Wasser haben und das Land als souveräner Staat von der Weltgemeinschaft anerkannt werden."

Ray ließ sich von dem ihm so vertrauten, wiedererwachten Eifer in Fatimas Stimme mitreißen. „Ich sorge für meine Familie, meine Kinder. Ich bin glücklich, wenn ich weiß, dass es allen gut geht. Mein berufliches und persönliches Ziel ist und bleibt der Solarbelt. Die Menschheit muss umdenken und auf die Verbrennung der fossilen Energieträger verzichten. Die Erde soll auch für meine Kinder und deren Kinder, für Generationen nach uns ein lebenswerter Ort sein."

Sie vertieften sich in ihre Visionen und liebten sich ein weiteres Mal. Die Leidenschaft war ein ewiges Feuer zwischen ihnen, doch diesmal war der Sex weniger von Lust, sondern mehr von Hingabe geprägt. Sie liebkosten sich ausgiebig, so als würden sie ihren Körpern das gleiche Maß zugestehen, in Erinnerungen zu schwelgen, wie ihren Gedanken.

Als es schon längst dunkel war, lehnte Fatimas Kopf wieder an Rays Schulter und sie streichelte seine Brust. „Was hast du immer gesagt: ‚Think big or go home'", griff sie das Gesprächsthema wieder auf. „Und das habe ich getan. Ich habe alles aufgebaut. Mit deiner Hilfe."

„Wenn du nicht wärst, wie du bist, hätte dir keine Hilfe der Welt etwas genützt", wandte Ray mit tiefer Bewunderung in der Stimme ein. „Ein Staat benötigt Führungskräfte mit Visionen, Umsetzungswillen und Durchsetzungskraft. Solche Menschen sind rar. Aber du bist ein solcher Mensch, Fatima."

„Ich bin bloß Realistin", protestierte sie. „Ich habe die Clans in die Macht eingebunden, denn alle wollen mitmachen. Alle wollen einen Platz am Tisch und Mitspracherecht."

„Ja, und dieser Grundsatz wird deine Regierungszeit lange überdauern", bestätigte Ray mit einem Seufzen. Fatima wusste, dass er mit Deutschland und Europa haderte. „Demokratie ist ein super System, wenn nur große Ideen mal angegangen würden. Ideen, deren Realisierung länger als eine Legislaturperiode dauern. Wir benötigen einen Willen aller Demokratien, dass sie zusammenarbeiten, um die Welt zu einem angenehmen Ort zu machen, an dem alle Menschen in Freiheit und Wohlstand leben können."

„Erst mal kümmern wir uns darum, dass Chris in Freiheit leben kann", sagte Fatima mit einem kämpferischen Unterton in der Stimme. „Und dass Rufus' Mörder hinter Gitter kommt." Bei diesem Satz sah sie zu ihm auf, und ihre Hand blieb warm und kraftvoll über seinem Herzen liegen. „Und alles andere gehen wir Schritt für Schritt an, so, wie wir es immer tun."

Ray küsste sie lächelnd und legte den Arm fester um sie, während Fatima sich wohlig räkelte und gähnte. „Wir müssen morgen bei der Verhandlung mit Shixin schlau sein. Sie hat nicht nur das Schicksal von dir und Chris in der Hand. Sie weiß von uns und wird dieses Wissen, falls es ihr nutzt, ebenfalls einsetzen."

„Das werde ich nicht zulassen", versprach Ray und deckte sie beide mit der weichen Decke zu.

Kapitel 53 – Dienstag, 29. März 2022

Am nächsten Morgen kam Shixin Wang zum Gespräch in den Präsidentenpalast. Fatima und Ray empfingen sie freundlich in einem hellen, harmonisch eingerichteten Besprechungsraum. Dann eröffnete Ray die Verhandlungen: „Shixin, ich habe Sie immer für eine sehr einflussreiche Frau gehalten. Sie haben mich nicht enttäuscht. Trotzdem bin ich neugierig, von welcher möglichen Option Sie am Telefon sprachen."

„In China wird alles überwacht und aufgezeichnet", antwortete sie mit einem leisen Lächeln. Und dann erzählte Shixin, dass sie Marie Seidel bei ihrem zufälligen Zusammentreffen vor etwa einem Monat hier im Präsidentenpalast ganz bewusst gefragt hatte, ob sie die Webseite von Shanghou Electric besucht hatte. „Denn in dem Zeitraffervideo vom Bau des Solarkraftwerks verbirgt sich ein Trojaner. Da sie sich das Video angesehen hatte, war dieser automatisch auf ihrem Endgerät aktiv. Damit war es ziemlich einfach gewesen, die deutsche Agentin zu beschatten. Noch am Abend unseres Treffens hier im Palast rief sie einen gewissen Eugen an und er prahlte damit, dass er ihre Sache vorangebracht hätte. Wir haben direkt vermutet, dass dieser Eugen damit die Sprengung des Solarkraftwerks gemeint hat, und Nachforschungen angestellt. Später hat Marie Seidel sich mit ihm in Düsseldorf, im Restaurant Böser Chinese getroffen. Wir haben die Videoaufzeichnungen des Bösen Chinesen überprüft und festgestellt, dass sie sich dort über mehrere Jahre regelmäßig getroffen haben. Und dass es sich bei Eugen um Sven Schmidt handelt. Sie haben sogar am selben Tisch gesessen und dort alles besprochen. Wir haben nicht nur Videos, sondern auch mindestens zwei absolut verlässliche Zeugen, die die Treffen und Gesprächsinhalte zwischen Sven Schmidt und Marie Seidel bezeugen werden. Wir haben aber noch ältere Aufzeichnungen. Sehen Sie mal hier: Der BND hat Sven sogar den Kauf des Kameradschaftsheims bezahlt." Shixin Wang holte ein Tablet hervor und wählte ein Video aus einer längeren Liste aus. Sie sahen sich zusammen die Aufnahmen mit überzeugend gutem Ton an.

Fatima warf Ray einen vielsagenden Seitenblick zu, und er wusste sofort, was ihr durch den Kopf ging: Zum einen gab Wang ihnen gerade tatsächlich das fehlende Puzzleteil, mit dem sie Chris' Unschuld beweisen und Rufus' Mörder schnappen konnten. Zum anderen hatte sie ihnen gestanden, woher sie dieses Puzzleteil hatte. Und was noch viel wichtiger war: Die Chinesin hatte sie beide darin eingeweiht, dass sie in Spionage involviert war. Als Oberhaupt eines nicht offiziell anerkannten Staates und als einflussreicher Unternehmer waren Fatima und Ray zwar durchaus nicht uninteressant für die Chinesen. Doch es war dennoch ein außerordentlicher Schachzug, sie auf diese Weise ins Boot zu holen und sich so als Verbündete zu sichern. Ein Vertrauensbeweis, um für sich selbst wiederum Vertrauen zu kaufen. Ein Feigenblatt nur vor ausgewählten Augen fallen lassen, damit es weiterhin gewahrt blieb.

„Dann arbeiten Sie tatsächlich für die chinesische Regierung?", fragte Ray unumwunden, nachdem Shixin ihnen noch ein paar weitere Videos gezeigt hatte.

„Nun ja, ich habe so meine Kontakte im Zentralkomitee der Partei", zwinkerte sie.

„Vielen Dank für Ihre Informationen, Shixin", übernahm Fatima das Gespräch. „Sie erhalten dafür die Rechte für den Bau Ihrer Fabrik und die Lizenz für die Produktion von Antibabypillen in Somaliland."

Die Chinesin neigte dankend den Kopf und erinnerte an den bei der heutigen Verhandlung noch ausstehenden Punkt. „Shanghou würde auch gerne den Wiederaufbau der Solarturmanlage übernehmen. In drei Monaten hätten Sie wieder Strom, und wir im Gegenzug sechzig Prozent Ihrer Somali Utility." Ehe Fatima darauf reagieren konnte, fügte sie hinzu: „Für vierhundert Millionen Euro bauen wir in China ein komplettes Solarturmkraftwerk mit hundertzwanzig Megawatt Kapazität. Wir haben gerade neun Stück im Bau. Die Stromerzeugungskosten liegen bei diesen Kraftwerken bei etwa vier Cent je Kilowattstunde, und damit etwa auf dem Niveau der billigen Kohle."

„Ich weiß, ihr Chinesen seid eben absolut effizient", musste Ray bewundernd zugeben. „Und ich weiß auch, dass ihr die

Solarturmkraftwerke in eurem aktuellen Fünfjahresplan priorisiert. Wenn doch die Europäer endlich aufwachen würden."

„Vor Kurzem hat das chinesische Ministerium für Ökologie und Umwelt vier Vorhaben mit höchster Priorität zur Reduzierung von Treibhausgasemissionen festgelegt, die in den nächsten Jahren umgesetzt werden sollen", bestätigte Shixin. „Neben der netzgekoppelten solarthermischen Stromerzeugung durch Solarturmkraftwerke zählen hierzu auch die netzgekoppelte Offshore-Windkrafterzeugung, die Aufforstung von Wäldern und das Pflanzen von Mangrovenwäldern zur Kohlenstoffbindung." Das konnte Fatima zwar nicht umstimmen, bot ihr aber die Gelegenheit, ihre Worte noch mal zurechtzulegen. „Quid pro quo", schlug sie dann wohlüberlegt vor. „China erhält die Lizenz für die Fabrik für Antibabypillen und darf die Eisenbahn vom Hafen Berbera über Hargeisa bis nach Addis Abeba bauen und betreiben. Dafür bekommen wir die Videos und Zeugenaussagen, und China legt bei der UNO ein gutes Wort für unsere Unabhängigkeit ein."

Auch wenn Shixin Wang ein Pokerface-Vollprofi war, entging Ray nicht, wie der Vorschlag mit der Eisenbahnstrecke sie überraschte. Und sehr erfreute. Abgesehen davon, dass er bisher gar nicht zur Sprache gekommen war, wäre es eine herausragende Gelegenheit für die Chinesen, und ein weiterer Schlag ins Gesicht der USA. Es wunderte Ray daher nicht, dass sich in Shixins beherrschter Stimme ein eifriger Unterton mischte. „Ich werde Ihren Vorschlag an die entsprechenden Entscheider weiterleiten, Präsidentin Ali Tur. Aber für die UNO wird es trotzdem mehr brauchen als das." Dann drehte sie sich zu Ray und schlug vor: „Wie wäre es mit der Beauftragung eines chinesischen Bauunternehmens für das nächste Solarturmkraftwerk für das Solarbeltprojekt in Tunesien?"

„Das können wir machen", sagte Ray. „Dann haben wir einen Deal." Er reichte Shixin die Hand, und sie drückte sie fest. Danach reichten sie und Fatima sich die Hände. „Danke", sagte Ray und sah Fatima in die Augen. „Jetzt müssen wir nur jemanden finden, der den Wiederaufbau für das Solarkraftwerk hier in Somaliland zahlt."

„Sie kennen unsere Forderungen", legte Shixin ihnen in freundlichem, verbindlichem Ton nahe. „Für sechzig Prozent an der Somali Utility haben Sie in drei Monaten ein voll funktionsfähiges Solarkraftwerk."

Ray nickte. Ihm war klar gewesen, dass die Chinesen darauf bestehen würden. Aber erst mal hatten er und Fatima einen entscheidenden Sieg errungen. Shixin übergab ihm lächelnd den USB-Stick mit den Videoaufnahmen. Als sie Fatima beim Hinausgehen die Hand reichte, sagte sie zum Abschied: „Für die UNO benötige ich einige Zeit, aber das kriege ich hin."

„Ich rufe sofort Chris an", jubelte Ray. „Und danach Isabelle. Und nächste Woche, sobald ich wieder in Düsseldorf bin, machen wir aus Chris wieder einen freien Mann!"

Fatima teilte seine Freude, doch schon nach wenigen Augenblicken wurde der Blick, der ihm aus ihren Augen begegnete, wieder traurig. „Es tut mir leid, dass ich nichts für den Wiederaufbau des Solarkraftwerks beitragen konnte. Aber ich kann Somali Utility nicht den Chinesen geben."

Ray nahm ihr Gesicht in beide Hände und küsste sie. „Ich weiß", versicherte er Fatima sanft. „Das kriegen wir auch anders gelöst. Und vielleicht bietet sich da schon ganz bald eine Gelegenheit."

Sie legte ihre Hände auf seine und blickte ihn fragend an. Ihre Neugier sickerte durch den amüsierten Tonfall ihrer Stimme: „Welche Idee ist dir heute Morgen in der Dusche diesmal wieder gekommen?"

„Mir ist etwas eingefallen, was Annette mir vor ein paar Tagen erzählt hat", antwortete Ray. „Die deutsche Außenministerin geht im April auf eine Afrikatour."

„Bei mir hat sie sich jedenfalls nicht angekündigt", erwiderte Fatima spöttisch.

„Ah ja, eben drum. Es ist die ideale Gelegenheit, eine als volksnah geltende Verfechterin von Menschenrechten und obendrein Grünenpolitikerin nach Somaliland zu bringen."

Fatimas Augen leuchteten auf. „Wenn wir es schaffen, die Bundesregierung zu überzeugen ... Ray, das wäre großartig! Aber ihre Reiseroute wird schon längst feststehen. Meinst du, da lässt sich noch etwas machen?"

„Ich werde nichts unversucht lassen", versicherte Ray entschlossen. „Gib mir nur etwas Zeit. Aber das hier ist jetzt erst mal die Hauptsache." Mit diesen Worten nahm er den USB-Stick aus seiner Hosentasche und hielt ihn triumphierend in die Luft.

Prompt erhellte ein strahlendes Lächeln Fatimas Gesicht, und sie küsste Ray auf den Handrücken. „Ich kümmere mich sofort um das Einladungsschreiben für die Außenministerin. Und darum, dass der Bau der Antibabypillenfabrik in die Wege geleitet wird, damit die Chinesen es sich mit ihrer Hilfe nicht anders überlegen."

Sie verabschiedeten sich bis zum Abend, und Ray ging zurück in seine Suite. Noch während er in den Raum trat, wählte er Chris' Nummer. Sein Schützling musste das Handy direkt neben sich liegen gehabt haben, denn er ging schon nach einem Tuten ran. „Ich habe eine gute und eine schlechte Nachricht. Welche möchtest du zuerst hören, Chris?", begann Ray das Gespräch.

„Natürlich die gute!", kam es ihm vom anderen Ende der Leitung entgegen.

„Die Chinesen geben uns die Beweise, die uns gefehlt haben."

Ray hörte Zolas schrilles Jubeln im Hintergrund und musste unweigerlich grinsen. Indessen fiel Chris geräuschvoll ein Stein vom Herzen. Erst als Simbas Lachen durch die Leitung wummerte und er, wie Ray vermutete, Chris auf die Schulter klopfte, hörte er auch diesen erleichtert auflachen. „Scheiße, das ist der Wahnsinn! Also haben die Chinesen alles akzeptiert?"

„Sie wollen die Fabrik, und Fatima hat die Eisenbahnlinie draufgepackt. Fatima konnte den Ältestenrat überzeugen. Die Kinder haben uns geholfen. Sie wollen Eis und kalte Cola, und dafür brauchen die Menschen wieder Strom. Shixin Wang hat uns Videomaterial gegeben, das Treffen von Sven Schmidt und Marie Seidel belegt. Ich werde Isabelle informieren und alles in die Wege leiten. Und wenn ich nächste Woche wieder da bin, geht es ans Eingemachte."

„Das ist ja wirklich endgeil!", freute sich Chris. Dann fragte er zögerlich: „Und die schlechte Nachricht?"

Ray seufzte. „Na ja, die vierhundert Millionen für die Reparatur der Anlage sind noch offen. Fatima kann auf die Forderung der Chinesen nicht eingehen. Ansgar hat bei den üblichen Investoren bisher auch nur auf Granit gebissen. Er jettet ohne großen Erfolg durch die Welt."

„Oh Mann, der Ramadan beginnt morgen. Und dann haben wir nur noch vier Wochen", stimmte Chris in das Seufzen ein.

„Erinnere mich bloß nicht daran. Der Scheich macht mich einen Kopf kürzer oder lässt mich in kleine handliche Stücke zersägen. Aber noch haben wir Zeit. *Et hätt noch immer jot jejange*, wie wir in Düsseldorf immer sagen."

Kapitel 54 – Dienstag, 12. April 2022

Isabelle Kaufmann hatte sich alle Videos auf dem USB-Stick, den sie von Ray erhalten hatte, gründlich angesehen. Nun war sie davon überzeugt, dass die Beweise ausreichen, um Sven Schmidt für seine Taten zu belangen. Sie trug alle Informationen zusammen, die ihr vorlagen: Die Aussagen von Ray und Zola, die Ergebnisse der Razzia im Kameradschaftshaus vor etwa drei Wochen und auch, was über die Ermittlungen der CIA in Somaliland bekannt war. Dann besprach sie den Fall erneut mit dem Generalstaatsanwalt. Sie beendete ihre Ausführungen, nachdem sie ihm sämtliche Videoaufzeichnungen aus dem Bösen Chinesen zeigte. „Es ist klar, dass Schmidt der Täter ist. Und dass das Hawala-System über die Ghalibs läuft." Das ließ sich nicht leugnen, auch wenn Isabelle es um die junge Zola Ghalib leidtat. Sie würde zwar nicht weiter in das Verfahren verstrickt werden, weil sie keinerlei Schuld traf. Somit war ihre Zukunft nicht gefährdet. Doch ihren Vater erwartete eine handfeste Anklage. Marie Seidel war ein spezieller Fall, wenn es um die Schuldfrage ging. Der Generalstaatsanwalt und Isabelle waren sich einig, dass sie von ihrem ehemaligen V-Mann ausgetrickst worden war. Zwar hätte sie ihm keine Informationen übermitteln dürfen, aber an der Explosion und deren Folgen war sie unschuldig. Bevor sie weitere Schritte einleiteten, sprach der Generalstaatsanwalt mit Seidels Vorgesetzten und informierte ihn über das weitere Vorgehen.

Isabelle rief indessen Ray an, der bei ihren Worten in Jubel ausbrach. „Gegen Sven Schmidt läuft ein Haftbefehl. Die Beamten rücken heute noch aus. Die Anklage gegen Chris wird fallen gelassen. Die offizielle Verfügung setze ich gleich auf und schicke sie dir heute noch zu." Von dem Wermutstropfen, der bevorstehenden Razzia bei den Ghalibs, sagte Isabelle Ray am Telefon natürlich nichts. So viel Berufsethik musste sein, und so, wie sie ihren Freund kannte, rechnete er selbst schon damit.

Chris atmete tief durch, als er die gute Nachricht von Ray am Telefon hörte. „Die Anklage ist fallen gelassen. Sven wird in wenigen Stunden verhaftet sein."

„Danke, Ray!" Erleichterung und Dankbarkeit durchströmten Chris, dass ihm sogar schwindelig wurde und er sich erst mal setzen musste. Simba nahm neben ihm auf der Couch Platz und klopfte ihm wortlos auf die Schulter.

„Das war ein team effort, wie immer", gab Ray zurück. „Stichwort Team: Ich hoffe sehr, dich nächste Woche wieder im Büro zu sehen. Dein Platz ist bei Ray Capital."

„Ich kann morgen schon kommen!", ereiferte Chris sich sofort. Die Vorstellung davon, wieder wie ein normaler Mensch zur Arbeit zu gehen und sein Leben und seinen Alltag wieder zu haben, war zu schön, um wahr zu sein.

Ray bremste ihn lachend. „Ich bin seit gestern wieder in Somaliland. Stell dir mal vor, wir haben am Freitag ein Treffen mit Alma Birnbaum. Unsere werte Außenministerin höchstpersönlich möchte die Anlage in Berbera besichtigen."

„Wahnsinn! Wie hast du das denn organisiert?", staunte Chris.

„Fatima war sehr überzeugend. Jetzt müssen wir sie nur auch face to face für uns gewinnen. Mit etwas Glück erhalten wir eine Wiederaufbauhilfe von der Bundesregierung."

„Das wäre unglaublich! Ich drücke beide Daumen! Sag mir, wenn es etwas gibt, was ich tun oder vorbereiten kann!"

„Komm erst mal wieder richtig an, Chris", trug Ray ihm mit einem hörbaren Schmunzeln auf.

Das Gespräch ging noch ein paar Minuten weiter. Danach informierte Chris sofort Zola, die mit Yusuf wieder in der Nachbarwohnung war. „Ich würde ganz gerne in meine Wohnung", entschied Chris, nachdem sie sich gemeinsam über die erlösende Nachricht gefreut hatten. „Ich war schon so lange nicht mehr zu Hause. Was hältst du davon, heute Abend zu mir zu kommen?" Er hielt den Atem an, weil er vor lauter Freude und Erleichterung einfach drauflosgefragt hatte, ohne sich Gedanken gemacht zu haben, ob Zola ihn nicht zu voreilig fände.

Doch sie zögerte keine Sekunde. „Das würde ich sehr gerne!"

Kam es ihm nur so vor, oder hörte er da eine leise Verlegenheit durch ihre Freude hindurch? Sein eigenes Herz begann, wie im Galopp zu pochen, als Chris sich über ihre Zusage freute und ihr seine Adresse nannte. „Bis um neunzehn Uhr dann. Ich freue mich sehr auf dich", beendete er das Telefonat. Dann holte Chris tief Luft, schloss die Augen, und stieß sie laut pustend wieder aus. Er spürte, wie Simbas Blick auf ihm ruhte, und als er seine Augen wieder öffnete, blickte er geradewegs in dessen schamloses breites Grinsen. „Ich will nichts hören!", warnte er seinen Freund mit erhobenem Zeigefinger.

Simba hob mit Unschuldsmiene die Hände. „Ich weiß gar nicht, was du meinst!" Dann warf er Chris einen gespielt vorwurfsvollen Blick zu. „Aber ich muss schon sagen, nach der ganzen Scheiße, durch die wir uns wühlen mussten, und wenn man bedenkt, dass wir uns nach so vielen Jahren wieder gefunden haben, hätte ich erwartet, dass wir heute Abend in eurer Lieblingskneipe endlich so richtig feiern. Aber ...", er streckte die flache Hand in Richtung von Chris, der den Vorwurf von sich weisen wollte, „... als Freund habe ich natürlich vollstes Verständnis dafür, dass du deiner Lady den Vortritt lässt." Da brach Simba in sein schallendes Lachen aus und kassierte von Chris einen Boxhieb in seinen muskelbepackten Bizeps.

Sven hatte sich gerade seine Trainingssachen angezogen und wollte runter ins Boxstudio gehen, als sein Handy klingelte. Er blickte auf das Display und erkannte die Berliner Vorwahl. Mit einem Stirnrunzeln nahm er den Anruf an.

„Ich bin's", hörte er Evas Stimme. Doch ehe sie fragen konnte, warum sie nicht von ihrem Handy anrief, redete sie sofort weiter. „Die Staatsanwaltschaft hat Beweise dafür, dass du für die Sprengung des Solarkraftwerks verantwortlich bist." Ihr Ton war sachlich, und sie sprach schnell und leise. „Und damit auch für die Tode des deutschen Firmenpartners und des US-Botschafters sowie für versuchten Mord am arabischen Investor. Du sollst heute noch verhaftet werden."

Kalte Wut breitete sich durch Svens ganzen Körper aus, und er ballte seine freie Hand zur Faust. „Wie ist das möglich?", knurrte er.

„Ich weiß es nicht, ich habe mir das Material noch nicht angesehen. Ich bin sofort raus aus dem Büro und rufe dich von meiner

Nachbarin an. Mein Chef hat mir einen riesigen Einlauf verpasst. Ich weiß nicht mal, ob sie mich an die Beweise lassen."

Verfluchte Scheiße! Für einen kurzen Augenblick wollte sein Zorn aus ihm herausbrechen, doch Svens Verstand aktivierte sich wie auf Knopfdruck rasiermesserscharf. Bevor er über irgendetwas nachdachte, musste er hier sofort raus. Sven war schon dabei, aufzulegen, als er im letzten Moment innehielt. „Danke für die Warnung, Süße", sagte er. Er wusste nicht, ob Eva für ihn noch von Wert wäre. Aber für den Fall des Falles sollte er sie sich warmhalten. Und wenn es schon nicht als BND-Agentin ging, dann zumindest als gelegentliches Betthäschen. „Ich melde mich." Mit diesen Worten legte Sven auf, nahm die SIM-Karte aus seinem Handy und zerbrach sie in seiner geballten Faust. Das Handy warf er auf den Boden und zertrat es aus voller Kraft mit dem Absatz seines Stiefels.

Pünktlich um neunzehn Uhr klingelte Zola an seiner Tür. Chris empfing seine freudenstrahlende Freundin im Flur und umarmte sie so fest, dass ihr beinahe die Luft wegblieb. „Ich kann es noch gar nicht glauben", flüsterte Zola.

Er nahm ihr Gesicht in beide Hände und küsste sie. „Komm erst mal herein." Chris nahm ihr die Jacke ab und führte sie durch seine großzügig geschnittene Zweizimmerwohnung. Er hatte nicht viel machen müssen, weil er vor seiner Abreise nach Somaliland Anfang Januar alles ordentlich hinterlassen hatte. Aber er war vorhin noch schnell einkaufen und hatte noch mal alles auf Vordermann gebracht. Zola schaute sich interessiert um, und Chris holte zwei Cola aus dem Kühlschrank. Dann setzten sie sich im Wohnzimmer auf die Couch, wo er ihr vom zweiten Teil des Telefonats mit Ray erzählte. „Ray hat mir das Angebot gemacht, Partner zu werden und den Wiederaufbau von Berbera-3 zu leiten." Zolas Augen leuchteten auf. Doch Chris bremste sie umgehend wieder. „Ich habe abgelehnt und ihm gesagt, dass mir die Stiefel von Rufus noch zu groß seien."

„Was? Aber ... du warst schon vor Monaten in seine Stiefel geschlüpft", wunderte sich Zola. Mit leicht gerunzelter Stirn schaute sie Chris prüfend in die Augen. „War das wirklich der Grund?"

„Nein", gestand Chris lächelnd. „Eigentlich will ich mit dir zusammen in Düsseldorf sein. Du studierst Medizin, so, wie du immer wolltest, und ich bleibe bei meinem Schreibtischjob."

„Oh, Chris. Es macht mich so glücklich, dass du mit mir zusammen sein willst. Aber ich möchte nicht, dass du Opfer für mich bringst."

„Das ist kein Opfer", widersprach er und streichelte ihre Wange. „Ich hatte schon letztes Mal den Entschluss gefasst, im selben Land zu sein wie du. Und jetzt können wir uns endlich ein gemeinsames Leben aufbauen. Das ist das größte Geschenk für mich."

Zolas Gesicht erstrahlte von einem so hellen Lächeln, dass es Chris vorkam, als blickte er in die Sonne selbst. „Wir werden die Zeit genießen", frohlockte sie, warf ihm aber einen verschwörerischen Blick zu. „Aber was deine Karriere angeht, darüber sprechen wir später noch mal. Ich will mich nicht vor Ray verantworten müssen, dass ich ihm sein Nachwuchstalent entrissen habe."

Chris lachte kopfschüttelnd auf und zog Zola in einen langen, genussvollen Kuss an sich. Sie waren endlich beieinander. Das war alles, was in diesem Moment zählte. „Schön, dass du hier bist." Chris spürte, wie Zolas Herz wie auf Kommando schneller schlug, und sah, wie ihre Wangen sich leicht röteten.

„Es ist so schön, bei dir zu sein", flüsterte sie. Seine Hand lag auf ihrer Wange, und er küsste sie sanft und ohne Eile. Ihre Unterarme lagen locker an seiner Brust und ihr Körper lehnte sich leicht gegen ihn. Zola gab sich der Wärme von Chris' Körper hin, genoss das Gefühl seiner Arme um sich und kostete jede Liebkosung seiner vollen Lippen aus.

Zum ersten Mal seit seiner Ankunft in Deutschland waren Chris und Zola wieder allein. Sie hatte sich so sehr danach gesehnt. Diesmal war sie es, die den Kuss unterbrach. Chris bemerkte die leichte Aufregung, die von ihr Besitz ergriff, doch Zolas Worte klangen selbst im Flüsterton bestimmter denn je: „Ich wünsche mir schon so lange, wieder von dir berührt zu werden."

„Du sprichst mir aus der Seele", gestand Chris.

Zola seufzte leise auf, als er sie beide langsam und sachte zur Seite auf das Sofa gleiten ließen. Die Lust hatte sich schon so lange zwischen ihnen angestaut, dass ihre Küsse sich entflammten. Sie fühlte, wie sich alle ihre Muskeln ohne ihr Zutun anspannten und wie ihre Brustwarzen so spitz wurden, dass es geradezu schmerzte, wie ihr Gesicht glühte und ihr Herz pochte, während sie sich von Chris Stück für Stück ausziehen ließ. Er beobachtete sie aufmerksam und sog den Anblick ihres schlanken Körpers begierig auf, ehe er sich sein Shirt über den Kopf zog. „Du bist so wunderschön", flüsterte er ehrfürchtig.

Als Chris sie wieder küsste und seine Finger zärtlich über ihren Unterleib fuhren, spürte Zola, wie sie sofort von wildem Verlangen ergriffen wurde. Ihr ganzer Körper drückte sich fest gegen seinen, und sie stöhnte auf und unterbrach keuchend den Kuss.

„Soll ich aufhören?", fragte Chris und streichelte sanft Zolas Kinn.

„Nein. Ich will nicht, dass du aufhörst", antwortete sie kopfschüttelnd und sah in Chris' aufmerksame Augen.

Chris zog sie wieder in einen gefühlvollen Kuss. Während seine Hand langsam und kraftvoll von Zolas Hals ihren Körper hinunter wanderte, vergrub sie das Gesicht an Chris' Brust und griff ihm in den Nacken. Sie stemmte sich gegen ihn und Chris legte den Arm fester um sie, als Zola mit einem kurzen Aufschrei zum Höhepunkt kam. Sie schlug die Augen auf und Chris küsste sie, bis die Wellen, die Zolas Körper erfassten, abklangen und sie mit einem zufriedenen Seufzen wieder an seine Brust sank.

Kapitel 55 – Freitag, 15. April 2022

Um die Mittagszeit traf Zola in der Pfalzstraße ein. Simba wollte sich bei dem schönen Wetter die Beine vertreten, und Chris hatte vorgeschlagen, dass sie sich ihnen anschloss, um den Kopf etwas freizubekommen. Wie erwartet, hatte gestern eine Razzia im Hargeisa stattgefunden. Die Beamten hatten Autos, Geld, Schmuck und sämtliche Elektronik der Familie sichergestellt und mitgenommen. Auch Zolas Laptop und Handy wurden einkassiert. Ahmad Ghalib und sein Sohn Yusuf waren beide von der Polizei mitgenommen worden und befanden sich in Untersuchungshaft. Obwohl Zola erstaunlich ruhig blieb, war Chris dennoch klar, dass sie durcheinander war und sich Sorgen machte.

„Gibt es schon Neuigkeiten?", fragte er behutsam, als sie in Richtung des Rheinparks Golzheim losgingen. Er wollte sie auf keinen Fall noch mehr aufwühlen, als sie sowieso schon war.

„Mama und ich konnten heute mit Papa telefonieren", nickte Zola. „Er wird wegen krimineller Geldwäsche und Geldhandel angeklagt. Die Tatvorwürfe sind gewerbsmäßiger Bandenbetrug und Terrorfinanzierung. Und weil ... wie haben sie es genannt ... Verdunklungs- und Fluchtgefahr besteht, muss er bis Verfahrensbeginn in Untersuchungshaft bleiben."

„Und dein Bruder?", wollte Simba wissen.

„Weil man Yusuf nur Komplizenschaft nachweisen konnte, lässt man ihn gegen Kaution frei."

„Und wann soll Verfahrensbeginn sein?", hakte Chris nach.

„Gute Frage", seufzte Zola. „Du weißt doch noch, was Isabelle gesagt hat. Das wird wohl noch eine ganze Weile dauern." Sie blickte mit einem Lächeln zu ihm auf und wechselte das Thema: „Freust du dich schon darauf, am Montag wieder im Büro zu sein?"

„Ich glaube es erst, wenn ich es wieder betrete!", erwiderte Chris mit einem kopfschüttelnden Lachen. Dann schoss ihm ein Gedanke durch den Kopf, der ihn wieder ernst werden ließ. „Es wird sehr komisch sein, Rufus' Büro leer zu sehen."

„Du und Ray werdet füreinander da sein, da bin ich mir sicher. Und ich habe auch immer ein offenes Ohr für dich."

Chris nickte und küsste Zola nach einem „Danke!" auf die Lippen. Dann fragte er: „Was wirst du jetzt eigentlich machen?"

„Erst mal werde ich Mama mit dem Restaurant helfen. Aber nächste Woche mache ich meine Bewerbung für das Medizinstudium ab dem Wintersemester fertig."

„Ich bin so stolz auf dich!", rief Chris anerkennend, während Simba seinem Jubel ein leises Feixen hinterhersetzte: „Super! Bald haben wir keine private Krankenschwester, sondern eine eigene Ärztin!" Chris warf seinem Freund einen strengen Blick zu. Doch Zola lachte prustend auf und versetzte dem breit lachenden Simba einen saftigen Boxhieb in den Oberarm.

Etwa zur selben Zeit landete die deutsche Außenministerin Alma Birnbaum mit dem Regierungsflugzeug in Hargeisa und wurde mit großen Ehren von Fatima am Flughafen empfangen. Der Konvoi startete nach Berbera zum Solarkraftwerk, wo Ray mit Djamila Al Hassans kompetenter Unterstützung einen Empfang organisiert hatte. Deutschland wird uns helfen, dachte er. Vielleicht bekommen wir ja doch noch eine Staatsbürgschaft?

Nach der Begrüßung führte Ray die Außenministerin für eine Besichtigung des beschädigten Solarturmkraftwerks herum. Obwohl der Turm am unteren Ende von der Explosion einige Macken im Beton aufwies und die Mehrzahl der Spiegelkollektoren sowie die Salzbehälter zerstört waren, staunte Alma Birnbaum sichtlich. Ungeachtet der Schäden hatte sie ein Solarkraftwerk solchen Ausmaßes und mit dieser Funktionsweise noch nie gesehen. „Und damit kann man auch Strom erzeugen, wenn die Sonne nicht scheint?", fragte sie Ray ungläubig. Als er nickte, meinte sie eifrig: „So etwas brauchen wir auch in Deutschland!"

Auf die Führung folgte eine kurze Rede vor der Presse. Deutsche Pressevertreter begleiteten die Außenministerin bei ihrem Afrikabesuch, und auch mehrere nationale Vertreter waren anwesend. Birnbaum sprach über den Klimawandel, die Bedeutung erneuerbarer

Energien und ihr Lieblingsthema feministische Außenpolitik. Sie redete von der Verantwortung der Industrieländer an der verheerenden weltweiten klimatischen Entwicklung und dann von der Freundschaft zwischen Deutschland und Somaliland.

Fatima und Ray saßen in der ersten Reihe der Zuhörerschaft und lauschten ihren Worten. Sie flüsterte ihm zu, ohne den Blick von Alma Birnbaum abzuwenden: „‚Ein Staat hat keine Freunde, ein Staat hat Interessen.‘ Das ist ein Zitat eures ersten Reichskanzlers Otto von Bismarck. Alle anderen Staaten auf der Welt haben das verstanden und verfolgen ihre Interessen. Wenn ihr Deutschen weiter so eine naive Politik betreibt, werden wir Somaliländer euch in zwanzig Jahren Entwicklungshilfe leisten."

Fatima schmunzelte leicht, und Ray wusste, wie ihre Worte gemeint waren. Mit dem Blick in Richtung Tribüne erwiderte er nachdenklich: „Kann sein, kann nicht sein. Wir haben eine stabile Demokratie, und bei den nächsten Wahlen werden wir sehen, was kommt. In jedem Fall arbeiten wir weiter am Solarbelt."

Am Ende ihrer resoluten und mit gewohnt ernster Miene vorgetragenen Rede sagte Birnbaum Somaliland eine Entwicklungshilfe in Höhe von fünfhunderttausend Euro für den Wiederaufbau des Solarturmkraftwerkes zu. Es erklang freudiger Applaus, und Fatima und Ray wurden unter surrendem Blitzlichtgewitter auf die Bühne gebeten.

Am Abend wurde ein Galadinner im Präsidentenpalast in Hargeisa abgehalten. Fatima hatte den Besuch der deutschen Außenministerin gut vorbereitet und an jedes Detail gedacht. Am großen Tisch saß Alma Birnbaum zwischen Fatima und Ray, neben ihm Shixin Wang mit ihrem Gatten, und neben Fatima der greise Vorsitzende des Oberhauses Bashir Mohammed Egal.

Fatima berichtete Alma von dem schrecklichen Anschlag und den Problemen, die ihr Land nun seit fast zwei Monaten in Atem hielten, sowie den seither laufenden Bemühungen für den Wiederaufbau. Ray klinkte sich in das Gespräch ein: „Wissen Sie, dass die Chinesen mit Nachdruck in diese Solarturmkraftwerke investieren? Sie stehen in der chinesischen Wüste und erzeugen dort Strom, wenn er benötigt wird."

„Interessant", erwiderte Birnbaum, „aber wir haben in Deutschland ja keine Wüste."

„Wissen Sie, wie die alten Römer das Mittelmeer genannt haben? Mare nostrum – unser Meer. Die Römer hatten ihre Kornkammern in Nordafrika, und die Gebiete von Tunesien, Algerien und Marokko gehörten zum Römischen Reich."

„Was wollen Sie damit sagen, Herr Klein?", fragte die Außenministerin, ließ ihn aber im selben Atemzug gar nicht erst antworten.

„Eben auf Grund von jahrhundertealter Kolonialgeschichte wächst in den von Ihnen genannten Gebiete doch gar kein Getreide mehr."

Rays linke Augenbraue verzog sich von allein leicht in die Höhe. Es war, wie er es bei Fatima erst vor wenigen Wochen wieder beklagt hatte: Deutsche Politiker hatten keine Visionen mehr. Sie sind mit ihrer Verantwortung überfordert und arbeiten bloß ihre Punkte ab. Sie stecken gedanklich tief im Parteidenken. Die kurzfristige Wiederwahl und das persönliche Ansehen interessieren sie mehr als eine wirklich visionäre Lösung der Topprobleme Klimaerwärmung, Migration, Wohlstand und Sicherheit, dachte Ray. Er hatte aber nun für ein paar Minuten das Ohr der Außenministerin. Jetzt musste er seine Vision vorstellen, bevor Alma wieder in den belehrenden Vortragsmodus umschalten würde.

„Die europäischen Staaten haben doch großes Interesse an günstigem Strom ohne CO_2-Emission, nicht wahr?", setzte Ray neu an. Das brachte die Grünenpolitikerin sofort zum Nicken. „Und die Sonne scheint in den Wüsten Afrikas dreimal länger als bei uns im verregneten Deutschland", fuhr Ray fort. Birnbaum nickte wieder. „Also müssen wir hier den Solarstrom erzeugen und mittels Gleichstromleitung nach Europa leiten", präsentierte er die naheliegende Lösung.

„Aber in Afrika ist es zu unsicher. Niemand möchte hier investieren", lautete ihr Einwand.

„Meine Unternehmensgruppe hat es getan, und wir haben hier für Wohlstand gesorgt. Aber die EU hat auch Interesse an einer stabilen Grenze, um die Migration steuern zu können. Sie will entscheiden, wer zu uns kommt und wer nicht. Und sie benötigt Handelspartner, um weiterhin günstig Rohstoffe und Halbfertigwaren einkaufen und nach einer Veredelung teuer exportieren zu können. Damit wird der Wohlstand der breiten Massen gesichert. Die EU hat auch Interesse an einer stabilen Währung, denn nur so kommen Investitionen in die Union. Nachhaltiges Wirtschaften für Wohlstand und Freiheit."

Die Außenministerin nickte erneut, sah Ray aber zweifelnd an. „Aber was hat das alles miteinander zu tun, Herr Klein? Das ist doch Wunschdenken, das sind doch Visionen."

„Frau Ministerin, Sie müssen einfach mal größer denken, epochal denken", konnte Ray seinen Eifer nur schwer zügeln. „Nennen Sie mich ruhig einen Idealisten oder Fantasten. Aber die Römer haben nicht umsonst über tausend Jahre ein Weltreich regiert."

„Was wollen Sie denn mit Ihren Römern?", lachte sie leicht schnaubend, doch er ließ sich davon nicht aufhalten.

„Wenn wir die Maghreb-Staaten in die EU und auch in die NATO aufnehmen würden, hätten wir Platz für effiziente Solarkraftwerke und eine stabile europäische Außengrenze. Wir könnten die Demokratiebestrebungen in Algerien, Tunesien und Marokko unterstützen, und unser Euro würde zu Wohlstand führen. In den Wüsten würde so viel Strom produziert, dass damit in allen Ländern CO_2-freie Energie in ausreichenden Mengen zur Verfügung stehen würde. Wir könnten ohne Wohlstandsverlust die Klimaerwärmung stoppen. Ich nenne dieses Win-win-Vorhaben den Solarbelt. Ist Ihre Regierung bereit für visionäre Gedanken?"

Hinter Alma Birnbaums Kopf sah Ray, wie Fatima ihm einen intensiven Blick zuwarf. Er hielt selbst kurz die Luft an, weil er nicht vorgehabt hatte, einen so forschen Appell vorzubringen. Doch die Ministerin überlegte tatsächlich, bevor sie antwortete: „Ihre Ideen sind erstrebenswert, Herr Klein. Aber ich bezweifle, dass wir so ein Vorhaben in dieser Legislaturperiode abschließen können. Ist Ihre Vision denn überhaupt möglich? Meine Berater sagen immer, das sei technisch nicht machbar."

„Verzeihen Sie", schaltete Shixin Wang sich plötzlich mit ihrem höflichen Lächeln ein, „wenn Sie erlauben, Frau Außenministerin: Eine Gleichstromleitung ist technisch überhaupt keine Herausforderung."

Ray stellte die beiden Frauen einander vor, und Shixin berichtete von der Hochspannungs-Gleichstrom-Übertragungsleitung Xianjiaba-Shanghai. „Diese sogenannte HGÜ-Leitung verbindet seit dem Jahr 2010 ein Wasserkraftwerk zwischen den Provinzen Sichuan und Yunnan mit der Millionenmetropole Shanghai und deckt ein gutes Drittel von deren Verbrauch. Übrigens wurde die Stromanlage der zur Leitung gehörenden Stromrichterstation Fulong von Siemens errichtet."

„Wirklich interessant", äußerte sich Alma Birnbaum. „Aber das ist ja über Land, wenn ich das richtig verstehe. Wäre so etwas auch unter Wasser denkbar?"

Shixin Wang bestätigte, dass es nicht nur möglich, sondern bereits in der Umsetzung war. Ray nahm den Gesprächsfaden wieder auf: „Schon vor zehn Jahren plante man im Rahmen des Projekts Desertec Stromleitungen durch das Mittelmeer. Der italienische Stromnetzbetreiber Terna plant groß angelegte Investitionen, um Energienetze in Europa, Afrika und im Balkanraum zu verbinden. Italien will damit zu einem Knotenpunkt für elektrische Energie avancieren. Laut Ternas neuem Entwicklungsplan stehen dafür neun Milliarden Euro bereit. Davon sollen dreihundert Millionen in das Projekt einer Unterseekabelleitung zwischen Italien und Tunesien investiert werden. Und Ray Capital wird in Tunesien einen Gigasolarpark errichten."

„Dann werde ich mich wohl nach meiner Reise mit dem Wirtschaftsminister und unseren Beratern zusammensetzen", sagte die Außenministerin. „Das klingt nach der richtigen Gelegenheit, uns vom russischen Gas unabhängig zu machen."

Es war keine Zusage, doch Ray jubelte innerlich. Vielleicht hatten seine Worte wirklich etwas anstoßen können. Während Fatima Frau Birnbaum geschickt zum Thema der Frauenrechte lotste, schaute sie kurz mit einem bedeutsamen Lächeln in den Augen zu Ray.

Kapitel 56 – Dienstag, 3. Mai 2022

In diesem Jahr endete der Fastenmonat Ramadan am 1. Mai. Der für gläubige Muslime sehr wichtige Festtag war diesmal auch für Ray zu einem entscheidenden Tag geworden. Denn an diesem Tag war das Ultimatum des Scheichs für ihn abgelaufen. Zwei Tage später trafen sich Scheich Abdullah bin Yasin und Ray im Hotel Breidenbacher Hof in Düsseldorf. Ray nahm Chris zu diesem Treffen mit und stellte die beiden Männer einander vor. Als Erstes erkundigte er sich nach dem Wohlbefinden seines Freundes Osama bin Hakim. Sie erhielten die Nachricht, dass er noch in der Spezialklinik in Dubai lag, aber bereits auf dem Weg der Besserung war. Der Scheich betonte, dass er von Osama viel Gutes über Ray und sein Unternehmen gehört hatte.

Als sie im Foyer im ersten Stock in bequemen Sesseln Platz nahmen, wandte Abdullah bin Yasin sich an Ray: „Sie sind eine gute Seele und ein guter Geschäftsmann. Und Sie sind kein Dieb. Sie sollen Ihre rechte Hand behalten." Er quittierte Rays Geste des Dankes mit einem Nicken und bemerkte: „Bei unserem letzten Gespräch haben Sie mir von Ihrer Vision Solarbelt erzählt."

Ray wollte gerade sagen: Oh, Sie erinnern sich! – aber damit wäre er dem Scheich ins Wort gefallen und hätte ihm unterstellt, dass er sich nicht an ein Gespräch erinnern könnte. Nein, Ray kannte diese Alphamännchen genau. Er musste ihn reden lassen. Daher nickte er bloß zustimmend.

„Solarbelt nannten Sie die weltumspannende Solarzone mit Leitungen in die Metropolen in den gemäßigten Gebieten dieser Welt", erinnerte sich Scheich Abdullah bin Yasin und lehnte sich in seinem Sessel zurück. Nach einer effektvollen Pause, in der er Ray nicht aus den Augen ließ, sagte er: „Wir werden auch in diesen neuen Fonds investieren."

Chris hielt die Luft an, und Ray sprach dem Scheich seinen tiefen Dank für sein Vertrauen aus, legte die Karten aber auch offen auf den Tisch: „Vor dem nächsten Fonds muss ich aber noch den bestehenden Fonds zu einem erfolgreichen Ende bringen. Der

Wiederaufbau des Solarturmkraftwerks Berbera-3 kostet vierhundert Millionen. Somaliland hat von der Bundesregierung bereits ein Entwicklungshilfepaket von fünfhunderttausend Euro erhalten. Ein Tropfen auf den heißen Stein. Vielleicht ist die Gulf World Bank bereit, die Summe als Darlehen bereitzustellen? Sie würden das Darlehen nach dem erfolgten Wiederaufbau und dem Weiterverkauf natürlich mit dem angemessenen Vorabgewinn zurückerhalten."

„Gut, dass Sie fragen", sagte der Scheich unumwunden. „Unsere Firmen erwirtschaften gerade sehr große Gewinne mit unserem Öl und Gas, wir würden das Geld gerne investieren. Seit wir im März die Energiepartnerschaft mit Ihrem Wirtschaftsminister vereinbart haben, laufen unsere Erdgasexporte wie geschmiert. Und da sich Ihr Wirtschaftsminister bei seinem Besuch so überaus respektvoll verhalten hat, habe ich ihm zugesagt, dass wir mehr in erneuerbare Energien und Klimaschutz investieren werden. Daher werde ich Sie mit Freuden unterstützen, Ray."

Ray und Chris hatten, wie viele Interessierte, von der aufsehenerregenden Verbeugung vor dem Energieminister von Katar und dessen flammendem Einsatz für den Klimaschutz gehört. Er und Fatima spekulierten witzelnd, ob seine Parteikollegin Alma Birnbaum vielleicht einen Einfluss auf ihn ausgeübt haben könnte. Ein weiterer Vorschlag von Scheich Abdullah bin Yasin ließ Ray wieder aufhorchen: „Der Tiefseehafen von Berbera bietet sich als internationales Drehkreuz für den Handel mit Somaliland und ganz Ostafrika an und könnte entsprechend ausgebaut werden. Die Chinesen wollen eine Eisenbahnverbindung vom Hafen über Hargeisa bis nach Addis Abeba bauen, wie ich gehört habe. Sie haben doch gute Kontakte zu Präsidentin Fatima Ali Tur. Meinen Sie, Sie könnten für das Zustandekommen des Ausbaus ein gutes Wort bei ihr einlegen?"

„Ich werde Ihr Anliegen weitertragen und mein Bestmöglichstes unternehmen", versicherte Ray.

Bevor sie zum opulenten Mittagessen übergingen, erkundigte sich der Scheich nach dem Namen des Verantwortlichen des

Anschlags. Chris nannte ihm den Namen und fügte hinzu, dass er nicht wie geplant verhaftet werden konnte, weil er spurlos verschwunden war. Abdullah bin Yasin sagte mit einer vieldeutigen Trockenheit: „Um diesen Sven Schmidt kümmern wir uns ebenfalls. Allah wird ihn für seine Taten gerecht bestrafen."

Kapitel 57 – Montag, 26. September 2022

Ray und Chris waren am späten Sonntagnachmittag in Dubai aus dem Flugzeug gestiegen und übernachteten im Le Méridien Hotel am Flughafen. Vor ihrem Weiterflug nach Hargeisa wollten sie sich für ein Investorengespräch mit Osama bin Hakim treffen. Die Emirates Lounge bot ihren Platinumgästen dekadent ausgestattete Suiten für verschwiegene Gespräche. Als sie sich um sieben Uhr noch verschlafen in die Schlange vor der Ausweiskontrolle einreihten, entdeckte Chris eine ihnen bekannte Person. Ihm stellten sich die Nackenhaare auf, und er war sofort hellwach. Chris packte den gähnenden Ray am Arm: „Das ist doch das blonde Miststück! Shoot down!"

Überrascht folgte Ray seinem Blick und erkannte Marie Seidel. Sie drängelten sich vor und stellten sich direkt hinter sie in die Schlange. „Einen wunderschönen guten Morgen Frau Seidel", begrüßte Ray sie gespielt freundlich.

Sie drehte sich mit einem tiefen Stirnrunzeln um, und ihre Augen weiteten sich sofort. Da Chris nicht so gelassen wie Ray bleiben konnte, ließ er Marie Seidel nicht einmal den Mund öffnen und fragte abschätzig: „Wo ist denn dein Nazifreund Sven untergetaucht? Es wird Zeit, dass der Verbrecher für den Tod von Rufus Wagner bezahlt."

Marie rümpfte die Nase und sah ihn verächtlich an. „Sie arbeiten mit Drogengeld, mit illegalen Schmiergeldern und bezeichnen andere Menschen als Verbrecher, Herr Azikiwe? Das ist wirklich amüsant. Der Zweck heiligt nicht die Mittel, aber da beiße ich mir an Ihnen eher die Zähne aus, als dass Sie das begreifen."

„An Ihrer Stelle würde ich den Mund halten, Frau Seidel", erzürnte sich Chris. Seine Stimme hatte einen bedrohlichen Beiklang, den Ray seit einem halben Jahr nicht mehr gehört hatte. „Schließlich haben Sie als ach so ehrenwerte BND-Agentin einem Verbrecher in die Hände gespielt. Ihre immergleiche Predigt können Sie sich also sparen."

Marie Seidel wirkte auf Ray mit einem Mal sehr unsicher. Sie schien etwas erwidern zu wollen, hielt sich aber im letzten Moment zurück und eilte zum gerade frei gewordenen Beamten bei der Passkontrolle. Als Ray und Chris durch die Kontrolle traten, war sie bereits im Getümmel verschwunden.

„Hat sie auf dich auch so gewirkt, als ob sie auf der Flucht wäre?", fragte Ray seinen Schützling, der nur mit den Schultern zuckte.

„Geschieht ihr recht, wenn sie sich jetzt immer zwei Mal über die Schulter blicken muss."

Auf dem Weg zur Emirates Lounge liefen sie überraschenderweise Carsten Meyer über den Weg. Chris erkannte die hohe Stirn und das rechteckige Gesicht mit den freundlichen braunen Augen des Vorstandsmitglieds der Düsseldorfer Fortuna. Sie begrüßten sich freundlich, und er eröffnete ihnen, dass er auch nach Hargeisa flog, um Verträge mit drei jungen, hoffnungsvollen Fußballspielern zu machen. Während Chris nur ungläubig den Kopf schütteln konnte, klopfte Ray dem begeisterten Carsten auf die Schulter. „Wir holen sie zu uns nach Düsseldorf. Sie werden uns in die Champions League führen!"

Ray und Chris machten es sich in der Emirates Lounge in einem der dekadenten Besprechungszimmer gemütlich und bestellten ein leckeres Frühstück. Sie nutzten die Gelegenheit, um die Planung ihrer anstrengenden Woche in Somaliland zu besprechen. Kurz nachdem der Ober mit dem Frühstückswagen gegangen war, klopfte es an der Tür und Osama bin Hakim und Simba betraten den Raum. Die beiden standen auf, und Ray und Osama fielen sich in die Arme. „Du hast dich gut erholt und siehst super aus! Schön, dich zu sehen, alter Freund!", begrüßte Ray Osama glücklich.

„Ein halbes Jahr ist das jetzt her. Die Verbände sind ab und die Haut ist gut verheilt. Ich bin froh, dass du deine Hand noch hast!", entgegnete Osama und fügte mit einem Zwinkern in Simbas Richtung hinzu: „Darf ich euch meinen neuen Leibwächter vorstellen?"

Indessen hatten sich Chris und Simba überschwänglich umarmt, wobei der muskelbepackte Hüne seinem Freund fast die Luft abgeschnürt hätte. „Richtig gut siehst du aus, Bruder!", sagte Chris anerkennend und besah sich Simba von Kopf bis Fuß.

Simba trug einen schwarzen Anzug, der maßgeschneidert sein musste, so, wie sich der Stoff perfekt um seine straffen Muskeln schmiegte, mit einem weißen Hemd und schwarzen Oxfords. Er posierte betont lässig und strich sich breit lächelnd über die Schultern und Arme. „Ich heiße jetzt Wali Mohamed, was ‚Beschützer' bedeutet, und habe einen echten Pass", sagte er voller Stolz. „Wie geht es Zola, hat sie sich wieder gut eingelebt?"

„Ja, wir sind Anfang des Monats sogar in eine gemeinsame Wohnung gezogen. Und sie hat vor zwei Wochen die Zulassung zum Medizinstudium für das Wintersemester bekommen", freute Chris sich. Sie nahmen gemeinsam Platz, und Chris schenkte Osama und Simba Kaffee ein.

„Wie läuft der Wiederaufbau?", fragte Osama bin Hakim.

„Die Spiegel sind alle wieder montiert. Die Chinesen haben ein Expertenteam geschickt und die Gestelle in Windeseile vor Ort zusammengeschweißt. Sechzig Chinesen und unsere hundertzwanzig ausgebildeten Somaliländer haben wie ein Schweizer Uhrwerk zusammengearbeitet. Nächste Woche wird Chris die Anlage wieder in Betrieb nehmen", erzählte Ray stolz, klopfte mit den Fingerknöcheln auf die Tischplatte und warf einen bedeutenden Blick auf seinen Projektleiter.

„Woher habt ihr denn so schnell die Spiegel bekommen?", wollte Osama wissen.

„Nachdem Shanghou Electric die Anzahlung auf ihrem Konto hatte, haben sie auch schon die ersten Spiegel geliefert. Sie haben gesagt, die hätten gerade sowieso ein Schiff voller Spiegel losgeschickt", erklärte Chris augenzwinkernd. Seine Stimme klang souverän und zufrieden.

Osama konnte sich vorstellen, woher die Spiegel kamen. Daher fragte er mit einem Lächeln auf den Lippen: „Das hat aber nichts mit unserem Solarturmkraftwerk in Dubai zu tun? Da hatten wir nämlich eine kleinere Verzögerung bei der Spiegellieferung." Ray und Chris zuckten mit den Schultern, bevor Osama weitersprach: „Ende November wird auch unser Solarturmprojekt, der Mohammed bin Rashid Al Maktoum Solarpark ans Netz gehen. Mit einer Kapazität von tausendsechshundert Megawatt Peak wird er der größte Solarpark in Afrika sein."

„Aber nicht mehr lange", erwiderte Ray. „Wenn Tunis Solar fliegt, werden wir mit fünftausend Megawatt alle Solarkraftwerke dieser Welt in den Schatten stellen. Noch mal vielen Dank für die Finanzierung des Wiederaufbaus und die Unterstützung bei den Spiegeln!", bedankte sich Ray. „Du bist wirklich ein guter Freund."

„Aber das Beste weißt du ja noch gar nicht", fuhr Osama mit einem Zwinkern und einer verheißungsvollen Pause fort. „Ich habe mit Omar Al Amin gesprochen."

Rays Mundwinkel zogen sich nach oben. „Omar Al Amin, Oberhaupt der Al Amin Familie aus Dubai und Vorsitzender der Al Amin Versicherung?"

„Ja, genau der", bestätigte Osama mit einem genauso breiten Lächeln. „Er ist bereit, eine Versicherung für Somali Solar und bei guten Konditionen auch für Tunis Solar zu übernehmen."

„Was für eine Wahnsinnsüberraschung! Fantastisch, mein Freund!", jubelte Ray euphorisch. „Darauf müssen wir anstoßen!"

Chris griff den Hinweis sofort auf und bestellte beim Ober eine Flasche Champagner. Nachdem die Männer ihre Gläser in die Luft gehalten und einander zugeprostet hatten, stieß Chris Ray mit dem Ellenbogen freundschaftlich in den Arm. „Jetzt wirst du dir bis auf Weiteres keine Sorgen mehr um deine Hand machen müssen."

Osama und Simba lachten zustimmend auf, und auch Ray stimmte mit einem erleichterten Kopfschütteln in das Lachen ein. Nach einem weiteren Schluck Champagner blickte er mit einer ernsteren Miene auf Osama. „Vielen Dank für all deine Unterstützung, alter Freund. Das ist ein enormer Gamechanger. Hoffentlich wird es nicht zu teuer."

„Cash is king", zwinkerte Osama ihm prostend zu.

„Stichwort Cash. Steht unser ursprünglicher Deal noch?", hakte Ray nach. „Zweieinhalb Milliarden Kaufpreis, wenn das gesamte Solarkraftwerk wieder hundertprozentig funktioniert?"

„Ja, unser Fonds steht nach wie vor für das Closing bereit", bestätigte Osama. „Hast du noch mal etwas von eurer Außenministerin gehört?"

„Das Gespräch im April war letztendlich nicht ganz für die Hose. Die Grünen beschäftigen sich jetzt doch mit der Solarenergie in den

Wüsten, und die Europäische Union hat Verhandlungen mit den Maghreb-Staaten geführt."

„Wie sieht es denn mit der Genehmigung der HGÜ aus?"

„Wir stehen kurz davor. Italien wird nun eine Gleichstromleitung durchs Mittelmeer nach Tunesien bauen. Das Europäische Parlament muss dem Förderantrag noch zustimmen, wobei wir da intern schon grünes Licht hatten. Jetzt haben die Italiener gestern gewählt. Die alte Regierung hatten wir auf unserer Seite, aber jetzt kommt wohl Marchetti an die Macht. Sie stand dem Vorhaben bisher nicht positiv gegenüber. Aber ohne HGÜ kann Tunis Solar keinen Strom nach Europa liefern", fasste Ray die Entwicklungen etwas frustriert zusammen.

„Na, das hört sich für mich trotzdem nach einem Erfolg an", meinte Osama. „Ich bin mir sicher, diese Marchetti wird dem Projekt zustimmen. Dafür ist die italienische Terna zu versessen darauf, Italien zu einem internationalen Player bei der Umsetzung der europäischen Strategie zur Senkung der CO_2-Emissionen zu machen. Wir haben unsere Lobbyisten schon gebrieft und sie mit ausreichend Mitteln ausgestattet. Sie wissen doch immer am besten, wie man politische Entscheidungen herbeiführen kann. Tunis Solar wird ein großer Erfolg werden."

„No risk, no fun, wie immer", prostete Ray seinem alten Freund, Chris und Simba zu.

Die Gruppe lachte, und alle nahmen einen Schluck von ihrem Champagner. Dann fragte Osama fast beiläufig: „Sind Gleichstromleitungen auf dem Meeresboden eigentlich genauso leicht zu sprengen wie Gaspipelines?"

„Wie meinst du das?", wollte Chris wissen.

„Na, habt ihr denn heute noch keine Nachrichten gehört?", wunderte sich Osama. „Es wird von einem Leck in der Erdgaspipeline Nordstream in der Ostsee gesprochen. Gas strömt aus. Es wird vermutet, dass die Pipeline explodiert ist."

„Das könnte doch wieder ein Attentat gewesen sein", stöhnte Chris auf. Es könnte zwar eine natürliche Ursache für ein solches Leck geben. Doch bedachte man die gegenwärtige politische Situation in Europa und die geografische Lage der Pipeline, schien eine Sabotage deutlich wahrscheinlicher. Und nach den Erfahrungen vor einem halben Jahr würde Chris wohl nie wieder gutgläubig von einem Best-Case-Szenario ausgehen können.

„Aber wer könnte denn so etwas in Auftrag gegeben haben? Und warum?", erwiderte Osama mit einem erstaunten Blick auf Chris.

„Da erinnerst du uns doch an unseren Attentäter Sven Schmidt", erklärte Ray, während Simba demonstrativ die Knöchel seiner großen Fäuste knacken ließ. „Habt ihr ihn den mittlerweile gefunden?"

Osama schüttelte den Kopf. „Wir haben alles abgesucht. Er ist spurlos verschwunden."

„Meint ihr, dieser Nazi ist wieder aktiv und hat die Sprengung in Auftrag gegeben?", fragte Chris mit ernster Miene in die Runde. Schwarzmalerei und schlechte Erfahrungen hin oder her, aber er traute es Sven Schmidt in jedem Fall zu.

„Gut möglich", knurrte Simba angriffslustig. „Wer weiß, was diesem Prinz Eugen, Verteidiger des Abendlandes, für Ideen in sein fanatisches Spatzenhirn kommen."

„Keine Ahnung", sinnierte Osama bin Hakim. „Allahs Wille ist für uns nicht immer vorhersehbar. Aber eins ist klar: Deutschland und viele andere Staaten in Europa werden nun große Mengen Gas aus den USA und dem arabischen Raum kaufen."

„Denn wenn zwei sich streiten, freut sich der dritte", lachte Simba.

„Na ja", meinte Ray, „es gibt das Leben so, wie es ist, und es gibt das Leben so, wie es sein sollte. Doch leider müssen wir die Dinge im Leben nun mal so nehmen, wie sie auf uns zukommen."

„Komm, du Philosoph, darauf trinken wir noch einen Schluck!", lachte Osama und hob sein Champagnerglas.

Nachwort

Die ostafrikanische Republik Somaliland gibt es wirklich. Allerdings werden Sie sie auf keiner offiziellen Landkarte finden, da sie Teil Somalias ist und seit über dreißig Jahren von der Weltgemeinschaft nicht als eigenständig anerkannt wird.

Das ehemalige britische Protektorat erhielt am 26. Juni 1960 seine Unabhängigkeit. Am 1. Juli 1960 vereinigte es sich mit dem ehemaligen italienischen Somalia zur Republik Somalia. Am 21. Oktober 1969 übernahmen prosowjetische Militärs unter Siad Barre die Macht im Land. Sie versuchten, einen Sozialismus nach russischer Prägung einzuführen und den traditionellen Einfluss der Clans brutal zurückzudrängen. Die streng muslimischen Einwohner fühlten sich ihrer Traditionen beraubt, und ihre Lebensumstände wurden durch das korrupte Militärregime immer schlechter. Zehn Jahre nach der Machtergreifung Barres gründete Abd-ar Rahman Ahmad Ali Tur, damaliger Außenpolitiker Somalias und Oberhaupt des Isaaq-Clans, zusammen mit anderen einflussreichen Clanführern eine Befreiungsorganisation mit dem Namen Somali National Movement (SNM). Die SNM begann von Äthiopien aus einen Guerilla-Aufstand, mit dem Ziel, das Barre-Regime zu stürzen.

Im Jahr 1988 reagierte Barre auf die Scharmützel mit den SNM-Kämpfern mit blutigen Luft- und Raketenangriffen auf die Städte Burao und Hargeisa. Dabei verloren mehr als fünfzigtausend Menschen ihr Leben. Beide Städte waren zu achtzig Prozent zerstört, und mehr als dreihunderttausend Flüchtlinge verließen das Land.

Nach diesem menschenverachtenden Verbrechen konnte sich Siad Barre trotz nun amerikanischer Hilfe nicht länger halten und wurde 1991 von den somalischen Clans gestürzt. Am 18. Mai 1991 erklärte Abd-ar Rahman Ahmad Ali Tur auf einer Clankonferenz in Burao das nordwestliche somalische Gebiet für unabhängig. Trotz der Nichtanerkennung des Staats durch die internationale Staatengemeinschaft gilt das Land mit seinen vier Millionen Einwohnern seit diesem Tag, im Gegensatz zum restlichen Somalia, als sicher und stabil.

Die in diesem Buch beschriebene technologische Vorreiterrolle Somalilands ist jedoch reine Fiktion. Bisher konnte sich noch kein privater Investor, kein Staat dieser Erde und auch nicht die Weltbank vorstellen, in einem fragilen ostafrikanischen Land den Bau einer elektrischen Versorgung und einer Meerwasserentsalzungsanlage zu finanzieren. Obwohl die Voraussetzungen hier günstig sind: Wind und Sonne gibt es im Überfluss.

Das Solarbeltprojekt des fiktiven Investmentunternehmens Ray Capital erinnert an das Desertecprojekt aus dem Jahr 2011. Die Desertec Industrial Initiative, ein Zusammenschluss von Banken, Energieversorgern und Technologieunternehmen, plante, mit einem Investitionsvolumen von vierhundert Milliarden Euro, Solar- und Windparks in Nordafrika und im Nahen Osten zu bauen. Dabei sollten sich sowohl die Standortländer mit nachhaltiger Energie versorgen können als auch überschüssiger Strom via Hochspannungsübertragungsleitungen nach Europa exportiert und so ein wertvolles Exportgut geschaffen werden. Der Vorteil wäre nicht nur die riesige unbewohnte Fläche, auf der die Kraftwerke errichtet werden könnten, sondern auch der Umstand, dass auf der Fläche der Sahara innerhalb von Stunden genügend Energie auftrifft, um den weltweiten jährlichen Stromverbrauch zu decken. Zudem würde die Wirtschaft der Standortländer gestärkt.

Allerdings löste sich die Desertec Initiative im Jahr 2014 auf, nachdem mehrere Großunternehmen ausstiegen. Außerdem wurde das Vorhaben nicht von der EU unterstützt, und die politische Instabilität in einigen der anvisierten Länder, wie Ägypten oder Libyen, erschwerte dessen Umsetzung.

Im Zuge des Ukrainekrieges und der damit zusammenhängenden Energiekrise ist die Idee des Wüstenstroms jedoch aktueller denn je. Deutschland hat sich nicht nur zum Ziel gesetzt, bis zum Jahr 2045 wegen des Klimaschutzes klimaneutral, sondern auch geopolitisch unabhängig von russischem Gas zu sein.

Jede Tonne CO_2, die auf der Welt erzeugt wird, beschleunigt den Klimawandel und wird die Erde immer weiter aufheizen. Um zukünftige Generationen vor einer verwüsteten Erde zu bewahren, sollten wir jetzt, solange es noch nicht zu spät ist, auf die Sonne als Energiequelle setzen. Die Wüsten dieser Welt sind dabei ideale Standorte für Gigasolarkraftwerke. Den allermeisten Staaten in den Wüstengebieten fehlen allerdings das Know-how und die finanziellen Mittel für einen konsequenten Umbau ihrer Energieerzeugung auf erneuerbare Quellen wie Wind und Sonne. Hier könnte privates Kapital, wie in diesem Buch beschrieben, eingesetzt werden. Denn Kapital ist genügend vorhanden. Die Voraussetzungen für Investitionen und zukunftsweisende Veränderungen sind Frieden und Stabilität in den Wüstenstaaten. Ich gebe die Hoffnung nicht auf, dass in einigen Jahren die Weltgemeinschaft für die notwendigen Rahmenbedingungen sorgen wird und alle Menschen in ihren Heimatländern ein Leben in Frieden und Wohlstand führen können.

Danksagung

Ich bedanke mich ganz herzlich bei meiner Familie und meinen Freunden, die mich mit Rat und Tat beim Schreiben unterstützt haben.

Ganz großer Dank gilt meiner Lektorin Julia Tenten. Sie hat nicht nur Fehler korrigiert, sondern dem Text Leben eingehaucht und den Veröffentlichungsprozess begleitet.

Sehr dankbar bin ich Dr. Alexander Schug und seinem Team vom Omnino Verlag, die dem Buch den letzten Schliff verpasst haben.

Und natürlich danke ich meinen geschätzten Leserinnen und Lesern. Viel Vergnügen und gute Unterhaltung!